조선시대 『大學章句』 改定과 그에 관한 論辨

보고사

조선시대 『大學章句』 改定과 그에 관한 論辨

崔錫起 著

보고사

“이 저서는 2007년 정부(교육과학기술부)의 재원으로 한국학술진흥재단의
지원을 받아 수행된 연구임(KRF-2007-812-A00187)”

책머리에

　이 책은 주자학의 기초에 해당하는 『大學章句』에 대해 조선의 학자들이 부분적으로 개정하여 주희의 설을 보완하려 했던 설과 그런 설에 대해 후세의 학자들이 논변한 것을 정리하여, 각각의 설이 갖고 있는 특징과 의미, 그리고 논변의 의의에 대해 논한 것이다.

　조선시대의 학문은 四書가 근간이었고, 그 가운데서도 학자들이 공부해야 할 모든 규모가 갖추어져 退溪 李滉이 大廈로 비유한 『대학』이 入德門으로 인식되었다. 『대학』에는 格物·致知의 앎[知]으로부터 誠意·正心·修身의 자기실천[行], 그리고 그것을 남들에게 확대시켜 나가는 사회적 실천[推行]이 다 갖추어져 있다. 즉 先知後行의 주자학적 논리를 잘 보여주고 있으며, 학자가 해야 할 사업의 규모가 다 들어 있다. 그래서 『대학』은 학자의 일이라 한다.

　본래 『예기』의 한 편으로 들어 있던 『대학』이 주목을 받게 된 것은 송나라 때 들어와서이다. 주희는 『대학』에 錯簡이 있다는 관점에서 편차를 개정하였으며, 逸失이 있다는 관점에서 補亡章을 지어 첨입했다. 그리고 孔子의 말씀인 經과 曾子의 설인 傳으로 구분해 經一章·傳十章으로 나누었다. 주희는 『대학』과 『중용』의 해석에 심혈을 기울여 개정에 개정을 거듭하고 여러 사람들과 토론을 하였다. 『대학장구』는 주희가 임종하기 3일 전까지 수정한 설이라 한다.

　그런데 주희의 재전 문인대에 이르면 주희가 지어 넣은 보망장에 대해 회의적인 시각이 대두된다. 그리하여 格物致知傳은 일실된 것이 아니라 착간된 것이라는 설이 등장했다. 그리고 董槐·王柏 등이 처음으로 주희의 보망장을 수용하지 않고, 착간된 것을 찾아『대학장구』의 편차를 일부 개정해서 격물치지전으로 삼았다. 이후 명나라 초기까지 중국의 학계는 이에 대한 탐구가 주요한 이슈로 등장하였다.

우리나라에서도 여말선초의 權近이 이런 사실을 알고 있었는데, 그는 끝내『대학장구』를 개정하는 데까지 이르지는 않았다. 그러다 16세기 李彥迪에 이르러 처음으로『대학장구』의 편차를 개정하는 설이 제기되었다. 이후로 여러 사람들이 각기 다른 개정설을 주장하였다. 그리고 이런 개정설에 대해 찬반양론이 맞서며 뜨거운 논쟁이 일어났다. 이 책은 이에 대한 논변을 정리하고 그 의미를 부여한 것이다.

이 책의 제2장에서는『대학』의 경학사적 위상과 역대의 해석 및『대학』의 편차를 개정한 설을 개괄적으로 살펴보았고, 제3장에서는 주희 이전에 편차를 개정한 주요한 설과 주희의『대학장구』의 특징 및 문제점을 살펴보았다. 제4장에서는 조선시대『대학』해석의 경향과『대학장구』의 개정에 대해 고찰하였으며, 제5장에서는 조선시대『대학장구』개정설의 등장과 그에 대한 논변을 살펴보았으며, 아울러 그런 논변이 갖는 경학사적 의의에 대해 고찰하였다. 그리고 제6장은 이 책의 결론에 해당한다.

필자는 조선시대『시경』해석에 대해 연구하다가, 1997년부터 조선시대 학술의 핵심은『대학』과『중용』에 있다는 인식을 하게 되면서 연구방향을 이 두 책에 두었다. 조선시대 학자들은 이 두 책에 대해 중국이나 일본에서는 찾아볼 수 없는 독특한 해석을 한 것이 많다. 예컨대 수십 가지의 圖說이 등장하는 것, 대전본 소주에 대한 정밀한 비판, 주희의 여러 설에 대한 분변 및 定說을 확정하려는 노력 등이 그에 해당한다. 이런 점은 조선의 경학이 중국보다 오히려 발전한 면을 보여준다. 주자학을 집성하려는 노력은 정조도 꿈꾸었던 사업이었으니, 주자학에 대해서는 학문적 우위를 선점할 만큼 축적된 지식 기반이 있었던 것이다.

이 책은 조선시대 학자들의 사유구조를 주자학을 절대적으로 존신하는 사고와 상대적으로 존신하는 사고로 나누어 보았다. 그리하여 전자는 墨守主義, 후사는 進取主義로 보았다. 그리고 후자의 시각을 가진 학자들이 비록 소수이긴 하지만 성현을 맹종하는 것이 후학의 임무가 아니라, 선인들이 밝혀내지 못한 의리를 밝히는 것이 본연의 임무라는 자각을 한 점을 중시하여 이 글을 서술하는 기본적인 시각으로 삼았다.

필자는 여러 편의 논문을 쓰면서 이런 점을 절실히 느끼고 있던 차, 2007년 한국학술진흥재단의 인문저술지원사업에 선정되어 이 책을 본격적으로 저술하게 되었다. 하여 이 책이 세상에 태어나게 해준 지원기관에 깊이 감사드린다. 아울러 여러 가지 어려운 출판환경에도 불구하고 필자의 청을 거절할 수 없어 기꺼이 출판을 해 주신 보고사 김흥국 사장님께도 이 자리를 빌려 감사의 말씀을 드린다.

이 책의 내용 가운데 잘못된 점이나 미진한 부분은 모두 필자의 역량이 부족한 데서 말미암은 것이니, 독자 제현들께서는 叱正을 아끼지 마시기 바란다.

2011년 5월 1일 경상대학교 남명학관 산해실에서

崔 錫 起 謹識

차 례

책머리에/5

제1장 서론

1. 연구의 목적과 필요성 ··13

    1) 연구의 목적 ·· 13

    2) 연구의 필요성 ·· 19

2. 연구의 범위와 방법 ··26

    1) 연구의 범위와 시각 ··· 26

    2) 연구의 방법 ·· 29

제2장 『大學』의 經學史的 位相과 『大學』해석에 관한 諸說

1. 中國 經學史上 『大學』의 位相과 歷代의 解釋 ··············35

2. 『大學』 改本에 관한 주요 저술 및 특징 ··············50

    1) 底本 중심의 『대학』 해석 樣相 ··············51

    2) 『대학』 해석의 기본 관점 ························61

제3장 朱熹의 『大學章句』와 『대학장구』 改定에 관한 諸説

1. 朱熹 이전의 『大學』 改本에 관한 諸説 ·······83
  1) 『古本大學』과 후대의 문제 의식 ·······83
  2) 程顥의 『대학』 해석과 특징 ·······90
  3) 程頤의 『대학』 해석과 특징 ·······94
  4) 林之奇의 『대학』 해석과 특징 ·······100

2. 朱熹의 『大學』 해석과 『大學章句』의 논리 구조 ·······104
  1) 『大學章句』 編次改定 및 分章 ·······104
  2) 『대학』 해석의 특징 ·······109
  3) 『대학』 해석의 意義와 問題點 ·······114

3. 朱熹 이후 『大學章句』 改定과 解釋의 要點 ·······123
  1) 『大學章句』에 대한 改定의 초점 ·······123
  2) 格物致知傳에 대한 歷代 主要 改定説 ·······124
  3) 治國平天下傳에 대한 歷代 主要 改定説 ·······205
  4) 기타 『대학장구』 改定説 -李材·胡渭의 설- ·······220
  5) 『大學章句』 改定説의 要旨와 經學史的 意義 ·······229

제4장 朝鮮時代 『大學』 解釋과 『大學章句』 改定

1. 조선시대 『대학』 해석의 두 가지 경향 ·······233
  1) 『古本大學』을 底本으로 한 해석 ·······233
  2) 『大學章句』를 저본으로 한 해석 ·······306

2. 조선시대 『대학장구』 改定説의 주요 특징 ·······397

제5장 조선시대 『대학장구』 개정설의 등장과 그에 대한 논변

1. 李彦迪의 『대학장구』 개정설에 대한 논변 ·················· 409
　　1) 李彦迪의 개정설에 반대한 논변 ························ 409
　　2) 李彦迪의 개정설에 찬성한 辯論 ······················ 479
　　3) 『대학장구』 格物致知傳의 개정설을 提示만 한 경우 ·········· 543

2. 기타 인물의 『대학장구』 개정설에 대한 논변 ·············· 563

3. 『대학장구』 개정과 그에 따른 논변의 경학사적 의미 ···· 567

제6장 결론　　583

참고문헌/593
찾아보기/599

제1장

서론

1. 연구의 목적과 필요성

1) 연구의 목적

孔子에 의해 성립된 六經은 문인들에 의해 여러 갈래로 전승되다가, 秦始皇의 焚書坑儒에 의해 탄압을 받고 세상에서 자취를 감추게 되었다. 그러다 漢나라 때 다시 세상에 그 모습을 드러내게 되었는데, 육경 가운데 樂經을 제외한[1] 五經만이 당시 유행하던 문체인 隸書體로 복원되었다. 漢 文帝 때 처음으로 『詩經』에 博士를 두었고, 漢 武帝 때 이르러 五經에 박사를 모두 세웠다. 이렇게 해서 오경은 유가의 기본경전으로 자리매김하였다.

오경에 박사를 두고 박사가 교육을 담당함으로써 漢代의 학문은 오경 위주로 발전하였다. 이런 영향으로 동아시아 학술은 『詩經』·『書經』·

---

[1] 樂經이 복원되지 않은 것에 대해서는 대체로 두 가지 설이 있다. 하나는 악경은 악보로만 전하던 것으로 애초 成文으로 된 경전이 없었다는 것이고, 하나는 악경이 있었는데 복원되지 못하였다는 것이다.

『周易』・『春秋』・禮經의 오경 중심으로 전개되었다. 그 가운데 禮經에는『儀禮』・『周禮』・『禮記』의 三禮가 모두 경전의 지위에 올랐고,『春秋』의 경우에도『春秋左氏傳』・『春秋公羊傳』・『春秋穀梁傳』의 春秋三傳이 모두 경전의 반열에 올랐다. 그리하여 唐나라 때에 이르면, 三禮・春秋三傳과『시경』・『서경』・『주역』을 합해 '九經'으로 부르게 되었다.[2] 그리고 宋나라 때에 이르면, 이 구경에『論語』・『孟子』・『孝經』・『爾雅』를 합해 十三經이 되었다.

이러한 경전은 명칭만 오경 또는 구경으로 불리며 각기 단행본으로 유통되었는데, 남송 光宗 紹熙年間(1190-1194)에 이르러 한대의 注와 당대의 義疏를 합쳐 하나의 판본으로 만든 것이 이른바 十三經注疏本이다. 이렇게 해서 경서는 한대의 오경 체제와 당대의 구경 체제를 거쳐 송대에는 십삼경 체제로 완비되었다.

그러나 남송 때 朱熹(1130-1200)는『예기』[3] 49편 중에 들어 있던「大學」과「中庸」을 별책으로 독립시킨 뒤, 分節・分章을 하고 편차를 개편하여 새로운 해석을 하였다. 그리고 이 두 종류의 책과『논어』・『맹자』를 한데 묶어 '四書'라고 명명하여, 오경보다 더 먼저 배워야 할 경서로 중시하였다. 주희가 새롭게 編定한 사서는 종래 오경 중심으로 내려오던 경전의 체계를 사서 중심으로 바꾸어 놓은 학술사상의 일대 사건이었다. 이를 기점으로 경학의 흐름이 바뀌게 되었으니, 이는 사상사적인 측면에서 보면 일획을 긋는 전환점이라 하겠다.

또한 그것은 伏羲로부터 공자에 이르러 완성된 육경 체제를 경전의 원류로 인식하고, 공자 이후 曾子-子思-孟子로 이어지는 새로운 道統論을 확립하면서 그에 따른 새로운 경전 체계를 세운 것을 의미한다. 그

---

2) 皮錫瑞 저, 李鴻鎭 역,『中國經學史』(동화출판공사, 1984), 165면.

3)『예기』:『예기』는 漢代 戴德이 古禮를 정리하여 만든 85편의『大戴禮』와 戴聖이 이를 다시 49편으로 줄인『小戴禮』가 있는데, 여기서 말하는 것은『소대례』를 가리킨다.

리고 맹자 이후로 단절된 도통을 송대 程顥·程頤가 1천 년 뒤에 다시 계승했다는 점을 강조하고, 주희 자신이 그 도를 이어받았다고 자임함으로써 新儒學의 새로운 도통론을 수립하였다.4)

주희가 사서를 학문의 전면에 내세운 것은, 그가 세운 새로운 도통론의 정점에 있는 공자와 그 도를 이어받은 증자-자사-맹자가 만든 책이 바로 사서이기 때문이다. 그런데 주희는 독서의 순서를 『대학』-『논어』-『맹자』-『중용』으로 제시하여 『대학』을 사서 가운데서도 가장 중요한 책으로 표장하였다. 그것은 『대학』에 格物·致知의 知와 誠意·正心·修身의 行과 齊家·治國·平天下의 推行의 논리가 모두 들어 있어 學者事가 다 갖추어져 있다고 보았기 때문이다. 이는 사대부정치 시대 사대부로서의 의식을 반영한 것이다.

그렇다면 『대학』은 고대에 어떤 성격의 책으로 인식되었을까? 淸나라 乾隆年間(1736-1795)에 만들어진 欽定四庫全書에 수록된 『欽定禮記義疏』의 첫머리에 실린 아래의 글을 보면, 唐代 이전 사람들이 『대학』을 어떤 책으로 인식하고 있었는지를 잘 보여준다.

① 陸德明은 말하기를 "鄭玄은 '「대학」은 博學을 기록하여 정사를 할 수 있기 때문에 붙여진 이름이다.'라고 하였다."라고 하였다.5)

② 孔穎達은 말하기를 "살펴보건대 鄭玄의 目錄에 '「대학」이라고 이름 붙인 것은 박학을 기록하여 정사를 할 수 있기 때문이다.'라고 하였다. 이는 別錄에 있는 것으로 通論에 속한다. 이 「대학」은 학문이 성취되는 일을 논한 것이다. 能治其國章은 천하 사람들에게 그들의 명덕을 밝히게 하는 것은 도리어 명덕이 말미암는 바에 근본하니, 먼저 誠意를 따르는 것으로

---

4) 주희는 「大學章句序」에 "於是 河南程氏兩夫子出 而有以接乎孟子之傳……雖以熹之不敏 亦幸私淑而與有聞焉"이라 하였고, "然而尙幸此書之不泯 故程夫子兄弟者出 以續夫千載不傳之緖 得有所據 以斥夫二家似是之非"라 하였다.

5) 文淵閣四庫全書 제126책 『欽定禮記義疏』 권73, 大學第42. "陸氏德明曰 鄭云 大學者 以其記博學 可以爲政也"

시작을 삼은 것이다."라고 하였다.[6]

唐代를 대표하는 학자 陸德明과 孔穎達은 모두 '대학'이라고 편의 이름을 붙인 이유를 '박학을 기록해서 정사를 할 수 있도록 한다'는 鄭玄의 설을 인용하고 있다. 이를 보면, 당나라 때까지는 이런 정현의 설이 그대로 통용되고 있었음을 알 수 있다. 이런 관점에서 보면,『대학』은 박학을 기록한 정치철학의 입문서 역할을 한 것으로 여겨진다. 즉 왕권을 중심으로 한 고대 귀족사회의 修己부터 治人에 이르는 정치철학서로서 인식한 것이다.

그런데 ②의 공영달의 설 뒷부분을 보면,「대학」을 '學成之事'로 규정하고 있는 것이 눈에 띈다. 이는 분명 정치적 성격을 강조하기보다는 학문적인 측면을 강조한 발언이다. 특히 治國章을 예로 들어 治人보다 修己에 근본한 점을 중시하는 인식이 그런 의식을 잘 보여주고 있다.

이런 인식은 漢學의 말기에 宋學이 태동되는 전환기적 사고를 보여준다. 한대에는 경전을 복원하고 박사를 세워 訓詁를 중심으로 한 師法이 전승되었고, 당대에 이르러서는 字句의 해석을 주로 하던 訓詁學이 구절의 의미를 소통시키는 쪽으로 장황한 해석을 하는 義疏學으로 변모하였다. 그러다 송대에 이르러 이런 훈고학·의소학의 공소한 폐단을 극복하고 경전의 本旨를 찾자는 움직임이 일어나 義理學이라는 새로운 학문방법이 대두되었다.

『대학』도 정치서로 인식되다가 학문서로 인식된 것은 이런 학술양상의 변화와 무관하지 않다. 이렇게 달라진 시각은 송대 주희에 이르면『대학』을 정치서로 보지 않고 '학자의 일'로 보는 확고한 인식이 나타난다.『흠정예기의소』에 있는 내용을 인용해 본다.

---

6) 上同. "孔氏穎達曰 案鄭目錄云 名曰大學者 以其記博學 可以爲政也 此於別錄 屬通論 此大學之篇 論學成之事 能治其國章 明其德於天下 卻本明德所由 先從誠意爲始"

주자는 말하기를 "程子께서 말씀하시기를 '「대학」은 孔氏가 남긴 책으로, 초학자들이 덕으로 들어가는 문이다. 오늘날 고인이 학문을 하던 차례를 엿볼 수 있는 것은 유독 이 편이 남아 있는 데 의지하니, 『논어』와 『맹자』는 그 다음이다. 학자들이 이 책을 말미암아 배우면 거의 학문을 하는 데 어긋나지 않을 것이다.'라고 하셨다."라고 하였다.[7]

주희는 程子의 말을 빌려 자신의 주장을 대신하고 있는데, 『대학』이라는 책의 성격을 '초학자들의 입덕문'으로 전제하고, 고대인들의 학문순서를 알 수 있는 서적이라 하고 있다. 이는 왕권을 중심으로 한 귀족 계층의 통치에 관한 서적이 아니라, 사대부층 학자들이 공부해야 할 일로 파악한 것이다. 그래서 주희는 『대학』을 집에 비유하여 間架에 해당한다고 하였다.[8]

주희가 사서 중심의 경학 체계를 수립한 뒤, 원대에는 그의 사서주석서가 官學의 교과서로 인정되어 학문의 중심으로서의 위상을 확고하게 다졌다. 그리고 주희의 사서주석서에 대한 부연과 해석이 그 시대 학문의 주류를 형성하였다. 그리하여 명나라 초에 만들어진 四書大全本에는 이들의 설이 다수 細註에 편입되는 결과를 낳았다.

그런데 주희가 만든 『大學章句』에 대해, 그의 후학들은 의문을 제기하였다. 그리하여 주희의 재전 문인대부터 『대학장구』에 약간의 수정을 가하여 편차를 일부 改定해 完本을 만드는 작업이 활발하게 일어나기 시작했다. 이러한 경향은 元代를 거쳐 明代까지 지속되었다. 그리하여 주희의 『대학장구』를 개정하는 설을 제시한 사람이 수십 명이나 될 정도로 확대되었다. 다시 말하면, 이 점이 이 시대 학술의 주요 쟁점이었

---

7) 上同. "朱子曰 子程子曰 大學孔氏之遺書 而初學入德之門也 於今 可見古人爲學次第者 獨賴此篇之存 而論孟次之 學者必由是而學焉 則庶乎其不差矣"

8) 『大學章句大全』 첫머리에 실린 「讀大學法」에 "今且熟讀大學 作間架 却以他書填補去"라 하였다.

음을 말해 준다. 따라서 학술사적인 측면에서 보면 매우 중요한 의미를 갖는다.

이것이 당시 학술의 주류였지만, 간혹 주희의『대학장구』를 底本으로 하지 않고, 『예기』에 수록된「대학」(이후로는 편의상『古本大學』이라 칭한다)을 저본으로 하여, 독자적인 해석을 시도한 경우도 있다.

明 成祖 永樂年間(1403-1424)에 四書五經大全本이 완성되었다. 우리나라 世宗이 이 책을 한 질 달라고 요청하여, 바로 그 다음 해에 수입되었다. 이 가운데 四書大全本은 주희의 사서주석을 大文으로 하고, 주희 이후 諸家의 설을 細註로 하여 만든 것이다. 다시 말해, 사서대전본은 주희의 주석을 위주로 하면서 그 설을 부연한 후학들의 설을 첨부해 놓은 주자학파의 해석을 위주로 한 경서이다. 그러니까 주자학파의 설을 한데 모아놓은 주석서라 하겠다.

주지하다시피, 조선은 고려 말 신진사대부들이 주체가 되어 건국한 나라로, 우리나라에서 처음으로 사대부정치가 이루어진 시대이다. 조선을 건국한 사대부층은 주로 원대 燕京에서 주자학을 수입하여 자신들의 이념으로 삼은 계층이다. 이들은 고려 말부터 원나라 수도 연경에서 주자학을 수입하여 자신들의 사상적 기반으로 삼았는데, 사서오경대전본이 간행되자 즉시 이를 받아들여 학문의 텍스트로 삼았다. 그리하여 세종 때 懸吐 사업을 추진하려 했으나 뜻을 이루지 못했고, 世祖에 이르러 현토작업이 완료되었다.

또한 이에 대한 정밀한 해석이 이루어지기 시작하여 李滉·曺植·徐敬德·李珥 등 성리학의 대가들이 속속 나타나는 16세기 이르면, 四書三經의 난해한 구절에 대한 諺解와 한문으로 해설하는 이른바 釋義가 다양하게 생산되었다. 그리고 이런 석의를 집성하여 선조조와 광해조에 사서삼경의 언해가 완성되었다.

이런 과정을 통해 경서에 대한 해석은 매우 정밀한 단계로 진전되었다. 그리하여 17세기로 넘어가서는 대전본 소주까지도 정밀히 파악하여 주희의 설과 다른 점을 분변하는 안목이 생겼고, 또『朱子大全』의 유통으로 사서집주의 설과『주자대전』및『朱子語類』등에 실린 주희의 설에 同異가 있음을 발견하고 이에 대한 문제 의식을 갖게 되었다.

이처럼 송대 정주학에 대한 정밀하고 심도 있는 이해가 진행되면서 나타난 학술적인 중요한 쟁점 중 하나가, 주희가 평생 심혈을 기울여 만든『대학장구』의 편차를 개정하는 문제에 대한 찬반논쟁이 일어나 치열한 토론이 진행된 것이다.

이 책은 이 점에 착안하여 조선시대 학문의 핵심이었던『대학』에 관한 해석 중, 특히 주희의『대학장구』를 일부 개정해 그 미비점을 보완하려 한 개정론자들의 설과 그런 개정에 반대하여『대학장구』를 고수하며 반론을 개진한 개정불가론자들의 논변을 정리하여, 조선시대 학술사의 일면을 밝히는 것을 목적으로 한다.

2) 연구의 필요성

(1) 조선학술사의 핵심을 이해하기 위해

조선시대 학술의 핵심은 무엇일까? 논자에 따라 그 답은 각기 다를 것이다. 그러나 조선학술사의 중심에 주자학이 있었다는 사실에 대해서는, 어느 누구도 이의를 제기하지 않을 것이다. 조선 학술의 근간이 주자학이었다면, 그 가지는 무엇이었을까? 그것은 理氣論·心性論 위주의 성리학과 四書 중심의 경학이라 할 수 있다. 조선시대 학술 논쟁이 성리설 위주로 점철된 것처럼 보이지만, 경학 논쟁도 그에 못지않을 정도로 다양하게 전개되었다.

성리학을 집대성한 주희는 경학방면에서도 획기적인 변화를 꾀하였다. 그는 오경 중심으로 전해오던 경학을 사서 중심으로 바꾸어 놓았다. 그는『논어』와『맹자』를 새롭게 해석하여『論語集註』와『孟子集註』를 만들었다. 그리고『예기』속에 들어 있던 「대학」과 「중용」을 별책으로 독립시킨 뒤, 編次를 대폭 개편하고 새로운 해석을 가하여『大學章句』와『中庸章句』를 편찬하였다. 주희는 이 두 책에 대해 각별한 애정을 가지고 있었는데, 특히『대학장구』에 대해서는 임종 3일 전까지 修正할 정도로 일생의 정력을 다 바쳤다.[9] 그것은 사대부시대에 士人이 추구해야 할 일이 모두 이 책 속에 들어있다고 판단했기 때문이다. 이후로『대학』은 士大夫의 필독서로서 자리 잡았다.

우리나라에서의 사대부정치는 조선시대에 비롯되었다. 조선을 개국한 신진사대부들은 주자학을 사회통치 이념으로 정하였기 때문에『대학』은 자연스럽게 경서 중의 경서로 인식되었다. 그리하여 15~16세기 학자들은 한결같은 목소리로『대학』의 중요성을 언급하고 있다. 그 이유는『대학』에 格物 · 致知의 지적탐구[知]로부터 誠意 · 正心 · 修身으로 이어지는 자기실천[行], 그리고 그 知와 行을 통해 얻은 덕을 가정 · 국가 · 천하로 확대해 나아가는 齊家 · 治國 · 平天下의 사회적 실천[推行]에 관한 덕목이 차례로 제시되어 있기 때문이었다.

이처럼『대학』은 조선시대 학자들에게 가장 중요한 경서였기 때문에 그에 관한 해석도 여타 어느 경서보다 많이 생산되었다. 어느 정도 이름난 학자의 문집을 보면, 곳곳에『대학』과 관련된 내용이 들어 있다.『대학』에 관한 조선시대 학자들의 설이 이처럼 무수히 많은데도 불구하고, 현대 학문에서는 크게 주목하지 않고 있다. 그 이유는 이 책에 들어 있는 지식인이 갖추어야 할 덕목에 관한 가치를 우리 사회의 담론으로 끌어내지 못했기 때문이다.

---

9) 朱彝尊의『經義考-禮記-大學』에 인용된 주희의 문인 黃榦의 말에 "先生於大學修改 無虛日 誠意一章 未終前三日 所更定"이라 하였다.

이런 점에서 이 연구는 조선시대 학자들의 주된 관심사였던『대학』해석의 일면을 개정을 둘러싼 논쟁 중심으로 살펴봄으로써 조선시대학술사의 핵심적인 담론을 올바로 이해하기 위한 측면이 있다.

(2) 우리 학술의 내재적 발전론을 이해하기 위해

주희는 만년에 집권층의 탄압을 받아 그의 학문이 僞學으로 몰리기까지 하였지만, 사후 그의 학문은 온 세상 사람들의 추앙을 받게 되었고, 원대에 이르러서는 그의 사서 해석이 국가에서 공인하는 필독서로 자리 잡게 되었다. 그 중에서 특히『대학장구』는 주희가 각별히 정력을 기울인 데다 주자학의 정수가 들어 있어서, 다른 책보다 더 중시될 수밖에 없었다. 그리하여 이 책에 대한 연구가 크게 진전되었고, 주희의 재전문인대에 이르면, 이 책에 대한 논리보완이 나타나기 시작하였다. 그 가운데 가장 핵심적인 것이『대학장구』에 대한 개정설의 대두이다.

이런 논의는 주로 주자학파 내부에서 일어났는데, 그것은 주희의 설을 비판하기 위한 것이라기보다는 주희의 설을 보완하려는 의도에서 비롯되었다. 그 대표적인 학자들이 黃榦(1152-1221)의 학맥을 이은 王柏·車若水·吳澄·宋濂·方孝孺 등과 輔廣(?-?)의 학맥을 이은 董槐·黃震 등이다. 이런 논의는 명대까지 이어지며 학술논쟁의 중심과제로 떠올랐다.

그런데 우리나라에서는 여말선초의 權近(1352-1409)이 중국의 이런 학풍을 익히 알고 있었지만, 주희의『대학장구』를 개정하는 것에 선뜻 찬성하지 않음으로써 활발한 논의가 일어나지 않았다. 그러다 16세기 초 李彦迪(1491-1553)이 중국학자들의 설을 보지 못한 상태에서 독자적으로 의리를 발명해『대학장구』를 일부 개정하여『대학장구보유』를 세상에 내놓게 되었다. 그러자 우리나라에서도 본격적으로『대학장구』개정 논란이 학계의 중심 화두로 떠오르게 되었다.

　당시 우리 학계는 주자학을 한창 추앙하는 분위기인지라, 이언적의 개정설이 나오자 즉각 반론이 제기되었다. 그 대표적인 사람이 李滉(1501-1570)이다. 이황 외에도 李珥(1536-1584) · 柳成龍(1542-1607) 등 대부분의 학자들이 이언적의 설을 부정적으로 보았고, 이언적의 문인 盧守愼(1515-1590)만이 그의 설을 지지하였다. 그러나 이에 대한 논의는 조선 후기까지 끊이지 않고 이어져 朴知誡(1573-1635) · 權榘(1672-1749) · 權秉天(1805-1873) 등은 개정을 반대하였고, 韓汝愈(1642-1709) · 崔象龍(1786-1849) 등은 개정설을 지지하였다.

　또한 이언적만이『대학장구』개정설을 제기한 것이 아니라, 高應陟(1531-1605) · 崔攸之(1603-1673) · 朴世堂(1623-1703) · 李萬敷(1664-1732) · 安泰國(1843-1913) 등이 주희의『대학장구』에 대해 부분적인 개정안을 들고 나와 논의를 다양화시켰다. 이에 대한 논쟁이 이언적의 경우처럼 전국적으로 널리 일어나지는 못하였지만, 동시대 그가 살고 있던 학계에서는 하나의 중요한 이슈로 등장했다.

　이러한『대학장구』개정을 둘러싼 논쟁은 우리나라 학술사에서 대단히 중요한 의미를 갖는다. 조선시대 학문의 중심에 있던 주희의『대학장구』를 개정하는 문제는, 주자학의 근간을 흔드는 일일 수 있었다. 그러므로『대학장구』개정에 관한 설과 그에 따른 찬반 논쟁을 정리하면, 조선 주자학파 내부에서 주희의 설에 대한 토론이 활발하게 일어남으로써 지식을 자체적으로 생산할 수 있는 내재적 발전이 이루어지고 있었음을 확인할 수 있을 것이다.

(3) 학문과 사상의 자유를 추구하는 인식론을 이해하기 위해

　전통시대 동아시아 학자들의 인식론은 크게 두 가지로 요약할 수 있는데, 하나는 성인이 만든 경전을 준수하며 성실히 따라야 한다는 墨守

的 思惟가 있고, 하나는 성인이 만든 예악문물을 바탕으로 해서 후학들이 그것을 더 발전시켜 나가야 한다는 進取的 思惟가 있다. 지금도 진보와 보수 두 진영으로 의식이 나누어져 심각한 이념 대립을 하듯이, 예전의 학계도 진취적 사유를 하는 학자와 묵수적 사유를 한 학자로 크게 나누어져 있었다. 그런데 예전의 학계에서는 '保守'라는 말보다는 '墨守'라는 말을 즐겨 사용하였다. 墨守는 전국시대 사상가 墨翟처럼 城을 固守하는 것을 능사로 여기는 사유를 말한다. 즉 적극적으로 나아가 싸우려 하지 않고, 기존의 틀을 잘 지키는 것으로 본연의 사명을 삼는 인식이다. 묵수와 상대적인 말이 예전에는 널리 유통되지 못했지만, 進取라는 말이 그 상대적 개념으로 쓰일 수 있기에 이 글에서는 묵수와 상대적인 말로 진취라는 용어를 사용하였다.

전자는 聖賢(공자와 주자)이 經傳을 만들었으니 후학들은 그것을 잘 지키며 따르는 것이 최선이라는 사고로, 성현에 중점을 둔다. 반면 후자는 성현이 경전을 만들었지만 모든 의리를 다 발명한 것은 아니니 후학은 그것을 이어 계속해서 새로운 의리를 밝혀나가야 한다는 義理發明을 중시하는 시각이다. 즉 전자는 성현에 후자는 의리에 초점을 두는 관점이다. 그런데 후자에는 성현의 설을 텍스트로 하여 부분적으로 보완하거나 더 발전시켜 나가야 한다는 시각을 가진 사람과 아예 그 설을 텍스트로 하지 않고 고전을 가지고 새롭게 해석하려는 사람으로 다시 그 성향이 나누어진다. 즉 점진적 개혁론과 급진적 개혁론의 차이라 할 수 있다.

조선시대 대부분의 학자들은 묵수적 사고에 의해 주희의 설을 무비판적으로 존신하였다. 이들은 학문의 正體性과 主體性을 자각하지 못한 부류들이다. 그들은 성현을 높이는 것을 최상의 가치로 여긴다. 그래서 절대적 존신으로 나아가 맹목적으로 존신하게 되었다. 반면 인간적으로 주희를 존숭하더라도, 학문적으로는 그의 설을 보다 심화 발전시키거나 자신의 독자적인 설을 개진하는 것이 주희의 정신에 부합한다는 논리를 내세워 의리 발명을 적극 주장하는 학자들이 더러 있었다. 이들은 학문과 사상의 자유를 통해 문화가 발전한다는 진취적 사유를 하던 사람들이다.

조선시대『대학장구』개정과 그를 둘러싼 찬반 논쟁에도 이런 인식이 잘 드러나 있다. 주자학이 절대적인 권위를 가진 16세기 후반 이후『대학장구』를 개정하거나 개정에 찬동하는 것은 불경한 태도로 인식되었다. 그런 경직된 사회 속에서도『대학장구』를 개정하거나 개정안에 찬성한 사람이 있었다는 것은, 우리 학술사 내부에 학문과 사상의 자유를 갈구하는 목소리가 늘 존재하고 있었음을 확인시켜 주는 것이다. 그 동안 조선시대 학술은 주자학을 답습한 것처럼 인식되어 왔는데, 이 연구를 통해 그렇지 않다는 점을 밝힐 수 있을 것이다.

(4) 조선학술사상 주자학의 심화 발전에 주목하기 위해

조선시대 학술 중에는 중국의 학술에 비해 결코 뒤떨어지지 않는, 오히려 그보다 더 앞서 나간 측면이 여럿 발견된다. 다만 우리가 아직 그것을 밝혀 증명하지 못하고 있을 따름이다.『대학』해석에도 중국의 학술에 비해 독자성을 갖거나 진일보한 면이 발견되는데, 몇 가지 중요한 것을 열거하면 다음과 같다.

첫째,『대학』을 해석하면서 大學圖를 그려 일목요연하게 그 요지를 파악하려 했다는 점이다. 중국에서는 원나라 때 학자 程復心(1257-1349) 이『四書章圖』를 저술하여 경서의 도표화가 본격적으로 나타나기 시작했으나, 그 후 별다른 진전을 이룩하지 못했다. 반면 조선에서는 이 책이 들어온 뒤, 16세기 李滉·曺植 등 대학자들이 경서와 성리설의 요지를 도표화하기 시작함으로써 조선 후기까지 수백 개의 도표가 만들어지며 다양한 설이 개진되었다. 이는 조선 학술의 중요한 특징으로, 도표를 통해 학술이 더 정교해지고 다양한 해석이 제기되었다.

둘째, 四書五經大全本에 수록된 小註의 설에 대해 본격적인 分辨이 이루어졌다는 것이다. 사서오경대전본은 명나라 永樂帝의 칙령에 의해 胡廣 등이 만든 것으로, 우리나라에는 세종 때 유입되어 경서의 기본 텍스트가 되었다. 『대학장구대전』에는 송·원대 학자들의 설이 小註에 들어 있었는데, 16세기 중반 이후 주자학에 대한 이해가 깊어지면서 소주에 실린 여러 설 가운데 주희의 설과 다른 점을 발견하고 이에 대한 논변이 심도 있게 이루어졌다. 이를 통해 주자학을 더 明澄하게 하였을 뿐만 아니라, 주자학파의 여러 설에 대한 심층적 분석이 이루어졌다. 이역시 중국보다 조선에서 더 발전한 것으로, 우리 학술이 세계적인 수준에 이른 것을 확인할 수 있는 부분이다.

셋째, 조선 중기 이후 주희의 『대학장구』를 저본으로 하지 않고, 아예 그 이전의 『고본대학』을 저본으로 하여 새로운 해석을 시도한 것이 나타났다는 점이다. 이런 해석을 시도하다 정치적으로 탄압을 받아 斯文亂賊으로 몰리기까지 하였다. 우리는 17세기 후반 서인계와 대립하고 있던 남인계의 尹鑴(1617-1680)가 그 최초의 인물이라고 알고 있지만, 놀랍게도 그보다 앞 시대 기호학파 학자 중에 『고본대학』을 저본으로 하여 새로운 해석을 한 崔有海(1588-1641)가 있었다.

이처럼 『고본대학』을 저본으로 새로운 해석을 시도한 사람으로는 최유해·윤휴 이외에도 鄭齊斗(1649-1736)·李秉休(1710-1776)·丁若鏞(1762-1836)·沈大允(1806-1872)·金澤榮(1850-1927) 등이 있다. 이런 해석은 중국에서 명나라 중반 이후 다양하게 나타나는 현상이다. 다만 우리나라에서도 조선 후기에 이런 해석이 산발적으로 나타났다는 것은, 조선 학술이 자생적으로 발전할 수 있는 기반을 충분히 갖추고 있었다는 것을 반증한다.

이와 같은 세 가지 측면은 조선시대 『대학』 해석이 동아시아 학술사상 최고의 수준에 올라 있었음을 보여주는 것들인데, 이 가운데 첫 번째와 두 번째의 측면은 주자학의 심화 발전이라는 측면에서 더 주목해 볼 필요가 있다. 주자학을 받아들여 쓰기만 한 것이 아니라, 본토에서보다 더 심화 발전시켰다는 것은 높은 수준의 선진 문명을 이룩했다는 것을 의미한다. 이런 측면에서 조선의 지성사가 보여주는 자긍심을 우리는 새롭게 발견할 필요가 있다. 지금까지는 實學 연구의 연장선상에서 주희의 설과 다른 脫朱子學 내지 反朱子學에만 주목해 왔는데, 이제는 주자학의 심화 발전에 오히려 더 주목해 볼 필요가 대두된 것이다.

2. 연구의 범위와 방법

1) 연구의 범위와 시각

이 연구는 조선시대 『대학』 해석의 중요한 몇 가지 특성 중 주희의 『대학장구』를 개정한 것과 그에 따른 논변을 중심으로 다룰 것이다. 따라서 『고본대학』을 저본으로 하여 『대학장구』의 체제를 따르지 않고 전혀 다르게 해석한 것은 그 개략적 특징을 소개하는 데서 그칠 것이며, 그에 대한 본격적인 논의는 가급적 자제할 것이다. 또한 시기를 '조선시대'로 한정하였는데, 金澤榮의 경우 조선왕조가 끝난 1913년에 간행된 자료지만 그의 사유는 조선시대 경학의 범주에서 생산된 것이므로 논의에 포함하였다. 다만 薛泰熙(1875-1940)의 저술[10]은 조선시대에 넣기 어려워 제외하였다.

이 연구의 기본 시각은 주자학을 신봉하는 주자학파 내부에서 묵수주의를 탈피하고 의리 발명을 중시하는 진취적 사유를 한 학자들의 설을

---

10) 설태희는 함경도 단천 출신으로 개화사상을 가진 학자였다. 그는 『大學新講義』를 저술하였는데, 『고본대학』과 『대학장구』를 절충해 독자적으로 해석하고 있다.

중심에 두고 논의하는 데 있다. 그리고 주희의 설만을 고수하려는 시각으로 그것을 비판했던 학자들의 설이 그 상대적인 측면에서 함께 논의될 것이다. 다만 어느 한 쪽에 치우치지 않고 객관적인 시각을 잃지 않도록 할 것이다.

이처럼 조선시대 학자들의『대학장구』개정에 관한 여러 설과 그에 따른 논변을 살피는 것이 본고의 본론에 해당한다. 그런데 이러한 논의를 심도 있게 하기 위해서는, 중국경학사에서『대학』에 대한 해석이 어떻게 전개되어 내려왔는지를 개괄적으로 살피지 않을 수 없고, 또한 역대『대학』해석에 관한 몇 가지 성향을 개괄해 보지 않을 수 없다. 그런 까닭에 제2장에서는『대학』의 경학사적 위상과 역대의 해석을 포괄적으로 고찰하되,『대학』의 改本에 관한 역대의 여러 설을 정밀하게 탐구하여, 본고에서 집중적으로 다룰『대학장구』개정에 관한 설을 논의하는 데 밑바탕을 삼을 것이다.

그것은 동아시아 학술사 내지 경학사를 무시하고 조선시대 학자들의 설만을 대상으로 할 경우, 특수성만 거론하여 보편성을 획득할 수 없기 때문이다. 우리나라는 당시 문화의 중심에 있지 못했다. 문화 중심지로부터 변방에 위치하여 중심부의 문화를 수용하는 처지였다. 그러나 맹목적으로 또는 일방적으로 중심부의 문화를 수용하기만 한 것은 아니고, 그 문화를 받아들여 자기 고유의 것으로 바꾸거나, 그것을 바탕으로 재생산한 경우도 가끔씩 나타난다. 본고에서 중점적으로 다루고자 하는 주희의『대학장구』는 이와 같은 점을 살필 수 있는 좋은 대상에 해당한다.

제2장에서 다룰 중국경학사에 있어서의『대학』해석에 관한 설은, 본고에서 전체적인 문제를 모두 다룰 수 없기 때문에 본고의 논지 전개에 필요한 정도의 범위에서 선별해 다룰 것이다. 예를 들자면, 중국경학사에서『대학』해석에 관한 제설은『고본대학』을 저본으로 한 해석,『대학장구』를 저본으로 한 해석,『僞石經大學』을 저본으로 한 해석 등 크게

몇 가지로 나눌 수 있다. 그러나 이를 다 다룰 수 없기 때문에 개괄하는 수준에서 기왕의 연구 성과를 종합해 소개하는 정도에서 그칠 것이다.

제3장에서는 주희의 『대학장구』 출현과 『대학장구』의 편차, 논리 구조 등을 정밀하게 살펴볼 것이다. 그리고 『대학장구』 개정에 관한 주요한 논변을 집중적으로 분석하여 각각의 설이 갖는 특징과 의미를 고찰할 것이다. 그러니까 제3장에서는 주희의 『대학장구』를 개정한 역대의 여러 설을 모두 논의의 범주에 넣을 것이다. 이 경우도 주희의 『대학장구』를 개정한 설을 중심으로 살펴보는 일이기 때문에, 개정과 관련 없는 다른 영역의 설은 아무리 중요한 것일지라도 본고에서는 소개하는 정도에서 그칠 것이다.

제4장에서는 조선시대 『대학』 해석과 『대학장구』 개정에 관한 여러 설을 검토 대상으로 한다. 조선시대 『대학』 해석은 크게 세 가지로 정리할 수 있다. 하나는 주희의 『대학장구』를 그대로 따르면서 주희의 章句・或問・語類 등의 설을 종합하여 同異得失을 따지거나 주희의 설을 더 심화 발전시킨 경우이고, 하나는 『고본대학』을 저본으로 하여 편차를 개정해 해석하는 경우이고, 다른 하나는 주희의 『대학장구』를 일부 개정하여 미비점을 보완하는 차원에서 행해진 해석이다. 이 가운데 첫 번째와 두 번째의 경우는 간략히 그 요지 및 특징을 소개하는 정도에서 그치고, 세 번째를 집중 검토 대상으로 한다.

제5장에서는 조선시대 『대학장구』 개정설에 대한 여러 학자들의 논변에 대해 살펴볼 것이다. 그 가운데 핵심은 우리나라에서 가장 먼저 『대학장구』 개정설을 제기한 이언적의 개정설에 대해 동시대 또는 후대 학자들의 찬반 논쟁을 수집해 그 요점을 검토하는 것이 될 것이다. 그리고 이언적 이외의 개정설을 제기한 학자들의 설에 대한 논변도 가능한 자료를 수집해 논의해 볼 것이다. 그런 뒤 마지막으로 『대학장구』 개정과 그에 따른 논변이 우리나라 경학사에서 어떤 의미를 갖는지 분석해 볼

것이다.

제6장은 결론으로 논의를 요약정리하고 학술사적 의의를 살펴보는 것으로 기술할 것이다.

2) 연구의 방법

이 연구는 기본적으로 주희의『대학장구』를 저본으로 하기 때문에 이 책이 만들어지기 이전의 해석 동향, 이 책이 만들어진 배경 및 특징, 이 책이 나온 후의 학계 동향 및 개정안 대두 등도 간과할 수 없다. 이는 경학사에서 주목할 만한 변화이기 때문이다. 이런 점을 먼저 정리한 뒤, 이를 바탕으로 조선시대 학자들의『대학』해석에 관한 성향을 몇 가지 특징별로 나누어 정리하고, 다시 주희의『대학장구』개정에 관한 설과 그에 따른 논변으로 화제를 집중해 논할 것이다.

이를 위해 주희의 설 및 기타 여러 학자들의 설과 비교 검토가 반드시 필요할 것이다. 이 연구는 텍스트 분석과 여타 설과의 비교 검토가 중요하다. 왜냐하면 한 개인의 설의 독자성을 밝히기 위해서는 전대의 여러 설과 무엇이 다른지를 먼저 밝혀야 하기 때문이다.

이와 함께 또 한 가지 고려해야 할 사항이 경학사의 흐름 속에서 그 설이 어떻게 전개되고 있는지를 주목하는 것이다. 요컨대 이 연구는 주희의『대학장구』를 저본으로 하여 그 전후 해석의 흐름을 파악하고, 각각의 개별적 주장을 전대의 설과 비교 검토하여 보편성과 차별성을 분석하고, 독자적인 설을 주장하는 문제 의식을 통해『대학장구』해석이 어떻게 다양화되고 심화되는지를 살펴보는 데 있다.

이 글은 이러한 접근 방법에 의해 각각의 설을 분석하고 그에 따른 논의를 전개할 것이다.『대학』은 주희가 사서의 한 책으로 편입시킬 정도로 중요한 위치에 있다. 그러나 주희 이전에 이 책은 『예기』에 편입된 한 편의 글에 불과했다. 이런 점을 감안해서 역대로 『대학』에 대한 인식이 어떻게 변화했는지를 먼저 추적할 필요가 있다. 이를 위해 중국에서 생산된 『대학』에 관한 해석서를 개괄해 볼 필요가 있다고 판단된다. 따라서 주희의 『대학장구』가 나온 뒤의 개정설에 대해 논의하기 전에 중국 경학사상 『대학』의 위상이 어떻게 변천되어 내려왔는지, 『대학』에 대한 해석서들이 언제부터 나타나기 시작하는지를 먼저 살펴보고, 『대학』 개본에 관한 주요 저술들을 개괄해 보고자 한다.

그리고 나서 주희의 『대학장구』가 나오게 된 배경, 주희에 의해 이루어진 편차개정의 특징, 그렇게 해서 만든 『대학장구』의 논리 구조 등을 살펴볼 것이다. 이는 이른바 주자학이 전대의 학술과 어떻게 달라졌는지를 극명하게 보여주는 한 가지 사례라는 점에서, 그 의미가 매우 크다. 그 뒤 주희의 『대학장구』에 대한 문제 의식이 대두된 점, 그에 따른 보완 작업의 일환으로 각양의 『대학장구』 개정설이 제기된 점을 논의해 볼 것이다.

중국 학술사상 남송 말기로부터 원대를 거쳐 명대 중반에 이르기까지는 주자학이 주도적 위치에 있었다. 경우에 따라서는 陸九淵의 心學을 절충적으로 수용하는 학자들이 있기는 하였으나, 주자학에 陸學을 겸한 것으로 보는 것이 타당할 것이다. 그런데 명대 중반 王守仁에 이르면, 주자학의 방법론에 본질적인 회의를 하여 새롭게 독자적인 사상 체계를 수립하여 세상에 陽明學이 새롭게 대두되었다. 주자학이 3백 년 간 관학으로서의 권위를 누리는 동안 새로운 사상에 목말라 있던 학자들은 진부한 주자학에서 탈피해 양명학으로 경도되었다.

이런 학풍 속에서 『대학』에 대한 해석도 주희의 『대학장구』를 저본으로 하여 일부를 개정하는 것이 명대 중반기까지의 분위기였다면, 왕수인은 아예 주희의 『대학장구』를 취하지 않고 『고본대학』을 취하여 새롭게 해석하였다. 이 영향으로 명대 중반기 이후는 주자학을 존신하는 학자들만 『대학장구』를 저본으로 하였고, 그렇지 않은 쪽에서는 주희의 설을 일설에 불과한 것으로 취급하였다. 그러므로 중국에서 왕수인 이후 『고본대학』을 가지고 새롭게 해석하는 설에 대해서는 이 자리에서 논하지 않기로 하고, 『대학장구』를 저본으로 개정한 것에 한정하여 다룰 것이다.

왕수인이 『고본대학』을 저본으로 하여 해석을 하고 양명학이 널리 유행하자, 주희의 『대학장구』에 대한 신뢰도는 그만큼 추락되었다. 그러나 여전히 주자학을 종주로 하는 학술이 그 권위를 상실한 것은 아니었다. 그런 가운데 豊坊의 『僞石經大學』이 출현하여 경학은 한층 더 혼란스러워졌다.

明末의 이와 같은 어지러운 학술계에 考證을 위주로 하는 새로운 학문 방법론이 등장하기 시작하였다. 이 시기에 黃宗羲(1610-1695)·顧炎武(1613-1682)·毛奇齡(1623-1716)·朱彝尊(1629-1709)·胡渭(1633-1714)·閻若璩(1636-1704) 등 고증학의 대가들이 속속 출현하여 혼란스러운 학술계에 새로운 바람을 불어넣었다.

청대 고증학이 성립되고 난 뒤의 『대학』 해석은, 주자학을 추종하는 학자들은 元·明代 『대학장구』를 개정한 다양한 성과를 수용하면서 보다 객관적 해석을 시도하였지만, 宋學의 義理主義에 반대하는 입장에 선 고증학자들은 아예 『고본대학』을 저본으로 하여 독자적인 해석을 하였다. 청대 고증학자들은 송대의 다양한 개본을 신뢰하지 않고 『고본대학』을 저본으로 하기 때문에 명대처럼 『대학장구』를 일부 개정하는 설은 거의 나타나지 않으며, 『고본대학』을 저본으로 한 개본도 거의 나타나지 않는다. 다만 『고본대학』을 저본으로 한 새로운 分章이 속속 제기되었는데, 이는 본고의 주 논의 대상이 아니므로 개괄적으로 검토하는 선에서 그칠 것이다.

따라서 『대학』의 개본 문제 및 『대학장구』 개정을 둘러싼 논쟁은, 四庫全書에 수록된 자료만 가지고서도 그 대체를 파악하는 데 전혀 문제가 되지 않는다. 본고는 이런 관점에서 역대의 『대학』 해석 가운데 사고전서에 수록된 설까지를 대상으로 하여 논의하기로 한다. 사고전서는 청나라 高宗 때인 1771년에 사업을 시작해 10년 뒤에 완성한 책으로, 당대까지의 주요 저술은 모두 수록되어 있다. 그리고 18세기 후반 이전에 저술된 것 가운데 사고전서에 누락된 서적이 있을 수 있는데, 이 경우는 현대 연구자들의 연구 성과를 참고하여 보충하기로 하겠다.

사고전서 이후의 經說 가운데 주요한 것을 수집해 만든 續修四庫全書에도 『대학』에 관한 설이 여러 편 실려 있지만, 본고에서 중국 경학사상 『대학』에 관한 설을 망라하여 논의할 필요는 없다고 본다. 따라서 이 역시 꼭 필요한 자료가 아니라면 논의 대상에서 제외하기로 한다.

이 글에서 『고본대학』을 저본으로 하여 다양하게 편차를 개정하고 分章·分節을 하여 해석한 경우는 '改本'으로 표기하였다. 그것은 중국에서 역대로 써 왔던 어휘이고, 또 판본을 개정한다는 것은 錯簡 또는 闕文이 있다고 보아 해석의 틀을 새로 정하는 것이기 때문에 일부의 오류를 訂正하는 것과는 차원이 다르기 때문이다.

그런데 주희의 『대학장구』를 개정한 경우는 근본적으로 문제 의식이 이와는 다르다. 역대로 『대학장구』를 개정한 설을 보면, 주희가 闕文이라고 여겨 보충해 넣은 格物致知傳이 逸失된 것이 아니라 錯簡이라는 관점에서 『대학장구』의 일부분을 옮겨 격물치지전으로 삼는 것이기 때문에 이는 앞의 '改本'과는 구별된다. 이를 혼용해 쓰는 경우도 있다.

그렇지만 본고에서는 이를 변별하는 의미에서 『대학장구』의 편차를 일부 개편하여 새롭게 정한 경우는 '改定'이라는 용어를 쓰기로 한다. 부분적으로 『대학장구』의 편차를 개편한 것도 엄밀히 말하면 '改本'에 속하는 것이지만, 이들은 전면적으로 『대학장구』의 체제를 부정한 것이 아니라 오히려 전적으로 『대학장구』의 체제를 인정하고 추종한 것이다. 다만 이들은 일부 문제가 된 부분에 대해 수정과 보완을 하여 완비하겠다는 의도에서 개정을 시도한 것이기 때문에 구별해 쓰고자 하는 것이다.

개정에 대해서도 '改定'·'改正'·'改訂' 등 여러 어휘를 사용하고 있으니, 고쳐 바로잡거나 고쳐 정정한다는 의미보다는 고쳐 정한다는 뜻이 주관성을 배제하고 보다 객관성을 확보할 수 있기 때문에 '改定'이라는 어휘를 주로 쓸 것이다.

제2장
『大學』의 經學史的 位相과 『大學』해석에 관한 諸說

1. 中國 經學史上 『大學』의 位相과 歷代의 解釋

인류 역사상 인간의 가장 위대한 발명은 文字라고 한다. 그 이유는 문자의 출현에 의해 인류의 지혜와 정보가 집적됨으로써 문화의 전승과 보급은 물론, 발전에 가속도가 붙게 되었기 때문이다. 그리고 그것의 결정판이 경전의 출현이라 할 수 있다.

동아시아에서 경전의 출현은 대체로 두 가지 설이 있다. 하나는 기원전 11세기 周나라의 예악문물 제도를 정비한 周公에 의해 만들어졌다는 설이고, 하나는 예로부터 전해지던 史料를 바탕으로 기원전 6세기 孔子가 새롭게 저술했다는 설이다. 전자는 經이 官撰書라는 점에 초점을 맞추어 『周禮』와 같이 주공이 만든 예악문물 제도를 지칭하는 개념으로, 중국 학술사의 古文學을 형성한 뿌리가 되었다. 후자는 經은 성인이 만든 不變의 常道라는 데 의미를 두어, 『春秋』처럼 전부터 내려오던 사료를 토대로 공자가 자기 사상을 곁들여 새롭게 저술한 것을 중시하는 관점이다. 이는 중국 학술사의 今文學을 형성한 뿌리가 되었다.

그런데『莊子』에 의하면, "공자가 老聃에게 말하기를 '저는 詩·書·
禮·樂·易·春秋 六經을 연구한 것이 스스로 오래되었다고 생각합니
다.'라고 하였다."[1]고 하고 있다. '六經'이라는 말이 처음으로 보이는 문
헌상의 기록이다. 이 육경 가운데『춘추』는 공자가 魯나라 역사에 春秋
大義를 곁들여 새롭게 편찬한 책으로, 전에 없던 경전을 공자가 새로 만
든 것이다. 그러나 나머지 五經은 모두 예전부터 전해 내려오던 것을 공
자가 정리한 것이다. 司馬遷은「孔子世家」에서, 공자 시대에 주나라 왕
실이 쇠미해져서 禮·樂이 폐지되고 詩·書가 없어지자, 공자가 三代의
예를 추적하고 堯·舜으로부터 秦 繆公까지의 일을 編次하여 書傳·禮
記를 만들었으며, 詩를 刪削하고 樂을 바로 잡았으며, 易의 象傳·繫辭
傳·文言 등 十翼을 지었다고 하였다.[2]

이런 관점에서 보면, 육경은 모두 공자가 새롭게 편찬한 五經에 자신
이 지은『춘추』가 더해져서 후대에 붙여진 명칭임을 알 수 있다. 육경은
출현한 역사적 시간에 따라 배열하면, 易-書-詩-禮·樂-春秋의 순서
가 된다. 그러나 내용의 淺深으로 보면, 詩-書-禮·樂-易-春秋가 된
다. 대체로 고문학파에서는 육경이 출현한 시기에 초점을 맞추어 전자
와 같이 일컫는데, 그것은 육경이 역사적 사료라는 측면을 중시하는 관
점으로, 공자의 위상을 상대적인 관점에서 보는 설이다. 반면 금문학파
에서는 공자를 단순한 역사가로 보지 않고 사상가로 보아, 공자가 육경
을 새롭게 다시 만들었다는 점을 중시하여 후자처럼 지식과 이해를 중
심으로 한 詩·書, 실천궁행에 관한 禮·樂, 철학과 정치사상을 담은
易·春秋의 순서로 일컫는다.

---

1)『莊子』「天運」에 "孔子謂老聃曰 丘治詩書禮樂易春秋六經 自以爲久矣"라 하였다.

2) 司馬遷,『史記』「孔子世家」. "孔子之時 周室微而禮樂廢 詩書缺 追跡三代之禮 序書
傳 上紀唐虞之際 下至秦繆公 編次其事……禮樂自此可得而述 以備王道 成六藝 孔子
晩而喜易 序象繫象說卦文言"

공자에 의해 새롭게 만들어진 육경은 문인들에게 전해져 내려오다, 진시황의 분서갱유 때 없어진 것으로 알려져 있다. 이에 대해서는 여러 가지 설이 있지만, 이 자리에서 논할 사안은 아니므로 생략한다. 아무튼 육경은 진시황 때 금지 서적이 된 뒤, 세상에서 자취를 감추었다. 그리고 약 1세기가 지난 漢나라 文帝·武帝 때 다시 세상에 나타나게 되었다. 그런데 육경 가운데 樂經은 복원되지 못해 육경은 五經으로 축소되었다. 악경이 복원되지 못한 것에 대해서는, 원래 經籍 없이 악보만 있었다는 설과 분서갱유 때 없어져 복원되지 못했다는 설이 있다.[3)]

漢代 이후 동아시아 학술은 이 오경을 중심으로 전개되면서 발전하였다. 그런데 이 오경 가운데 禮經이 어떤 책인가에 대해서는 논란이 많다. 蔣伯潛(1892-1956)은 『經與經學』에서 '『禮記』는 記이지 經이 아니다'라고 하였고, '禮經은 『儀禮』와 『周禮』를 가리키는 것'이라고 하였다.[4)] 그는 『예기』는 후대에 나온 것으로, 예경인 『의례』를 해석한 古禮를 모아 놓은 것이라 하였다. 즉 공자 제자들과 후세 학자들이 기록해 놓은 131편을 한대 河間獻王이 얻었고, 이것을 후대 戴德과 戴聖이 산삭하여 만든 것이 『大戴禮』와 『小戴禮』인데, 지금 전하는 『예기』는 바로 『小戴禮』라는 것이다.[5)] 『의례』는 한나라 때 魯 땅에 살던 高堂生이 전한 17편으로 고대의 예의를 기록한 책이며, 『주례』는 원래 『周官』이었는데 劉歆이 개칭한 것으로 주나라의 官制를 기록한 책이다.

후한 이후로 이 三禮가 각각 전해져 唐나라 때는 九經에 들어갔고, 宋代에 만든 十三經注疏에도 모두 편입되었다. 『예기』는 戴聖이 만든 49편의 『小戴禮』인데, 그 속에 「大學」과 「中庸」이 들어 있다. 『예기』 속에

---

3) 蔣伯潛 著, 최석기 외 번역, 『유교경전과 경학』(경인문화사, 2002) 「제4장 시와 악」 참조.
4) 위의 책, 「제6장 예(禮)」 참조.
5) 위의 책, 「제7장 예(禮)」 참조.

한 편으로 들어 있던 「대학」은 송나라 이전까지는 크게 주목을 받지 못하였다. 그러다 북송 때에 이르러 司馬光·程顥·程頤 등이 이 글에 주목하여 그 의미를 해석하거나 錯簡된 것을 바로잡아 改本을 하였다. 그것은 「대학」의 내용이 사대부 정치 시대에 士人들이 공부해야 할 일을 체계적으로 잘 제시하고 있기 때문이었다.

청나라 초기 朱彝尊(1629-1709)이 편찬한『經義考』에 의하면, 당시까지 중국인이 저술한『대학』관련 저작은 264종이나 된다. 그런데 그 가운데 현존하는 것은 75종에 불과하다. 이를 순서대로 저자와 책명 및 권수만 간단히 도표화하면 다음과 같다. 아래 자료는 사고전서 제208책『경의고』권156-162까지 수록된 것을 정리한 것이다.

〈표 1 :『경의고』서목 중 현존하는 저술〉

	이름	책명	권
01	程 顥	大學定本	1
02	程 頤	大學定本	1
03	廖 剛	大學講義	1
04	朱 熹	大學章句	1
05	朱 熹	大學或問	1
06	黃 幹	大學聖經解	1
07	黃 幹	大學章句疏義	1
08	眞德秀	大學衍義	43
09	黎立武	大學發微	1
10	黎立武	大學本旨	1
11	許 衡	大學要略直說	1
12	丘 濬	大學衍義補	161
13	程敏政	大學重定本	1
14	蔡 淸	攷定大學傳	1

15	王守仁	大學古本旁釋	1
16	王守仁	大學問	1
17	崔　銑	大學全文通釋	1
18	湛若水	古大學測	1
19	魏　校	大學指歸	1
20	穆孔暉	大學千慮	1
21	王　道	大學億	2
22	季　本	大學	1
23	黃　坊	石經大學	2
24	高　拱	大學直講	1
25	羅汝芳	大學說	1
26	許孚遠	敬和堂大學述	1
27	耿定向	大學括義	1
28	來知德	大學古本釋	1
29	管志道	大學六書	8
30	朱元弼	大學通注	1
31	蔡士喈	古大學注	1
32	姚舜牧	大學疑問	1
33	周從龍	大學遵古編	1
34	唐伯元	石經大學	1
35	鄒元標	大學就新篇	1
36	顧憲成	重定大學	1
37	顧憲成	大學通考	1
38	顧憲成	大學質言	1
39	徐卽登	大學本旨通	6
40	錢德洪	石經舊本大學	1
41	羅大紘	校復大學古本	1
42	吳應賓	古本大學釋論	5

43	袁 黃	石經大學補	1
44	高攀龍	大學知本大義	1
45	吳 炯	大學古本解	1
46	劉宗周	大學古文參疑	1
47	劉宗周	大學古記	1
48	劉宗周	大學古記約義	1
49	劉宗周	大學雜言	1
50	葛寅亮	大學湖南講	1
51	瞿 稷	石經大學質疑	1
52	吳三極	大學測	1
53	沈 曙	大學古本說義	1
54	程 智	大學定序	1
55	郁文初	大學郁溪記	1
56	陳道永	大學辨	1
57	吳肅公	孔門大學述	1
58	毛奇齡	大學證文	4
59	司馬光	致知在格物論	1편
60	顔光敏	大學訂本	1
61	湛若水	聖學格物通	100
62	瞿汝稷	大學格物訓	2편
63	沈朝煥	格物訓	1편
64	劉 敞	中庸大學說	2편
65	何夢桂	中庸大學說	2편
66	徐 燻	學庸初問	2
67	董應舉	學庸略	2
68	王振熙	學庸達解	3
69	李 鼎	學庸大旨	3편
70	葉祺胤	大學中庸臆說	3

71	沈 澣	學庸夢筏	2
72	陳元綸	學庸日箋	2
73	李 覯	讀儒行	1편
74	黃道周	儒行集解	1
75	劉 敞	與爲人後議	1편

『경의고』에 보이는 264종 가운데 현존하는 75종을 제외하면 189종은 逸失되거나 확인할 수 없는 것들인데, 朱彝尊은 이에 대해서는 '失' 또는 '未見'으로 표기해 놓았다. 이 가운데서 일실된 것은 58종이고, 미확인 된 것은 131종이다.

현존하는 75종 가운데 주희의 『대학장구』 이전에 저작된 것은 程顥·程頤·廖剛의 3종에 불과하다. 이 3종에다 최근 연구에 의해 밝혀진 林之奇(1112-1176)의 해석6)을 합치면, 주희 이전에 저술된 『대학』 해석에 관한 설은 모두 4종이라 할 수 있다. 또한 이 4종 가운데 廖剛의 해석은 확인할 수 없기 때문에 그 내용을 알 수 없지만, 이를 제외한 나머지 3종의 해석은 『고본대학』의 편차를 개정하여 나름대로 독자적인 견해를 개진하였다는 점에서 그 의미가 크다.

이를 통해 보면, 북송대에 비로소 『예기』의 한 편으로 남아 있던 「대학」에 주목하게 되었고, 편차를 개정하는 등 본격적인 해석이 시도되었다는 것을 알 수 있다. 이는 후대 주희가 『대학』을 사서로 편입하고 대대적인 개편작업을 통해 새로운 해석을 하는 데 그 밑거름이 되었다.

주희의 『대학장구』 이후에 나온 현존하는 약 70여 종의 저술 가운데 주이존의 『경의고』에 서문·발문 등을 첨부하여 대략이나마 그 내용을 알 수 있는 것들을 대상으로 크게 분류를 해 보면 다음과 같다.

---

6) 林之奇의 해석은 李紀祥의 『兩宋以來大學改本之研究』(臺灣 學生書局, 民國77년)에서 거론하였다.

■ 『고본대학』을 저본으로 독자적인 해석을 한 것
- 黎立武(?-?), 『大學本旨』
- 王守仁(1472-1528), 『大學古本旁釋』·『大學問』
- 崔　銑(1478-1541), 『大學全文通釋』
- 湛若水(1466-1560), 『古大學測』
- 魏　校(1483-1543), 『大學指歸』
- 季　本(1485-1563), 『大學』(不分章節)
- 吳應賓(?-?), 『古本大學釋論』
- 羅大鉉(?-?), 『校復大學古本』
- 沈　曙(?-?), 『大學古本說義』
- 程　智(?-?), 『大學定序』
- 陳道永(?-?), 『大學辨』
- 吳肅公(?-?), 『孔門大學述』
- 董應擧(?-?), 『學庸略』

■ 『대학장구』를 따라 부연 설명한 것
- 金履祥(1232-1303), 『大學章句疏義』
- 徐　氏(?-?), 『大學解義』
- 許　衡(1209-1281), 『大學要略直說』

■ 『대학장구』를 일부 개편하여 보완한 것
- 董　槐(?-1262), 『大學記』
- 王　柏(1197-1274), 「大學」·「大學沿革論」·「大學沿革後論」
- 程敏政(1445-1499), 『大學重定本』
- 蔡　淸(1453-1508), 「攷定大學傳」
- 林希元(1517년진사), 『四書存疑-大學』·『林次崖先生文集』「改正經傳以垂世訓疏」
- 顧憲成(1550-1612), 『重定大學』(格物致知傳)
- 高攀龍(1562-1626), 『大學知本大義』
- 郁文初(?-?), 『大學郁溪記』(格物)

▣ 衍義類
- 眞德秀(1178-1235), 『大學衍義』
- 丘 濬(?-?), 『大學衍義補』
- 湛若水(1466-1560), 『聖學格物通』

▣ 『僞石經大學』을 저본으로 한 것
- 豊 坊(1523년진사), 『石經大學』
- 周從龍(?-?), 『大學尊古編』
- 顧憲成(1550-1612), 『大學質言』
- 鄒德溥(?-?), 『大學宗釋』
- 錢德洪(1496-1574), 『石經舊本大學』
- 袁 黃(1586년진사), 『石經大學補』
- 吳 炯(1589년진사), 『大學古本解』

▣ 『僞石經大學』의 영향으로 개본한 것
- 管志道(1536-1608), 『大學六書』
- 劉宗周(1578-1645), 『大學古文參疑』·『大學古記』·『大學古記約義』·『大學雜言』
- 葛寅亮(?-?), 『大學湖南講』

▣ 『僞石經大學』의 僞造를 변증한 것
- 瞿 稷(?-?), 『石經大學質疑』

▣ 기타
- 司馬光(1019-1086), 「致知在格物論」
- 來知德(1525-1604), 『大學古本釋』: 주희, 왕수인의 격물치지 해석 비판.
- 許孚遠(1535-1604), 『敬和堂大學述』: 사마광의 '捍去外物說'을 따라 格去物欲으로 봄.
- 瞿汝稷(1548-1610), 「大學格物訓」
- 顧憲成(1550-1612), 『大學通考』: 『위석경대학』 및 王守仁·董槐·蔡清 등의 설을 통합적으로 고찰.

● 沈朝煥(?-?),「格物訓」

『대학』은 송대 이후 이와 같이 다양하게 해석되었다. 이를 대별해 보면, 1)주희의『대학장구』를 인정하지 않고『고본대학』을 저본으로 하여 독자적 해석을 시도한 경우, 2)주희의『대학장구』를 저본으로 부분적 개정을 시도한 경우, 3)명대 출현한 僞石經의 영향에 의한 해석, 4)衍義類의 해석 등으로 나눌 수 있다.

이러한 역대의 다양한 해석과 함께 아울러 고찰할 점이『대학』의 分節·分章과 編次改定에 관한 문제이다. 이 가운데 편차 개정에 관해서는 뒤에서 다룰 것이므로 여기서는 분절·분장에 관한 설을 개괄적으로 검토해 보기로 한다.

십삼경주소본에 수록되어 있는『禮記注疏』의「大學」(古本大學)을 보면, 分章이나 分節이 되어 있지 않다. 후한 말의 鄭玄은 필요한 곳에 간단한 音과 注만 달았을 뿐이다. 그런데 당대 孔穎達이 붙인 正義에는 '疏' 자를 써서 자신의 설을 정현의 주와 구분해 놓고 있는데, 이 '疏'가 두 군데만 보인다. 즉 '大學之道'부터 '至於信'까지를 한 단락으로, '子曰聽訟'으로부터 끝까지를 한 단락으로 구분해 본 것이다. 이를 보면, 공영달은「대학」을 두 단락으로 나누어 본 것이라 추정해 볼 수 있다.

그런데 최근의 연구자는 공영달의 해석을 자세히 분석해 보면, 세 단락으로 나눈 것이라고 주장하였다. 이 설은 주소본의 체제를 그대로 따르되, 주소본의 아래 단락을 다시 '誠意의 일을 말한 것'과 '修身 이하의 일을 말한 것'으로 구분한 것이다.[7]

주희의『대학장구』이전에『대학』의 편차를 개정한 사람으로는, 程顥·程頤·林之奇 등이 있는데, 이들은 모두 分章이나 分節을 하지 않

---

7) 李紀祥,『兩宋以來大學改本之研究』(臺灣 學生書局, 民國77) 20면「二. 孔疏之分節」 참조.

았다. 이들의 편차 개정 및 그 요지 파악에 대해서는 다음 장에서 상세
히 살펴보기로 한다.

『대학』의 분장은 주희에 의해 체계적으로 이루어졌다. 그는『고본대
학』의 편차를 개정하고 내용을 經一章·傳十章 체제로 개편하였다. 이
후 여러 학자들이 독자적인 견해로 분장을 하였는데, 이를 차례로 간추
려 본다.

첫째, 分六章說이다. 이는 분장설 가운데 가장 많이 나타나는데,『대
학』을 크게 六章으로 나누어 보는 설이다. 이를 주장한 주요 학자로는
宋代 錢時(?-?), 明代 許孚遠(1535-1604), 淸代 李光地(1642-1718)·王
澍(1668-1743)·邊廷英(?-?)·楊亶驊(?-?)·劉沅(1768-1855)·林春溥
(1775-1861)·郭嵩燾(1818-1891)·馬徵慶(1821-1893)·劉光賁(1843-
1903) 등이 있다. 이들의 설은 대체로『고본대학』의 차례에 따라 나눈
것이다. 여기서 하나의 예로 청나라 초기 李光地의 분장을 정리하여 제
시하면 다음과 같다.

제1장 : 大學之道 …… 此謂知之至也
　　　　右第一章 按 孔門相傳心法曰誠身而已 而欲誠身者 必先明善 盖善者
　　　　性之實理 卽所謂誠也 云云
제2장 : 所謂誠其意者 …… 此謂知本
　　　　右第二章 按 此章前無誠意在致其知之文 後無正心在誠其意之釋 章
　　　　首又特揭誠意 云云
제3장 : 所謂修身 …… 此謂修身在正其心
　　　　右第三章 此章言身心之所以相因也 云云
제4장 : 所謂齊其家 …… 此謂身不修不可以齊其家
　　　　右第四章 此章言身家之所以相因也 云云
제5장 : 所謂治國 …… 此謂治國在齊其家
　　　　右第五章
제6장 : 所謂平天下 …… 此謂國不以利爲利 以義爲利也

復申明財用之道 而以用人結之 云云[8]

　이 설은 제1장을 삼강령·팔조목을 말한 것으로, 제2장은 誠意를 해석한 것으로, 제3장은 正心修身을 해석한 것으로, 제4장은 修身齊家를 해석한 것으로, 제5장은 齊家治國를 해석한 것으로 제6장은 治國平天下를 해석한 것으로 그 요지를 파악하고 있다. 이 설은 주희처럼 편차를 개정하는 것에 대해 반대하는 관점에서 『고본대학』의 체제를 그대로 따르지만, 요지를 삼강령·팔조목으로 보고, 또 經과 傳으로 나누어 해석하고 있는 점에서 주희의 설을 일정하게 수용하고 있다고 하겠다.

　둘째, 分七章說이다. 이 설은 청대 毛奇齡(1623-1716)에 의해 제기되었다. 모기령은 『고본대학』을 저본으로 전체를 7장으로 나누었는데, 이를 간략히 정리하면 다음과 같다.

제1장 : 大學之道 …… 國治而后天下平
제2장 : 自天子以至於庶人 …… 此謂知之至也
제3장 : 所謂誠其意者 …… 此謂知本
제4장 : 所謂修身 …… 此謂修身在正其心
제5장 : 所謂齊其家 …… 此謂身不修不可以齊其家
제6장 : 所謂治國 …… 此謂治國在齊其家
제7장 : 所謂平天下 …… 此謂國不以利爲利 以義爲利也[9]

　이 설은 분육장설의 제1장을 2장으로 나누어 본 것이 다를 뿐, 그 나머지는 거의 같다. 이 설은 제1장을 삼강령·팔조목을 말한 것으로, 제2장을 格物致知를 말한 것으로 요지를 파악하고 있다. 즉 분육장설에 팔조목의 격물치지를 해석한 대목이 없기 때문에 이를 보완하기 위한 차

---

8) 李光地, 『大學古本說』, 文淵閣四庫全書 제210책, 2~10면 참조.
9) 毛奇齡, 『大學證文』, 文淵閣四庫全書 제210책, 278~313면 참조.

원에서 제기되었다. 다만 모기령은 격물치지에 대해 주희의 설을 따르지 않고, 王柏·王守仁·黎立武 등의 설을 따라 物之本末과 事之終始를 통합해 요량하여 用力의 先後를 삼는 것이라고 주장하였다.10)

모기령 이후 청대 成瓘(?-?)도 분칠장설을 주장하였는데, 모기령과는 약간 다르게 분장을 하였다. 그는 '大學之道'부터 '則近道矣'까지 제1장으로 분장하고, '古之欲明明德於天下'부터 '此謂知之至也'까지를 제2장으로 하였다.11) 그러나 그 역시 제1장은 삼강령·팔조목을 말한 것으로, 제2장은 격물치지를 해석한 것으로 본 점에서는 모기령과 같다.

셋째, 分八章說이다. 『대학』을 8장으로 분장하는 설은 크게 두 종류로 나눌 수 있다. 하나는 분육장설의 제1장(『대학장구』의 經一章)을 3장으로 나누고 그 나머지 5장은 그대로 따르는 설이다. 다른 하나는 분육장설의 제1장은 그대로 두고 제2장을 3장으로 나누는 설이다.

전자는 作者 未詳의 『管窺大學古本』에서 제기된 설인데, 이를 정리하면 다음과 같다.

제1장 : 大學之道 …… 慮而后能得
제2장 : 物有本末 …… 國治而后天下平
제3장 : 自天子以至於庶人 …… 此謂知之至也
제4장 : 所謂誠其意者 …… 此謂知本
제5장 : 所謂修身 …… 此謂修身在正其心
제6장 : 所謂齊其家 …… 此謂身不修不可以齊其家
제7장 : 所謂治國 …… 此謂治國在齊其家
제8장 : 所謂平天下 …… 此謂國不以利爲利 以義爲利也

---

10) 上同. "王心齋氏語錄云 格物者 格其物有本末之物 致知者 致其知先後之知 世以其爲姚江之學 而非之 見江西楊氏所著四體大學 夫姚江以格物爲正物 爲去欲而心齋……宋黎氏立武所作大學發微 有云 格物卽物有本末之物 致知卽知所先後之知 盖通量物之本末 事之終始 而爲用力之先後耳"

11) 李紀祥, 앞의 책 23면 참조.

이 설 역시 『고본대학』을 저본으로 하여 분장한 것인데, 제4장 '所謂誠其意者' 이전을 3장으로 나눈 것이다. 이 설은 분칠장설에 비해 더 세분한 것인데, 제1장은 綱領을 말한 것으로, 제2장은 팔조목을 말한 것으로, 제3장은 格物致知를 해석한 傳으로 보는 것이 특징이다.[12] 이 설은 綱領과 條目을 별도로 나누고 格物致知傳을 제시함으로써 전체적으로 三綱領·八條目의 체계를 갖추어 놓았다는 데 의미가 있다. 이 점은 주희의 영향을 받은 것이다.

후자는 분육장설의 제1장은 그대로 두고 제2장을 3장으로 나누는 설인데, 다시 여러 가지 설로 분화된다. 이 설은 청대 王定柱(?-?) 등이 주장하였는데, 논리적 설득력이 떨어질 뿐만 아니라, 후대에 거의 영향을 끼치지 못하였다는 점에서 그 가치가 매우 떨어진다. 그러므로 여기서는 거론하지 않기로 한다.[13]

넷째, 分十三章說이다. 이 설은 청대 周炳甲(?-?)이 주장한 것으로, 『고본대학』을 저본으로 분장한 것인데, 앞의 설보다 더 세부적으로 분장을 한 것이 특징이다. 이 설을 정리하면 다음과 같다.

제1장 : 大學之道 …… 則近道矣
제2장 : 古之欲明明德於天下 …… 先致其知
제3장 : 致知在格物 …… 此謂知之至也
제4장 : 所謂誠其意者 …… 故君子必誠其意
제5장 : 詩云瞻彼淇澳 …… 沒世不忘
제6장 : 康誥曰 …… 自明也
제7장 : 湯之盤銘 …… 無所不用其極

---

12) 저자의 설은 明 劉斯原이 편찬한 『大學古今本通考』에 수록되어 있는데, 그 요지는 다음과 같다. "大學之道以下三句 乃一篇綱領 知止一節 乃申明止至善之意 物有本末 乃爲下二節張本 以見先後之序 八者 乃一篇條目 自天子以下 至此謂知之至也 乃釋格物之傳 以後各有所謂二字冠篇"

13) 이에 관한 설은 李紀祥의 앞의 책 26~27면 참조.

제8장 : 詩云邦畿千里 …… 止於信
제9장 : 子曰 聽訟 …… 此謂知本
제10장 : 所謂修身 …… 此謂修身在正其心
제11장 : 所謂齊其家 …… 此謂身不修不可以齊其家
제12장 : 所謂治國 …… 此謂治國在齊其家
제13장 : 所謂平天下 …… 此謂國不以利爲利 以義爲利也[14]

이 설은 제1장을 綱領으로, 제2장을 條目으로, 제3장을 致知를 해석한 것으로, 제4장을 誠意를 해석한 것으로, 제5장을 致知誠意의 효과를 극언한 것으로, 제6장을 明明德의 뜻을 해석한 것으로, 제7장을 新民의 뜻을 해석한 것으로, 제8장을 止於至善의 뜻을 해석한 것으로, 제9장을 明德이 新民의 근본이 됨을 해석한 것으로 파악한 것이다. 제10장 이하는 앞의 설과 동일하다.

이상에서 분장에 관한 여러 설을 간추려 보았다. 『대학』의 분장은 이 책이 중시되는 송대 이후에 나타난 설로, 내용을 체계적으로 파악하기 위해 시도된 것이다. 이런 과정에서 논리 체계를 세우다 보니, 편차를 개편하는 문제도 대두된 것이다.

그런데 분장은 改本과 다르다. 개본은 錯簡이 있다는 것을 전제로 하여 편차를 바꾸는 것인 반면, 분장은 단락나누기를 통한 요지 파악에 해당한다. 『중용』의 해석에서 이 문제가 해석의 중심 과제로 부각되는 것도 같은 맥락에서 이해할 수 있다.

역대의 분장설을 보면, 錯簡이 없다는 관점에서 『고본대학』을 그대로 인정하면서 분장만을 통해 요지를 체계적으로 파악하기 위해 시도된 것이다. 따라서 주희처럼 錯簡이 있다는 관점에서 改本을 하고, 闕文이 있다는 관점에서 補亡을 하고, 다시 分章을 하여 논리 체계를 새롭게 세

---

14) 周炳中, 『四書典故辨正』(光緒庚寅春校刊本). 李紀祥의 앞의 책에서 재인용하여 정리함.

운『대학장구』와는 그 시각이 다른 것을 확인할 수 있다. 따라서 다양한 분장설은 이 글에서 주로 다루는『대학장구』개정설보다 더 근원적인 고찰을 통해『대학』을 해석하려는 설이라 하겠다.

2.『大學』改本에 관한 주요 저술 및 특징

다음은『대학』의 개본에 관해 살펴보기로 한다.『대학』의 개본에 관한 여러 학자들의 설을 종합적으로 고찰한 주요 저술을 열거해 보면 다음과 같다.

저자	책명	소재서적	비고
明 劉斯原(?-?)	大學古今本通考	中國子學名著集成 제15책	明 萬曆間 刊本
明 袁棟 (1697-1761)	大學改本考		미상
明 顧憲成 (1550-1612)	大學通考		미상
清 毛奇齡 (1623-1716)	大學證文	文淵閣四庫全書 제210책	
清 胡 渭 (1633-1714)	大學翼眞	文淵閣四庫全書 제208책	
清 謝濟世 (1689-1756)	大學校議		朱絲欄鈔本 1책
清 邊廷英(?-?)	大學改本考		道光辛丑刊本 1권
清 王定柱(?-?)	大學臆古		清 嘉慶間 刊本 2책
清 翟灝(?-1788)	四書考異	皇清經解 제17책	

1) 底本 중심의『대학』해석 樣相

이 가운데 毛奇齡의『大學證文』과 胡渭의『大學翼眞』은 문연각 사고전서에 수록되어 있고, 劉斯原의『大學古今本通考』는『中國子學名著集成』에 수록되어 있어 구해 보기가 수월하다. 반면 袁棟의『大學改本考』와 顧憲成의『大學通考』는 현존 여부를 확인할 수 없다.[15] 또한 謝濟世의『大學校議』, 邊廷英의『大學改本考』, 王定柱의『大學臆古』는 청대 刊本으로 영인된 것이 없기 때문에 국내에서 구해 볼 수가 없다.

또한 이 글에서 기술하고자 하는 바가 중국의 역대『대학』개본에 관한 諸說을 모두 거론하려는 것이 아니고,『대학장구』개본에 관한 주요설만을 논의 대상으로 삼기 때문에『大學古今本通考』·『大學證文』·『大學翼眞』에 거론된 주요한 설을 대상으로 해도 별 무리는 없을 것으로 판단된다. 그리고 현대 연구자들의『대학』개본과 관련한 연구 성과[16]를 참고하면, 크게 누락되는 것이 없을 것이다.

위에서 열거한 여러 저술 가운데『대학』개본에 관한 제설을 수집하여 논한 것으로는 劉斯原의『大學古今本通考』, 毛奇齡의『大學證文』, 胡渭의『大學翼眞』, 謝濟世의『大學校議』, 邊廷英의『大學改本考』, 王定柱의『大學臆古』, 翟灝의『四書考異』등을 들 수 있다. 이러한 저술 속에 거론된 역대『대학』을 개본한 경학가를 정리하면 다음과 같다.

- 宋代 : 程顥, 程頤, 呂大臨, 陳天祥, 林之奇, 朱熹, 董槐, 王柏, 吳棫, 車若水, 葉夢鼎, 黃震.

---

15) 李紀祥, 앞의 책 4면 참조.

16) 唐君毅의「大學章句辨證及格物致知思想之發展」, 蔡仁厚의「大學分章之研究」, 高明의「大學辨」, 程元敏의「大學改本述評」, 趙澤厚의「大學研究」, 傅武光의「四書學考」, 王大千의「改本大學釋義」, 林政華의「大學中庸之作者與章次考辨」, 葉國良의「介紹宋儒林之奇的大學改本」, 李紀祥의『兩宋以來大學改本之研究』등.

- 元代 : 吳澄, 王巽卿.
- 明代 : 景星, 宋濂, 王禕, 蔡淸, 林希元, 劉績, 黃葵峯, 顧憲成, 郁文初, 邱嘉穗, 豊坊, 楊守陳, 程敏政, 王道, 李材, 崔銑, 季本, 王世貞, 劉宗周.
- 淸代 : 范爾梅, 李錫書, 惠士奇, 張履祥, 張伯行, 胡渭.

이러한 역대 제가의『대학』개본에 관한 설을 분류하면, 대략 아래와 같이 세 가지로 나눌 수 있다. 하나는『고본대학』을 저본으로 개본을 하여 새롭게 해석한 경우이고, 하나는 주희의『대학장구』를 저본으로 편차를 개정하여 해석을 한 경우이고, 하나는 명대 중기에 등장한 豊坊의 『僞石經大學』의 영향으로 새로운 해석을 한 경우이다. 이를 차례대로 살펴보기로 한다.

첫째, 『고본대학』을 저본으로 하여 개본한 주요 해석을 살펴보기로 한다. 앞에서 언급했듯이, 『대학』은 북송대에 이르러 비로소 주목 받기 시작했으므로 그 이전의 개본은 찾아볼 수 없다. 북송 때 가장 먼저『대학』을 개본한 사람은 程顥(1032-1085)와 程頤(1033-1107)이다. 이들의 개본설에 대한 구체적인 내용은 다음 장에서 고찰하기로 한다. 송대 이후『고본대학』을 저본으로 개본한 주요한 설을 도표로 제시하면 다음과 같다.

성명	저술	특징	비고
程 顥 (1032-1085)	明道先生改定大學	分經傳, 三綱-三綱釋文-八目-八目釋文의 구조로 파악	誠意章 有錯簡
程 頤 (1033-1107)	伊川先生改定大學	分經傳, 三綱-八目-格致釋文-三綱釋文-誠正 이하 釋文으로 파악	〃
林之奇 (1112-1176)	拙齋文集 (文淵閣四庫全書 제1140책)	分經傳, '知止而后有定' 1절을 격물치지전으로 해석, 經文을 옮겨 傳文을 보충	二程의 영향

朱　熹 (1130–1200)	大學章句	分經傳, 經一章 傳十章 체제	〃
王　道 (1476–1532)	大學億 (王文定公遺書)	分經傳, 經一章 傳六章 체제	周나라의 제도
崔　銑 (1478–1541)	大學全文通釋 (經義考)	不分經傳, 分七章	高攀龍의 「大學首章約義」 에 보임
季　本 (1485–1563)	四書私存	不分經傳, 分七章, 治國平天下章 편차개정	毛奇齡의 『大學證文』에 보임
王世貞 (1526–1590)	讀書後	不分經傳, 分九章, 經文을 옮겨 傳 文을 보충, 三綱–八目–釋三綱–釋 格致–釋誠意 이하 체제로 해석	전대의 설에 영향
惠士奇 (1671–1741)	大學說	不分經傳, 分十章, 聽訟章을 格物 致知傳으로 개정, 三綱領·知本으 로 파악	주희의 설에 영향

　둘째, 주희의 『대학장구』를 저본으로 하여 개정한 경우이다. 여기에
는 두 가지 흐름이 있다. 하나는 주희가 格物致知傳을 逸失된 것으로
보아 補傳을 지은 것에 대해, 錯簡만 있고 逸失은 없다는 관점에서 보전
을 인정하지 않고 격물치지에 해당하는 내용을 찾아 새롭게 편차를 개
정한 것이다. 그리고 다른 하나는 격물치지전은 본래부터 없었던 것으
로 보아, 傳文을 모두 9장으로 보거나 주희가 개편하지 않은 治國平天
下章의 편차를 개정하여 논리적 구성을 새롭게 보완하거나 聽訟章을 개
편한 것 등이다.
　전자에 관한 설을 제기한 학자들과 그 요지를 정리하여 도표로 제시
하면 다음과 같다.

성명	저술	비고
董 槐 (?-1262)	「大學更議」 (『大學古今本通考』수록)	胡渭의『大學翼眞』에 수록, 사고전서208 黃震의『黃氏日抄』에 수록, 사고전서701
吳 槃 (1235진사)		王柏의「回趙星渚書」(『魯齋集』)에 보임
王 柏 (1197-1274)	「大學沿革論」, 「大學沿革後論」, 「答車玉峯」,「回趙星渚書」	毛奇齡의『大學證文』등 보임
車若水 (1210-1275)	「重證大學章句」	王柏의 설은 車若水의 설을 인용한 것
黃 震 (1218-1280)	「讀禮記-大學」(『黃氏日抄』)	董槐의 설을 따름
葉夢鼎(?-?)		董槐, 王柏 등의 설과 유사
吳 澄 (1249-1333)		王柏 등의 설과 유사하는 주장과 격치전 을 개정하지 않았다는 주장이 있음
景 星(?-?)	『大學集說啓蒙』	洪武年間(1368-1398) 천거되어 杭州 儒 學訓導를 지냄
王巽卿(?-?)		翟灝의『四書考異』(皇淸經解)에 보임
鄭 濂(?-?)		程敏政의「大學重定本」에 보임
宋 濂 (1310-1381)	鄭僑仲의「大學篆書正文」이 그의 설	林希元의『四書存疑』에 수록, 車若水의 설과 유사
王 褘 (1322-1373)	『靑巖叢錄』	董槐의 설과 유사
方孝孺 (1357-1402)	「大學改本」(逸失)	『折江通志』,『台州府志』등에 보임
蔡 淸 (1453-1508)	『四書蒙引』	車若水의 설과 유사
林希元 (1517진사)	『四書存疑』, 『更定大學經傳定本』	蔡淸의 설을 추숭
劉 績(?-?)	『大學集注』	董槐, 車若水 등의 傳九章說과 유사
黃光昇(?-?)		『大學古今通考本』에 수록
顧憲成 (1550-1612)	『重定大學』,『大學質言』, 『大學通考』	董槐, 車若水 등의 설과 유사
郁文初(?-?)		『經義考』에 보임

邱嘉穗 (1702擧人)	考定大學經傳解	朱熹, 董槐, 車若水 등의 영향
范爾梅 (淸代人)	大學札記	蔡淸 등의 영향
李錫書 (淸代人)	四書臆說	聽訟章을 格致傳으로 봄

위 도표에 보이는 인물들의 설에는 현대 연구자의 성과를 반영하여 朱彝尊의 『經義考』에 보이지 않는 학자들의 설까지도 포함하였다.

다음은 후자의 설을 제기한 학자들과 그 요지를 정리해 도표로 제시하면 다음과 같다.

성명	저술	비고
楊守陳 (1425-1489)	『楊文懿公文集』 「大學私抄序」	聽訟章을 治國平天下章으로 봄
程敏政 (1445-1499)	『大學重訂本』	格致傳은 董槐 등의 영향, 治國平天下章 개정
李 材 (1561진사)	「大學古義」 (『大學古今通考本』 수록)	朱熹, 王守仁 등의 영향
張履祥 (1611-1674)	『初學備忘錄』	청초의 주자학자, 치국평천하장 개정
胡 渭 (1633-1714)	『大學翼眞』	經文 개정, 傳8章 체제, 補亡章 삭제
張伯行 (1651-1700)	費元衡의 「張淸恪公行狀」에 그의 설이 보임	정주학을 종주로 함, '詩云邦畿' 이하를 聽訟章 앞으로 이동, 치국평천하장 개정

이상에서 살펴본 설은 모두 주희의 『대학장구』를 부분적으로 개정하여 논리 구조를 보완하려고 끊임없이 노력한 결과물이다. 주자학이 학문의 종주가 된 뒤에는 주희의 『대학장구』를 더 보완하여 완성된 논리

를 확보하는 것이 학자들의 주된 관심사였다.

셋째, 豊坊의『僞石經大學』의 영향으로 새로운 해석을 한 설에 대해 살펴보기로 한다. 명나라 正德年間(1506-1521) 이전의 학술은 정주학을 종주로 하는 분위기였다.『대학』에 대한 해석도 南宋 말의 董槐·王柏 등이 逸失은 없고 錯簡만 있다는 관점에서 주희의『대학장구』의 편차를 일부 개편해 격물치지전을 보완하려는 차원에서 개정설이 제기되었다.

그런데 정덕연간 이후로는『대학장구』를 개정하는 차원이 아니라,『대학장구』를 저본으로 하지 않고 아예『고본대학』을 저본으로 하여 새롭게 편차를 바꾸어 해석하는 기류가 나타났다. 이는 결국 주희의『대학』해석을 전면적으로 거부하고 새로운 해석을 시도한 것이다. 그 가운데 豊坊·管志道·季本 등은 편차를 대폭 개편하였고, 崔銑·王世貞 등은 주희가 經文과 傳文으로 나눈 것을 반대하여 經·傳을 구분하지 않았고, 王道·李材 등은 경문과 전문으로 구분하지만 주희의 설을 추종하지 않았다.

16세기 후반 東林黨의 영수인 顧憲成(1550-1612)은 東林書院에서 강학하면서 자신이 개본한『대학』을 강의하였다. 그는 '주자학의 폐단은 拘에 있고, 양명학의 폐단은 蕩에 있다'고 하며 양자의 절충을 꾀하였다. 역시 동림서원에서 강학한 高攀龍(1562-1626)은 崔銑이 개본한『대학』을 추존하였고, 劉宗周(1578-1645)는 豊坊이 개본한『대학』을 추존하였다.

명대 중기의 사상계는 양명학이 등장함으로써 주자학과 양명학이 대립하는 국면을 형성하였다. 특히 양명학을 추종하는 학자들은『고본대학』을 저본으로 새롭게 개본하여 독자적인 설을 개진함으로써 학계는 극도의 혼란에 빠져들었다. 이런 혼란스런 시기에『僞石經大學』이 출현하여 주자학·양명학과 함께 鼎足之勢를 형성함으로써『대학』에 대한 해석은 더욱 어지럽게 되었다.

기왕의 연구에 의하면,『石經大學』은 명나라 嘉靖年間(1522-1566) 豊

坊(?-?)이 위조한 것으로 알려져 있다. 풍방의 자는 存禮, 호는 南禺外史이다. 그는 浙江省 鄞縣 사람으로, 명신 豊熙(1488-1505)의 아들이다. 풍방의 집에는 선대로부터 전해 온 서적이 절강 동쪽 지방에서 가장 많이 소장되어 있었다. 그는 이를 '萬卷樓'라 이름 하였다. 후에 이 서적들은 천하에서 장서가 가장 많다는 范堯卿의 天一閣에 소장되었다. 만권루에는 碑帖이 상당히 많이 소장되어 있었는데, 풍방은 이를 모사하여 「河圖石本」·「魯詩石本」·「大學石本」 등을 위조하였다.

그가 이러한 위조를 하게 된 근거는, 魏나라 正始年間(240-248)에 石經이 만들어졌는데 이것이 풍방의 집에 전해내려 왔다는 것과 『대학』·『중용』은 모두 子思가 지은 것으로 '『대학』을 經으로 『중용』을 緯로 하여 만들었다'는 經緯說이다.

이러한 설은 모두 1532년 擧人이었던 王文祿의 『大學古本問』에서 유래한 설이다. 왕문록은 이 책의 서문에서 "南禺 豊公은 바닷가에 사는데, 『대학』을 입으로 전해주면서 '우리 집에 전해 내려오는 曹魏 政始年間에 만들어진 三體의 石經이 이와 같습니다.'라고 하여, 내가 삼가 기록해 책으로 만들었다. 문체가 『중용』과 같다."[17]고 하였는데, 尙書를 지낸 鄭曉(1499-1566)의 『古語』, 耿天台(1524-1596)의 『大學語』 등에 그와 같은 언급이 流轉되면서 급속히 전파되었다.

1564년(嘉靖 43) 갑자기 魏나라 정시연간에 만들어진 『石經大學』이 세상에 출현하였다. 그 뒤 급속하게 확산되어 『석경대학』을 學官에 올리자고 상소하기까지 하였다. 그러다 청초의 朱彝尊(1629-1709)에 이르면, 이 책이 위조된 것임을 변증하는 분위기가 본격적으로 대두되기 시작한다.

여기서 『고본대학』과 『僞石經大學』의 편차를 비교해 보기로 한다.

---

17) 王文祿, 『大學古本問』. "南禺豊公游海上 口授大學曰 家藏曹魏正始三體如是 遂謹錄成 文體與中庸同"(李紀祥, 앞의 책에서 재인용)

앞의 순서는『위석경대학』의 편차이고, 뒤의 순서는『고본대학』의 편
차이다.

❶-01 : ①-01 大學之道 在明明德 在親民 在止於至善

❶-02 : ①-04 古之欲明明德於天下者 …… 致知在格物

❷-01 : ①-03 物有本末 事有終始 知所先後 則近道矣

❷-02 : ①-24 詩云 緡蠻黃鳥 止于丘隅 子曰 於止 知其所止 可以人而不如
鳥乎

❷-03 : ①-02 知止而后有定 定而后能靜 靜而后能安 安而后能慮 慮而后
能得

❷-04 : ①-23 詩云 邦畿千里 惟民所止

❷-05 : ②-01 子曰 聽訟 吾猶人也 必也使無訟乎 無情者不得盡其辭 大畏
民志 此謂知本

❷-06 : ①-06 自天子以至於庶人 壹是皆以修身爲本

①-07 其本亂而末治者否矣 其所厚者薄 而其所薄者厚 未之有也

❷-07 : ①-05 物格而后知至 …… 國治而后天下平

❷-08 : ①-08 此謂知本 此謂知之至也

❸-01 : ①-09 所謂誠其意者 …… 故君子必愼其獨也

①-10 小人閒居 …… 故君子必愼其獨也

①-11 曾子曰 十目所視 十手所指 其嚴乎

①-12 富潤屋 德潤身 心廣體胖 故君子必誠其意

❹-01 : ②-02 所謂修身在正其心者 …… 有所憂患 則不得其正

②-03 心不在焉 視而不見 聽而不聞 食而不知其味

❹-02 : 〈첨입〉顔淵問仁 子曰 非禮勿視 非禮勿聽 非禮勿言 非禮勿動

❹-03 : ②-04 此謂修身在正其心

❺-01 : ②-05 所謂齊其家在修其身者 …… 天下鮮矣

②-06 故諺有之曰 人莫知其者之惡 莫知其苗之碩

②-07 此謂身不修 不可以齊其家

❻-01 : ②-08 所謂治國必先齊其家者 …… 慈者 所以使衆也

❻-02 : ②-10 一家仁 一國興仁 …… 此謂一言僨事 一人定國

❻-03 : ②-09 康誥曰 如保赤子 心誠求之 雖不中 不遠矣未有學養子而后
　　　　　　嫁者也

❻-04 : ②-12 故治國 在齊其家

❻-05 : ②-13 詩云 桃之夭夭 其葉蓁蓁 之子于歸 宜其家人 宜其家人而后
　　　　　　可以敎國人

　　　　②-14 詩云 宜兄宜弟 宜兄宜弟而后 可以敎國人

　　　　②-15 詩云 其儀不忒 正是四國 其爲父子兄弟足法而后 民法之也

　　　　②-16 此謂治國 在齊其家

❼-01 : ②-17 所謂平天下在治其國者 …… 是以 君子有絜矩之道也

　　　　②-18 所惡於上 毋以使下 …… 此之謂絜矩之道也

　　　　②-19 詩云 樂只君子 民之父母 …… 此之謂民之父母

❼-02 : ②-30 秦誓曰 若有一个臣 …… 亦曰殆哉

　　　　②-31 唯仁人 放流之 迸諸四夷 不與同中國 此謂唯仁人 爲能愛人
　　　　　　能惡人

　　　　②-32 見賢而不能擧 擧而不能先 命也 見不善而不能退 退而不能
　　　　　　遠 過也

　　　　②-33 好人之所惡 惡人之所好 是謂拂人之性 菑必逮夫身

❼-03 : ②-20 詩云 節彼南山 …… 辟則爲天下僇矣

❼-04 : ②-22 是故 君子先愼乎德 有德此有人 有人此有土 有土此有財 有
　　　　　　財此有用

　　　　②-23 德者 本也 財者 末也

　　　　②-24 外本內末 爭民施奪

　　　　②-25 是故 財聚則民散 財散則民聚

❼-05 : ②-21 詩云 殷之未喪師 克配上帝 儀監于殷 峻命不易 道得衆則得
　　　　　　國 失衆則失國

❼-06 : ②-28 楚書曰 楚國 無以爲寶 惟善 以爲寶

❼-07 : ②-26 是故 言悖而出者 亦悖而入 貨悖而入者 亦悖而出

❼-08 : ②-27 康誥曰 惟命 不于常 道善則得之 不善則失之矣

❼-09 : ②-29 舅犯曰 亡人 無以爲寶 仁親 以爲寶

❼-10 : ②-36 仁者以財發身 不仁者以身發財

②-37 未有上好仁 而下不好義者也 未有好義 其事不終者也 未有
府庫財 非其財者也

❼-11 : ②-35 生財有大道 生之者衆 食之者寡 爲之者疾 用之者舒 則財恒
足矣

❼-12 : ②-38 孟獻子曰 畜馬乘 …… 此謂國不以利爲利 以義爲利也

②-39 長國家而務財用者 …… 此謂國 不以利爲利 以義爲利也

❼-13 : ②-34 是故 君子有大道 必忠信以得之 驕泰以失之

❽-01 : ②-11 堯舜帥天下以仁而民從之 …… 所藏乎身 不恕 而能喻諸人者
未之有也

①-15 康誥曰 克明德

①-16 太甲曰 顧諟天之明命

①-17 帝典曰 克明峻德

①-18 皆自明也

①-19 湯之盤銘曰 苟日新 日日新 又日新

①-20 康誥曰 作新民

①-21 詩曰 周雖舊邦 其命維新

①-22 是故 君子無所不用其極

①-25 詩云 穆穆文王 於緝熙敬止 …… 止於信

①-13 詩云 瞻彼淇澳 …… 民之不能忘也

①-14 詩云 於戲 前王不忘 …… 此以沒世不忘也

이러한 『위석경대학』은 1)經文과 傳文을 구분하지 않고 전체를 8장으
로 나누었으며, 2)'顔淵問仁 子曰 非禮勿視 非禮勿聽 非禮勿言 非禮勿
動' 22자를 제4장에 첨입했으며, 3)주희의 『대학장구』에서는 성의장 이
하는 『고본대학』의 편차를 개편하지 않았는데 『위석경대학』은 전체를
개편해 새로운 체제로 만들었으며, 4)平天下로 결론을 맺지 않고 三綱
領으로 결론을 지었다는 점이 가장 큰 특징이다.

『위석경대학』이 출현한 뒤에 이를 다시 개정하는 설도 나타났는데,
아래 인물들이 그 대표적인 학자들이다.

성명	저술	비고
管志道(?-?)	『重訂古本大學章句合釋文』	不分經傳, 전체 8장
劉宗周(1601진사)	『大學古記』, 『大學古記約義』	不分經傳, 전체 8장
葛寅亮(1678진사)	『四書湖南講』, 『大學詁』	不分經傳, 전체 7장

이상에서 『대학』의 편차를 개정한 유형을 크게 세 가지로 분류해 살펴보았다. 이 글은 주희의 『대학장구』를 개정한 설에 초점을 맞추어 논의하기로 한정하였기 때문에, 『고본대학』을 저본으로 한 해석이나, 『위석경대학』을 저본으로 한 해석에 대해서는 논의에서 제외할 것이다. 다만 주희의 『대학장구』가 나오기 이전의 설에 대해서는 『대학장구』가 저술된 배경이 되기 때문에 모두 논의 대상으로 할 것이다.

2) 『대학』 해석의 기본 관점

위에서 『대학』의 개본에 관한 설을 크게 세 가지로 나누어 살펴보았는데, 여기서는 이러한 설이 나오게 된 해석의 기본 관점에 대해 살펴보기로 한다.

첫째, 『고본대학』에 錯簡 또는 逸失된 闕文이 있다는 관점이다. 여기에는 다시 두 가지 관점이 있다. 즉 착간만 있고 일실은 없다는 관점과 착간도 있고 일실된 궐문도 있다는 관점이 그것이다. 주희는 착간도 있고 궐문도 있다는 관점에서 편차를 개정하고, 일실된 것으로 보이는 格物致知傳을 자신의 견해로 보충해 넣었다.

대체로 주희 이전의 程顥·程頤·林之奇 등은 錯簡만 있다는 관점에서 편차를 개정한 것이다. 그런데 주희는 착간만 있는 것이 아니라, 闕文까지 있다고 생각하여 補亡의 차원에서 격물치지전을 만든 것이다.

이는 논리 구조를 정밀하게 파악하다 보니, 격물치지의 傳文에 해당하는 문구를 찾을 수 없어 그렇게 한 것이다.

그러나 주희의 『대학장구』를 보완하기 위한 개정설은 대부분 이 점에서부터 출발하고 있다. 즉 궐문은 없고 착간만 있다는 관점에서 격물치지전에 해당하는 구절을 찾아 체제를 일부 개정하는 방식을 취한 것이다. 그 속에는 착간은 인정하지만, 후인이 궐문을 보충해 넣는 것은 옳지 않다는 인식이 깔려 있다.

남송 말 董槐·王柏·車若水 등이 주희의 『대학장구』를 일부 개정한 것은 대체로 주희의 보망장을 인정하지 않고 격물치지전을 찾아 그 자리에 넣은 것이다. 이러한 인식은 명대 전반기까지 그대로 유지되었다. 명대 전반의 유명한 학자이자 정치가인 蔡淸(1453-1508)이 지은 『攷定大學傳』에는 다음과 같은 徐師曾(1517-1580)의 글이 실려 있다.

> 서사증은 말하기를 "『대학』은 착간이 매우 많다. 程子가 그 때문에 『대학』을 표장해 편차를 정해 놓았고, 주자가 또 그를 위해 다시 개정을 하고 보망장을 만들었다. 그는 『대학장구』와 『대학혹문』을 지었는데, 오늘날에는 집집마다 사람들이 전하며 암송하고 있으니, 빠진 의논이 없을 듯하다. 그 뒤 董槐·葉夢鼎·王柏 등은 모두 '傳文에는 궐문이 없고 단지 죽간을 편집해 놓은 것이 흩어져 어지럽게 되었을 뿐이다. 그래서 고찰해 개정하는 자들이 그 순서를 잃어버렸을 따름이다.'라고 하였다."라고 하였다.[18]

이를 보면 후대 주자학자들 가운데는 주희가 궐문도 있고 착간도 있다고 한 관점을 수용하지 않고, 궐문은 없고 착간만 있다는 관점을 지지하는 설이 압도적으로 많았음을 알 수 있다. 그리하여 이들은 주희의

---

18) 蔡淸, 『攷定大學傳』(朱彝尊의 『經義考』). "徐師曾曰 大學篇 錯簡甚多 程子旣爲之表章定著 朱子又爲之更正補亡 其所作章句或問 至於今家傳人誦 似無遺議矣 厥後諸儒 若董氏槐 葉氏夢鼎 王氏柏 皆謂傳未嘗闕 特簡編錯亂 而攷定者 失其序耳"

『대학장구』 해석을 전체적으로 인정하되, 궐문으로 보아 만든 보망장만은 인정하지 않고, 경문이나 전문에서 격물치지전에 해당하는 구절을 찾아 편차를 개정하는 것을 자신들의 소임으로 생각했다.

청대 초의 경학가 胡渭(1633-1714)는 程顥·程頤로부터 비롯된 『대학』 개본을 정리하고 자신의 설을 개진하여 『大學翼眞』이라는 역작을 남긴 사람이다. 그 역시 『대학』에는 궐문이 없고 착간만 있다는 관점에서 「大學有錯簡譌字而無闕文」이라는 글을 남겼다. 이 가운데 아래와 같은 인용문은 주희 이후 격물치지전에 대한 학계의 고뇌가 어떻게 진행되었는지를 단적으로 보여준다.

경진년(1700) 나는 수도에 가서 머물렀다. 그때 廣德 출신 夏雨蒼을 만나 함께 거처하며 강습하는 여가에 하군은 자신이 지은 「朱註發明」을 꺼내 내게 보여주었다. 내가 그 글을 받아 읽어보니 미세하게 조리를 분석하여 내용이 훤히 들여다보였다. 그리하여 내가 전에 지은 설을 가지고 하군에게 질문을 했더니, 하군도 그렇게 여겼다. 내가 또 묻기를 "'知本'과 '知至' 2구는 어디에 두어야 제자리를 잡는 것이겠소?"라고 하자, 하군은 한참 동안 생각을 하더니, 말하기를 "이 구절은 '與國人交 止於信' 다음에 두어야 마땅하오."라고 하였다. 내가 그 말을 듣고 문득 깨달음이 있어 책상을 치며 감탄하였다. 1천 년 동안 깜깜하게 모르던 것이 하군의 한 마디 말에 의해 환히 밝혀지게 된 것이다. 이윽고 생각해 보니 '知本'과 '知至'는 전혀 관계가 없었다. 그러니 '知本'은 '知止'의 오자로 보는 것이 타당하다. 만약 '知本'을 '知止'로 보아 이 2구(此謂知本 此謂知之至也)를 옮겨 '止於信' 뒤에다 두면 錯簡이 바로잡히고 文義도 순조롭게 될 것이다. 이로써 '君子無所不用其極'은 곧 제1절의 '在止於至善'을 대략 해석한 것이고, '邦畿千里' 이하 1장은 다시 그것을 상세하게 해석한 것임을 알게 되었다. 이 장 앞 3절은 經文 제2절을 해석한 것이므로 공자가 『시경』의 시를 해석한 말을 빌어다 '知止' 2자를 끄집어내, '緝熙'로 '知止'를 삼고 '敬止'로 '能得'을 삼은 뒤, 仁·敬·孝·慈·信으로 그칠 바의 실상을 차례로 진술한 것이다. 그리고 '此謂知止 此謂知之至也'로 결론을 맺은 것이다. 위 문장의 '그칠 바를 안다'는 것과 긴밀하게 서로 조응이 되는데 격물치지의 뜻도 그 속에 들어 있게 된다. 뒤의 2절은 경문 제5절(物格而后知至)을 해석한 것이다. 그러므로 「淇澳」을 인용하여 그 점을 해석하면서 '至善'[19] 2자를 끄집어 낸 것이다. '學'·'修'·'恂慄'·'威儀'·'民不能忘'은 明明德이 止於至善하는 것을 말한 것이며, '賢'·'親'·'樂'·'利'는 新民이 止於至善한 것을 말한 것이니, 이는 '君子無所不用其極'과 멀리서 서로 조응이 되는데 知止가 말미암는 것과 得止의 순서가 모두 그 속에 들어 있게 된다. 천고에 해결하지 못한 의문점을 이때에 비로소 풀게 되었다. 高忠憲[20]의 말에 "천하 만세의 心目에는 참으로 점진적으로 미루어 나가 더욱 밝아지는 것과 논의가 오래된 뒤에 확정되는 것이 있다." 고 한 것이 이런 것이로구나. 이런 것이로구나.[21]

청대 胡渭는 주희가 격물치지전의 결어로 본 '此謂知本 此謂知之至也'의 '知本'을 '知止'의 오자로 보아 '詩云 穆穆文王……止於信' 뒤로 옮겨 앞의 '知止'를 해석한 말로 보면서, 아울러 격물치지의 뜻이 그 속에 들어 있는 것으로 해석하였다. 이러한 해석은 주자학파에서 주희의『대학장구』를 일부 개정하여 보완하는 설과는 다른 차원이지만, 그 역시 주희의 설을 상당 부분 수용하고 있는 점에서 보면, 전대미문의 새로운 설

---

19) 이 '至善'은 '道聖德至善'의 '至善'을 가리킨다.

20) 高忠憲 : 명대 학자 高攀龍(1562-1626)을 말함. 충헌은 그의 시호이다. 顧憲成의 문인으로 동림당의 영수가 되었다.

21) 胡渭,『大學翼眞』(文淵閣四庫全書 제210책) 권3, 「大學有錯簡譌字而無闕文」. "歲庚辰 客京師 與廣德夏君雨蒼 同舍講習之餘 夏君出所撰朱註發明 以示余 余受而讀之 擘肌分理 洞中窾卻 因以前說質之夏君 夏君以爲然 又問 知本知至二句 當作何安頓 夏君沈吟良久曰 此當在'與國人交止於信'之下 余聞之 蘧然而覺 拍案叫絶 以千年暗室 賴夏君一言 爲之炳燭也 旣而思之 知本與知至 絶無干涉 知本當爲知止之譌 若讀知本曰知止 而移置此二句 在止於信之下 則錯簡正而文義亦順 以是 始知'君子無所不用其極' 乃略釋在止於至善句 而邦畿一章 復詳釋之 前三節 釋經第二節 故借夫子說詩之言 點出知止二字 而以緝熙爲知止 敬止爲能得 仁敬孝慈信 歷陳所止之實 而結之以此謂知止 此謂知之至也 與上文知其所止 緊相照應 而格物致知之義 亦在其中矣 後二節 釋經第五節 故引淇澳而釋之 點出至善二字 學修恂慄威儀 民不能忘 言明明德之止於至善 賢親樂利 言新民之止於至善 與君子無所不用其極 遙相照應 而知止之由 與得止之序 亦皆在其中矣 千古不破之疑 至是而始決 高忠憲有言 天下萬世之心目 固有漸推而愈明 論久而後定者 其在斯乎 其在斯乎"

을 제기한 것이다.

그런데 호위의 이러한 견해는 『대학』에는 착간만 있고 궐문은 없다는 기본 관점이 전제되어 있다. 즉 주희처럼 착간과 궐문이 모두 있다고 보는 관점이 아니라, 궐문은 없다는 관점에서 새로운 논리 체계를 제기한 것이다. 이러한 그의 견해는 다음과 같은 글에 선명히 나타나 있다.

> 혹자가 묻기를 "그대는 '知本'을 '知止'로 보았는데, 경전의 문자를 가벼이 고칠 수 있습니까?"라고 하여, 내가 답하기를 『대학』에는 오자가 많습니다. '謙'은 '慊'으로 읽고, '命'은 '慢'으로 읽으며, '親民'의 '親'은 '新'이 되어야 하고, '身有'의 '身'은 '心'이 되어야 합니다. 程子가 고친 것을 근본해 세상 사람들이 모두 그 설을 추종합니다. 鄭康成[22]의 주에도 '恂' 자가 '峻'으로 되어 있기도 하고, '諟' 자가 '題' 자로 되어 있기도 하고, '戾' 자가 '盩' 자로 되어 있기도 하고, '僨' 자가 '犇' 자로 되어 있기도 하고, '倍' 자가 '偝' 자로 되어 있기도 하고, '矩' 자가 '巨' 자로 되어 있기도 하고, '彦' 자가 '盤' 자로 되어 있기도 하다고 하였습니다. 그러니 『대학』의 옛 책에 잘못된 글자를 정강성이 바로잡은 것이 또한 많습니다. 대개 秦나라 때 학문을 금지한 뒤로부터 입으로 전하는 설이 유행하여 글자가 소리를 따라 변했으며 竹帛에 기록될 적에 古篆이 또 달라졌습니다. 그러므로 잘못된 글자가 가장 많습니다. 산간 집의 벽 속에 보관되었던 것은 죽간이 썩고 묶었던 끈이 끊어져 그것이 출현됨에 착간과 궐문을 이루 다 헤아릴 수 없었습니다. 그런데 『대학』한 책은 유독 궐문이 없었으니, 이 또한 불행 중 다행이라 하겠습니다. 착간된 것과 잘못된 글자로 바로잡을 만한 것은 마땅히 바로잡아야 합니다. 옛날의 고본만을 한결같이 따르고자 하면 원래의 뜻을 곡해해 만세토록 그르칠 것이니, 성인의 말씀을 업신여기고 후학을 속이는 것이 심한 것이 아니겠습니까? 또한 '知本'과 '知至'는 전혀 관계가 없습니다. 그러므로 주자의 補傳에도 이를 고쳐 '此謂物格'이라고 해서 뒤의 '此謂知之至也'에 접속시켰습니다. 그렇다면 주자의 의도는 일찍이 '知本'이 '知至'와 관계없음을 이미 안 것입니다. 따라서 그것이 잘못된 글자임을 또한 어찌 의심하겠습니까?"라고 답하였다.[23]

---

22) 鄭康成 : 후한 말의 경학가 鄭玄(127-200)을 말함. 강성은 그의 자이다.

이러한 호위의 설을 보면, 착간된 것을 바로잡아 편차를 개정하고, 오자를 바로잡는 것이 그의 『대학』 해석에 있어서의 주요 관점이었음을 알 수 있다.

남송 말부터 주희의 『대학장구』를 일부 개정하여 격물치지전으로 삼은 다양한 설들은 모두 궐문이 없고 착간만 있다는 관점에서 제기된 것이다. 이는 주희처럼 1천여 년 뒤에 글을 지어 경전에 삽입하는 것이 적절치 못하다는 인식에서 연유한 것이다. 즉 고대에 만들어진 경전에 후인이 임의로 첨입하는 것은 경전을 훼손하는 일이라고 생각한 것이다.

둘째, 經文·傳文의 구분 여부에 관한 관점이다. 여기에도 두 가지 견해가 있다. 하나는 한나라 때부터 전해 내려온 『예기』의 「대학」에는 원래 경문과 전문의 구분이 없다는 점에서 不分經傳을 주장하는 견해이며, 하나는 경문은 공자의 말씀이고 전문은 증자의 말씀이라는 聖經賢傳의 시각에서 經과 傳으로 나누어야 한다는 견해이다.

經文과 傳文으로 나누는 견해는 『대학』의 작자 문제와 긴밀하게 연관되어 있다. 『대학』의 저자에 대해 程子는 '孔氏의 遺書'라고 하였다.[24] 정자는 『대학』의 저자를 누구라고 명확히 말하지는 않았지만, 공자로부터 비롯되어 그의 후학들이 저술한 것으로 보았다. 이러한 설을 이어받은 주희는 『대학장구』에서 "經一章은 아마도 공자의 말씀인데 曾子가

---

23) 上同. "或問 子以知本爲知止 經字其可輕改乎 余曰 大學之譌字 多矣 謙讀爲慊 命讀爲慢 本鄭康成 親民之親 當作新 身有之身 當作心 本程子 世皆從之 康成注又云 恂字或作峻 諟或爲題 戾或爲叒 偾或爲犇 倍或作偝 矩或作巨 彦或作盤 則大學故書之譌字爲康成之所釐正者 又多矣 蓋自秦禁學之後 口說流行 字隨聲變 著於竹帛 古篆又殊 故譌字最多 而山巖屋壁之藏 簡朽編絶 及其出也 錯簡闕文 不可勝計 而大學一書 獨無闕文 斯又不幸中之幸也 其錯簡譌字 可正者 自當正之 如必欲一仍古本之舊 則郢書燕說詒誤萬世 不亦侮聖言而誣來學之甚乎 且知本與知至 絶無干涉 故補傳改曰 此謂物格而接以此謂知之至也 然則朱子之意 早已識知本之無關於知至矣 其爲譌字 又何疑"

24) 『대학』을 孔氏의 遺書라고 하는 말은 『二程遺書』 권2에 처음 보인다. 孔子라고 하지 않고 孔氏라고 한 것에 대해, 후인들은 대체로 공자를 포함한 그 후예들까지 포함하는 뜻이라고 보았다.

기술한 듯하고, 傳十章은 증자의 생각인데 그의 문인들이 기록한 것인 듯하다.”25)고 하였다. 혹자는 이에 대해 “무엇을 가지고 그렇게 말하느냐?”고 질문을 하자, 주희는 다음과 같이 답하였다.

> 正經은 문장은 간략하지만 이치는 갖추어져 있고 말은 일상에 가깝지만 뜻은 원대하니, 성인이 아니면 이렇게 언급할 수 없다. 그러나 달리 증명할 방법이 없기 때문에 또한 이 글이 혹 옛날 先民의 말에서 나온 것일지도 모른다고 생각한다. 그러므로 의심만 하고 감히 질정하지 못하는 것이다. 傳文에 대해서는 혹 증자의 말을 인용하기도 하였으며, 『중용』·『맹자』와 합치되는 내용이 많으니, 그것이 증자의 문인의 손에 의해 완성된 것임을 알 수 있다. 그리고 子思가 孟子에게 전해 준 것에 대해 의심이 없다. 대개 『중용』의 이른바 ‘明善’은 곧 『대학』의 格物致知의 功效이며, 『중용』의 ‘誠身’은 곧 『대학』의 誠意·正心·修身의 공효이다. 『맹자』의 이른바 ‘知性’은 『대학』의 ‘格物’이고, ‘盡心’은 ‘知至’이며, ‘存心養性’·‘修身’은 『대학』의 ‘誠意·正心·修身’이다. 기타 ‘愼獨’을 말한 것, ‘不慊’에 대한 설, 義와 利를 구분한 것, 恒言에 대한 차례와 같은 것들은 또한 『맹자』와 합치되지 않음이 없다. 그러므로 정자가 『대학』은 孔氏의 遺書로 학자들이 먼저 힘을 쓸 바이며, 『논어』·『맹자』는 오히려 그 다음이라고 말한 것이니, 이런 데에서 그 점을 알 수 있다.26)

주희는 『대학』을 經文과 傳文으로 나누고, 경문은 공자의 말을 증자가 기록한 것으로, 전문은 증자의 말을 증자의 문인이 기록한 것으로 추정했다. 그는 경문에 대해, 문장이나 조리를 볼 때 성인이 아니면 그렇

---

25) 朱熹, 『大學章句』 經一章 章下註. “右經一章 蓋孔子之言 而曾子述之 其傳十章 則曾子之意 而門人記之也”

26) 朱熹, 『大學或問』. “正經 辭約而理備 言近而指遠 非聖人 不能及也 然以其無他左驗 且意其或出於古昔先民之言也 故疑之而不敢質 至於傳文 或引曾子之言 而又多與中庸·孟子者合 則知其成於曾氏門人之手 而子思以授孟子 無疑也 蓋中庸之所謂明善 卽格物致知之功 其曰誠身 卽誠意正心修身之效也 孟子之所謂知性者 物格也 盡心者 知至也 存心養性 修身者 誠意正心修身也 其他 如謹獨之云 不慊之說 義利之分 恒言之序 亦無不脗合焉者 故程子以爲孔氏之遺書 學者之先務 而論孟 猶處其次焉 亦可見矣”

게 말할 수 없다는 논점으로, 공자의 말씀일 것이라고 추정했다. 그러나 확신할 수 없기 때문에 '옛날 선민의 말'인지도 모르겠다고 유보적인 태도를 취하였다. 그러나 그는 전문에 대해서는 子思가 지은 『중용』이나 孟子가 지은 『맹자』와 동일한 요지를 증거로 제시하며 공자 문하에서 나온 책임을 확신하고 있다.

주희가 『대학』을 경문과 전문으로 구분한 것은 공자를 기점으로 하는 道統의 재정립을 염두에 둔 관점에서 연유한 것이다. 그가 굳이 오경 체제를 따르지 않고 四書 체제를 새롭게 수립한 것도 공자로부터 성립된 유학의 새로운 가치를 드러내기 위해서였다. 그가 평생 심혈을 기울여 해석한 사서의 해석은 그의 신유학 정신의 결정판이라 하겠다.

『대학』의 작자 문제에 대해 고증학이 대두되는 명말청초 이후의 학자들은 주희의 설에 대체적으로 부정적인 견해를 표명하고 있다. 閻若璩 (1636-1704)는 傳文에 대해 여러 자료를 인용하면서 『대학』이 『예기』에 들어있고 『예기』는 古禮를 모아 놓은 책이라는 점과 그것은 공자의 제자 70인으로부터 시작해 叔孫通과 梁文帝 이전에 지어진 것이라는 점을 들어, 증자의 문인들이 기록하였다는 증거가 없다고 불신하였다.[27]

한편 胡渭는 程子 및 주희의 말에 따라 『대학』 經文이 공자의 말이라는 점에 대해서는 의심이 없지만, 傳文을 증자의 문인들이 기록한 것이라는 주희의 설에 대해서는 명증할 만한 것이 없다고 보아 인정하지 않았다. 그리고 그는 작자의 성씨에 대해서는 후대에 상고할 만한 자료나 물증이 없으므로, 누구의 저작이라고 단정하지 않는 것이 좋겠다고 하였다.[28]

---

27) 胡渭, 『大學翼眞』(文淵閣四庫全書 제210책) 권3, 「大學經傳撰人」. "閻氏若璩 潛丘箚記曰……班固謂 記百三十一篇 七十子後學者所記 則知大學出於七十子之後 叔孫通梁文之前 必矣 若必以爲曾子門人記者 吾無徵"

28) 上同. "渭按 篇首一章 朱子以爲孔子之言 而又疑其或出於古昔先民 愚竊謂 大學 旣爲孔氏之遺書 則此章必爲孔子之言 無疑也 其餘則朱子據其引曾子之言 又多與中庸孟子

『대학』을 經文과 傳文으로 나누는 문제는 作者가 누구인가 하는 문제
와 긴밀하게 연관되어 있다. 앞에서 살펴보았듯이, 주희는 정자의 설에
따르되 이를 더 분명히 구분하여 경문은 공자의 말로 전문은 증자의 말
로 봄으로써 經一章·傳十章의 체제로 분장을 하여 해석의 논리 구조를
명확히 구분하였다. 이러한 주희의 설은 명대 중반까지 그대로 수용되
어 전승되며 그 내부에서 약간의 개정을 통한 보완작업이 끝없이 추구
되었다.

그러나 주희의 설에 회의적이었던 王守仁(1472-1528)은 『고본대학』을
취하여 아예 처음부터 새로운 해석을 시도함으로써 經文과 傳文으로 나
누는 것을 인정하지 않았다. 이러한 설은 양명학이 유행하는 16세기 이
후 급속히 전파되었고, 『僞石經大學』이 나온 뒤에 더욱 증폭되었다. 이
러한 시대적 분위기를 잘 보여주는 것이 아래의 인용문이다.

> 高攀龍 선생의 遺書에 "羅近溪29)는 말하기를 '『대학』은 원래 한 장으로 된
> 글이다.'라고 하였으며, 顧涇陽30)은 말하기를 '『대학』은 원래 經과 傳으로 나
> 누어진 글이 아니다.'라고 하였다."라고 하였다. 내가 살펴보건대, 나근계와 고
> 경양은 학술이 같지 않은데, 어찌 그들의 말이 서로 유사한 것일까? 대개 두
> 공은 모두 『고본대학』을 믿는 사람들이다. 高子(高攀龍)도 『고본대학』을 믿는
> 사람이다. 『고본대학』으로 살펴보면 '此謂知本 此謂知之至也' 2구는 '未之有
> 也' 아래에 있다. 그래서 위로는 '修身爲本'과 연관되고, 아래로는 '所謂誠其意
> 者'과 접속되어 흡사 '知至而后意誠'과 합하는 듯하다. 그런데 삼강령과 관계
> 된 말은 도리어 誠意章 뒤에 있으니, 참으로 經과 傳은 나눌 만한 근거가 없다.

者合 斷以爲曾氏門人所記 此則未有明徵……古人著書 自明其所得 不求名於天下後世
故有其言大行 而作者之姓氏 終無可考者 年遠事湮 闕疑焉 可也"

29) 羅近溪 : 명나라 때 학자 羅汝芳(1515-1588)을 말함. 근계는 그의 호이다. 江西省 사
람으로 양명학 泰州學派의 대표적인 인물이다.

30) 顧涇陽 : 명나라 때 학자 顧憲成(1550-1612)을 말함. 경양은 그의 호이다. 東林黨의
영수로 정주학과 육왕학의 조화를 꾀하였다.

주자의 改本으로 살펴보면, '康誥曰 克明德'로부터 '此謂知本'까지는 모두 綱領의 의미를 해석한 것이고, '所謂誠其意者' 이하로부터 끝까지는 모두 條目의 의미를 해석한 것이다. 전후의 차례가 질서정연하여 문란하지 않으니, 이른바 가지와 가지가 서로 마주하고 잎과 잎이 서로 해당한다고 하는 것이다. 그러니 經과 傳을 어찌 나눌 수 없는 점이 있겠는가?[31]

胡渭는 경문과 전문으로 나누는 문제에 대해 주희의 견해와 후대『고본대학』을 존신하여 나눌 수 없다는 견해를 모두 거론하면서 자신의 의견은 드러내지 않았다. 그러나 그는 주희의 설을 상당 부분 수용하면서도, 경문과 전문으로 나누는 문제에 대해서는 주희의 설을 따르지 않고 전체를 8장으로 나누었다. 이러한 견해는 대체로 명대 중반 王守仁으로부터 급속하게 확산되었다.

羅汝芳은 말하기를 "『대학』은 원래 한 장으로 된 글로, 이른바 經도 없고, 이른바 傳도 없으며, 또한 闕文도 없고 보완할 것도 없다."라고 하였다.[32]

나여방은 왕수인의 문인 顔鈞을 사사하여 양명학의 泰州學派를 대표하는 인물이다. 그가 위와 같이 말하고 있는 것을 보면, 양명학이 성행하면서 경문과 전문으로 나누어보지 않는 설이 널리 유행하고 있었음을 알 수 있다.

---

31) 胡渭,『大學翼眞』(文淵閣四庫全書 제210책) 권3,「大學經傳撰人」. "高子攀龍遺書曰 羅近溪云 大學原是一章書 顧涇陽謂 大學原不分經傳 按 近溪 涇陽 學術不同 何其言之相似邪 蓋二公 皆信古本大學者也 高子亦信古本大學者也 以古本觀之 則'此謂知本 此謂知之至也'二句 在'未之有也'之下 上綰'修身爲本' 下接'所謂誠其意者' 恰與'知至而后意誠'相合 而其言之涉於三綱領者 反在誠意章後 則信乎無經傳之可分矣 以朱子改本觀之 則自'康誥曰克明德' 以至'此謂知本' 皆釋綱領之義 自'所謂誠其意者' 以至終篇 皆釋條目之義 前後次第 秩然不紊 所謂枝枝相對 葉葉相當者也 經傳何不可分之有"

32) 朱彝尊,『經義考』「王氏守仁 大學古本旁釋」. "羅汝芳曰 大學原只是一章書 無所謂經 無所謂傳也 亦無所闕 無所用補也"

셋째, 편차를 개정할 것인가 말 것인가 하는 관점이다. 어떤 텍스트를 저본으로 새로운 해석을 하더라도 그 편차를 그대로 따라 해석할 것인가, 아니면 개정하여 논리 구조를 새로 구성할 것인가 하는 문제가 제기된다. 여기에는 『고본대학』이든 『대학장구』든 『위석경대학』이든 모두 해당된다.

우선 『고본대학』을 저본으로 하되 그 편차를 그대로 따라 해석하는 관점을 먼저 살펴보기로 한다. 이는 대체로 명나라 때인 16세기 학자들에 의해 제기되기 시작하였는데, 王守仁은 경문과 전문으로 나눌 수 없는 이유를 다음과 같이 역설하였다.

> 『대학』의 요점은 誠意일 뿐이다. 성의의 공효는 格物일 뿐이고, 성의의 극치는 至於至善일 뿐이다. 正心은 그 본체를 회복한 것이고, 修身은 그 작용을 드러낸 것이다. 그것을 자기에게서 말하면 明德이라 하고, 남에게서 말하면 新民이라 하며, 천지 사이에서 말하면 이 둘이 모두 갖추어진다. 그러므로 至善은 心의 本體이다. 이것이 動한 뒤에 不善한 意思가 있게 된다. 마음이 動하는 것은 物이고, 마음이 일삼는 것은 格物이다. 誠意로써 그 불선한 마음이 동한 것을 회복할 따름이다. 불선한 마음이 회복되면 본체가 바르게 되고, 본체가 바르게 되면 불선한 마음의 동함이 없게 된다. 이것을 止於至善이라 한다. 성인은 사람들이 밖에서 그것을 구할까 두려워하여 그 말을 반복해서 하였다. 그런데 舊本이 분석되자 성인의 의도가 없어졌다. 그러므로 성의에 근본하지 않고 격물로써만 하는 것을 支라 하고, 격물을 일삼지 않고 성으로써만 하는 것을 虛라 하며, 致知에 근본하지 않고 격물·성의로써만 하는 것을 妄이라 한다. 支하고 虛하고 妄하게 되자, 그 뜻이 지어지선에서 멀어지게 되었다. 敬으로 그것을 합하면 더욱 하나로 묶이지만, 傳으로 그것을 보충하면 더욱 분리되게 된다. 나는 학문이 날로 至善에서 멀어질까 염려하여 分章하는 것을 버리고 舊本을 회복하고 곁에 그 해석을 덧붙여 그 뜻을 인도했다. 그래서 거의 성인의 마음을 다시 볼 수 있게 되었으니, 이를 구하는 자는 그 요점을 얻을 것이다. 아! 나를 죄줄 자는 또한 이 설일 것이다.[33]

왕수인의 견해는 주희처럼 分章함으로써 古經의 本旨를 잃게 되었으니, 舊本에 따라 해석하면서 성인의 본지를 터득해야 한다는 것이다. 그는 주자학의 유폐를 支離하고 虛妄한 것으로 혹평하고, 구본에 따라 분장하지 말아야 한다는 점을 강조하고 있다.

왕수인과 동시대 湛若水(1466-1560)는 『대학』의 논리를 독특한 관점에서 파악하면서 다음과 같이 말하였다.

湛若水의 自序에 말하기를 "『대학』의 도는 粲然히 사람들에게 보여준 것이 넓고, 渾然히 사람들에게 보여준 것이 요약되어 있다. 明德·親民은 그 찬연한 것이고, 止於至善은 그 혼연한 것이다. 그런데 그것을 둘로 나누는 것이 아니니, 그 찬연한 것이 곧 그 혼연한 것이다. 그러므로 명덕·친민은 大體를 말한 것이고, 지어지선은 實功을 말한 것이다. 어찌하여 찬연한 것이 그 體用이라 말하는가? 두루 그 분수를 넓게 하여 자신을 완성하고 남까지 완성시켜 주기 때문에 대체를 말한 것이라고 하는 것이다. 어찌하여 혼연한 것이 그 理라 하는가? 그 학문이 쉽고도 간결하며 오래고도 크기를 요구하기 때문에 실공을 말한 것이다."라고 하였다.[34]

---

33) 王守仁, 『王文成公全書』 권7, 「大學古本序」. "大學之要 誠意而已矣 誠意之功 格物而已矣 誠意之極 止至善而已 正心復其體也 修身著其用也 以言乎己 謂之明德 以言乎人 謂之新民 以言乎天地之間 則備矣 是故 至善也者 心之本體也 動而後 有不善意者 其動也 物者 其事也 格物 以誠意復其不善之動而已矣 不善復而體正 體正而無不善之動矣 是之謂止至善 聖人懼人之求之於外也 而反覆其辭 舊本析 而聖人之意亡矣 是故 不本於誠意 而徒以格物者 謂之支 不事於格物 而徒以誠意者 謂之虛 不本於致知 而徒以格物誠意者 謂之妄 支與虛與妄 其於至善也 遠矣 合之以敬而益綴 補之以傳而益離 吾懼學之日遠於至善也 去分章而復舊本 傍爲之釋 以引其義 庶幾復見聖人之心 而求之者 有其要 噫 罪我者 其亦以是夫"

34) 朱彛尊, 『經義考』 「湛若守 古大學測」. "若水自序曰……大學之道 其粲然示人 博矣 其渾然示人 約矣 明德親民 其粲然矣乎 止至善 其渾然矣乎 夫非有二之也 其粲然者 乃其渾然者也 是故 明德親民 以言乎大體矣 止至善 以言乎實功矣 曷謂燦然其體用 周以弘其分 成已而成物 是故 以言乎大體也 曷謂渾然其理 要其學易簡而久大 是故 以言乎實功也反覆也"

담약수는 明明德·親民을 粲然하게 體用을 갖춘 것으로, 止於至善을 渾然하게 하나가 된 것을 지칭한다고 보아 博·約, 分殊·理一의 관점에서 파악하였다. 즉 찬란하게 드러난 것은 分殊로서 체와 용이 모두 갖추어진 것이고, 혼연한 것은 하나로 융합된 것으로 본연의 理一이다. 이렇게 보면 주희의 설처럼 經·傳으로 나눌 수 없는 것이 자명하다.

다음은 『고본대학』을 저본으로 편차를 개정한 해석에 대해 살펴보기로 한다. 『고본대학』을 저본으로 개본한 설도 왕수인과 비슷한 시기인 명대 중엽에 나타난다. 그 대표적인 인물이 王道(1476-1532)·崔銑(1478-1541)·季本(1485-1563)·王世貞(1526-1590)·惠士奇(1671-1741) 등이다. 여기서 최선의 해석을 예로 들어본다. 그는 『고본대학』 제2단락(所謂誠其意者……大畏民志 此謂知本)의 편차만 개정하여 전체를 6장으로 나누었는데, 이를 간략히 정리하면 다음과 같다.

제1장 : 大學之道 …… 此謂知本 此謂知之至也
제2장 : 詩云 瞻彼淇澳 …… 民之不能忘也
제3장 : 詩云 於戲 前王不忘 …… 此以沒世不忘也
제4장 : 子曰 聽訟 …… 此謂知本
제5장 : 所謂誠其意者 …… 故君子必誠其意
제6장 : 所謂修身在正其心者 …… 以義爲利也[35]

이런 分章에 대해, 최선은 다음과 같이 자신의 관점을 제시하고 있다.

『대학』은 성인이 되는 표적이다. 본말을 아는 것보다 먼저 할 일이 없고, 생각을 성실하게 하느냐 속이느냐 하는 분변보다 급히 할 일이 없다. 그러므로 本이 선무에 해당함을 알기 때문에 미루어 천하를 평치하고자 하는 자는 반드시 격물에 근원하며, 末이 나중에 할 일임을 알기 때문에 격물을 충만히 하는

---

35) 高攀龍, 『高子遺書』 권3에 보임.(李紀祥의 앞의 책에서 재인용)

자는 평천하를 극진히 한다. 이를 요약하면 모두 修身이다. 「淇澳」과 「烈文」
의 시는 격물의 순서이고, 仁·敬·孝·慈·信은 격물의 조목이다. 「康誥」의 여
러 문구는 옛날에서 징험하여 그 차례를 열거한 것이다. 〈이렇게 보면〉 백성을
새롭게 하고 명덕을 밝히는 체가 온전하다. 古本을 저본으로 「淇澳」 이하를 끌
어다 誠意章 앞에다 두니, 격물치지의 뜻이 환히 드러났다. 여기에 성실한 것
이 誠이고, 여기에서 갈라진 것이 欺이다.36)

명대 중엽 이후 최선의 경우처럼『고본대학』을 저본으로 편차를 개정
하여 자신의 독자적인 논리를 펴는 설도 다양하게 나타났다.

다음은『대학장구』의 편차를 일부 개정하여 자신의 설을 개진한 해석
에 대해 살펴보기로 한다. 앞에서 언급했듯이, 이는 주로 주희가 격물치
지전을 궐문으로 보아 補亡한 것에 찬성하지 않고 궐문이 없다는 관점
에서 격물치지전을 경문이나 전문에서 찾아 편차를 개편함으로써 논리
구조를 완성하고자 한 것이다. 이에 대한 설은 남송 말부터 명대 중엽까
지 지속적으로 나타났는데, 주로 어떤 구절을 격물치지전으로 보아 편
차를 개정하느냐 하는 문제가 관건이다.

이에 대한 명대 학자들의 견해를 차례로 살펴보기로 한다. 程敏政(1445
-1499)은 다음과 같이 말하고 있다.

『대학장구』는 朱子가 訂定한 것이다. 또한 격물치지전을 지어 없어진 것을
보충했다. 그래서 후학들에게 큰 은혜를 주었다. 주자가 졸한 뒤에 矩堂 董槐
가 처음으로 격물치지전은 없어진 것이 아니고 經·傳 속에 섞여 있는데 바로
잡지 못했을 뿐이라고 하였다. 그 뒤로 玉峯 車若水, 慈谿 黃震, 魯齋 王柏,

---

36) 朱彝尊,『經義考』,「崔銑, 大學全文通釋」. "大學 其作聖之的乎 莫先於本末之知 莫急
於誠欺之辨 是故 知本之當先 故推平天下者 必原於格物 知末之當後 故充格物者 斯極
於平天下 約之 皆修身也 淇澳烈文 格物之序也 仁敬孝慈信 物之目也 康誥諸文 徵諸
古以列其次也 新民而明明德之體 全矣 挈古本 引淇澳以下 置之誠意章之前 格物致知
之義 渙然矣 實乎此者 誠也 岐乎此者 欺也"

山陰 景星, 崇仁 王巽卿 및 國朝의 浦江 鄭濂과 天台 方希古 등이 모두 이에
관한 논설이 있는데, 대동소이하다.37)

주희가 격물치지전을 궐문으로 본 것에 문제가 있음을 발견하고, 주
희가 지은 보망장을 인정하지 않고서 격물치지전에 해당하는 구절을 찾
아 편차를 개정하는 설이 지속적으로 대두되었는데 그 설이 대동소이하
다는 것이다.

徐師曾(1517-1580)도 蔡淸의 『攷定大學傳』에 대해 다음과 같이 말하
였다.

> 『대학』은 錯簡이 매우 많다. 程子가 이미 표장하고 개정하여 드러냈고, 朱子가
> 또 다시 편차를 訂正하고 없어진 것을 보충하여 『대학장구』와 『대학혹문』을
> 저술하여 오늘날에는 집집마다 사람마다 傳誦하고 있다. 그러니 남은 의논이
> 없을 듯하다. 그 뒤 여러 유학자들, 예컨대 董槐·葉夢鼎·王柏 등이 모두 傳文은
> 궐문이 없고 簡編이 錯亂할 뿐인데 고찰하여 개정한 설이 그 순서를 잃었을
> 따름이라고 하였다. 그리하여 經文의 '知止' 이하 2조를 옮겨 '子曰 聽訟' 위에다
> 두고서 傳 제4장으로 삼아 격물치지전을 해석한 것으로 보려 하였다. 車淸臣이
> 일찍이 글을 지어 그 설이 믿을 만하다는 점을 논변하였다. 蔡淸에 이르러 전문
> 을 다시 개정하여 '所謂致知在格物者 物有本末 事有終始 知所先後 則近道矣
> 知止而后有定 定而后能靜 靜而后能安 安而后能慮 慮而后能得 子曰 聽訟吾猶
> 人也 必也使無訟乎 無情者 不得盡其辭 大畏民志 此謂知本 此謂知之至也'라고
> 하였으니, 더욱 이치에 가깝게 되었다. 주자가 다시 태어난다고 하더라도 자신의
> 설을 고치지 않기를 기필하지 않고 이 설을 따를 것이다.38)

---

37) 朱彝尊, 『經義考』, 「程敏政, 大學重定本」. "大學章句 朱子所訂 且爲格致傳 補亡 有
　　大惠於後學 朱子旣沒 矩堂董氏槐 始謂格致傳 未亡 乃雜於經傳中 未及正耳 玉峯車氏
　　若水 慈谿黃氏震 魯齋王氏柏 山陰景氏星 崇仁王氏巽卿 及國朝浦江鄭氏濂 天台方氏
　　希古 皆有論說 大同小異"

38) 朱彝尊, 『經義考』, 「蔡淸, 攷定大學傳」. "大學篇 錯簡甚多 程子旣爲之表章定著 朱子
　　又爲之更正補亡 其所作章句或問 至於今家傳人誦 似無遺議矣 厥後諸儒 若董氏槐 葉
　　氏夢鼎 王氏柏 皆謂傳未嘗闕 特簡編錯亂 而攷定者 失其序耳 遂欲移經文知止以下二

다음은 豊坊의 『僞石經大學』의 영향으로 개본한 것들에 대해 살펴보기로 한다. 앞에서 살펴보았듯이, 이와 같은 방식으로 개본한 학자는 주로 명말청초의 학자 管志道(?-?)·劉宗周(1601년 진사)·葛寅亮(1678년 진사) 등이 있다.

管志道는 『위석경대학』을 저본으로 편차를 개정하였는데, 요지는 經·傳을 나누지 않고 전체를 8장으로 나누며, 三綱領으로 일으켜 삼강령으로 끝을 맺는 논리 구조를 설정하고, 중간에 팔조목과 팔조목에 대한 해석을 한 것이 특색이다. 제3장~제6장은 『위석경대학』과 동일하고, 나머지 장의 편차를 바꾼 것이 다르다.

劉宗周는 高攀龍으로부터 崔銑이 改本한 것을 받고서 그 뜻을 발휘하였는데, 만년에 다시 『위석경대학』을 酷信하여 『고본대학』과 『위석경대학』을 참작하여 「大學古文參疑」를 저술하였다. 그는 經·傳으로 나누지 않고 전체를 8장으로 나누었는데, 그가 개정한 편차를 『위석경대학』을 기준으로 비교하면 다음과 같다. 앞의 숫자는 유종주가 개편한 순서이고, 뒤의 숫자는 『위석경대학』의 편차이다.

○-01 : ●-01 大學之道 …… 在止於至善
○-02 : ●-02 古之欲明明德於天下者 …… 致知在格物
○-03 : ❷-07 物格而后知至 …… 國治而后天下平
㊀-01 : ❷-01 物有本末 …… 則近道矣
㊀-02 : ❷-02 詩云 緡蠻黃鳥 …… 可以人而不如鳥乎
㊀-03 : ❷-03 知止而后有定 …… 慮而后能得
㊀-04 : ❷-04 詩云 邦畿千里 惟民所止

條 置於子曰聽訟之上 以爲傳之四章 釋致知格物 而車氏淸臣 嘗爲書以辨其說之可信 至蔡氏淸 玫定傳文云 所謂致知在格物者 物有本末 事有終始 知所先後 則近道矣 知止而后有定 定而后能靜 靜而后能安 安而后能慮 慮而后能得 子曰 聽訟吾猶人也 必也使無訟乎 無情者 不得盡其辭 大畏民志 此謂知本 此謂知之至也 尤爲近理 使朱子復生 未必不改而從之"

(三)-05 ： ❷-05　子曰 聽訟 …… 此謂知本
(三)-06 ： ❷-06　自天子以至於庶人 …… 未之有也
(三)-07 ： ❷-08　此謂知本 此謂知之至也
(三)　 ： ❸　　　所謂誠其意者 …… 故君子必誠其意
(四)-01 ： ❹-01　所謂修身在正其心者 …… 食而不知其味
(四)-02 ： ❹-03　此謂修身在正其心
(五)　 ： ❺　　　所謂齊其家在修其身者 …… 此謂身不修 不可以齊其家
(六)-01 ： ❻-01　所謂治國必先齊其家者 …… 所以使衆也
(六)-02 ： ❻-03　康誥曰 如保赤子 …… 嫁者也
(六)-03 ： ❻-02　一家仁 …… 一人定國
(六)-04 ： ❻-04　故治國 在齊其家
(六)-05 ： ❻-05　詩云 桃之夭夭 …… 此謂治國在齊其家
(七)-01 ： ❼-01　所謂平天下在治其國者 …… 此之謂民之父母
(七)-02 ： ❼-02　秦誓曰 若有一个臣 …… 菑必逮夫身
(七)-03 ： ❼-03　詩云 節彼南山 …… 辟則爲天下僇矣
(七)-04 ： ❼-04　是故 君子先愼乎德 …… 財聚則民散 財散則民聚
(七)-05 ： ❼-05　詩云 殷之未喪師 …… 失衆則失國
(七)-06 ： ❼-06　楚書曰 楚國 …… 惟善以爲寶
(七)-07 ： ❼-07　是故 言悖而出者 …… 亦悖而出
(七)-08 ： ❼-09　舅犯曰 亡人 …… 仁親以爲寶
(七)-09 ： ❼-08　康誥曰 惟命不于常 …… 不善則失之矣
(七)-10 ： ❼-11　生財有大道 …… 則財恒足矣
(七)-11 ： ❼-10　仁者以財發身 …… 非其財者也
(七)-12 ： ❼-12　孟獻子曰 …… 以義爲利也
(八)-01 ： ❼-13　是故 君子有大道 …… 驕泰以失之
(八)-02 ： ❽-01　堯舜帥天下以仁而民從之 …… 未之有也
(八)-03 ： ❽-02　康誥曰 克明德 …… 皆自明也
(八)-04 ： ❽-03　湯之盤銘曰 …… 是故 君子無所不用其極
(八)-05 ： ❽-04　詩云 穆穆文王 …… 止於信
(八)-06 ： ❽-04　詩云 瞻彼淇澳 …… 民之不能忘也

㈧-07 : ❽-04 詩云 於戲 前王不忘 …… 此以沒世不忘也

　유종주가 개편한 것 가운데 특징적인 점은 『위석경대학』 제4장에 첨입된 '顏淵問仁 子曰 非禮勿視 非禮勿聽 非禮勿言 非禮勿動' 22자를 제외했다는 것이다. 그는 후인들이 고본에 임의로 다른 문구를 첨입하는 것을 탐탁하게 여기지 않은 듯하다. 그는 임종 시에 자신이 만년에 개정한 것이 『고본대학』의 편차를 지나치게 개편한 것이므로 후세에 전하지 말라고 하였다고 한다.[39]

　葛寅亮이 『위석경대학』을 개정한 것은 毛奇齡의 『大學證文』 등에 보인다. 그는 「大學湖南講」 1권을 저술하여 세상에 전해졌다고 하는데, 『대학』을 經·傳으로 나누지 않고 전체를 7장으로 나누었다. 모기령의 『대학증문』에 나타난 그의 설을 간략히 정리하면 다음과 같다.

제1장 : 大學之道 …… 此謂知之至也
제2장 : 所謂誠其意者 …… 故君子必誠其意
제3장 : 所謂修身在正其心者 …… 此謂修身在正其心
제4장 : 所謂齊其家在修其身者 …… 此謂身不修 不可以齊其家
제5장 : 所謂治國必先齊其家者 …… 此謂治國 在齊其家
제6장 : 所謂平天下在治其國者 …… 以義爲利也
제7장 : 詩云 瞻彼淇澳 …… 大畏民志 此謂知本

　그러나 이 설은 『위석경대학』의 편차와 비교해 보면 빠진 단락이 있어 정확한 내용을 알 수 없다.

　다음은 '格物致知'에 특별히 주목하여 주희와 왕수인의 설을 모두 따르지 않고, 독자적으로 해석을 시도한 경우에 대해 살펴보기로 한다. 程子보다 앞시대 司馬光(1019-1086)은 桀·紂도 禹·湯이 성인인 줄 알지

---

39) 李紀祥, 앞의 책 217면 참조.

만 그들의 행적이 우·탕과 반대가 되었던 것은 그들의 欲心을 이기지 못했기 때문이며, 盜跖도 顔淵·閔子騫이 현인인 줄 알았지만 그의 행적이 그들과 반대가 되었던 것은 利心을 능히 극복하지 못했기 때문이라고 보고서, 학문을 할 적에 外物의 유혹을 막는 것을 매우 중시했다.[40] 그는 이런 관점에서 『대학』의 '格物'에 대해 다음과 같이 해석했다.

> 「대학」에 '致知在格物'이라고 하였는데, '格'은 '막을 한[扞]'이나 '막을 어[禦]' 자의 뜻과 같다. 능히 외물의 유혹을 막은 뒤에야 지극한 도를 알 수 있다. 鄭氏(鄭玄)는 '格'을 '오다[來]'는 뜻으로 해석했는데, 혹자는 오히려 고인의 뜻에 극진하지 못하다고 하였다.[41]

사마광이 '格' 자를 '扞' 자의 뜻으로 해석한 것은 매우 독특한 해석으로 후대에 종종 거론되는 설이다. 그러나 주희가 '格'을 '至'로 해석한 뒤 대부분 그의 설을 추종하였고, 왕수인이 다시 '格'을 '正'으로 해석한 뒤로 양명학파에서는 그의 설을 추종하였다. 그런데 이후 이런 두 사람의 해석에 대해 懷疑하여 모두 따르지 않고 독자적인 해석을 추구하는 설이 등장하였다.

명대 중반 來知德(1525-1604)은 주희와 왕수인의 '格物'에 대한 해석을 모두 비판하며 다음과 같이 말하였다.

> 秦·漢 이후로 성인의 도가 긴 밤중처럼 깜깜해졌다. 宋나라에 이르러 河南 程氏가 「大學」을 취해 表章하고, 朱子가 그를 위해 주석을 달았으니, 성인의

---

40) 司馬光, 『傳家集』(文淵閣四庫全書 제1094책) 권65, 「致知在格物論」. "人之情 莫不好善而惡惡 慕是而羞非 然善且是者 盖寡 惡且非者 實多 何哉 皆物誘之也 物迫之也 桀紂亦知禹湯之爲聖也 而所爲與之反者 不能勝其欲心故也 盜跖亦知顔閔之爲賢也 而所爲與之反者 不能勝其利心故也"

41) 上同. "大學曰 致知在格物 格 猶扞也 禦也 能扞禦外物 然後能知至道矣 鄭氏以格爲來 或者猶未盡古人之意乎"

문하에 공이 있다고 하겠다. 다만 그는 明德을 虛靈不昧라 하고, 格物을 窮至
事物之理라 함으로써 지리하게 해석했다는 잘못을 면치 못하였다. 陽明王氏에
이르러서, 이 글은 원래 錯簡이 있지 않고 程朱의 格物에 대한 해석은 밖에서
구하는 것을 면치 못했다고 하였으니, 程朱에 공이 있다고 하겠다. 다만 그는
明德을 靈昭不昧로 보고 사람들을 가르칠 적에 먼저 良知를 깨닫게 하였으니,
또한 茫昧하다는 잘못을 면치 못하였다. 주자의 설은 지리하고 왕양명의 설은
망매하니, 비록 내외의 구분이 있기는 하지만, 성인이 되는 공부에 있어서 입
문하는 잘못은 똑같다. 나는 벼슬하지 않고 산림 속에 은거하며 잠심하고 반복
해 연구한 것이 20여 년이 되었는데, 어느 날 황홀하게 깨달음이 있었다. 나는
천하의 학자들이 날로 禪學으로 흘러드는 것을 두려워하여 이에『고본대학』의
뒤에다 기록한다. 42)

來知德의 해석이 구체적으로 어떤 것인지는 확인할 수 없지만, 그는
주희와 왕수인의 '格物'에 대한 해석을 모두 비판하면서 새로운 독자적
인 해석을 시도한 것을 알 수 있다.

비슷한 시기 許孚遠(1535-1604)은 湛若水의 문인 唐樞에게 배운 사람
인데, 사마광의 捍去外物說을 따라 格物을 '格去物欲'으로 보면서 다음
과 같이 말하였다.

格物의 뜻이 발명되지 않아 孔門의 학술이 어두워지게 되었다. '사물에 나아
가 그 이치를 궁구한다'는 설은 支離할까 의심스럽고, '事事物物에서 부정한
것을 바로잡아 바른 데로 돌린다'는 해석은 簡捷한 데 관계되며, '格은 物의
本末을 아는 것'이라는 설과 '物이 格하면 物은 없다'는 설은 헛되게 보아 실상

---

42) 朱彛尊,『經義考』(文淵閣四庫全書 제679책),「來知德, 大學古本釋」. "秦漢以來 聖人
之道 渾如長夜 至宋河南程氏 取而表章之 朱子乃爲之注 可謂有功於聖門矣 但以明德
爲虛靈不昧 以格物爲窮至事物之理 不免失之支離 至陽明王氏 以此書原未錯簡 程朱格
物 不免求之於外 可謂有功于程朱矣 但仍以明德爲靈昭不昧 而教人先以悟良知 則又不
免失之茫昧 支離茫昧雖分內外 然於作聖工夫 入手之差者 則均也 德以未仕 山林中 潛
心反覆二十餘年 一旦恍然有悟 懼天下之學者 日流而爲禪也 乃書於大學古本之後"

이 없으니, 모두 내가 믿을 수 있는 바가 아니다. 대개 宋儒 司馬光 공이 일찍
이 '捍去外物說'을 주장하였다. 근래 天台의 王先生과 涇陽의 胡先生은 모두
羅汝芳과 나의 格去物欲說을 주로 한다.[43]

허부원은 주희의 격물설과 왕수인의 격물설을 모두 비판하면서 사마
광의 격물설을 지지하고 있다. 이처럼 格物을 주희나 왕수인의 해석과
는 다르게 해석하는 설이 명말에 다양하게 등장하였으나, 널리 전파되
지 못하여 학자들의 관심을 끌지 못했다.

---

[43] 朱彝尊 『經義考』, 「許孚遠, 敬和堂大學述」, "自格物之義不明 而孔門之學晦 謂卽物
而窮其理者 疑於支 謂於事事物物 格其不正 以歸於正者 涉於徑 謂格知物之本末 與格
無物之物者 虛見無實 皆愚之所不能信也 盖宋儒司馬溫公 嘗有捍去外物之說 近時 天
台王子 涇陽胡子 皆主汝芳孚遠格去物欲之說"

제3장

朱熹의『大學章句』와『대학장구』改定에 관한 諸説

1. 朱熹 이전의『大學』改本에 관한 諸説

1)『古本大學』과 후대의 문제 의식

「大學」은 본래 한나라 때 戴聖이 편찬한『小戴禮』(『禮記』) 49편 중 제42편에 수록되어 있던 글이다. 후한 때 鄭玄(127-200)은 이『예기』에 注를 달았다. 그리고 唐나라 太宗 때 孔穎達(574-648)이 황제의 칙령을 받들어 五經正義를 편찬하였는데, 이 때『예기』는 정현의 注와 皇侃(488-545)의 疏를 채용하고, 다른 설은 모두 폐기하였다. 이로부터『예기』는 정현의 주와 황간의 소, 그리고 공영달의 正義가 수록된 것을 官本으로 삼게 되었다. 이것이 송나라 때 간행된 十三經注疏本에 수록되어 지금까지 전하는 것이다.

唐代에는 學官에『詩經』·『書經』·『易經』·『儀禮』·『周禮』·『禮記』·『春秋左氏傳』·『春秋公羊傳』·『春秋穀梁傳』을 두었는데 이를 九經이라 한다. 그리고 이 구경을 위주로 取士하였다.[1] 당대의 과거제도는 귀

---

1) 皮錫瑞 著, 李鴻鎭 譯,『中國經學史』, 동화출판공사, 1984, 165면.

족정치 체제를 타파하고 사대부정치 체제를 여는 밑바탕이 되었던 역사적 사건이다. 과거제도가 시행된 뒤로 오경정의의 하나였던 『예기정의』도 士人들에게는 필독서가 되었다.

이러한 여파는 중국에서 최초로 사대부정치 시대가 열리는 송나라 때까지 자연스럽게 이어졌다. 이런 분위기 속에서 10세기 말 당대에 만들어진 九經正義에, 송나라 때 사람 邢昺에 의해 편찬된 『論語』·『孝經』·『爾雅』의 疏가 나와 十二經注疏가 완성되었고, 남송 초에 孫奭의 疏로 알려진 『孟子正義』가 더해져 十三經注疏가 완성되었다.2)

이 십삼경주소에는 형병·손석 등 송나라 때 사람들의 疏가 일부 들어가 있기는 하지만, 대부분 唐代 이전 사람들의 注·疏를 취합해 만든 것이므로, 송대의 학문을 반영한 것으로 보지 않는다. 그래서 송대 신유학의 사유에 의해 나타나는 새로운 경전 해석과 구별하여 이 십삼경주소에 실린 설은 '舊註' 또는 '舊說'이라 칭한다.

남송 때 朱熹는 『예기』에 들어 있던 「대학」·「중용」을 별책으로 독립시키고 편차를 개정하고 주석을 새롭게 하여 『大學章句』·『中庸章句』를 만든 뒤, 자신이 새롭게 주석한 『論語集註』·『孟子集註』와 함께 四書라 명명하고, 이를 학문의 根幹으로 내세움으로써 종래 五經 중심의 경학체계를 사서 중심의 경학 체계로 바꾸었다. 그 후 주희가 만든 『대학장구』·『중용장구』·『논어집주』·『맹자집주』의 사서주석서가 학문의 중심으로 자리 잡음으로써 십삼경주소본에 실린 주소는 역사의 뒤안길로 물러나게 되었다.

십삼경주소본 『禮記注疏』에 실린 「大學」은 후한 鄭玄의 注와 당나라 孔穎達의 疏를 덧붙인 것인데, 공영달 등이 오경정의를 편찬할 때 만든 것이므로, 공영달의 의도대로 편집된 것이라 할 수 있다. 이 주소본에

---

2) 溝口雄三 等 著, 김석근 등 옮김, 『中國思想文化事典』, 민족문화문고, 2003, 636~8면.

실린「대학」을 편의상 앞으로는 '『고본대학』'이라 칭하기로 한다.3) 이
『고본대학』을 보면, 정현의 注는 각 句·節 뒤에 분산되어 있는 반면,
공영달의 疏는 크게 두 단락으로 나눈 뒤 한꺼번에 몰아 놓았다. 대체로
注는 字·句의 단편적인 해석으로 되어 있기 때문이고, 疏는 字句가 아
닌 句節의 의미를 전체적으로 疏通시키기 위한 해석이기 때문에 그렇게
붙였을 것이다.

그런데 정현의 주를 보면,『대학』전체의 구조를 파악하는 언급이나
단락을 나누어 요지를 파악하는 내용이 없다. 곧 章·節을 나누어 주해
한 것이 아니라, 몇 句씩 나누어 주해를 했을 따름이다. 따라서 청대 翟
灝(?-1788)는, 정현은 分章·分節을 하지 않았다고 논평하였다.4)

그러나『고본대학』의 공영달의 疏를 보면, 크게 두 단락으로 나누어
'疏'를 붙여 놓았다. 이는 그가『대학』의 내용을 크게 두 단락으로 나누
어 본 것이라 할 수 있다. 이를 간략히 정리하면 다음과 같다.

> 제1단락 : 大學之道 …… 與國人交 止於信
> 제2단락 : 子曰 聽訟 …… 以義爲利也

이러한 공영달의 단락나누기는『대학』의 조리를 일목요연하게 파악
한 것이라고 보기는 어렵다. 기왕의 연구 성과에 의하면, 공영달의 소에
나타난 해석을 정밀히 분석해 공영달이 크게 3단락으로 나누어 보았다
고 주장하는 설이 있다.5) 그러나 크게 3단락으로 나누었을 때, 각 단락
의 요지를 어떻게 파악했는지, 그리고 각 단락의 요지는『대학』의 三綱

---

3) 십삼경주소본『예기정의』에 수록된「대학」을 우리나라는 물론 중국의 학계에서도
'古本大學'이라고 칭한다. 그러므로『고본대학』이라는 이름의 책이 있는 것은 아니지
만,『예기정의』에 수록된「대학」을 '『고본대학』'으로 호칭하기로 한다.

4) 李紀祥,『兩宋以來大學改本之硏究』, 臺灣 學生書局, 1988, 19~20면.

5) 李紀祥, 앞의 책, 20~21면.

領·八條目과 유기적으로 연관성이 있는지 하는 문제들까지 검토하지는
못했다. 그것은 공영달의 疏만 분석해서 그의 단락나누기와 요지 파악
을 논하기엔 한계가 있기 때문일 것이다.

　후대의 학자들은 이 『고본대학』에 대해 나름대로 단락을 나누어 요지
를 파악하려고 하였다. 그리하여 전체를 6장, 7장, 10장, 13장 등으로
나누어 보는 설이 제기되었다. 이 가운데 전체를 6장으로 나누는 설이
가장 많이 나타나는 바, 남송 때의 錢時, 明代의 許孚遠(1535-1604), 淸
代의 李光地(1642-1718)·王澍(1668-1743) 등이 그런 설을 주장하였다.
　『고본대학』을 6장으로 나누어 보는 설을 정리하면 다음과 같다.

제1장 : 大學之道 ………… 此謂知之至也
제2장 : 所謂誠其意者 …… 此謂知本
제3장 : 所謂修身在正其心者 …… 此謂修身在正其心
제4장 : 所謂齊家在修其身者 …… 此謂身不修不可以齊家
제5장 : 所謂治國必先齊其家者 …… 此謂治國在齊其家
제6장 : 所謂平天下在治其國者 …… 此謂國不以利爲利 以義爲利也

이런 단락 나누기를 통해 각 단락별 요지를 파악해 보면, 다음과 같다.

제1장 : 三綱領·八條目
제2장 : 誠意
제3장 : 正心·修身
제4장 : 修身·齊家
제5장 : 齊家·治國
제6장 : 治國·平天下

　그런데 이렇게 요지를 파악하고 나면, 첫째 三綱領에 대한 해석이 없
고, 둘째 八條目에 대한 해석 가운데 格物·致知와 致知·誠意와 誠意·

正心에 대한 해석이 보이지 않는다. 이런 점을 두고 후대의 학자들 사이에 다음과 같은 문제점들이 지적되어 왔다.

①『고본대학』은 錯簡이 심하다. 따라서 三綱領과 格物·致知에 대한 해석은 逸失된 것이 아니라, 다른 단락에 잘못 삽입되어 있다.
② 三綱領에 대한 해석은 錯簡되어 다른 단락에 삽입되어 있고, 格物·致知에 대한 해석은 逸失되어『고본대학』에 누락되었다.

①은『고본대학』에 逸失된 것은 없고 단지 錯簡만 있다는 관점이고, ②는『고본대학』에 일실된 것도 있고 착간된 것도 있다는 관점이다. 이런 문제 의식은 북송 때 程顥·程頤에 의해 비롯되어 꾸준히 제기되었다. 그리하여 착간된 것을 바로잡으려는 노력의 일환으로 각양의 설들이 등장하였다. 이 가운데 몇 가지 중요한 설을 간추려 보면 다음과 같다.

첫째, 남송 때 주희는 ②의 관점에 의해 ‘此謂知本 此謂知之至也’를 格物致知傳의 결어로 보고, 그 앞에 분명히 闕文이 있다고 생각하여[6] 補亡章을 만들어 보충하였다.[7] 또한 제1단락과 제2단락은 착간이 심하다고 보아, 이를 대폭 개편하였다. 그것이 바로『대학장구』의 체제이다.

둘째, 송대 董槐·王柏·葉夢鼎 등과 명대 宋濂·方孝孺·蔡淸·林希元·劉績·黃光昇 등은 ‘此謂知本 此謂知之至也’를 格物致知傳의 결어로 보면서도 격물치지전이 일실되어 궐문이 있다고 보지 않고 착간되었을 뿐이라고 생각해, 각기 다양한 설을 제기하였다. 이런 설 가운데는『고본대학』제1장의 ‘知止而后有定’ 이하 42자를 격물치지전으로 보는

---

6) 朱熹,『大學章句』傳 제5장 주. “右 傳之五章 蓋釋格物致知之義 而今亡矣”
7) 補亡章의 내용은 다음과 같다. “所謂致知在格物者 言欲致吾之知 在卽物而窮其理也 蓋人心之靈 莫不有知 而天下之物 莫不有理 惟於理有未窮 故其知有不盡也 是以 大學始敎 必使學者 卽凡天下之物 莫不因其已知之理而益窮之 以求至乎其極 至於用力之久 而一旦豁然貫通焉 則衆物之表裏精粗 無不到 而吾心之全體大用 無不明矣”

설이 대체로 우세하다.

셋째, 남송의 黎立武와 명청대의 呂柟·黃道周·成瓘·毛奇齡·劉光賁·李光地 등은 격물치지장이 일실되거나 착간된 것이 아니라,『고본대학』의 제1장에 들어 있다는 주장을 하였다. 이런 설은 대체로 '此謂知本 此謂知之至也'를 격물치지전의 결어로 보고, '知止而后有定' 이하 혹은 '自天子以至於庶人' 이하를 격물치지전으로 본다.

넷째, 청대 毛先舒·程大中·孫奇逢 등은『고본대학』에는 본디 격물치지전이 불필요하다고 주장하였다. 이 설 역시 궐문이나 착간이 없다는 관점에서 출발한 설로, 격물치지의 뜻이 성의장에 들어 있다는 것이다.

이러한 설들은 대체로 주희가『대학장구』를 만든 이후 본격적으로 제기되었다. 물론 주희 이전에 程顥·程頤·林之奇 등이『고본대학』을 일부 개편하였지만, 전면적으로 개편하여 새로운 체계를 세운 것은 주희의『대학장구』라 해도 과언이 아니다. 주희는 보망장을 만들어 보충한 것은 물론,『고본대학』의 편차를 대폭 개정하여 經一章·傳十章의 체제로 나누고 節마다 주석을 붙여『대학장구』를 만들었다. 이는『고본대학』의 체계를 따르지 않고, 새로운 체계를 세워 해석한 것을 의미한다. 따라서 주희의『대학장구』가 나옴으로써 기왕의『고본대학』에 대한 문제 의식들이 본격적으로 논의되기 시작한 것이다. 주희의『대학장구』는 이런 점에서『대학』해석의 새로운 획을 그은 것으로 평가된다.

앞으로 논의를 전개하는 데 편의를 도모하기 위해『고본대학』을 十三經注疏本의 孔穎達의 疏에 따라 2단락으로 나누고, 각 절에 차례대로 번호를 부여해 정리하면 다음과 같다.

01-01 大學之道 …… 在止於至善
　　02. 知止而后有定 …… 慮而后能得
　　03 物有本末 …… 則近道矣

04 古之欲明明德於天下者 …… 致知在格物

05 物格而后知至 …… 國治而后 天下平

06 自天子以至於庶人 壹是皆以修身爲本

07 其本亂而末治者 否矣 …… 未之有也

08 此謂知本 此謂知之至也

09 所謂誠其意者 …… 故君子必愼其獨也

10 小人閒居 …… 故君子必愼其獨也

11 曾子曰 …… 其嚴乎

12 富潤屋 …… 故君子必誠其意

13 詩云 瞻彼淇澳 …… 民之不能忘也

14 詩云 於戲 …… 此以沒世不忘也

15 康誥曰 克明德 …… 皆自明也

16 湯之盤銘曰 …… 是故 君子無所不用其極

17 詩云 邦畿千里 …… 止於信

02-01 子曰 聽訟 …… 大畏民志 此謂知本

02 所謂修身在正其心者 …… 則不得其正

03 心不在焉 …… 食而不知其味

04 此謂修身 在正其心

05 所謂齊其家在修其身者 …… 天下鮮矣

06 故諺有之曰 …… 莫知其苗之碩

07 此謂身不修 不可以齊其家

08 所謂治國必先齊其家者 …… 慈者 所以使衆也

09 康誥曰 如保赤子 …… 嫁者也

10 一家仁 …… 此謂一言僨事 一人定國

11 堯舜帥天下以仁而民從之 …… 未之有也

12 故治國 在齊其家

13 詩云 桃之夭夭 …… 可以敎國人

14 詩云 宜兄宜弟 …… 可以敎國人

15 詩云 其儀不忒 …… 民法之也

16 此謂治國 在齊其家

17 所謂平天下在治其國者 …… 君子有絜矩之道也

18 所惡於上 毋以使下 …… 此之謂絜矩之道也

19 詩云 樂只君子 …… 此之謂民之父母

20 詩云 節彼南山 …… 辟則爲天下僇矣

21 詩云 殷之未喪師 …… 失衆則失國

22 是故 君子先愼乎德 …… 有財此有用

23 德者 本也 財者 末也

24 外本內末 爭民施奪

25 是故 財聚則民散 財散則民聚

26 是故 言悖而出者 亦悖而入 貨悖而入者 亦悖而出

27 康誥曰 惟命 不于常 道善則得之 不善則失之矣

28 楚書曰 楚國 無以爲寶 惟善 以爲寶

29 舅犯曰 亡人 無以爲寶 仁親 以爲寶

30 秦誓曰 若有一个臣 …… 亦曰殆哉

31 唯仁人 放流之 …… 爲能愛人 能惡人

32 見賢而不能擧 …… 過也

33 好人之所惡 …… 菑必逮夫身

34 是故 君子有大道 必忠信以得之 驕泰以失之

35 生財有大道 …… 則財恒足矣

36 仁者以財發身 不仁者以身發財

37 未有上好仁 …… 非其財者也

38 孟獻子曰 畜馬乘 …… 此謂國不以利爲利 以義爲利也

39 長國家而務財用者 …… 此謂國不以利爲利 以義爲利也

2) 程顥의 『대학』 해석과 특징

程顥(1032-1085)는 『고본대학』에 錯簡이 있다는 관점에서 改本하였다. 그러나 그가 分章을 하거나 편차를 개정한 것에 대해 자기의 설을 개진한 것은 전하지 않는다. 정호는 『예기』의 한 편으로 들어 있던 「대학」의 중요성을 주목하고, 착간이 있다고 생각해 최초로 편차를 개정하였다는 점에서 그 의의가 크다. 정호 이후로 淸代까지 여러 학자들이 『고본대학』의 편차를 개정하여 논리적 체계를 완성하려고 부단히 노력했던 것은 정호가 그 단초를 열었기 때문이다.

정호가『고본대학』의 편차를 개정한 설은 문연각 사고전서 제183책 『程氏經說』 권6「明道先生改正大學」에 들어 있다. 이를『고본대학』의 편차와 비교하기 위해 편의상 번호를 붙여 정리하면 아래와 같다. 정호는 편차만 개정하고 分章은 하지 않았기 때문에 개정한 편차에 따라 일련번호를 부여하고, 그 뒤에『고본대학』의 편차에 따른 숫자를 써서 알아보기 쉽게 하였다. 앞의 원괄호 숫자는 정호가 개본한 차례이고, 뒤의 숫자는『고본대학』의 차서이다.

① 01-01 大學之道 …… 在止於至善
　 01-02 知止而后有定 …… 安而后能慮 慮而后能得
　 01-03 物有本末 …… 則近道矣
② 01-15 **康誥曰 克明德** …… **皆自明也**
③ 01-16 **湯之盤銘曰** …… **是故 君子無所不用其極**
④ 01-17 **詩云 邦畿千里** …… **止於信**
⑤ 01-04 古之欲明明德於天下者 …… 致知在格物
　 01-05 物格而后知至 …… 國治而后 天下平
⑥ 01-06 自天子以至於庶人 壹是皆以修身爲本
　 01-07 其本亂而末治者 …… 未之有也
　 01-08 此謂知本 此謂知之至也
⑦ 01-09 所謂誠其意者 …… 故君子必愼其獨也
　 01-10 小人閒居 …… 故君子必愼其獨也
　 01-11 曾子曰 …… 其嚴乎
　 01-12 富潤屋 …… 故君子必誠其意
⑧ 02-02 所謂修身在正其心者 …… 則不得其正

02-03 心不在焉 …… 食而不知其味

02-04 此謂修身 在正其心

⑨ 02-05 所謂齊其家在修其身者 …… 天下鮮矣

02-06 故諺有之 …… 莫知其苗之碩

02-07 此謂身不修 不可以齊其家

⑩ 02-08 所謂治國必先齊其家者 …… 慈者 所以使衆也

02-09 康誥曰 如保赤子 …… 嫁者也

02-10 一家仁 …… 此謂一言僨事 一人定國

02-11 堯舜帥天下以仁而民從之 …… 未之有也

02-12 故治國 在齊其家

02-13 詩云 桃之夭夭 …… 可以敎國人

02-14 詩云 宜兄宜弟 …… 可以敎國人

02-15 詩云 其儀不忒 …… 民法之也

02-16 此謂治國 在齊其家

⑪ 02-17 所謂平天下在治其國者 …… 君子有絜矩之道也

02-18 所惡於上 毋以使下 …… 此之謂絜矩之道也

02-19 詩云 樂只君子 …… 此之謂民之父母

02-20 詩云 節彼南山 …… 辟則爲天下僇矣

⑫ 01-13 **詩云 瞻彼淇澳 …… 民之不能忘也**

01-14 **詩云 於戲 …… 此以沒世不忘也**

⑬ 02-01 **子曰 聽訟 …… 大畏民志 此謂知本**

⑭ 02-21 詩云 殷之未喪師 …… 失衆則失國

02-22 是故 君子先愼乎德 …… 有財此有用

02-23 德者 本也 財者 末也

02-24 外本內末 爭民施奪

02-25 是故 財聚則民散 財散則民聚

02-26 是故 言悖而出者 …… 亦悖而出

02-27 康誥曰 惟命 不于常 道善則得之 不善則失之矣

02-28 楚書曰 楚國 無以爲寶 惟善 以爲寶

02-29 舅犯曰 亡人 無以爲寶 仁親 以爲寶

02-30 秦誓日 若有一个臣 …… 亦日殆哉

02-31 唯仁人 放流之 …… 爲能愛人 能惡人

02-32 見賢而不能擧 …… 過也

02-33 好人之所惡 …… 菑必逮夫身

02-34 是故 君子有大道 必忠信以得之 驕泰以失之

02-35 生財有大道 …… 則財恒足矣

02-36 仁者以財發身 不仁者以身發財

02-37 未有上好仁 …… 非其財者也

02-38 孟獻子日 畜馬乘 …… 此謂國不以利爲利 以義爲利也

02-39 長國家而務財用者 …… 此謂國不以利爲利 以義爲利也

程顥가 개본한 것을 보면, 진하게 표기한 ②·③·④의 明明德·新民·止於至善을 해석한 대목을 앞으로 옮기고, ⑫·⑬을 治國平天下章으로 옮긴 것이 특징이다. 그는『고본대학』에 착간이 있다는 관점에서 이와 같이 편차를 개정한 것인데, 기본 틀이 三綱領과 그에 대한 해석, 八條目과 그에 대한 해석으로 되어 있다. 그렇게 보면 ⑤·⑥은 格物致知에 대한 해석이 된다. 또한 ⑫를 치국평천하장으로 옮긴 것은, 그 내용이 誠意章에 해당하기 어렵다고 느꼈기 때문일 것이며, ⑬의 聽訟章도 적당한 위치를 찾지 못하여 치국평천하장으로 옮긴 듯하다.

정호의『대학』해석에 대해, 후대 黃震(1212-1280)은 "程氏는 '『대학』은 孔子의 遺書이며, 초학자들의 入德門으로는『대학』만한 책이 없다.'고 하였다."8)고 하여, 정호가『대학』을 최초로 표장한 점을 높이 평가하고 있다. 대체로 후대 학자들은 정호의『대학』해석에 대한 의의를 이런 점에서 찾고 있다.

---

8) 朱彝尊,『經義考』(문연각사고전서 제208책) 권156,「禮記19-大學」, '程子-大學定本'. "黃震日 程氏謂大學乃孔子遺書 初學入德之門 無如大學者"

3) 程頤의『대학』해석과 특징

程顥의 동생 程頤(1033-1107)도 나름대로『대학』의 편차를 다음과 같이 개편하였다. 앞의 원괄호 숫자는 정이가 개본한 차례이고, 뒤의 숫자는『고본대학』의 차서이다.

① 01-01 大學之道 …… 在止於至善
　 01-02 知止而后有定 …… 慮而后能得
　 01-03 物有本末 …… 則近道矣
　 01-04 古之欲明明德於天下者 …… 致知在格物
　 01-05 物格而后知至 …… 國治而后天下平
　 01-06 自天子以至於庶人 壹是皆以修身爲本
　 01-07 其本亂而末治者 …… 未之有也
② 02-01 **子曰 聽訟 …… 大畏民志 此謂知本**
　　　 01-08 **此謂知本(衍文) 此謂知之至也**
③ 01-15 **康誥曰 克明德 …… 皆自明也**
④ 01-16 **湯之盤銘曰 …… 是故 君子無所不用其極**
⑤ 01-17 **詩云 邦畿千里 …… 止於信**
⑥ 01-09 所謂誠其意者 …… 故君子必愼其獨也
　 01-10 小人閒居 …… 故君子必愼其獨也
　 01-11 曾子曰 …… 其嚴乎
　 01-12 富潤屋 …… 故君子必誠其意
⑦ 02-02 所謂修身在正其心者 …… 則不得其正
　 02-03 心不在焉 …… 食而不知其味
　 02-04 此謂修身 在正其心
⑧ 02-05 所謂齊其家在修其身者 …… 天下鮮矣
　 02-06 故諺有之 …… 莫知其苗之碩
　 02-07 此謂身不修 不可以齊其家
⑨ 02-08 所謂治國必先齊其家者 …… 慈者 所以使衆也
　 02-09 康誥曰 如保赤子 …… 嫁者也

02-10 一家仁 …… 此謂一言僨事 一人定國

02-11 堯舜帥天下以仁而民從之 …… 未之有也

02-12 故治國 在齊其家

02-13 詩云 桃之夭夭 …… 可以教國人

02-14 詩云 宜兄宜弟 …… 可以教國人

02-15 詩云 其儀不忒 …… 民法之也

02-16 此謂治國 在齊其家

⑩ 02-17 所謂平天下在治其國者 …… 是以 君子有絜矩之道也

02-18 所惡於上 毋以使下 …… 此之謂絜矩之道也

02-19 詩云 樂只君子 …… 此之謂民之父母

02-20 詩云 節彼南山 …… 辟則爲天下僇矣

⑪ 01-13 **詩云 瞻彼淇澳 …… 民之不能忘也**

01-14 詩云 於戲 …… 此以沒世不忘也

⑫ 02-27 康誥曰 惟命不于常 道善則得之 不善則失之矣

02-28 楚書曰 楚國 無以爲寶 惟善 以爲寶

02-29 舅犯曰 亡人 無以爲寶 仁親 以爲寶

02-30 秦誓曰 若有一个臣 …… 亦曰殆哉

02-31 唯仁人 放流之 …… 過也

02-33 好人之所惡 …… 菑必逮夫身

02-34 是故 君子有大道 必忠信以得之 驕泰以失之

⑬ 02-21 **詩云 殷之未喪師 …… 失眾則失國**

02-22 **是故 君子先愼乎德 …… 有財此有用**

02-23 **德者 本也 財者 末也**

02-24 **外本內末 爭民施奪**

02-25 **是故 財聚則民散 財散則民聚**

02-26 **是故 言悖而出者 …… 亦悖而出**

⑭ 02-35 生財有大道 …… 則財恒足矣

02-36 仁者以財發身 不仁者以身發財

02-37 未有上好仁 …… 非其財者也

02-38 孟獻子曰 畜馬乘 …… 此謂國不以利爲利 以義爲利也

02-39 長國家而務財用者 …… 此謂國不以利爲利 以義爲利也

程頤는『대학』을 經文과 傳文으로 구분하지 않고 전체를 14장의 체제로 分章하였다. 정이의 개본은 진하게 표기한 부분을 통해 그 특징을 확인할 수 있다. 정이는 程顥의 해석을 수용하면서 다시 편차를 재개정한 것으로 추정된다. 그가 ③·④·⑤와 ⑪처럼 편차를 개정한 것은, 정호의 설을 그대로 수용한 것이다. ③·④·⑤는 삼강령을 말한 뒤, 그에 대해 해석한 覆說이다. 즉 주희의 설에 따라 말하면, 삼강령을 해석한 傳文이 된다. ⑪ 역시 성의장의 내용과 연관시키기 어렵기 때문에 정호의 설을 따른 듯하다.

그런데 정이는 ②에서 보이는 것처럼, 聽訟章을 '此謂知本 此謂知之至也'의 앞으로 옮긴 뒤, 중복되는 '此謂知本' 1구를 衍文으로 보아 빼고, '此謂知之至也'를 청송장의 결어로 보았다. 정이는 이렇게 편차를 옮긴 것에 대해 별도의 설명이 없기 때문에 그 의도를 정확히 알 수는 없다.

후대 주희는 이런 정이의 설을 계승하여 '此謂知本'에 대해 "程子는 衍文이라 하였다."[9]고 주석하여, 그의 설을 수용하였다. 그리고 이어서 "'此謂知之至也' 위에 별도의 闕文이 있으니, 이 구절은 단지 結語일 뿐이다."[10]라고 하여, 결국 자신의 견해로 補亡章을 지어 첨입하였다. 즉 주희는 정이의 설에 착안하여 격물치지전을 궐문으로 보고 補亡하게 된 것이다.

주희가 보망장을 지어 첨입한 것은 경전을 완비하려는 지나친 의욕에 의한 것으로, 후대 학자들로부터 인정을 받지 못하였고, 결국『대학장구』를 개정하는 결과를 초래하였다. 그러나 정이는 ②를 격물치지를 해석한

---

9) 朱熹,『大學章句』傳 第5장 '此謂知本'의 주. "程子曰衍文也"

10) 朱熹,『大學章句』傳 第5장. "此句之上 別有闕文 此特其結語耳"

것으로 말한 적이 없으니, 주희는 정이가 개편한 의도를 자기 견해로 해석한 것일 뿐이다. 청대 胡渭는 이에 대해 다음과 같이 말하고 있다.

> 살펴보건대, 주자의『대학장구』에 '此謂知本' 아래에는 "程子는 衍文이라고 했다."고 하였으며, '此謂知之至也' 아래에는 "이 구의 위에 별도의 궐문이 있으니, 이는 단지 결어일 뿐이다."라고 하였다. 이는 주자 자신이 한 말이지, 위의 '程子曰'이 아니다. 그렇다면 程伊川의 改本은 단지 '子曰 聽訟' 이하 구절을 經文의 끝으로 옮기고, 경문의 '此謂知本'을 衍文으로 보면서 '此謂知之至也'를 청송장의 결어로 본 것일 뿐이다. 그는 이 구절을 격물치지를 해석한 것이라고 말한 적이 없으며, 또한 '知至' 구의 위에 궐문이 있다고 말한 적이 없다. 그런데 주자의 補傳에 '삼가 程子의 뜻을 취해[竊取程子之意]'라고 한 것은, 대개『대학혹문』에서 인용한 바 格物致知 9조[11]를 바르게 논한 것이지, 정이천의 생각에 補傳을 지으려 하다가 보완하지 못하였으므로 이에 그의 뜻을 이어서 자신이 보완한다고 말한 것은 아니다.[12]

주희가 정이의 의도를 적극적으로 해석하여 격물치지전을 補亡하게 된 것에 대해서는, 후대의 비판을 면치 못했다. 그러나 정이의 개본이 주희에게 그 실마리를 열어 준 점은 부인할 수 없을 것이다.

정이의 해석을 전체적인 구도에서 보면, 제1장에서 삼강령·팔조목을 말하고, 제2장에서 격물치지를 해석하고, 제3장~제5장에서 삼강령을 다시 해석하고, 제6장 이하에서 팔조목의 誠意 이하를 해석한 구조로 파악하고 있다.

---

11) 朱熹의『大學或問』傳 제5장의 해석에 보인다.

12) 胡渭,『大學翼眞』(문역각사고전서 제210책) 권3, 「伊川改本」. "按 朱子章句 '此謂知本'下云 '程子曰衍文也' '此謂知之至也'下云 '此句之上 別有闕文 此特其結語耳' 此朱子自言 非蒙上 '程子曰'也 然則伊川改本 但移 '子曰聽訟'節 繫經文之末 而以經 '此謂知本' 爲衍文 以 '此謂知之至也'爲聽訟節之結語 未嘗以是爲釋格物致知 亦未嘗謂知至句上 有闕文也 而朱子補傳云竊取程子之意者 蓋卽或問所引正論格致九條 非謂伊川意欲補傳 而不及補已 乃續補之也"

정이가 정호의 설에 따라 ⑪을 그대로 수용한 것에 대해, 주희는 따르지 않았다. 그는 이 2절을 다시 원래의 위치로 옮겨 止於至善을 해석한 傳文에 포함시켰다. 이에 대해서도 후대에 끊이질 않고 새로운 견해가 등장하는바, 『대학』 해석에 있어서의 문제점 중 하나이다.

정이의 개본 가운데 또 하나 특이한 점은 ⑬처럼 치국평천하장 내에서 편차를 개정한 것이다. 그 의도는 치국평천하장은 크게 絜矩·用人·財用으로 그 요지를 간추릴 수 있는데, ⑬처럼『고본대학』의 02-21(詩云 殷之未喪師)～02-26(是故 言悖而出者)을 뒤로 옮겨야 ⑭의 02-27(生財有大道)과 자연스럽게 연결되기 때문이라고 생각해서인 듯하다. 이에 관해서도 정이의 특별한 언급이 없기 때문에 그 의도를 정확히 알 수는 없다. 그러나 이 장의 전체적인 문맥으로 보면, ⑬은 用人과 財用의 중간에 위치하여 자연스럽게 앞뒤를 연결해 주는 역할을 하고 있다. 정이의 이 설에 대해, 주희는 따르지 않았지만, 후대 이 설을 추종하는 사람들이 종종 있다.

정이의 개본의 의의는 삼강령·팔조목을 앞에 제시하고, 그 다음에 삼강령·팔조목에 대한 해석이 차례대로 전개되는 논리 구조를 제시한 데 있다. 이런 기본 관점에 의해, 그는 청송장을 앞으로 옮겨 01-08(此謂知本 此謂知之至也)과 합해 知本과 知至를 말한 것으로 본 것이다. 기타 '親民'을 '新民'으로 바꾼 것, 몇몇 字句를 衍文으로 본 것, 修身章의 '身'을 '心'의 오자로 보아 글자를 개정한 것 등도 후대에 큰 영향을 끼쳤다.

程顥·程頤의『대학』 개본은 후대에 큰 영향을 끼쳤고, 결국 주희는 그에 기초해『대학장구』·『대학혹문』이라는 거작을 남겼다. 그리고 또 그 후학들은『대학장구』를 일부 개편 보완하는 작업을 끝없이 고민하며 수백 년이나 이어졌다. 二程의 개본에 대해 청대『고본대학』을 저본으로 해석한 毛奇齡은 다음과 같이 논평하였다.

二程의 개본은 모두 知本으로 知至를 삼았다. 知本은 곧 格物이다. 사물의 本末을 格하면 곧 사물의 이치가 이르러 知가 지극해진다. 어찌 誠意 앞에 窮理를 보충해 넣어야 한다고 말한 적이 있던가. 伊川이 다시 聽訟節을 가져다 知至에 가까이 둔 것은 바로 致知는 知本에 있다고 말한 것일 뿐이다. 그렇나면 修身은 諸家·治國의 근본이 되며, 誠意는 수신의 근본이 되니, 또한 어찌 곧장 이어져 명쾌한 논리가 아니겠는가.[13]

모기령은 주희의 해석에 대해 사사건건 시비하는 인물이지만, 二程의 해석에 대해서는 상당히 관대하게 논평하고 있다. 그는 주희처럼 격물치지전을 궐문으로 보지 않는 시각을 견지하면서, 二程이 청송장을 옮긴 것을 두고서 知本을 知至로 본 것이라 해석하였다. 물론 위에서 살펴본 것처럼 程顥는 聽訟章을 知至와 연결시켜 앞으로 옮기지 않았으니, 모기령의 이 설은 주로 程頤의 설을 염두에 두고 한 말이다.

여기서 二程의『대학』개본과 해석의 의의를 정리하면 다음과 같이 말할 수 있다.

첫째, 정호와 정이의 설이 다르기는 하지만, 모두 삼강령과 팔조목을 정연하게 배열하려는 의도로 개본하였다는 점이다. 즉『대학』의 논리 구조를 삼강령·팔조목 중심으로 파악하려 한 것이다. 이는 후대 주희의 『대학장구』에 지대한 영향을 끼쳤다.

둘째, 誠意章에 錯簡이 심하다고 판단해 誠意와 관련된 것만 남겨두고, 나머지 구절을 다른 곳으로 옮겼다는 점이다. 이 역시 주희의『대학장구』에 큰 영향을 미쳤다.

셋째, 삼강령의 하나인 '親民'을 '新民'의 오자로 보아 삼강령을 明明

---

13) 毛奇齡,『大學證文』(문역각사고전서 제210책) 권3,「程氏伊川改本」. "二程改本 俱以 知本爲知至 知本卽格物也 格物本末 卽物格而知至也 何嘗謂誠意之先 當補窮理 觀伊 川重將聽訟節提近知至 正謂致知在知本耳 然則脩身爲齊治之本 誠意爲脩身之本 抑何 直捷而明快與"

德·新民·止於至善으로 바로잡았다는 점이다. 이 역시 명명덕과 신민을 修己와 治人의 구조 속에서 파악함으로써 팔조목과 유기적인 연관성을 갖게 하였다.

넷째, 주희의『대학장구』처럼 經一章·傳十章 체제로 구분하지는 않았지만, 삼강령을 앞에 말하고 뒤에서 다시 그것을 부연해 팔조목을 해석한 것으로 논리 구조를 설정함으로써 은연중 經·傳으로 구분하는 시각을 갖고 있다는 점이다. 二程은 經文과 傳文으로 구분하지는 않았지만, 그의 해석을 보면 이런 의도를 짐작할 수 있다. 이 역시 주희의『대학장구』체제가 성립되는 데 기초가 되었다고 하겠다.

다섯째, 개본을 통하여 격물치지를 해석한 대목을 설정하려 하였다는 점이다. 두 사람의 설이 비록 다르고 격물치지를 해석한 것이라고 분명히 말하지는 않았지만, 개편한 편차를 따라 보면 은연중 격물치지를 해석한 대목을 설정하려 한 것을 알 수 있다.

4) 林之奇의『대학』해석과 특징

정호·정이 다음 시대에『고본대학』을 개본한 인물로 林之奇(1112-1176) 가 있다. 그의 자는 少穎, 호는 拙齋·三山, 시호는 文昭이며, 복건성 福州 출신이다. 1149년 진사가 되어 尙書郞과 宗正丞 등을 지냈다. 呂本中(1084-1145)을 사사했으며, 王安石의 三經新義를 邪說로 보아 배척하였다. 경학 연구에 진력하여『尙書』와『周禮』를 해석하면서 새로운 설을 다수 제시하였다. 그의 이름난 제자로 주희와 동시대에 활동한 呂祖謙(1137-1181)이 있다. 저술로『尙書集解』·『春秋周禮講義』·『論語注』·『孟子注』·『孟子講義』등이 있다.

주희는 24세 때인 1153년 福州를 지나다 시경학의 대가인 李樗, 尙書

學의 대가인 임지기, 예학의 대가인 劉藻·任文薦을 방문한 적이 있는데[14], 『대학』의 개본에 관해 임지기의 설을 들었을 가능성이 있다.

　문연각 사고전서 제1140책에 수록된 임지기의 문집『拙齋文集』권1 「記聞上」에 다음과 같은『대학』의 개본에 관한 설이 있다. 이를『고본대학』과 비교해 정리하면 다음과 같다. 앞의 원괄호 숫자는 임지기가 개본한 차례이고, 뒤의 숫자는『고본대학』의 차서이다.

① 01-01 大學之道 …… 在止於至善
　01-03 物有本末 …… 則近道矣
　01-04 古之欲明明德於天下者 …… 致知在格物
　01-05 物格而后知至 …… 國治而后天下平
　01-06 自天子以至於庶人 壹是皆以修身爲本
　01-07 其本亂而末治者 否矣 其所厚者薄 而其所薄者厚 未之有也
② 01-15 康誥曰 克明德 …… 皆自明也
③ 01-16 湯之盤銘曰 …… 是故 君子無所不用其極
④ 01-17 詩云 邦畿千里 …… 止於信
⑤ 01-02 **知止而后有定 …… 慮而后能得**
　01-08 **此謂知本 此謂知之至也**
⑥ 01-09 所謂誠其意者 …… 故君子必愼其獨也
　01-10 小人閒居 …… 故君子必愼其獨也
　01-11 曾子曰 …… 其嚴乎
　01-12 富潤屋 …… 故君子必誠其意
⑦ 01-13 詩云 瞻彼淇澳 …… 民之不能忘也
　01-14 詩云 於戲 …… 此以沒世不忘也
〈이하『고본대학』과 동일〉

　이처럼 임지기가 개본한 편차를 따라 보면, 『고본대학』6단락 가운데

---

14) 崔錫起 외, 『朱子』(도서출판 술이, 2005) 138면 참조.

제1, 2단락만 편차를 개정한 것을 알 수 있다. 그 가운데 진하게 표기한 부분이 그가 개본한 특징적인 부분이다. 즉 그는『고본대학』의 01-02 (知止而后有定)를 01-08(此謂知本 此謂知之至也)의 앞으로 옮긴 뒤, 2절을 합해 격물치지를 해석한 말로 본 것이다. 이렇게 보면, 임지기의『대학』해석의 기본 구도는 삼강령·팔조목을 먼저 말하고, 그 다음에 삼강령과 팔조목을 차례로 해석하는 논리 구조가 성립된다.

그는 위와 같이 편차를 개정한 것에 대해 그 차례의 논리를 다음과 같이 말하고 있다.

> 나는『대학』을 읽으면서 나름대로 그 차서를 이와 같이 해야 마땅할 것이라고 생각했다. 대개 이 글은 知止를 말미암아 知止로 들어가서 有得에 이른 뒤에 誠意하고 正心할 수 있다는 내용이다. 그러므로 그 차서가 마땅히 이와 같아야 한다.[15]

이렇듯이 그의 해석의 특징은 01-02(知止而后有定)의 知止로부터 能得에 이르는 六事를 01-08(此謂知本 此謂知之至也)의 知本과 知至로 보아 격물치지를 해석한 것으로 보고 있는 것이다.

그는 이와 연관하여『대학』의 논리 구조에 대해 다음과 같이 보다 상세하게 논의를 전개하고 있다.

> 『대학』의 글은 강령이 있은 뒤에 조목이 있다. 예컨대 성의·정심·수신·제가·치국·평천하는 앞에서 그 강령을 제시하고, 그 뒷문장에 각각 해석이 있다. 그럼으로써 강령인 명명덕·신민·지어지선에 대해서도 모두 해석이 있게 된 것이다. 오직 '致知在格物'과 '物格而後知至'에 대해서는 해석해 놓은 것이 없으니, 이 점은 매우 의심할 만하다. 내 생각으로는, '知止而後有定 定而後能

---

15) 林之奇,『拙齋文集』권1,「記聞上」. "予誦大學之書 竊謂其序 似當如此 蓋此書由知止
入知止 而至於有得 然後可以誠意正心 故其序當如此"

靜 靜而後能安 安而後能慮 慮而後能得'은 致知・物格의 순서이다. 무릇 知止는 致知하는 방법이니, 생각하여 터득하는 데 이르면 知가 지극해진다. 그러므로『대학』은 知止가 가장 중요한 것이 된다.『대학』은 致知・格物을 해석한 것이 아니고, 오직 意誠・心止・身修・家齊・國治・天下平이 한 가지 이치임을 논한 것일 뿐이니, 이것이 바로 致知・格物이다. 이는 대개 내외를 합한 도로 두 가지 이치가 없다. 예쁜 여새을 좋아하는 것처럼, 악취를 싫어하는 것처럼 하는 것을 自謙이라고 하니, 謙은 만족한다는 뜻이다. 이는 誠을 논한 것이니, 오직 誠實해야 그 마음을 만족하게 할 수 있다. 조금이라도 성실하지 않음이 있으면 위로는 반드시 부끄러움이 있을 것이고, 아래로도 반드시 부끄러움이 있을 것이니, 그러면 그 마음은 만족할 수 없다.[16)]

임지기의 문제 의식은 '致知在格物'과 '物格而后知至'에 대한 해석이 없는 점에 있다. 그래서 그는 이에 해당하는 대목이 착간된 것으로 보고, 위와 같이『고본대학』01-02(知止而后有定)의 1절을 01-08(此謂知本 此謂知之至也)의 앞으로 옮겨 01-02는 致知・物格의 순서로 보고서, 01-08을 物格・知至로 본 것이다.

이러한 임지기의 개본과 해석은 격물치지에 대한 해석이 없는 점에 천착하여 나름대로 논리 구조를 새롭게 만들어 보았다는 데 그 의의가 있다. 결국 임지기의 이런 문제 제기가 후대 董槐・王柏 등 수많은 사람들이 주희의『대학장구』의 편차를 개정해 격물치지전을 찾아 보완하려고 한 계기가 되었다고 하겠다. 그러나 01-08의 '知本'에 대한 해명이 없고, 또『고본대학』02-01의 聽訟章에 대한 설명이 없기 때문에 전체

---

16) 上同,「記聞下」. "大學之書 前綱而後目 如誠意正心修身齊家治國平天下 旣提其綱於前矣 其下文 各有解釋 以至明明德新民止於至善 亦皆有解 惟致知在格物 物格而後知至 未嘗解出 此甚可疑 余竊謂知止而後有定 定而後能靜 靜而後能安 安而後能慮 慮而後能得 此則致知物格之序 凡知止 所以致知 至於慮而得 則知至矣 故大學之書 惟知止爲最要 大學不解致知格物 惟論意誠心正身修家齊國治天下平 只是一理 此便是致知格物 盖合內外之道 無二理也 如好好色 如惡惡臭 此之謂自謙 謙足也 此是論誠 惟誠能足其心 有一毫不誠 則仰必有愧 俯必有作 其心不能足矣"

적으로 논리 구조를 완비했다고 보기는 어렵다.

2. 朱熹의 『大學』 해석과 『大學章句』의 논리 구조

1) 『大學章句』 編次改定 및 分章

朱熹는 二程의 『대학』 개본의 정신을 계승하고, 자신의 독자적인 해석의 틀을 마련하여 종래와는 달리 전면적으로 편차를 개편하고 分章·分節을 하여 『大學章句』를 만들었다.

주희는 43세 때인 1172년 『대학장구』의 초고를 완성하였다.[17] 그리고 자신의 설을 다른 사람들에게 수시로 보이며 강론을 통하여 수정해 나갔다. 심지어 임종하기 3일 전까지 자신의 설을 수정할 정도[18]로 심혈을 기울여 수정에 수정을 거듭한 것이 오늘날 전하는 『대학장구』이다. 그래서 주희의 여러 설 가운데 『대학장구』의 설을 晚年의 定論으로 본다.

그는 어느 날 학생들로 하여금 『대학』을 보게 하면서 말하기를 "나의 평생의 정력이 이 책에 있다. 먼저 이 책에 통달해야 바야흐로 독서를 할 수 있다."[19]고 하였으며, 또 "나는 『대학』에 공력을 기울인 것이 매우 많다. 司馬溫公(司馬光)이 『資治通鑑』을 만들고서 말하기를 '신의 평생 정력이 모두 이 책에 있습니다.'라고 하였는데, 나도 『대학』에 대해 그러하다. 『논어』·『맹자』·『중용』은 도리어 힘을 기울이지 않았다."[20]

---

17) 최석기 외, 『朱子』(도서출판 술이, 2005) 167면 참조.

18) 朱彝尊, 『經義考』 권156, 「禮記19-大學」, '朱子-大學章句'. "黃幹曰 先生於大學修改 無虛日 誠意一章 未終前三日 所更定"

19) 黎靖德, 『朱子語類』 권14, 「大學」. "一日 教看大學曰 我平生精力 盡在此書 先須通此 方可讀書"

20) 上同. "某於大學用工甚多 溫公作通鑑 言臣平生精力 盡在此書 某於大學 亦然 論孟中庸 卻不費力"

고 하였다.

　그가『대학』을 이처럼 중시한 것은 그가「大學章句序」에서 밝히고 있듯이, 二程이 이 책을 表章하고 편차를 개정하여 그 歸趣를 발명함으로써 옛날 太學에서 사람을 가르치던 법과 聖經賢傳의 本旨가 찬란하게 다시 세상에 밝혀졌다고 생각하기 때문이었다.[21] 다만 주희는 이 책이 자못 放失되었다고 생각해 簡編을 개편해 새로 편집하고, 간혹 자기의 생각으로 빠진 부분을 보충하였다고 하였다.[22] 이는 곧 전해 내려오는『고본대학』에 錯簡은 물론 闕文이 있다는 관점을 드러낸 것이다. 이런 문제 의식에 의해 그는 편차를 개정하고 궐문을 보충하여『대학장구』를 만들었다.

　이『대학장구』는 이전의 해석과는 달리 經一章·傳十章의 체제로 분류하여 聖經·賢傳으로 나누었다. 종래의 해석에는 分章도 명확하지 않았을 뿐더러, 分經傳은 그 누구도 주장하지 않았다. 그런데 주희는, 經文은 공자의 말을 曾子가 기술한 것이라 하고, 傳文은 증자의 말을 그의 문인들이 기술한 것이라 하였다.[23] 그는 이런 해석의 기준에 의해『고본대학』을 개편해『대학장구』를 만들었다. 이를『고본대학』과 비교해 보면 다음과 같다. 앞부분은『대학장구』의 편차이고, 뒷부분은『고본대학』의 차서이다.

　　　經-01 : 01-01 大學之道 …… 在止於至善
　　　經-02 : 01-02 知止而后有定 …… 慮而后能得

---

21) 朱熹,『大學章句』「大學章句序」. "河南程氏兩夫子出 而有以接乎孟氏之傳 實始尊信 此篇 而表章之 旣又爲之次其簡編 發其歸趣 然後古者大學敎人之法 聖經賢傳之指 粲 然復明於世"

22) 上同. "顧其爲書 猶頗放失 是以 忘其固陋 釆而輯之 間亦竊附己意 補其闕略"

23) 朱熹,『大學章句』經一章 章下註. "右經一章 蓋孔子之言 而曾子述之 其傳十章 則曾 子之意 而門人記之也"

經-03 : 01-03 物有本末 …… 則近道矣

經-04 : 01-04 古之欲明明德於天下者 …… 致知在格物

經-05 : 01-05 物格而后知至 …… 國治而后天下平

經-06 : 01-06 自天子以至於庶人 壹是皆以修身爲本

經-07 : 01-07 其本亂而末治者 否矣 …… 未之有也

〈經一章 : 三綱領八條目〉

傳1-01 : 01-15 康誥曰 克明德

傳1-02 : 01-15 太甲曰 顧諟天之明命

傳1-03 : 01-15 帝典曰 克明峻德

傳1-04 : 01-15 皆自明也

〈釋明明德〉

傳2-01 : 01-16 湯之盤銘曰 苟日新 日日新 又日新

傳2-02 : 01-16 康誥曰 作新民

傳2-03 : 01-16 詩曰 周雖舊邦 其命維新

傳2-04 : 01-16 是故 君子無所不用其極

〈釋新民〉

傳3-01 : 01-17 詩云 邦畿千里 惟民所止

傳3-02 : 01-17 詩云 緡蠻黃鳥 …… 可以人而不如鳥乎

傳3-03 : 01-17 詩云 穆穆文王 …… 止於信

傳3-04 : 01-13 詩云 瞻彼淇澳 …… 民之不能忘也

傳3-05 : 01-14 詩云 於戲 前王不忘 …… 此以沒世不忘也

〈釋止於至善〉

傳4-01 : 02-01 子曰 聽訟 吾猶人也 …… 大畏民志 此謂知本
　　　　 : 01-08 此謂知本(衍文)

〈釋本末〉

傳5-01 : 01-08 (補亡) 此謂知之至也

〈釋格物致知〉

傳6-01 : 01-09 所謂誠其意者 …… 故君子必愼其獨也

傳6-02 : 01-10 小人閒居 …… 故君子必愼其獨也

傳6-03 : 01-11 曾子曰 十目所視 十手所指 其嚴乎

傳6-04 : 01-12 富潤屋 德潤身 心廣體胖 故君子必誠其意
　〈釋誠意〉
傳7-01 : 02-02 所謂修身在正其心者 …… 則不得其正
傳7-02 : 02-03 心不在焉 視而不見 聽而不聞 食而不知其味
傳7-03 : 02-04 此謂修身 在正其心
　〈釋正心修身〉
傳8-01 : 02-05 所謂齊其家在修其身者 …… 天下鮮矣
傳8-02 : 02-06 故諺有之曰 人莫知其者之惡 莫知其苗之碩
傳8-03 : 02-07 此謂身不修 不可以齊其家
　〈釋修身齊家〉
傳9-01 : 02-08 所謂治國必先齊其家者 …… 慈者 所以使衆也
傳9-02 : 02-09 康誥曰 如保赤子 …… 嫁者也
傳9-03 : 02-10 一家仁 一國興仁 …… 此謂一言僨事 一人定國
傳9-04 : 02-11 堯舜帥天下以仁而民從之 …… 未之有也
傳9-05 : 02-12 故治國 在齊其家
傳9-06 : 02-13 詩云 桃之夭夭 …… 可以敎國人
傳9-07 : 02-14 詩云 宜兄宜弟 宜兄宜弟而后 可以敎國人
傳9-08 : 02-15 詩云 其儀不忒 正是四國 其爲父子兄弟足法而后 民法之也
傳9-09 : 02-16 此謂治國 在齊其家
　〈釋齊家治國〉
傳10-01 : 02-17 所謂平天下在治其國者 …… 是以 君子有絜矩之道也
傳10-02 : 02-18 所惡於上 毋以使下 …… 此之謂絜矩之道也
傳10-03 : 02-19 詩云 樂只君子 民之父母 …… 此之謂民之父母
傳10-04 : 02-20 詩云 節彼南山 …… 辟則爲天下僇矣
傳10-05 : 02-21 詩云 殷之未喪師 …… 失衆則失國
傳10-06 : 02-22 是故 君子先愼乎德 …… 有財此有用
傳10-07 : 02-23 德者 本也 財者 末也
傳10-08 : 02-24 外本內末 爭民施奪
傳10-09 : 02-25 是故 財聚則民散 財散則民聚
傳10-10 : 02-26 是故 言悖而出者 亦悖而入 貨悖而入者 亦悖而出

傳10-11 ： 02-27 康誥曰 惟命 不于常 道善則得之 不善則失之矣

傳10-12 ： 02-28 楚書曰 楚國 無以爲寶 惟善 以爲寶

傳10-13 ： 02-29 舅犯曰 亡人 無以爲寶 仁親 以爲寶

傳10-14 ： 02-30 秦誓曰 若有一个臣 …… 亦曰殆哉

傳10-15 ： 02-31 唯仁人 放流之 …… 爲能愛人 能惡人

傳10-16 ： 02-32 見賢而不能擧 …… 過也

傳10-17 ： 02-33 好人之所惡 惡人之所好 是謂拂人之性 菑必逮夫身

傳10-18 ： 02-34 是故 君子有大道 必忠信以得之 驕泰以失之

傳10-19 ： 02-35 生財有大道 …… 則財恒足矣

傳10-20 ： 02-36 仁者以財發身 不仁者以身發財

傳10-21 ： 02-37 未有上好仁 …… 非其財者也

傳10-22 ： 02-38 孟獻子曰 畜馬乘 …… 此謂國不以利爲利 以義爲利也

傳10-23 ： 02-39 長國家而務財用者 …… 此謂國不以利爲利 以義爲利也

〈釋治國平天下〉

이러한 주희의 『대학장구』는 全文을 經과 傳을 나누었고, 經一章과 傳十章의 體制로 논리 구조를 짜임새 있게 구성한 것을 한 눈에 알 수 있다. 이를 도표로 정리하면 다음과 같다.

차례	절수	요지	비고
經一章	7	三綱領·八條目	三綱領, 六事, 本末, 八條目(工夫), 八條目(功效), 本末
傳一章	4	釋明明德	古本大學 01-15를 4절로 分節
傳二章	4	釋新民	古本大學 01-16을 4절로 分節
傳三章	5	釋止於至善	古本大學 01-17을 3절로 分節, 01-13·14를 그 뒤로 옮김
傳四章	1	釋本末	01-08의 '此謂知本'을 程子의 설에 따라 衍文으로 봄
傳五章	1	釋格物致知	01-08의 '此謂知之至也'를 格物致知傳의 결어로 보고 補亡

傳六章	4	釋誠意	古本大學과 편차는 동일하되 4절로 分節
傳七章	3	釋正心修身	古本大學과 편차는 동일하되 3절로 分節
傳八章	3	釋修身齊家	古本大學과 편차는 동일하되 3절로 分節
傳九章	9	釋齊家治國	古本大學과 편차는 동일하되 9절로 分節
傳十章	23	釋治國平天下	古本大學과 편차는 동일하되 23절로 分節, 程頤가 개정한 편차를 따르지 않음

위의 인용문 중 진하게 표기한 부분을 보면, 주희는『고본대학』제3장(正心修身章) 이하는 편차를 전혀 개편하지 않고 그대로 수용한 것을 알 수 있다. 이는『고본대학』제1장과 제2장에만 착간과 궐문이 심하다는 관점에서 위와 같이 개편한 것이다. 그는 傳十章의 경우, 程頤가 개편한 것도 따르지 않았지만, 제3장 이하에서 誤字를 바로잡거나 衍文으로 보는 해석은 二程의 해석을 따랐다.

2) 『대학』 해석의 특징

위와 같이『고본대학』의 편차를 개정하고 궐문을 보충해 만든 주희의『대학장구』는 다음과 같이 그 해석의 특징을 정리해 볼 수 있다.

첫째, 전체의 체제를 經一章과 傳十章 체제로 개편하였다. 주희 이전에는 經・傳으로 나누어 체제를 파악한 해석이 없었다. 그런데 주희는 經文과 傳文으로 나누고, 또 分章을 하여 經一章・傳十章의 체제를 만들었다. 이는『대학』해석사에 있어서 새로운 전환점이 된다. 그가 이렇게 經・傳을 나눈 데에는, 경문은 공자의 말씀이고 전문은 증자의 말씀이라는 聖經賢傳의 의식이 전제되어 있다. 그리고 이는 공자의 도가 증자로 이어졌다는 도통의식을 반영한 것이다.

둘째, 明明德・新民・止於至善을 三綱領으로, 格物・致知・誠意・正

心·修身·齊家·治國·平天下를 八條目으로 보는 설이 확립되었다. 주희의『대학장구』에 보면 '大學之道 在明明德 在新民 在止於至善'의 주에 "此三者 大學之綱領也"라 하였고, '古之欲明明德於天下者……致知在格物'의 주에 "此八者 大學之條目也"라고 하여, 삼강령과 팔조목을 분명히 드러냈다.

주희 이전의 해석에서는 이렇게 분명히 삼강령과 팔조목을 말한 것이 보이지 않는다. 물론 二程의 改本을 보면, 程顥는 三綱-三綱釋文-八條-八條釋文의 순서로 편차를 개정하였고, 程頤는 三綱·八目-格致釋文-三綱釋文-誠正修齊治平釋文의 순서로 개편하였다. 이를 보면, 二程도 삼강과 팔조의 논리 구조를 인식한 것을 알 수 있다. 그러나 주희처럼 명확하게 이것이 삼강령이고 이것이 팔조목이라고 언급하지는 못하였다.

셋째,『고본대학』제2장(誠意章)에 속해 있던 것을 앞으로 옮겨 三綱領을 해석한 傳文으로 개편한 것이다. 주희는 經文 바로 뒤에 명명덕을 해석한 전 제1장, 신민을 해석한 전 제2장, 지어지선을 해석한 전 제3장의 순서로 그 체제를 개정하였다. 물론 이 역시 二程의 영향을 받은 점을 부인할 수 없다. 그러나 그는『고본대학』01-13(詩云 瞻彼淇澳)과 01-14(詩云 於戲 前王不忘) 두 절을 止於至善傳 뒤로 옮겨 二程과는 다르게 개편하였다. 이런 점에서 그의 독자성이 보인다.

넷째, 三綱領을 해석한 傳文 뒤에 本末傳을 둔 것이다. 이 점은 후대에 많은 논란을 불러 있으킨 장본이 된다. 그러나 주희는『고본대학』02-10(子曰 聽訟)의 聽訟章을 어디다 編次할 것인가를 두고 심각하게 고심한 듯하다. 그는 삼강령·팔조목에 없는 本末傳을 굳이 둔 것에 대해 다음과 같이 해석하였다.

> ① 대개 나의 명덕이 이미 밝아지면 자연히 民의 心志를 畏服시킴이 있게 된다. 그러므로 소송 판결하기를 기다리지 않더라도 저절로 소송이 없을 것

이다. 이 말을 보면 본말의 선후를 알 수 있다.[24)]

② 傳文의 결어(此謂知本)로 보면 이 절이 본말의 뜻을 해석한 것임을 알 수 있다. 경일장의 본문으로 차례를 대조해 보면, 이 절은 이 자리에 소속되어야 함을 알 수 있다.[25)]

①은 청송장의 내용이 명명덕을 本으로 신민을 末로 보는 것을 해석한 것이라는 말이다. 그리고 ②는 경일장에 삼강령을 말하고 '物有本末'을 말하고 팔조목을 말하고 본말을 말했는데, 그런 경일장의 차례로 보면 삼강령을 해석한 뒤에 본말전을 두는 것이 마땅하다는 견해이다. 주희는 傳文은 經文의 차례대로 되어 있었을 것이라는 확신을 가지고 경문으로 전문을 해석한 것이다. 즉 以經釋傳의 해석방식을 쓴 것이다.

다섯째, 格物致知傳이 逸失되어 闕文이 있다고 생각해서 자신의 견해로 增補해 添入하였다. 그는『대학장구』전 제5장 '此謂知之至也'의 주에 "이 구 위에 별도로 궐문이 있다. 이는 단지 그 내용의 結語일 뿐이다."[26)]라고 하고서, 또 "이는 傳 제5장이다. 아마도 격물치지의 뜻을 해석한 것인 듯한데, 지금은 없다."[27)]고 하였다. 그리고 "근래 삼가 程子의 의도를 취해 이 장을 보충하였다."[28)]고 하면서 다음과 같이 補亡章을 만들었다.

所謂致知在格物者 言欲致吾之知 在卽物而窮其理也 蓋人心之靈 莫不有知
而天下之物 莫不有理 惟於理有未窮 故其知有不盡也 是以大學始敎 必使學者

---

24) 朱熹,『大學章句』傳 제4장 주. "蓋我之明德旣明 自然有以畏服民之心志 故訟不待聽而自無也 觀於此言 可以知本末之先後矣"

25) 朱熹,『大學或問』傳 제4장 해석. "以傳之結語考之 則其爲釋本末之義 可知矣 以經之本文乘之 則其當屬於此 可見矣"

26) 朱熹,『大學章句』傳 제5장 주. "此句之上別有闕文 此特其結語耳"

27) 上同. "右 傳之五章 蓋釋格物致知之義 而今亡矣"

28) 上同. "間嘗竊取程子之意 以補之"

卽凡天下之物 莫不因其已知之理而益窮之 以求至乎其極 至於用力之久而一旦
豁然貫通焉 則衆物之表裏精粗 無不到 而吾心之全體大用 無不明矣 此謂物格
此謂知之至也

주희는 '此謂知本'에 대해 程子의 설에 따라 衍文으로 보았지만, 이
補亡章을 보면 '此謂物格'으로 개정한 것을 알 수 있다. 후대 이 구를
'此謂知止'로 개정하는 설이 나오기도 하였는데, 이 역시 주희의 보망장
에서 연유한 듯하다. 아무튼 주희는 정자의 설에 따라 '此謂知本'을 연문
으로 보았지만, 보망장에는 '此謂物格'이라는 말을 보충해 넣었다. 그는
'知本'을 '物格'으로 바꾸는 것에 대해 논리적 근거를 찾지 못했기 때문
에 이와 같이 衍文으로 보는 한편, 새롭게 '此謂物格'을 첨입한 듯하다.

이 보망장의 내용은 격물치지의 방법, 궁리의 요령 등을 언급한 것인
데, 대체로 程頤의 사상에서 영향을 받은 점을 부인할 수 없다. 그것은
『河南程氏遺書』에 실린 정이의 글에 유사한 내용이 보이기 때문이다. 주
희의 이 보망장에 대해 후대 학자들은 문체가 고문이 아니며, '所謂致知
在格物者'라고 한 것이 문장의 體例에 맞지 않는다는 점을 지적하였다.

여섯째, 『고본대학』誠意章에 속했던 여러 節의 편차를 개정하여 성
의장의 내용을 명료하게 하는 한편, 삼강령을 해석한 전문을 완비했다
는 점이다. 『고본대학』 01-13(詩云 瞻彼淇澳)~01-17(詩云 邦畿千里)을
다른 장으로 옮겨 01-15(康誥曰 克明德)는 전 제1장으로, 01-16(湯之盤銘
曰)은 전 제2장으로, 01-17은 전 제3장으로 삼고, 01-13과 01-14(詩云
於戲 前王不忘)는 01-17 뒤로 옮김으로써, 명명덕·신민·지어지선을 해
석한 전문을 완전하게 갖추어 놓았다. 그렇게 함으로써 성의장은 간명
하게 그 뜻이 드러나게 되었다.

일곱째, 01-13과 01-14는 청송장과 함께 편차를 정하기 매우 어려운
절이었는데, 이를 止於至善傳 뒤에 붙여 그 의미를 부여한 것도 주희 해

석의 돋보이는 점이다. 이에 대해 후대에 문제가 제기되기는 하였지만, 01-13을 명명덕의 지어지선으로 보고, 01-14를 신민의 지어지선으로 본 것은 주자학을 존신하는 학자들에게는 존경할 만한 의리 발명으로 받아들여졌다.

주희는 01-13과 01-14 두 절을 지어지선절 뒤로 옮긴 것에 대해 다음과 같이 말하였다.

> 윗 문장에서 「淇澳」을 인용한 것은 明明德이 그칠 바를 얻은 점으로 말하여 新民의 발단을 드러낸 것이고, 여기에서 「烈文」을 인용한 것은 신민이 그칠 바를 얻은 것으로 말하여 명명덕의 효과를 드러낸 것이다.[29]

이러한 주희의 의도를 후세 학자들은 더 적극적으로 해석하여 眞德秀의 문인 盧孝孫(玉溪盧氏)는 다음과 같이 말했다.

> 제4절은 명명덕의 지어지선을 말하였으니 곧 至善의 體가 성립되는 까닭이고, 제5절은 신민의 지어지선을 말하였으니 곧 지선의 用이 행하는 까닭이다.[30]

이상에서 주희의『대학』해석의 특징을 몇 가지로 정리해 보았다. 이외에도 세부적인 측면에서 고찰해 보면, 전대에 발명하지 못한 의리를 새롭게 발명한 것을 다수 찾을 수 있다. 그러나 여기서는 논의의 번다함을 피하기 위해 대체만 거론하는 데서 그치고자 한다.

---

29) 朱熹,『大學或問』傳 제3장 해석. "上文之引淇澳 以明明德之得所止言之而發新民之端也 此引烈文 以新民之得所止言之 而著明明德之效也"

30) 胡廣 等撰,『大學章句大全』傳 제3장 細註. "玉溪盧氏曰……第四節言明明德之止於至善 乃至善之體 所以立 第五節言新民之止於至善 乃至善之用 所以行"

3)『대학』해석의 意義와 問題點

위에서 주희의『대학』에 나타난 특징을 몇 가지로 정리해 보았는데,
여기서는 그런 해석의 경학사적 의의를 살펴보고, 아울러 그런 해석의
문제점을 검토해 보기로 하겠다.

주희가『대학』을 四書 중에서 제일 먼저 읽어야 할 책으로 본 것은,
고인이 학문하던 차례를 이 책을 통해 알 수 있다고 보았기 때문이다.[31]
또한 그는 이 책이 程子가 말한 대로 '孔氏의 遺書'라는 점에 비중을 두
어, 공자로부터 문인들에게 전해진 道統의 핵심이 담긴 책으로 보고 있
다. 그리하여 聖經賢傳의 立論으로 보고 經·傳을 최초로 분리하여 해
석하였다. 우선 이 점이 그의『대학』해석의 가장 큰 의의라고 하겠다.

또한 주희는 二程의 설을 계승하고 발전시켜 三綱領과 八條目으로 논
리 구조를 체계화하였다. 그는 이런 근본적인 논리 구조에 맞추어 錯簡
이 된 편차를 개정하였고, 闕文이 된 부분을 補亡했다. 그리하여 經一章
에서는 삼강령과 팔조목을 말하였고, 그 뒤 傳十章에서는 經文의 차서
에 따라 삼강령에 대한 해석, 本末에 대한 해석, 팔조목에 대한 해석을
차례로 한 것으로 체제를 정하였다. 이처럼 질서 정연하게 논리 구조를
해석한 것은, 주희가 처음이므로 이후『대학』해석에 지대한 영향을 끼
쳤다.[32]

그 자신은 이러한 논리 구조에 대해 다음과 같이 설명하였다.

---

31) 朱熹는『大學章句』篇題에서 "古人爲學次第者 獨賴此篇之存 而論孟次之"라 하였고,
　『大學章句大全』에 실린「讀大學法」에 "大學是爲學綱目 先讀大學 立定綱領 他書皆雜
　說在裏許"라 하였고, 또 "先讀大學 可見古人爲學首末次第 不比他書"라 하였다.

32) 朱彛尊,『經義考』권156,「禮記19-大學」'朱子-大學章句'. "王褘曰 大學在禮記中 通
　爲一篇 朱子始分爲經傳 以明明德新民止善爲三綱領 以格物致知誠意正心修身齊家治
　國平天下爲八條目"

> 무릇 傳文은 이리저리 여러 經傳을 인용하여 統紀가 없는 것처럼 보이지만,
> 文理가 接續되고 血脉이 貫通하여 深淺과 始終이 지극히 정밀하니 숙독하며
> 완미하기를 오래도록 하면 그것을 알 수 있을 것이다. 지금 여기에 다 해석해
> 놓지 않는다.33)

여기서 눈여겨 볼 문구가 '文理接續'과 '血脉貫通'이다. 주희는 『대학』
의 經·傳과 三綱領·八條目의 논리 구조를 접속과 관통으로 파악한 것
이다. 접속은 전후 문맥의 연결이고, 관통은 전체를 하나로 꿰뚫는 논리
를 말한다. 그는 이와 같은 이론을 바탕으로 『대학장구』의 체제를 완성
한 것이다.

그는 이런 관점으로 경일장과 전십장 체계를 세운 뒤, 경일장에서는
삼강령과 팔조목을 말하고, 전십장에서는 먼저 삼강령을 해석하고 뒤에
팔조목을 차례로 해석했다고 구조를 분석한 것이다. 이처럼 그는 삼강
령과 팔조목으로 명확히 구분하고 각각의 연관성과 통일성을 제시하였
다. 이 점에서 그의 『대학』 해석은 그 어떤 경학가의 해석보다 精彩롭다
고 하겠다.

淸初의 胡渭(1633-1714)는 涇陽 顧憲成(1550-1612), 近溪 羅汝芳(1515
-1588)의 학술을 비판하면서 주희의 『대학』 해석에 대해 다음과 같이
높게 평하였다.

> 살펴보건대, 近溪와 涇陽의 학술은 같지 않지만, 어찌하여 그들의 말은 서로
> 유사한가? 대개 두 공은 모두 『고본대학』을 존신하는 사람들이다. 高子(高攀
> 龍)도 『고본대학』을 존신하는 사람이다. 『고본대학』으로 본다면 '此謂知本 此
> 謂知之至也' 2구는 '未之有也' 다음에 있다. 그래서 위로는 '修身爲本'과 연관
> 되고, 아래로는 '所謂誠其意者'와 접속되어 흡사 '知至而后意誠'과 서로 합하

---

33) 朱熹, 『大學章句』 經一章 章下註: "凡傳文 雜引經傳 若無統紀 然文理接續 血脈貫通
　　深淺始終至爲精密 熟讀詳味 久當見之 今不盡釋也"

는 듯하다. 그런데 그 삼강령에 관계된 말이 도리어 성의장 뒤에 있게 되니, 참으로 經·傳으로 나눌 수 없다. 朱子의 改本으로 보면, '康誥曰 克明德'으로부터 '此謂知本'까지는 모두 강령의 뜻을 해석한 것이고, '所謂誠其意者'로부터 끝까지는 모두 조목의 뜻을 해석한 것이다. 전후의 차례가 질서 정연하여 문란하지 않으니, 이른바 가지와 가지가 서로 대하고 잎과 잎이 서로 해당한다는 말이다. 經·傳에 어찌 나눌 수 없는 점이 있겠는가.[34)]

이와 같은 호평에도 불구하고, 주희의 『대학』 해석에 문제점이 전혀 없는 것은 아니다. 문제점이 전혀 없이 완벽했다면 후대 그의 『대학장구』를 개정하는 논의 자체가 일어나지 않았을 것이다. 그러면 주로 어떤 문제들이 후대에 제기된 것일까?

첫째, 후대 가장 큰 문제점으로 부각된 것이 格物致知傳을 逸失되었다고 보아 闕文이 있는 것으로 생각해 補亡章을 지어 첨입한 점이다. 후대 주희의 『대학장구』를 일부 개정한 王褘(1322–1373)는 다음과 같이 말하였다.

> 오직 그 사이의 격물치지전에 대해 주자는 없어졌다고 생각해 보충해 넣었는데, 그것이 없어진 것이 아님을 어찌 알았으랴. 지금 그 책에 나아가 그 대목을 구해보면, '知止而后有定 定而后能靜 靜而后能安 安而后能慮 慮而后能得 物有本末 事有終始 知所先後 則近道矣'·'此謂知本'·'子曰 聽訟吾猶人也 必也使無訟乎 無情者 不得盡其辭 大畏民志 此謂知本'·'此謂知之至也'17구가 격물치지전이 되기에 충분하다. 대개 착간되어 다른 곳에 있었으니, 남는 말이 된다. 이를 취해다 격물치지전을 삼으면 정밀하고 절실함을 지극하게 한다. 주자

---

34) 胡渭, 『大學翼眞』 권3, 「大學經傳撰人」, "按 近溪涇陽 學術不同 何其言之相似邪 蓋 二公 皆信古本大學者也 高子亦信古本大學者也 以古本觀之 則'此謂知本 此謂知之至 也'二句 在'未之有也'之下 上緝'修身爲本' 下接'所謂誠其意者' 恰與'知至而后意誠'相合 而其言之涉於三綱領者 反在誠意章後 則信乎無經傳之可分矣 以朱子改本觀之 則自'康 誥曰克明德' 以至'此謂知本' 皆釋綱領之義 自'所謂誠其意者' 以至終篇 皆釋條目之義 前後次第 秩然不紊 所謂枝枝相對 葉葉相當者也 經傳何不可分之有"

는 補亡하는 데만 용감했고 다른 곳에 옮겨진 것은 알지 못했으니, 어찌 된 일인가? 또한 삼강령·팔조목 외에 어찌 이른바 本末이 있기에 별도로 그 전을 지었단 말인가? 丞相 董槐, 玉峯 車氏, 西磵 葉氏 등이 모두 論을 지어 그 잘못을 분변했으니, 주자가 다시 태어나더라도 반드시 그들의 말을 옳다고 할 것이다.35)

王禕는 주희의『대학』해석에 대해 극찬을 하면서도 격물치지전을 궐문으로 보아 보망한 것에 대해서는 이처럼 인정하지 않았다.

둘째, 삼강령과 팔조목에 本末이 없는데 本末傳을 둔 것이다. 왕위의 언급에서도 보이듯이, 주희의『대학』해석에 대해 후학들이 불만스럽게 여긴 또 하나의 문제가 바로 本末傳을 둔 것이다. 王鰲는 "주희의 傳文에는 聽訟章 1절로 本末을 해석한 전을 삼았으니, 의심할 만하다. 본말은 綱領이 아니고 條目도 아니다. 그런데 어떻게 그것을 해석할 수 있단 말인가? 또한 본말을 해석하고서 '終始'는 유독 빠뜨렸단 말인가?"36)라고 하였다.

이러한 왕오의 문제 의식은 매우 예리하다. 우선 그는 '본말'이 經文에 나오지만, 그것은『대학』의 주제어인 三綱領이나 八條目에 들어 있지 않으니, 이를 굳이 해석할 이유가 있겠느냐는 것이다. 또한 그는 경문에 '物有本末 事有終始'라고 하였으니, 本末을 굳이 해석한다면, '終始'도 해석해야 되지 않느냐는 질문을 던지고 있다.

---

35) 朱彝尊,『經義考』권156,「禮記19-大學」'朱子-大學章句'. "王禕曰……惟其間格物致知傳 朱子以爲亡而補之 孰知其未亡也 今卽其書求之 有曰'知止而后有定 定而后能靜 靜而后能安 安而后能慮 慮而后能得 物有本末 事有終始 知所先後 則近道矣 此謂知本 子曰 聽訟吾猶人也 必也使無訟乎 無情者 不得盡其辭 大畏民志 此謂知本 此謂知之至也' 此十七句 足爲格物致知傳 盖錯簡在他所 則爲羨語 而取以爲傳 則極其精切 朱子勇於補 而不知移易 何耶 且三綱領八條目之外 安有所謂本末 乃別爲之耶 董丞相槐及玉峯車氏西磵葉氏 皆著論 以辨其非 使朱子復生 將必以其言爲然也"

36) 上同. "王鰲曰 …… 朱傳以聽訟一節 爲釋本末 則可疑 本末非綱領 非條目 何以釋爲 且本末旣釋 終始獨遺之耶"

주희가 본말전을 둔 것에 대해, 혹자가 "그렇다면 終始를 논하지 않은 것은 어째서입니까?"라고 질문을 하자, 주희는 "고인이 經을 해석할 적에는 그 대략만 취하고 굳이 이처럼 세세하게 해석하지 않는다. 또한 이 장 아래에 궐문이 있으니, 또한 어찌 본말전도 본디 있었는데 아울러 없어진 것인지 알겠는가?"라고 하였다.[37]

이 점에 대해 주자학파에서 오랫동안 문제 의식이 있었던 듯한데, 明初의 宋濂과 方孝孺에 이르러 본격적으로 문제를 제기한다. 아래 인용문은 이런 점을 잘 보여주고 있다.

> 都穆이 말하기를 "宋公(宋濂)은 '강령과 조목의 명칭에 이른바 本末이란 것은 없으니, 어찌 굳이 傳에 이를 해석한단 말인가?'라고 하였고, 方先生(方孝孺)은 '청송장을 본말을 해석한 것으로 보면, 전후의 사례에 비추어보더라도 유사하지 않다. 이 절을 知止而后有定 등의 절과 합해 한 장으로 보면 『맹자』에 堯舜의 지혜로도 사물의 이치를 두루 알지 못한다고 한 말과 정히 서로 발명이 되니, 이 절이 致知在格物傳이 되는 것이 어찌 의혹되겠는가.'라고 하였다. 이 말들은 비록 주자의 설과 다르지만, 道에 어긋나지 않으니, 참으로 주자가 취할 것이다."라고 하였다.[38]

대체로 격물치지전을 궐문이 아니라 착간으로 보아 『대학장구』의 편차를 개정하는 논자들은 經文의 '知止而后有定' 이하 42자와 이 청송장 및 '此謂知本 此謂知之至也'를 합해 격물치지전으로 보는 것이 가장 일반적인 경향이다.

---

37) 朱熹, 『大學或問』 傳 제4장 해석. "曰 然則其不論夫終始者 何也 曰 古人釋經 取其大略 未必如是之屑屑也 且此章之下 有闕文焉 又安知其非本有而幷失之也邪"

38) 朱彝尊, 『經義考』 권156, 「禮記19-大學」 '朱子-大學章句'. "都穆曰……宋公曰 綱與目之名 無有所謂本末者 何必傳以釋之 方先生曰 以聽訟釋本末 律以前後之例不類 合爲一章而觀之 與孟子堯舜知不徧物之言 正相發明 其爲致知格物之傳 何惑焉 是語雖異於朱子 而不乖乎道 固朱子之所取也"

셋째, 致知誠意에 대한 해석이 없는 점이다. 傳文은 格物·致知, 正心·修身, 修身·齊家, 齊家·治國, 治國·平天下의 경우처럼, 팔조목을 두 조목씩 상호 연관시켜 해석하고 있다. 그렇다면 '致知·誠意'와 '誠意·正心'이 있어야 하는데,『대학장구』의 구조로 보면 그런 점을 발견할 수 없다.

이에 대해 주희의 재전 문인 饒魯는 다음과 같이 말하고 있다.

> 傳文 여러 장은 八事를 해석한 것으로, 매 장은 모두 두 가지 일을 연결해 말하였는데, 유독 이 장(성의장)은 단독으로 誠意를 거론했다. 대체로 知至와 意誠은 참으로 상호 연관이 된다. 그러나 致知는 知에 속하고 誠意는 行에 속하니, 知·行은 필경 두 가지 일로 각각 스스로 힘을 써야 한다. 그러니 알고 나면 자연히 능히 행한다고 말할 수 없다. 그러므로 성의장은 치지와 연관시켜 말하지 않은 것이다. 이 때문에 正心과 誠意가 모두 行에 속하지만, 성의는 정심의 요점이 될 뿐만이 아니고, 修身으로부터 平天下에 이르기까지 모두 이로써 요점을 삼기 때문에 程子는 天德과 王道를 논하면서 모두 '그 요점은 단지 謹獨에 달려 있다.'고 말하였으니, 천덕은 곧 心正·身修를 말하고, 왕도는 곧 齊家·治國·平天下를 말하며, 謹獨은 곧 성의의 요지이다. 만약 성의를 단지 정심과 연결시켜 말한다면 그 의미가 촉박하고 좁아서 이와 같이 광대한 功用을 드러낼 길이 없을 것이다.[39)]

요로는 江西省 饒州 사람으로, 주희의 문인 黃榦과 李燔에게 배웠으며,『學庸纂述』·『庸學十二圖』·『論孟紀聞』 등을 저술했다. 그는 傳文을 지은 사람이 애초 성의장을 독립시켜 놓았다고 보았다. 그는 그 이유

---

39) 胡廣 等撰,『大學章句大全』傳 제6장 章下註 細註. "雙峯饒氏曰 傳之諸章 釋八事 每章皆連兩事而言 獨此章單擧誠意 蓋知至意誠 固是相因 然致知屬知 誠意屬行 知行畢竟是二事 當各自用力 不可謂知了便自然能行 所以誠意章不連致知說者 爲此正心誠意 雖皆屬行 然誠意不特爲正心之要 自修身至平天下 皆以此爲要 故天德卽心正身修之謂 王道卽齊家治國平天下之謂 謹獨卽誠意之要旨 若只連正心說 則其意促狹 無以見其功用之廣大如此也"

를 성의장은 行에 속하고 격물치지는 知에 속하기 때문에 구분하기 위한 의도로 파악했다. 또한 그는 성의와 정심을 연관시키지 않고 독립시킨 이유를, 성의는 단지 정심과 연관되는 구조가 아니라, 평천하까지 모두 연관되는 논리 구조를 갖고 있기 때문이라고 하였다. 그는 그 이유를 정자의 말을 인용하여 인증하고 있는데, 謹獨 즉 愼獨은 성의장의 주제어로 천덕과 왕도에 모두 해당하기 때문이라는 논리를 펴고 있다. 이러한 요로의 설은 후대『대학장구』를 존신하는 주자학파 학자들의 주요한 논리적 근거가 되었다.

　이와 같은 논리가 개발되었지만, 經文에 '欲誠其意者 先致其知'와 '知至而后意誠'이라는 말이 있기 때문에 致知·誠意와 誠意·正心를 연관시켜 해석하지 않은 점에 대해서는 의문이 제기될 수밖에 없었다.

　넷째,『대학장구』의 治國平天下章은 요지 파악이 모호하다는 점이다. 程頤는 이런 점을 염려하여 '詩云 殷之未喪師' 이하 6절을 뒤로 옮겨 '生財有大道' 앞에 둠으로써 絜矩·用人·財用으로 그 요지를 파악하였다. 그러나 주희는 이런 정이의 설을 따르지 않고, "이 장의 뜻은 힘써야 할 바가 백성과 더불어 好惡를 함께 하여 그 이익을 專有하지 않는 데 있으니, 모두 絜矩의 의미를 미루어 넓힌 것이다."40)라고 하였다. 이는 전 제10장의 요지를 絜矩에 초점을 맞추어 파악한 것이다. 주희는 이런 관점에 의해 전 제10장 各節의 해석에서 '能絜矩'·'不能絜矩'라는 말을 여러 곳에 쓰고 있다. 그러나 모든 절에 이 논리를 적용하기는 무리여서인지 每節마다 이 논리를 언급하지는 않았다.

　혹자가 이 점에 대해 "이 장의 문장은 程子가 개정을 한 것이 많은데, 그대는 유독『고본대학』의 문장을 바르다고 생각하니 무슨 까닭입니까?"라고 물었는데, 주희는 다음과 같이 답하였다.

---

40) 朱熹,『大學章句』傳 제10장 章下註. "此章之義 務在與民同好惡而不專其利 皆推廣
　　絜矩之意也"

이 장의 뜻은 넓습니다. 그러므로 전문의 말이 상세한 것입니다. 그러나 그 실상은 好惡와 義利 두 단서에 불과할 뿐입니다. 다만 그 상세함을 극진히 하고자 했기 때문에 말한 것이 넉넉하며 다시 단서를 바꾸어 그 의미를 넓혔습니다. 그러므로 두 가지 뜻이 서로 연관되며 간혹 겹쳐 나오기도 합니다. 그래서 바꾸어 두어 잘못 전개한 듯한 점이 있는 듯합니다. 그러나 서서히 고찰해 보면 그 단서가 접속되고 맥락이 관통하여 정녕하게 반복되어서 독자를 위한 깊고도 절실한 의미가 저절로 언외에 드러날 것이니, 바꾸어서는 불가합니다. 반드시 두 설로 중간을 나누어 같은 유형끼리 서로 모아 처음부터 끝까지 확연히 두 절을 만들려 하면, 그 경계를 나누는 것은 넉넉하겠지만 그 의미는 도리어 부족할 것입니다. 이 점을 살피지 않을 수 없습니다.[41]

주희는 전 제10장의 요지를 '絜矩를 미루어 넓힌 것'으로 보면서, 구체적으로는 好惡와 義利에 관해 말한 것으로 파악하고 있다. 이는 用人이나 財用으로 그 요지를 파악하는 것과는 시각이 다른 것이다. 호오와 의리는 가치에 관한 덕목이고, 용인과 재용은 실무적인 일이다. 즉 치국평천하를 말하는 데 있어서, 德을 말한 것으로 볼 것인가, 아니면 事를 말한 것으로 볼 것인가 하는 문제이다. 絜矩를 根幹으로 하더라도 그 가지를 好惡·義利로 보느냐, 用人·財用으로 보느냐 하는 문제는 관념적 가치로 볼 것인가, 실무적 일로 볼 것인가 하는 차이를 낳게 된다.

이런 측면에서 보면 주희는 관념적으로 본 것이 분명하다. 그러나 후대의 설 가운데는 천하를 평치하려면 인재를 등용하는 문제와 재정을 운용하는 방안에 대해 혈구지도를 바탕으로 해 나가야 한다는 점을 말한 것으로 보는 견해가 다수 있다. 즉 치국평천하장의 주제어를 絜矩로

---

41) 朱熹, 『大學或問』 傳 제10장 해석. "曰 此章之文 程子多所更定而子獨以舊文爲正者 何也 曰 此章之義博 故傳言之詳 然其實則不過好惡義利之兩端而已 但以欲致其詳 故 所言已足 而復更端以廣其意 是以二義相循 間見層出 有似於易置而錯陳耳 然徐而考 之 則其端緒接續 脈絡貫通 而丁寧反復 爲人深切之意 又自別見於言外 不可易也 必欲 二說中判 以類相從 自始至終 畫爲兩節 則其界辨雖若有餘 而意味或反不足 此不可不 察也"

만 보지 않고 用人과 財用의 측면을 중시해 해석하려는 경향이다.

이상에서 주희의『대학』해석이 갖는 의의와 문제점을 개략적으로 살펴보았다. 이러한 주희의『대학』해석에 대해, 후세의 학자들은 대체로 두 파로 갈린다. 하나는 그의『대학장구』를 일부 수정해 보완하려는 부류이고, 하나는 아예 그의 설을 따르지 않고『고본대학』을 저본으로 독자적인 해석을 시도하는 부류이다. 대체로 전자는 주자학파에 속한 학자들이고, 후자는 양명학파 및 고증학파의 일부 학자들이 이에 속한다.

후대 학자들이 주희의『대학』해석에서 가장 심각한 문제점으로 인식한 것은 격물치지전을 궐문으로 보아 補亡한 것이다. 이에 대해 元代 陳天祥(1230-1316)은 다음과 같이 말하고 있다.

> 전인들이 경서를 해석할 적에 일찍이 보충해 바로잡은 적이 있는데, 몇 글자만 빠지고 그 나머지 문장은 온전히 남아 있어 의미 맥락이 통할 수 있을 경우에만 그것을 보충할 이유가 있었다. 그러나 그럴 경우에는 '모처에 의당 某字가 있어야 할 듯하다'고 하는 데 불과할 따름이었다. 지금『대학장구』는 자기의 생각을 전적으로 써서 127자를 창작해 첨가하여 증자의 말을 대신해 바로 正傳을 삼은 것이다. 따라서 그 내용이 근사한가 근사하지 않은가 하는 문제는 덮어두고 논하지 않더라도, 오늘날 사람이 古書를 지어 前聖·前賢의 經傳과 병렬하는 것은 의리상 미안한 듯하다. 이에 준거해 관례를 삼으면『尙書』의 없어진 40여 편도 후인들이 모두 첨가해 보충할 수 있을 것이다. 그러면 학자들의 순후하지 않은 풍조를 조장하는 데 관계된 바가 매우 클 것이다. 朱文公의 식견과 도량으로 이런 점이 있음을 면치 못하니, 애석하다. 補傳에 대해서는 우선 놔두고 주석만 강론하는 것이 옳을 것이다.[42]

---

42) 陳天祥,『四書辨疑』(문연각사고전서 제202책)「大學」. "前人解經 亦嘗有補正三五字
之闕者 以其餘文全在 意脈可通 而有補之之理也 然亦但言某處 宜有某字 不過如此而
已 今乃全用已意 創添一百二十七字 以代曾子之言 便爲正傳 似與不似 且置勿論 但以
今人而作古書 與前聖前賢經傳並列 於義亦似未安 若準此爲例 則尙書亡逸四十餘篇
後人皆得添補 長學者不厚之風 所繫甚大 以文公之識量 不免有此 惜哉 宜姑置之 只講
註文 可也"

진천상의 이러한 문제 의식은 격물치지전은 일실된 것이 아니라 착간되었다는 인식을 더욱 확산시켰고,『대학장구』의 편차를 일부 개정하여 격물치지전에 해당시키는 다양한 설이 제기되었다.

3. 朱熹 이후『大學章句』改定과 解釋의 要點

1)『大學章句』에 대한 改定의 초점

위에서 주희의『대학』해석에 대한 의의와 문제점을 살펴보았다. 주희 사후 그의 학문이 僞學으로 몰려 한때 금지되기도 하였으나, 곧 널리 전파되어 대부분의 학자들의 그의 학설을 宗主로 하였다. 뒤에서 살펴보겠지만, 그의 재전 문인대부터『대학장구』중 일부를 개정하는 설이 제기되었다. 그러나 그것은 어디까지나『대학장구』를 저본으로 하여 미진한 부분을 완전하게 하자는 의도로 개정안이 나타난 것이다. 따라서 『고본대학』을 改本하여『대학장구』를 만든 주희와는 근본적으로 그 사고가 다른 것이다.

『대학장구』의 일부를 개정하여 보완하려는 인식은 元代를 거쳐 明代 전반기까지 지속되었다. 즉 王守仁이『고본대학』을 저본으로 하여 새로운 해석을 시도하기 전까지는, 모두 주희의『대학장구』를 저본으로 부분적인 개정을 하는 것이 학계의 대체적인 분위기였다. 이런 분위기 속에서 가장 큰 문제점으로 대두된 것이, 주희가 궐문으로 보아 補亡한 격물치지전에 대한 의문이었다. 앞에서 살펴본 陳天祥의 인식처럼, 후인이 글을 지어 고인의 경전에 첨입하면 경전으로서의 권위가 손상된다는 점에서, 주희가 보망한 격물치지전을 傳文으로 인정하기가 어렵다는 견해가 확산된 것이다.

이와 아울러 삼강령·팔조목에 없는 本末傳을 전문에 두는 것도 선뜻 동의하기 어렵다는 견해가 대두되었다. 이런 의문을 제기한 학자들은 주희처럼 궐문이 있는 것으로 보지 않고 錯簡만 있다는 관점에서, 격물치지의 전문에 해당하는 구절을 찾아 제자리에 위치시키거나, 격물치지에 해당하는 구절과 본말전을 합해 격물치지전으로 보는 설을 제기하였다. 전자는 經一章·傳十章 체제를 그대로 유지하는 설이고, 후자는 經一章·傳九章 체제로 개편하는 설이다.

그리고 또 한 가지 대두된 문제 의식이 치국평천하장의 편차를 개편하는 것이었다. 이는 程頤의 설에 영향을 받은 것으로, 치국평천하장의 논리 구조를 보다 긴밀하고 명료하게 드러낼 필요성에 의해 제기된 것이다.

이런 세 가지 문제 의식이 주희의『대학장구』에 대한 개정의 초점이라 하겠다. 그런데 격물치지전에 해당하는 구절과 본말전을 하나로 합해 보는 설이 다수 등장하기 때문에 여기서는 이를 격물치지전에 대한 역대의 개정설과 치국평천하장에 대한 역대의 개정설로 나누어 살펴보기로 하겠다. 그리고 이 두 가지 외의 기타 개정설에 대해 살펴보도록 하겠다.

2) 格物致知傳에 대한 歷代 主要 改定說

(1) 董槐의『대학장구』개정과 그 특징 - 附 吳澯 -

董槐(?-1262)는 宋나라 때 사람으로, 자는 庭植, 호는 榘堂, 시호는 文淸이며, 濠州 定遠 출신이다. 1213년 진사시에 급제하여 知江州·右丞相 등을 역임하였다. 젊어서는 병법을 좋아하여 자신을 諸葛亮에 비의하였으나, 후에 葉師雍에게 나아가 수학하였고, 주희의 문인 輔廣에게 수학하여 주자학맥을 이었다.

朱彝尊의『經義考』에는 그가 지은「大學記」1권이 있었으나 逸失되었다고 하였다. 그러나 劉斯原의 『大學古今本通考』에는 「宋董丞相槐 大學更議」라는 제목으로 그의 설이 실려 있다. 『대학고금본통고』에 실린 편차에 따라 동괴의 개정설을 정리하면 아래와 같다. 앞은 동괴가 개정한 편차이고, 뒤의 차례는 『대학장구』의 차서이다.

經-01 : 經-01 大學之道 在明明德 **在親民** 在止於至善

經-02 : 經-04 古之欲明明德於天下者 …… 致知在格物

經-03 : 經-05 物格而后知至 …… 國治而后天下平

經-04 : 經-06 自天子以至於庶人 壹是皆以修身爲本

經-05 : 經-07 其本亂而末治者 否矣 …… 未之有也

　〈右 經一章〉

傳1-01 : 傳1-01 康誥曰 克明德

傳1-02 : 傳1-02 太甲曰 顧諟天之明命

傳1-03 : 傳1-03 帝典曰 克明峻德

傳1-04 : 傳1-04 皆自明也

　〈右 釋明明德傳〉

傳2-01 : 傳2-01 湯之盤銘曰 苟日新 日日新 又日新

傳2-02 : 傳2-02 康誥曰 作新民

傳2-03 : 傳2-03 詩曰 周雖舊邦 其命維新

傳2-04 : 傳2-04 是故 君子無所不用其極

　〈右 釋新民傳〉

傳3-01 : 傳3-01 詩云 邦畿千里 惟民所止

傳3-02 : 傳3-02 詩云 緡蠻黃鳥 …… 可以人而不如鳥乎

傳3-03 : 傳3-03 詩云 穆穆文王 …… 止於信

傳3-04 : 傳3-04 詩云 瞻彼淇澳 …… 民之不能忘也

傳3-05 : 傳3-05 詩云 於戲 前王不忘 …… 此以沒世不忘也

　〈右 釋止至善傳〉

傳4-01 : 經-02 知止而后有定 …… 慮而后能得

傳4-02 : 經-03 物有本末 事有終始 知所先後 則近道矣

傳4-03 : 傳4-01 此謂知本

　　傳4-04 ： 傳4-01　子曰　聽訟 …… 大畏民志
　　傳4-05 ： 傳4-01　此謂知本
　　傳4-06 ： 傳5-01　此謂知之至也
　　〈右　釋格致傳〉
　　傳5-01 ： 傳6-01 ： 01-09　所謂誠其意者 …… 故君子必愼其獨也
　　　〈이하 주희의『대학장구』와 동일〉

　동괴의『대학장구』개정은 진하게 표기된 부분이 핵심이다. 이 외에는 주희의 설을 그대로 수용하여 글자를 刪削하거나 개정한 것이 없다. 이처럼 그의『대학』해석은 주희의『대학장구』를 그대로 수용하되, 두 가지 측면에서 주희의 설을 따르지 않은 것을 확인할 수 있다.

　하나는 三綱領의 하나인 ‘新民’을『고본대학』에 따라 ‘親民’으로 그대로 두고 ‘新民’으로 바꾸지 않았다는 것이다. 다른 하나는 격물치지전은 궐문이 아니라 착간된 것으로 보아 진하게 표기된 부분처럼 편차를 개편한 것이다. 그는 ‘親民’을 ‘新民’으로 바꾸지는 않았지만,『대학장구』의 전 제2장을 그대로 인정한 것을 보면, ‘親民’을 ‘新民’의 뜻으로 이해한 듯하다. 그렇다면 그가 개정한 요점은 격물치지전에만 있다고 하겠다.

　그는 經-02·經-03 2절의 42자를『대학장구』전 제4장(本末傳) 및 전 제5장(格物致知傳)과 합해 격물치지전으로 보았다. 다만 그는 ‘大畏民志’ 다음의 ‘此謂知本’을 앞으로 옮기고, 주희가 연문으로 본 ‘此謂知本’을 그대로 두고서 격물치지를 해석한 전문으로 편차를 개정한 것이 독특하다. 이렇게 보면 그는 주희의『대학장구』를 經一章·傳九章 체제로 개편한 것이 된다.

　이러한 동괴의『대학장구』개정에 대해 후대 학자들은 다양한 견해를 제시하였는데, 그것은 주희의『대학장구』를 최초로 개정하는 설을 열어 놓았다고 보았기 때문이다. 이에 관한 여러 설 가운데 몇 가지를 간추려 보기로 한다.

먼저 동괴와 동시대 인물인 黃震(1213-1280)의 설을 들어보기로 한다. 황진의 자는 東發, 호는 俞越이며, 절강성 慈溪 사람이다. 주희의 삼전 제자 王文貫을 사사하였으며, 何基와 함께 절강성 지역의 주자학을 계승 발전시킨 주요 인물이다. 그는 1256년 진사가 되어 知撫州 등을 역임하였고, 史官이 되어 국사와 실록을 편찬하였다. 송나라가 망하자 寶幢에 은거하였다. 저술로는 『黃氏日抄』 등이 있다.

그의 설은 朱彝尊의 『經義考』, 胡渭의 『大學翼眞』, 劉斯原의 『大學古今本通考』 등에 인용되어 있다. 황진은 동괴의 『대학장구』 개정에 대해 다음과 같이 언급하였다.

> 신유년(1261) 나는 董丞相의 行實을 보게 되었다. 거기에 『대학』 개정에 관한 기사가 실려 있었는데 "경문에는 본디 궐문이 없다. 이는 단지 착간을 바로 잡은 것이 미진했을 따름이다."라고 하였다. 그리고 제1장의 明明德·新民·止於至善의 삼강령 아래에 곧바로 '古之欲明明德於天下' 이하 八事의 조목을 이어지게 하였으니, 이것이 經文이다. 그리고 '知止而后有定 …… 慮而后能得'－'物有本末 …… 則近道矣'－'此謂知本'－'子曰 聽訟 …… 大畏民志'－'此謂知本 此謂知之至也'의 순으로 편차를 개편하였으니, 이는 바로 '致知在格物'을 해석한 것이다. 그의 설대로라면 별도의 補傳을 필요로 하지 않으니, 지금 전하는 판본에는 착간되어 제1장 삼강령 아래에 있을 따름이다.43)

황진은 동괴의 설에 대해 공식적으로 가장 먼저 논평을 하며 지지를 보낸 사람인 듯하다. 그는 주희의 설에 따라 전 제5장 위에 궐문이 있어 공부의 차례가 크게 갖추어진 사이에 闕失이 있어 불만족한 한스러움이

---

43) 劉斯原, 『大學古今本通考』 권6, 「宋董丞相槐大學更議」. "黃氏東發曰 …… 辛酉歲 見 董丞相槐行實 載此章 謂經本無闕文 此特錯簡之釐正未盡者耳 首章明新止三綱之下 卽繼以古之欲明明德以下八事之目 此經也 自知止而后有定 止 能得 物有本末 止 近道 矣 此謂知本 子曰 聽訟 吾猶人也 止 此謂知本 此謂知之至也 右正釋致知在格物 不待 別補 今錯在首章三綱之下耳"

있었는데44), 이 동괴의 설을 보니 주희의 격물치지전과 같은 별도의 보
망장이 필요없게 되었다는 견해를 피력하고 있다. 이처럼 황진은 동괴
의 설을 적극 지지하여 착간을 바로잡은 공을 칭찬함으로써 동괴의 설
이 널리 유포되는 데 일조하였다.

이러한 동괴의 설은 후대에 지대한 영향을 끼쳐, 명대 전반기까지 다
양한 개정설이 나오는 先河가 되었다. 동괴의 개정에 대해, 명말청초의
顧炎武(1613-1682)도 "董文淸公은『대학』을 개본하여 '知止而后有定'
이하 2절을 '子曰 聽訟 吾猶人也'의 위로 옮겨 전 제4장으로 삼아 격물
치지를 해석한 것으로 보았다. 그리고 전문은 모두 9장에서 그쳤으니,
『대학』의 문장에는 원래 빠진 것이 없다. 그의 설을 따를 만하다."45)고
하여, 그의 설을 지지하는 입장을 표명하였다.

그러나 이러한 동괴의 개정설에 대해 반대하는 입장도 만만치 않았
다. 명말『大學古今本通考』를 편찬한 劉斯原은 동괴의 설 아래에 다음
과 같은 洛陽 출신 劉健의 설을 인용해 놓았다.

> 송나라 董丞相이『대학장구』를 개본한 것은 바로 격물치지전이 없어진 것이
> 아니라고 여겨 '知止而后有定'과 '物有本末' 2조를 격물치지전으로 삼은 것이
> 다. 내 생각으로는『대학장구』제1장은 간단하고 심오하며 정미하고 청결하여
> 六經의 문체와 동일하다. 제2절 '知止' 이하는 윗 문장의 '止於至善'의 '止' 자
> 와 긴밀하게 접속되고, 제3절은 윗 문장을 결론짓고 아랫 문장을 일으킨다. 그
> 러니 그 차례가 본디 문란하지 않다. 그런데 後儒들은 옛 것을 회복하는 데 뜻
> 을 두어 혹 經文을 뒤로 돌려 傳文으로 삼기도 하고, 혹 전문을 끌어올려 경문
> 을 삼기도 하였다. 그리하여 옛 것을 회복하려다 도리어 옛 것을 어지럽혔다.

---

44) 上同. "獨所謂傳之四章 自聽訟至大畏民志 釋本末之下 有闕文 傳之五章 釋致知之上
有闕文 遂有工夫次第大備之間 猶有文字闕失 不滿之恨也"

45) 朱彝尊,『經義考』「禮記19-大學」'董氏槐-大學記'. "顧炎武曰 董文淸改大學 知止而
后有定二節 於子曰聽訟吾猶人也之上 以爲傳之四章 釋格物致知 而傳止於九章 則大
學之文 原無所闕 其說可從"

제1장은『고본대학』의 차례를 따르는 것만 못하다.[46]

劉健이 어떤 인물인지는 자세치 않다. 그러나 명대 중반 이후에 이런 반성이 학계에 싹튼 것을 알 수 있다. 주희의『대학장구』경일장 7절은 『고본대학』의 슌서를 그대로 따른 것이다. 유건이 '옛 것을 회복하려다 도리어 옛 것을 어지럽혔다'고 한 말은, 당시의 학술에 대한 뼈저린 반성을 보여주는 말로 들린다.

『대학고금본통고』를 편찬한 유사원도 그 뒤에 다음과 같이 자신의 견해를 덧붙여 놓았다.

> 내가 살펴보건대, 주자의 補傳에 대해 후대 학자들이 '傳文에 缺失이 없으니 보충할 필요가 없다'고 생각한 것은 송나라 승상 董槐로부터 비롯되었다. 그러나 '知止'로부터 '則近道矣'에 이르는 2절을 착간된 傳文으로 본 것은 꼭 그렇지는 않다. 제1장은 語意와 格式이 하나로 결합된 완전한 문장이다. 그 사이에 격조에서 벗어난 바가 있으나, 성인의 經典이 고요하고 간결함을 면치 못하면 그 志趣를 잃게 된다. 자세히 완미하면 저절로 그 의미가 보일 것이다. 대개 至善은 天理의 極則이고, 止善은 聖學의 極致이다. 그러나 止善은 반드시 知止 를 말미암으니, 格物이 곧 확실히 착수하는 공부이다. 지금 도리어 知止·定· 靜·安·慮로 격물공부를 삼으니, 이는 知止를 말미암은 뒤에 격물하는 것이지, 격물을 말미암은 뒤에 知止하는 것이 아니다. 경문에 '致知在格物'·'物格而后 知至'라고 하였으니, 聖學의 시종과 조리의 차서가 분명할 뿐만이 아니다. 격물 에는 별도로 전문이 있어야 함을 알 수 있으니, 경문을 뒤로 돌려 전문으로 삼을 수는 없다.[47]

---

46) 劉斯原,『大學古今本通考』권6,「宋董丞相槐大學更議」. "洛陽劉文靖公健曰 宋董丞 相更本 正謂格致傳不缺 而以知止物有本末二條爲傳 竊謂首章簡奧精潔 與六經同 二 節知止 緊接上文止字 三節結上起下 序本不紊 而後儒志欲復古 或退經而爲傳 或躋傳 而爲經 欲復古而反亂乎古矣 首章似不若仍從古本"

47) 上同. "愚按 朱子補傳 後學士家以爲傳不缺而不必補者 自宋董丞相槐始 但以知止近 道二節爲傳之錯簡 則未必然 首章語意格局 渾然完璞也 有所破調於其間 聖經不免寂

  유사원도 경일장은 語意와 格式에서 전혀 손색이 없는 완성된 結構를 가지고 있다고 보고 있다. 그는 至善을 天理의 지극한 법칙으로 보고, 그 선에 이르는 것[止善]을 성학의 극치로 본 뒤, 그것은 知止를 말미암는데 그 실제적인 공부의 착수처가 바로 格物이라는 것이다. 만약 '知止而后有定' 1절을 격물공부로 보면 격물을 말미암아 知止하는 논리와 반대가 된다는 점에서, 동괴 등의 설에 반대 의사를 분명히 하고 있다.

  명말의 顧憲成(1550-1612)도 동괴 등의 설을 다음과 같이 비판하고 있다.

  涇陽 顧憲成은 말하기를 "董槐·葉夢鼎 등 여러 군자들은 格物章을 表章하였으니 가장 소견이 있게 된다. 그러나 '自天子' 이하 2절은 정히 '物有本末'의 뜻을 발휘한 것이니, '知止而后有定' 이하 2절을 경문에서 빼어 뒤로 옮기는 것이 합당치 않으며, '知止而后有定' 1절은 분명히 앞의 '止於至善'과 연계되어 있으니, 또한 격물치지전에 섞어서 집어넣는 것은 합당치 않다."고 하였다.[48]

  고헌성의 주장은, 경문의 '自天下' 이하 2절은 앞에 있는 '物有本末'의 의미를 발휘해 놓은 것이기 때문에 '知止而后有定' 1절을 빼면 뒤의 말이 근거가 없게 되며, 또한 '知止而后有定'은 앞의 '止於至善'과 연관되어 나오는 말이므로, 이 절을 동괴 등의 설처럼 뒤로 옮겨 격물치지전을 해석한 말로 볼 수 없다는 것이다. 이러한 고헌성의 설은 설득력이 있다. 동괴의 설처럼 경문을 뒤로 옮겨 청송장과 합해 격물치지전을 해석한

廖簡促而失其志趣矣 細玩之 當自見 盖至善者 天理之極則 而止善者 聖學之極致 然止善必由於知止 而格物 乃甚實下手工夫也 今反以知止定靜安慮爲格物工夫 是由知止而后格物 非由格物而后知止也 經曰致知在格物 物格而后知至 聖學始終條理之次第 不當明矣 以次知格物當別有傳 而未可退經以爲傳也"

48) 胡渭,『大學翼眞』권3,「董氏改本」, "涇陽顧氏憲成曰 董葉諸君子 表章格物章 最爲有見 但'自天子'以下二條 正發'物有本末'之義 不合遺却 '知止'一條 明係'止至善' 又不合混入"

것으로 보는 견해는 명대 전반기까지 이어졌지만, 중반 이후에는 고헌성의 경우처럼 이에 대해 비판하는 목소리가 거세게 대두되었음을 알수 있다. 아래 인용한 馮柯의 설도 그런 견해 가운데 하나이다.

> 馮柯는 말하기를 "격물치지전은 본디 闕文된 적이 없고 다지 錯簡되었을 뿐이다. 주자는 자기의 견해로 그것을 보충하였다. 이는 착간된 것을 따라 궐문으로 생각한 것이니, 참으로 잘못이다. 王陽明(王守仁)은 주자가 보충한 것이 그릇된 것을 보고서 그것을 삭제하고 『고본대학』으로 돌아갔다. 이는 궐문이 아닌 것만을 따라 착간되지 않았다고 생각한 것이니, 또한 잘못이다. 董槐·葉夢鼎 등 여러 공들이 經文의 '知止' 이하 2조를 옮기려 한 설과 근래 蔡介夫(蔡淸)가 '知止' 위로 '物有本末'을 옮기려 한 설은, 세상의 학자들이 동조하고 기뻐하며 말한다. 그러나 經一章에 대해 吳草廬(吳澄)는 이른바 흠이 없는 옥쟁반과 같다고 하였는데, 傳文이 착간되었다는 것으로 착간이 되지 않은 경문을 떼어다 전문을 보충한다면, 이는 상처를 보완하려고 먼저 제 살을 베어다 상처를 때우는 격이니, 더욱 잘못이다."라고 하였다.[49]

풍가는 어떤 사람인지 자세치 않다. 그러나 王守仁의 설을 비판하고 있는 것으로 보아 16세기 인물인 듯하다. 풍가는 주희가 궐문이 있다고 생각해 補傳을 지은 것, 왕수인이 착간이 없는 것으로 본 점을 모두 비판한 뒤, 동괴·섭몽정·蔡淸 등이 『대학장구』 경일장의 2절을 옮겨 격물치지전으로 삼은 설에 대해서도 상처를 낫게 하려고 살을 베어다 상처에 붙인 격이라고 혹평하고 있다.

清初의 胡渭는 이러한 비판적 견해에 대해 "살펴보건대, 풍씨의 살을

---

49) 胡渭, 『大學翼眞』 권3, 「董氏改本」. "馮氏柯曰 格物致知之傳 本未嘗闕 但錯簡耳 朱子以己意補之 則因其錯而謂其闕 固非也 陽明見其補之非也 遂削之而復古本 則因其不闕 而謂其不錯 亦非也 至如董槐葉夢鼎諸公 欲移經文知止以下二條之說 與夫近日蔡介夫 欲移'物有本末'條於知止之上之說 則世之學者 類喜言之 然經文一章 吳草廬所謂玉盤無闕者也 以傳簡之錯 遂割不錯之經文 以補之 則欲補其瘡 而先剜其肉以爲瘡矣 尤非也"

베어다 상처에 붙인 격이라는 설은 여러 군자들 설의 병폐를 절실하게 지적한 것이다. 그리고 涇陽(顧憲成)의 설은 더욱 좋다. 대개 경문의 物格을 말한 1절은 '知止'에서 '能得'에 이르는 뜻을 거듭 밝힌 것이며, '自天子' 이하 2절은 '物有本末'의 뜻을 거듭 밝힌 것이다. 만약 '知止而后有定' 이하 2절을 떼어내면 뒤의 3절은 근거가 없게 될 것이다. 이는 경문을 해치는 점이 크다. 이런 의미를 알면 동괴의 개본은 영구히 폐지할 수 있을 것이다."50)라고 하였다.

이를 통해 명말청초에 이르면 학자들이 남송 말부터 명대 전반기까지 지속된 동괴 이후 주희의『대학장구』를 일부 개정하여 격물치지전으로 보는 설을 전면적으로 부정하는 견해가 대두되었음을 알 수 있다.

董槐는 주희의『대학장구』를 최초로 개정한 인물로 알려져 있다. 그런데 근래 대만의 程元敏은「大學改本述評」에서 王柏의「回趙星渚書」에 "뒤에 또 듣건대 옛날 엄릉태수 吳槃도 이런 설이 있다고 하였다."51) 고 한 것에 의거하고, 吳槃(1235년 진사)이 엄릉태수가 된 것이 董槐가 丞相이 된 것보다 1년 전이라는 점에 주목하여, 오반이 동괴보다 먼저 『대학장구』 개정설을 주장하였다고 하였다.52)

그러나 대만의 李紀祥은 그의 저서『兩宋以來大學改本之研究』에서 오반이 엄릉태수로 재직한 것은 1254년 8월 13일부터 1256년 1월 27일까지이고, 동괴가 權參知政事를 지낸 것은 1253년이며, 정식으로 승상이 된 것은 1254년라는 사실에 근거해, 오반이 개정설을 주장한 것이 동괴보다 시기적으로 앞설 수도 있고 뒤일 수도 있다는 주장을 하였다. 그러

---

50) 上同. "按 馮氏剜肉爲瘡之喩 切中諸君子之病 而涇陽之說 尤善 蓋經文物格節 申明知止能得之義 自天子二節 申明物有本末之義 若去前二節 則後三節 無根矣 此害經之大者 知此意 則董本 可以永廢"

51) 王柏,『魯齋集』(문연각사고전서 제1186책) 권8, "後又聞 昔日嚴陵吳守槃 亦有此說"

52) 程元敏,「大學改本述評」,『孔孟學報』23期, 民國61年.

나 그는 확정할 만한 자료가 없는 이상 구설을 따라 최초로『대학장구』를 개정한 사람을 동괴로 보는 설에 동조하였다.[53]

주희의『대학장구』를 누가 최초로 개정하였는가는 기실 경학사에서 보면 중요한 문제이다. 그런데 보다 더 중요한 것은, 언제 어떤 사람들이 개정의 필요성을 제기했느냐 하는 점이다. 대체로 주희 사후 50여 년 뒤인 1250년에 이르러 주희의 재전 문인대 학자들에게서 주희의『대학장구』에 대한 문제점이 인식되었고, 그런 분위기가 확산되면서 개정설이 등장하게 되었다는 데에 더 의미가 있다. 즉 이 시대에 이르면『대학장구』격물치지전에 대한 의문이 무르익었기 때문에 자연스럽게 개정을 제기하는 주장이 여러 사람에게서 나온 것이라 하겠다.

（2）王柏의『대학장구』개정과 그 특징 －附 葉夢鼎·吳澄－

다음은 동괴와 비슷한 시기에 역시『대학장구』에 대해 개정설을 제기한 王柏(1197-1274)의 설에 대해 살펴보기로 한다. 왕백은 자는 會之·伯會, 호는 魯齋, 시호는 文憲이다. 남송 말의 학자이자 정치가로 절강성 金華 출신이다. 黃榦의 문인 何基를 사사하였으며, 하기·金履祥·許謙과 함께 ‘金華四先生’으로 일컬어졌다. 四書 및『詩經』·『書經』등에 의문을 갖고 많은 저술을 남겼다.

앞에서 언급했듯이, 1250년대쯤 되면 주희의『대학장구』중 격물치지전을 보망한 것에 대한 문제 의식이 무르익어 이에 대한 개정설이 등장하기 시작하였다. 왕백도 그런 사람 중 하나이다. 그가 趙星渚에게 회신한 편지에 다음과 같은 말이 있다.

> 저는 근래 車玉峯(車若水)의 편지를 받았는데, 그 편지에 "『대학』의 致格傳

---

53) 李紀祥, 위의 책 87면.

은 없어진 것이 아닙니다. '知止而后有定' 한 단락은 聽訟章 한 단락과 접속되니, 곧 이것이 원래 致格傳입니다."라고 하였습니다. 저는 그 말을 듣고 뛸듯이 기뻤습니다. 격물치지전을 보충하지 않더라도 원래의 문장이 엄연한 듯하니, 참으로 잃어버린 것을 찾아낸 으뜸의 공이 있습니다. 뒤에 또 옛날 엄릉태수 吳槃도 이런 설을 주장했다는 말을 들었습니다. 盧新이 지은 그의 문집 발문을 보니, 일찍이 이런 설로 西山 葉先生(葉味道)에게 가르침을 청했는데, 섭선생이 '우선 가서 涵養하라'고 하였답니다. 모르겠습니다만, 그대는 이런 설을 들어보셨는지요? 이 설을 어떻게 생각하십니까?54)

왕백은 車若水(1210-1275)가 '知止而后有定' 이하 2절과 청송장을 합해 치지격물전으로 보았다는 말을 듣고서, 오래도록 품고 있던 의문이 풀렸기 때문에 뛸 듯이 기뻐했다는 내용이다. 그리고 이런 설이 대두되었는데 어떻게 생각하는지를 묻고 있다.

차약수는 절강성 黃巖 출신으로, 杜範(1182-1245)·王柏에게 배운 인물이다. 두범은 杜煜의 문인이자 從孫이며, 두욱은 주희의 문인이다. 그러니까 차약수는 주희의 삼전, 또는 사전 문인에 해당한다. 葉味道는 절강성 溫州 사람으로 주희의 문인이다. 왕백의 편지를 보면, 주희의 삼전 문인대에 이르러 절강성 일대에서는 『대학장구』를 부분적으로 개정해 격물치지전으로 삼으려는 논의가 활발하게 일어나고 있었음을 알 수 있다. 吳槃은 어떤 인물인지 자세치 않은데, 嚴州 수령을 지낸 것을 확인할 수 있다.

왕백은 문인 차약수에게 보낸 편지에서 다음과 같이 말하고 있다.

나는 일찍이 청송장을 致格傳으로 삼는 어떤 사람의 설을 보았는데, 감히 그

---

54) 王柏, 『魯齋集』(문연각사고전서 제1186책) 권8, 「回趙星渚書」. "某近得車玉峯書 賜報大學致格傳未嘗亡也 欲以知止而後有定一段 接聽訟一段 卽是元致格傳 某聞之躍然 若不動斧鑿而元詞儼然 誠追亡之上功也 後又聞昔日嚴陵吳守槃 亦有此說 見盧新之跋 嘗以此說 請教于西山葉先生 先生云 且去涵養 不知尊明曾聞之否 此說以爲如何"

렇게 여기지 않았다. 지금 이 한 단락과 합해 한 章으로 삼는다면 저절로 분명해질 것이다. 程伯子(程顥)의 개본에는 또한 '知止'를 '至善'에 접속시켰다. 그러나 그의 개본에는 제1장에 대한 삼강령의 전문을 앞에 두고, 그 다음에 바야흐로 팔조목에 대해 말했다. 이로써 본다면, 知止는 傳文의 말이 되니, 이 또한 하나의 증거이다. 知止가 이미 經文이 되었는데 뒤에 전문이 없으니, 이 '知止' 이하의 절이 전문이 되는 것은 더욱 분명하다. 가령 주자께서 이 말을 들으신다면, 어찌 빙그레 한번 웃지 않으시겠는가? 지금 정백자의 개본을 가지고 그 중에서 '知止' 이하를 팔조목의 뒤 성의장 전문 앞으로 옮긴다면, 저절로 힘을 덜게 될 것이다. 앞의 삼강령은 저절로 經傳이 되고, 뒤의 팔조목도 저절로 經傳이 될 것이다. 모르겠다만 그대의 고견은 어떠한가?[55]

왕백이 문인 차약수에게 자신의 의견을 구하는 내용이다. 이 글을 보면, 처음에는 청송장만을 치지격물을 해석한 말로 보는 설이 대두된 것을 알 수 있다. 그러나 이때 이르러 경문의 '知止' 이하 42자를 청송장과 합해 격물치지전으로 보는 설이 본격 제기된 듯하다.

앞에서 살펴보았듯이, 程顥의 개본은 뒤에 있던 삼강령을 해석한 말을 '物有本末……則近道矣' 뒤로 옮겨 三綱-삼강에 대한 해석-八目-팔목에 대한 해석의 순서로 논리 구조를 정한 데에 그 요점이 있다. 왕백은 정호의 이런 논리 구조 속에서 보면, '知止' 이하 2절은 전문에 해당하는 말이 되며, 또 '知止' 이하가 경문에는 있는데 이에 관한 전문이 없으니 경문이 아니라 전문에 해당하는 말이라는 논리를 펴고 있다. 그는 이런 논리에 의해 '知止' 이하 2절을 성의장 앞으로 옮겨 격물치지를 해석한 말로 삼았다.

---

55) 王柏, 『魯齋集』 권8, 「答車玉峯」. "某亦嘗見人說聽訟章爲致格傳 不敢以爲然 今若合此一段 共爲一章 却自分明 程伯子改本 亦以知止接至善 但首章三傳亦在前 次方及八目 以此觀之 知止爲傳詞 亦是一證 知止旣是經文 而後無傳 此尤分曉 使朱子得聞此語 豈不莞爾一笑 今若以程伯子本 移知止於八目之後 誠意章傳之前 尤爲省力 前三綱 自爲經傳 後八目 自爲經傳 未知高見以爲如何"

왕백은 「大學沿革論」과 「大學沿革後論」을 지어 『대학』 해석의 연혁을 정리해 놓았는데, 이는 『대학』 해석사에 있어서 매우 중요한 언급이다. 그러므로 그 중 주요한 부분을 소개하기로 한다. 「대학연혁론」과 「대학연혁후론」은 왕백의 문집에 나오는 편명으로, 왕백의 저술이 분명하다. 그런데 잘못 전해져 朱彝尊의 『經義考』 등에는 왕백의 문인 車若水의 설로 되어 있다. 왕백은 차약수가 『대학장구』를 개정한 설을 보고 지지하는 입장에서 이 2편의 논문을 지어 개정의 당위성을 상세히 논증한 것이다. 먼저 「대학연혁론」부터 살펴보기로 한다.

오늘날의 『大學』에 대해 鄭康成(鄭玄)은 이 편이 通論에 속한다고 하면서 "학문을 넓게 해야 정사를 할 수 있다는 점을 기록한 것이다."라고 하였으니, 어찌 그 말이 비루하겠는가. 孔穎達은 제1장을 경문으로 삼아 말하기를 "이 경문은 성대함으로부터 처음에 근본했고, 또 처음을 따라 성대함에 이르렀다. 그래서 상하가 서로 연결된다."[56]고 하였다. 그러나 문장의 체제를 거칠게 해석하여 문장의 뜻이 분명치 못하다. 그래서 이 책이 나온 지 1천 5~6백 년이 지나도록 이 책이 어디서 나왔는지를 아는 이가 없었다. 본조의 程子에 이르러 비로소 "이 책은 공자의 遺書이다."라고 하였다. 정자는 고치고 개정한 뒤에 또 이 책을 표장하여 "초학자들이 덕으로 들어가는 문이다."라고 하였다. 주자에 이르러서, 마침내 결단하여 말하기를 "경일장은 아마도 공자의 말씀인데 증자가 기술한 듯하고, 전십장은 증자의 뜻을 문인들이 기록한 듯하다."고 하였다. 주자는 『대학혹문』에서 또 말하기를 "子思가 孟子에게 전해준 것이 틀림없다."고 하였다. 그렇다면 증자의 문인 가운데 그 누가 자사보다 나은 자가 있겠는가? 이 책은 자사가 지은 책일 것이다. 주자는 「大學章句序」에서 "옛날 태학에서 사람들을 가르치던 법이다."라고 하였으며, 또 말하기를 "이 책은 세상에 전해 가르침을 세운 大典이다."라고 하였다. 그러니 후세의 학자들이 이 책의 全體·大用을 알면 평탄히 크게 밝아질 것이다. 〈중략〉
　二程子에게 이르러 비로소 창도해 말하기를 "이는 錯簡이 되고, 이는 脫簡이

---

56) 이 문구는 陳澔의 『禮記集說』 권42 「大學」 '古之欲明明德於天下者' 아래에 보인다.

된다.”고 말하고서, ‘이 字는 某字가 되어야 하고, 이 句는 衍文이다’라고 분명히 주석하였다. 그리하여 학자들이 자다가 깨어난 듯이 바야흐로 성인의 본의가 간이하고 명백하며 어렵고 험한 말이 없는 줄을 알게 되었다. 제2구의 ‘新’자가 조금 生梗하였는데, 와전되어 ‘親’ 사가 되었다. 강해하는 수많은 사람들은 傳文 중에 있는 세 개의 ‘新’ 자와 이 자가 서로 상응하는 줄을 돌아보지 못하여 참으로 성현의 글을 잘못 읽고 있었다. 程伯子가 먼저 잡되게 섞여 있는 가운데서 三綱을 취하여 첫머리 3구 다음에 벌여놓자, 저절로 하나의 규모가 되었다. 程叔子가 이에 제1장 뒤 전문 7장 앞에 옮겨 두자, 또 하나의 규모에 들게 되었다.「淇澳」1장은 二程子가 모두 성의전 뒤에서 취하여 ‘殷之未喪師’ 앞에 두었는데, 주자는 이를 따르지 않고 止於至善傳의 끝에다 옮겨놓았다. 그것은 그 절 안에 ‘盛德至善’이라는 句가 있는 것으로 증명할 수 있으며, 또 ‘沒世不忘’으로 至善의 극치를 삼은 것이니, 고증함이 자세하다고 하겠다.

　주자는 격물치지전이 있었지만 유독 없어졌다고 생각했는데, 漢儒 이래로 그 전이 없어졌다고 말한 사람은 없었다. 지금 經文으로 傳文을 통솔하면 首尾가 삼엄함을 알 수 있고, 전문으로 경문을 계승하면 그 의리가 정밀함을 알 수 있다. 이 격물치지전이 없어진 것을 분명히 쉽게 알 수 있다. 그런데 하물며 致知는『대학』의 최초의 힘을 기울이는 것인데 말해 무엇하랴. 성의공부는 치지로부터 해 나가야 하니, 이 격물치지전이 缺失된 것은 분명하다. 이 전이 결실되었다면 무엇을 가지고 명명덕의 기초를 삼을 것이며, 무엇으로 신민의 근본을 삼을 것이며, 무엇으로 至善을 알아서 그치겠는가. 이에 주자는 부득이해서 그것을 추급해 보충하였다. 그 補傳의 字義가 친절하지 않은 것이 아니고, 旨意가 분명하지 않은 것이 아니지만, 숙독하며 완미하면 이는 끝내 후세 사람의 글인지라, 고인의 寬厚한 것만 못하다. 주자 또한 스스로 선하지 않은 것이 된다고 생각했다. 그러므로 存齋 吳必大가 묻기를 “치지를 보충한 장은 어찌 그 문체를 본뜨지 않으셨습니까?”라고 하자, 주자가 말씀하기를 “나 또한 그것을 본받아 지은 것이지만 끝내 그렇게 되지 않았다.”고 하였다. 주자의 의롭고 정미로운 강건한 필력으로 어찌 그렇게 하는 데 부족한 점이 있었겠는가. 그러나 고금의 風氣가 같지 않으니 억지로 그 힘을 쓸 수는 없는 것이다. 매번『대학』을 읽을 적에 이 대목에 이르면 그 때문에 책을 덮고 크게 탄식을 하지 않은 적이 없었다.57)

여기까지는 「대학연혁론」의 전반부에 해당한다. 왕백은 『대학』을 子思가 지은 책으로 규정하고, 程子에 이르러 비로소 그 의미가 드러나게 된 점, 二程이 개정한 것, 주희가 뒤이어 經·傳으로 나누고 삼강령·팔조목의 체제를 갖추어 개편하고 해석한 내력을 비교적 소상히 언급하고 있다.

이어서 그는 주희 이후 『대학장구』의 개정에 대한 논의가 일어나 격물치지전을 개정한 전말에 대해 다음과 같이 기술하고 있다.

咸淳 기사년(1269) 黃巖의 玉峯 車君의 편지를 받았다. 그 편지에 "致知格物傳은 없어진[58] 것이 아닙니다. '知止而后有定' 이하를 청송장과 합하면 엄연히 격물치지전이 됩니다."라고 하였다. 이에 뛸듯이 경탄하고 기뻐하였다. 이

---

57) 王柏, 『魯齋集』 권9, 「大學沿革論」. "今大學之篇 鄭康成謂之通論 以爲記博學可以爲政也 何其陋哉 孔穎達方以首章爲經 乃曰 此經從盛以本初 又從初以至盛 上下相結 粗釋文體 而文義未明 歷千五六百年 莫有知其所自出 至本朝程子 始曰此孔子之遺書也 旣刊定之 又從而表章之 以爲初學入德之門 施及朱子 遂斷之曰 經一章 蓋孔子之言 而曾子述之 傳十章則曾子之意 而門人記之也 或問中又言 子思以授孟子 無疑 然則曾子之門人 孰有出于子思之右 其爲子思之書乎 朱子序曰 大學之書 古之大學所以敎人之法也 又曰 是書 垂世立敎之大典 後世學者 方識此書之全體大用 坦然大明矣 〈중략〉 至二程子 方敢倡言之曰 此爲錯簡 此爲脫簡 此字當作某字 此句明註爲衍 學者如寐而得覺 方知聖人本意簡易明白 未嘗有艱辛險絶之詞 只第二句新之一字稍生 則已訛而爲親 講解者 百餘家 未嘗顧傳中三新之相應 眞是枉讀聖賢之書 程伯子先取三綱于雜揉之中 列于首三句之下 自是一規模也 程叔子 乃置於首一章之後 七傳之先 又入一規模也 淇澳一章 二程子 皆于誠意傳後取 而置于殷未喪師之前 朱子不是之從 乃獨殿于至善傳之末 以其內有盛德至善之句 可證也 又以沒世不忘爲至善之極 考之可謂審矣 惟有格物致知一傳 獨亡 自漢儒以來 未嘗言其亡也 今以經統傳 則知首尾森嚴 以傳承經 則知其義理精密 亡此一傳 粲然易知 況致知是大學最初用工處 誠意工夫是從致知做將來 此一傳之不可缺也 明矣 此傳旣缺 則何以爲明明德之基 何以爲新民之本 又何以知至善而止也 于是 朱子不得已而追補之 字義非不親切 旨意非不分明 熟復玩味 終是後世之詞 不如古人之寬厚 而朱子亦自以爲未善 故存齋必大問 所補致知章 何不效其文體 曰亦嘗效而爲之 竟不能成 以朱子義精筆健 豈有所不足于此 然古今風氣不同 不得强而用其力也 每讀大學 至此 未嘗不爲之掩卷太息"

58) 원문에는 '忘'으로 되어 있는데, 이는 '亡'의 오자인 듯하다.

런 일이 있구나! 기이하도다, 내가 들은 말이여. 이 설은 增補함이 없이 옛 것을 제자리에 되돌려 놓은 것이니, 어찌 잃어버린 것을 추급해 낸 으뜸의 공이 아니겠는가. 그렇지만 二程子와 朱子 세 선생이 완색하기를 오래하지 않은 것이 아니고, 장구를 분석하기를 정밀하게 하지 않은 것이 아니니, 이 구절로 격물치지전을 삼지 않은 것은 어째서일까? 나는 반복해서 이 점을 생각해 보니, 이 전이 없어진 것을 알 수 있었다. 이 전이 '至善' 다음에 錯簡된 것은 그 逃亡이 매우 긴절하고, 그 掩藏이 매우 은밀하다. 대개 이 절이 윗 구를 이어받은 것이 매우 긴밀하니, 위 세 선생이 확실히 믿고서 의심하지 않은 것이다. 그러나 세 선생이 의심하지 않은 것을 후학이 감히 하루아침에 고치는 것은 참람되고 망령된 일이 아닌가? 이 세상에 바꿀 수 없는 것이 理이다. 二程子는 漢儒들이 의심하지 않았다는 이유로 감히 고치지 않을 수 없다고 한 것이 아니고, 朱子는 二程이 이미 개정했다는 이유로 감히 다시 고치지 않을 수 없다고 한 것이 아니다. 세 선생은 또한 각기 그 의리가 至善한 것을 구하고 그 마음이 편안한 바를 온전히 하여 억지로 다르게 하거나 구차하게 뇌동한 것이 아니다. 하물며 주자는 또한 二程子의 설과 확연히 달리하여 참조하지 않은 것이 아닌 데 있어서랴. 내가 이를 위해 조목조목 아래에 소통해 놓는다.[59]

왕백은 문인 車若水의 설을 보고 그 설을 지지하여 자신의 견해를 개진하게 된 점을 언급하고 있다. 그는 그 뒤에 다음과 같이 조목조목 자신의 소견을 펼쳐 놓았다.

경문으로 전문을 통솔하고 전문을 경문에 첨부하면 그 차례를 알 수 있다는

---

59) 上同. "咸淳己巳 得黃巖玉峯車君書 報予曰 致知格物傳 未嘗忘也 自知止而后有定以下 合聽訟一章 儼然爲格致一傳 于是 躍然爲之驚喜 有是哉 異乎吾所聞也 苟無所增補而舊物復還 豈非追亡之上功乎 雖然程朱三先生 玩索非不久 離章析句非不精 而不以爲傳 何哉 予嘗反覆而思之 此傳之亡也 我知之矣 此傳錯簡于至善之下 其逃亡也 爲甚切 其掩藏也 爲甚密 蓋其承上句也 爲甚緊 此三先生所以確然信之 而不以爲疑 然三先生不以爲疑 後學乃敢一旦而更之 無乃僭妄乎 夫天下所以不可易者 理也 二程子不以漢儒之不疑而不敢不更 朱子不以二程已定而不敢不復改 亦各求其義之至善 而全其心之所安 非强爲異而苟于同也 況朱子亦未嘗截然而不相參也 予爲之條疏于後"

것이 주자의 말씀이다. 이 장(知止 이하 2절)이 경문이라면 위로는 통솔하는 바가 없고, 아래로는 첨부할 데가 없다. 이것이 이 절을 개정해야 하는 첫 번째 이유이다. 두 '止'자가 상응하고 承接하는 것은 참으로 긴절하다. 그러나 두 '明德'이 상응하고 승접하는 것이 어찌 더 긴절한 것이 아니겠는가. 이것이 개정해야 하는 두 번째 이유이다. 주자가 보충한 문체는 고문과 합치되기 어렵다. 그런데 이 장을 옮겨 전으로 삼으면 文氣가 완연하여 옛 모습을 잃지 않을 줄 누가 알았겠는가. 이것이 개정해야 하는 세 번째 이유이다. 致知格物에 傳이 없을 수 없는데, 이 장이 이곳에서는 오히려 느슨할 수 있다. 그 근본을 가져다 부족한 부분을 보충하면 수정을 하지 않아도 될 것이다. 이것이 개정해야 하는 네 번째 이유이다. 고인은 字義를 구구하게 하지 않았다. 단지 대의를 말해도 字意가 그 속에 있었다. 더구나 이 장에는 이미 '知'·'物' 자가 있으니, 자연히 格致의 한 傳이 된다. 이것이 개정해야 하는 다섯 번째 이유이다. '致知'라고 한 것은 자기가 이미 알고 있는 것을 통해 미루어 지극한 경지에 이르는 것을 말한다. '知止'는 앎이 定·靜·安·慮에 이른 뒤에 그칠 바를 얻는 것이니, 먼저 그 앎을 극진히 하는 것이 아니겠는가? 이것이 개정해야 하는 여섯 번째 이유이다. 物에는 本末이 있고, 事에는 先後가 있다. 그 本을 먼저 해야 하고 그 末을 나중에 해야 함을 아는 것이 '致知在格物'이라고 한 것이다. '聽訟'은 末이고, '無訟'은 本이다. '無情者 不得盡其辭 大畏民志'는 物格이다. 이를 知本이라 하니, 곧 이를 知至라고 하는 것이다. 이것이 개정해야 하는 일곱 번째 이유이다. 聽訟 1장은 원래 '止于信' 뒤에 있었는데, 程子가 앞으로 옮겨 경문 아래에 두었다. 주자는 이를 성의전 앞에 위치시키고서 "전의 결어로 고찰하면 이 절은 본말의 뜻을 해석한 것이 됨을 알 수 있으며, 경의 본문으로 대조하면 이 절이 이곳에 속함을 알게 됨을 볼 수 있다."고 하였으니, 주자도 이곳에 있어야 한다고 생각하지 않은 적이 없음을 알겠다. 이것이 개정해야 하는 여덟 번째 이유이다. 주자는 청송장의 장구에 "이 말을 보면 본말의 선후를 알 수 있다."고 하였으니, 이로써 보면 '知止' 이하가 1장이 될 수 있는 것이 매우 분명하다. 이것이 개정해야 하는 아홉 번째 이유이다. 『대학혹문』에 또 "'知止'라고 한 것은 物格知至하여 천하의 일에 대해 모두 그 至善의 소재를 앎이 있는 것이니, 내가 마땅히 그쳐야 할 경지이다."라고 하였으니, 주자도 知止로 物格知至를 삼지 않은 적이 없다. 이것이 개정해야 하는 열 번째 이유이다.[60)]

왕백은 주희가 以經統傳・以傳附經이라고 하여 경문과 전문을 상호 연관시켜 해석하는 방법을 제시하였다고 전제하고 있다. 그리고 그런 방법으로 보면 '知止'이하가 격물치지전에 해당하는 말이므로 당연히 개정해야 한다는 입장을 제시하고 있는데, 그 당위성을 10가지로 상세히 논의하였다. 왕백의 이 설은 매우 정밀한 분석과 논리를 바탕으로 하고 있어서, 개정의 필요성과 객관성이 잘 드러나고 있다.

왕백은 그 다음, 주희가 이와 같은 점을 인식하면서도 개정하지 못한 이유를 아래와 같이 추정해 놓았다.

주자의 말씀으로 참조해 보면, 주자도 참으로 이 장을 致格傳으로 여긴 것이다. 그러나 그는 補亡에 용감하면서도 이 장의 편차를 개정하는 데는 용감하지 못하였다. 어째서일까? 성의장 1장으로 보면 운명하기 며칠 전까지 이 장을 고쳤다. 그런데도 오히려 완료하지 못했다. 만약 몇 년을 더 살았다면 주자가 드디어 이 장을 옮기지 않았으리라 어찌 장담하겠는가? 주자가 말씀하기를 "의리는 지극히 무궁하니 전인이 그와 같이 말했더라도 반드시 극진한 것은 아니다. 모름지기 스스로 그 문제를 가지고 橫看하기도 하고 竪看하기도 하여 지극히 깊은 경지에 들어가고 지극히 實在함이 있어야 한다."고 하였으니, 이는 후인들이 궁리하는 문을 열어준 것으로, 일정한 소견으로 한정하지 않는 말씀이

---

60) 上同. "夫以經統傳 以傳附經 則其次第可知者 朱子之言也 此章若爲經文 則上無所統 而下無所附 一也 兩止字之相應承接 固緊矣 兩明德之相應而承接 豈不爲尤緊 二也 以朱子之所補文體 難于湊合 孰若移此章爲傳 而文氣宛然 不失舊物 三也 以致知格物 之不可無傳 而此章于此處 尙可緩也 用其本有 以補不足 不動斤斧 四也 古人不區區于 字義 只說大意 而字意在其中 況此旣有知字物字 自然爲格致之一傳 五也 致知云者 因 其已知 推致于極之謂 知止 知也 至于定靜安慮而后得所止 先非致其知乎 六也 物則有 本末 事則有先後 知其本之當先 末之當後 是謂致知在格物也 聽訟者 末也 無訟者 本 也 無情者 不得盡其辭 大畏民志 此物格矣 此之謂知本 卽此之謂知至也 七也 聽訟一 章 原在止于信之下 程子進而置之經文之下 朱子乃列於誠意傳之上曰 以傳之結語 考 之 則其爲釋本末之義 可知 以經之本文 乘之 則知其當屬於此 可見 則知朱子亦未嘗不 以爲當在此 八也 朱子聽訟章句曰 觀於此言 可以知本末之先後 以此可以知止一章 甚 明 九也 或問又曰 知止云者 物格知至 而於天下之事 皆有知其至善之所在 則吾所當止 之地也 未嘗不以知止爲物格知至 十也"

라 하겠다. 이 마음은 大公至正의 마음이다. 歐陽脩 공도 "經은 一世의 글이 아니다. 전하는 것이 잘못된 것은 한 사람의 실수가 아니니, 刊正하고 補輯하는 것도 한 사람이 능히 할 수 있는 일이 아니다. 학자들은 각기 자기 소견을 극진히 해야 하고, 밝은 자는 그것을 택해야 한다. 그래서 성인이 다시 태어나길 기다려야 한다."고 하였으니, 그의 말은 정밀하고 절실하면서도 심원하며 광대하면서도 공평하다. 이미 자기의 설을 스스로 옳다 하지 않고, 또한 후세에 사람이 없을 것이라 뻔뻔하게 속이지 않았으니, 나는 이 말씀에 대해 깊이 음미함이 있다. 車君의 말에 대해 평론을 지어 동지들과 함께 평해 본다.[61]

왕백은 주희가 임종하기 직전까지 성의장을 개정한 것을 가지고 미루어 보면, 격물치지전에 대해서도 개정하였을 것이라는 주장이다. 이는 자신의 입론을 정당화시키고, 주희의 설에 반대하는 듯한 인상을 불식시키기 위한 발언이다. 그러나 그가 그 뒤에 말하고 있는 것은 경학연구에 대한 그의 기본적인 인식을 드러내고 있다는 점에서 주목할 만하다.

그는 '천하의 의리는 무궁하기 때문에 후인들이 이리저리 궁리해 그 의리를 밝혀야 한다'는 논조의 주희의 말을 인용해, 주희의 경학정신은 의리 발명에 있었기 때문에 후학들이 그가 미처 밝히지 못한 점을 밝히는 것이 그 정신을 계승하는 것이라는 점을 역설한 것이다. 이는 물론 자신들의 개정설을 정당화시키기 위한 발언이지만, 그 핵심에는 주희의 경학정신이 의리 발명에 있음을 재천명함으로써 墨守主義가 아닌 학문의 계승 발전을 중시하는 進取主義를 주장하고 있는 것이다.

왕백은 다시 구양수의 말을 빌려, 자신의 경학관을 더 드러내고 있다.

---

61) 上同. "以朱子之語 參互較之 則固以爲致格傳矣 然勇於補而不勇於移 何也 以誠意一章 觀之 至易簀前數日改 猶未了 假以歲月 烏知其不遂移也邪 朱子曰 義理儘無窮 前人恁地說 亦未必盡 須是自把來橫看竪看 儘入深 儘有在 此可謂開後人窮理之門 而不限以一定之見 是心也 大公至正之心也 歐陽公亦曰 經非一世之書 傳之繆 非一人之失 刊正補緝 非一人之能也 學者各極其所見 而明者擇焉 以俟聖人之復生也 其言精切而深遠 廣大而公平 既不以己說自是 亦不敢厚誣後世之無人 予於是 深有味 於車君之言 而爲之論 與同志共評之"

경전은 한 시대에 만들어진 것이 아니라, 오랜 세월 동안 인류의 지혜와 정신이 축적되어 만들어진 것임을 전제하고 있다. 이는 한 사람이 그것을 다 밝힐 수 없다는 점을 은연중 강조한 것이다. 그리고 후학은 그 정신을 이어받아 부단히 새롭게 의리를 발명해 나가는 것이 본연의 임무임을 천명한 것이다. 이것이 바로 송학의 의리주의 정신이다.

그런데 이처럼 의리 발명을 중시하다 보면, 함부로 자신의 설을 주장하게 되고, 또한 신기하고 기이한 설만을 좋아하게 되어 정도를 무너뜨릴 위험성이 있다. 왕백도 이 점에 대해 자기반성이 있었다.[62] 그러나 그는 車若水의 개정설을 보고 기뻐하며 지지하게 된 것이 新奇함 때문이 아니라, 예전의 본래 모습과 정상적인 데로 돌이키기 때문에 기뻐한 것이라는 점을 분명히 밝히며, 자신이 經一章에서 '知止' 이하 2절을 빼고서 읽어보고 그대로 두고서 읽어보기를 수백 번 해 본 결과, 개정하지 않을 수 없음을 알게 되었다고 하고 있다.[63]

그는 또 삼강령이 나오면 팔조목이 뒤를 이어 나와야 맥락이 끊이지 않게 된다는 점을 강조하면서 다음과 같이 말하였다.

성인의 언어는 지극히 정밀하지만 그 기상은 매우 관대하다. 이미 三綱의 법을 세웠으면 마땅히 조목으로 뒤를 이어야 한다. 그래야 혈맥이 끊어지지 않고 節奏가 조용히 이어지니, 후세의 얕고 급박하고 쉽게 드러나는 문장과는

---

62) 王柏, 『魯齋集』(문연각사고전서 제1186책) 권10, 「大學沿革後論」. "甚矣 人心厭陳言而喜奇論也 蓋陳言 人之所玩熟 故易厭 奇論 人之所創聞 故易喜 殊不知陳言雖易厭而可常 奇論雖易喜而必不能 久也 譬之布帛穀粟 朝夕服食 而終身不能易 譬之日月星辰 終古常見 而光景常新 而況聖人之書 正大而平實 精確而詳明 亘千萬世而不可磨滅 平其心易其氣 求之猶慮其不可得 而可以新奇求之哉 後世乃穿鑿而好異 傅會而騁巧 不幾於侮聖言而壞心術乎 此所以爲先儒之所呵斥也 僕鑑此病 久矣"

63) 上同. "其意非喜其新 而喜其復於舊 非喜其奇 而喜其歸於常 以其不費詞說之追補 而決戰儼然無有亡缺 豈非後學之大幸 僕嘗作沿革論 而猶有所未盡 旣而 以大學首章 朝而讀 莫而思 退一段讀之 數十百遍 又添此一段 讀之 亦數十百遍 沈潛玩味 文從字順 體正意足 然後知其不可不易也"

같지 않다.[64)]

왕백은 '知止' 이하 2절이 있을 경우와 없을 경우를 가지고 경일장의 논리 구조를 치밀하게 분석하는 관점에서 위와 같이 혈맥관통을 강조한 것이다. 그는 연이어 경일장의 제4절부터 제6절까지의 의미를 설명한 뒤 다음과 같이 말하였다.

> 지금 제1장의 법도와 전형을 미루어 보면 이와 같이 엄밀하다. 그런 뒤에 '知止' 한 단락을 보면 비록 연관성이 긴절한 듯하지만, 文勢와 語意는 도리어 느슨함을 느낀다. 대개 '知' 1자는 가르치는 자가 주로 할 바이고, 학자가 으뜸으로 삼아야 할 바이다. 이를 등한히 가볍게 말하면 문자에 정신이 없을 뿐만 아니라, 가르치는 법에도 선후의 차서를 잃게 된다. 그런데 하물며 사물의 이치를 궁리하지 않고서 어떻게 도리어 그칠 바를 알아 그칠 바를 얻을 수 있겠는가. 이와 같은 경우는 生而知之의 知이지, 學而知之의 知가 아니다. 그러므로 내가 '이 단락을 바꾸지 않을 수 없다'고 하는 것은 이 때문이다.[65)]

왕백은 '知止' 이하의 내용이 이곳에 있는 것이 논리적으로 부적절하다는 점을 강조하면서 착간된 것이어서 개정해야 한다는 관점을 드러내고 있다. 그리고 '知止' 이하가 物格知至에 해당하는 말임을 다음과 같이 해설하고 있다.

> 致知는 知의 시작이고 學의 선무이다. 知止는 致知의 효과이고 학문의 공이다. 진실로 마땅히 그쳐야 할 바를 알면 思慮가 분리되지 않고 意向이 치우치

---

64) 上同. "聖人言語 雖極精密 而氣象却甚寬大 旣立三綱法 當繼之以目 血脉不斷 而節拍從容 非若後世之淺迫易露也"

65) 上同. "今推首章法度典型 如此嚴密 然後見知止一段 雖若承接緊切 而文勢語意 反成緩弛矣 蓋知之一字 敎者之所主 學者之所宗 若等閒輕道破 不特文字無精神 而於敎法亦失先後之序 況未嘗窮事物之理 如何遽能知所止而得所止哉 如是 則乃生而知之之知 非學而知之之知也 僕故曰 不可不易者 此也"

지 않아서 氣質이 이길 수 없고 物欲이 옮길 수 없으니, 이것이 이른바 定이다. 바야흐로 일이 닥치기 전에는 이 마음이 寂然不動하니, 寂然은 그 靜을 말한 것이고, 不動은 그 安을 말한 것이다. 그 일이 感通함에 이르면 반드시 살핀 뒤에 발하며, 발하면 반드시 절도에 맞게 된다. 그 思慮를 살피는 것을 中節이라 하니, 그칠 바를 얻는 것을 말한다. 物格知至가 이와 같은 것이 아닌가?66)

왕백은 知止를 致知의 효과로 보고 '知止' 이하 단락을 物格知至로 해석한 것이다. 이런 관점에서 그는 '知止' 1장이 착간되어 엉뚱한 곳에 있는 것이 심하다고 하였다. 그리고 주희가 '知止'로부터 '能得'에 이르는 것은 知至와 意誠의 중간의 일이라고 한 말67),『대학장구』의 주에 '物格知至'는 知所止이고 '意誠' 이하는 '得所止之序'라고 한 말68),『대학혹문』에 "格物致知는 至善의 소재를 알길 구하는 것이고 誠意로부터 平天下까지는 지선을 얻어 거기에 머물기를 구하는 것이다."라고 한 말을 인용해 증거로 제시하면서, 이를 보면 주희도 분명 '知止' 이하를 致知傳으로 본 것이라고 하였다. 다만 그는 이 절을 치지전으로 옮기는 일을 결행하지 못하였을 뿐이라고 보았다.69)

---

66) 上同. "夫致知者 知之始 學之先也 知止者 致知之效 而學之功也 誠能知其所當止 則思慮不離 意向不偏 氣質不得而勝 物欲不得而遷 此所謂定也 方事之未至也 則此心寂然不動 寂然言其靜也 不動言其安也 及其事之感通也 必審而後發 發必中節矣 審其慮之謂中節 則得所止之謂 非物格知至 能如是乎"

67) 이 말은『朱子語類』권14,「大學一」에 보인다.

68) 朱熹,『大學章句』經一章 '物格而后……'의 주.

69) 上同. "僕昔謂知止一章 逃亡爲甚 自今觀之 正見拙而非巧也……朱子之門人亦有問曰 定靜安在物格知至之後 意誠以下六事未然之前 慮則在意誠以下將然之際 如此貫之可否 朱子批云解云 似已有此意矣 朱子又曰 知止至能得 是說知至意誠中間事 章句云 物格知至 則知所止矣 意誠以下 則得所止之序也 或問又曰 格物致知 所以求知至善之所在 自誠意以至於平天下 所以求得夫至善而止之也 此固已分明以知止章爲致知傳矣 但未決於遷也"

이상에서 왕백의 「大學沿革論」과 「大學沿革後論」의 요지를 간추려 살펴보았다. 왕백의 설을 상세히 언급한 것은 董槐와 그의 설이 주희의 『대학장구』를 개정한 최초의 설로 후대에 계속 거론되기 때문이다. 또한 왕백은 '知止' 이하 2절을 치지전으로 보아야 하는 이유를 소상하게 제시함으로써 후대 개정설의 이론적 근거를 마련해 주었다.

그러면 왕백이『대학장구』의 편차를 개정한 것은 어떤 것일까? 이에 대해서는 그의 문집에 전하는 것이 없고, 毛奇齡의『大學證文』을 통해 간접적으로 알 수 있다. 모기령은 왕백의 개정에 대해, 分章·分節 및 전후의 차례는 주희의 개본과 동일하다고 하면서 다음과 같이 언급하였다.

> 魯齋 王柏은 "『대학』은 착간이 혹 있기는 하지만 궐실은 없다. 그러니 어찌 보망을 일삼겠는가."라고 하고서, 드디어 본문에 나아가 일부를 떼어다 옮겨 두었는데 그 의리가 갖추어졌다. 그래서 왕씨의 개본이 서로 전하게 되었다. 董槐·葉夢鼎·吳澄 등의 모든 설도 그와 같은데 왕씨의 개본이 유독 두드러졌다. 그 뒤 車淸臣이 글을 지어 그 설을 昌明했다. 吳江의 徐師曾이『禮記集註』를 지으면서 그의 글을 모두 수록해『예기』에 넣었다. 劉蕺山도 다시 그의 설에 의해『大學考』1권을 지었다. 이들은 모두 주자의 개본을 따른 것들로, 겨우 주자가 지은 補傳만을 제거하고서 자신의 설을 세운 것들이다. 蔡淸에 이르러서는 또 이들의 설을 따르되 그 문구를 조금 바꾸어 별도로 개본을 만들었다. 모두 뒤에 보인다.[70]

모기령은 이와 같이 언급하고 나서 왕백의 개정설을 다음과 같이 정리해 놓았다.

---

70) 毛奇齡,『大學證文』(문연각사고전서 제210책) 권4,「王氏魯齋改本」. "王魯齋柏謂大學錯簡 或有之 然未嘗闕也 安事補矣 遂就本文 略作移易 而其義已備 因有王氏改本相傳 董氏槐 葉氏夢鼎 吳氏澄 皆說與之同 而王氏本獨著 其後車氏淸臣 嘗爲書以昌明其說 吳江徐師曾作禮記集註 則幷收其文 入禮記中 蕺山劉子 又復依其說 作大學考義一卷 此皆從朱子改本 而僅去其補傳 以自爲說者 至蔡氏淸 則又從而小變其文 別有改本 竝見于後"

知止而后有定 至 則近道矣
子曰聽訟 至 此謂知本
此謂知本 –四字衍– 此謂知之至也 –右 傳之四章 釋格物致知–[71]

　　이를 통해 보면, 왕백의 개정설은 동괴의 개정설과 조금 다른 것을 알 수 있다. 이를 주희의 『대학장구』와 비교해 정리하면 다음과 같다. 앞의 숫자는 왕백이 개정한 편차이고, 뒤의 숫자는 주희의 『대학장구』의 차서이다.

經–01 : 經–01 大學之道 在明明德 在新民 在止於至善
經–02 : 經–04 古之欲明明德於天下者 …… 致知在格物
經–03 : 經–05 物格而后知至 …… 國治而后天下平
經–04 : 經–06 自天子以至於庶人 壹是皆以修身爲本
經–05 : 經–07 其本亂而末治者 否矣 …… 未之有也
　〈右 經一章〉
傳1–01 : 傳1–01 康誥曰 克明德
傳1–02 : 傳1–02 太甲曰 顧諟天之明命
傳1–03 : 傳1–03 帝典曰 克明峻德
傳1–04 : 傳1–04 皆自明也
　〈右 釋明明德傳〉
傳2–01 : 傳2–01 湯之盤銘曰 苟日新 日日新 又日新
傳2–02 : 傳2–02 康誥曰 作新民
傳2–03 : 傳2–03 詩曰 周雖舊邦 其命維新
傳2–04 : 傳2–04 是故 君子無所不用其極
　〈右 釋新民傳〉
傳3–01 : 傳3–01 詩云 邦畿千里 惟民所止
傳3–02 : 傳3–02 詩云 緡蠻黃鳥 …… 可以人而不如鳥乎
傳3–03 : 傳3–03 詩云 穆穆文王 …… 止於信

---

71) 上同.

傳3-04 : 傳3-04 詩云 瞻彼淇澳 …… 民之不能忘也

傳3-05 : 傳3-05 詩云 於戲 前王不忘 …… 此以沒世不忘也

〈右 釋止至善傳〉

傳4-01 : 經-02 知止而后有定 …… 慮而后能得

傳4-02 : 經-03 物有本末 事有終始 知所先後 則近道矣

傳4-03 : 傳4-01 子曰 聽訟 …… 大畏民志 此謂知本此謂知本(4자 **衍文**)

傳4-04 : 傳5-01 此謂知之至也

〈右 釋格物致知傳〉

傳5-01 : 傳6-01 : 01-09 所謂誠其意者 …… 故君子必愼其獨也

〈이하 주희의『대학장구』와 동일〉

이렇게 보면, 왕백은『대학장구』를 저본으로 經一章·傳九章 체제로
개편한 것을 알 수 있다. 또한 董槐의 설과 다른 점은 삼강령의 '親民'을
주희의 설에 따라 '新民'으로 본 것과 '此謂知本 此謂知之至也'의 '此謂
知本'을 程子의 설에 따라 衍文으로 본 것이다. 동괴는 '大畏民志' 다음
의 '此謂知本'을 '子曰 聽訟' 앞으로 옮겨 놓았는데, 왕백은 그렇게 하지
않고 뒤에 중복되는 '此謂知本'을 연문으로 본 것이다.

동괴·왕백과 동시대 인물로 주희의『대학장구』를 개정했다고 알려진
학자가 葉夢鼎(?-?)과 吳澄(1249-1333)이다. 우선 섭몽정의 설에 대해
살펴보기로 한다.

섭몽정은 남송 말 台州 寧海 사람이다. 자는 鎭之, 호는 西澗이다. 理
宗 때 直秘閣 등을 지냈고, 度宗 咸淳年間(1265-1274)에 우승상에 올랐
으나, 곧 賈似道와의 불화로 병을 핑계하고 물러났다. 端宗이 즉위한 뒤
少師에 임명되었으나 길이 막혀 나아가지 못하였다. 80세까지 살았다.

朱彝尊의『經義考』에는 그와 관한 기사가 여러 곳에 보인다. 이를 간
추려 그의 개정설에 대해 살펴보기로 한다. 명초의 方孝孺(1357-1402)
는 남송 말부터 주자학파 후학들이 격물치지전이 逸失된 것이 아니라

錯簡이라는 관점에서 주희의『대학장구』를 일부 개정하는 설이 등장하
게 된 것에 대해 다음과 같이 말하였다.

> 『대학』은 孔氏에게서 나온 것이다. 程子에 이르러 그 도가 비로소 밝혀졌고,
> 朱子에 이르러 그 의리가 비로소 갖추어졌다. 그러나 致知格物傳이 闕失되었다
> 는 관점에서 주자가 일찍이 보충을 해 넣었지만, 독자들은 오히려 고금의 책을
> 보지 못한 것을 유감으로 생각했다. 文淸公 董槐, 丞相 葉夢鼎, 文憲公 王柏은
> 모두 격물치지전은 궐실된 것이 아니라, 단지 編簡이 錯亂한 것일 뿐인데 편차
> 를 개정한 사람들이 그 次序를 잃었다고 생각했다. 그래서 經文의 '知止' 이하
> 로부터 '則近道矣'까지 42자를 '子曰 聽訟 吾猶人也' 앞으로 옮겨 전 제4장으로
> 삼아 致知格物을 해석한 것으로 보았다. 이로 말미암아『대학』이 다시 온전한
> 책이 되었다. 車淸臣 선생은 글을 지어 그 설이 믿을 만하다는 점을 논변했다.
> 대체로 성현의 經傳은 一家의 글이 아니니 그 설도 一人이 능히 극진히 할 수
> 있는 바가 아니라는 것이다. 세상의 시끄럽게 들은 바에 따라 편당을 지으며 이
> 치의 옳고 그름을 돌아보지 않는 자들은 모두 주자의 뜻을 비난할 것이다. 예전
> 주자의 설에는 聽訟章을 '本末을 해석한 것'으로 보았는데, 이는 격식상 전후
> 장의 사례와 같지 않다. '知止' 이하를 청송장과 한 장으로 합해 보면,『맹자』의
> '堯舜의 지혜로도 사물의 이치를 두루 알지 못하였다'는 말과 정히 서로 발명한
> 다. 그러니 이 단락이 치지격물전이 되는 데 무슨 의혹이 있겠는가.[72]

방효유는 동괴·왕백과 함께 섭몽정도 격물치지전을 개정한 사람으로
나란히 일컫고 있다. 그러나 그의 설을 소개하지는 않았다. 위 인용문에

---

[72] 朱彝尊,『經義考』(문연각사고전서 제208책) 권156,「禮記19-大學」, '車氏-大學沿革
論'. "方孝孺曰 大學出於孔氏 至程子 而其道始明 至朱子 而其義始備 然致知格物傳之
闕 朱子雖嘗補之 而讀者猶以不見古今書爲憾 董文淸公槐 葉丞相夢鼎 王文憲公柏 皆
爲傳未嘗闕 特編簡錯亂 而攷定者 失其序 遂歸經文'知止'以下 至'則近道矣'以上四十二
字 於'子曰聽訟吾猶人也'之右 爲傳第四章 以釋致知格物 由是 大學復爲全書 車先生淸
臣爲書 以辨其說可信矣 盖聖賢之經傳 非一家之書 則其說亦非一人之所能盡 世之曉
曉然黨所聞 而不顧理之是非者 皆非朱子之意也 舊說以聽訟釋本末 律以前後之例不類
合爲一章而觀之 與孟子堯舜之知而不徧物之言 正相發明 其爲致知格物之傳 何惑焉"

서 車淸臣이 글을 지어 그 설을 논변했다는 것은 왕백의 「大學沿革論」
과 「大學沿革後論」을 가리키는데, 이는 방효유가 왕백의 저술을 차청신
의 저술로 잘못 알았기 때문이다. 차청신은 왕백의 문인 車若水를 가리
킨다.

동괴는 1262년까지 살았고, 왕백은 1274년까지 살았으며, 섭몽정은
端宗(재위 1276-8년)의 부름을 받았으니, 왕백보다 조금 더 산 듯하다.
이를 보면 섭몽정은 동괴보다 조금 뒷시대 사람인 듯하다. 섭몽정의 설
에 대해서는 알려진 바가 없다. 그러나 여기저기 산견되는 언급을 가지
고 추정해 보면 다음과 같다.

명초의 王禕(1322-1373)는 '知止' 이후 42자를 뒤로 옮겨 청송장 앞에
두되 '此謂知本'을 청송장의 '子曰' 앞으로 옮기고, 청송장 뒤에 '此謂知
本 此謂知之至也'를 붙여 치지격물전으로 삼으면 지극히 정밀하고 긴절
하게 된다고 하면서, 董槐·車若水·葉夢鼎이 모두 논을 지어 주희의 설
이 잘못되었음을 논변하였다고 하였다. 그리고 그는 주희가 다시 태어
난다 하더라도 반드시 이들의 말을 옳게 여길 것이라고 확신하였다.[73]

명대 徐師曾(1517-1580)도 섭몽정을 동괴·왕백과 함께 『대학장구』를
개정한 사람으로 언급하고 있다.

『대학』은 착간이 매우 많다. 程子가 그 때문에 表章을 하고 편차를 개정해

---

73) 朱彛尊, 『經義考』 권156, 「禮記19-大學」, '朱子-大學章句'. "王禕曰 大學在禮記中 通
爲一篇 朱子始分爲經傳 以明明德新民止善爲三綱領 以格物致知誠意正心修身齊家治
國平天下爲八條目 惟其間格物致知傳 朱子以爲亡而補之 孰知其未亡也 今卽其書求之
有曰'知止而后有定 定而后能靜 靜而后能安 安而后能慮 慮而后能得 物有本末 事有終
始 知所先後 則近道矣 此謂知本 子曰聽訟吾猶人也 必也使無訟乎 無情者 不得盡其辭
大畏民志 此謂知本 此謂知之至也' 此十七句 足爲格物致知傳 盖錯簡在他所 則爲羨語
而取以爲傳 則極其精切 朱子勇於補 而不知移易 何耶 且三綱領八條目之外 安有所謂
本末乃別爲之耶 董丞相槐及玉峯車氏西磵葉氏 皆著論 以辨其非 使朱子復生 將必以
其言爲然也"

놓았고, 朱子도 그 때문에 편차를 다시 개정하고 補亡해 놓았다. 주자가 지은 『대학장구』와 『대학혹문』은 오늘날 집집마다 사람들이 전송하고 있어 남은 의논이 없을 듯하다. 그 후 동괴·섭몽정·왕백 같은 유학자들은 모두 '傳文은 闕失된 것이 아니라 단지 簡編이 착란된 섯일 뿐인네, 개정하는 사람들이 그 차서를 잃었다.'고 하여, 드디어 經文의 '知止' 이하 2조를 옮겨 '子曰 聽訟' 앞에다 두고서 전 제4장으로 삼아 치지격물을 해석한 것으로 삼으려 하였다. 車淸臣이 일찍이 글을 지어 그 설이 믿을 만하다는 점을 논변하였다.[74]

위 인용문 말미의 '차청신이 글을 지어 논변했다'는 것은 왕백의 「대학연혁론」·「대학연혁후론」을 차청신의 저술로 잘못 알고 전한 말이다. 서사증 역시 동괴·왕백과 함께 섭몽정을 나란히 거론하고 있는 점에서, 섭몽정도 일실은 없고 착간만 있다는 관점에서 『대학장구』 補亡章을 인정하지 않고 편차를 개정해 격물치지전으로 삼은 것을 알 수 있다.

한편 毛奇齡도 섭몽정의 개정에 대해 다음과 같이 언급하였다.

　　魯齋 王柏은 "『대학』은 착간이 혹 있기는 하지만 궐실은 없다. 그러니 어찌 보망을 일삼겠는가."라고 하고서, 드디어 본문에 나아가 일부를 떼어다 옮겨 두었는데 그 의리가 갖추어졌다. 董槐·葉夢鼎·車若水·吳澄의 설도 그와 같다. 이는 주자의 개본을 따른 것들로, 겨우 주자가 지은 補傳만을 제거하고서 자신의 설을 세운 것들이다.[75]

---

74) 朱彝尊, 『經義考』 권156, 「禮記19-大學」, '蔡氏-攷定大學傳'. "徐師曾曰 大學篇 錯簡甚多 程子旣爲之表章定著 朱子又爲之更正補亡 其所作章句或問 至於今家傳人誦 似無遺議矣 厥後諸儒若董氏槐 葉氏夢鼎 王氏柏 皆謂傳未嘗闕 特簡編錯亂 而攷定者 失其序耳 遂欲移經文知止以下二條 置於子曰聽訟之上 以爲傳之四章 釋致知格物 而車氏淸臣 嘗爲書以辨其說之可信"

75) 朱彝尊, 『經義考』 권156, 「禮記19-大學」, '王氏-大學'. "毛奇齡曰 王魯齋柏謂大學錯簡或有之 然未嘗闕 安事補哉 遂就本文 略移易 而其義已備 與董氏槐 葉氏夢鼎 車氏若水 吳氏澄之說 相同 此就朱子改本 僅去其補傳 以自爲說者"

　이런 여러 사람의 언급을 통해 보면, 섭몽정도 왕백의 설과 유사한 개정설을 제기한 것을 알 수 있다. 그러나 그의 개정설의 편차를 구체적으로 정확히 언급한 것은 찾아볼 수 없다.

　다음은 역시 董槐·王柏·葉夢鼎과 함께 『대학장구』의 편차를 개정했다고 일컬어지는 吳澄(1249-1333)의 설에 대해 살펴보기로 한다. 오징의 자는 幼淸·伯淸, 호는 草廬, 시호는 文正이다. 강서성 撫州 嵩仁 출신이다. 원나라 때 경학가로, 한림학사 등을 지냈다. 어려서 饒魯의 제자인 程若鏞에게 수학하였으며, 뒤에 程紹開를 사사하였다. 주희의 四傳 제자로 理學을 위주로 하면서 心學도 아울러 취하여, 주희와 陸九淵의 사상을 조화시키려 하였다. 그는 「道統圖」을 저술했는데, 주희 이후의 도통을 자임하였다. 許衡·劉因과 더불어 원대를 대표하는 학자이다. 저술로 『五經纂言』·『儀禮逸經傳』 등이 있다.

　오징의 개정설에 대해서도 그 전모를 정확히 알 수 없다. 朱彝尊의 『경의고』에는 王守仁의 『古本大學旁釋』 아래에 鄭曉(1499-1566)의 다음과 같은 말을 인용해 놓았다.

　　『대학』 1편은 程子가 개정하고 朱子가 장구를 만들었는데, 지금까지 전해지며 학습하는 것이 그 책이다. 漢나라 大司農을 지낸 鄭康成(鄭玄)이 주를 달고, 唐나라 祭酒 孔穎達이 疏를 낸 것은 모두 古本이다. 宋나라 때 四明의 黃震, 元나라 때 金華의 王柏, 臨川의 吳澄, 國朝(明나라) 正學 方孝孺, 山陰의 景星, 溫陵의 蔡淸, 莆田의 鄭瑗, 新安의 潘潢이 각기 설을 내었다. 오직 餘姚의 王守仁만은 고본을 존신했다.[76]

---

76) 朱彝尊, 『經義考』 권156, 「禮記19-大學」, ‘王氏-大學古本旁釋’. "鄭曉曰 大學一篇 程子更定 朱子爲之章句 今傳習者 是也 漢大司農鄭康成所注 唐國子祭酒孔穎達所疏 皆古本也 宋四明黃氏震 元金華王氏柏 臨川吳氏澄 國朝正學方氏孝孺 山陰景氏星 溫陵蔡氏淸 莆田鄭氏瑗 新安潘氏潢 各有說 惟餘姚王氏守仁 尊信古本"

정효의 언급은 오징도 주희의 『대학장구』를 따르면서 개정한 설이 있다는 것이다. 그런데 명초의 景星(?-?)은 그의 『大學集說啓蒙』에서 다음과 같이 언급하였다.

> 江西의 吳澄은 말하기를 "經文의 '知止'로부터 '則近道矣'에 이르는 42자는 격물치지전의 상단 반절이고, 전 제4장(聽訟章) 및 이 구(此謂知之至也)는 하단 반절이 된다. 궐문은 없다."고 하였다. 오씨의 이 설은 주자의 『대학장구』와 같지 않다. 학자들은 알지 않아서는 안 된다.[77]

이 설에 따르면 오징의 설도 왕백의 설과 유사한 것으로 보인다. 다만 동괴와 왕백의 설이 구체적으로 약간 다르듯이, 그의 설이 정확히 어떤 것인지는 알 수가 없다. 명대 楊士奇(1365-1444)도 오징이 『대학장구』 전 제5장의 전문을 보완한 것이 있다고 하였다.[78] 그러나 최근의 연구 성과에 의하면, 吳澄은 주희의 『대학장구』를 개정한 것이 아니라, 개정하는 설에 반대하는 입장을 보인 것으로 드러났다.[79] 이를 입증하는 자료로 오징의 문집에 실린 「答海南海北道廉訪副使田君澤問」의 다음과 같은 말을 인용하고 있다.

> 經一章은 옥처럼 渾然하니 어찌 쪼갤 수 있겠는가. 제1절은 '大學之道'부터 '在止於至善'까지로 삼강령을 말한 것이다. 제2절은 '知止而后有定'부터 '慮而后能得'까지로 윗 문장을 다시 말한 것이다. 이 5구에는 각각 '而后' 2자가 있다. 제3절은 '物有本末'부터 '則近道矣'까지로 윗 문장을 總結한 것이다. 이상

---

77) 景星, 『大學中庸集說啓蒙』(문연각사고전서 제204책) 「大學集說啓蒙」. "江西吳氏澂 謂經文知止 至 則近道矣 四十二字 爲格物致知傳上半截 而以第四章及此 爲下半截 無闕文也 吳氏此說 雖與章句不同 學者不可不知"

78) 楊東里, 『東里文集』 續集 권17, 「跋大學中庸日錄」. "右 大學中庸目錄 元吳文正公門人袁明善述其師授之旨而爲之者也 有文正補大學第五章傳文"

79) 李紀祥, 『兩宋以來大學改本之研究』, 臺灣 學生書局, 民國77년, 96~97면 참조.

3절은 전반부 반 장이 된다. 제4절은 '古之欲明明德'부터 '致知在格物'까지로 팔조목을 말한 것이다. 이 절은 제1절과 상대가 된다. 제5절은 '物格而后知至'부터 '國治而后天下平'까지로 윗 문장을 다시 말한 것이다. 7구에 각각 '而后' 2자를 말했으니, 제2절과 상대가 된다. 제6절은 '自天子至於庶人'부터 '未之有也'까지로 윗 문장을 총결한 것이니, 제3절과 상대가 된다. 이상 3절은 하반부 반 장이 된다. 經文의 2백 여 자는 謹嚴하고 簡古하니 참으로 성인이 지으신 것이다. 그래서 傳文의 문체와 전혀 같지 않다. 지금 경문 제2절과 제3절을 떼어다 치지격물전을 보충하는데, 어찌 경문과 전문의 문체가 다르다는 점을 모른단 말인가. 이 2절을 강제로 치지격물의 뜻으로 해석하려 하지만 또한 뜻이 통하지 않는다. 이들은 단지 이 절에 '物' 자와 '知' 자가 있는 것만 보고서 격물치지전으로 삼고자 하니, 文義를 모르는 것이 심한 경우가 아니겠는가. 또한 경문 가운데서 이 2절을 제외하면 문장이 이루어지지 않는다. 예컨대 한 개의 옥소반을 부수어 한 면을 버리고 나머지 세 면만 남겨놓는다면, 그것이 어찌 완전한 그릇이 되겠는가.[80)]

이 인용문을 보면, 오징은 주희의『대학장구』편차를 개정하는 것에 반대한 사람임을 알 수 있다. 그런데 어떻게 鄭曉・景星・楊士奇 등은 그가 왕백 등과 유사하게 편차를 개정하였다고 했는지 모르겠다. 이는 아마도 李紀祥의 견해처럼 와전된 설이 널리 유포된 것인 듯하다.

---

80) 吳澄,『吳文正集』(문연각사고전서 제1197책) 권3, 答問,「答海南海北道廉訪副使田君澤問」. "經一章 渾然如玉 豈可拆破 第一節 自大學之道 至在止於至善 言三綱領 第二節 自知止而后有定 至慮而后能得 覆說上文 五句各有而后兩字 第三節 物有本末 至則近道矣 總結上文 此以上三節 爲前半章 第四節 古之欲明明德 至致知在格物 言八條目 與第一節相對 第五節 物格而后知至 至國治而后天下平 覆說上文 七句各有而后兩字 與第二節相對 第六節 自天子至於庶人 至未之有也 總結上文 與第三節相對 此以上三節 爲下半章 經文二百餘字 謹嚴簡古 眞聖筆也 與傳之文體 全然不同 今乃拆破經之第二節第三節 以補致知格物之傳 豈不識經傳文體之不同乎 而此兩節 欲强解作致知格物之義 亦且不通 徒見有一物字有一知字 而欲以爲格物致知之傳 無乃不識文義之甚乎 且經文中 除了此兩節 豈復成文 如一玉盤 打破而去其一角 但存其三角 豈得爲渾全之器哉"

(3) 車若水의『대학장구』개정과 그 특징

車若水(1210-1275)의 자는 淸臣, 호는 玉峯이며, 浙江省 臺州 黃巖 출신이다. 남송 말기의 학자로 평생 저술과 강학에 힘썼다. 陳耆卿에게 고문을 배우고, 王柏·杜範·陳文蔚에게 理學을 배웠다. 정주학을 종주로 하면서 육구연의 심학을 배척하였나. 周敦頤로부터 黃榦에 이르기까지의 理學傳授淵源을 서술하여『道統錄』을 저술하였으며, 또한 육경의 傳注 및 제유의 설을 논평한『脚氣集』을 저술하였다.

앞에서 살펴보았듯이, 차약수의 스승 왕백은 차약수의 개정설을 보고 기뻐하며 그의 설을 적극 지지하였다. 그리고 왕백은 자신이 「大學沿革論」·「大學沿革後論」을 지어 그 개정설의 당위성을 자세하게 논변하였다. 그런데 후대에 잘못 알려져 왕백이 개정설을 제기하고, 차약수가 「대학연혁론」을 지은 것으로 오인되었다.

朱彝尊의『經義考』에도 그와 같이 와전된 설이 그대로 실려 있다. 주이존은『경의고』에서 차약수가 「대학연혁론」을 지은 것으로 소개하고 있는데, 그 아래 인용문 王逢의 설에는『重證大學章句』를 지은 것으로 되어 있다.[81] 또한『台州藝文略』과『台州府志』에도『重證大學章句』1권을 지었다고 되어 있다.[82]

차약수의 스승 왕백은 차약수가『대학장구』를 개정한 것에 대해 다음과 같이 말하였다.

> 車君의 이 글은 치지격물전이 없어진 것이 아니라고 말한 것이다. '知止而后有定' 이하 2절을 청송장과 합하면 엄연히 격물치지전이 된다. 만약 주자가 이 말을 듣는다면 빙그레 한번 미소를 지을 것이다.[83]

---

81) 朱彝尊,『經義考』권156,「禮記19-大學」, '車氏-大學沿革論'. "王逢曰 淸臣師杜淸獻公範 賈似道再聘入史館 辭不受 有重證大學章句"

82) 李紀祥,『兩宋以來大學改本之研究』95면 참조.

이를 보면, 차약수가 개정한 설을 보고 왕백이 지지하여 그에 대한 변설을 지은 것을 알 수 있다. 그런데 후세에 잘못 알려져 왕백의 개정설에 대해 그의 문인 차약수가 변설을 지은 것으로 전해지고 있다. 명초의 방효유도 다음과 같이 잘못 전해진 설을 언급하고 있다.

> 방효유는 말하기를 "車淸臣 선생은 글을 지어 그 설이 믿을 만하다는 점을 논변했다. 대체로 성현의 經傳은 一家의 글이 아니니 그 설도 一人이 능히 극진히 할 수 있는 바가 아니라는 것이다. 세상의 시끄럽게 들은 바에 따라 편당을 지으며 이치의 옳고 그름을 돌아보지 않는 자들은 모두 주자의 뜻을 그르다고 할 것이다. 예전 주자의 설에는 聽訟章을 本末을 해석한 것으로 보았는데, 이는 격식상 전후 장의 사례와 같지 않다. '知止' 이하를 청송장과 한 장으로 합해 보면,『맹자』의 '堯舜의 지혜로도 사물의 이치를 두루 알지 못하였다'는 말과 정히 서로 발명한다. 그러니 이 단락이 치지격물전이 되는 데 무슨 의혹이 있겠는가."라고 하였다.[84]

朱彛尊의『經義考』에는 방효유의 설 아래에 명대 중반에 활동한 都穆 (1459-1525)의 설을 인용해 놓았는데, 그 내용은 다음과 같다.

> 주자가『대학장구』를 지을 적에 정자의 뜻을 취해 致知格物傳을 보충했다.『黃氏日抄』에는 董丞相의 설을 싣고 있는데, "경문은 본디 궐문이 없다. 제1장 '明明德' 이하 3구 밑에 '古之欲明明德' 이하가 곧장 이어지니, 이것이 경문이

---

83) 朱彛尊,『經義考』권156,「禮記19-大學」, '車氏-大學沿革論'. "王柏曰 車君書 言致知格物傳 未嘗忘(亡의 오자:필자주) 自'知止而后有定'以下 合聽訟一章 儼然爲格物一傳 使朱子聞之 當莞爾一笑也"

84) 朱彛尊,『經義考』(문연각사고전서 제208책) 권156,「禮記19-大學」, '車氏-大學沿革論'. "方孝孺曰……車先生淸臣爲書 以辨其說可信矣 盖聖賢之經傳 非一家之書 則其說亦非一人之所能盡 世之曉曉然黨所聞 而不顧理之是非者 皆非朱子之意也 舊說以聽訟釋本末 律以前後之例不類 合爲一章而觀之 與孟子堯舜之知而不徧物之言 正相發明 其爲致知格物之傳 何惑焉"

다. ‘知止而后有定’으로부터 ‘則近道矣’까지와 ‘子曰 聽訟’으로부터 ‘此謂知之至也’까지는 바로 ‘致知有格物’을 해석한 것이다.”라고 하였다. 이렇게 보면 별도의 보충을 필요로 하지 않는다. 뒤에 黃巖의 車淸臣이 「大學沿革論」을 지었는데, 그의 견해는 董氏의 설과 합치된다. 王魯齋가 그의 설을 옳게 여겨 ‘전고의 착간을 바로잡았다’고 하였다. 本朝(明나라)의 大儒 宋學士와 方正學 같은 학자들의 견해도 같다.[85]

도목의 설은, 왕백이 차약수의 설을 보고 지지하였다는 것이다. 다만 차약수가 「대학연혁론」을 지었다고 한 것은 사실을 잘못 안 것이다. 주이존의『경의고』에는 또『浙江通志』에 실린 다음과 같은 말을 인용하고 있다.

> 차약수의 자는 淸臣, 호는 玉峯山民이며, 黃巖 출신이다. 일찍이『대학』의 ‘知止而后有定’ 이하 1절을 청송장과 합해 격물치지전으로 삼았는데, 金華의 王柏이 “천고의 착간을 바로잡았으니, 가령 주자가 이 소식을 듣는다면 마땅히 심복하였을 것이다.”라고 하였다.[86]

『절강통지』에 실린 설은 차약수가『대학장구』를 개정하였고, 스승 왕백이 그의 설을 지지하였다는 내용으로, 와전된 설이 아닌 듯하다. 차약수는 절강성 출신이었으니,『절강통지』에 실린 설은 신뢰성이 있다.

차약수의 설은 위에서 살펴본 왕백의 설과 같다고 생각되는데, 문헌에서 구체적으로 확인할 수 없다. 이러한 차약수의 설에 대해, 臨海의

---

85) 上同. “都穆曰 朱子作大學章句 取程子之意 以補致知格物之傳 黃氏日抄 載董丞相之說 謂經本無闕文 首章明明德三句下 卽繼以‘欲明明德’以下文 此經也 自‘知止而后有定’至‘則近道矣’及‘聽訟吾猶人也’至‘此謂知之至也’ 此正釋致知有格物 不俟他補 後黃巖 車淸臣 著大學沿革論 其見與董氏合 王魯齋是之 謂洞照千古之錯簡 本朝大儒如宋學士方正學 其見亦同”

86) 上同. “浙江通志 車若水 字淸臣 號玉峯山民 黃巖人 嘗取大學‘知止有定’一節 合聽訟章 爲格物致知傳 金華王柏 以爲洞照千古之錯簡 使朱子聞之 亦當心服”

金賁亨은 다음과 같이 평하였다.

> 鄕先生 車玉峯은 '知止而后有定' 이하 9구를 옮겨 청송장과 합해서 격물치지
> 전으로 삼으려 하였다. 金華의 王魯齋가 그의 설을 매우 좋다고 하였다. '知止'
> 를 격물치지로 해석하는 것은 그럴 듯하다. 그러나 그의 설과 같이 보면, 문장
> 의 뜻이 止於至善을 긴급하게 이어 말하게 되고, 전편의 大旨가 모두 '知止而
> 后有定' 이하 9구 안에 포괄되어 있으니, 이 9구가 격물치지만을 위해 말한 것
> 은 아니다.[87]

이 설은 劉斯原의『大學古今本通考』권6의「蒲陽鄭僑仲大學篆書正
文」에 들어 있다. 이를 보면 김분형 같은 학자는 '知止而后有定' 이하
42자를 뒤로 옮겨 청송장과 합해 격물치지전을 해석한 것으로 보는 왕
백·차약수 등의 설을 부정적으로 보고 있음을 알 수 있다.

(4) 景星의『대학장구』개정과 그 특징

왕백·차약수 이후 주희의『대학장구』를 개정한 사람으로 景星(?-?)
이 있다. 그의 자는 德輝, 호는 訥庵이며, 절강성 餘姚 출신이다. 원말명
초의 사람으로 洪武年間(1368-1398)에 천거되어 杭州의 儒學訓導를 지
냈다. 경학에 뛰어났는데, 특히『춘추』에 일가를 이루었다. 저술로『四
書啓蒙集說』이 있다.

이를 보면 남송 말부터 원나라 초기에 걸쳐 주자학이 울흥하던 절강
성·복건성·강서성·안휘성 등의 지역에서 주희의 재전 또는 삼전 문인
들 대에 격물치지전은 闕文이 아니라 錯簡이라는 관점에서『대학장구』

---

87) 劉斯原,『大學古今本通考』권6,「蒲陽鄭僑仲大學篆書正文」. "臨海 金氏賁亨大學議
　　曰……鄕先生車玉峯 欲移知止有定九語 合聽訟章 謂格物致知傳 金華王魯齋深善其說
　　夫以知止釋格致 似矣 但其詞義緊承止善說來 而通篇大旨 俱包括九語之中 非獨爲格
　　物致知立言也"

의 일부를 개정하는 논의가 활발하게 일어났다가, 원나라가 들어선 뒤에는 그런 분위기가 위축된 것을 알 수 있다.

주지하다시피, 원대는 주자학을 관학으로 정하였던 시대였으니,『대학장구』의 개정을 함부로 논의하는 것이 아무래도 쉽지 않았을 듯하다. 그러다 원나라 말기에 이르러 정치적인 통제가 느슨해지자, 다시 개정설이 등장한 것이라 추정해 볼 수 있다.

경성의『四書啓蒙集說』에 들어 있는「大學啓蒙集說」은 주희의『대학장구』를 저본으로 하여 자신의 설을 각 단락의 아래에 적어 놓은 것이다. 그는 전 제5장 '此謂知之至也' 다음의 '此句之上 別有闕文 此特其結語耳'라고 한 주희의 장구 밑에 다음과 같은 자신의 설을 기록하고 있다.

> 程子는 上句(此謂知本)를 衍文으로 보았다. 饒氏는 "'知本' 2자는 '物格' 2자의 오자이다. 이 2구는 곧 이 장의 결어이니, 闕文은 이 2구 위에 있어야 한다."고 하였다. 주자의 장구에는 "궐문은 이 2구 가운데 있다."고 하였다. 江西의 吳澄은 "경문의 '知止'로부터 '則近道矣'까지 42자는 격물치지전의 상반절이 된다. 그리고 전 제4장 및 이 구(此謂知之至也)가 하반절이 된다. 궐문은 없다."고 하였다. 오씨의 이 설은 비록『대학장구』의 설과 다르지만, 학자들은 알지 않아서는 안 된다.[88]

이 인용문의 '饒氏'는 주희의 재전문인 饒魯로 추정된다. 경성은 오징의 설을 인용하면서 동괴·왕백·차약수 등이 개정한 설과 유사한 이 설을 학자들은 알아야 한다고 말하고 있다. 이를 보면, 그 역시 이런 개정설에 일정 부분 동의하고 있음을 알 수 있다.

---

88) 景星,『四書書啓蒙集說』(문연각사고전서 제204책),「大學啓蒙集說」. "程子謂上句爲衍文 饒氏謂知本二字 是物格二字之誤 此二句 卽此章之結語也 闕文當在此二句之上 章句則謂闕文在此二句之中 江西吳氏澂謂經文知止 至則近道矣 四十二字 爲格物致知傳上半截 而以第四章及此 爲下半截 無闕文也 吳氏此說 雖與章句不同 學者不可不知"

경성은 위와 같이 제가의 설을 말하고 나서, 그 아래 小註에 자신의 견해를 다음과 같이 제시하고 있다.

> 이는 격물치지를 해석한 것이다. 내가 살펴보건대, '此謂知本' 1구는 衍文으로 볼 것만은 아니니, 바로 '格物' 2자를 해석한 것이다. 경문에 '物有本末'을 말했으니, 이 '本'자는 바로 궁극의 본원을 가리키는 것으로 곧 至善이 있는 곳이다. 경문에 '知止'라고 하였기 때문에 전문에도 '於止 知其所止'라고 말한 것이며, 경문에 '物有本末'이라 하였기 때문에 전문에도 '知本'이라 말한 것이다. 그러니 이것이 格物知至를 해석한 것이 아니고 무엇이겠는가. 정자는 말하기를 "格物은 至善의 소재를 아는 것을 말한다."고 하였다. 『시경』의 시를 인용한 것이 4번, '子曰'을 인용한 것이 1번인데, 위에는 '知止'를 말하고, 아래는 '知本'을 말한 뒤, '此謂知之至也'로 결론을 지었으니, 바로 物格知至를 해석한 것이다. 따라서 전문에 궐문이 없다고 해도 가하다.[89]

이를 보면, 경성은 '此謂知本 此謂知之至也'만으로 격물치지전이 될 수 있다고 생각한 듯하다. 그는 '知本'이 경문의 '物有本末'과 연관된다는 점, 경문에 '知止' 다음에 '物有本末'이 나오듯이 전문에도 '知止'를 해석한 말이 나오고, 다음에 '知本'이 나오고, 그 다음에 '此謂知本 此謂知之至也'가 나오는 점에 착안하여, 이 2구가 앞의 知止와 知本을 해석한 것까지 포함해 결론짓는 말로 격물치지를 해석한 것이라 하였다.

이러한 그의 설은 동괴·왕백·차약수 등의 설처럼 '知止而后有定' 이하 42자를 뒤로 옮겨 청송장과 합해 격물치지전으로 본 것과는 다르다. 경성은 42자를 그대로 두고서 단지 경문과 전문의 연관성만을 따져 '此謂知本 此謂知之至也' 2구가 앞의 내용까지 포함해 격물치지전을 말한

---

89) 上同. "釋格物致知 愚案 此謂知本一句 非但衍文 正是釋格物二字 經言物有本末 此本字 便是指乃極本窮原處 即至善之所在也 經曰知止 傳亦曰於止知其所止 經曰物有本末 傳亦曰知本 非釋格物知至而何哉 程子曰 格物者 謂知至善之所在 引詩者四 引子曰者 一 上言知止 下言知本 而結之以此謂知之至也 便是釋物格知至 雖謂之傳無闕文 可也"

것이라고 한 것이다.

그는 다시 경문의 '知止'와 '物有本末' 2절에 대해 다음과 같이 말하였다.

> 선유들은 대부분 '知止'와 '物有本末'이 바로 격물치지전이라고 의심하였다. 이와 같다면 '靜安慮得' 4자에서 곧 '吾心之全體大用無不明處'를 볼 수 있으니, 致知 공부가 아니라고 말하는 것은 불가하다. 또 '本末終始' 4자에서 곧 '衆物之表裏精粗無不到處'를 볼 수 있으니, 格物 공부가 아니라고 말하는 것은 불가하다. 보망하기를 기다리지 않아도 그 뜻이 이미 충분하다. 그러니 이 설이 옳다.[90]

경성은 주희가 보망장에서 격물치지의 의미를 풀이한 어구를 인용해 경문의 '靜安慮得'에서 致知工夫를, '物有本末 事有終始'에서 格物工夫를 알 수 있다고 하면서 굳이 보망장을 만들지 않더라도 이미 경문에 그런 의미가 들어 있다고 주장하고 있다.

그러나 그의 설은 동괴·왕백·차약수처럼 '知止而后有定' 이하 42자를 뒤로 옮기는 것에 대해 심정적으로 지지하면서도 그의 「大學啓蒙集說」에는 주희의『대학장구』체제를 그대로 따르고 있는 것으로 볼 때, 편차를 개정하는 데까지는 이르지 않은 듯하다. 다만 앞에서 살펴보았듯이, 경문의 편차와 전문의 편차를 상호 연관시켜 전 제5장 '此謂知本 此謂知之至也'만으로도 격물치지전이 되기에 충분하다는 해석을 한 것으로 여겨진다.

---

90) 上同. "先儒多疑知止與物有本末 正是格物致知傳 如此 則靜安慮得四字 卽可以見吾心之全體大用無不明處 謂非致知工夫 不可 本末終始四字 卽可見衆物之表裏精粗無不到處 謂非格物工夫 不可 不待補而義已足 此說得之"

(5) 王巽卿의『대학장구』개정과 그 특징

王巽卿(?-?)은 어떤 인물인지 자세치 않다. 아마도 원나라 말에 활동했던 사람인 듯하다. 명대 程敏政(1445-1499)은 자신의 저술『大學重定本』의 발문에서 다음과 같이 말하고 있다.

> 『대학장구』는 주자가 改訂한 것인데, 또한 격물치지전을 만들어 補亡을 했다. 그래서 후학들에게 큰 은혜를 끼쳤다. 주자가 몰한 뒤에 矩堂 董槐가 처음으로 "격물치지전은 없어진 것이 아니라 경문과 전문 가운데 뒤섞여 있다. 바로잡는 데 미치지 못했을 뿐이다."라고 하였다. 玉峯 車若水, 慈谿 黃震, 魯齋 王柏, 山陰 景星, 崇仁 王巽卿 및 본조의 浦江 鄭濂, 天台 方希古 등이 모두 이에 관한 논설이 있는데 대동소이하다. 전 제10장에 대해서도 程子가 개정한 것을 따르되 조금 바꾼 경우가 있다.[91]

이를 보면, 왕손경도 동괴·왕백 등처럼 격물치지전이 궐문이 아니라 착간이라는 관점에서 개정설을 제시한 인물임을 알 수 있다.

앞에서 살펴보았듯이, 원대 吳澄(1249-1333)은 실제로 동괴·왕백 등의 설처럼 경문을 옮겨 격물치지전으로 삼는 것을 반대한 인물이다. 그의 문집『吳文正集』에 실린「答問答海南海北道廉訪副使田君澤問」을 보면, 평천하장에 대해 다음과 같이 언급하고 있는 것을 발견할 수 있다.

> 평천하장은 程子가 그 傳文을 개정하였는데, 주자는 유독 고본의 편차를 옳다고 여겼습니다. 혹자가 그에 대해 묻자, 말하기를 "이 장에서 말한 바가 이미 넉넉한데 다시 단서를 바꿔 그 의미를 넓히면 바꿔두어 잘못 편집한 듯한 점이

---

91) 朱彝尊,『經義考』권156,「禮記19-大學」, '程敏政-大學重定本'. "敏政跋曰 大學章句 朱子所訂 且爲格致傳 補亡 有大惠於後學 朱子旣沒 矩堂董氏槐 始謂格致傳未亡 乃雜 於經傳中 未及正耳 玉峯車氏若水 慈谿黃氏震 魯齋王氏柏 山陰景氏星 崇仁王氏巽卿 及國朝浦江鄭氏濂 天台方氏希古 皆有論說 大同小異 而於第十章 亦有從程子所訂而 少變之者"

있게 된다. 그러나 그 단서가 접속되고 혈맥이 관통되어 정녕 반복하는 의미가 언외에 보이니 바꿀 수 없다. 굳이 유사한 내용까지 서로 모아놓으려 한다면 그 구분은 남음이 있는 듯하겠지만 그 의미는 도리어 부족할 것이니 이 점을 살피지 않을 수 없다.”고 하였습니다. 지금 왕손경이 전 제10장을 개정한 것을 자세히 살펴보니, 또한 정자가 개정한 것이 분명하고 쉬운 것만 못합니다. 주자는 성사가 개정한 것을 옳게 어기지 않았는데, 내기 어찌 감히 왕손경이 개정한 것을 옳게 여기겠습니까? 왕손경은 애써 학문을 하고 깊이 사색한 사람이니 참으로 가상히 여길 만합니다. 그러나 이 한 책을『주역』·『춘추』두 책과 비교해 보면 같은 차원으로 말할 수 없습니다. 이 책은 아마도 세상에 행할 수 없을 듯합니다. 보잘 것 없는 늙고 졸렬한 나는 학문과 식견이 얕아 학덕이 높고 어진 분의 온축한 뜻을 엿보기에 부족합니다. 그러나 감히 나의 성심을 극진히 하여 이를 드러내지 않을 수 없습니다.[92]

  이러한 오징의 설을 보면, 왕손경이『대학장구』전 제10장의 편차를 개정한 것을 알 수 있다. 그러나 그 구체적인 내용이 어떤지는 확인할 수 없다.

  앞에서 살펴보았듯이, 程頤는 전 제10장의 편차를 개정하였는데, 주희는 이를 따르지 않고『고본대학』의 편차를 그대로 따랐다. 그리고 이 인용문에 보이듯이, 오징은 전 제10장을 그대로 두는 것이 오히려 더 낫다는 주장을 하고 있다. 정이가 개편한 편차는『고본대학』의 '02-21(詩云 殷之未喪師……失衆則失國)'부터 '02-26(是故 言悖而出者……亦悖而出)'까지 6절을 '02-34(是故 君子有大道 必忠信以得之 驕泰以失之)' 뒤로 옮겨

---

92) 吳澄.『吳文正集』(문연각사고전서 제1186책) 권3,「答問答海南海北道廉訪副使田君澤問」. “一 平天下章 程子故嘗更定其傳文矣 而朱子獨以舊文爲正 或問之 言曰 此章所言已足 而復更端以廣其意 有似於易置而錯陳 然其端緒接續 血脉貫通 而丁寧反覆之意 見於言外 不可易也 必欲以類相從 則其界限 雖若有餘 而意味反或不足 不可不察也 今詳觀巽卿所更 又不如程子之明且易 朱子不以程子之所更定者爲然 愚豈敢以巽卿之所更定者爲然乎 巽卿苦學深思 誠爲可嘉 而此一書 比之易春秋二書 不可同日語矣 恐不可以行於世也 區區老拙 學淺識卑 不足以窺測高賢之所蘊 然不敢不盡己之心以告”

‘02-35(生財有大道……則財恒足矣)’와 자연스럽게 연결되게 한 것이다. 치국평천하장은 크게 絜矩·用人·財用으로 그 요지를 간추릴 수 있는데, ‘02-21~02-26’을 뒤로 옮겨야 ‘02-20’과 ‘02-27’이 자연스럽게 연결될 뿐만 아니라, ‘02-21~02-26’도 ‘02-35’와 자연스럽게 연결되어 用人과 財用이 확연히 구별되기 때문이다.

오징이 위 인용문에서 왕손경이 개정한 편차가 정이가 개정한 편차보다 못하다고 하고 있는 것으로 보아, 왕손경의 개정설은 정이의 개정설과 다르다는 것을 알 수 있다. 왕손경이 전 제10장의 편차를 개정한 것은 주희의 『대학장구』가 출현한 이후 처음 있는 일이다. 이런 점에서 그의 설은 또 하나의 『대학장구』에 대한 문제제기로 받아들일 수 있다.

(6) 宋濂의 『대학장구』 개정과 그 특징

宋濂(1310-1381)의 자는 景濂, 호는 潛溪, 시호는 文憲이며, 절강성 浦江 사람이다. 명나라 초기의 경학가로, 한림학사 등을 지냈다. 주희-黃榦-金華四先生(何基·王柏·金履祥·許謙)-夢吉·柳貫·黃溍·吳萊로 이어지는 金華 지방의 주자학을 계승하였다. 저술로 『六經論』·『孝經新說』·『宋學士全集』 등이 있다.

주이존의 『경의고』에는 그의 『대학』 관련 저술에 대한 소개가 없다. 그런데 송렴의 저술 『龍門子凝道記』 가운데 다음과 같은 내용이 있다.

> 『대학』의 요점은 三綱·八目에 있다. …… 綱과 目의 명칭 중에 이른바 ‘本末’이라는 것은 없다. 그러니 어찌 굳이 『대학장구』처럼 본말전을 두어 해석할 필요가 있겠는가? ‘知止而後有定’ 이하 2절로부터 ‘子曰 聽訟 吾猶人也’와 ‘此謂知之至也’ 2조에 이르기까지의 내용은 실로 致知格物을 해석한 傳이니, 아마도 궐문이 있지 않은 듯하다.[93]

이를 보면, 송렴도 동괴·왕백 등의 설처럼 궐문은 없고 착간만 있다는 관점에서 경문의 '知止而后有定' 이하 42자를 뒤로 옮겨 청송장 및 '此謂知之至也'와 합해서 격물치지전으로 삼은 것을 알 수 있다.

명대 劉斯原의 『大學古今本通考』에는 董槐의 설 뒤에 「蒲陽鄭僑仲大學篆書正文」이라는 제목의 글이 있고, 그 아래 "'大學之道' 이하의 차서가 董丞相이 개정한 「大學更議」과 같다."[94]고 하였다. 그리고 그 뒤에 몇 학자들의 견해를 첨부해 놓고 있는데, 그 중에는 다음과 같은 언급이 있다.

方正學이 鄭僑仲의 책 뒤에 쓰기를 "『대학』이 孔氏에게서 나와 程子에 이르러 그 도가 비로소 드러났고, 주자에 이르러 그 뜻이 정밀해졌다. 그러나 致知格物에 관한 해석이 빠져 주자가 그 점을 보충했지만 독자들은 오히려 옛날의 온전한 글을 보지 못함을 한스럽게 여기며 단지 簡編이 끊어져 착란되어 차서를 잃었을 뿐이라고 여겨, 드디어 경문의 '知止'로부터 '則近道矣'까지 42자를 '聽訟 吾猶人也'의 앞으로 옮겨 전 제4장으로 삼아 격물치지의 뜻을 해석한 것으로 보았다. 이로 말미암아 『대학』이 다시 온전한 글이 되었다. 車淸臣 선생이 일찍이 글을 지어 이 책이 믿을 만하다는 점을 논변했다. 金華의 太史 宋公도 주자의 뜻을 취해 전 제4장의 장구를 보완해 학자들에게 주려 하였으나 뜻을 이루지 못하였다. 蒲陽의 鄭僑仲(鄭辯)이 태사공에게 수학하여 미리 그 설을 들었는데, 그는 篆書를 잘 썼다. 그는 태사공에게 개정한 차서대로 써서 판각하여 후세에 전하자고 청하였다. 舊說(주자의 설)에는 '聽訟 吾猶人也' 1절을 本末을 해석한 것으로 보았는데, 전후의 사례에 비추어보아 유사하지 않게 되므로 이를 한 장으로 합해 보니, 『맹자』의 '요순의 지혜로도 사물의 이치를 두루 알지 못한다'는 뜻과 정히 서로 발명이 되었다. 따라서 그 대목이 格致傳이

---

93) 宋濂, 『龍門子凝道記』. "大學之要 在於三綱八目…… 綱與目之名 無有所謂本末者 何必傳以釋之 自'知止而後有定'及'聽訟吾猶人也'·'此謂知之至也' 二條 實釋致知格物之傳 蓋未嘗闕也"(李紀祥, 『兩宋以來大學改本之研究』 99면에서 재인용)

94) 劉斯原, 『大學古今本通考』 권6, 「蒲陽鄭僑仲大學篆書正文」, "大學之道以下次序 與董丞相大學更議同"

되는 데 의심이 없었다. 家・國을 말미암아 天下로 미루어 나가려면 致知하려고 하는 자가 聽訟을 버리고 무엇을 가지고 하겠는가?"라고 하였다.[95]

이 글을 지은 方正學은 명초의 학자 方孝孺(1357-1402)를 가리킨다. 그의 자는 希古・希直, 호는 遜志, 시호는 文正이다. 절강성 寧海 사람으로 宋濂의 문인이다. 한림학사・시강학사 등을 지냈다. 방효유는 董槐・王柏 등이 『대학장구』를 일부 개정한 것과 車淸臣(車若水)이 그 설을 지지한 점을 언급하고, 자신의 스승 宋濂도 전 제4장(청송장)을 개정하려 하였는데 완성하지 못한 점을 말하였다. 이는 명초의 학계 분위기를 잘 보여주는 말이다.

그런데 그 설을 잘 알고 있는 동문 鄭辯이 스승의 설을 篆書로 써서 판각해 후세에 전하자고 청하기에, '知止而后有定'과 청송장을 한 장으로 합해 보니 격물치지전이 되기에 충분하였다는 내용이다. 결국 정변의 『大學篆書正文』은 스승 송렴의 설에 따라 정변과 방효유가 개정한 것임을 알 수 있다. 위 인용문은 그의 문집 『遜志齋集』(문연각사고전서 제1235책) 권18에 실린 方孝孺의 「題大學篆書正文後」을 옮겨 놓은 것이다. 이 글은 방효유가 1381년에 지은 것이다.

劉斯原은 宋濂이 개정한 차서가 董槐의 차서와 같다고 하면서 동괴의 개정설 뒤에 「蒲陽鄭僑仲大學篆書正文」을 붙여 놓았다. 명대 蔡淸의

---

95) 劉斯原, 『大學古今本通考』 권6, 「蒲陽鄭僑仲大學篆書正文」. "方正學希古 題其後曰 大學出於孔氏 至程子而其道始顯 至朱子而其義如精 然致知格物之缺 朱子雖嘗補之 而讀者猶以不見古全書爲恨 特斷簡錯亂而失其序 遂歸經文'知止'以下 至'則近道矣'以上四十二字 於'聽訟吾猶人也'之右 爲傳第四章 以釋格物致知之意 由是大學復爲全書 車先生淸臣 嘗爲書以辯其書之可信 太史金華宋公 欲取朱子之意 補第四章章句 以授學者而未果 蒲陽鄭僑仲辯受學太史公 預聞其說 而雅善篆書 請以更定次序 書之刻本 以傳來世 舊說以'聽訟吾猶人也' 釋本末 律以前後之例爲不類 合一章而觀之 與堯舜之智不徧物之意 正相發明 其爲格致之傳 無疑也 由家國而推之天下 則欲致知者 舍聽訟何以哉"

문인 林希元이 지은 『四書存疑』에 鄭辯이 篆書로 쓴 『大學』의 正文이 실려 있는데, 그 중 經一章과 傳 제4장(격물치지전)의 편차를 정리하면 다음과 같다. 앞의 숫자는 송렴이 개정한 편차이고, 뒤의 숫자는 주희의 『대학장구』의 차서이다.

經-01 : 經-01 大學之道 在明明德 在新民 在止於至善
經-02 : 經-04 古之欲明明德於天下者 …… 致知在格物
經-03 : 經-05 物格而后知至 …… 國治而后天下平
經-04 : 經-06 自天子以至於庶人 壹是皆以修身爲本
經-05 : 經-07 其本亂而末治者 否矣 …… 未之有也
〈右 經一章〉
傳4-01 : 經-02 知止而后有定 …… 慮而后能得
傳4-02 : 經-03 物有本末 事有終始 知所先後 則近道矣
傳4-03 : 傳4-01 子曰 聽訟 …… 大畏民志 此謂知本此謂知本(4자 衍文)
傳4-04 : 傳5-01 此謂知之至也
〈右 釋格物致知傳〉[96]

이러한 편차는 王柏·車若水의 개정설과 동일하다. 따라서 劉斯原이 동괴의 설과 같다고 한 것은 잘못이며, 왕백·차약수 등의 설과 같다고 해야 옳다.

다만 유사원은 「蒲陽鄭僑仲大學篆書正文」 뒤에 여러 사람의 설을 인용한 뒤, 자신의 설을 덧붙여 놓았는데, 이를 인용하면 다음과 같다.

삼가 살펴보건대, 경문 2절을 뒤로 돌리고 전문 1절을 앞으로 옮겨 격물치지전을 보완하는 설은 송나라 말기부터 원대에 이르는 시기의 유학자들의 의논이다. 명나라 초기의 여러 공들도 자못 그 설을 옳게 여겼다. 그러므로 세상에

---

96) 林希元, 『蓮理堂重訂四書存疑』(日本 木版本, 한국국립중앙도서관 소장, 조선총독부 고서분류표 古1-30), 85~86면 참조.

전하는 『大學篆書正文』 한 책이 있게 되었는데, 이는 대개 청송장으로 격물치지전을 삼은 것이다. 이는 바로 송사를 제기하는 자가 교활하고 거짓된 설을 온갖 가지로 내므로 소송을 판결하는 자가 밝지 못하면 시비와 곡직을 판별할 길이 없다고 보기 때문이다. 그러므로 그들은 "국가로부터 천하를 다스리는 데까지 미루어 나가면 앎을 극진히 하고자 하는 자는 소송 판결하는 것을 놔두고 무엇을 가지고 하겠는가?"라고 하였다. 그러나 성인의 본의는 바로 소송 판결을 귀하게 여기는 것이 아니고, 소송 자체가 없게 하는 것을 근본으로 삼은 것이다. 그러므로 "크게 백성의 마음을 두렵게 함이 있기 때문이니 이를 일러 근본을 아는 것이라 한다."고 한 것이다. 그 아래 '此謂知本' 이하 2구는 성인이 그 점을 다시 말씀하신 것이니, 격물치지가 소중한 것임을 또한 알 수 있다. 나는 이런 이유 때문에 청송장을 격물치지전으로 삼을 수 없다고 생각한다. 더구나 개정설을 주장하는 사람들은 『맹자』에 있는 '요순의 지혜로도 사물의 이치를 두루 다 알지 못한다'는 2구를 인용해 격물치지전 뒤에다 붙이는데, 식자들은 그 설이 지리하고 견강부회한 면이 있다고 비평하니, 이 또한 소견이 있는 것이다.[97)]

유사원의 견해는, 청송장을 격물치지전으로 볼 수 없는 이유를 논의의 핵심으로 한 것이다. 그런데 그는 청송장 아래의 '此謂知本 此謂知之至也'까지도 청송장과 연관시켜 근본을 말한 것으로 보고 있다. 이는 주희가 이 2구를 앞 구는 衍文으로 처리하고, 뒤의 구는 격물치지의 결어로 본 것과는 다른 해석으로, 그의 독특한 견해이다.

앞에서 언급했듯이, 명대 중반에 이르면 전반적인 학술 분위기가 『대학장구』를 일부 개정해 격물치지전으로 삼으려는 그간의 여러 설에 대

---

97) 劉斯原, 『大學古今本通考』 권6, 「蒲陽鄭僑仲大學篆書正文」. "謹按 退經二節 躋傳一節 以補格致 自宋末及元儒之論也 國初諸公 亦頗然之 故世傳有大學篆書正文一本 盖以聽訟爲格致傳者 正以訟者狡詐百出 非聽訟者之明 無以剖判是非曲直 故曰 自國家而推之天下 則欲致知者 舍聽訟 何以哉 但聖人本意 正不以聽訟爲貴 而以無訟爲本 故曰大畏民志 此謂知本 知本二句 聖人再言之 則格致之所重者 又可知矣 以此知不以聽訟爲傳也 況引'堯舜之智 不徧物'二句 以附傳末 識者議其支離牽强 斯亦有所見乎"

해 부정적인 견해가 대두되면서 근본적으로 새롭게 해석하려는 조짐이 나타난다. 그런 비판적 반성을 한 사람 중에 王守仁은 주희의『대학장구』를 따르지 않고, 아예『고본대학』을 취해 독자적으로 새로운 해석을 시도하기도 하였다.

(7) 王禕·方孝孺·蔡淸의『대학장구』개정과 그 특징

王禕(1322-1373)의 자는 子充, 호는 華川이며, 절강성 義烏 사람이다. 黃溍에게 수학하였다. 원나라 말에 여러 차례 천거를 받았으나 나아가지 않고 靑巖山에 은거해 학문에 전념하였다. 명나라 초기에 등용되어 國史編修 등을 지냈으며,『明史』에 열전이 실려 있다. 저술로『華川集』과『玉堂雜著』가 있다.

왕위의『대학장구』개정설은 주이존의『경의고』권156의 주희의『대학장구』밑에 실려 있는데, 이를 인용하면 다음과 같다.

『大學』은『예기』속에 들어 있던 것으로 통틀어 1편이 된다. 주자가 처음 經과 傳으로 나누었다. 그리고 明明德·新民·止於至善으로 三綱領을 삼고, 格物·致知·誠意·正心·修身·齊家·治國·平天下로 八條目을 삼았다. 오직 그 사이의 격물치지전에 대해서만은 주자가 없어졌다고 생각해 보충해 넣었다. 그러니 격물치지전이 없어지지 않은 줄을 누가 알았겠는가. 지금 그 책에 나아가 격물치지전을 찾아보면 다음과 같다. '知止而后有定 定而后能靜 靜而后能安 安而后能慮 慮而后能得'-'物有本末 事有終始 知所先後 則近道矣'-'此謂知本'-'子曰 聽訟吾猶人也 必也使無訟乎 無情者 不得盡其辭 大畏民志'-'此謂知本 此謂知之至也'이런 차서로 개편한 17구는 격물치지전에 되기에 충분하다. 착간이 다른 곳에 있으면 군더더기가 되지만, 그것을 가져다 傳을 삼으면 그 뜻이 정밀하고 절실함을 극진하게 한다. 주자는 없어진 것을 보충하는 데 용감했지만, 차서를 옮겨 둘 줄은 몰랐으니, 어찌된 일인가? 또한 삼강령과 팔조목 외에 어찌 이른바 本末이라는 것이 있어서 별도로 전을 만든단 말인가? 승상 董槐, 玉峯 車氏, 西礀 葉氏 등이 모두 이에 관해 글을 지어 그 점이 잘못임을 논변하였다. 가령 주자가 다시 태어난다 하더라도 반드시 이들의 말을 옳게 여길 것이다.98)

이를 보면, 王禕가 주장한『대학장구』의 개정설은 동괴의 설과 동일함을 알 수 있다. 다만 왕위의 문집『青巖叢錄』에 의하면, '知止而后有定' 앞에다 誠意章 이후에 보이는 傳文의 문투처럼 '所謂致知在格物者' 8자를 첨가하였다고 한다.99) 그렇다면 이 8자를 첨가한 것이 동괴의 설과 다를 뿐, 나머지는 동일한 개정설이라 하겠다.

다음은 方孝孺(1357-1402)의 개정설에 대해 살펴보기로 한다. 주이존의『경의고』에는 방효유의『대학』에 관한 저술이 소개되어 있지 않다. 다만『경의고』의 '朱熹-大學章句'에 인용된 都穆의 설에 王柏·車若水의 견해와 동일한 설을 宋學士와 方正學도 주장했다는 말이 보인다. 그리고 "청송장으로 본말을 해석했다고 하는 주자의 설은 형식상 전후의 예와 같지 않다. 그러니 '知止' 이하 42자와 합해 한 장으로 만들어 보면,『맹자』의 '요순의 지혜로도 사물의 이치를 두루 다 알지 못하였다'는 말과 서로 발명하게 된다. 그러니 이것이 致知格物傳이 되는 데 무슨 의혹이 있겠는가? 이 설이 주자의 설과 다르지만 도에 어긋나지 않으니, 참으로 주자가 취할 바이다."라고 하는 방효유의 말을 인용하고 있다.100)

---

98) 朱彝尊,『經義考』권156,「禮記19-大學」, '朱子-大學章句'. "王禕曰 大學在禮記中 通爲一篇 朱子始分爲經傳 以明明德新民止善爲三綱領 以格物致知誠意正心修身齊家治國平天下爲八條目 惟其間格物致知傳 朱子以爲亡而補之 孰知其未亡也 今卽其書求之 有曰'知止而后有定 定而后能靜 靜而后能安 安而后能慮 慮而后能得 物有本末 事有終始 知所先後 則近道矣 此謂知本 子曰聽訟吾猶人也 必也使無訟乎 無情者 不得盡其辭 大畏民志 此謂知本 此謂知之至也' 此十七句 足爲格物致知傳 盖錯簡在他所 則爲羨語 而取以爲傳 則極其精切 朱子勇於補 而不知移易 何耶 且三綱領八條目之外 安有所謂 本末 乃別爲之耶 董丞相槐及玉峯車氏西礀葉氏 皆著論 以辨其非 使朱子復生 將必以 其言爲然也"

99) 李紀祥,『兩宋以來大學改本之研究』, 101~102면 참조.

도목이 말한 宋學士는 宋濂이고, 方正學은 方孝孺이다. 이런 도목의 설을 보면, 방효유도 동괴·왕백 등과 유사하게 『대학장구』를 개정한 것을 알 수 있다. 방효유의 설은 『경의고』에 실린 車若水의 「大學沿革論」[101] 및 鄭濟의 『大學正文』, 그리고 劉斯原의 『大學古今本通考』 「蒲陽鄭儕仲大學篆書正文」 등에 보이는데, 글자의 출입과 오자가 다수 있다. 여기서는 문연각 사고전서에 수록된 방효유의 문집인 『遜志齋集』 권18에 실린 「題大學篆書正文後」을 그대로 옮겨 보기로 한다.

『대학』은 孔氏에게서 나온 것이다. 程子에 이르러 그 도가 비로소 밝혀졌고, 朱子에 이르러 그 의리가 비로소 갖추어졌다. 그러나 致知格物傳이 闕失되었다는 관점에서 주자가 일찍이 보충해 넣었지만, 독자들은 오히려 고금의 책을 보지 못한 것을 유감으로 생각했다. 文淸公 董槐, 丞相 葉夢鼎, 文憲公 王柏은 모두 격물치지전은 궐실된 것이 아니라 단지 編簡이 錯亂한 것일 뿐인데 편차를 개정한 사람들이 그 次序를 잃었다고 생각했다. 그래서 드디어 經文의 '知止' 이하로부터 '則近道矣'까지 42자를 '子曰 聽訟吾猶人也' 앞으로 옮겨 전 제4장으로 삼아 致知格物을 해석한 것으로 보았다. 이로 말미암아 『대학』이 다시 온전한 책이 되었다. 車淸臣 선생은 글을 지어 그 설이 믿을 만하다는 점을 논변했다. 金華의 宋太史 공이 주자의 뜻을 취해 전 제4장의 장구를 보완하여 학자들에게 전해주려 하였는데, 그 뜻을 이루지 못하였다. 浦陽의 鄭濟仲(鄭辨)은 태사공에게 수학하였는데, 그 설을 미리 들었다. 그는 篆書를 잘 썼다. 그래서 내가 그에게 개정한 차서대로 써서 후세에 남기기를 청하였다. 대체로 성현의 經傳은 一家의 글이 아니니 그 설도 一人이 능히 극진히 할 수 있는 바가 아니다. 1천 5백 년 동안 강론하며 도를 말한 사람들이 끊이질 않고 번갈

---

100) 朱彝尊, 『經義考』 권156, 「禮記19-大學」, '朱子-大學章句'. "都穆曰……後黃巖車淸臣 著大學沿革論 其見與董氏合 王魯齋聞之 謂洞照千古之錯簡 本朝大儒 如宋學土方正學 其見亦同 宋公曰 綱與目之名 無有所謂本末者 何必傳以釋之 方先生曰 以聽訟釋本末 律以前後之例不類 合爲一章而觀之 與孟子堯舜知不徧物之言 正相發明 其爲致知格物之傳 何惑焉 是語雖異於朱子 而不乖乎道 固朱子之所取也"

101) 앞에서 언급했듯이 「대학연혁론」은 실제로 王柏의 글이다.

아 일어났건만 근대에 이르러 비로소 그 편차가 개정되었다. 주자도 어찌 단연
코 지당하다고 말씀하시지 않겠는가? 그러므로 이를 써서 후세 군자를 기다리
는 것이다. 세상의 시끄럽게 들은 바에 따라 편당을 지으며 이치의 옳고 그름
을 돌아보지 않는 자들은 모두 주자의 뜻을 그르다고 할 것이다. 예전 주자의
설에는 聽訟章을 本末을 해석한 것으로 보았는데, 이는 격식상 전후 장의 사례
와 같지 않다. '知止' 이하를 청송장과 한 장으로 합해 보면, 『맹자』의 '堯舜의
지혜로도 사물의 이치를 두루 알지 못하였다'는 말과 정히 서로 발명한다. 그
러니 이 단락이 치지격물전이 되는 데 무슨 의혹이 있겠는가? 고인은 경전을
해설할 적에 大義를 대략 거론하였지만 의미와 志趣가 저절로 갖추어졌다. 그
러니 후세 사람들의 설이 고루한 것과는 같지 않다. 國家를 말미암아 天下에까
지 미루어 나가는 것은 『대학』의 도에서 마땅히 해야 할 바이다. 그러니 앎을
극진히 하려는 자가 聽訟을 버리면 무엇을 가지고 하겠는가? 이 말이 비록 주
자의 말과 다르다. 그러나 주자와 다르더라도 도에 어긋나지 않는다면, 참으로
주자가 취할 것이다. 鄭君은 배운 것이 많으면서도 잡되지 않고, 중도를 잡고
서 고집스럽지 않다. 그가 좋아하는 바를 보면, 그가 전하는 것이 이른바 도에
가까운 것이리라. 洪武 14년(1381) 겨울 12월 12일 삼가 쓰다.[102)

鄭辨은 宋濂의 문인이며 方孝孺와 동문이다. 그의 자는 濟仲인데 '儕

---

102) 方孝孺, 『遜志齋集』(문연각사고전서 제1235책) 권18, 「題大學篆書正文後」. "大學出
於孔氏 至程子而其道始明 至朱子而其義始備 然致知格物傳之闕 朱子雖嘗補之 而讀
者猶以不見古人全書爲憾 董文淸公槐 葉丞相夢鼎 王文憲公栢 皆謂傳未嘗闕 特編簡
錯亂 而考定者 失其序 遂歸經文知止以下 至則近道矣以上四十二字 於聽訟吾猶人也
之右 爲傳第四章 以釋致知格物 由是 大學復爲全書 車先生淸臣 嘗爲書以辨其說之可
信 太史金華宋公 欲取朱子之意 補第四章章句 以授學者 而未果 浦陽鄭君濟仲辨 受學
太史公 預聞其說 而雅善篆書 某因請以更定次序書之將刻 以示後世 蓋聖賢之經傳 非
一家之書 則其說亦非一人之所能盡也 千五百年之間 講訓言道者 迭起不絶 至於近代
而始定 而朱子亦曷嘗斷然以爲至當哉 故亦以待後之君子爾 世之曉曉然黨所聞而不顧
理之是非者 皆非朱子之意也 舊說 以聽訟釋本末 律以前後之例爲不類 合爲一章而觀
之 與孟子堯舜之智不徧物之言 正相發明 其爲致知格物之傳 何惑焉 古人之說經 略舉
大義 而意趣自備 非若後世說者之固也 由國家而推之天下 大學之所宜爲 則欲致知者
舍聽訟而何以哉 是語雖異於朱子 然異於朱子 而不乖乎道 固朱子之所取也歟 鄭君多
學而不雜 執中而不滯 觀其所好 其傳所謂近道者歟 洪武十四年冬十二月十二日謹記"

仲'으로도 되어 있으며, 이름이 '鄭耕'으로 되어 있기도 하다. 심지어『경의고』에는 이름을 '鄭濟'로 표기하기도 하였다. 그러나 방효유는 동문수학한 벗이었으므로 그의 설을 따르는 것이 정확할 것이다.

위 인용문은 방효유가 宋濂의 개정설을 지지하는 내용이지만, 그 속에는 자신도 그의 설에 따라 개정하는 것이 옳다는 견해를 분명히 드러내고 있다. 따라서 방효유의 설도 송렴의 개정설과 동일하다고 하겠다. 또한 송렴의 설은 왕백·차약수의 개정설과 동일하기 때문에 방효유의 설은 왕백·차약수의 설과 같은 유형이라 하겠다.

鄭曉(1499-1566)는 "『대학』1편은 程子가 개정하였고, 朱子가 章句를 만들었는데, 지금 전해지며 학습하는 것이 그것이다. 漢나라 大司農 鄭康成이 주를 달고, 唐나라 國子祭酒 孔穎達이 疏를 낸 것은 모두 古本이다. 宋나라 때 四明의 黃震, 元나라 때 金華의 王柏과 臨川의 吳澄, 본조의 正學 方孝孺, 山陰의 景星, 溫陵의 蔡淸, 莆田의 鄭瑗, 新安의 潘潢 등이 각각 설이 있다."[103]고 하였다. 이를 보면, 방효유도『대학장구』를 개정하는 설을 제기한 인물로 널리 알려져 있었던 듯하다.

다음은 蔡淸(1453-1508)의 개정설에 대해 살펴보기로 한다. 채청의 자는 介夫, 호는 虛齋, 시호는 文莊이다. 복건성 晉江 사람으로, 1481년 진사가 되어 禮部主事 등을 역임하였다. 『주역』과『중용』에 뛰어났으며, 저술로『四書蒙引』·『易經蒙引』·『語要』 등이 있다.

채청이『대학장구』의 편차를 개정한 설은 그의 저술『四書蒙引』에 보인다. 그는 '知止而后有定'을 해석하면서 "혹 '知止而后有定' 一條를 격물치지의 뜻으로 해석하는 사람들이 있다."고 전제하면서, 그 뒤에 方孝

---

103) 朱彝尊,『經義考』권156,「禮記19-大學」, '王氏-大學古本旁釋'. "鄭曉曰 大學一篇 程子更定 朱子爲之章句 今傳習者 是也 漢大司農鄭康成所注 唐國子祭酒孔穎達所疏 皆古本也 宋四明黃氏震 元金華王氏柏 臨川吳氏澄 國朝正學方氏孝孺 山陰景氏星 溫陵蔡氏淸 莆田鄭氏瑗 新安潘氏潢 各有說"

孺의 「題大學纂書正文後」를 그대로 인용하고 있다.[104] 그리고 前輩들이 『大學』의 경문과 전문을 개정한 것은 다음과 같다고 하면서 편차를 개정한 설을 소개하고 있는데, 왕백·차약수·송렴·방효유 등의 설과 같다. 그는 經一章과 전 제4장에 대해 선배들이 개정한 편차를 소개한 뒤, 전 제4장에 대해 자신의 견해를 다음과 같이 피력하였다.

> 나는 삼가 여러 선배들이 개정한 것에도 미안한 점이 있다고 생각한다. 살펴보건대, '物有本末' 1절을 앞에다 둔 뒤에 '知止而后有定' 1절을 그 다음에 두고, '子曰 聽訟吾猶人也' 1절을 마지막에 두어야 한다. 이와 같이 편차를 개정하면 거친 데에서 정밀한 데로 들어가고, 자신을 다스리는 일을 먼저 하고 남을 다스리는 일을 뒤로 하게 되니, 또한 고인들이 학문을 하던 차례이다. 지금 선배들이 개정한 편차는 '知止' 이하 1절이 앞에 있고, '知所先後' 1절이 그 뒤에 있으니, 이는 차서가 전도되어 문리가 모두 막힌다. 그러므로 나는 또한 감히 이런 설들을 온전히 옳다고 생각하지 않는다. 그래서 삼가 다시 여기에 개정하여 후세의 군자를 기다린다.[105]

이와 같은 시각으로 채청은 자신이 새롭게 개정한 설에 따라 편차를 다음과 같이 정리해 놓았다.

所謂致知在格物者 物有本末 …… 則近道矣
知止而后有定 …… 慮而后能得
子曰 聽訟 …… 此謂知本 此謂知之至也
〈右 傳之四章 釋格物致知〉

---

104) 蔡淸, 『四書蒙引』(문연각사고전서 제206책) 권1.

105) 上同. "淸竊謂諸先所定 亦有未安者 看來 當先以'物有本末'一條云云 然後續以'知止而后有定'云云 而終以'子曰聽訟吾猶人也'云云 如此則由粗以及精 先自治而后治人 亦古人爲學次第也 今以'知止'居前 '知所先後'居后 則次序顚倒 文理俱礙矣 故淸亦未敢全以爲然 竊復更定於此 以俟後之君子"

이러한 채청의 설을 보면, 앞 시대 동괴·왕백 등의 설을 재개정한 것을 알 수 있다. 특히 왕백·차약수·송렴·방효유 등으로 이어지는 개정설을 재차 개정하여 자신의 설을 제기하였다는 데에 그 의미가 크다.

그가 이와 같이 개정한 것은 앞의 인용문에 보이듯이, 문리의 접속이 원활하지 않다고 생각했기 때문이다. 그는 자신의 논리를 粗 → 精, 自治 → 治人으로 확립하고, 그렇게 논리 구조를 정해야 고인이 학문하는 차례에 맞는다는 점을 강조하였다. 이러한 설은 전인의 설에 비해 상당히 설득력이 있다. 전인의 설은 대체로 격물치지전에 해당하는 착간을 바로잡는 데 치중한 반면, 채청의 설은 그 속에서 다시 논리 구조의 완결을 추구한 것이다.

그의 설의 또 다른 특징은 문두에 '所謂致知在格物者'를 만들어 붙이고, '此謂知本' 1구를 산삭한 것이다. '所謂致知在格物者'를 첨가한 것은 傳文의 상투어에 해당하는 말이 闕失되었다고 본 것인데, 이는 앞 시대 王褘의 설에서 영향을 받은 듯하다.

채청은 종래의 개정설을 다시 재개정하고 1구를 보충하여 전 제4장을 만들어 격물치지를 해석한 것으로 보았다. 그는 그 아래 개정한 논리를 적극 개진하고 있는데, 앞 시대 方孝孺의 경학관을 계승하여 다음과 같이 말하고 있다.

> 지금 전하는『대학장구』에는 '物有本末'의 '物'을 明德과 新民으로 보고 있으나, 실은 미안한 점이 있다. 그러므로 나는 삼가 方公의 논의를 취해 사사로이 이곳에 기록해 둔다. 또한 방공은 말하기를 "주자와 다르더라도 도에 어긋나지 않으면 또한 주자가 취할 것이다."라고 하였으니, 높은 안목이라 하겠다.[106]

---

106) 上同. "今本 以物有本末之物爲明德新民 其實亦有所未安 故愚竊取方公之論 而私錄之於此 且其言曰 '異於朱子 而不乖乎道 亦朱子之所取也' 最見得到"

주희는 『대학장구』에서 '物有本末'의 주에 "明德이 本이고 新民이 末이다."라고 하여, '物'을 명덕과 신민을 가리키는 것으로 보았다. 앞에서 살펴보았듯이 방효유는 '知止而后有定' 이하 42자를 뒤로 옮겨 청송장과 합해 격물치지전으로 보기 때문에, '物有本末'의 '物'은 주희의 설처럼 명덕과 신민이 될 수 없다. 즉 이때의 '物'은 事事物物을 가리킨다. 채청은 이 점을 지적한 것이다.

위 인용문 후반에는 방효유의 경학관을 제시하고 있는데, 채청이 그런 경학관을 지지하고 있다는 측면에서 그의 경학관을 드러낸 것이기도 하다. 곧 주희의 설과 다르더라도 도에 어긋나지 않으면 인정할 수 있다는 것이다. 이는 주희라는 절대적 권위를 가진 인물에 초점을 두는 것이 아니라, 보편적 진리인 도에 중점을 두는 인식이다. 이것이 바로 송학의 義理發明을 중시하는 학문정신이다.

사상이나 이념이 권위화되어 온 세상을 휩쓸게 되면 교조적 이데올로기로 변한다. 명나라 전반기는 주자학의 절대적 권위에 매몰된 시대라 할 수 있는데, 이런 분위기 속에서 학문과 사상의 자유로운 정신을 환기시킨 것이 바로 방효유와 채청의 경학관이라 하겠다.

채청은 혹자와의 문답형식을 통해, 편차를 개정한 대목이 격물치지전이 되는 이유를 아래와 같이 설명하였다.

> 혹자가 묻기를 "그대가 개정한 것에 '所謂致知在格物者 物有本末 事有終始'와 같은 대목은 단지 物자만 써도 앞의 내용을 계승하기 충분합니다. 또한 事자는 어디서 나온 것입니까?"라고 하여, 내가 답하기를 "이 物이 있으면 이 物의 일이 있게 됩니다. 실제로 格物에서 힘쓰는 것을 스스로 알 수 있을 것입니다."라고 하였다. 혹자가 묻기를 "格物致知의 뜻이 무엇 때문에 能慮·能得의 경지까지 이릅니까?"라고 하여, 내가 답하기를 "반드시 知止한 뒤에 能定하니 靜하고 安하고 慮하여 能得에 이르는 것은 반드시 知止를 귀하게 여기기 때문입니다. 그렇지 않으면 끝내 도를 얻지 못할 것입니다. 知行을 어찌 자른 듯이

둘로 나눌 수 있겠습니까? 다만 처음 知를 구할 때에 바로 실천하는 것이 되기를 구해야 합니다. 그러므로 이와 같이 말을 한 것입니다. 주자가 개정한 장구는 참으로 의심할 만합니다. 이미 '知止而后有定 定而后能靜 靜而后能安 安而后能慮 慮而后能得'이라고 하여 그 선후의 차례를 스스로 다 말해버리면 그 누가 능히 그것을 알겠습니까? 또 '知所先後 則近道矣'라고 하면 중복되어 정체됨이 있지 않겠습니까? 더구나 知止 안에서는 明德과 新民을 능히 아는 것이 知止와 能得의 선후인 데에 있어서이겠습니까? 삼강령·팔조목 외에는 별도로 本末을 해석한 1장을 둘 필요가 없습니다. 그렇게 한다면 또한 終始의 뜻을 해석한 것을 빠뜨린 것입니다. 참으로 이처럼 의심할 만한 점이 있습니다."라고 하였다.107)

채청은 자신이 개정한 편차에 따르면 격물치지를 해석한 뜻이 충분히 갖추어지게 됨을 논리적으로 설득시키고 있다. 그러면서 그는 적극적으로 주희의『대학장구』의 편차에 따라 볼 때의 의문점을 열거하여 자신의 설의 타당성을 드러내고 있다.

이러한 채청의 설에 대해, 徐師曾(1517-1580)은 다음과 같이 평하였다.

『대학』은 착간이 매우 심하다. 程子가 이 때문에 表章하고 편차를 개정하였으며, 朱子도 이를 위해 편차를 개정하고 補亡하였다. 주자가 만든『대학장구』와『대학혹문』은 오늘날 사람들이 집집마다 전하고 사람마다 외우고 있으니, 남은 의논이 없을 듯하다. 그 뒤에 董槐·葉夢鼎·王柏 등 여러 유학자들은 傳文은 闕失되지 않았고 단지 簡編이 錯亂할 뿐인데 고찰해 개정한 사람들이 그

---

107) 上同. "或曰 如子所定云 所謂致知在格物者 物有本末 事有終始 只用物字 承之足矣 事字又從何而來 曰 有是物 則有是物之事 實用工於格物者 自知之 或曰 格物致知之義 何用說到能慮能得之境 曰 必知止而后能定 靜安慮 以至於能得 此所以必貴於知止也 不然 終無得於道矣 夫知行 豈可判然爲二哉 但始求知時 便是要爲踐行之地矣 故如此 立言 朱子所定 是誠可疑 盖旣云知止而后有定 定而后能靜 靜而后能安 安而后能慮 慮而后能得 其先後之序 已自說出盡了 其誰不能知 而又曰 知所先後 則近道矣 不爲重復 而有滯乎 況知止內 則能知明德新民 知止能得之先後矣 三綱領八條目之外 又不該別 立釋本末一章 且又缺了釋終始之義 是誠有可疑者"

차서를 잃었을 뿐이라고 하였다. 그리하여 마침내 경문 '知止' 이하 2조를 옮겨 '子曰 聽訟' 위에 두고서 이를 합해 전 제4장으로 삼아 致知格物을 해석한 것으로 보았다. 그 뒤 車淸臣은 글을 지어 그 설이 믿을 만하다는 점을 논변하였다. 蔡淸에 이르러 傳文을 다시 개정하여 '所謂致知在格物者 物有本末 事有終始 知所先後 則近道矣 知止而后有定 定而后能靜 靜而后能安 安而后能慮 慮而后能得 子曰 聽訟吾猶人也 必也使無訟乎 無情者 不得盡其辭 大畏民志 此謂知本 此謂知之至也'로 편차를 바꾸었으니, 더욱 이치에 가깝게 되었다. 가령 주자가 다시 태어난다 하더라도 자신의 설을 고치려 기필하지 않고 그의 설을 따를 것이다.[108]

서사증은『대학』의 편차를 개정한 연혁을 정리하면서 채청의 개정에 이르러 더욱 이치에 가깝게 되었다고 하면서, 주희가 다시 태어나더라도 그의 설을 지지할 것이라고 하고 있다.

『大學古今本通考』를 지은 명대 劉斯原도「蔡虛齋先生格致傳」이라는 제목하에 그의 설을 소개하면서 다음과 같이 말하였다.

이는 虛齋가 董丞相의 改本을 본뜬 것인데, '知止' 1조를 뒤에 두고 '物有本末' 1조를 앞에 둔 것은 '知止'가 긴급하게 윗문장 '止於至善'과 접속되어 격물치지전이 되기에 부당하다고 여긴 때문인 듯하다. 그래서 '物有本末'을 앞으로 당겨 '知止而后有定' 위에 둠으로써 格物의 物과 조응하게 하였으니, 이 또한 하나의 의리이다. 만약 이와 같이 한다면 격물치지전은 완전해질 것이다. 다만 하나의 죽간에서 유독 '所謂致知在格物者' 1구만 脫簡되지는 않았을

---

108) 朱彛尊,『經義考』권156,「禮記19-大學」, '蔡氏-攷定大學傳'. "徐師曾曰 大學篇 錯簡甚多 程子旣爲之表章定著 朱子又爲之更正補亡 其所作章句或問 至於今家傳人誦 似無遺議矣 厥後諸儒 若董氏槐 葉氏夢鼎 王氏柏 皆謂傳未嘗闕 特簡編錯亂 而攷定者 失其序耳 遂欲移經文知止以下二條 置於子曰聽訟之上 以爲傳之四章 釋致知格物 而車氏淸臣 嘗爲書以辨其說之可信 至蔡氏淸 攷定傳文云 所謂致知在格物者 物有本末 事有終始 知所先後 則近道矣 知止而后有定 定而后能靜 靜而后能安 安而后能慮 慮而后能得 子曰聽訟吾猶人也 必也使無訟乎 無情者 不得盡其辭 大畏民志 此謂知本 此謂知之至也 尤爲近理 使朱子復生 未必不改而從之"

것이다.[109]

유사원도 채청의 개정설이 격물치지전이 되는 데 완전하다고 보고 있다. 다만 그는 채청이 闕文이라고 생각해 붙인 '所謂致知在格物者'에 대해서는 선뜻 찬성하지 않고 있음을 알 수 있다. 한 조각의 죽간에서 이 8자만 떨어져 나갔다고 보는 것은 설득력이 떨어진다는 것이다.

毛奇齡도 그의『大學證文』에 채청의 설을 소개하고 있다. 그는 채청의 개정설에 대해, 주희의 개본과 같은데 '所謂致知在格物' 7자를 더하고, '此謂知本' 4자를 刪削했다고 평하였다.[110] 모기령은 채청의 설에 대해 큰 의미를 부여하지 않고 있는데, 이는 주희의『대학장구』를 일부 개정한 것에 지나지 않는다는 시각을 반영한 것으로 보인다.

(8) 林希元의『대학장구』개정과 그 특징

林希元(?-?)의 자는 茂貞, 호는 次崖이며, 복건성 同安 사람이다. 1517년 진사가 되어 大理寺正 등을 지냈다. 蔡淸을 흠모하였으며,『주역』에 밝았다. 저술로『四書存疑』·『易經存疑』등이 있다. 그의 문집『林次崖先生文集』卷首에 실린 蔡獻臣이 지은 「明大理寺丞林次崖先生傳」에 의하면, 그의 학문은 정주학을 종주로 하며 양명학을 좋아하지 않았고, 채청을 흠모하여 及門하지 못한 것을 한스럽게 생각하였으며, 만년에『考證大學古本』을 얻어 「改正經傳疏」을 지어 조정에게 올렸다가 황제의 노여움을 사 削籍되었다고 하였다.[111]

---

109) 劉斯原,『大學古今本通考』권6,「蔡虛齋先生格致傳」. "此虛齋正擬董丞相本 而以知止一條居後 物有本末一條居前 似亦以知止緊接上文止至善來 不當作格物傳 而提物有本末 冠知止而后有定之上 以應格物之物 亦一義也 果若如此 則格致傳 完矣 不應一簡上獨脫'所謂致知在格物者'一句也"

110) 毛奇齡,『大學證文』(문연각사고전서 제210책) 권4,「明蔡氏虛齋改本」.

이런 기록에 의하면, 그는 학문적으로 채청의 영향을 받은 인물로 보인다.『경의고』에는 그의 저술로『更正大學經傳定本』1권이 있는데 확인할 수 없다고 하였다. 그리고 그 아래에 陸元輔의 다음과 같은 설을 인용해 놓았다.

> 同安의 林希元－茂貞－은 평상시 옛 것을 좋아하였다. 만년에는 여러 유학자들이 개정한『대학』격물치지설을 참조하고 정정하면서 자신의 견해를 덧붙여『更正大學經傳』을 만들었다.[112)

유감스럽게도 지금 이『更正大學經傳定本』은 전하지 않는다. 그러나 동괴·왕백 이래로부터 채청에 이르기까지 제가들의『대학장구』격물치지전에 대한 개정설을 참조하여 개정한 定本이라는 점에서 역사적 의의를 얻을 수 있다. 이 책이 남아 있지 않아 그 전모를 확인할 수는 없지만, 그의 저술『四書存疑』를 통해 그의 견해를 엿볼 수 있다.

『사서존의』에서『대학』을 해석한 부분은 經一章의 '大學之道' 1절, '知止而后有定' 1절, '物有本末' 1절, '古之欲明明德' 2절, '自天子以至於庶人' 2절에 대한 해석을 차례로 기술한 뒤,「格物致知辨」·「附格物致知傳」·「篆書大學經傳」 등을 뒤에 첨부하고 있다.「格物致知辨」은 王守仁의『대학』해석에 대해 비판한 것이고,「附格物致知傳」은 방효유의「題大學篆書正文後」을 그대로 인용한 것이고,「篆書大學經傳」은 宋濂의 문인이며 방효유의 동문인 鄭辨이 송렴의 개정본을 篆書로 쓴 판본의 차서를 그대로 옮겨 놓은 것이다. 그리고 채청이 개정한 차서와 채청

---

111) 林希元,『林次崖先生文集』卷首,「明大理寺丞林次崖先生傳」. "其學專主程朱 不喜良知新學 尤慕蔡淸爲人 嘗以不得及門爲恨 晚得考證大學古本 爲改正經傳疏 上之 竟以此得削籍"(李紀祥,『兩宋以來大學改本之硏究』104면에서 재인용)

112) 朱彝尊,『經義考』권159,「禮記22－大學」, '林氏－更正大學經傳定本'. "陸元輔曰 同安林希元 茂貞 平居好古 晚叅訂諸儒所定大學格物致知之說 附以意見曰 更正大學經傳"

의 설을 그대로 제시하고 있다. 그리고 나서 그 뒤에 자신의 소견을 다음과 같이 기록해 놓았다.

> 내 생각으로는, '明德'·'至善'이라 한 것은 理이고, '明明德'·'新民'·'止於至善'이라 한 것은 事인데 지금 〈주자는〉 이를 物이라 하였으니 미안한 듯하다. '大學之道' 3구에서 유독 '知止' 1조만 중시하면 단지 그 중의 일은 그에 대해 事와 物로 나누는 데 불과한데 '知所先後 則近道矣'를 아울러 말했으니, 경중의 등급을 잃은 듯하다. 아래 문장에 致知格物에 관한 설이 있으니, 여기에 '知止' 1조가 있는 것은 중복됨을 면치 못한다. 또한 明德·新民을 本末로 나누고서 '知所先後 則近道矣'라고 하면 이미 췌언이 되는 듯하다. 전문에 다시 본말을 거론해 해석하였으니, 더욱 췌언이 아닌가?『대학장구』에는 그 외에도 의심할 만한 곳이 여전히 많다. 여러 공들의 소견이 매우 옳다. 그러니 의심치 말고 따라야 할 것이다. 살펴보건대 여러 유학자들이 개정한 것 가운데, 蔡虛齋의 설이 더욱 이치가 있는 듯하다. '物有本末 事有終始' 2구는 物자를 해석한 것이고, '知所先後 則近道矣'는 格物하면 致知할 수 있다는 점을 말한 것이다. '知止' 1조는 단지 위 2구의 뜻을 거듭 말한 것일 뿐이다. '聽訟' 1조는 본말의 큰 것을 거론해 사람들에게 보인 것이다. 사람들이 이로 인해 구하고 같은 유형으로 미루어 나가면 사물의 이치에 이를 수 있고 앎을 극진히 할 수 있다. 그러므로 '此謂知本 此謂知之至也'라고 한 것이다. 이렇게 보면 의사가 매우 명백하다.113)

이 인용문의 전반부는 주희의『대학장구』의 해석에 대해 조목조목 불

---

113) 林希元,『四書存疑』「大學」. "元(林希元)竊謂 曰明德 曰至善 理也 曰明明德 曰新民 曰止至善 事也 今以爲物 似未安 大學之道三句 獨重知止一條 只是其中事 對他不過却 分爲事物 而以知所先後則近道 並言之 似失輕重之等 下文旣有致知格物之說 此又有 知止一條 未免重複 且以明德新民 分本末 而云知先後則近道 已似贅 傳復擧本末釋之 不益贅乎 其他可疑處尙多 諸公所見 最是 當從無疑 按 諸儒所定 虛齋尤似有理 物有 本末事有終始二句 解物字 知所先後則近道 言能格物則可以致知也 知止一條 只是申 上兩句意 聽訟一條 則是擧本末之大者 以示人 使人因是而求之 以類而推之 則物可格 而知可致也 故曰 此謂知本 此謂知之至也 意思多少明白"

가한 점을 거론한 것이고, 후반부는 채청의 개정설을 지지하는 입장에서 그 타당성을 강조한 것이다. 이를 보면, 임희원은 스승격인 채청의 개정설을 적극 수용한 것을 알 수 있다.

(9) 劉績의『대학장구』개정과 그 특징

劉績(?-?)의 자는 用熙, 호는 蘆泉이며, 호북성 武昌 江夏 사람이다. 명나라 중기의 학자로, 1490년 진사가 되어 鎭江知府를 지냈다. 저술로는『三禮圖』·『六樂說』등이 있다.

朱彝尊의『經義考』에는 그의 저술로『大學集注』1권이 있는데 확인할 수 없다고 하였다. 그러나『경의고』에는 그의 自序를 소개하고 있는데, 그 내용은 다음과 같다.

> 『대학』은 옛날『예기』속에 들어 있었는데, 송나라 程子에 이르러 孔氏의 遺書로 여겨 표장했으며, 주자는『대학장구』를 만들었다. 그러나 천하의 이치는 털끝만큼의 차이도 용납하지 않는 법이다. 그러므로 舊本에 따라 '詩云 瞻彼淇澳'으로부터 '此以沒世不忘也'까지 125자를 청송장 뒤로 옮기고, '此謂知本 此謂知之至也'와 '所謂誠其意者'부터 '故君子必誠其意'까지 128자를 또 그 뒤로 옮긴 뒤, '此謂知本'의 '知本' 2자를 '物格'으로 바꾼 뒤에야 이 책이 완전한 글이 된다.[114]

이러한 편차개정을 통해 성의장까지 그의 개정설을 정리해 보면, 주희의『대학장구』와 대부분 동일하고, 단지 아래와 같이 격물치지를 해석한 전을 둔 것이 다를 뿐이다.

---

114) 朱彝尊,『經義考』권159,「禮記22-大學」, '劉氏-大學集注'. "績自序曰 大學舊在禮記中 至宋程子 以爲孔氏遺書而表章之 朱子爲之章句 然天下之理 不容毫髮差 故據舊本 取詩云至沒世不忘一百二十五字 次聽訟章後 取此謂至必誠其意一百二十八字 又次其後 改知本二字 爲物格 然後此爲完書"

01 傳4-01 子曰 聽訟 吾猶人也 …… 大畏民志 此謂知本
02 傳3-04 詩云 瞻彼淇澳 …… 民之不能忘也
03 傳3-05 詩云 於戲 前王不忘 …… 此以沒世不忘也
04 傳5-01 此謂知本 此謂知之至也

　주희의『대학장구』에는 전 제4장을 本末을 해석한 전으로 삼았는데, 유적은 이를 없애고 위와 같은 차서로 개정하여 격물치지를 해석한 전으로 삼은 것이다. 이런 점에서 보면, 그가 비록『고본대학』을 저본으로 편차를 개정하였지만, 실은『대학장구』을 일부 개정하여 격물치지전으로 삼은 역대의 개정설과 크게 다르지 않다.

　그는 自序의 말미에 "나는 태어난 시기가 공자와 거의 2천 년이나 되고, 주자와는 근 4백 년이나 된다. 그러니 어찌 시비를 능히 결정할 수 있겠는가? 이와 같이 밝히는 것은 내 마음으로 징험할 것에 불과할 뿐이다."[115]라고 하여, 주희의『대학장구』를 전면적으로 비판하기 위함이 아님을 은근히 드러내고 있다.

(10) 黃光昇의『대학장구』 개정과 그 특징

　黃光昇(?-?)은 명나라 때 사람이다. 자는 明擧, 호는 葵峰, 시호는 恭肅이며, 晉江 사람이다. 부친 黃綬가 蔡潤宗의 학맥을 접하여 그 영향을 받았다. 황광승은 1529년(嘉靖 8) 진사시에 합격한 뒤, 刑科給事中·南戶部尙書·南京刑部尙書 등을 역임하였다. 학문은 주자학을 종주로 하였으며 玄虛를 배척하고 실천을 중시하였다. 청렴한 인물로 이름이 있었다. 81세에 졸하였다. 저술로는『四書紀聞』·『讀易私記』·『讀書愚卷』·『讀詩蠡測』·『春秋義』·『歷代紀要』 등이 있다.[116]

---

115) 上同. "績生去孔子 幾二千年 去朱子 幾四百年 安能決是非 如此之明 不過以心驗之 而已"

　주이존의『경의고』에는 황광승의『대학』해석에 관한 저술이 소개되
어 있지 않다. 劉斯原의『大學古今本通考』에 황광승의 저술로「黃葵峰
先生格致正旨」이 수록되어 있는데, 여기서는 이를 중심으로 논하고자
한다. 이 글은 황광승이 격물치지에 관해 논한 것들을 모아 놓은 것이
다. 황광승은 '致知在格物'의 의미를 다음과 같이 해석하고 있다.

　　致知가 格物에 있는 까닭은 人心이 아는 것은 만사만물의 이치에서 벗어나
지 않기 때문이다. 舜이 만물의 이치를 밝히고 인륜을 살폈으니, 만물과 인륜
의 밖에 대해 순은 공허한 앎이 없었다. 맹자는 말씀하기를 "만물이 모두 나에
게 갖추어져 있다."고 하였으니, 사물의 이치 외에는 인심에는 근원적으로 갖
추어진 것이 없다. 天命의 性은 그 온전한 體가 본래 이와 같다. 다만 성인은
천지의 정미롭고 순수한 기상을 품부받아 족히 천명의 성을 영험하게 받들 수
있다. 그 나머지 사람들은 기질이 성인처럼 순수하지 않고 허령이 성인처럼 완
전하지 않은 데다 품부 받은 자질이 혼탁하고 또 물욕에 가려지니, 비록 그 본
연의 허령함은 일찍이 그치지 않지만, 반드시 넓혀서 채우고 미루어 극진히 해
야 그 허령한 본체를 온전히 할 수 있을 것이다. 넓혀서 채우고 미루어 극진히
하는 것은 혼돈함으로 채울 수 있는 것이 아니고 공허함으로 극진히 할 수 있
는 것이 아니다. 모름지기 衆物之理에 대해 하나씩 궁구하여 도달하면 궁구하
여 도달하는 곳이 바로 앎이 도달하는 곳이다. 그렇게 하여 어느 한 가지 이치
도 궁구하지 않음이 없으면 곧 어느 한 가지 이치도 알지 않음이 없게 된다.
온갖 이치가 모두 마음에 갖추어져 허령한 본체가 온전해질 것이다. 이것이 致
知가 格物에 있는 까닭이다.[117]

---

116) 이상의 인물에 관한 내용은『閩中理學淵源考』권61의「恭肅黃葵峰先生光昇」에 보
　　인다.

117) 劉斯原,『大學古今本通考』권12,「黃葵峰先生格致正旨」. "致知所以在格物者　人心
　　所知　不外萬事萬物之理　舜明於庶物　察於人倫　庶物人倫之外　舜無空虛之知也　孟子曰
　　萬物皆備於我矣　物理之外　人心無混沌之備也　天命之性　其全體　本如是也　但惟聖人稟
　　天地精純之氣　足以靈承天命之性　自餘氣質不能如聖人之純　虛靈不能如聖人之完　加之
　　稟受混濁物欲染蔽　雖其本然之靈　未嘗息也　必須擴而充之　推而極之　乃能全其虛靈之
　　體　而其所謂擴充推極者　非混沌可充　空虛可極　須是於衆物之理　逐一窮究得到　則窮究

  이러한 논리는 주희가『대학장구』전 제5장 보망장에서 "반드시 학자들로 하여금 모든 천하의 사물에 나아가 자기가 이미 알고 있는 이치를 인하여 더욱 궁구해서 그 지극한 데에 이르기를 구하게 하지 않음이 없게 한 것이다."[118]라고 하는 말과 같은 맥락이다. 황광승은 맹자가 '萬物皆備於我'라고 한 말을, 衆物의 이치에 대해 하나하나 궁구해 온갖 이치가 모두 내 마음에 갖추어져 허령한 본체가 온전해진 것으로 해석했다. 곧 앎을 극진히 하였다는 말로 이해하고, 그렇게 하는 방법이 바로 사사물물의 이치를 하나씩 궁구해 나가는 格物에 있다고 본 것이다.

  이런 격물치지론으로 보면, 황광승은 주희의 충실한 계승자이다. 다만 그의 격물치지설에는 混沌과 空虛를 배척하고 擴充과 推極을 강조하고 있는 것이 특징이다. 그는 이런 관점에서 공자가 "나는 生而知之者가 아니라, 옛 것을 좋아하여 부지런히 그것을 구하는 자이다."라고 한 말을 "고인의 言行의 이치가 곧 物이며, 고인의 언행의 이치를 考究하는 것이 곧 格物이다."라고 하면서, 고인의 학문은 반드시 격물치지를 말미암아 문으로 들어갔다고 역설하였다.[119]

  그는 이와 같은 격물치지설에 입각해, 王守仁이 주창한 良知說에 대해 비판하였다.

  근세 宋儒에 반대하여 강학하는 자들이 "卽物窮理는 내 마음으로 사물에서

之所到 卽知之所到 無一而不窮究 卽無一而不知 衆理復具於心 而虛靈之體 全矣 此致知所以在格物也"

118) 朱熹,『大學章句』傳 제5장. "必使學者 卽凡天下之物 莫不因其已知之理而益窮之 以求至乎其極"

119) 劉斯原,『大學古今本通考』권12,「黃葵峰先生格致正旨」. "孔子曰 我非生而知之者 好古敏以求之者也 古人言行之理 卽物也 考究古人言行之理 卽格物也 中庸以擇善謂誠之之功 顔子博學於文 旣竭吾才 然後心融神悟 無所不悅 曾子隨事精察 子貢多學而識乃聞性與天道一貫之旨 窮究得到 其知乃眞 須是眞知 乃是能實行 此古人之學 所以必由格致爲入門也"

理를 구하는 것이니, 곧 理와 心을 나누어 둘로 삼는 것이다. 어버이에게서 孝의 理를 구하면 孝의 理는 어버이의 몸에 있고 吾心에 있지 않게 된다. 그러면 어버이가 돌아가신 뒤에는 吾心은 드디어 없게 된다. 吾心은 본연의 良知이다. 天理가 여기에 있는 것을 보고 완성하면 사물에 나아가 궁구하기를 기다리지 않을 것이다. 오직 吾心의 良知의 天理에 근거해 事事物物의 사이에서 극진히 하면 사사물물이 모두 그 理를 얻을 것이다. 그러니 致良知는 致知이다. 그리고 사물이 그 理를 얻는 것이 格物이다. 이와 같이 보면, 바야흐로 心과 理가 합해 하나가 될 것이다."라고 한다. 이는 人心의 虛靈한 측면을 생각하지 않은 것이다. 비록 具衆理에 근원하지만 그 기질이 성인처럼 순수하지 않으면 그 허령한 능력도 성인처럼 완전하지 않게 되며, 그 의리도 성인처럼 밝게 드러나지 않게 된다. 그러니 모름지기 궁구하고 고찰하고 사색하는 공부를 통해 擴充하고 推極하는 공력을 극진히 해야 한다. 이것이 이른바 배워서 이치를 안다고 하는 것이다.[120]

황광승은 양명학의 致良知說을 비판하면서, 그 설의 맹점은 人心의 虛靈한 측면을 생각하지 않은 데 있다고 예리하게 지적하고 있다. 이는 궁구하고 고찰하고 사색하는 공부를 통해 확충해 끝까지 미루어 나가는 노력을 기울이는 것으로, 격물치지하는 능력이 바로 인심의 허령에서 나온다는 점을 말한 것이다. 이런 점에서 그의 설은 주관적 인식론의 한계를 극복하고 객관적 인식론의 합리성을 담보한다.

황광승이『대학』에 대해 전체적으로 어떤 해석을 하고 있는지는 그 전모를 확인할 수 없다. 다만 유사원의『大學古今本通考』에 실린 글을 통해 그가 주희의『대학장구』전 제4장(청송장)을 주희와 다르게 해석하

---

120) 上同. "近世講學反宋儒者 謂卽物究理 是以吾心求理於事物 乃拆理與心爲二 如求孝之理於其親 則孝之理 在於親之身 不在吾之心 親沒之後 吾心遂無孝之理 吾心本然良知 見成有天理在此 不待卽事卽物窮究 惟據吾心良知之天理 而致諸事事物物之間 則事事物物 皆得其理 致良知者 致知也 事物得其理者 格物也 如此 方是合心與理爲一耳 不思人心虛靈 雖原具衆理 然其氣質不能如聖人之純 則其虛靈不能如聖人之完 而其義理亦不能如聖人之昭著 自須由窮究考索之功 致擴充推極之力 所謂學而知之也"

고 있을 것을 확인할 수 있다. 그는 주희가 청송장을 本末을 해석한 것으로 본 것에 대해 찬성하지 않고 다음과 같이 말하고 있다.

> 이 장은 주자가 경문의 '物有本末'을 해석한 것이라고 하였다. 대개 이 장은 無訟이 新民의 증험이 되는 것으로 末을 삼고, 使民無訟하는 것은 나의 덕을 밝히는 데 있다는 것으로 本을 삼은 것이다. 그러나 本末·終始·厚薄은 모두 성인이 경전의 말을 끝맺는 뜻일 뿐이니, 傳文을 별도로 두어 結言을 다시 해석할 리는 없을 듯하다. 더구나 이 장이 本末을 해석한 것이라면, 終始·厚薄은 어찌하여 전문을 빼버렸단 말인가. 대저 格物의 物은 남과 나를 겸한 것이다. 나의 내면에 있거나 내 몸으로부터 家·國·天下와 관계되는 것들이 모두 物이다. 이 장은 聽訟 一端을 거론해 그 理에 이른 것이니, 모름지기 백성들로 하여금 소송이 없게 해야 바야흐로 백성이 새로워지게 되고, 반드시 스스로 자기의 덕을 밝혀야 바야흐로 백성들로 하여금 소송을 없게 할 수 있다. 이로써 그 理를 궁구하면 그 앎이 근원까지 훤히 비추어 깊이 그 요령에 이를 것이니 광대할 뿐만이 아니다. 그러므로 '此謂知本 此謂知之至也'라고 한 것이다.[121]

황광승은 첫째 經文에 보이는 本末은 終始·厚薄과 같은 맥락의 말로 結語일 뿐이니, 별도로 傳文을 두어 다시 해석할 리는 없으며, 둘째 경문에 本末·終始·厚薄 중에서 굳이 본말에만 전문을 두고 나머지는 전문을 두지 않았을 리는 없다는 점을 들어, 청송장을 본말을 해석한 것으로 본 주희의 설에 찬성하지 않고 있다. 그리고 그는 格物의 物은 나와 남을 모두 겸한 것으로 聽訟이라는 하나의 예를 들어 그 이치의 본말을 궁구하는 사례를 들어 보인 것으로 이해했다.

이러한 설에 따라 정리해 보면, 그의 편차 개정은 아래와 같이 추정

---

121) 上同. "此章朱子以謂釋物有本末 盖以無訟爲新民之驗爲末 以所以使民無訟在己德之明爲本也 然本末終始厚薄 皆只是聖經結言之意 似無專傳申釋結言之理 況旣釋本末 則終始厚薄 如何又遺了 大抵格物之物 兼人與己 在內自身而家而國而天下 皆物也 此姑擧聽訟一端而格其理 須是使民無訟 方爲民新 必須自明己德 方能使民無訟 以此窮究其理 則其知也洞徹根源 深格要領 非徒汗漫而已 故曰 此謂知本 此謂知之至也"

할 수 있다.

> 01 傳4-01 子曰 聽訟 吾猶人也 …… 大畏民志 此謂知本
> 02 傳5-01 此謂知本 此謂知之至也

그러나 그의 이러한 설은 '此謂知本'이 겹쳐 나오는 것에 대한 해석이
없기 때문에 여전히 완전한 설로 인정하기에는 부족한 점이 있다.
그는 다시 格物에 대해 좀더 구체적인 논의를 전개하였다.

> 格物의 物은 곧 경문의 '物有本末'의 物이다. 이 物은 事와 같다. 자기 덕과
> 백성의 덕은 모두 物이다. 그것을 밝히고 그들을 새롭게 해주는 것은 모두 事
> 이다. 이 장에서 말하는 '실정이 없는 자들로 하여금 그들의 변명하는 말을 다
> 할 수 없게 한다'는 것은 백성의 덕을 새롭게 하는 것이며, '大畏民志'는 자기
> 의 덕을 밝히는 것이다. 曾子는 공자가 聽訟을 말한 한 가지 일에 나아가 그
> 의미를 궁구하여 자기의 덕을 밝히고 백성의 덕을 새롭게 하였으니, 그 이치를
> 모두 알 수 있다. 그러므로 나는 결단코 이 장(청송장)은 곧 격물치지의 뜻을
> 해석한 것으로 여긴다. 따라서 다시 격물치지전을 만들 필요가 없다.[122]

황광승은 청송장이 本末을 말한 것이 아니라, 경문의 '物有本末'에 근
원해 物, 즉 格物을 말한 것으로 보고 있다. 이런 관점에서 그는 자기
덕과 백성의 덕은 모두 物로 보고, 그것을 밝히고 새롭게 하는 것은 事
로 보았다. 그리고 청송장은 그런 事의 한 가지 예로 본 것이다. 앞에서
살펴보았듯이 그는 하나하나의 사물에 대해 확충하고 추극해 그 근원에
이르는 것을 격물치지로 보고 있기 때문에 청송장 역시 그런 격물치지

---

122) 上同. "格物之物 卽聖經物有本末之物也 物猶事也 己德之與民德 皆物也 明之新之
　　皆事也 此無情者不得盡其辭 民德之新也 大畏民志 己德之明也 曾子卽孔子所言聽訟
　　一事而窮究之 而己德之明 民德之新 其理皆可知矣 故愚斷以此章卽爲釋格物致知之義
　　不必更爲傳也"

의 일례로 제시한 것이라 하였다. 이런 설은 이전에 보이지 않는 그만의 매우 독창적인 설이다.

이런 그의 설에 대해『大學古今本通考』를 편찬한 劉斯原은 다음과 같이 논평하였다.

내 삼가 黃葵峰의 格物의 正旨를 살펴보건대, 대저 주자의 卽物窮理說을 종주로 한 것이다. 그의 말은, 人心은 空虛하거나 混沌한 앎이 없고, 본래의 性命과 전체의 만물이 모두 나에게 갖추어져 있다는 것이다. 그러므로 학자들은 마땅히 격물치지를 말미암아 들어가야 한다는 것이다. 중간에 舜은 만물의 이치를 밝히고 인륜을 살피었으며, 공자는 옛 것을 좋아하여 부지런히 구하였고, 顔淵은 자신의 재주를 이미 다하였다고 하였으며, 曾子는 일에 따라 정밀히 살폈다고 하는 말을 인용하여 종래 성현들이 相傳한 뜻이 이와 같음을 증명하였다. 청송장 1장은 격물치지전이라고 논한 것은 車玉峯·蔡虛齋 이하 여러 사람들의 설과 같으면서도 本旨는 다르다. 여러 공들은 訟事를 듣고서 曲直을 판결하는 일은 명쾌하지 않으면 이를 말하기에 부족하다고 여겼으니, 이것이 바로 격물치지의 일단이라 하였다. 그러나 황규봉은 송사의 근원을 막는 일은 근본을 알지 못하면 이를 말하기에 부족하다고 여겼으니, 이것이 바로 격물치지의 요지라는 것이다. 『논어』를 보면, 먼저 子路가 한 마디 말로 獄事를 판결한다는 점을 거론하고서 곧 송사 자체를 없게 하고자 한다는 공자의 말씀을 뒤에 연이어 놓았다. 이는 바로 자로는 사물의 이치를 궁리하여 송사의 근원처에는 도달할 수 있지만 송사 자체를 없게 하는 근원처에는 이르지 못했음을 드러낸 것이다. 만약 이 청송장을 격물치지전으로 삼는다면 황규봉의 격물은 末을 힘쓰는 것이 아니라 本을 힘쓰는 뜻으로 정밀함을 삼은 것이다.[123]

---

123) 上同. "斯原謹按葵峰正旨 大抵宗朱子卽物窮理之說 言人心無空虛混沌之知 而本來性命 全體萬物 皆備於我者也 故學者當由格致而入 中間引舜之明物察倫 孔之好古敏求 顔之旣竭吾才 曾之隨事精察 以證從來聖賢相傳之旨如此 所論聽訟一章 是格致傳 與車玉峯蔡虛齋以下說同而旨異 諸公以聽訟剖判曲直 非明快 不足以語此 乃格致之一端也 葵峰以杜塞訟源 非知本 不足以語此 乃格致之要旨也 觀論語 先擧子路之折獄 而卽以孔子之無訟繼之 正見子路能窮格到訟處 而未能窮格到無訟處也 若以此章爲格致傳 則葵峰格物 不務末而務本之意爲精"

　　유사원은 황광승의 격물치지설을 간명하게 드러내고, 그의 설이 종래의 설과 어떻게 다른지를 적시해 놓았다. 황광승은 주희의 관념론에서 보다 실제적인 쪽으로 자기 사상을 전개한 학자인 듯하다. 그가 순임금이 만물의 이치를 밝히고 인륜을 살핀 것, 공자가 옛 것을 좋아하여 부지런히 궁구한 것, 안연이 '나의 재주를 다 바쳤다'고 한 것, 증자가 일에 따라 정밀히 살핀 것 등을 격물치지의 예로 든 것은, 매우 실제적인 사유를 드러내 보여주고 있다. 만물의 진리를 탐구하여 그 근본적 이치를 내 몸에 갖추어 나가는 것을 격물치지라 하는 그의 설은, 명대 중반의 실천유학사상을 엿볼 수 있게 한다.

　　유사원은 이러한 황광승의 격물치지설이 종래 車若水·蔡淸 등의 설과 다른 점이 청송장에 대한 해석의 차이에 있음을 예리하게 지적하고 있다. 이러한 유사원의 지적처럼, 황광승의 격물치지설의 요점은 末보다 本을 힘쓰는 지적 탐구에 있다고 하겠다.

(11) 顧憲成의『대학장구』개정과 그 특징

　　顧憲成(1550-1612)의 자는 叔時, 호는 涇陽, 시호는 端文이며, 강소성 無錫 사람이다. 1580년 진사가 되어 戶部主事·吏部郎中 등을 지냈다. 薛應旂·張淇 등에게 수학하였으며, 東林書院을 수리하여 高攀龍·錢一本 등과 함께 강학하였다. 뒤에 동림당의 영수가 되었다가 붕당의 화를 입었다. 그는 '주희의 학문 폐단은 拘에 있고, 왕수인의 학문 폐단은 蕩에 있다'고 진단하고서 이를 조화시키려 하였다. 저술로『四書講義』·『質疑編』·『證性編』 등이 있다.

　　주이존의『경의고』에는 그의 저술로『重定大學』1권,『大學通考』1권,『大學質言』1권이 남아 있다고 하였다. 동향인 嚴繩孫(1623-1702)은 고헌성의『대학』관련 저술에 대해 다음과 같이 언급하였다.

선생의 자는 叔時이다. 無錫縣 동쪽 涇里에 살았다. 그러므로 학자들이 涇陽 先生이라 칭하였다. 萬曆 경진년(1580) 진사가 되었으며, 벼슬이 南京光祿少卿에 이르렀다. 崇禎年間 초에 吏部右侍郎에 추증되었다. 시호는 端文이다. 저술로『대학』관련 3종의 서적이 있다. 하나는『重定大學』으로 萬曆 무자년 (1588) 桂陽州判으로 좌천되었을 때 편집한 것이며, 하나는『大學通考』로 만력 임진년(1592) 泉州推官에 보임되어 부임하기 전에 지은 것이다. 이 2종의 책에는 모두 自序가 있다. 나머지 하나는『大學質言』으로 동생 涇凡公이 서문을 썼다.124)

고헌성이 지은 이 3종의『대학』관련 성과물은, 지금 전하지 않는다고 한다.125) 책의 제목만 가지고 추정해 보건대,『重定大學』은 남송 이래『대학장구』를 개정한 여러 설을 참고하여 그 나름대로 새롭게 편차를 재개정한 것인 듯하고,『大學通考』는『대학』에 관한 역대의 주요한 설의 同異得失을 고찰한 것인 듯하며,『대학질의』는 그 자신이 가졌던 문제 의식을 질의응답식으로 정리한 책인 듯하다.

여기서는 주이존의『경의고』에 실린 그의 自序를 통해 그 개략을 살펴보기로 한다. 고헌성은『중정대학』의 자서에서 다음과 같이 말하고 있다.

세상에『대학』을 해석하는 학자들이 많다. 그런데 그들의 요지는 또한 그렇게 서로 다르지 않다. 유독 格物 한 가지 뜻에 대해서만은 거의 법원에 소송을 제기하듯 많다. 어째서인가? 傳文이 분명치 못한 데서 비롯되었다. 이에 사람들은 각기 자기들의 견해로 엿보아, 이 사람은 이 설을 격물이라 하고, 저 사람은 저 설로 격물을 삼는다. 그래서『대학』의 격물은 점점 안개 속에 덮힌 것처럼 깜깜하게 되어 그 올바른 의미를 찾을 수 없게 되었다. 나는 이런 점을 걱정

---

124) 朱彛尊,『經義考』권160,「禮記19-大學」, ‘顧氏-大學質言’. “嚴繩孫曰 先生 字叔時 家於無錫縣東之涇里 故學者稱涇陽先生 萬歷庚辰進士 官至南京光祿少卿 崇禎初 贈 吏部右侍郎 謚端文 著有大學三書 一曰重定大學 萬歷戊子秋 謫桂陽州判時輯 一曰大 學通考 壬辰 補泉州推官 未赴時撰 二書皆自序 一曰大學質言 弟涇凡公序之”

125) 李紀祥,『兩宋以來大學改本之研究』, 112면 참조.

하여 『예기』가 만들어진 이래의 여러 판본 및 董槐·蔡淸 등 제가의 설을 취하여 상호 참조하고 교감하며 침잠해 반복하면서 그 異同을 가려내었다. 이와 같이 하기를 오랫동안 하였다. 이에 격물치지전이 분명하게 갖추어져 있는 것을 알게 되었다. 혹자는 그것을 익히면서도 살피지 못하고, 혹자는 그것을 말하되 상세치 않고, 혹자는 그것을 택하되 정밀하지 못하니, 격물치지전이 없어졌다 말해도 마땅하다. 내가 삼가 참람함을 헤아리지 못하고 주석을 달고 차서를 바꾸어 사사로이 동지들과 강론을 하였는데, 이제부터는 『대학』이 온전한 책이 되어 분분한 의논을 그칠 수 있게 되길 바란다. 무자년(1588) 가을 어느 날.[126]

고헌성은 『고본대학』 및 주희의 『대학장구』를 일부 개정한 동괴·채청 등의 설을 두루 참고하여 편차를 재개정하였다고 말하고 있다. 이를 보면, 그의 설은 동괴·왕백 이후의 개정설과 채청의 재개정설 등을 두루 참고하여 새롭게 개정한 것을 알 수 있다. 이렇게 편차를 다시 개정한 데에는 독자적으로 발명한 것이 있을 것이지만, 지금은 전하는 그의 설이 없어 그 상세한 내용을 알 수 없다.

고헌성은 『대학통고』의 自序에서 다음과 같이 말하였다.

程子가 "천하의 일은 一家가 사사로이 의논할 바가 아니다."라고 하였으니, 그 말이 매우 좋다. 『대학』에는 戴本(『고본대학』을 말함)도 있고, 石經本(豊坊의 僞本)도 있고, 二程本도 있고, 朱子本도 있다. 근세 王陽明은 유독 戴本을 추숭하였는데, 천하 사람들이 휩쓸리듯 그를 따랐다. 南海의 曙臺唐氏도 결단코 석경본으로 定本을 삼았다. 董槐·蔡淸 등 여러 학자들에 이르러 각각 논저

---

126) 朱彝尊, 『經義考』 권160, 「禮記19-大學」, '顧氏-重定大學'. "憲成自序曰 世之說大學者 多矣 其旨 亦無以相遠 而獨格物一義 幾成訟府 何也 始於傳之不明也 於是 人各就其見窺之 此以此之說爲格物 彼以彼之說爲格物 而大學之格物 轉就湮晦 不可得而尋矣 予竊懼焉 因取戴記以下諸本 暨董蔡諸家之說 互相叅校 沉潛反覆 紬繹異同 如是者久之 乃知格物之傳 昭然具在 或習焉而不察 或語焉而不詳 或擇焉而不精 則雖謂之亡也 亦宜 竊不自揆僭 加詮次 私以講於同志 而今而後 庶幾大學獲爲全書 而紛紛之論可息矣 戊子秋日"

가 있게 되어 의견이 일치되지 않았다. 그렇지만 옳은 것을 구하려는 것이지 그들을 이기기를 구하는 것이 아니다. 설이 같은 것은 그 설에 구애되지 않을 것이고, 설이 다른 경우는 그 설과 경쟁하지 않을 것이다. 그 설이 옳은 것은 나에게 있는 것으로 여기지 않고서 짐짓 드러낼 것이고, 그 설이 잘못된 것은 남에게 있는 것으로 여기지 않고서 짐짓 억제할 것이다. 군자는 이에 대해 마음을 비우고 기운을 평탄하게 하여 지당한 것을 구할 따름이다. 나는 그러므로 이를 갖추어 기록해서 보는 이들로 하여금 상세함을 얻도록 하는 것이다. 임진년(1592) 정월.[127]

이 서문을 읽어 보면, 『대학통고』라는 책의 성격을 짐작할 수 있다. 명대 劉斯原은 고금의 여러 설을 모아 놓고 간결하게 자신의 견해를 피력해 놓았으며, 청대 胡渭의 『大學翼眞』이나 毛奇齡의 『大學證文』도 역대 주요한 설을 제시하면서 동이득실을 논하고 있는데, 고헌성의 이 책도 그와 유사한 성격으로 만들어진 것임을 알 수 있다.

『경의고』를 편찬한 주이존은 고헌성의 저술에 대해 "살펴보건대 『石經大學』은 단지 안목이 없는 사람을 속일 수 있는 책일 뿐인데, 顧端文 공이 이런 책까지 논의에 포함시켰으니, 아! 괴이할 만하다."[128]라고 하여, 고헌성이 『위석경대학』까지 논의의 대상에 포함시킨 것을 비판하였다.

(12) 郁文初의 『대학장구』 개정과 그 특징

郁文初(?-?)는 어떤 인물인지 자세치 않다. 주이존의 『경의고』에는

---

127) 朱彛尊, 『經義考』 권160, 「禮記19-大學」, '顧氏-大學通考'. "憲成自序曰 程子曰 天下事 非一家私議 善哉 其言之也 大學有戴本 有石經本 有二程本 有朱子本 近世陽明王氏 獨推戴本 天下翕然從之 而南海曙臺唐氏 又斷以石經本爲定 至於董蔡諸氏 亦各有論著 莫能齊也 雖然 以求是也 非以求勝也 其同也 非以爲拘也 其異也 非以爲競也 其得也 非以爲在已而故揚之也 其失也 非以爲在人而故抑之也 君子 於是焉 虛心平氣 要其至當而已 予故備錄之 俾覽者 得詳焉 壬辰正月"

128) 上同. "按 石經大學 止可欺無目之人 端文顧公 乃亦收之 吁 可怪也"

욱문초가『大學郁溪記』1권을 지었는데 남아 있다고 하였다. 그러면서 주이존은 다음과 같이 욱문초가 편차를 개정한 것을 기록하고 있다.

> 살펴보건대, 郁氏의『大學記』는 '大學之道' 1절과 '古之欲明明德' 1절과 '物格而后' 1절로 經一章을 삼아 명명덕·신민·지어지선을 해석한 것으로 보았다. 그는 주자의 개정본을 저본으로 하되 본말을 해석한 전(전 제4장)을 없앴다. 그리고 '物有本末' 1절 뒤에 '知止而后有定' 1절을 두고, 그 뒤에 '子曰 聽訟' 1절을 두고, 또 '此謂知本' 2구를 그 뒤에 두어 격물치지를 해석한 전으로 삼았다. 誠意 이후는 주자의 개정본을 그대로 따랐다.[129]

주이존의 이러한 설에 따르면, 그의 편차 개정은 經一章·傳九章 체제로, 經一章과 격물치지지전을 개정한 것이 요지이다. 이를 주희의『대학장구』의 편차와 비교해 제시하면 다음과 같다. 앞의 숫자는 욱문초가 개정한 편차이고, 뒤의 숫자는『대학장구』의 차서이다.

經-01 : 經-01 大學之道 …… 在止於至善
經-02 : 經-04 古之欲明明德於天下者 …… 致知在格物
經-03 : 經-05 物格而后知至 …… 國治而后天下平
經-04 : 經-06 自天子以至於庶人 壹是皆以修身爲本
經-05 : 經-07 其本亂而末治者 否矣 …… 未之有也
　〈經一章 釋三綱領八條目〉
傳4-01 : 經-03 物有本末 …… 則近道矣
傳4-02 : 經-02 知止而后有定 …… 慮而后能得
傳4-03 : 傳4-01 子曰 聽訟 吾猶人也 …… 大畏民志 此謂知本
傳4-04 : 傳5-01 此謂知本 此謂知之至也

---

129) 朱彝尊,『經義考』권161,「禮記19-大學」, '郁氏-大學郁溪記'. "按 郁氏大學記 以大學之道一節 古之欲明明德一節 物格而后一節 爲經一章 其釋明明德新民止於至善 仍朱子本 刪去釋本末傳 而以物有本末一節 次以知止而后有定一節 又次以子曰聽訟一節 又次以此謂知本二句 爲釋格物致知傳 自誠意以後 悉仍朱子本"

〈釋格物致知〉

그런데 주이존이 말한 위 인용문에는 경문 제6절(自天子……)과 제7절
(其本亂)의 차서에 대한 언급이 빠져 있다. 이에 대해 현대 연구자 王大
千은, 욱문초가 이 2절을 '此謂知本 此謂知之至也' 앞에 위치시긴 섯이
라고 주장했고, 李紀祥은 이 설을 반박하며 경문 '物格而后知至' 다음에
이 2절을 그대로 둔 것이라 하였다.130) 필자는 이에 대해, 욱문초가 『대
학장구』를 저본으로 하여 개정한 것이기 때문에 경문의 제6절과 제7절
은 언급하지 않은 것이라고 생각된다. 그래서 위와 같이 욱문초의 개정
편차를 정리한 것이다.

이러한 욱문초의 개정설은 蔡淸의 설과 유사하다. 다만 채청은 격물
치지전 冒頭에 '所謂致知在格物者' 8자를 첨가하고 중복되는 '此謂知本'
1구를 산삭한 데 비하여, 욱문초는 '所謂致知在格物者'를 첨가하지 않았
고 '此謂知本' 1구도 산삭하지 않고 그대로 둔 것이 다르다.

(13) 邱嘉穗의 『대학장구』 개정과 그 특징

邱嘉穗(?-?)의 자는 實亭이며, 복건성 上杭 사람이다. 1702년 擧人이
되어 歸善縣令을 지냈다. 저술로 『考定大學經傳解』가 있으나 전하지
않는다. 『四庫全書總目提要』에 書名만 전할 뿐이다.

『사고전서총목제요』 「四書類存目」에 "이 편의 大旨는 '『대학』의 격물
치지전은 본래 缺失된 것이 아니라, 착간에 불과하다'는 데 있다. 주희
가 이를 보망한 것이 잘못된 것일 뿐 아니라, 여러 유학자들이 편차를
개정한 것도 모두 온당치 않다. '物有本末' 1절, '子曰 聽訟' 1절, '詩云
邦畿千里' 1절, '知止而后有定' 1절을 차례로 배열하고 '此謂知之至也' 1

---

130) 李紀祥, 『兩宋以來大學改本之硏究』, 113~116면 참조.

구로써 끝을 맺어 이를 합해 격물치지의 전문을 만들었다.”131)고 하였
다. 이에 따라 편차를 정리하면 다음과 같다.

經-01 : 經-01 大學之道 …… 在止於至善
經-02 : 經-04 古之欲明明德於天下者 …… 致知在格物
經-03 : 經-05 物格而后知至 …… 國治而后天下平
經-04 : 經-06 自天子以至於庶人 壹是皆以修身爲本
經-05 : 經-07 其本亂而末治者 否矣 …… 未之有也
　〈經一章 釋三綱領〉
傳4-01 : 經-03 物有本末 …… 則近道矣
傳4-02 : 傳4-01 子曰 聽訟 吾猶人也 …… 大畏民志 此謂知本
傳4-03 : 傳3-01 詩云 邦畿千里 惟民所止
傳4-04 : 經-02 知止而后有定 …… 慮而后能得
傳4-05 : 傳5-01 此謂知本 此謂知之至也
　〈釋格物致知〉

　구가수가 개정한 설은 ‘物有本末’ 1절을 맨 앞에 두고, 그 다음에 ‘子
曰 聽訟’ 1절을 두어 本末에서 本을 강조하는 의미를 드러내고, 그 다
음에 ‘詩云 邦畿千里’를 두어 다음 절의 ‘知止’를 이끌어내고, 다음에
‘知止而后有定’ 1절을 두어 知止로부터 能得에 이르는 知를 추구하는
과정을 보여주고, 마지막으로 ‘此謂知本 此謂知之至也’를 두어 결론을
맺은 것이다.
　이러한 그의 설은 채청·욱문초의 개정설과 마찬가지로, 전배들이 궐
실이 없다는 관점에서 편차를 개정해 격물치지전을 만든 것을 바탕으로
해서 다시 개정한 유형에 해당한다. 다만 전 제3장의 ‘詩云 邦畿千里’

---

131) 『四庫全書總目提要』「四書類存目」. “是編大旨 謂大學格致一傳 本未缺失 不過錯
　　簡 非惟朱子所補爲誤 卽諸儒所定 亦皆未安 以物有本末一節 子曰 聽訟一節 詩云
　　邦畿千里一節 知止而后有定一節 終以此謂知之至也句 合爲格物致知傳文”

1절을 격물치지전으로 옮긴 것이 다른 사람의 설에서 찾아볼 수 없는 그만의 독특한 견해이다. 이에 대해『사고전서총목제요』에서는 豊坊의『僞石經大學』의 영향을 받은 것으로 보았다.[132)]

　그러나 전체적으로 보면, 주희가 격물치지전을 보망한 것에 찬성하지 않고, 또 후대 주희의『대학장구』중 편차를 일부 개정해 격물치지전으로 삼은 董槐·王柏 이하 諸家의 설에 대해서도 지지하는 바가 없어, 전대의 설을 바탕으로 하여 자신의 새로운 설을 제기한 것이라고 여겨진다.

(14) 范爾梅·李錫書의『대학장구』개정과 그 특징

　范爾梅(?-?)는 어떤 인물인지 자세치 않다. 朱彝尊의『經義考』에도 그의 저술은 소개되어 있지 않다. 저술로『大學札記』1권이 있다.『續修四庫全書提要』四書類에 다음과 같이 기록되어 있다.

　　격물치지전을 다시 개정하여 '所謂致知在格物者' 1구를 첨가하고, '物有本末'이하 4구, '知止而后有定'이하 5구, '自天子以至於庶人'이하 5구, '子曰聽訟吾猶人也'이하 6구를 차례로 그 뒤에 접속시켰다.[133)]

이에 따라 그가 개정한 편차를 재구성해 보면 다음과 같다.

　　傳4-01 : 經-03 **所謂致知在格物者** 物有本末 …… 則近道矣
　　傳4-02 : 經-02 知止而后有定 …… 慮而后能得
　　傳4-03 : 經-06 自天子以至於庶人 壹是皆以修身爲本

---

132) 上同. "其意以豊坊僞石經爲眞　而又未見坊之原本　但據鍾惺四書聚考所載……然其割取'詩云邦畿千里'十字　實用僞石經本也"

133)『續修四庫全書提要』四書類,「大學札記」. "重訂格致傳　添'所謂致知在格物者'一句接以'物有本末'四句 '知止而后有定'五句 '自天子以至於庶人'五句 '子曰聽訟吾猶人也'六句"

　　傳4-04 : 經-07 其本亂而末治者 否矣 …… 未之有也
　　傳4-05 : 傳4-01 子曰 聽訟 吾猶人也 …… 大畏民志 此謂知本
　　傳4-06 : 傳5-01 此謂知本 此謂知之至也
　　　〈釋格物致知〉

　이 설 역시 '物有本末' 1절을 앞에 두고 '所謂致知在格物者' 8자를 붙였다는 점에서 蔡淸의 영향을 받은 것을 확인할 수 있다. 다만 '自天子以至於庶人' 이하 2절을 격물치지전으로 둔 것이 여타 전인의 설과 다르다.

　그의 설과 같이 편차를 개정하면 經文은 '大學之道' 이하 1절과 '古之欲明明德' 이하 1절과 '物格而后知至' 이하 1절만 남아 삼강령과 팔조목을 말한 것만 언급한 것이 된다. 이런 점에 대해, 李紀祥은 "僞石經 일파의 설법을 채용한 것에 불과하다."고 혹평을 하였다.[134] 실제로 豊坊의『僞石經大學』의 편차를 보면, 이 3절로 제1장을 구성하고 있다. 따라서『위석경대학』의 영향을 받은 측면을 부인할 수 없다.

　다만 주희의『대학장구』를 개정하여 격물치지전을 새롭게 구성해 완전한 책으로 만드는 것이 남송 이래 학자들의 학문적 탐구 대상이었다는 경학사적 맥락에서 보면,『대학장구』의 편차를 개정해 나름대로 완벽한 격물치지전을 재구성해 보려 한 점에 더 의의를 둘 필요가 있다. 왜냐하면 그가 전적으로『위석경대학』의 편차를 따라『대학』을 해석한 것이 아니고, 전인들이 격물치지전에 대해 개정해 놓은 것을 그가 재개정한 것이라는 점에서, 그의 성향을 발견할 수 있기 때문이다.

　李錫書(?-?)의 생애도 자세치 않다. 그는『四書臆說』12권을 저술한 것으로 알려져 있는데, 그의 설의 가장 큰 특징은 청송장을 격물치지전으로 삼은 것이다. 그는 다음과 같이 말하였다.

---

134) 李紀祥,『兩宋以來大學改本之研究』119면 참조.

청송장에 대해 주자의 주에는 本末을 해석한 것이라고 하였다. 다만 '本末' 2자는 제1장에서 이미 명명백백하게 말했다. 만약 강령을 해석한 뒤에 조목을 해석해야 한다면, 그 조목은 致知格物로 첫머리를 삼아야 할 것이다. 이것이 이른바 '太學에서 처음 가르칠 적에'라고 한 의미이다.[135]

이석서의 이 말은 주희의『대학장구』에서 경문과 전문으로 나눈 것을 기본적으로 인정하고 있는 관점이다. 그는 여타 앞시대 학자들처럼 경문의 '知止' 이하 42자를 뒤로 옮겨 청송장과 합해 격물치지전을 삼는 식으로 편차를 개편하지 않았다. 그는 주희가 本末을 해석한 것으로 본 청송장과 그 뒤의 '此謂知本 此謂知之至也'만을 합해 격물치지전으로 해석한 것이다.

傳4-01 : 傳4-01 子曰 聽訟 吾猶人也 …… 大畏民志 此謂知本
傳4-02 : 傳5-01 此謂知本 此謂知之至也
　　〈釋格物致知〉

이렇게 보면, 그도 經一章·傳九章 체제로 본 것이 된다. '此謂知本' 은 중복됨으로 程子의 설처럼 衍文으로 처리한 듯하다.
그는 청송장에 대해 다음과 같이 말하고 있다.

대개 本心의 명철함을 안정시켜 사물의 변화를 궁구하는 것으로는 聽訟 한 가지 일만한 것이 없으니, 이것이 바로 格物이다. 청송은 格物이고, 소송을 없게 하는 것은 物格이다. 실정이 없는 자들로 하여금 그들의 변명하는 말을 다 하지 못하게 하는 것은 物格以致知이고, 백성의 심지를 크게 외복시킴은 知之至이다. 그러므로 '此謂知本 此謂知之至也'라고 한 것이다. 이것이 청송 한 가

---

135) 李錫書,『四書臆說』「大學」, "聽訟章 朱子註云 釋本末 但本末二字 首章已寫得明明白白地 若綱領旣釋之後 便當釋條目 其條目則以致知格物爲首 所謂大學始敎也"(李紀祥,『兩宋以來大學改本之研究』제120면에서 재인용)

지 일에 나아가 격물치지의 모양을 그려본 것이다. …… 그렇다면 청송 1장은
격물치지를 해석한 것이다.[136]

이러한 이석서의 설은 명대 黃光昇의 설과 유사한 점이 있다.

청송장을 격물치지를 해석한 전문으로 본 사람은 황광승과 이석서 외
에 또 惠士奇(1671-1741)가 있다. 그의 자는 天牧·仲儒, 호는 半農人이
며, 강소성 蘇州 吳縣 사람이다. 1711년 진사가 되어 翰林院 編修 등을
지냈다. 惠周惕의 아들이며, 惠棟의 부친이다. 漢儒의 설을 종주로 하
여 경학을 연구하였다. 저술로『大學說』·『易說』·『春秋說』·『禮說』등
이 있다.

혜사기는 주희의『대학장구』를 저본으로 하지 않고『고본대학』을 저
본으로 하여 편차를 개정하였다. 그러나 그의 설을 자세히 보면, 주희의
영향을 다분히 받은 것으로 보인다. 그가 비록 주희처럼 경문·전문으로
나누지 않고 전체를 10장으로 분류했지만, 전체적인 편차를 보면『고본
대학』의 편차보다는『대학장구』의 편차와 더 유사하다. 다만 그는 '此謂
知本 此謂知之至也'를『고본대학』의 편차에 따라 '其本亂而末治者……
未之有也' 다음에 그대로 두고서, 청송장만으로 격물치지를 해석한 것
으로 보았는데, 이 점이 다른 개정설과 다르다.

(15) 格物致知傳에 대한 改定説의 意義

주희가 평생의 정력을 쏟아 만들고 임종하기 3일 전까지 수정에 수정을
거듭하여 완성한『대학장구』가 널리 유통된 뒤로, 이 책은 학자들의 입덕
문이자 학문의 규모를 제시한 것으로 인식되어 학문의 근간이 되었다.

---

136) 上同. "蓋必宅定本心之明 以窮究事物之變 莫如聽訟一事 是卽格物也 聽訟者 格物
也 無訟者 物格也 無情者 不得盡其辭 物格以致知也 大畏民志 知之至也 故云 此謂知
本 此謂知之至也 是就聽訟一事寫格物致知的樣子…… 然則聽訟一章 是釋格物致知也"

주희 사후 반세기쯤 지난 뒤에 주희의 재전 문인 董槐로부터『대학장구』의 편차를 일부 개정하여 격물치지전으로 삼는 개정설이 대두되었다. 이렇게 개정설이 대두되게 된 근본적인 원인은 宋學의 義理發明을 위주로 하는 학문정신에 있다. 새로운 의리를 발명하는 것을 학자의 사명으로 인식하는 분위기가 크게 확산되어 있었기 때문에 선현의 설일지라도 의리에 합당하면 새로운 설을 제기할 수 있다는 사회적 환경이 무르익어 있었다. 그런 데에서 개정설이 나온 것이다. 왕백의 다음과 같은 언급을 보면 그런 분위기를 여실히 알 수 있다.

> 그러나 세 선생이 의심하지 않은 것을 후학이 감히 하루아침에 고치는 것은 참람되고 망령된 일이 아닌가? 이 세상에 바꿀 수 없는 것이 理이다. 二程子는 漢儒들이 의심하지 않았다는 이유로 감히 고치지 않을 수 없다고 한 것이 아니고, 朱子는 二程이 이미 개정했다는 이유로 감히 다시 고치지 않을 수 없다고 한 것이 아니다. 세 선생은 또한 각기 그 의리가 至善한 것을 구하고 그 마음이 편안한 바를 온전히 하여 억지로 다르게 하거나 구차하게 뇌동한 것이 아니다. 하물며 주자는 또한 二程子의 설과 확연히 달리하여 참조하지 않은 것이 아닌데 있어서랴. 내가 이를 위해 조목조목 아래에 소통해 놓는다.[137]

이와 같이 의리 발명을 위주로 하는 학문정신은 전인의 설을 墨守하지 않고 懷疑하는 정신과 긴밀하게 연관되어 있다. 이런 회의정신은 우선 1천 년이 지난 뒤 주희가 당시의 문체로 글을 지어 성현의 글에 첨입해 넣는다는 것 자체에 대해 회의하게 했다. 설령 經傳이 불완전하더라도 그 자체로 해석해야지 까마득한 후인이 補亡하는 글을 삽입하는 것은 옳지 않다는 인식이 설득력을 얻었을 것이다.

---

137) 王柏,『魯齋集』권9,「大學沿革論」. "然三先生不以爲疑 後學乃敢一旦而更之 無乃僭妄乎 夫天下所以不可易者 理也 二程子不以漢儒之不疑而不敢不更 朱子不以二程已定而不敢不復改 亦各求其義之至善 而全其心之所安 非强爲異而苟于同也 況朱子亦未嘗截然而不相參也 予爲之條疏于後"

　　이런 점에서 후대 학자들은 착간된 것을 바로잡아 편차를 개정하거나 잘못된 글자를 바로잡는 것은 타당하지만, 궐문을 보망하는 것은 인정하기 어려웠을 듯하다. 이런 인식이 확산되고 무르익어 주희의『대학장구』를 개정하게 된 것인데, 전해오는『대학』에는 闕文은 없고 錯簡만 있다는 관점이 근간이 되고 있다. 이런 관점에서 주희의 보망장을 일단 인정하지 않게 되었고, 주희가 개편한『대학장구』가운데 격물치지에 해당하는 구절을 찾아 편차를 개정하여 온전한 논리 구조를 만들려고 하였다.

　　앞에서 살펴보았듯이, 동괴가『대학장구』를 개정한 최초의 인물인데, 그가 어떤 관점에 의해 그와 같이 개편을 했는지는 자세치 않다. 다만 景星의 설을 보면, 자신이『대학장구』를 개편해 격물치지전을 만든 논리적 근거를 아래와 같이 제시하면서, 그런 기본 관점을 동괴로부터 얻었다고 한 것을 보면, 동괴가 격물치지전을 개편한 논리적 근거도 경성의 경우와 유사한 것으로 추정된다.

　　　　경문에 '物有本末'을 말했으니, 이 '本' 자는 바로 궁극의 본원을 가리키는 것으로 곧 至善이 있는 곳이다. 경문에 '知止'라고 하였기 때문에 전문에도 '於止知其所止'라고 말한 것이며, 경문에 '物有本末'이라 하였기 때문에 전문에도 '知本'이라 말한 것이다. 그러니 이것이 格物知至를 해석한 것이 아니고 무엇이겠는가. 程子는 말하기를 "格物은 至善의 소재를 아는 것을 말한다."고 하였다.『시경』의 시를 인용한 것이 4번, '子曰'을 인용한 것이 1번인데, 위에는 '知止'를 말하고, 아래는 '知本'을 말한 뒤, '此謂知之至也'로 결론을 지었으니, 바로 物格知至를 해석한 것이다. 따라서 전문에 궐문이 없다고 해도 가하다. 선유들은 대부분 '知止'와 '物有本末'이 바로 격물치지전이라고 의심하였다. 이와 같다면 '靜安慮得' 4자에서 '吾心之全體大用無不明'한 점을 볼 수 있으니, 致知工夫가 아니라고 말하는 것은 불가하며, '本末'·'終始' 4자에서 '衆物之表裏精粗無不到'한 점을 볼 수 있으니, 格物工夫가 아니라고 말하는 것도 불가하다. 補亡하기를 기다리지 않아도 그 뜻이 충분하다. 이런 설은 矩堂의 董氏에게서 얻었다.[138)]

경성이 말하고 있는 개정의 논리적 근거는, 傳文은 經文에 따라 다시 해석한 것이라는 점에 착안하여, 경문의 '物有本末'을 전문의 '知本'과 연관시킨 것이다. 주희는 '物有本末'을 해석하면서 '物'에 초점을 두어 明德과 新民으로 보았다. 그러나 후대 개정설을 주장하는 사람들은 '物' 자에 중점을 두지 않고 '本'에 초점을 맞추어 知本의 의미로 읽는다. 그렇게 보면 知本은 격물치지의 의미가 된다. 이것이 이들의 논리적 근거인데, 이 점을 景星은 잘 설명하고 있다. 위 인용문 후반부는 주희의 보망장의 내용이 '知止'이하 2절에 다 들어 있음을 언급한 것이다.

주희가 經一章·傳十章 체제로 경문과 전문을 나누고, 경문은 공자의 말씀으로 전문은 증자의 말씀으로 해석한 뒤,『대학』해석은 以經統傳 또는 以傳承經의 해석 방법이 등장하였다.139) 즉 전문은 경문을 부연 해석한 것이므로 논리 구조가 같은 맥락을 갖고 있다는 생각이다. 동괴의 설을 보면, 그런 의식이 잘 드러나 있다.

동괴 이후 대두된 주희의『대학장구』를 일부 개편해 격물치지전으로 삼은 여러 설은 선현이 미처 발명하지 못한 점을 발명해 논리적 보완을 함으로써 보다 완결된 경전의 체제를 만들겠다는 인식을 반영한 것이다. 이런 점에서 의리 발명을 위주로 하는 송학의 학문정신이 빛을 발한 것이라 할 수 있다.

동괴 이후 등장한 여러 개정설은 크게 두 단계로 나눌 수 있다. 제1단계는 동괴로부터 명대 전반기까지 등장하는 각양의 설로, 대체로 경문

---

138) 景星,『四書書啓蒙集說』(문연각사고전서 제204책),「大學啓蒙集說」. "經言物有本末 此本字 便是指乃極本窮原處 卽至善之所在也 經曰知止 傳亦曰於止知其所止 經曰 物有本末 傳亦曰知本 非釋格物知至而何哉 程子曰 格物者 謂知至善之所在 引詩者四 引子曰者一 上言知止 下言知本 而結之以此謂知之至也 便是釋物格知至 雖謂之傳無 闕文 可也 先儒多疑知止與物有本末 正是格物致知傳 如此 則靜安慮得四字 卽可以見 吾心之全體大用無不明處 謂非致知工夫 不可 本末終始四字 卽可以見衆物之表裏無不 到處 謂非格物工夫 不可 不待補而義已足 此說得之矩堂董氏"

139) 王柏의「大學沿革論」에 이와 같은 말이 보인다.

의 '知止' 이하 42자를 뒤로 옮겨 청송장 및 '此謂知本 此謂知之至也'와 합해 격물치지를 해석한 전문으로 보는 것이다. 구체적으로 조금씩 다른 견해가 있지만, 크게 보면 이런 개정이 대체를 이룬다.

명대 중반에 이르러 蔡淸은 이런 전대 여러 학자들의 설을 바탕으로 하여 이를 재개정하는 설을 제시하였다. 즉 경문의 '物有本末' 이하 1절을 '知止' 이하 1절 앞으로 옮긴 뒤 맨 앞에 '所謂致知在格物者' 8자를 첨가하고, 청송장 및 '此謂知本 此謂知之至也'와 합해 격물치지를 해석한 것으로 재해석한 것이다. 이런 채청의 재개정설에 대해 劉斯原은 비로소 완전한 책이 되었다고 하였다.

그러나 채청의 설이 나온 뒤 모두 채청의 설로 통일된 것은 아니다. 일부 학자들은 경문과 전문은 문체가 다른 데 함부로 경문을 옮겨 전문으로 삼는 것은 옳지 않다는 견해를 제기하였다. 그런 문제 의식을 가진 사람들은 '知止' 이하 42자를 옮겨 전문으로 삼는 것에 반대하고, 청송장과 '此謂知本 此謂知之至也' 2절만을 합해 격물치지전으로 삼는 설을 제기하기도 하였다.

『대학장구』의 일부를 개편해 격물치지전으로 삼으려는 이와 같은 학계의 노력은 약 4백 년 이상 지속되었다. 그러나 명대 중반 王守仁이 『대학장구』를 불신하여『고본대학』을 저본으로 새로운 해석을 하자, 종래의 설에 식상해 하던 학자들이 그에 휩쓸렸고, 또 豊坊의『僞石經大學』이 세상에 나옴으로써 명말의 학계는 더욱 혼탁해졌다. 그런 시대 분위기 속에서『대학장구』의 편차를 개편해 격물치지전으로 삼는 새로운 설은 더 이상 진전되지 못하고 말았다.

3) 治國平天下傳에 대한 歷代 主要 改定說

(1)『대학장구』이전의 程頤·呂大臨의 개정

주희의『대학장구』가 나오기 이전에『고본대학』을 저본으로『대학장구』의 전 제10장에 해당하는 치국평천하장의 편차를 일부 개정한 것은 程頤가 최초이다. 정이가 치국평천하장에 해당하는 부분의 편차를 개정한 것을 정리하면 다음과 같다. 앞의 숫자는 정이가 分章한 차서이고, 뒤의 숫자는『고본대학』의 편차이다.

⑩ : 02-17 所謂平天下在治其國者 …… 是以 君子有絜矩之道也
　　 : 02-18 所惡於上 毋以使下 …… 此之謂絜矩之道也
　　 : 02-19 詩云 樂只君子 …… 此之謂民之父母
　　 : 02-20 詩云 節彼南山 …… 辟則爲天下僇矣
⑪ : 01-13 **詩云 瞻彼淇澳 …… 民之不能忘也**
　　 : 01-14 **詩云 於戲 …… 此以沒世不忘也**
⑫ : 02-27 康誥曰 惟命不于常 道善則得之 不善則失之矣
　　 : 02-28 楚書曰 楚國 無以爲寶 惟善 以爲寶
　　 : 02-29 舅犯曰 亡人 無以爲寶 仁親 以爲寶
　　 : 02-30 秦誓曰 若有一个臣 …… 亦曰殆哉
　　 : 02-31 唯仁人 放流之 …… 過也
　　 : 02-33 好人之所惡 …… 菑必逮夫身
　　 : 02-34 是故 君子有大道 必忠信以得之 驕泰以失之
⑬ : 02-21 **詩云 殷之未喪師 …… 失衆則失國**
　　 : 02-22 **是故 君子先愼乎德 …… 有財此有用**
　　 : 02-23 **德者 本也 財者 末也**
　　 : 02-24 **外本內末 爭民施奪**
　　 : 02-25 **是故 財聚則民散 財散則民聚**
　　 : 02-26 **是故 言悖而出者 …… 亦悖而出**
⑭ : 02-35 生財有大道 …… 則財恒足矣

: 02-36 仁者以財發身 不仁者以身發財

: 02-37 未有上好仁 …… 非其財者也

: 02-38 孟獻子曰 畜馬乘 …… 此謂國不以利爲利 以義爲利也

: 02-39 長國家而務財用者 …… 此謂國不以利爲利 以義爲利也

程頤의 이러한 개편은 ⑪의 2절을 마땅히 위치시킬 데가 없고, 또 이 2절이 모두 君子의 도를 말한 것으로 ⑩과 연관성을 갖기 때문이다. 또한 ⑬을 뒤로 옮긴 것은 그 내용이 財用에 관한 것으로, ⑭ 앞에 있어서 문리 접속이 원활하기 때문이다.

이러한 程頤의 설에 영향을 받은 탓인지, 그의 문인 呂大臨(1040-1092)은 정이가 개정한 위의 편차 가운데 ⑫를 '平天下在治其國' 1장 앞으로 옮겨야 한다고 하였다.[140] 그러나 이러한 개정설은 그의 저술「大學解」이 남아 있지 않아 그 전모를 확인할 수 없다.

(2) 元代 王巽卿·陳天祥의 개정과 그 특징

주희는『대학장구』를 만들면서 정이가 치국평천하장의 편차를 개정한 것을 따르지 않고『고본대학』의 편차를 그대로 따랐다. 따라서 이에 대해 후대 여러 설이 제기될 법한데, 주희의『대학장구』가 나온 뒤, 이 점에 대해 문제 제기를 하는 설은 한동안 나타나지 않았다. 그것은『대학』해석의 주된 관심사가 착간된 격물치지전을 찾아 보완하는 것이었기 때문에 치국평천하장에 대해서는 관심을 둘 여유가 없었기 때문인 듯하다.

『대학장구』전 제10장 치국평천하장을 최초로 개정한 인물은 원대 王巽卿(?-?) 또는 陳天祥(1230-1316)으로 추정되는데, 누가 먼저인지는

---

140) 李紀祥,『兩宋以來大學改本之研究』53면 참조.

확인할 수 없다. 이 두 사람은 비슷한 시기에 활동한 사람이다.

　陳天祥의 자는 吉甫, 시호는 文靖이며, 벼슬이 集賢大學士·中書右丞에 이르렀다. 朱彝尊은『經義考』에서『四書集注辨疑』의 저자에 대해 다음과 같이 추정해 놓았다.

> 　살펴보건대,『四書辨疑』는 원나라 때 사람이 지은 것인데, 雲峯胡氏·偃師陳氏·黃巖 陳成甫氏·孟長文氏 등 모두 4가지 설이 있다. 이 책은 오로지 주자의 사서집주의 잘못된 점을 논변한 것이다. 일찍이 吳中에 사는 檢討官 范必英의 소장본을 본 적이 있는데, 원나라 때 판각한 것이었으며, 편찬자의 성씨는 기록되어 있지 않았다. ……陳成甫와 孟長文의 문장은 모두 이 책을 지은 사람의 주석의 문투와 같지 않고, 胡雲峯의『四書通』과 같은 책은 한결같이 주자의 설을 종주로 하였으니, 이 책의 내용처럼 설을 달리하지는 않았을 것이다. 그렇다면 이 책은 偃師 陳氏가 지은 책이 되는 것에 대해 의심의 여지가 없다. 또한 그 권수도 그가 지은 권수와 합치된다. 그래서 나는 마침내 이 책을 陳天祥의 저술로 확정하였다.[141]

　주이존이 추정한 대로『四書辨疑』가 陳天祥의 저술이라면, 진천상은 『대학장구』가 나온 이후 치국평천하장을 최초로 개정한 인물이 된다. 그가 지은『사서변의』는『通志堂經解』제39책에 수록되어 있다.『사서변의』의『대학』해석 중에 진천상은 다음과 같은 말을 하고 있다.

> 　이 장(치국평천하장)의 傳文은 의미가 3단락으로 되어 있다. 제1단락은 絜矩와 正己의 도를 논한 것이다. 제2단락은 나라를 얻고 나라를 잃는 이유를 논하고, 제3단락은 재물을 다스리는 본말을 논한 것이다. '是故君子先愼乎德'부터

---

141)　朱彝尊,『經義考』권254,「四書集注辨疑」. "按 四書辨疑 元人 凡有四家 雲峯胡氏 偃師陳氏 黃巖陳成甫氏 孟長文氏 是書專辨集注之非 曾見吳中范檢討必英藏本 乃元時舊刻 不著撰人姓氏……成甫長文 竝制人注辭不類 若雲峯四書通 一宗朱子 不應互異 其爲偃師陳氏之書 無疑 且其卷數 亦合 遂定以爲天祥著"

'亦悖而出'까지 76자는 '生財有大道'와 바로 접속이 되어 곧장 이 장의 끝까지 이어지는데, 통틀어 이 한 단락은 오로지 理財를 논한 것이다. 전해지던 것을 후인들이 잃어버려 이 대목을 '失衆則失國' 밑에 두게 되었다. 그래서 전후의 문리에 모두 막힘이 있게 되었다. 지금 시험삼아 편차를 改正하고 그 전문을 기록해 둔다. 아래위로 통독을 하면 옳고 그름을 알 수 있을 것이다.[142)

이와 같이 진천상이 전 제10장의 편차를 개정한 것에 따라 정리하면 다음과 같다. 앞의 숫자는 진천상이 개편한 차례이고, 뒤의 것은 주희의 『대학장구』의 차서이다.

傳10-01 : 傳10-01 所謂平天下在治其國者 …… 君子有絜矩之道也
傳10-02 : 傳10-02 所惡於上 毋以使下 …… 此之謂絜矩之道也
傳10-03 : 傳10-03 詩云 樂只君子 …… 此之謂民之父母
傳10-04 : 傳10-04 詩云 節彼南山 …… 辟則爲天下僇矣
傳10-05 : 傳10-05 詩云 殷之未喪師 …… 失衆則失國
傳10-06 : 傳10-11 康誥曰 惟命 不于常 道善則得之 不善則失之矣
傳10-07 : 傳10-12 楚書曰 楚國 無以爲寶 惟善 以爲寶
傳10-08 : 傳10-13 舅犯曰 亡人 無以爲寶 仁親 以爲寶
傳10-09 : 傳10-14 秦誓曰 若有一个臣 …… 亦曰殆哉
傳10-10 : 傳10-15 唯仁人 放流之 …… 爲能愛人 能惡人
傳10-11 : 傳10-16 見賢而不能擧 …… 過也
傳10-12 : 傳10-17 好人之所惡 …… 菑必逮夫身
傳10-13 : 傳10-18 是故 君子有大道 必忠信以得之 驕泰以失之
傳10-14 : 傳10-06 是故 君子先愼乎德 …… 有財此有用
傳10-15 : 傳10-07 德者 本也 財者 末也

---

142) 徐乾學 輯,『通志堂經解』(漢京文化事業有限公司印行) 제39책,『四書辨疑』권1,「大學」. "此章傳文 義有三節 首論絜矩正己之道 次論得國失國之由 次論理財本末 自'是故 君子先愼乎德' 至'亦悖而出' 七十六字 與'生財有大道'文 正相接 直至章末 通是一段 專論理財 後人失傳 而却序在'失衆則失國'之下 以致前後文理 皆有隔礙 今試改正 全錄其文 上下通讀 是否可見"

傳10-16 : **傳10-08 外本內末 爭民施奪**

傳10-17 : **傳10-09 是故 財聚則民散 財散則民聚**

傳10-18 : **傳10-10 是故 言悖而出者 亦悖而入 貨悖而入者 亦悖而出**

傳10-19 : 傳10-19 生財有大道 …… 則財恒足矣

傳10-20 : 傳10-20 仁者以財發身 不仁者以身發財

傳10-21 : 傳10-21 未有上好仁 …… 非其財者也

傳10-22 : 傳10-22 孟獻子曰 畜馬乘 …… 此謂國不以利爲利 以義爲利也

傳10-23 : 傳10-23 長國家而務財用者 …… 此謂國不以利爲利 以義爲利也

이렇게 개편을 하면, 그의 말대로 전 제10장은 絜矩·用人·理財 세 단락으로 그 요지를 나누어 파악할 수 있다. 이러한 진천상의 개정설은 程頤의 설과 약간 다르지만, 정이의 영향을 받은 것으로 추정된다. 그것은 전 제10장의 전체 요지를 크게 세 단락으로 나누어 파악하는 방식이 유사하기 때문이다.

王巽卿(?-?)은 원나라 때 학자로 생애가 자세치 않다. 원대 경학가 吳澄(1249-1333)은 왕손경이 치국평천하장의 편차를 개정한 것에 대해 다음과 같이 언급하고 있다.

지금 왕손경이 전 제10장을 개정한 것을 자세히 살펴보니, 또한 程子가 개정한 것이 분명하고 쉬운 것만 못합니다. 주자는 정자가 개정한 것을 옳게 여기지 않았는데, 내가 어찌 감히 왕손경이 개정한 것을 옳게 여기겠습니까? 왕손경은 애써 학문을 하고 깊이 사색한 사람이니, 참으로 가상히 여길 만합니다. 그러나 이 한 책을『주역』·『춘추』두 책과 비교해 보면 같은 차원으로 말할 수 없습니다. 이 책은 아마도 세상에 행할 수 없을 듯합니다. 보잘 것 없는 늙고 졸렬한 나는 학문과 식견이 얕아 학덕이 높고 어진 분의 온축한 뜻을 엿보기에 부족합니다. 그러나 감히 나의 성심을 극진히 하여 이를 드러내지 않을 수 없습니다.[143]

---

143) 吳澄,『吳文正集』(문연각사고전서 제1186책) 권3,「答問答海南海北道廉訪副使田君

여기서 말하는 程子는 程頤를 가리킨다. 앞에서 살펴보았듯이, 정이는 치국평천하장의 편차를 개편하여 '詩云 殷之未喪師' 이하 6절을 '生財有大道' 앞으로 옮겼다. 오징은 위 인용문에서 왕손경이 편차를 개정한 것은 정이가 개정한 것보다 못하다고 하였는데, 이를 보면 왕손경의 개정은 정이의 개정과 다르다는 것을 알 수 있다. 그러나 그 구체적인 내용은 확인할 길이 없다.

(3) 明代 楊守陳의『대학장구』개정과 그 특징

『대학장구』전 제10장의 편차를 개정하여 논리 구조를 새로 구성하는 설은, 진천상의 설이 제기된 이후 명대에 이르러 몇몇 사람들에게서 다시 대두되었다. 그러나 이 문제는 격물치지전의 경우처럼 다양한 설이 제기될 사안이 아니었으므로 그렇게 많은 설이 등장하지는 않았다.

명대에『대학장구』전 제10장의 일부를 개정한 사람은 楊守陳(1425-1489)이다. 그의 자는 維新, 호는 鏡川, 시호는 文懿이며, 절강성 鄞縣 사람이다. 1451년 진사가 되어 翰林院 編修에 제수되었다. 벼슬이 吏部 右侍郎에 이르렀다.

朱彝尊의『經義考』에는 그의 저술로『大學私抄』1권이 있는데 확인할 수 없다고 하였다. 그리고 양수진이 직접 쓴 이 책의 서문을 아래와 같이 인용해 놓고 있다.

나는 어려서『대학』을 수학했다. 주자의 章句를 겸하여 암송했는데 맛이 덜 하면『대학혹문』을 통해 도움을 받거나 여러 설을 참조해 이미 스스로 통달했

澤問」. "今詳觀巽卿所更 又不如程子之明且易 朱子不以程子之所更定者爲然 愚豈敢以 巽卿之所更定者爲然乎 巽卿苦學深思 誠爲可嘉 而此一書 比之易春秋二書 不可同日 語矣 恐不可以行於世也 區區老拙 學淺識卑 不足以窺測高賢之所蘊 然不敢不盡己之 心以告"

다고 생각했다. 이렇게 오래도록 암송한 뒤에 음미함이 상세해졌는데, 도리어 의문이 있게 되었다. 그 뒤 암송함이 오래될수록 음미함도 더욱 상세해졌지만, 의문도 그에 따라 더욱 늘어났다. 이렇게 하길 수십 년에 온 세상의 벗들과 반복해 강론해도 의문은 끝내 풀리지 않았다. 요즘 집에서 일 없이 보내며 날마다 암송하고 음미하는데도 의문은 여전하다. 이에 의문이 드는 經文·傳文을 취해 편차를 바꾸고 그 아래에 章句를 각각 기록했다. 장구에는 지금 편차를 바꾼 문장의 뜻과 합치되지 않는 것이 있었다. 그래서 참람하게도 나의 설을 썼는데, '蒙謂'로써 장구와 구별하였다. 그리고 편차를 바꾸게 된 이유는 각 장의 끝에 상세히 기록해 놓았다. 그렇게 만든 뒤 암송하고 음미하니 기쁘게도 이치가 순조로웠다. 이에 깨끗하게 써서 책을 만들어 상자 속에 넣어두고 감히 남에게 보이지 않았다. 어느 날 어떤 나그네가 상자를 뒤적이다가 그 책을 보게 되었다. 그는 그 책을 반도 보지 않고서 기쁘게 웃더니 노하여 꾸짖으면서 말하기를 "나는 그대가 先儒를 등지고 聖經을 문란하게 하는 것이 이런 지경에 이를 줄은 생각지도 못했소.『대학』은 공자의 經과 증자의 傳이니, 주자의『대학장구』와『대학혹문』을 후학들은 오직 암송하고 익히며 감히 어겨서는 안 되오. 그대는 어찌하여 참람하게도 편차를 바꾸어 망령되이 해석하였단 말이오. 얼른 태워 없애시오. 이 책에 누를 끼치지 마시오."라고 하였다. 내가 그에 응답하기를 "감히 그렇게 한 것이 아니오. 王魯齋가 말하기를 '천하에 바꿀 수 없는 것은 이치이다.'라고 하였소. 二程은 漢儒가 의심하지 않았다고 해서 감히 편차를 개정하지 않으려 하지 않았으며, 주자는 二程이 편차를 개정했다고 해서 감히 다시 개정하지 않으려 하지 않았소. 각기 그 의리가 至善한 것을 구하여 그 마음이 편안히 여기는 바를 온전히 하였으니, 억지로 전인의 설과 달리 하고 구차하게 부화뇌동한 것이 아니오. 지금 나의 초록이 의리의 지선함을 얻지는 못했지만, 내 마음으로 편안히 여기기에는 충분하오. 만약 그 설이 잘못된 것이라면 단지 내 스스로 잘못일 뿐이오. 이 책이 어찌 누가 되겠소. 비유컨대 蜀의 八陳石은 한때 그것을 어지럽혔지만 천년 동안 그대로 있으며, 虞의 五瑞玉은 한 신하가 그것을 잃어버렸지만 만국은 예전처럼 우나라를 받들었소. 그대는 어찌하여 성을 내시오."라고 하자, 그 나그네는 얼굴이 벌겋게 달아오른 채 가버렸다. 나는 매우 부끄럽고도 후회가 되었다. 그러나 이미 만들어 놓은 초록을 차마 없앨 수는 없었다. 그래서 이 책의 끝에다 이를 기록해 둔다.144)

양수진의 이 자서는 매우 진정성이 느껴지는 글이다. 자신이『대학』을 수십 년 동안 암송하고 완미하면서 상세하게 이해를 하게 되었지만 한편으로는 의문도 더 많아졌다는 언급은 학문적 깊이가 매우 심원함을 보여준다.

이 글에서 나그네의 생각은 명대 전반기 학계의 일반적 분위기를 대변해준다. 공자의 經과 증자의 傳으로 된『대학』, 주희가 평생의 정력을 기울여 만들어 놓은『대학장구』를 함부로 뜯어고치는 일은 어느 시대나 참람하다는 죄를 면할 수 없다. 그러나 이런 묵수주의는 새로운 의리 발명을 원천적으로 봉쇄한다. 그래서 자유로운 사유를 저해하고, 이념을 일원화하여 절대적 권위를 가진 교조적 이데올로기로 변한다. 나그네는 그런 것을 正道로 여기고 그렇게 사는 것을 올바르게 여기는 묵수적 사고를 대표하는 다수의 지식인을 상징한다.

그러나 저자는 그런 사유에 저항한다. 양수진의 학문은 암송과 완미를 통해 얻어지는 깊은 통찰력과 그로부터 다시 제기되는 의문에 핵심이 있다. 그는 이런 통찰력과 의문을 통해 새로운 의리를 발명했다. 그러나 그것은 세상 사람들이 받아들이기 어렵다. 그래서 상자 속에서 잠

---

144) 朱彛尊,『經義考』권158,「禮記21-大學」, ‘楊氏-大學私抄’. “蒙少受大學 輒倂其章句 誦而味之 佐以或問 參以諸說 已自謂通矣 及誦之久 味之詳 乃反有疑焉 其後誦益久 味益詳 疑亦從而益繁 積數十載 雖與天下友 反覆講之 疑終不釋也 今家居無事 日誦味之而疑如故 乃取所疑經傳 易而置之 各錄章句於其下 而章句有與今易置之文義不合者 亦僭用己說 以蒙謂別之 而其所以易置之故 則詳具於各章之末 旣而 誦且味之 怡然理順 乃淨抄成帙 閟之篋中 不敢以示人 一日客或翻篋見之 閱未半 輒喜笑 且怒罵曰 吾不意子之叛儒先而紊聖經 至此也 夫大學者 孔子之經 曾子之傳 而朱子之章句或問 後學惟誦習之 莫敢違也 何乃僭易而妄解之 盍焚之 毋貽是書累也 愚應之曰 非敢爾也 王魯齋曰 天下所不易者 理也 二程不以漢儒不疑而不敢更定 朱子不以二程已定而不敢復改 亦各求其義之至善 而全其心之所安 非强爲異而苟爲同也 今蒙所抄 縱未得乎義之至善 亦足全吾心之所安 若其謬說 只自謬耳 是書豈被其累 譬如蜀之八陣石 一時或亂之 而千載如故也 虞之五瑞玉 一臣或失之 而萬國自如也 子安庸怒哉 客頳頩而去 余甚憨且悔 然業已抄之 不忍毁也 用識之篇末”

들어 훗날을 기다리고 있었던 것이다.

위의 서문을 통해 우리는 양수진의 경학관이 어떠한지를 짐작할 수 있다. 이런 경학관은 명대 전반의 方孝孺·蔡淸 등에게서 나타나는 '주희의 설과 다르더라도 도에 어긋나지 않으면 주희가 취할 것이다'라는 도, 즉 의리 발명에 학문의 중점을 두는 사유이다.

양수진이『대학장구』를 개정한 구체적인 내용은 확인할 길이 없다. 다만 何喬新(1423-1502)이 지은「楊文懿公墓志銘」에 "문의공 양수진은 여러 경전을 校定하였는데, '『대학』의 本末章은 바로 治國平天下傳이다.'라고 하였다. 이는 빼어난 그의 독창적 견해인데, 선유들의 의논이 이에 미친 적이 없다."145)고 하였다. 이를 보면, 주희가 전 제4장으로 분장하고 본말을 해석한 것으로 본 청송장을 그는 치국평천하장으로 옮긴 것을 알 수 있다. 그러나 정확하게 청송장을 치국평천하장 어느 곳으로 옮겼는지는 알 수 없다. 북송 시대 程顥도 청송장을 치국평천하장으로 옮겼는데, 그의 영향을 받은 것인지도 분명치 않다.

양수진은 단순히 청송장을 치국평천하장으로 옮기는 데서 그친 것은 아닌 듯하다. 아마도 치국평천하장의 편차를 바꾸고 단락을 나누어 요지를 파악한 듯한데, 역시 구체적인 내용을 알 수가 없어 유감이다.

程敏政(1445-1499)의 자는 克勤이며, 徽州 休寧 사람이다. 1466년 진사가 되어 한림원 편수에 제수되었으며, 벼슬이 禮部右侍郎에 이르렀다. 저술로『大學重訂本』·『心經附註』·『明文衡』·『篁墩集』등이 있다.

주이존의『경의고』에는 정민정이『大學重定本』1권을 지었는데 남아 있다고 하였다. 이 책의 제목만 보아도 그가『대학』의 편차를 다시 개정한 사실을 짐작케 한다.『경의고』에는 정민정의 발문이 인용되어 있는데, 그 내용은 다음과 같다.

---

145) "楊文懿公守陳 校定群經 謂大學本末一章 乃治國平天下之傳 超然獨見 先儒議論 未
　　嘗及是也"(李紀祥,『兩宋以來大學改本之研究』182면에서 재인용)

『대학장구』는 주자가 개정한 것이다. 그는 또한 격물치지전을 만들어 없어진 것을 보충해 넣음으로써 후학들에게 큰 은혜를 끼쳤다. 주자가 돌아가신 뒤, 矩堂 董槐가 처음으로 '격물치지전은 없어진 것이 아니라 經·傳 속에 뒤섞여 있는데 바로잡지 못했을 뿐이다'라고 하였다. 玉峯 車若水, 慈谿 黃震, 魯齋 王柏, 山陰 景星, 崇仁 王巽卿 및 本朝 浦江 鄭廉, 天台 方希古 등도 모두『대학장구』의 편차를 개정하는 것에 관한 논설이 있는데 대동소이하다. 전 제10장에 대해서도 程子가 개정한 것을 따르되 다시 조금 바꾼 설이 있다. 나는 일찍이 제가의 설을 합해 定本을 만들고자 하였으나 아직 그렇게 하지 못하고 있었다. 그러다 한가한 날 여러 설을 묵묵히 기록하고 상호 참고하여 손수 위와 같이 기록해 놓았다.[146]

이를 보면, 정민정은 남송 이래『대학장구』의 편차를 개정해 격물치지전으로 삼은 여러 설을 참고해 나름대로 자신의 견해를 피력하고, 또 전 제10장의 편차에 대해서도 二程 이래의 개정설을 참고해 자신의 견해를 덧붙인 것을 알 수 있다. 그러나 이 책은 지금 볼 수가 없기 때문에 그 구체적인 내용은 확인할 수 없다.

주희의『대학장구』전 제10장(치국평천하장)의 편차를 개정하여 논리 구조를 새롭게 구성한 설은 후대에 큰 발전을 이룩하지 못하였다. 그것은 이런 설이 대두되었지만, 양명학을 추종하는 학자들은『고본대학』을 저본으로『대학장구』와는 근본적으로 다른 해석을 시도하였고, 또 豊坊의『僞石經大學』이 나타남으로써 주희의『대학장구』는 상대적으로 위축되어 세인의 관심을 받지 못하였기 때문이다.

---

146) 朱彛尊,『經義考』권158,「禮記21-大學」, '程氏-大學重定本'. "敏政跋曰 大學章句 朱子所訂 且爲格致傳 補亡 有大惠於後學 朱子旣沒 矩堂董氏槐 始謂格致傳未亡 乃雜 於經傳中 未及正耳 玉峯車氏若水 慈谿黃氏震 魯齋王氏柏 山陰景氏星 崇仁王氏巽卿 及國朝浦江鄭氏濂 天台方氏希古 皆有論說 大同小異 而於第十章 亦有從程子所訂而 少變之者 走嘗欲合諸家 著爲定本 而未能也 暇日默記衆說 參互考之 手自錄出 如右"

（4） 淸代 張履祥·張伯行의『대학장구』개정과 그 특징

청대는 명말의 문란한 학계에 대한 반성을 통해 고증학이 등장하여 새로운 학풍을 이룩하였다. 이런 분위기 속에서도 주자학은 그전만 못하였지만 그 명맥을 여전히 유지하고 있었다. 청초에 주희의『대학장구』를 개정하여 새로운 설을 제시한 사람으로는 張履祥(1611-1674)과 張伯行(1651-1700)이 있다. 장이상은『대학장구』치국평천하장의 편차를 개정하였으며, 장백행은 1)'詩云 邦畿' 이하를 청송장 앞으로 옮기고 2)치국평천하장의 편차를 개정하였다. 여기서는 이 두사람의 설을 중심으로 살펴보고자 한다.

張履祥의 자는 考夫이며, 桐鄕 사람이다. 劉宗周의 문하에서 수학하였으며, 청초의 저명한 주자학자로서『淸史』와『淸儒學案』에 수록되어 있다. 그의『대학장구』개정에 관한 저술로는『初學備忘錄』이 있는데, 이 글은 翟灝의『四書考異』에 수록되어 있다.

앞에서 살펴보았듯이, 주희는 程頤가 치국평천하장의 편차를 개정하였음에도 이를 따르지 않고『고본대학』의 편차를 그대로 따라 해석하였다. 그런데 장이상은 치국평천하장을 아래와 같이 개편하였다.

傳10-01 ： 傳10-01 所謂平天下在治其國者 …… 是以 君子有絜矩之道也
傳10-02 ： 傳10-02 所惡於上 毋以使下 …… 此之謂絜矩之道也
傳10-03 ： 傳10-03 詩云 樂只君子 民之父母 …… 此之謂民之父母
傳10-04 ： 傳10-04 詩云 節彼南山 …… 辟則爲天下僇矣
傳10-05 ： 傳10-05 詩云 殷之未喪師 …… 失衆則失國
傳10-06 ： 傳10-06 是故 君子先愼乎德 …… 有財此有用
傳10-07 ： 傳10-07 德者 本也 財者 末也
傳10-08 ： 傳10-08 外本內末 爭民施奪
傳10-09 ： 傳10-09 是故 財聚則民散 財散則民聚
傳10-10 ： 傳10-10 是故 言悖而出者 亦悖而入 貨悖而入者 亦悖而出

傳10-11 : **傳10-19 生財有大道 …… 則財恒足矣**
傳10-12 : **傳10-20 仁者以財發身 不仁者以身發財**
傳10-13 : **傳10-21 未有上好仁 …… 非其財者也**
傳10-14 : **傳10-22 孟獻子曰 畜馬乘 …… 此謂國不以利爲利 以義爲利也**
傳10-15 : **傳10-23 長國家而務財用者 …… 此謂國不以利爲利 以義爲利也**
傳10-16 : 傳10-11 康誥曰 惟命 不于常 道善則得之 不善則失之矣
傳10-17 : 傳10-12 楚書曰 楚國 無以爲寶 惟善 以爲寶
傳10-18 : 傳10-13 舅犯曰 亡人 無以爲寶 仁親 以爲寶
傳10-19 : 傳10-14 秦誓曰 若有一个臣 …… 亦曰殆哉
傳10-20 : 傳10-15 唯仁人 放流之 …… 爲能愛人 能惡人
傳10-21 : 傳10-16 見賢而不能擧 …… 過也
傳10-22 : 傳10-17 好人之所惡 惡人之所好 是謂拂人之性 菑必逮夫身
傳10-23 : 傳10-18 是故 君子有大道 必忠信以得之 驕泰以失之[147]
〈釋治國平天下〉

장이상은 이와 같이 편차를 개편하고 나서, 이 장에 3번 나오는 '得失'로써 단락이 나누어진다고 하였다. 그가 개정한 편차에 따라 '得失'이 나오는 節로써 단락을 나누면, 제1절~제5절이 제1단락, 제6절~제16절이 제2단락, 제17절~제23절이 제3단락이 된다. 이런 단락에 따라 요지를 파악해 보면, 제1단락은 絜矩, 제2단락은 財用, 제3단락은 用人에 해당한다. 이러한 장이상의 설은 전대에 찾아보기 드문 그만의 독특한 설이다. 따라서 새로운 의리 발명이라 하겠다.

張伯行의 자는 孝行, 호는 敬庵이며, 하남성 儀封 사람이다. 1685년 진사가 되어 禮部尚書 등을 지냈다. 정주학을 종주로 하면서 육왕학을 배척하였다. 저술로 『濂洛關閩書集解』·『近思錄集解』·『續近思錄』·

---

147) 張履祥,『初學備忘錄』. "平天下傳若移'生財有大道' 至'以義爲利也' 一百七十六字於 '康誥曰惟命不于常'之上 而以'驕泰以失之' 終焉 條理既明 三言得失 更自截然"(李紀祥,『兩宋以來大學改本之研究』232면에서 재인용)

『困學錄』·『正誼堂文集』 등이 있다.

　그는 만년에 『대학장구』를 개정했는데, 완성하지 못하여 문집에 수록되지 못하였다. 杭世駿의 「張淸恪公傳」과 費元衡의 「張淸恪公行狀」에 그 사실이 보이는데, 『淸儒學案』에 附錄된 「장청각공행장」에 다음과 같이 기록되어 있다.

> 만년에 『대학』을 상고해 개정하였는데 伊川의 改本에 의거하여 '生財有大道' 이하 5절을 '亦悖而出' 아래로 옮기고, '詩云 邦畿千里' 이하 3절을 『고본대학』에 따라 본래의 위치로 되돌려 청송장 앞으로 옮겼다. 그리고 주자의 「大學章句序」과 대조해 '右 經一章' 이하 大註를 개정하였다.[148]

　여기서 '程頤의 개본에 의거하였다'는 말은 『대학장구』 전 제10장의 편차를 개정할 적에 程頤의 개본에 의거하였다는 말이다. 곧 『대학』 전체를 정이의 개본에 의거해 개편하였다는 말이 아니다. 그것은 주희가 전 제10장은 정이의 개본에 의거하지 않고, 『고본대학』을 그대로 따라 편차를 개정한 것이 없기 때문이다. 장백행의 설에 따라 전 제10장의 편차를 정리하면 다음과 같다.

傳10-01 : 傳10-01 所謂平天下在治其國者 …… 是以 君子有絜矩之道也

傳10-02 : 傳10-02 所惡於上 毋以使下 …… 此之謂絜矩之道也

傳10-03 : 傳10-03 詩云 樂只君子 民之父母 …… 此之謂民之父母

傳10-04 : 傳10-04 詩云 節彼南山 …… 辟則爲天下僇矣

傳10-05 : 傳10-05 詩云 殷之未喪師 …… 失衆則失國

傳10-06 : 傳10-06 是故 君子先愼乎德 …… 有財此有用

傳10-07 : 傳10-07 德者 本也 財者 末也

---

148) 徐世昌 主纂, 『淸儒學案』 권12, 「敬庵學案-張先生伯行」. "晚年詳訂大學 依伊川改本 移'生財有大道'五節於'亦悖而出'之下 依古本復'邦畿千里'三節於聽訟之前 照朱子序文 改正右經一章大註"

傳10-08 : 傳10-08 外本內末 爭民施奪

傳10-09 : 傳10-09 是故 財聚則民散 財散則民聚

傳10-10 : 傳10-10 是故 言悖而出者 亦悖而入 貨悖而入者 亦悖而出

傳10-11 : 傳10-19 生財有大道 …… 則財恒足矣

傳10-12 : 傳10-20 仁者以財發身 不仁者以身發財

傳10-13 : 傳10-21 未有上好仁 …… 非其財者也

傳10-14 : 傳10-22 孟獻子曰 畜馬乘 …… 此謂國不以利爲利 以義爲利也

傳10-15 : 傳10-23 長國家而務財用者 …… 此謂國不以利爲利 以義爲利也

傳10-16 : 傳10-11 康誥曰 惟命 不于常 道善則得之 不善則失之矣

傳10-17 : 傳10-12 楚書曰 楚國 無以爲寶 惟善 以爲寶

傳10-18 : 傳10-13 舅犯曰 亡人 無以爲寶 仁親 以爲寶

傳10-19 : 傳10-14 秦誓曰 若有一个臣 …… 亦曰殆哉

傳10-20 : 傳10-15 唯仁人 放流之 …… 爲能愛人 能惡人

傳10-21 : 傳10-16 見賢而不能舉 …… 過也

傳10-22 : 傳10-17 好人之所惡 惡人之所好 是謂拂人之性 菑必逮夫身

傳10-23 : 傳10-18 是故 君子有大道 必忠信以得之 驕泰以失之[149]

　　　　〈釋治國平天下〉

이러한 설은 앞에서 살펴본 張履祥이 개편한 것과 동일하다. 다만 장이상의 설처럼 3번 나오는 '得失'을 기준으로 단락을 나누었다는 언급이 보이지 않을 뿐이다.

위 인용문 말미에 장백행은 '주자의 「대학장구서」을 참조하여 經一章의 大註를 개정하였다'고 하였다. 주희의『대학장구』경일장의 章下註에는 "右 經一章 蓋孔子之言 而曾子述之 其傳十章 則曾子之意 而門人記之也 舊本頗有錯簡 今因程子所定 而更考經文 別爲序次如左"라고 하였는데, 이와 관련이 있는 「대학장구서」의 문구는 "顧其爲書 猶頗放失

---

149) 張履祥,『初學備忘錄』. "平天下傳若移'生財有大道' 至'以義爲利也' 一百七十六字於 '康誥曰惟命不于常'之上 而以'驕泰以失之' 終焉 條理旣明 三言得失 更自截然"(李紀祥,『兩宋以來大學改本之研究』232면에서 재인용)

是以忘其固陋 采而輯之 間亦竊附己意 補其闕略 以俟後之君子"로 보인
다. 장백행은『대학장구』경일장의 大註를 개정하였다고 하였는데, 아
마도 '舊本頗有錯簡 今因程子所定' 이하의 문구를 개정한 것인 듯하다.

　장백행은 墨守主義를 止揚하고 의리 발명을 위주로 한 학자로 여겨지
는데, 아래 인용문은 이런 그의 사유를 잘 보여주고 있다.

> 　二程 夫子는 朱子가 가장 존신한 인물이다. 그런데 이정 부자가 四書를 주해
> 한 것을 주자가 改正한 것이 반도 넘는다. 대체로 전인의 설에 온당치 못한 점
> 이 있을 경우, 그것을 개정하는 것은 해롭지 않으며, 전인의 설에 분명히 못한
> 점이 있을 경우, 그것을 드러내 명쾌하게 말하는 것은 해롭지 않다. 이는 전인
> 이 발명하지 못한 것을 발명하는 것이기 때문에 전인도 반드시 나의 설을 듣게
> 되면 마음이 유쾌할 것이다. …… 주자가 정자의 설을 고친 것을 두고 그르다고
> 여기는 의논이 있지 않은 것은, 대개 理는 오직 하나를 구하기 때문이며, 道理
> 는 천하의 公共이기 때문이다. 배워 강론한 뒤 주자의 글을 밝히다 보면 그 중
> 에 혹 未定의 논의와 문인들이 잘못 기록하여 와전된 것이 있다. 후학들이 강
> 론한 바에 혹 주자가 언급하지 않은 것이나 주자가 갖추어 놓지 못한 것을 보
> 완함이 있으면, 이른바 주자가 발명하지 못한 것을 발명하는 것이다. 주자도
> 반드시 나의 이런 말에 대해 마음이 유쾌할 것이다. 그러니 무슨 혐의가 있겠
> 는가?[150]

　이런 그의 논설을 보면, 장백행은 정주학을 종주로 하되, 그 틀에 갇
히지 않고 부단히 그 설을 발전시켜 나가야 한다는 의리 발명을 위주로
하는 진취적 경학관을 가지고 있음을 알 수 있다. 그는 이와 같은 관점

---

150) 上同. "二程夫子 最爲朱子所尊信 而二程夫子所解四書 朱子所改正者 不啻太半 大
凡前人之說 有未妥者 不妨從而改正之 前人之說有未明者 不妨暢快言之 此爲發前人
之所未發 前人當必得我而快意焉 ……並未有議朱子改程子之說以爲非者 蓋理惟求其
一 是道理者 天下晚歲之所公共也 學以講而後明朱子之書 其中或有未定之論 及門人
從旁竊記之訛 後之學者 其所講論 或有補於朱子之所未及朱子之所未備 卽所謂發朱子
之所未發 而朱子亦必快意於我之有斯言 又何嫌乎"

으로 『대학장구』 전 제10장의 편차를 개정한 것이다.

4) 기타 『대학장구』 改定說 −李材・胡渭의 설−

명대 중반까지 宗正의 자리에 군림하던 주자학은 양명학이 등장한 뒤 그 위세가 한층 꺾였다. 명말에 이르면 『대학장구』를 저본으로 해석하는 주자학자들이 여전히 있기는 하였지만, 『고본대학』을 저본으로 해석하거나 『위석경대학』을 추종하는 각양의 설이 제기되어 『대학』 해석은 그야말로 혼란의 와중으로 빠져들었다.

이런 가운데서 주희의 『대학장구』를 종주로 하는 학자들 중에는 다른 설을 일부 수용하면서 자신의 새로운 견해를 제시하는 사람도 있었다. 그런 성향을 가진 경학가 중 한 사람이 李材(?-?)이다. 그의 자는 孟誠, 호는 見羅이며, 강서성 豊城 사람이다. 1561년 진사가 되어 雲南按察使 등을 지냈다. 東廓 鄒守益(1491-1562)에게 致良知說을 배웠는데, 이를 발전시켜 止修說을 주장하였다.

그의 학문은 知止와 修身으로 종주를 삼았는데, 黃宗羲의 『明儒學案』 중 「止修學案」에는 "기실 선생의 학문은 止로 存養을 삼고 修로 省察을 삼은 것으로, 하나의 명목을 바꾼 데 불과할 뿐 宋儒의 大段과 다름이 없다."[151]고 하였다. 이를 보면 그의 학문적 기반은 정주학에 있음을 알 수 있다. 이재의 저술로는 『大學約言』・『道性善編』・『知本同參』 등이 있다.

朱彝尊의 『경의고』에는 李材의 저술로 『大學約言』 3권이 있는데, 그 중에 1권은 차서를 고찰한 것이라고 하였으며, 그 전모를 확인할 수 없다고 하였다. 그런데 劉斯原의 『大學古今本通考』 권10에는 「李見羅先生大學古義」이 실려 있어 그의 개정설을 알 수 있다. 이를 정리하면 다

---

151) 黃宗羲, 『明儒學案』, 「止修學案」. "其實先生之學 以止爲存養 修爲省察 不過換一名目 與宋儒大段無異"

음과 같다. 앞의 숫자는 이재가 개정한 편차이고, 뒤의 숫자는 주희의
『대학장구』의 차서이다.

經-01 : 經-01 大學之道 …… 在止於至善
經-02 : 經-02 知止而后有定 …… 慮而后能得
經-03 : 經-03 物有本末 …… 則近道矣
經-04 : 經-04 古之欲明明德於天下者 …… 致知在格物
經-05 : 經-05 物格而后知至 …… 國治而后天下平
經-06 : 經-06 自天子以至於庶人 …… 壹是皆以修身爲本
經-07 : 經-07 其本亂而末治者 …… 未之有也
經-08 : 傳5-01 此謂知本　此謂知之至也
　〈右 經一章 從陽明古本〉
傳1-01 : 傳1-01 康誥曰 克明德
傳1-02 : 傳1-02 太甲曰 顧諟天之明命
傳1-03 : 傳1-03 帝典曰 克明峻德
傳1-04 : 傳1-04 皆自明也
　〈右傳從晦庵今本, 釋明明德〉
傳2-01 : 傳2-01 湯之盤銘曰 苟日新 日日新 又日新
傳2-02 : 傳2-02 康誥曰 作新民
傳2-03 : 傳2-03 詩曰 周雖舊邦 其命維新
傳2-04 : 傳2-04 是故 君子無所不用其極
　〈右傳從晦庵今本, 釋新民〉
傳3-01 : 傳3-01 詩云 邦畿千里 惟民所止
傳3-01 : 傳3-02 詩云 緡蠻黃鳥 …… 可以人而不如鳥乎
傳3-01 : 傳3-03 詩云 穆穆文王 …… 止於信
傳3-01 : 傳4-01 子曰 聽訟 吾猶人也 …… 大畏民志　此謂知本
傳3-01 : 傳3-04 詩云 瞻彼淇澳 …… 民之不能忘也
傳3-01 : 傳3-05 詩云 於戲 前王不忘 …… 此以沒世不忘也
　〈右傳從晦庵今本 惟以聽訟一條 從古本 仍置止於信之下, 釋止於至善〉

　誠意章 이하는 주희의『대학장구』가『고본대학』의 차서를 그대로 따랐기 때문에 李材도『대학장구』의 차례를 따라 해석한 것을 알 수 있다. 이재가 위와 같이 개편한 편차를 보면 대부분『대학장구』의 차서를 따르고, 일부분만『고본대학』을 따른 것을 알 수 있다. 따라서 그 역시『대학장구』를 저본으로 개정한 것이라고 하겠다.

　우선 진하게 표기한 부분에서 알 수 있듯이, 그의 개정설은 크게 두 가지로 나눌 수 있다. 하나는 주희가 '격물치지전'의 결어로 본 '此謂知本 此謂知之至也'를『고본대학』의 차서를 따라 경문 마지막 절에 그대로 두었다는 것이다. 그리고 또 하나는 聽訟章을 止於至善傳에 포함시키되, '詩云 穆穆文王' 1절 다음에 두어 止於至善을 해석한 三引詩의 결어로 보았다. 그렇게 함으로써 그 뒤에 나오는 '詩云' 2절이 앞의 三引詩와 구별되는 효과를 갖게 하였다.『대학장구』에 '詩云 瞻彼淇澳' 이하 2절이 지어지선전에 포함되어 있으나, 주희의 해석을 보면「淇澳」을 인용한 1절은 明明德이 止於至善에 이른 것을,「烈文」을 인용한 1절은 新民이 止於至善에 이른 것을 말한 것으로 해석하였다.[152] 그렇다면 이재의 설은 이런 주희의 해석을 보다 명료하게 한 의미가 있다.

　이러한 이재의 편차 개정 및 해석은『대학장구』를 저본으로 하되『고본대학』을 일부 참조한 것으로 판단된다. 그는 격물치지전은 본래 없었다는 관점으로 다음과 같이 말하였다.

　　致知格物은 공자가 經文에서 말씀했지만, 증자는 傳文에서 해석하지 않았으니 이는 缺失이 아니다. 대개 物에 나아가 말하면 허허실실에 그 物이 있다. 家·國·天下·身·心·意·知 외에 별도로 物이 없다. 知에 나아가 말하면 허허실실에 그 知가 있다. 格·致·誠·正·修·齊·治·平 외에는 별도의 知가 없

---

152) 朱熹,『大學章句』傳 第3章 章句. "引詩而釋之 以明明明德者之止於至善", "此言前王所以新民者 止於至善"

다. 그러므로 성의·정심·수신·제가·치국·평천하에만 傳을 하여도 격물치
지는 그 속에 들어 있게 된다. 격물치지전을 공허하게 말하면 그 뜻을 얻지 못
한다. 晦庵先生이 격물치지전올 보충했지만, 그것에 대한 시비는 논의하지 않
겠다. 다만 보망장에 '卽凡天下之物'이라고 한 것에 대해서는 할 말이 있다.
身·心·意·知·家·國·天下를 버리고서 달리 다시 무슨 物이 있는지 모르겠
다. 그러므로 격물치지는 전문이 없다고 하는 것이다. 증자가 전을 내지 않았
으니, 缺失된 것이 아니다. 이 부분은 지금 舊本을 따른다.[153]

격물치지전이 본래 없었다는 점을 강조하고 있는 것이 李材의『대학』
해석의 주요 특징이다. 이러한 그의 견해는『고본대학』에 闕文이 없다
고 하는 관점을 견지하면서 수백 년 동안 논란이 되어 온 격물치지전에
대한 논쟁에 있어서 새로운 견해를 제시한 것으로 평가된다.

이러한 李材의 개정설에 대해 顧憲成(1550-1612)은「小心齋箚記」에서
다음과 같이 논평하였다.

　　　이견라 선생은『대학』을 표장하면서 특별히 知止와 知本 두 말을 드러냈으
　　니, 공자·맹자의 온축한 뜻을 훤히 꿰뚫었다고 하겠다.[154]

이런 고헌성의 평을 보면, 이재는『대학』을 해석하면서 격물치지보다
는 修身에 중점을 두어 知止와 知本을 강조했음을 알 수 있다.

명대 후반 이후의 학자들은 주희의『대학장구』보다는『고본대학』이

---

153) 劉斯原,『大學古今本通考』권10,「李見羅先生大學古義」. "致知格物 孔爲之經 曾不
　　傳者 非缺也 盖就物而言 實實落落 有箇物 除却家國天下身心意知 無別有物也 就知而
　　言 實實落落 有箇知 除却格致誠正修齊治平 無別有知也 故傳誠正傳修齊傳治平 而格
　　致卽在其中也 懸空傳格致 不得也 晦庵先生補之矣 其是其非 未論也 只所云'卽凡天下
　　之物'者 不知舍身心意知家國天下 他復何物乎 故格致 無傳也 曾不爲傳 非缺也 今仍
　　其舊"
154) 顧憲成,「小心齋箚記」. "李見羅先生表彰大學 特揭出知止知本兩言 可謂洞徹孔孟之
　　蘊"(李紀祥,『兩宋以來大學改本之研究』189면에서 재인용)

나『위석경대학』을 저본으로 자신의 설을 세우는 경우가 더 많았다. 그러나 본고는 주희의『대학장구』를 개정한 설에 초점을 두기 때문에 그에 관한 다양한 설은 논의에서 제외한다.

청대 학자들 가운데『대학장구』의 격물치지전을 개정한 사람으로는 앞에서 살펴본 바와 같이 邱嘉穗·范爾梅·李錫書 등이 있고, 치국평천하장의 편차를 개편한 학자로는 張履祥·張伯行 등이 있다. 이들 외에도 주희의『대학장구』를 일부 개정한 학자들이 더 있는데, 그 대표적 인물이 胡渭(1633-1714)이다.

호위의 자는 朏明, 호는 東樵이며, 절강성 德清 사람이다. 젊어서 태학에 들어가 공부하였으나 과거를 단념하고 학문에 전념하였다. 경학 연구에 진력하였는데, 특히 지리 고증에 정밀하였다. 閻若璩·顧祖禹·黃儀 등과 함께 徐乾學을 도와『大清一統志』를 편수하였다. 저술로『禹貢錐指』·『易道明辨』·『洪範正論』·『大學翼眞』·『周易揲方』 등이 있다.

호위는『대학장구』를 저본으로 하여, 경문의 일부를 개정하고 격물치지전을 삭제하여 전문을 經一章·傳八章 체제로 바꾸었다. 그가 이렇게 편차를 개편한 데에는 기본적으로『대학』에는 錯簡과 譌字는 있지만 闕文은 없다는 관점이 전제되어 있다. 그의『대학익진』권3 말미에「大學有錯簡譌字而無闕文」이라는 글이 있는데, 그 중에 아래와 같은 언급은 그의『대학』해석의 관점을 잘 보여준다.

瞿氏(汝稷)는 "格物傳은 止於至善傳 안에 들어 있으니 죽간이 없어진 것이 아니다."라고 하였다. 이 설은 참으로 천추에 빼어난 식견으로 탁월하여 없앨 수 없는데, 그 설을 표장하는 자가 아직 없다. 나는 다만 이를 위해 그 설을 드러낼 뿐이다. 살펴보건대 經文 제2절은 止於至善의 得力處를 말했는데 온전한 것이 知止에 있다. 제5절은 知止의 이유와 得止의 차서를 거듭 말한 것이다. 주자의 章句를 보면 "物格知至는 그칠 바를 아는 것이고, 意誠 이하는 모두 그칠 바의 차서를 얻는 것이다."라고 하였으니, 이 절(제5절)은 바로 知止節

(제2절)과 상호 발명한 것이지, 八條目을 順推하여 뒤로 미루어 나간 바의 효험이 아님을 알 수 있다. 知止를 버리면 지어지선을 얻을 방법이 없고, 格物을 버리면 致知힐 빙법이 없고, 物格知至를 버리면 知止를 행할 바가 없다. 傳을 낸 사람이 고의로 格物傳을 생략해 止於至善 속에 붙인 것이 아니라, 바로 格物致知는 止於至善과 통합해 한 가지 일이 되기 때문에 그것을 나누려 해도 나눌 수 없었기 때문이다.[155)]

호위는 瞿汝稷(1548-1610)의 '격물치지전은 없어진 것이 아니라 지어지선전에 들어 있다'는 설을 보고서 크게 느낀 점이 있었던 듯하다. 구여직의 자는 元立, 호는 洞觀이며, 蘇州 常熟 사람이다. 음직으로 출사하여 太僕少卿에 이르렀다. 저술로 『石經大學質疑』·『兵略纂要』 등이 있다. 朱彝尊의 『經義考』에는 이름이 瞿稷으로 되어 있다.

위 인용문을 보면, 호위가 『대학장구』의 편차를 개정하여 자신의 설을 정립하는 데는 구여직의 설에 계발된 바가 적지 않았던 듯하다. 그런데 호위는 위 인용문을 이어 아래와 같이 말하고 있다.

그러나 그의 설에는 오히려 의심할 만한 점이 있다. '此謂知本 此謂知之至也'는 분명 격치전 속의 말과 연계되니, 經文의 끝에 두어도 부당하고, 청송장 뒤에 두어도 부당하다. 이 2구를 어디에 두어야 할까? 이 또한 瞿氏가 상고하지 않은 바이다. 나는 이에 대해 의심한 지 오래되었다. 경진년(1700) 수도에서 나그네 생활을 할 때, 廣德의 夏雨蒼 군과 같이 유숙하며 강습했다. 그런 여가에 하군은 자신이 지은 『朱註發明』을 꺼내 내게 보여주었다. 내가 그 책을 받

---

155) 胡渭, 『大學翼眞』 권3, 「大學有錯簡譌字而無闕文」. "瞿氏爲格物之傳 寓止至善傳中 而非逸簡 此眞千秋絶識 卓然不磨 而未有表章其說者 愚特爲敷暢言之 按經文第二節言止至善得力處 全在知止 第五節是申言知止之由與得止之序 觀章句云 物格知至則知所止矣 意誠以下 則皆得所止之序也 可見此節正與知止節相發明 非順推八條目所後之效驗也 舍知止 無由得止於至善 舍格物 無由致知 舍物格知至 無所爲知止 非傳者故欲省格物之傳 而寓諸止至善中 正以格物致知與止至善 通爲一事 雖欲分之而不可得也"

아 읽어보니, 세밀하게 조리를 분석한 것이 적중하면서도 법도가 있었다. 그래
서 구씨의 설을 가지고 하군에게 질문을 했더니, 하군도 그렇게 생각하였다.
또 '知本'·'知至' 2구를 어디에 두어야 할지를 물었더니, 하군은 한동안 생각
하다가 말하기를 "與國人交 止於信' 아래에 두어야 한다."고 답하였다. 나는
순간 느낌이 있어 책상을 치며 탄식하기를 '천년 동안 깜깜하던 방안이 하군의
한 마디 말에 의해 밝혀지게 되었다'고 하였다. 이윽고 생각해 보니, '知本'과
'知至'는 전혀 상관이 없었다. '知本'은 '知止'의 오자로 보아야 한다. '知本'을
'知止'로 보고 이 2구를 '止於信' 아래로 옮기면 錯簡이 바르게 되고, 문장의
뜻도 순조롭게 될 것이다. 이로써 '君子無所不用其極'은 곧 제1절의 '在止於至
善'을 대략 해석한 것이고, '邦畿千里' 이하 1장은 다시 그것을 상세하게 해석
한 것임을 알게 되었다. 이 장 앞 3절은 경문 제2절을 해석한 것이므로 공자가
『시경』의 시를 해석한 말을 인용하여 '知止' 2자를 끄집어내 '緝熙'로 '知止'를
삼고 '敬止'로 '能得'을 삼고서 仁·敬·孝·慈·信으로 그칠 바의 실상을 차례
로 진술한 뒤, '此謂知止 此謂知之至也'로 결론을 맺은 것이다. 이렇게 보면
위 문장의 '그칠 바를 아는 것'과 긴밀히 서로 조응되고 격물치지의 뜻도 그
속에 들어 있게 된다. 이 지어지선전 뒤의 2절은 경문 제5절을 해석한 것이므
로「淇澳」을 인용해 그 점을 해석하면서 '至善' 2자를 끄집어낸 것이다. 學·
修·恂慄·威儀·民不能忘은 명명덕이 지어지선한 것을 말하며, 賢·親·樂·
利는 신민이 지어지선한 것을 말한 것이다. 그러니 '君子無所不用其極'과 멀리
서로 조응이 되면서 知止의 연유와 得止의 차서도 모두 그 속에 들어 있다.[156]

---

156) 上同. "然而猶有疑者 '此謂知本 此謂知之至也' 明係格致傳中語 不當在經文之末
亦不當在聽訟章後 二句作何安頓 斯又瞿氏之所未詳也 余蓄此疑 久矣 歲庚辰 客京師
與廣德夏君雨蒼 同舍講習之餘 夏君出所撰朱註發明 以示余 余受而讀之 擘肌分理 洞
中竅卻 因以前說質之夏君 夏君以爲然 又問知本知至二句 當作何安頓 夏君沈吟良久
曰 此當在與'國人交止於信'之下 余聞之遽然而覺 拍案叫絶 以千年暗室 賴夏君一言
爲之炳燭也 旣而思之 知本與知至 絶無干涉 知本當爲知止之譌 若讀知本曰知止 而移
置此二句 在止於信之下 則錯簡正而文義亦順 以是 始知'君子無所不用其極' 乃略釋在
止於至善句 而邦畿一章 復詳釋之 前三節 釋經第二節 故借夫子說詩之言 點出知止二
字 而以緝熙爲知止 敬止爲能得 仁敬孝慈信 歷陳所止之實 而結之以'此謂知止 此謂
知之至也' 與上文'知其所止' 緊相照應 而格物致知之義 亦在其中矣 後二節 釋經第五
節 故引淇澳而釋之 點出至善二字 學修恂慄威儀民不能忘 言明明德之止於至善 賢親
樂利 言新民之止於至善 與君子無所不用其極 遙相照應 而知止之由與得止之序 亦皆

인용문 처음에 보이는 '此謂知本 此謂知之至也'를 경문의 끝에 둔다는 것은『고본대학』의 편차를 따르는 설이고, 청송장 뒤에 둔다는 것은『대학장국』의 편차를 개정해 격물치지전으로 삼으려 한 董槐 이후 개정론자들의 설을 가리킨다. 호위는 이와 같은 시각으로『대학장구』의 편차를 개정하여 經一章·傳八章 체제로 바꾸었는데,『대학장구』전 제1장과 전 제2장을 합해 1장으로 만들고, 전 제5장(격물치지전)을 없애기 때문에 전문은 모두 8장이 된 것이다. 이를『대학장구』와 비교해 정리하면 다음과 같다. 앞은 호위가 개편한 차서이고, 뒤는 주희의『대학장구』의 차서이다.

經-01 ： 經-01 大學之道 …… 在止於至善

經-02 ： 經-02 知止而后有定 …… 慮而后能得

經-03 ： 經-03 物有本末 …… 則近道矣

經-04 ： 經-04 古之欲明明德於天下者 …… 致知在格物

經-05 ： 經-05 物格而后知至 …… 國治而后天下平

經-06 ： 經-06 自天子以至於庶人 壹是皆以修身爲本

經-07 ： 經-07 其本亂而末治者 否矣 …… 未之有也

〈經一章 三綱領八條目〉

傳1-01 ： 傳1-01 康誥曰 克明德

傳1-02 ： 傳1-02 太甲曰 顧諟天之明命

傳1-03 ： 傳1-03 帝典曰 克明峻德

傳1-04 ： 傳1-04 皆自明也

傳1-05 ： 傳2-01 湯之盤銘曰 苟日新 日日新 又日新

傳1-06 ： 傳2-02 康誥曰 作新民

傳1-07 ： 傳2-03 詩曰 周雖舊邦 其命維新

傳1-08 ： 傳2-04 是故 君子無所不用其極

〈傳一章，釋經第一節〉

在其中矣"

傳2-01 ： 傳3-01 詩云 邦畿千里 惟民所止
傳2-02 ： 傳3-02 詩云 緡蠻黃鳥 …… 可以人而不如鳥乎
傳2-03 ： 傳3-03 詩云 穆穆文王 …… 止於信
傳2-04 ： 傳5-01 此謂知止　此謂知之至也
傳2-05 ： 傳3-04 詩云 瞻彼淇澳 …… 民之不能忘也
傳2-06 ： 傳3-05 詩云 於戲 前王不忘 …… 此以沒世不忘也
　〈傳二章, 釋經第二節第五節 －格物致知 并釋在此章－〉
傳3-01 ： 傳4-01 子曰 聽訟 吾猶人也 …… 大畏民志 此謂知本
　〈傳三章, 釋經第三節及第六節第七節〉

　호위는 성의장 이하는 경문 제4절 이하, 즉 팔조목을 해석한 것으로 보았는데, 이는 주희의 설을 개정하지 않고 그대로 따른 것이다. 이를 보면 그의 주된 관심사는 역시 격물치지전을 어떻게 파악할 것인가에 있었음을 알 수 있다. 그의 설의 특징은 다음과 같이 몇 가지로 정리할 수 있다.

　첫째,『대학장구』의 전 제1장 및 제2장을 합해 경문 제1절의 삼강령을 해석한 것으로 본 것이다. 앞의 인용문에 보이듯이, ‘是故 君子無所不用其極’을 ‘止於至善’을 간략히 해석한 것으로 파악하여, 전 제1장은 明明德·新民·止於至善을 해석한 것으로 보고 있다.

　둘째, 주희의『대학장구』이후 끊임없이 논란의 대상이 되었던 격물치지전에 대해, 애초 전을 만든 사람이 별도로 격물치지를 말하지 않고 지어지선 속에 붙여 두었다는 것이다. 따라서 호위는 주희의 보망장을 없앴을 뿐만 아니라, 동괴 등의 설처럼 다른 곳에 있는 구절을 옮겨 격물치지전으로 삼으려고도 하지 않았다.

　셋째, ‘此謂知止　此謂知之至也’를『대학장구』전 제3장 三引詩 뒤로 옮긴 뒤, ‘知本’을 ‘知止’로 바꾸어 격물치지의 뜻이 그 속에 들어 있게 하였다. 호위는『대학장구』전 제3장의 五引詩 가운데 앞의 三引詩 3절은 경문 제2절을 해석한 것으로, 뒤의 二引詩 2절은 경문 제5절을 해석한 것으로 보았다. 즉 앞의 3절은 知止에 관한 언급이고 뒤의 2절은 得止에 관한 언급으로, 앞의 인용문에 보이듯이 格物致知와 止於至善을 하나의 일로 합해서 말한 것으로 파악하였다.

넷째, '子曰 聽訟' 1절은 경문 제6절과 제7절을 해석한 것으로 보아 '本'에 중점을 두었다. 주희는 청송장을 本末을 해석한 것으로 보았는데, 경문 제2절의 '物有本末'과 연결시키지 않고 경문 제6절과 제7절의 '本' 자와 상호 조응이 되는 해석을 한 것이다.

이러한 호위의 편차 개정에 대해, 經文에 따라 傳文을 해석하지 않고 전문으로 경문을 해석했다는 비판이 있다.[157] 여기에 덧붙여 한 가지 아쉬운 점을 든다면, 전문의 맥락이 통일된 논리 구조를 갖지 못한다는 점이다. 호위가 개편한 편차에 따르면, 전 제1장에서는 삼강령을 말하고, 전 제2장에서는 지어지선과 격물치지를 말하고, 전 제3장에서는 本을 말하고, 전 제4장에서는 誠意를 말하고, 전 제5장에서는 正心修身을 말하고, 전 제6장에서는 修身諸家를 말하고, 전 제7장에서는 諸家治國을 말하고, 전 제8장에서는 治國平天下를 말했다고 파악하는 것이 된다. 그런데 이러한 해석은 논리 구조가 정제되지 못한 것을 한 눈에 알 수 있다. 다만 궐문이 없다고 가정할 때, 격물치지전을 어떻게 파악할 것인가에 대해 새로운 설을 제기했다는 점에서 그 의의를 인정할 수 있겠다.

5) 『大學章句』 改定說의 要旨와 經學史的 意義

주희의 『대학장구』가 나온 뒤, 편차를 일부 개정하여 보완하려 한 설은 크게 두 가지로 나눌 수 있다. 하나는 闕文은 없고 錯簡만 있다는 관

---

157) 李紀祥, 『兩宋以來大學改本之研究』 238면 참조.

점에서 주희의 補亡章을 인정하지 않고 격물치지에 해당하는 착간된 구절을 찾아 온전하게 편차를 개정하려는 것이며, 다른 하나는 주희가 程頤의 개정설을 따르지 않고『고본대학』을 그대로 따른 전 제10장(치국평천하장)의 편차를 개정하여 논리 구조를 정제하려 한 것이다.

전자는 주희의 재전 문인 董槐로부터 비롯되어 청대 초기까지 주자학파 내부에서 끊임없이 새로운 설이 제기되었다. 그 설은 대체로 삼단계의 발전과정을 거치면서 나타났다.

제1단계는 남송 말기부터 명대 전반기까지로 동괴·王柏 등으로부터 方孝孺에 이르는 시기이다. 이들의 설은 착간된 격물치지전을 찾아 격물치지전을 갖추어 놓는 것이었다. 구체적으로는 조금씩 다른 점이 있지만, 크게 보면 대체로 經文의 '知止而后有定' 이하 42자를 傳文으로 옮겨 聽訟章 앞에 두고 그 다음에 '此謂知本 此謂知之至也'를 배치해 격물치지전으로 삼는 것이다. 이들의 설은 격물치지전에 청송장을 합하기 때문에 전체적으로 보면 經一章·傳九章의 체제가 된다.

제2단계는 명대 중반기 蔡淸의 개정설이 등장한 이후부터 명말청초까지의 시기이다. 채청은 전인들이『대학장구』의 편차를 개정해 격물치지전으로 삼는 것을 바탕으로 하면서, 그들의 설을 재개정하여 앞 시기의 설과는 구별되는 설을 제기하였다. 즉 그의 설의 가장 큰 특징은 경문의 '物有本末' 1절과 '知止而后有定' 1절의 순서를 바꾸어 청송장 및 '此謂知本' 1절과 합해 격물치지전으로 본 것이다.

제3단계는 胡渭 등의 설에서 보이는 것처럼, 격물치지전은 傳文을 만든 사람이 애초 언급하지 않았다는 설이다. 그는 전문을 지은 사람이 격물치지를 지어지선에 포함시켜 말했다고 보았는데, 이는 격물치지에 대한 새로운 해석으로 평가된다.

후자의 치국평천하장에 대한 편차 개정설은 程頤의 설에 영향을 받은 것으로 추정되는데, 격물치지전에 대한 개정설 만큼 다양한 견해가 제기되지는 않았다. 다만 元代부터 이에 관한 설이 대두되어 명대·청대에도 가끔씩 개정설이 제기되었다. 그것은 전 제10장이 총 23절로 되어 있는데다 그 요지를 파악하기 어렵기 때문에 내용상 단락을 나누어 요지를 파악하기 위함이었다. 대체로 개정설의 요점은 絜矩 다음에 用人과 理財에 관한 언급이 뒤섞여 있어 이를 분명하게 구별하기 위한 것이었다.

　주희의『대학장구』일부를 개정하여 보완하려 한 이런 여러 설이 수백 년 동안 대두된 것은 경학사적으로 매우 의미 있는 일이다. 그것은 義理發明을 위주로 하는 宋學의 학문정신을 후학들이 끊임없이 상기하며 前人未發의 설을 발명하는 것을 학자의 사명으로 인식한 것이기 때문이다. 이는 墨守主義가 아니라 바로 進取主義를 대변하는 학문정신의 발로이며, 주자학이 일세를 풍미해도 그 속에 안주하지 않고 새로운 의리를 찾는 탐구정신의 소산이다. 송학의 의리주의 정신은 선현의 설을 尊信하되 盲從하지 않고 懷疑하여 의리를 발명하는 것을 최고의 목표로 삼음으로써 빛나는 성과를 이룩하였다. 이것이 바로 주희의 설과 다르더라도 도에 어긋나지 않으면 주희가 취할 것이라는 그들의 학문정신이다.

제4장

朝鮮時代『大學』解釋과『大學章句』改定

1. 조선시대『대학』해석의 두 가지 경향

1)『古本大學』을 底本으로 한 해석

(1) 崔有海의『고본대학』개정과 해석의 특징

조선 시대 학술은 주자학 일색으로 전개된 것처럼 이해하는 것이 현대 학자들의 일반적인 생각이다. 그러나 조선 시대 정신사를 정밀히 들여다보면, 다양한 사상이 생성되고 부침하고 있었음을 확인할 수 있다.『대학』해석에 있어서도 마찬가지이다.

세종 연간에『大學章句大全』이 들어온 뒤로, 조선 학계는 모두 이 판본을 저본으로 하여 공부하였다. 그러나 이처럼 일원화된 학풍 속에서도 懸吐·釋義·諺解에는 다양한 견해가 대두되었다. 선조·광해 연간에 사서삼경에 대한 언해 작업이 완료되고 난 뒤에도 현토와 언해에 대해서는 끝없이 異見이 제기되었다. 현토로부터 언해에 이르는 사업은, 한문으로 된 경전을 우리말로 번역하는 작업으로, 그 과정을 통해 우리나라 학문은 크게 향상되었다. 이에 힘입어 16세기 말부터 17세기로 접어드는 시기에 이르면, 중국의 새로운 학술 경향을 폭넓게 수용하면서 자체적 비판정신이 싹트게 된다.

17세기 동아시아 국제 정세는 매우 불안하였는데, 사상적으로는 오히려 다양한 모색이 시도되고 있었다. 중국에서는 16세기에 양명학이 대두되면서 학풍이 크게 변하였고, 뒤이어 豊坊의 『僞石經大學』이 세간에 유행하면서 더욱 혼란스러워졌다. 그러나 다른 관점에서 보면, 주자학 위주로 학문이 획일화되어 있던 데에서 다양성에 대한 논의가 본격적으로 전개된 시기이기도 하다. 즉 학문과 사상이 자유롭게 전개되는 새로운 변화의 계기가 되었다는 것이다.

17세기에 접어들면서 명나라가 망하고 청나라가 새로 들어서는 왕조의 교체가 이루어졌다. 학술적으로는 양명학의 유행이 주춤해지면서 그에 대한 비판적 시각이 확대되었고, 僞石經에 대한 변증이 이루어지면서 학풍이 변모하기 시작했다. 그 영향으로 명말청초에 이르러서는 명초에 유행한 주자학, 중반에 유행한 양명학 등이 그 위세를 잃고, 새로운 방법론으로 고증학이 전면에 대두되기 시작했다.

조선에서도 이 16세기 말부터 17세기에 걸쳐 커다란 변화가 일어났다. 정치적으로는 선조 즉위와 함께 사림 세력이 정치권의 전면에 나섬으로써 이른바 사림정치 시대를 열었다. 학술적으로 보면, 이들은 모두 정주학을 종주로 하며 李滉·曺植·徐敬德 등을 사사한 사람들이었다. 따라서 이들에게 있어서는 四書가 학문의 중심이었고, 그 가운데서도 『대학』이 사대부 학문의 근간으로 인식되었다. 이런 인식은 주희의 정신을 그대로 이은 이황·조식·李恒 등에 의해 정립된 조선성리학의 근본정신이었다.

따라서 주희의 『대학장구』는 이들에게 학문의 밑바탕에 해당하는 불변의 초석이었다. 그런 속에서도 학문과 사상의 자유를 추구하여 독자적인 학문 체계를 구축하려 한 인물들이 있었다. 현전하는 자료로 볼 때 가장 먼저 『대학장구』를 저본으로 하지 않고 『고본대학』을 저본으로 하여 새롭게 『대학』의 편차를 개정하고 해석한 사람은 17세기 전반 崔有海(1588-1641)라는 인물이다.

최유해에 대해서는 학계에 알려져 있지 않다. 필자가 최초로 그의 자료를 발굴하여 생애와 학문성향, 그리고 『대학』 해석의 특징에 대해 논문을 발표한 바 있다. 여기서는 이런 기왕의 연구에 의거해 그의 『대학』 해석의 특징을 간추려 소개하고자 한다. 다만 이 책의 성격상 『고본대학』을 저본으로 한 해석에 비중을 두는 것이 아니라 『대학장구』를 개정한 설에 비중을 두기 때문에 그의 『대학』 해석에 대한 특징을 상세히 소개하지 않고, 그의 생애와 학문 성향 등을 간략히 살펴본 뒤 『고본대학』을 저본으로 개정한 설의 특징을 제시하는 정도에서 논의를 진행할 것이다.

최유해의 자는 大容, 호는 嘿守堂·默守堂·默守子·守默·紺坡·明一山人 등이며, 본관은 海州이다. 그는 한양 출신으로, 부친은 崔澱(1568-1589)이며, 모친은 高靈 申氏이다. 부친 최전은 율곡의 문인으로 일찍부터 이름이 났으나 22세에 별세하였다. 그의 6대조가 세종 때 집현전 부제학을 지낸 崔萬里(?-1445)이다. 최유해는 일찍 양친을 여의고 외가에서 자랐는데, 金玄成(1542-1621)·趙守倫(1555-1612)·崔岦(1539-1612)·鄭彦訥(?-?)·鄭述(1543-1620)·金長生(1548-1622) 등에게 배웠다. 이 외에도 月沙 李廷龜(1564-1635)·蓮峯 李基卨(1556-1622)·白沙 李恒福(1556-1618) 등을 從遊하며 학문을 질의하였다.

그는 李珥·成渾의 학맥에 속해 있으면서도 北人과 가까운 집안 내력 때문에 다양한 사람들과 폭넓게 교유했다. 그가 교유한 주요 인물로는 金尙憲·南銑·盧弘器·睦大欽·朴瀰·宋國準·申翊聖·申欽·沈演·吳翻·俞棨·柳夢寅·李景奭·李敬輿·李德馨·李明漢·李植·李安訥·李塏·李弘胄·任叔英·張晩·張維·張顯光·鄭經世·崔鳴吉·洪命耈   등

을 들 수 있다. 이 가운데는 장현광·정경세·이준 등은 영남 퇴계학파 인물이며, 장유·최명길 등은 양명학을 수용한 개방적 사상을 가진 인물이다. 이들 중 사상적으로 주자학만을 존신하는 성향을 가졌던 인물은 김상헌·이식 등 소수에 불과하며, 명분론적 사고보다는 현실주의적 성향을 가졌던 인물들이 많다.

최유해는 어려서 부모를 여의고 어려운 환경 속에서 성장하였는데, 발분하여 일찍 학문을 성취하였다.[1] 그 뒤 1613년(광해 5) 26세 때 생원시에 1등으로 합격하였고, 그 해 문과 시험에도 합격하였다. 그는 인조반정 이전까지는 承文院·訓練都監 등에서 근무하였으며, 인조반정 이후 내직에 잠시 들어가 있었으나 安邊府使·楊州牧使·定州牧使·公州牧使 등 주로 외직에 있었다.

그는 외직에 오래 근무하여 민생의 실정을 익히 알고 있었기에 時弊를 개혁하는 데 적극적이었다. 그는 1624년(인조 2) 號牌法을 시행하자는 상소를 올렸고[2], 1625년 호패법이 시행되고 난 뒤에는, 號牌御史로 나아가 민정을 살펴보고 다섯 가지 변통책을 올렸다.[3] 또 1625년 求言에 응하여 萬言封事를 올려 時弊를 개혁할 것을 건의하였으며[4], 1635년 공주목사로 재직할 때에도 만언봉사를 올려 27개 조목에 걸쳐 국정을 쇄신할 것을 청하였다.[5] 그는 만년에 길주목사로 재직할 때에도 聖學과 國事에 관한 14조목의 상소를 올리기도 하였다.[6] 또한 月課로 제출한 「治國如治病論」에서 주인과 객의 문답형식을 빌려 자신의 思想 및 治國

---

1) 宋時烈, 『宋子大全』 권176, 「承旨崔公墓碣銘幷序」. "公年十五 已中鄕額"
2) 崔有海, 『嘿守堂先生集』 권3, 「請行號牌疏 甲子」.
3) 崔有海, 『嘿守堂先生集』 권3, 「號牌御史節目封事」.
4) 崔有海, 『嘿守堂先生集』 권3, 「因求言論時弊萬言封事 乙丑」.
5) 崔有海, 『嘿守堂先生集』 권3, 「公州牧使時萬言疏 乙亥」.
6) 崔有海, 『嘿守堂先生集』 권3, 「吉州牧使陳弊疏」.

之道 전반을 드러내었다. 이 글에는 당시의 정치적 주요 사안에 대한 수십 조항의 개혁사상이 들어 있다. 이를 보면, 명분에 얽매이기보다는 현실에 적극적으로 대처하는 성향을 지닌 인물임에 틀림없다.

이처럼 현실의 폐단을 적극적으로 개조하려 했던 그의 인식은 학문성향에서도 그대로 나타난다. 그는 종래의 설을 그대로 墨守하기보다는 그것을 바탕으로 새로운 의리를 발명해 나가는 것이 학자의 본분이라는 생각을 가지고 있었다. 아래 인용문은 그가 任叔英에게 보낸 편지이다.

> 대저 저의 병은 대부분 新異함을 좋아하는 데 있기 때문에 논의할 만한 일이 있으면 감히 말을 참지 못합니다. 전일 형의 말씀이 마침 이 점에 미쳤기에 제가 가슴속에 평소 懷疑하고 있던 것을 가지고 하나의 極論을 만들어 본 것입니다. 바라건대 논박하여 바로잡아 주시기를 기대합니다.7)

여기서 '新異함을 좋아한다'는 것은 기존의 설을 묵수하는 것이 아니라, 새로운 설을 發明하고자 하는 探究精神을 의미한다. 또한 '논의할 만한 일이 있으면 감히 말을 참지 못한다'는 것은 적극적으로 자신의 설을 개진하고자 하는 학문자세를 말한다. 그리고 그런 基底에는 疑問을 통해 本旨를 찾으려고 하는 懷疑精神이 자리하고 있다.

이를 통해 보면, 최유해는 기본적으로 기왕의 설을 묵수하는 성격의 소유자가 아니었음을 알 수 있다.8) 이런 그의 학문정신은 학문의 계승

---

7) 崔有海, 『嘿守堂先生集』 권16, 「與任茂叔 第二書」. "大抵弟之病多在於好異 故凡有可論之事 而不敢下言 昨日兄言 適及於此 弟以胸中平日之所疑者 爲一極論焉 幸乞駁正之 可也"

8) 그의 호를 '默守堂'·'嘿守堂'·'墨守子'라고 쓴 것은 선현의 설을 墨守하겠다는 뜻보다는, 每事에 懷疑하는 자신의 성향을 中節해 보려는 다짐으로 보인다. 그런 것이 아니라면, 남들의 비판으로부터 자신을 보호하려는 하나의 연막 같은 것이다. 그렇지 않다면 주희의 『대학장구』를 따르지 않고 『고본대학』을 취해 『대학』을 완전히 새롭게 해석한 그의 해석태도를 설명할 길이 없게 된다.

발전을 중시하며, 주희를 존숭하더라도 그의 설만을 절대 존신하는 쪽
으로는 나아가지 않는 학문 성향을 갖게 한 것으로 추정된다.

그런데 그는 또 陸王學이나 羅欽順의 설과 같은 유파는 홍수·맹수의
害보다 더 심하다고 배척하는 闢異端思想을 가지고 있다.9) 그것은 陸九
淵·王守仁·나흠순 등의 설이 불교의 虛無寂滅의 논리에 빠져있다고
보기 때문이다.10) 그렇다면 그는 정주학적 패러다임 안에서만 학술을
해야 한다고 생각한 것일까? 그는 중국으로 사신 가는 李廷龜를 전송하
면서 준「送月沙朝天序」에서 다음과 같이 말하고 있다.

> 저 雲峰(胡炳文)·雙峯(饒魯)의 무리들은 魚와 魯를 따지는 字句 사이에만 잠
> 심하여, 선유가 左로 가라고 하면 그 말을 따라 左로 가고, 右로 가라고 하면
> 그 말을 따라 右로 가서, 한 마디 말도 發明한 바탕이 없습니다. 단지 선유가
> 이미 말한 뜻을 취해 장식하고 옷을 입히고서 스스로 久遠하고 偉大한 학업이
> 라고 생각하였습니다. 이런 경우는 아동들이 걸음마를 배우는 것과 같으니, 웃
> 어넘기기에도 부족합니다. 또한 천하 사람들을 거느리고 訓詁의 비루한 데로
> 나아가는 자가 아니라면, 힘써 배척하고 깊이 指斥할 필요도 없으니, 짐짓 놔
> 두고 논변하지 않더라도 괜찮을 것입니다.11)

---

9) 최유해는 문집 권17의「送月沙朝天序」에서 "陸氏學術之禍人 可謂甚於洪水猛獸之害
矣"라고 하였고,「讀困知記」에서는 "若如整庵之說 以道心爲性 則非但心性之無辨也
性之具萬里森然 未發之中者 以爲微耶 情之應萬事沛然 至善之端者 以爲危耶 是則欲
以微字論性 歸於佛之空 以危字論情 歸於佛之滅矣 此以異端之說 亂於吾道之眞者 章
章明矣 甚可該也"라 하였으며,「送盧生峻命序」에서 "整庵何心獨信張無垢之頗辭 創
出體用之說 乃自誑而欺人 一至於此耶 若以道心爲體而目之以微 以人心爲用而目之以
危 則非但文義之矛盾 究其要歸 則盖欲滅人心之大用 而淪於寂滅之旨 實爲吾道之蟊
盂 其亦極矣"라고 하여, 나흠순과 육왕의 무리들을 이단시하고 있다.

10) 최유해는「人心道心說」·「讀困知記」에서 羅欽順·張九成·蔡氏 등의 설을 언급하
면서 이와 같은 말을 여러 차례 반복하고 있는데, 몇 가지를 인용해 보면 다음과 같다.
"其不近於釋氏絶滅天倫之事乎"·"是乃異端虛無寂滅之意 而入於無父無君之地 其於
害理耶 甚矣"·"是則欲以微字論性 歸於佛之空 以危字論情 歸於佛之滅矣 此以異端之
說 亂於吾道之眞者 章章明矣 甚可該也"

11) 崔有海,『嘿守堂先生集』권17,「送月沙朝天序」. "夫雲峰雙峯之輩 潛心於字句魚魯之

이 글은 최유해가 중국에 가서 邪說을 배척할 것을 이정구에게 주문하는 내용이다. 그런데 그는 雲峰胡氏·雙峯饒氏처럼 선유들의 설에 따라 字句나 풀이하며 부연하는 태도를 못마땅하게 여기고, 前人未發의 의리 발명을 학자의 본분으로 생각하고 있다. 이 점이 바로 우리가 눈여겨 볼 최유해의 학문 성향이다. 요컨대 그는 육왕학을 이단시하면서도, 정주학적 틀 속에서는 前人의 설을 墨守하지 않고 새로운 설을 발명하는 것을 학자의 본분으로 생각하고 있는 것이다.

이런 그의 성향은 양명학까지도 수용하는 동시대 張維의 다양성·개방성과도 다르고, 학문의 정통성·순정성만을 고수하려 한 李植의 성향과도 다른 것이다. 요컨대 이식은 정주학적 패러다임만을 固守하는 성향이고, 최유해는 육왕학·심학 등을 배척하는 정통 유학적 패러다임 속에서 학문의 계승 발전을 중시하는 성향이고, 장유는 육왕학까지도 포괄하는 汎儒學的 패러다임을 갖고 있었던 것이다. 이를 통해 우리는 그의 학문관을 변별할 수 있다.

이런 학문성향을 견지한 최유해는 경학에 있어서도 선유의 설을 묵수만 하는 태도에 반대하고 의리를 강론해야 한다는 생각을 확고하게 가지고 있었다. 그는 스승 李基卨과 理氣에 대해 문답하면서 자신의『대학』개정설에 대해 어떻게 생각하는지를 물었는데, 이기설은 주희는 평생의 정력을『대학』에 쏟았기 때문에 결코 후인들이 그의 설에 대해 의논할 바가 아니라고 하였다.12) 그러자 최유해는 다음과 같이 말하였다.

間 先儒曰左 則從而左之 先儒曰右 則從而右之 無一言發明之資 而只取先儒已言之意 粉飾衣被 自以爲久大之業 此則有似乎兒童之學步 雖不滿可笑 亦非率天下而歸之於訓詁之陋者 有不必力觝深排 姑置而不論 可也”

12) 崔有海, 『嘿守堂先生集』 권10, 「經義問答」. “明一山人又問曰 大學新本 改正格致處 如何 蓮峯曰 程朱 乃孔孟之後大賢也 乃曰 平生精力 盡在此書云 則必無未盡之辭 決 不是後人之可議也 但新本亦似好 何可輕言也”

先儒에 대해서는 참으로 尊信해야 하지만, 義理에 이르러서는 그의 설에 대해 講論할 수 있습니다. 그러므로 程明道가 定한 것을 동생 程伊川이 改定하였고, 정이천이 정한 것을 朱子가 개정하였으니, 또한 道에는 해롭지 않은 점은 같은 것입니다. 어찌 漢儒들의 專門으로 하는 학문이 門戶의 설만을 固守하여 活法이 없는 비루함과 같이 하겠습니까? 이런 것은 결코 주자의 뜻이 아닐 것입니다.[13]

이처럼 최유해는 선유를 존신하는 것보다 의리를 강론하는 것이 더 중요하다는 점을 분명히 견지하고 있다. 그는 明儒 方孝孺가 "견해가 주자와 다를지라도 도에 어긋나지 않으면 참으로 주자가 취할 것이다."[14] 라고 한 말을 인용하여 자기의 설을 옹호하였으며, 자신의 설이 증자의 뜻에 합한다면 주자의 설과 다를지라도 자신은 걱정할 것이 없다는 당당함을 보이기도 하였다.[15] 주희와 道를 상호 비교해 말하는 것은 先儒보다 도를 더 중시하는 사유이다. 이렇게 되면 도에 대한 발명, 곧 의리의 발명에 경전 해석의 목표를 둔다. 반면 도보다 선유에 비중을 두게 되면 주희와 같은 선유를 절대 존신하는 쪽으로 나아가게 된다.

이를 통해 보면, 최유해의 경학관은 懷疑를 통한 義理의 發明, 곧 道

---

13) 上同. "山人曰 先儒固當尊信 而至於義理 則可以講論也 故明道所定 伊川改之 伊川
所定 朱子改之 亦不害於道 同也 豈若漢儒專門之學 固守無活法之陋也 此決非朱子之
意也"

14) 方孝孺의 말은 묵수주의를 지양하고 학문의 계승 발전적인 면을 중시하는 학자들에
게 매우 중요한 의미로 받아들여졌다. 예컨대 17세기 근기남인계의 대표적 인물인 趙
絅(1586-1669)도 李彦迪의 「大學章句補遺」에 대해 동조하면서 "善乎 方正學之言 曰
'經典非一家之書 則其說非一人之所能盡也 語雖異於朱子 而不乖乎道 固朱子之所取
也' 此大中至公之論也"(『龍洲遺稿』 권12, 「書晦齋先生大學章句補遺後」)라 하였다.
조경은 최유해를 削奪官職하라는 상소를 올린 政敵이긴 하였지만(『龍洲遺稿』 권10,
「請崔有海削奪官職啓辭」) 최유해의 경학관과 유사한 점을 확인할 수 있다.

15) 崔有海,『嘿守堂先生集』권15,「與柳濟伯書 第二書」. "皇明方孝孺曰 雖異朱子 而不
乖於道 固朱子之所取云 此言至公非賤儒曲士之所知也 又況合於曾子 則雖異於朱子
吾何悶焉哉"

를 추구하는 데 있다고 하겠다. 이런 관점에서 그는 선유의 설만을 고수하는 사람들을 '拘儒'로 표현하며 墨守主義를 비판하였다. 그는 大義가 통하지 않을 경우 舊說에 의혹되어 의심이 없어서는 안 된다고 하면서, 그것이 곧 '朱子門戶의 家法'이라고 하였다. 그는 이런 관점에서 拘儒들의 누습에 의해 학자들로 하여금 懷疑를 금하게 해서는 불가하다고 주장하였다.16) 아래 인용문은 이런 그의 생각을 구체적으로 보여준다.

　　후인들이 성현의 말씀에 따라 義理之正에 통달하면 文字의 得失에 대해서는 놔두고 분변하지 않아도 되니, 실로 우리 朱子의 擴然히 大公順理한 經典의 본지를 밝히는 법인 것입니다. 그러므로 『대학』에 대해 程子가 編定한 것이 있었지만, 주자가 별도로 次序를 정한 것입니다. 그리고 주자는 평생 이 책에 정력을 다 기울였지만, 또한 밝지 못한 점이 있어 후세의 군자를 기다린다고 하였으니, 그의 마음은 "義理는 無窮하고 識見은 有限하니 내 비록 이 책에 정력을 다했지만, 그 온축된 뜻을 능히 다하지 못한 줄 어찌 알겠는가? 백세를 기다려야 시비를 정할 수 있을 것이다."라고 생각한 것입니다. 이것이 바로 고집스러움도 없고 기필함도 없는 성인의 마음인 것이니, 어찌 拘儒들이 능히 엿볼 수 있는 바이겠습니까? 그러므로 후세에 大義之正을 능히 얻어 주자가 말씀하지 않은 뜻에 합하는 점이 있으면, 이는 참으로 주자의 遺旨를 받드는 일인 것입니다. 근세에 명나라 大儒 方孝孺·蔡淸 및 우리나라 李彦迪 등이 『대학』의 經文을 떼어내 格物致知傳으로 삼은 것도 주자를 존숭하는 도에 해롭지 않으니, 그대가 『대학』을 읽을 적에는 義理를 위주로 하는 것이 가할 것입니다.17)

---

16) 崔有海, 『嘿守堂先生集』 권15, 「與柳濟伯書 第二」. "若其大義之不通者 則不可惑舊說而無疑 此乃朱門家法 不可以拘儒之陋習繩之"

17) 崔有海, 『嘿守堂集』(국립도서관본, 이하 '嘿守堂集'은 동일본임) 中編 下, 「賓主問答」. "後人若因聖賢之言 以達義理之正 則文字得失 置而不辨 實吾朱夫子 擴然大公順理明經之法也 是以大學雖有程子之編定 而朱子別爲序次 雖盡平生之精力 而且俟後之君子 其心以爲義理無窮 識見有限 吾雖盡精於此 安知不能盡其蘊也 可以俟百世 定是非也 此乃無固無必之聖心 豈拘儒之所能窺測者哉 是以 後世若有能得大義之正 合乎朱子不言之義 則固是朱子之遺旨也 近世皇明大儒 如方孝儒·蔡淸及本朝李彦迪諸儒 拈出經文 以爲格致之傳者 亦不害於尊朱子之道 子讀大學 全以義理爲主 可也"

‘의리는 무궁하고 식견은 유한하다’는 말은 묵수주의가 아닌 학문의 계승 발전적 인식을 하는 진취적 학자들의 경학관에서 흔히 보이는 말이다.[18] 최유해는 그와 같은 관점에 의해 주희의『대학장구』를 일부 개정한 方孝孺·蔡淸·李彦迪 등의 설을 지지하고 있다. 그리고 그 역시 이런 관점으로『대학』의 편차를 개편하였으며, 격물치지장·평천하장의 편차도 개편하였다.

현재 그의 저술은 20권 분량의『嘿守堂集』과 2권 분량의『東槎錄』이 남아 있다. 『묵수당집』은 국립중앙도서관에 필사본으로 전하는『嘿守堂集』(『首陽世稿』中編)과『黙守堂遺稿』, 서울대 규장각에 소장된 필사본『嘿守堂先生集』, 국사편찬위원회에 소장된 필사본『黙守堂集』등이 있으며, 『동사록』은 국립중앙도서관 소장 목활자본『黙守堂先生文集 東槎錄』이 있다.

『묵수당집』에는 論·說·議·解 등 학술에 관한 논설이 다수 수록되어 있는데, 『首陽世稿』에 수록된『嘿守堂集』中編 下에는「讀書淺見」·「中庸講學說」·「大學舊本考義」·「賓主問答-論大學考義」등 경학 관련 자료가 다수 있다.

이 가운데『대학』해석과 관련된 자료는「大學舊本考義」과「賓主問答-論大學考義」이다. 여기서는 이 두 자료를 중심으로 최유해의『대학』해석에 대해 살펴보기로 한다. 이 두 자료의 핵심적인 내용은, 그가 주희의『대학장구』를 따르지 않고, 『고본대학』을 취하여 나름대로 독자적인 분장을 하고 새로운 해석의 틀을 제시했다는 점이다. 최유해가 改本하여 편차를 정한 것을『고본대학』과 비교해 그 요지를 파악해 보면 아래와 같다.

---

18) 최석기, 「近畿 實學者들의 經世的 經學과 그 意味(1)」, 『대동문화연구』 제37집, 성균관대, 대동문화연구원, 2000, 177-205면.

대학구본고의	고본대학	요지	
경01 -01 -02 -03	01-01 大學之道 …… 在止於至善	三綱領	
	01-04 古之欲明明德 …… 致知在格物	八條目 功夫	
	01-05 物格而後知至 …… 國治而后天下平	八條目 功效	
전01 -01 -02 -03 -04	01-15-1 康誥日 克明德	釋明明德	釋明明德
	01-15-2 太甲日 顧諟天之明命		
	01-15-3 帝典日 克命峻德		
	01-15-4 皆自明也		
전02 -01 -02 -03 -04 -05	01-03 物有本末 …… 則近道矣	釋格物致知	
	01-02 知止而后有定 …… 慮而后能得		
	01-06 自天子 …… 壹是皆以修身爲本		
	01-07 其本亂而末治者 …… 未之有也		
	02-01 子日 聽訟 …… 此謂知本		
	01-08 此謂知本 此謂知之至也		
전03 -01 -02 -03 -04	01-09 所謂誠其意者 …… 必愼其獨也	釋誠意	
	01-10 小人閒居 …… 必愼其獨也		
	01-11 曾子日 …… 其嚴乎		
	01-12 富潤屋 …… 必誠其意		
전04 -01 -02 -03	02-02 所謂修身在正其心者 …… 則不得其正	釋正心修身	
	02-03 心不在焉 …… 食而不知其味		
	02-04 此謂修身 在正其心		
전05 -01 -02 -03	02-05 所謂齊其家在修其身者 …… 天下鮮矣	釋修身齊家	
	02-06 故諺有之 …… 莫知其苗之碩		
	02-07 此謂身不修 不可以齊其家		
전06 -01~09	02-08~16 所謂治國 …… 在齊其家	釋齊家治國	
전07 -01~05 -06~13 -14~18 -19~23	02-17~21 所謂平天下 …… 失衆則失國	釋治國平天下	
	02-27~34 康誥日 …… 驕泰以失之		
	02-22~26 是故君子先愼乎德 …… 亦悖而出		
	02-35~39 生財有大道 …… 以義爲利也		

전08	-01 -02 -03 -04	01-16-1 湯之盤銘日……又日新	釋新民
		01-16-2 康誥日 作新民	
		01-16-3 詩日 周雖舊邦 其命維新	
		01-16-4 是故 君子無所不用其極	
전09	-01 -02 -03 -04 -05	01-17-1 詩云 邦畿千里 惟民所止	釋止於至善
		01-17-2 詩云 緡蠻黃鳥……可以人而不如鳥乎	
		01-17-3 詩云 穆穆文王……止於信	
		01-13 詩云 瞻彼淇澳……民之不能忘也	
		01-14 詩云 於戲……此以沒世不忘也	

　최유해가 이와 같이『고본대학』을 저본으로 새롭게『대학』을 개편한 데에는 그 나름의 문제 의식이 있었기 때문이다. 그가 주희의『대학장구』에 대해 가졌던 문제 의식은 아래와 같은 그의 언설을 통해 확인할 수 있다.

① 주자는 경일장 章下註에 "文理接續 血脉貫通 深淺始終 至爲精密"이라고 하였는데, 격물·치지·성의·정심·수신의 修己에 해당하는 조목이 治人에 해당하는 신민 밑에 있기 때문에 수기·치인의 논리로 보면 앞뒤가 전도되었다.[19]

② 지어지선은 道之極而事之終에 해당되고, 격물·치지·성의·정심은 入道之本而爲事之始에 해당하므로, 始와 本에 해당하는 格致誠正이 止於至善보다 앞에 있어야 하는데, 차례가 뒤바뀌어 문리가 통하지 않는다.[20]

---

19) 崔有海,『嘿守堂先生集』권15,「與柳濟伯書 第一書」. "盖朱子曰'傳文文理接續云' 然則一篇之中 自首至尾 意可貫通 今反多有不然者 盖必修己而後乃可治人 此實千聖不易之定論 六經諸訓 莫不皆然 是知能修其己 則萬善皆備 可以爲人之師 苟不修之 則百惡纏繞 可爲人之所誅 豈可以治人乎哉 玆以古聖人必先修德之說者 此也 今見大學 則格致誠正修者 乃是修己之目而在於下 新民乃治人之事而居於上 是若不待己德之正 而乃求於人民之已新 然後乃治吾身 顚倒無理 莫此甚焉 則豈非可疑者歟"

20) 上同. "且夫天下之道 莫不有始有終 有本有極 探其始而後得其終 知其本而後見其極 故欲登泰山之頂者 必由平原之路 欲入聖賢之門者 必從下學之事 此乃必然之理也 盖

③ 明德은 격물치지를 통해서 밝힐 수 있는 것이지, '明'자를 지킨다고 가능한 일이 아니다. 經文에 '古之欲明明德於天下者 ……'라고 하고, 그 아래 비로 팔조목을 연결시킨 것을 보면, 明德工夫는 格物致知로부터 平天下에 이르기까지 팔조목 전체에 해당한다.[21]

④ 먼저 三綱領을 논하고 뒤에 八條目을 해석한 것이 전문의 체제라는 설은 漢儒들이 分章節解한 것처럼 후세 訓釋家들의 陋習이다. 옛날 釋經은 공자가 지은 『주역』 「繫辭傳」처럼 章下에다 해석하는 문자를 붙이지 않았다.[22]

최유해는 이런 문제 의식을 갖고 오랫동안 독자적으로 궁구한 결과, 『고본대학』을 취하여 편차를 위와 같이 개편한 것이다. 그가 개편한 내용 가운데 가장 큰 특징은 주희의 『대학장구』처럼 삼강령의 전문을 앞에 제시하고 그 뒤에 팔조목을 제시하는 틀이 아니라, 명명덕·신민·지어지선의 기본 틀 속에 팔조목을 명명덕의 하위 조목으로 집어넣은 것이다. 즉 팔조목을 모두 명명덕 속에 넣은 것이다.

그가 가장 고심한 점이, 주희의 설처럼 삼강령의 전문이 먼저 나오고 그 뒤에 팔조목의 전문이 나오면, 신민·지어지선 뒤에 팔조목이 놓이게 되어 문리와 뜻이 통하지 않는다는 것이다. 그리하여 그는 팔조목을 명명덕의 구체적 조목으로 보았다. 그리고 그는 명명덕에서 격물치지로

如止至善者 乃道之極而事之終也 格致誠正者 乃入道之本而爲事之始者也 大學今本則至善居於上 格致誠正居於下 是則已爲聖人之後 更學數日方名之兒習 文不相通 意不相接者 極矣 則豈非甚可疑者耶"

21) 上同. "至於明德 則非守一明字而能之 必待格物致知 然後可明 故經曰明明德於天下云 然則明德工夫 至於平天下也 大學則獨置明德傳於章首 外置八條於他章之下 是則明德爲無用之事 格致爲別事 非明德之工夫也 實若與之食而奪之匙 將彈琴而絶其絃 豈非尤可疑耶"

22) 上同. "此或以爲先論三綱 後釋八條 故編定如是 以後世訓釋之陋習窺古人也 盖古之釋經 則全說大義 未嘗一二解字於章下 如孔子之繫辭 是也 後之漢儒 則分章節解 反晦經旨 此乃陋儒曲學之細瑣 大學之傳 雖釋經文 豈是如此之陋耶 此又疑之大也"

곧바로 연결될 때 실제적인 의미를 획득하게 된다는 점을 강조하고 있다. 그가 개편한 내용의 특징을 분류해 정리하면 다음과 같다.

첫째, 위 도표에서 보듯이 최유해는 3절만 經一章에 포함시켜 經文을 매우 간략히 하였다. 그런데 이 가운데서도 제1절만 孔子의 말씀으로 보고, 제2절과 제3절은 曾子의 말씀으로 보았다. 즉 공자는 삼강령만 말했는데, 증자가 명명덕에 관련된 팔조목을 구체적으로 언급하면서 먼저 工夫를 말하고 다시 功效를 언급한 것으로 본 것이다.

둘째, 주희의『대학장구』는 三綱領의 傳을 제1장(明明德傳)·제2장(新民傳)·제3장(止於至善傳)으로 하고, 별도로 제4장(本末傳)을 둔 뒤, 八條目의 傳을 格物致知傳(제5장)·誠意傳(제6장)·正心修身傳(제7장)·修身齊家傳(제8장)·齊家治國傳(제9장)·治國平天下傳(제10장)의 순으로 배열하였다. 그러나 최유해는 팔조목이 삼강령의 명명덕에 속한다고 보아 明明德傳 뒤에 바로 이어 格物致知傳(제2장)·誠意傳(제3장)·正心修身傳(제4장)·修身齊家傳(제5장)·齊家治國傳(제6장)·治國平天下傳(제7장)을 배열하였다.23) 그 다음 新民傳과 止於至善傳을 배열하여 전체적으로 삼강령의 체제가 그대로 드러나게 하였다.

이는 주희가 명명덕에 팔조목의 격물·치지·성의·정심·수신을 按排하고, 신민에 제가·치국·평천하를 안배하여 修己와 治人의 의미를 나누어 놓은 틀에 비해, 팔조목을 모두 명명덕의 修己로 보고 신민을 治人으로 본 것이 확연히 다르다. 즉 명명덕의 修己에 비중을 둔 해석이다.

셋째, 傳文 각 장의 구성 및 내용은 다음과 같다. 전 제1장 명명덕전은 주희의 설과 동일하다. 제2장은『대학장구』경문의 '知止而后有定' 이하 42자와 '自天子以至於庶人' 이하 40자와 聽訟章과 '此謂知本 此謂知之至也'를 모두 합해 차서를 바꾸어서 格物致知傳으로 보았다. 제3장·제4

---

23) 팔조목전을 이와 같이 묶어 모두 6장으로 나눈 것은 전적으로 주희의 설을 따랐다.

장·제5장·제6장은『대학장구』제6장·제7장·제8장·제9장을 그대로
따랐다. 제7장은『대학장구』의 차서를 일부 바꾸어 제6절(是故 君子先愼
乎德……)부터 제10절(是故 言悖而出者……)까지를 제18절(是故君子有大道…
…) 뒤로 옮겨 배열한 것이 다르다. 전 제8장은 新民傳으로『대학장구』
전 제2장과 동일하며, 제9장은 止於至善傳으로『대학장구』전 제3장과
동일하다.

주희는 經一章·傳十章의 체제로『대학』을 해석하였다. 그런데 최유
해는 경일장의 내용을 대폭 축소하고, 傳文도 本末傳을 제외하고 모두
9장으로 하였다.

최유해가 주희의『대학장구』체세를 따르지 않고,『고본대학』을 저본
으로 새로운 해석의 틀을 제시했지만, 그의『대학』해석의 기본 정신은
주희가 經文과 傳文으로 나누어 해석한 것과 삼강령·팔조목으로 나누
어 해석한 것을 그대로 수용하고 있다. 따라서 주자학의 범주를 이탈한
해석이라고 보기는 어렵다. 주자학의 정신을 그대로 수용하되, 삼강령
과 팔조목의 배치를 주희와 다르게 생각한 것이다. 그러므로 그의 해석
은 주자학적 사유 내에서 독자적인 설을 제시한 것이라고 보는 것이 옳
을 듯하다.

（2）尹鑴의『고본대학』을 저본으로 한 해석

尹鑴(1617-1680)의 자는 希仲, 호는 白湖·夏軒, 본관은 南原이다. 부
친은 대사헌을 지낸 尹孝全이고, 모친은 경주 김씨이다. 젊어서 宋時
烈·宋浚吉·尹宣擧·俞棨·閔鼎重·李惟泰·權諰 등과 폭넓은 교유를
하였다. 그러나 1659년 己亥禮訟이 일어나자 宋時烈(1607-1689) 등 서
인들이 朞年服을 주장한 데 반대하여 윤휴는 三年服을 주장하였다. 그
럼으로써 이념적으로 서인과 대립하는 남인의 대표적 사상가가 되었다.

그리하여 결국 당쟁의 희생양이 되어 斯文亂賊으로 화를 당했다.

윤휴가 사문난적으로 몰린 것은, 집권 서인계 인사들이 '공자 뒤에는 주자가 있고 주자 뒤에는 栗谷이 있으니, 공자를 배우려면 율곡으로부터 시작해야 한다'24)는 도통론을 확립하여 정치적 입지를 견고하게 확립하는 과정에서 주희를 절대 존신하는 풍토를 조성하는 것에 반기를 들었기 때문이다. 송시열은 '윤휴가 주자 문하의 역적이기 때문에 머리카락 한 올까지도 罪逆이 아닌 것이 없다'25)고 하였다. 이는 '주자의 설을 따르지 않으면 夷狄이나 禽獸와 같다'26)는 그의 正學을 숭상하고 異端을 배척하는 사상에 근거한다. 곧 주희의 설을 따르지 않는 사람은 사람이 아니라는 경직된 이념을 가지고 있던 인물이다.

그렇다면 윤휴는 송시열이 보는 것처럼 과연 주희의 설을 따르지 않은 사람일까? 기왕의 윤휴의 학술에 대한 연구는 反朱子學 또는 脫朱子學으로 보는 것이 대세이다. 그러나 劉英姬는 '윤휴의 사상이 주희의 사상과 대립하고 있는 것이 아니며 전면적인 일탈을 보이지 않는다'고 하여, 주자학의 연장선상에서 파악한 연구 성과도 일부 있다.27) 필자의 견해도 윤휴가 주자학에 전면적으로 반기를 든 것은 아니라고 생각한다.

우리나라 16세기 사상적 동향은 주자학이 뿌리를 내리면서 크게 두 가지 경향을 갖게 된다. 하나는 퇴계 이황처럼 주자학으로 몰입하여 주자학을 정통으로 인식하고 그 외의 성리학설에 대해 비판적 입장을 견지하는 성향이고, 하나는 남명 조식처럼 주자학을 존신하되 여타 학설에 대해서도 필요한 것은 선별적으로 수용하는 개방적·박학적 성향이다.

---

24) 宋時烈, 『宋子大全』(한국문집총간 제115책) 442면. "朱子 後孔子也 栗谷 後朱子也 欲學孔子 當自栗谷始"

25) 上同, 218면. "鑴乃朱門叛賊 一毛一髮 無非罪逆"

26) 尹鑴, 『白湖全書』「年譜」. "時烈答書以爲不從朱子之訓 是夷狄禽獸也"

27) 劉英姬, 「백호 윤휴 사상 연구」, 고려대 박사학위논문, 1993.

이런 두 성향 가운데 하나는 점점 주희를 절대적으로 존신하는 방향으로 나아가고, 하나는 주희보다는 도를 더 중시하는 쪽으로 나아가 의리 발명을 중시하게 된다. 이러한 경향은 조식·이황 이전 李彦迪(1491-1553)의 경우에서도 찾아볼 수 있으니, 16세기 학술이 발달하면서 이 두 가지 성향을 갖게 된 것이라 하겠다.

그러나 이황·이이 등으로부터 주자학만을 존신하며 異說을 용납하지 않고 이단을 배척하는 분위기가 고조되었고, 17세기 인조반정 이후 집권 세력인 서인계에서 주자학의 도통을 李珥와 연결시킴으로써 주자학을 집권층의 이데올로기로 강화시켜 나갔다. 그 결과 송시열의 경우처럼 주자학만을 正學으로 보아 절대 존신하고, 그 나머지는 異端視함으로써 한 시대의 사상을 극도로 경색되게 하였다.

윤휴는 바로 이런 시대적 분위기 속에서 사상의 자유를 추구하여 주자학을 존숭하되 주자학에만 매몰되지 않고 주희 이전의 舊說을 수용하기도 하고, 아예 역대의 주석을 따르지 않고 본인이 직접 經文의 의리를 독자적으로 해석하려 하였다. 그럼으로써 자연스럽게 주희의 설과 다른 설을 개진하게 되었다. 그러나 그는 결코 주희와 다른 사유 체계를 세운 것이 아니고, 또한 주희의 설에 노골적으로 반기를 든 것도 아니었다. 그는 다만 경문의 뜻에 의문을 품고 本旨를 탐구하여 발명하는 것을 자신의 사명으로 생각하였다. 이는 주희의 해석 태도를 충실히 계승하려 한 것으로 아래와 같은 그의 말 속에서 확인할 수 있다.

　나의 저술은 주자의 해석과 다른 설을 펴려고 하는 것이 아니고 의문을 기록하는 것일 뿐이다. 설사 내가 주자 시대에 태어나 제자의 예를 갖추었다고 하더라도, 구차하게 뇌동하며 의문을 풀려고 하지 않고 주자의 설을 찬양만 하고 있지는 않았을 것이다.……전혀 의문을 갖지 않고 입을 다물고 뇌동한다면 尊信하는 것이 虛僞로 돌아갈 것이니, 주자가 어찌 이와 같이 했겠는가? 또한

250 조선시대『大學章句』改定과 그에 관한 論辨

나는 벗들과 토론하여 훗날의 견해가 점점 진전되기를 바랐을 뿐이다. 그런데 근래 宋英甫(宋時烈)가 나를 이단으로 배척하였다. 영보의 학문은 의문을 가진 적이 없고, 오직 주자의 訓解만을 따르면서 異議를 용납해선 안 된다고 혼동을 일으키고 있다. 비록 尊信한다고는 하지만 어찌 이것이 실제로 터득하는 길이 겠는가.28)

여기서 알 수 있듯이, 윤휴와 송시열의 학문 태도는 서로 상반된 입장이 었음을 알 수 있다. 윤휴는 주희의 방식을 충실하게 지키려 했기 때문에 의리 발명을 중시했고, 송시열은 주희를 존신하는 측면을 중시한 것이다.

그러면 윤휴가 지향한 경학의 특징은 무엇일까? 우선 윤휴의 경학관을 몇 가지로 간추려 살펴보기로 한다. 아래 인용문은 윤휴가 생각하는 근본적인 사유이다.

옛날 師弟間에는 묻고 답하는 도가 있었다. 그러나 예전의 물음은 실행하려 하는 것이었는데, 오늘날의 물음은 알려고 하는 것이다. 예컨대 공자 문하에서 仁을 물은 경우, 알아 행하려고 한 것이었다. 그러나 후세에 仁을 물은 것은, 仁이란 글자의 뜻을 알려고 하는 것일 뿐이었다. 이 묻고 답하는 도가 옛날과 지금이 다르게 되었으니, 스승이나 제자가 된 사람들은 각자 경계할 줄 알아야 할 것이다.29)

윤휴는 三代 이전에는 도가 예악을 실천하는 실생활 속에 있었는데,

---

28) 李丙燾, 『韓國儒學史』 332면 재인용(『道學淵源續』). "吾之所著 非欲與朱訓立異 乃 記疑耳 設使我生於朱子之時 執弟子之禮 亦不敢苟且雷同 都不及求 而只加贊歎而已 ……若都不起疑含糊雷同 則其所尊信者 歸於虛僞 朱子豈如是也 且吾只欲與朋友講論 以俟他日見得之漸進 而近有宋英甫斥以異端 英甫之學 曾不設疑 而惟朱訓 則混稱不 可容議 雖曰尊信 而豈是實見得也"

29) 尹鑴, 『白湖全書』(경북대출판부, 1974) 1890면, 「行狀」. "古之師弟 有答問之道 然古 之問也 爲欲行之 今之問也 爲欲知之 如孔門之問仁也 欲知以行之 後世之問仁也 只欲 知仁字之義 此答問之道 所以有古今之異 而爲師弟子者 各宜知戒者也"

삼대 이후로는 책 속의 문자로만 남게 되었다고 본다.[30) 위 인용문에서 윤휴가 '옛날의 질문은 실행하려 한 것인 반면, 오늘날의 질문은 알려고 하는 것이다'라고 한 것이나, '오늘날의 스승과 제자 모두 이런 현실의 풍토에 대해 경계할 줄 알아야 한다'고 한 것은, 현실에 대한 날카로운 비판인 동시에 그가 추구하는 학문의 방향을 암시하고 있다. 곧 知만 주구하는 공부가 아니라, 行을 수반하는 학문을 제시한 것이다. 그는 세상사를 잘 처리하려면 經術을 닦아야 하는데, 그러기 위해서는 독서할 적에 '유용하게 보아야 한다[有用看]'고 하였다. 이것이 바로 그의 경학관의 첫 번째 특징이다.

그렇다면 그가 말하는 유용하게 보는 것은 구체적으로 어떻게 독서하는 것일까? 그는 경전의 章句와 文字 사이에서 성현들이 주고받은 마음을 터득할 수 있다[31)고 보는데, 예컨대『춘추』에 들어 있는 微言大義,『대학』에서 격물치지를 해석해 놓지 않은 것,『중용』에서 '天下之大本'을 말하지 않은 것 등은 말한 것보다 더 깊은 의미가 있기 때문에 이런 것들을 깊이 있게 궁구해야 한다는 것이다.[32) 이는 곧 경전의 이면에 있는 성현이 말씀하신 本旨를 탐구해야 한다는 것이다. 이 본지를 탐구하는 것이 바로 그가 생각하는 經術을 닦는 공부이다. 이런 관점에서 그는 의리의 발명을 학자의 사명으로 인식한다.

> 대체로 천하의 義理는 무궁하고, 성현의 말씀은 旨意가 매우 깊다. 앞사람이 大義를 밝혀 놓으면 뒷사람이 또 그것을 연역하여, 이미 말한 것을 통해 말하

---

30) 上同, 1889면, 「行狀」. "嘗曰 三代以上　道在禮樂　三代以下　道在簡策"

31) 上同, 1461～1462면, 「中庸章句補錄」. "書不盡言 言不盡意 卽其章句文字之間 猶可以得前聖授受之意者"

32) 上同, 1890면, 「行狀」. "又嘗曰 春秋有不言而示義者 中庸之不說天下之大本 大學之不釋格物致知 堯曰篇之去重民五敎 洪範之不言彝倫者 其義更深於言之者 學者不可不深致意也"

지 않은 것을 더욱 드러내었다. 이 점이 文王·武王의 도가 땅에 떨어지지 않고 사람에게 있게 된 이유이고, 도가 더욱 밝아지게 된 까닭이다. 따라서 이런 점을 말하는 것은 참으로 앞사람보다 훌륭함을 구해서가 아니다. 그러니 말하지 않는 것 또한 앞사람이 뒷사람을 기다리는 뜻이 아니다.[33]

‘천하의 의리가 무궁하다’는 발언은 묵수론자들에게서는 잘 나타나지 않는 말이다. 곧 진취적인 학자들이 선호하는 말이다. 윤휴는 전인이 밝혀 놓은 것을 기초로 다시 연역하여 전인미발의 의리를 밝히는 것이 도가 땅에 떨어지지 않고 사람에게 살아 있게 하는 방법임을 확신하고 있다. 위 인용문을 보면, 그가 성현에 초점을 맞추는 것이 아니라, 도에 중점을 두고 있음을 여실히 알 수 있다.

이처럼 윤휴는 경전에 담긴 의리를 발명하는 데 주안점을 두었기 때문에 고인의 註說에 구애되지 않았고[34], ‘『논어』의 註를 읽을 필요가 없다’고 하였으며[35], ‘諺解의 句節에 의지하지 말라’[36]고 하였던 것이다. 윤휴는 이와 같이 주석에 연연하지 않고 본문을 통해 본지를 탐구하려 하였기 때문에 원형이 비교적 잘 보전된 古本을 통해 經旨를 탐구하려 하였다. 이것이 그의 경학관의 두 번째 특징이다.

윤휴는 堯舜의 도를 ‘孝悌’로 파악한다. 그래서 공자가 『논어』에서 이 점을 극구 강조해 말한 것이라 생각했다.[37] 이런 관점에서 그는 孝를 말한 『孝經』을 『中庸』과 함께 가장 중요한 경전으로 인식하였다. 그는

---

33) 上同, 1461~1462면, 「中庸章句補錄」. “蓋天下之義理無窮 而聖賢之言 旨意淵深 前人旣創通大義 後之人又演繹之 因其所已言 而益發其所未言 此文武之道 不墜在人 而道之所以益明也 言之 固非以求多于前人 不言 又非前人俟後人之意也”

34) 宋時烈, 『宋子大全』 附錄 권6, 「年譜」. “立心制行 不泥古人 讀書講義 不拘註說”

35) 實錄廳, 『肅宗實錄』 원년 1월 18일(정축)조. “鑴言論語註不必讀”

36) 實錄廳, 『肅宗實錄』 원년 3월 17일(을해)조. “鑴請上勿依諺解句絶”

37) 尹鑴, 『白湖全書』 1550~1551면, 「孝經章句考異」. “堯舜之道 孝悌而已 吾夫子樂道 堯舜之道 而曾氏之徒 述而傳之 如此”

『효경』은 事親之道를 말한 것으로, 『중용』은 事天之道를 말한 것으로 보았으며, 『예기』「內則」은 『효경』의 節文으로, 『大學』은 『중용』의 條目으로 보았다.[38] 윤휴가 事親·事天을 강조한 것은 특별한 의미가 있다. 즉 實踐·實用이 없이 糟粕 같은 경전의 문자만으로는 학술이 공허하여 진실성이 없다는 자각에서 나온 것이다. 이를 통해 볼 때, 事親과 事天을 학문의 두 축으로 제시한 것이 그의 경학관의 세 번째 특징이다.

윤휴는 이와 같은 경학관을 견지하고 있었기 때문에 주희를 선현으로 존숭하더라도, 주희의 『대학장구』·『중용장구』를 저본으로 하여 학문하는 것을 止揚하고, 『고본대학』을 저본으로 해서 본지를 터득하는 경학을 전개한 것이다. 윤휴의 『대학』 해석은 주희의 『대학장구』를 따르지 않고, 『고본대학』을 저본으로 해석한 것이 특징이다. 그의 『대학』 해석에 관한 설은 『白湖全書』 권37에 수록된 『讀書記-大學』에 들어 있다. 이 가운데 있는 「大學全篇大旨按說」에는 그가 『고본대학』을 저본으로 하여 해석한 설이 실려 있다. 이를 간추려 도표로 제시하면 아래와 같다.

대분절	세분절	『고본대학』의 편차	요지	비고
제 1 대 절	經一章	01-01 大學之道 …… 在止於至善 01-02 知止而后有定 …… 慮而后能得 01-03 物有本末 …… 則近道矣 01-04 古之欲明明德於天下者 　　　…… 致知在格物 01-05 物格而后知至 …… 國治而后 　　　天下平 01-06 自天子以至於庶人 　　　壹是皆以修身爲本 01-07 其本亂而末治者 …… 未之有也 01-08 此謂知本　此謂知之至也	三綱領 八條目 本末	요지파악이 『대학장구』와 동일

---

38) 上同, 1893면, 「行狀」. "公於孝經用功 與中庸無異 曰孝經言事親之道 內則 實其節文也 中庸事天之道 大學是其條目也"

제2대절	傳一章	01-09 所謂誠其意者 …… 故君子必愼其獨也 01-10 小人閒居 …… 故君子必愼其獨也 01-11 曾子曰 …… 其嚴乎 01-12 富潤屋 …… 故君子必誠其意 01-13 詩云 瞻彼淇澳 …… 民之不能忘也 01-14 詩云 於戲 …… 此以沒世不忘也	誠意	학자의 공부에서 誠意의 중요성 강조 格物致知는 闕文이 아니라 不言示意
제3대절	傳二章	01-15 康誥曰 克明德 …… 皆自明也 01-16 湯之盤銘曰 …… 君子無所不用其極 01-17 詩云 邦畿千里 …… 止於信 02-01 子曰 聽訟 …… 大畏民志 此謂知本	明德 新民 止於至善 本末	『대학장구』의 전 제1장~전 제4장의 요지파악과 동일
제4대절	傳三章	02-02~04 所謂修身 …… 此謂修身 在正其心	正心修身	『대학장구』와 동일
	傳四章	02-05~07 所謂齊其家 …… 不可以齊其家	修身齊家	『대학장구』와 동일
	傳五章	02-08~16 所謂治國 …… 此謂治國 在齊其家	齊家治國	『대학장구』와 동일
	傳六章	02-17~39 所謂平天下 …… 以義爲利也	治國平天下	『대학장구』와 동일

이러한 윤휴의『고본대학』을 저본으로 한 分節과 그에 따른 요지 파악, 그리고『대학』해석의 특징은 다음과 같이 몇 가지로 정리할 수 있다.

첫째, 윤휴는 기본적으로『고본대학』의 편차를 그대로 따라 分節했다는 점이다.『고본대학』은 크게 2개 단락으로 나누어져 있는데, 윤휴는 이를 크게 4大節, 세분해서 7節로 分節하여 요지를 파악한 것이다. 윤휴는『고본대학』의 요지를 크게 네 단락으로 나누어 그 요지를 다음과 같이 파악하고 있다.

『고본대학』의 차서로써 말한다면, 4절로 나누어야 한다. 제1절은 經文이 되니, 修己治人과 志道迪德을 다 거론하였는데 本末·始終·先後의 차서에 대해 거듭 말했다. 이는 대개 공자께서 이른바 '옛날 선왕들로부터 사람을 가르치던

법'이라고 하신 것이다. 그 다음 3절은 공자 문하에 전수한 것으로 평일 공자에게 들은 것을 통해 차서를 고찰해 논하고 經旨를 발휘한 것이다. 〈傳文 제1절은〉 먼저 誠意를 해석하여 군자·소인의 분별을 삼가고, 겸하여 학문을 하여 진덕수업하는 큰 방법과 誠敬의 공부와 威儀의 법칙과 篤恭의 공효를 진술했다. 〈전문 제2절은〉 옛날 聖王들이 덕을 닦고 백성을 새롭게 한 顧諟의 일, 日新의 공부, 백성을 진작시켜 덕을 길러준 일, 立志의 뜻, 存心의 방법, 인륜의 떳떳함을 말하여 학자의 자세를 보였는데, 마지막에 또 그 근본을 극도로 미루어 말했다. 〈전문 제3절은〉 먼저 正心을 말해 修身에 이르고, 齊家를 정녕하게 말하고서 치국·평천하의 도와 백성과 더불어 好惡를 함께하고 財用을 공유하는 뜻, 군자와 소인을 쓰고 버리는 일에 더욱 신중히 할 것을 극진히 진술하고, 忠信과 驕泰 및 義利에 대한 심술의 분변으로 끝을 맺었다. 그런데 '知本' 이상(전문 제1절)은 治己를 말한 것으로 무거우면서 두루 말하고, '正心' 이하(전문 제2절 이하)는 治道를 말한 것으로 크면서도 상세하다.[39]

　이처럼 『대학』을 4대절로 나누어 요지를 파악한 것은 매우 독특한 해석[40]인데, 그 나름의 일정한 논리 체계를 갖추고 있다. 윤휴가 『고본대학』의 편차를 그대로 따른 것은, 송대 이후 학자들이 편차를 멋대로 개정하여 경전의 본모습을 훼손했다고 판단했기 때문이다. 즉 예로부터 전해 내려오는 것을 그대로 두고, 분절을 통해 그 속에 담긴 성인의 본지를 찾자는 그의 경학관이 그대로 투영된 해석이다.

　둘째, 주희의 『대학장구』의 해석을 상당 부분 수용하고 있다는 점이

---

39) 尹鑴, 『白湖全書』 『讀書記-大學』 16～17면, 「大學全篇大旨按說」. "抑今若以古本次序言之 當分作四節 上節爲經文 備擧修己治人志道迪德 而申申於本末始終先後之序 蓋夫子所謂自古昔先王敎人之法也 次三節則孔門傳授 因平日所聞於夫子 而考論序次 發揮經旨者也 首釋誠意 以謹君子小人之分 兼陳學問進修之大方 誠敬之功 威儀之則 篤恭之效 中言古先聖王明德新民 顧諟之事 日新之功 振民育德 立志之義 存心之方 彝倫之常 以示學者之戱率 末亦極其本而言之 次一節先言正心 以及修身 丁寧乎齊家 而極陳治平之道 與民同好惡共財用之義 尤兢兢於君子小人之用舍 終之以忠信驕泰義利 心術之辨 知本以上 其言治己也 重以周 正心以下 其言治道也 大而詳"

40) 이영호, 『조선중기 경학사상 연구』(경인문화사, 2004) 167면.

다.『고본대학』에는 經文과 傳文으로 나누지 않았는데, 윤휴는 주희의 설을 수용해 經·傳으로 나누었다. 그는 '공자 문하에서 평소 들은 것을 통해 차서를 고찰해 논하고 經旨를 발휘한 것'이 아래 3절의 전문이라는 해석이다. 또한 경문의 요지 파악도 주희처럼 삼강령·팔조목 외에 本末을 중시하고 있으며, 전문의 요지 파악도 주희의『대학장구』와 상당히 유사하다.

다른 점은 제3대절의 삼강령·본말을 해석한 전문을『대학장구』처럼 제2대절 앞으로 옮겨 놓지 않은 점이다. 그러니까 주희의『대학장구』는 윤휴가 제3대절로 본 삼강령·본말에 대해 해석한 전문을 성의장 앞으로 옮기고, 격물치지전이 있었는데 없어졌다고 판단해 보충해 넣은 것으로 그 특징을 정리할 수 있다. 그런데 윤휴는 그 점에 대해 의문을 가졌고,『대학』을 만든 사람의 본래 의도는 그런 것이 아니라, 위에서 제시한 도표와 인용문의 내용과 같다는 것이다. 이런 점에서 보면, 큰 틀에서 견해가 달랐을 뿐, 세부적인 해석에서는 주희의 설을 대다수 수용하고 있다고 하겠다.

셋째, 전문에서 格物致知를 해석하지 않은 것에 대해, 윤휴는 본래『대학』을 만든 사람들이 말하지 않은 것으로 보았다. 그는 이에 대해 다음과 같이 말하고 있다.

> 전문에 格物致知를 해석하지 않은 것은 공자가 '나는 이제 말을 하지 않으려 한다'고 한 것과 같은 뜻으로, 말을 하지 않았지만 그 뜻이 갖추어져 있다.[41]

윤휴는 傳文에서 格物致知를 말하지 않고 곧장 誠意를 말한 것에 대해, 성의는 학자에게 있어서는 心志를 세우는 처음이 되고, 爲己之學과

---

41) 尹鑴,『白湖全書』『讀書記-大學』16~17면,「大學全篇大旨按說」. "乃其不釋格致 又以夫子予欲無言之旨焉 其義備矣"

爲人之學을 구별하는 관문이 되며, 군자와 소인이 나누어지는 지점이 된다는 점을 드러내 보인 것으로 설명하였다.[42]

넷째, 윤휴는 『대학』을 주희처럼 明明德·新民·止於至善의 삼강령 위주로 파악하지 않고, '明性之道'로 본 것이 특징이다. 앞에서 언급했듯이, 그는 『대학』을 『중용』의 조목으로 본다. 그래서 그는 명명덕을 『중용』의 '盡己之性'으로, 신민을 '盡人之性'으로, 지어지선을 '成己成物의 극치'로 본다. 그는 經文의 하단은 成己成物하여 盡其性하고 知性知天하여 盡其心한 것이라고 말할 수 있기 때문에 '此謂知本 此謂知之至也'를 경문의 結語로 쓴 것이라 하였다.[43] 이런 관점에서 그는 '知止' 이하 2절과 '此謂知本 此謂知之至也'를 뒤로 옮겨 格物致知傳으로 삼는 주희 이후의 개정설에 대해, 경문의 立言之體를 살피지 않은 소치라고 강도 높게 비판하였다.[44]

기타 윤휴가 『대학』을 해석하면서 독자적으로 발명한 설이 다수 있지만, 여기서는 『고본대학』을 저본으로 해서 독자적으로 해석한 점에 초점을 맞추어 논하기 때문에 상세한 언급은 하지 않기로 한다. 또한 윤휴의 『대학』 해석의 특징에 관해서는 기왕의 연구 성과에서 상세하게 논하고 있다.[45]

---

42) 尹鑴, 『白湖全書』 『讀書記-大學』 「大學古本別錄」. "右 所謂誠其意以下 爲傳文 蓋孔門弟子以平日所聞於夫子者 而論釋經文者 有抑揚反復之意焉 不言格致 而先釋誠意者 見誠意在學者爲立心之初 爲己爲人之別 君子小人之所由分也"

43) 上同, 「大學古本別錄」. "今按 學者 所以明性也 大學之書 明性之道也 故其曰明明德 盡己之性也 新民 盡人之性也 止至善成己成物之極也……自天子以下 又以申本末先後之義也 而天下治亂之故 人倫厚薄之分 又可見矣 至此則可謂成己成物而盡其性矣 又可謂知性知天而盡其心矣 故曰此謂知本 此謂知之至也 此大學之旨也"

44) 上同, 「大學古本別錄」. "又按此章立言 前後相應有不可易者 先儒乃就此增減 又有以知止二節爲格致之傳者 蓋不察經文立言之體耳"

45) 安秉杰, 「古本大學을 통해 본 白湖의 經學思想 研究」, 『민족문화』 제11집, 1985. 李昤昊, 「17세기 조선조 탈주자학파의 『대학』해석과 경학사상」, 『조선중기 경학사상 연구』, 경인문화사, 2004.

(3) 鄭齊斗의 『고본대학』을 저본으로 한 해석

鄭齊斗(1649-1736)의 자는 士仰, 호는 霞谷, 본관은 延日이다. 鄭夢周의 후손으로 부친은 鄭尙徵이고, 모친은 韓山 李氏이다. 한양에서 출생하여 宋浚吉·宋時烈의 문인인 李燦漢·李商翼에게 배웠다. 다시 南溪 朴世采의 문하에 나아가 주자학을 익혔으며, 뒤에 양명학에 심취하여 우리나라에서 최초로 양명학의 이론을 체계적으로 확립하였다. 그의 양명학에 관한 설은 그의 문집에 수록되어 있는 「學辨」과 「存言」에 잘 드러나 있다. 그는 만년에 거처를 강화도로 옮겨 강화학파를 형성하게 되었다.

정제두는 몇 차례 문과 시험에 낙방한 뒤, 과거를 단념하고 학문에만 전념하였다. 32세 때 천거에 의해 관직에 나아가 의정부 우참찬에까지 이르렀다. 그는 崔鳴吉의 손자인 崔錫鼎 등과 교유하였다. 그의 학문은 鄭厚一·李匡師·李匡呂 등에게 전해졌고, 申綽·李令翊 등에게 이어져 李建昌 등에게로 계승되었다.

우리나라에 양명학은 16세기 전반기에 전래되었다. 당시는 士禍期로 학자들이 出仕를 꺼리고 재야에서 학문에 침잠하여 程朱學이 한창 꽃피고 있던 시기였는데, 심성수양론 위주로 학문이 발달하여 朱子學만을 고집하지는 않았다. 즉 『성리대전』 등에 수록된 송대의 다양한 설을 통해 성리학을 받아들였다.

그런데 『朱子全書』가 보급되고, 또 李滉이 「王陽明傳習錄辨」 등을 지어 양명학을 비판하면서부터 陸王學을 이단시하고 정주학만을 正學으로 숭상하는 풍조가 생겨났다. 이런 思潮는 인조반정 이후 서인들이 순정하지 않은 학문을 일체 이단으로 배척하면서부터 더욱 강화되어 집권층의 지배 이념으로 군림하였다.

이런 시기에 정제두는 양명학을 수용하여 자기 학문의 근간으로 삼았다. 그는 「大學說」·「中庸說」·「論語說」·「孟子說」·「存言」·「書箚錄」·

「春秋箚錄」·「經學集錄」 등 경전 해석에 관한 다수의 글을 남겼다. 그는 왜 이처럼 경전을 다시 해석한 것일까? 먼저 그의 말을 들어보기로 한다.

> 天命은 지극히 선한데 「大學解」·「中庸解」을 지은 것은 무엇 때문인가? 六經의 글은 일월처럼 밝아 지혜로운 사람이 보면 절로 환히 알 수 있으니, 수해를 할 필요가 없다. 그러므로 訓詁만 있고 註說이 없었던 것이 오래였다. 주자는 物理로써 해석했으니, 주를 만들지 않을 수 없었다. 이것이 바로 古經이 변한 까닭이다. 주자의 해석이 잘못되었으니, 개정하는 설을 만들지 않을 수 없다. 이것이 바로 나의 주해가 만들어진 까닭이다. 내가 개정한 것은 대개 절실하고 긴요하여 부득이한 설이다. 그 나머지 문구의 의미를 해석한 타당한 설로 덧붙일 것이 없는 것은 예전의 설을 그대로 따랐다. 아! 변함이 없었다면 개정하는 일도 없었을 것이지만, 변함이 있으니 다시 되돌리는 일이 있게 된 것이다. 이는 부득이한 것이다. 이를 알면 나의 죄도 알 것이다.[46]

정제두는 자신이 경전을 다시 해석한 이유를 '주자의 주석이 나옴으로써 古經의 뜻이 변했기 때문'이라고 하였다. 그는 주희가 '物理'로 경전을 해석했기 때문에 주석을 낼 수밖에 없었다는 점을 지적했다. '物理'란 '事事物物의 理致'를 의미하니, 내 마음의 밖에 있는 사물의 이치를 가리키는 것이다. 즉 양명학에서는 心卽理說을 주장한다. 이에 근거하면 내 마음속의 天理를 保存하고 人欲을 막는 것이 경전에 담긴 성인의 본지인데, 이를 추구하지 않고 사물의 이치를 궁구하는 쪽으로 나아갔기 때문에 경전의 본질이 왜곡되었다는 것이다.

이러한 정제두의 문제 의식은 분명 조선성리학이 이론적 탐구에 치우

---

46) 鄭齊斗, 『霞谷集』 권13, 「大學序引」. "天命至善 二解之作 何爲也 夫六經之文 昭如日星 知者見之 自無不洞如 無事於注爲 故有訓詁而無注說 尙矣 朱子以物理爲解 則不得不作注 此古經所以變也 朱解旣以離之 則又不得不改爲之說 此今注所以更也 其所改者 蓋切要不得已之說也 如他文義解說之當者 無以加矣 幷因於舊云 噫 無變則無事 有變則有復 此不得已也 知此則知我之罪矣夫"

친 17세기의 학자로서 심각한 자기반성이라 할 수 있다. 이러한 생각이 그의 경학을 心學으로 나아가게 했다. 이런 관점으로 그는 경전을 재해석하였는데,『중용』의 경우 주희의 33장 체제를 따르지 않고, 전체를 7절로 나누어 해석하였다. 이를 간략히 도표로 제시하면 아래와 같다.47)

정제두의 분장		주희의 『중용장구』 장차	정제두의 요지파악	주희의 요지파악
上篇	제1장	제1장	首言性道敎 而因以修道之事明之 誠之者也	中庸
	제2장	제2장~제11장	君子·中庸言修道之敎 是中庸之德也	費隱小大
	제3장	제12장~제19장	費隱言率性之道 是中庸之道也	
下篇	제4장	제20장	哀公問總言道與德 而因以修德之功申之 修道者也	
	제5장	제21장~제26장	自誠明言至誠之道 爲修道者也	天道人道
	제6장	제27장~제30장	大哉聖道言至聖之道 爲率性者也	
	제7장	제31장~제33장	惟天子·至聖至誠 末以至誠天德至聖大道 二者互言 推以至於天德之徵而終焉	總論一篇之要

이 도표에서 보이듯이, 정제두의『중용』해석은 주희의『중용장구』의 해석과는 상당히 다르다는 것을 알 수 있다. 그의 요지 파악을 주희의 요지 파악과 비교해 보면, 率性과 修道에 중점이 두어져 있음을 발견할 수 있다. 바로 그는『중용』의 본래 요지를 솔성과 수도로 본 것이다. 그런데 그는 솔성은 '自誠明謂之性'으로, 수도는 '自明誠謂之敎'로 봄으로써 솔성은 誠, 수도는 誠之로 보았다.48) 이런 관점에서 그는 수도의 극

---

47) 아래 도표는 정제두의『霞谷集』(한국고전번역원 영인 160책 319~325면의「中庸」과
  344면의「篇章第次一」에 의거해 만든 것이다.
48) 鄭齊斗,『霞谷集』권12,「中庸」. "自誠明謂之性 誠者也……自明誠謂之敎 誠之者也"

치를 솔성이라 하였다.[49]

이처럼 정제두는 『중용』의 요지를 修道에 둠으로써 주희의 경우처럼 物理에 의한 경전 해석을 배제하면서 자각과 주재능력이 있는 인심 내에서의 性에 주목하고 있는데, 이는 왕양명의 心卽理를 『중용』 해석에 적용한 결과라 할 수 있다.[50]

이러한 경전 해석의 관점은 그의 『대학』 해석에서도 그대로 나타나고 있다. 그는 주희의 『대학장구』 체제를 따르지 않고, 『고본대학』을 저본으로 독자적인 分章을 시도하였는데, 이를 도표로 정리하면 다음과 같다.

분절	분장	『고본대학』의 편차	요지	비고
上節 : 正說工 夫所在	제 1 장	01-01 大學之道 …… 在止於至善 01-02 知止而后有定 …… 慮而后能得 01-03 物有本末 …… 則近道矣 01-04 古之欲明明德於天下者 　　　…… 致知在格物 01-05 物格而后知至 …… 國治而后 天下平 01-06 自天子以至於庶人 壹是皆以修身爲本 01-07 其本亂而末治者 …… 未之有也 01-08 此謂知本 此謂知之至也	言綱領條目 至善致知	經一章 孔門敎人之遺法 三綱八目 發出聖學全體 爲萬世心法正宗 明德 至善之功 致知 格物之事
	제 2 장	01-09 所謂誠其意者 …… 故君子必愼其獨也 01-10 小人閒居 …… 故君子必愼其獨也 01-11 曾子曰 …… 其嚴乎 01-12 富潤屋 …… 故君子必誠其意 01-13 詩云 瞻彼淇澳 …… 民之不能忘也 01-14 詩云 於戱 …… 此以沒世不忘也	釋致知誠意	傳之第一節
上節 : 正說工 夫所在	제 3 장	01-15 康誥曰 克明德 …… 皆自明也 01-16 湯之盤銘曰 …… 君子無所不用其極	釋明德至善	傳之第二節
		01-17 詩云 邦畿千里 …… 止於信 02-01 子曰 聽訟 …… 大畏民志 此謂知本		傳之第三節

---

49) 鄭齊斗, 『霞谷集』 권12, 「中庸」. "此其修道之極致 率性者也"

50) 金洛眞, 「정제두의 「중용설」에 나타난 반주자학적 경전 해석」, 『하곡 정제두』, 2005, 예문서원, 302면.

下節 : 推明本 源之說	제 4장	02-02～04 所謂修身 …… 此謂修身 在正其心	正心修身	傳之第四節
	제 5장	02-05～07 所謂齊其家 …… 不可以齊其家	修身齊家	傳之第五節
	제 6장	02-08～16 所謂治國 …… 此謂治國 在齊其家	齊家治國	傳之第六節
	제 7장	02-17～39 所謂平天下 …… 以義爲利也	治國平天下	傳之第七節

정제두는 『대학』을 공자 문하에서 사람들을 가르치던 법으로 보아, 삼강령·팔조목은 聖學의 전체를 드러낸 것으로 '만세 心法의 正宗이 된 다'고 하였다.[51] 그는 「讀大學」에서 『대학』의 요지를 다각도로 설명하 였는데, '在明明德 在親民 在止於至善'은 학문을 말한 것으로, '止於至 善'은 본체를 말한 것으로, 格物·致知·誠意·正心·修身은 工夫를 말 한 것으로 보았다.[52]

또 그는 治國章의 '孝·弟·慈'에 주목하여, 효·제·자는 자신에게서 닦아 家人에게 행하는 것이니, 이를 國人에게도 행할 수 있다고 함으로 써, 그것이 敎가 될 수 있다고 하였다.[53] 그는 이런 관점에서 修身 이상 은 學과 修己로, 齊家 이하는 敎와 治人으로 보았다.[54] 이는 그의 『중 용』 해석에서 修道를 중시하는 것과 마찬가지의 사유 체계로, 修身을 중시하는 해석이다. 그는 심지어 "『대학』 1편의 도는 孝·弟·慈일 뿐이 다. 그리고 그 근본은 至善이 그것이다."[55]라고 하여, 자신에게 닦아 집

---

51) 鄭齊斗,『霞谷集』권13,「讀大學」. "其三綱八目 發出聖學全體 爲萬世心法正宗"

52) 上同. "其言學曰 在明明德 在親民 在止於至善 …… 其言本體曰 止於至善 …… 言其 工夫 則曰格物 曰致知 曰誠意 曰正心 曰修身"

53) 上同. "孝弟修於身 行於家 則以是可以行於國"

54) 鄭齊斗,『霞谷集』권13,「大學說」. "修身以上 其學也 齊家以下 其敎也 修身以上 修 己也 齊家以下 治人也"

안에 행하는 효·제·자를『대학』의 도로 보았다. 이 역시 심즉리설에서 연유한 주재와 실천의지를 강조하는 관점이다.

정제두는『대학』을 크게 上節과 下節로 나누었다. 상절은 工夫의 所在를 바로 말한 것으로 보고, 하절은 本源을 미루어 밝힌 설로 보았다. 또는 그는 전체를 7장으로 分章했는데, 위 도표 비고란에서 보듯 제1장을 經一章으로 보고, 제2장을 전 제1절, 제3장을 전 제2절과 제3절, 제4장을 전 제4절, 제5장을 전 제5절, 제6장을 전 제6절, 제7장을 전 제7절로 보았다. 이를 보면, 그도 주희처럼『대학』을 經과 傳으로 나누어 보는 데는 동의한 듯하다. 다만 분장에 따른 논리 체계는 주희의『대학장구』와 전혀 다르다.

정제두는 또 삼강령 가운데 명명덕과 신민은 대학의 體用으로 보아 經으로 삼고, 지어지선은 대학의 본체로 보아 緯로 삼았다. 그는 이런 관점에서 經은 物로 緯는 事로 보아, 六事는 事之緯로 八條目은 物之經이라 하였다.[56]

정제두의『대학』해석에서 또 하나의 특징은 양명학에 입각하여 格物致知를 주희와는 달리 해석한 것이다. 주희는 格은 至, 物은 事와 같으며, 致는 推極으로 해석하여 격물치지의 의미를 事事物物에 나아가 그 속에 들어 있는 理를 탐구하여 아는 것이라고 하였다. 그런데 王守仁은 格은 正, 物은 事, 致는 至, 知는 良知라고 해석하여 양지를 완성하고 실천적인 事를 바로잡는 것이 격물치지라 하였다.

양명학자인 정제두 역시 사물에 나아가 理를 구한다는 주희의 견해에 찬성하지 않고 "致는 至이고, 知는 心의 本體이니, 바로 至善이 발한 것

---

55) 上同. "大學一篇之道 孝弟慈而已 其本則至善是耳"

56) 上同. "明德新民 大學之體用 爲經者也 止至善 大學之本體 爲緯者也 三者 大學之綱 物爲經而事爲緯者也 六者 以至善之工夫言 事之緯也 物亦在其中 八者 以明德之條理 言 物之經也"

이다. 格은 正이고, 物은 事이니, 곧 意가 소재하는 일이다.”[57]라고 하였다. 이는 마음의 본체이며 지선의 발현인 앎의 완성은, 意가 담겨 있는 일을 바로잡음으로써 가능하다는 뜻이다.[58] 격물치지에 대한 해석은 주자학과 양명학이 첨예하게 대립하는 지점이다. 정제두의 설은 양명학의 격물치지설을 그대로 수용한 점에서 주희의 설과 판이하게 다른 해석이라 하겠다.

(4) 李秉休의 『고본대학』 개정과 해석의 특징

李秉休(1710-1776)의 자는 景協, 호는 貞山 · 耐庵, 본관은 驪州이다. 李瀷의 넷째 형인 李沆의 셋째 아들로, 모친은 漢陽 趙氏이다. 이익의 문하에서 수학하여 성호학을 계승하였다. 문장으로 뛰어났던 李用休와는 형제간이다.

이병휴는 성호학을 계승하여 鹿庵 權哲身(1736-1801) · 伏菴 李基讓(1744-1802) 등에게 전함으로써 다음 세대 茶山 丁若鏞(1762-1836)에게 성호학이 이어지게 한 교량적 역할을 한 인물이다.[59] 이처럼 정산은 성호학파에서 중요한 위치에 있는 인물이다. 그런데 그의 저술이 온전히 수습되지 않아 제대로 조명되지 못하였다. 이병휴는 성호학파 내에서 진보적 성향을 보이는 인물로, 보수적 성향을 보이는 安鼎福(1712-1791)과 상대적 위치에 있는 인물이다. 흔히 성호학파를 좌파와 우파로 분류할 때, 우파는 안정복을 좌파는 권철신을 지칭하는데, 권철신에게 지대

---

57) 鄭齊斗, 『霞谷集』 권13, 「大學二」. “致 至也 知者 心之本體 卽至善之所在也 格 正也 物者 事也 卽意所在之事也”

58) 김교빈, 「<대학설>을 통해 본 하곡 정제두의 경학사상」, 『하곡 정제두』, 예문서원, 2005, 354면.

59) 拙稿, 「貞山 李秉休의 學問性向과 詩經學」, 『南冥學研究』 제10집, 경상대 남명학연구소, 2001.

한 영향을 미친 인물이 바로 이병휴이다. 또한 권철신은 이병휴의 문인이 분명하기 때문에 성호학파를 대별하면, 이병휴 계열과 안정복 계열로 양분할 수 있다.

이병휴는 성호 문하에서 경학으로 이름이 났었는데, 특히『주역』과 三禮에 정통했던 것으로 전한다.60) 그의 경학 관련 저술은『大學心解』·『易經心解』61) 및『貞山雜著』에 실린 經說과 禮說이 있는데,『역경심해』는 지금 전하지 않는다.『대학심해』도 국립중앙도서관 소장 '安鼎福叢書' 가운데 들어 있으며, 표제에 '安鼎福 著'로 되어 있어 동문 안정복의 저술로 오인되기도 하였다.62)

이익은 本旨探究를 위해 懷疑精神을 매우 강조하였다.63) 이병휴는 이런 회의정신을 스승으로부터 깊이 체득하여, 독서를 할 때 의문을 갖고 탐구하길 좋아하였다.64) 이런 그의 탐구정신은 많은 문제 의식을 갖게 하였다. 그리하여 그는 이익처럼 조금이라도 마음에 와 닿지 않으면 의심을 갖고 끝까지 본지를 탐구하였다. 다음 자료는 이런 그의 경전 해석 태도를 잘 보여준다.

> 다른 사람들은 그만두고, 程子·朱子 두 선생이 經旨를 해석한 것만 보더라

---

60) 丁若鏞,『與猶堂全書』제1집, 권15,「貞軒墓誌銘」. "貞山李秉休 治周易三禮 萬頃孟休 治經濟實用 惠寶用休 治文章"

61)『易經心解』는 丁若鏞이 지은「貞軒墓誌銘 附聞話」에 그 이름이 보인다.

62)『大學心解』서문에 "己未 五月 端陽後二日 驪州 李秉休書"라고 분명히 밝히고 있고,『貞山雜著』에 실린『대학』관련 글과 대조해 보아도 내용이 동일하기 때문에『大學心解』는 貞山의 저술이 확실하다. 정산이 이 책을 최종 탈고한 시기는 그의 나이 29세 때인 기미년(1738년) 5월 7일이다.

63) 최석기,「星湖 經學의 基底-懷疑精神과 本旨探究」,『한국한문학연구』특집호, 한국한문학회, 1996.

64) 李秉休,『貞山雜著』제5책,「再答安百順書」. "僕自幼讀書 性喜究索 或未了解 終日不快 必究竟到底 然後心下方打疊 故雖於先儒之說 苟不相契 未能放下 始疑 其吾智不及也 已而熟思旣久 參考亦周轉 覺惹惑之愈甚"

도 간혹 서로 합치되지 않는 대목이 있습니다. 그 사람을 두고 본다면 모두 믿
을 만하지만 그 설을 놓고 보면 둘 다 옳을 리는 없으니, 필경 하나는 옳고 하
나는 그를 것입니다. 따라서 의심을 간직한 채 범범하게 옳다고 하는 것이 어
찌 정밀히 택해 그 중 하나를 따르는 것과 같겠습니까? 그러나 그것을 택하는
권한은 내 마음에 달려 있고, 이 마음의 신령스런 깨달음은 고금에 다름이 없
으니, 깊이 연구하고 생각한다면 어찌 터득하지 못할 리가 있겠습니까? 그러
므로 어리석은 제가 매양 箋이나 疏 외에 좁은 소견으로 고인의 마음을 터득한
것이 있으면 자신도 모르게 기뻐하여 그 설을 사사로이 기록해 師友에게 질정
을 구하였습니다.65)

이병휴는 후학이 선현을 대할 적에 학덕을 우러러 존경하는 인간적인
측면과 그의 학설을 정밀히 논의하는 學究的인 측면을 구별해서 보자고
한다. 즉 그 사람을 존경한다고 해서 그의 설을 무조건 믿고 따라서는
안 된다는 것이다. 이는 사람보다는 도를 중시하는 사고이다. 회의정신
을 통한 본지탐구를 위주로 할 경우, 그 궁극적인 목표는 도[진리]를 얻
는 데 있기 때문에 선현의 설에 대한 맹목적 추종을 경계한 것이다. 그
는 이런 자신의 관점을 주희의 해석 태도를 빌려 정당화시켰다.66) 이병
휴는 주희를 맹목적으로 존숭하여 학문이 황폐화된 점을 당시 학술의
가장 심각한 폐단으로 인식하고 있었다.67)

---

65) 李秉休,『貞山雜著』제5책,「再答安百順書」. "他人勿論 程朱兩先生之解釋經旨 間有
抵捂不合處 以其人則皆可信 而以其說則無兩是之理 畢竟一得而一失 與其蓄疑而泛可
執若精擇而從一 然其擇之之權 在於吾心 而此心之靈覺 古今無異 苟加硏思 寧有不得
乎 是以 區區愚僭 每於箋疏之外 或有管見直得古人之心者 則不覺欣然自喜 私錄其說
要以質諸師友"

66) 李秉休,『貞山雜著』제10책,「論學術之弊」. "雖以朱子已行之事 論之 朱子之學 出於
程氏 其平日尊程氏 無異於孔孟 然至於經傳文義之間 或有意見不合 則不以其尊之之
故 而未嘗苟同 以言乎易 則劃卦之說 捨程而取邵 卦變之義 亦違程氏 其他小小異見處
不可枚擧 以言乎大學 則兩程各有定本 而未之盡遵 以言乎宗法 則伊川從時制 而朱子
遵古禮 婚禮 則迎婦以前 不取程儀 此豈有憾於尊程氏耶"

67) 李秉休,『貞山雜著』제11책,「論學術之弊」. "今人之尊朱子 則不然 不論文義與事證

이처럼 이병휴는 의문이 생기면 자득할 때까지 탐구하였고, 자득한 것이 있으면 주저하지 않고 자신의 견해를 드러내 師友에게 질정을 구하였다. 이런 그의 경전 해석 태도를 선배 尹東奎가 걱정하여 경계하자, 그는 '강학하는 방법은 옳은 것은 옳다고 하고 그른 것은 그르다고 하며, 의심스러우면 의심스럽다고 해야 매우 명백하게 되며, 그런 뒤에야 진보함이 있다'고 하여, 묵수적인 경전 해석 태도를 오히려 비판하였다.[68] 이처럼 이병휴는 선유의 설 가운데 옳은 것은 옳게 여겨 수용하고, 그릇된 것은 그릇되었다고 분명히 지적하고, 의심스러운 것은 끝까지 탐구하는 분명한 해석 태도를 취하였는데, 이 점이 곧 그의 경학관이라 하겠다.

이병휴는 『대학』 첫머리의 '大學之道'를 '王者가 천하를 平治하는 道'로 보았다. 그는 治人이 修己에 근본하기 때문에 '明明德'·'新民'의 순으로 말했지만, 글 전체의 요지는 '治天下'를 위주로 한 것이라 보았다.[69] 이는 '大學之道'의 비중을 '平天下'에 둔 것이다. 이런 인식은 주희가 '大學'을 '小學'과 상대적인 것으로 보아 大人之學인 '窮理正心修己治人之道'라고 한 것[70]과 다른 해석이다. 후대 丁若鏞은 주희의 이러한

苟有一字半辭　致疑於經傳章句之間　則斥之以背朱　繩之以侮賢之律　以此之故　父兄師友之敎　皆以爲朱子文字　不當致疑　亦不須致辨以犯世網　使其子弟後學　終身瞽誦　而鹵莽滅裂　不察於豕亥魚魯之辨　此豈朱子所望於後人者耶　甚至我國諺解失集註章句之旨者　頗多而曚然誦習　不知其誤　此又學術之弊　二也."

68) 李秉休, 『貞山雜著』 제5책, 「又答尹丈書」. "竊謂講學之道　是則曰是　非則曰非　疑則曰疑　十分明白　然後庶有進步處　若避主張之嫌　壹是致疑而止　執嫌而退　則是六經終爲疑晦之藪　吾心將無昭曠之境矣　若謂內有定見　而外託遜辭　則古人學問　無此規橅"

69) 李秉休, 『大學心解』 經一章. "大學之道　盖王者治天下之道也　治人本於修己　故曰　明明德·新民　然其意主於治天下　故又曰　古之欲明明德於天下者　先治其國云云　且觀傳文　自'誠意'以下　皆草草焉　至治國·平天下　橫竪反復　無復餘蘊　則是篇爲治天下之書定矣"

70) 朱熹, 『大學章句』 「大學章句序」. "三代之隆　其法寖備　然後王宮國都　以及閭巷　莫不有學　人生八歲　則自王公以下至於庶人之子弟　皆入小學　而敎之以灑掃應對進退之節

해석을 童子之學과 상대적인 대인지학으로 여김으로써 천하 사람들에
게 통용되는 학문으로 보았다고 비판하였다.[71]

정약용도 이병휴와 마찬가지로『대학』의 주된 내용을 팔조목의 치
국·평천하에 두고 있고, 그 논거도 이병휴의 설과 유사하다. 정약용이
이병휴의 설에 대해 언급한 것이 없어 그 영향 관계를 단언할 수는 없지
만, 권철신의 독창적인 大學說을 들었다고 말한 것[72]을 보면, 이병휴의
설이 권철신을 거쳐 정약용에게 전해졌을 가능성이 크다. 또한 권철신
의『대학』에 관한 問目에 이병휴가 답한 편지가 남아 있으니[73], 적어도
『대학』에 관한 설은 이병휴 → 권철신 → 정약용으로 이어지면서 계승
발전된 측면을 부인할 수 없을 듯하다.

이병휴는 明德을 해석하면서 주희처럼 개인의 窮理·正心에 비중을
두지 않고, 평천하의 차원에서 명덕의 사회적 실현에 중점을 두었다. 이
점이 바로 '明德'을 孝·弟·慈로 해석한 기저가 되는데, 이 점이 그의
『대학』해석에 드러난 가장 큰 특징이다.

이병휴의『대학』해석에 나타난 또 하나 특징이,『대학』이『서경』「堯
典」에 근본했다고 하는 설이다. 이익은『대학장구』전 제10장을 해석하면
서『주역』「繫辭傳下」의 "天地之大德曰生 聖人之大寶曰位 何以守位 曰
仁 何以聚人 曰財 理財正辭 禁民爲非 曰義"라고 한 말을 曾子가 터득하
여 이 장을 지었다고 보아, 전 제10장은 구구절절『주역』에서 나오지 않

   禮樂射御書數之文 卿大夫元士之適子 與凡民之俊秀 皆入大學 而敎之以窮理正心修己
   治人之道"

71) 丁若鏞,『與猶堂全書』제2집 권1,『大學公議一』. "朱子於此 遂改書名曰大學 讀之如
   字 訓之曰 大人之學與童子之學 大小相對 以爲天下人之通學 所謂大人者 冠而成人之
   稱也"

72) 丁若鏞,『與猶堂全書』제1집 詩文集, 권15,「鹿庵權哲身墓誌銘」. "以余所聞 其論大
   學 以爲格物者 格物有本末之物 致知者 致知所先後之知 又以孝弟慈爲明德 而舊本不
   必有錯簡"

73) 李秉休,『貞山雜著』권11,「與旣明 大學經一章問目」.

은 것이 없다고 하였다.74) 이익의 이 설은 전 제10장만 거론한 것이기 때문에 『대학』 전체가 『주역』에서 나왔다고 보기에는 다소 무리가 있다.

그런데 이병휴는 『서경』 「요전」 첫머리의 '克明峻德 以親九族 九族旣睦 平章百姓 百姓昭明 協和萬邦 黎民 於變時雍'을 『대학』과 연관시켜 '克明峻德'을 明明德으로, '以親九族 九族旣睦'을 齊家로, '平章百姓 百姓昭明'을 治國으로, '協和萬邦 黎民 於變時雍'을 平天下로 보았다. 그리고 그는 이런 도를 堯가 몸소 실천했는데, 공자가 그것을 기술해 만세에 전했다고 보았다. 따라서 『대학』은 『서경』 「요전」에 근본 했다는 것이다.75)

정약용은 이익이나 이병휴처럼 『대학』이 어느 경전에서 나왔다는 주장을 하지는 않았다. 그러나 그는 '明德'을 해석하면서 『주례』·『춘추좌씨전』·『서경』 등을 인용하여 '孝·弟·慈'임을 입증하였는데, 이병휴가 인용한 『서경』 「堯典」의 말을 인용하여 "「요전」에 '克明峻德 以親九族 以章百姓 以和萬邦'이라고 한 것은 곧 『대학』의 이른바 수신·제가해서 치국·평천하에 이른 것이다. 대체로 堯가 孝·弟·慈의 덕을 능히 밝혀 修身의 工을 다하여 家齊·國治·天下平했으니, 堯가 虛靈不昧의 덕을 밝혀 九族을 친히 했다고 말할 수 없다."76)고 하였다. 이런 정약용의 주장은 주희가 '明德'을 '虛靈不昧'라고 해석한 것에 반대하고 孝·弟·慈로 본 것인데, 『대학』이 『서경』 「요전」에서 나왔다고 주장한 이병휴의

---

74) 『星湖僿說』 권26, 經史門, 「大學出於易」.

75) 李秉休, 『大學心解』 末尾. "大學一篇 盖本於帝典 其曰'克明峻德'者 卽此之明明德也 其曰'以親九族 九族旣睦'者 卽此之齊家而家齊也 其曰'平章百姓 百姓昭明'者 卽此之治國而國治也 其曰'協和萬邦 黎民於變時雍'者 卽此之平天下而天下平也 兩相較勘 逐節皆符 是豈偶然哉 序(대학장구서)謂'孔子 取先王之法 誦而傳之'者 似然矣 帝堯行之 而王澤及於一時 孔子述之 而聖學傳於萬世 此所以夫子之功 賢堯舜也"

76) 丁若鏞 『與猶堂全書』 제2집 권1, 『大學公議一』. "堯典曰 克明峻德 以親九族 以章百姓 以和萬邦 此卽斯經所謂修身齊家而至於治平也 蓋堯克明孝弟慈之德 以盡修身之工 而家齊國治天下遂平 不可曰堯克明虛靈不昧之德 以親九族也"

설과 유사한 점이 있다.

이병휴는『대학』을 수년 동안 연구한 결과,『고본대학』에 錯簡이나 逸失이 없다는 생각을 확고히 갖게 되었다.[77] 그리하여 그는『고본대학』을 저본으로 새로운 해석을 시도하였다. 그가『고본대학』의 차례에 따라 해석한 分章 및 각 장의 요지를 정리해 보면 다음과 같다.

분장	『고본대학』의 편차	요지	비고
經一章	01-01 大學之道 …… 在止於至善 01-02 知止而后有定 …… 慮而后能得 01-03 物有本末 …… 則近道矣 01-04 古之欲明明德於天下者 …… 致知在格物 01-05 物格而后知至 …… 國治而后 天下平 01-06 自天子以至於庶人 壹是皆以修身爲本 01-07 其本亂而末治者 …… 未之有也 01-08 此謂知本 此謂知之至也	三綱領·八條目	상단： 三綱工夫-六事 功效-本末始終 하단： 八條工夫-八條 功效-本末之義
傳第1장	01-09 所謂誠其意者 …… 故君子必愼其獨也 01-10 小人閒居 …… 故君子必愼其獨也 01-11 曾子曰 …… 其嚴乎 01-12 富潤屋 …… 故君子必誠其意 01-13 詩云 瞻彼淇澳 …… 民之不能忘也 01-14 詩云 於戲 …… 此以沒世不忘也	釋誠意	誠意傳
傳第1장	01-15 康誥曰 克明德 …… 皆自明也	釋明明德	三綱傳
	01-16 湯之盤銘曰 …… 君子無所不用其極	釋新民	
	01-17 詩云 邦畿千里 …… 止於信	釋止於至善	
	02-01 子曰 聽訟 …… 大畏民志 此謂知本	釋知本	知本傳
傳第2장	02-02 所謂修身 …… 則不得其正 02-03 心不在焉 …… 食而不知其味 02-04 此謂修身 在正其心	釋修身在正其心	正心傳
傳第3장	02-05 所謂齊其家 …… 天下鮮矣 02-06 故 諺有之 …… 莫知其苗之碩 02-07 此謂身不修 不可以齊其家	釋齊家在修其身	修身傳

---

77) 李秉休,『大學心解』,「大學心解序」, "余亦據晦齋前例 試取古本 反復參玩 則頗有條理 所謂倒者 似非倒 所謂闕者 似非闕 雖不改 似未妨 於是 乃敢忘僭 依古次第 略爲註解"

傳 제4장	02-08 所謂治國 …… 慈者 所以使衆也 02-09 康誥日 如保赤子 …… 嫁者也 02-10~12 一家仁 …… 故治國 在齊其家 02-13 詩云 桃之夭夭 …… 可以教國人 02-14 詩云 宜兄宜弟 …… 可以教國人 02-15 詩云 其儀不忒 …… 民法之也 02-16 此謂治國 在齊其家	釋治國在齊 其家	治國傳
傳 제5장	02-17 所謂平天下 …… 君子有絜矩之道也 02-18 所惡於上 …… 此之謂絜矩之道也 02-19 詩云 樂只君子 …… 此之謂民之父母 02-20 詩云 節彼南山 …… 辟則爲天下僇矣 02-21 詩云 殷之未喪師 …… 失衆則失國 02-22 是故 君子先愼乎德 …… 有財此有用 02-23~26 德者本也 …… 亦悖而出 02-27 康誥日 惟命不于常 …… 不善則失之矣 02-28 楚書日 楚國 無以爲寶 惟善 以爲寶 02-29 舅犯日 亡人 無以爲寶 仁親 以爲寶 02-30 秦誓日 若有一个臣 …… 亦日殆哉 02-31 唯仁人 放流之 …… 爲能愛人 能惡人 02-32 見賢而不能擧 …… 過也 02-33 好人之所惡 …… 菑必逮夫身 02-34 是故 君子有大道 …… 驕泰以失之 02-35~37 生財有大道 …… 非其財者也 02-38 孟獻子日 畜馬乘 …… 以義爲利也 02-39 長國家而務財用者 …… 以義爲利也	釋平天下在 治其國	平天下傳

　이병휴는『고본대학』의 편차를 그대로 따라 經一章·傳五章으로 나누었고, 그에 맞추어 각 장의 요지를 파악하였다. 이러한 설은 주희가『고본대학』은 錯簡과 逸失이 있다는 관점에서 제1,2단락의 편차를 대폭 개정하고 傳 제5장에 闕文이 있는 것으로 보아 補亡章을 만들어 經一章·傳十章으로 분류한 것과는 매우 다르다.

　이병휴의 위와 같은 分章과 해석은, 앞 시대 근기 남인계 尹鑴의 해석과 상당히 유사하다. 앞에서 살펴본 바와 같이, 윤휴도 주희의『대학장구』를 따르지 않고『고본대학』을 취하여 새로운 해석을 시도했다.

　윤휴와 이병휴의 분장을 상호 비교해 보면,『고본대학』제2단락을 윤휴는 2장으로 나누어 誠意傳과 明明德·新民·止於至善·終始本末의 삼강령을 해석한 傳으로 본 반면, 이병휴는 이를 나누지 않고 1장으로 보아 誠意傳 밑에 삼강령의 전을 붙여놓은 것으로 해석하였다. 그러나 전체적으로 보면, 이병휴와 윤휴의 해석은 대동소이하다. 이병휴는 근기 남인계의 경학적 전통을 계승하였으니, 윤휴의 이러한 설을 익히 알고 있었을 것이다. 스승 이익이 윤휴의 설을 채택하지 않고 『대학장구』를 저본으로 하였지만, 그는 오랜 고심 끝에 윤휴의 설을 일부 수용한 것으로 추정된다.

이병휴는 주희의 설을 일부 수용하여 經文과 傳文으로 구분하여 보았는데, 이는 윤휴의 설과도 같다. 후대 정약용은 윤휴·이병휴처럼 『고본대학』의 편차를 그대로 따라 해석하였는데, 그는 經文과 傳文으로 나누지 않고 전체를 7장으로 나누어 내용을 파악하였다. 정약용의 분장과 해석은 뒤에서 살펴보기로 하겠거니와, 윤휴·이병휴의 해석과 다른 점은 經文과 傳文으로 나누지 않은 것과 격물치지에 해당하는 대목을 찾아 팔조목의 체제를 갖추어 놓았다는 점이다.[78]

이병휴가 또 주희의 설을 수용한 점은 本末과 知本을 언급한 부분을 별도로 독립시켜 요지를 파악한 것이다. 그리하여 그는 위의 표에서 볼 수 있듯이, 지본전을 삼강령전과는 별도로 구분하기도 하였다.

이병휴는 위와 같이 분장을 하고 각 장의 요지를 파악한 뒤, 다시 經文에 대한 분석을 시도했다. 그는 우선 경문을 두 단락으로 나누어 '大學之道……則近道矣'를 상단으로 보고, '古之欲明明德於天下者……此謂知之至也'를 하단으로 보았다. 그리고 상단의 요지는 三綱工夫-六事功效-本末始終으로, 하단의 요지는 八條工夫-八條功效-本末之義로 파악하였다.[79]

---

78) 정약용은 "知止而后有定……此謂知之至也"를 格物致知에 해당하는 말로 보았다.

79) 李秉休, 『大學心解』, 經一章. "竊觀經文 自是兩端 自'大學之道' 止'近道矣' 爲一段 自

이병휴는 경문의 구조를 이렇게 파악한 뒤, 경문 맨 뒤의 '此謂知本 此謂知之至也' 2구는 衍文으로 보았다. 그는 그 이유로, 이 2구의 '此謂'라는 표현은 경문의 체에 맞지 않으며, '此謂知本'은 知本傳의 結語인 듯한데 거듭 보이고, '此謂知之至也'는 知至傳의 결어인 듯한데 全文이 없다는 점을 들었다.[80] 그러나 이 2구를 衍文으로 본 것은, 『고본대학』에 錯簡이나 闕文이 없다는 그의 기본적인 관점에서 볼 때, 미진한 점이 없지 않다. 이 2구에 대해, 앞 시대 윤휴는 '經文의 總結語'로 보았고[81], 뒤 시대 정약용은 '知止而后有定'부터 이 2구까지를 격물치지에 관한 언급으로 보아 '此謂知本'은 格物의 결어로 '此謂知之至也'는 致知의 결어로 보았다.[82]

이상에서 살펴본 것처럼, 이병휴는 경문을 상단·하단으로 나누어 삼강령과 팔조목을 말한 것으로 보고, 다시 각 단락에는 工夫-功效-本末로 그 조리가 이루어져 있다고 보았다. 그리하여 그는 두 단락의 말미에 本末을 언급했기 때문에 傳의 해석에서도 본말을 논하는 데서 그쳤다고 주장하였다.[83]

이병휴는 傳文의 구조에 대해서도 『고본대학』의 차례를 그대로 존중하였다. 그리하여 誠意傳 뒤에 三綱傳·知本傳이 있는 것은 착간되어

'故(古)之欲明明德於天下' 止 '未之有也' 復爲一段 而上段只大綱說 下端所以詳釋條目 故上段首言三綱工夫 則下端之首 亦言八條工夫 上段次言六事功效 則下端之次 亦言 八條功效 上段尾言本末始終 則下端之尾 亦言本末之義 有若箋註焉"

80) 李秉休, 『大學心解』, 經一章. "'此謂知本 此謂知之至也'二句 鄭氏舊本 在經文之下 然 愚意 '此謂'二字 則傳文之體 而非經文矣 但上句似是知本傳之結語而疊出 下句似是知 至傳之結語而獨無全文 恐皆爲衍文也"

81) 尹鑴, 『白湖全書』 권37, 讀書記-大學, 「大學古本別錄」. "竊疑此兩句恐爲總結上文四 節之意 以應前章本末之義 知本 知其末之治也 知至 言其行之達也"

82) 丁若鏞, 『與猶堂全書』 제2책, 권1, 『大學公議二』, 「格物致知圖」.

83) 李秉休, 『大學心解』, 傳. "竊觀經之兩段 撮其大要 則上段三綱而已 下段八條而已 兩 段之尾 本末而已 故傳之所釋 亦止於此"

도치된 것이 아니라고 보았다. 그는 그 이유에 대해, 八條의 傳을 내면 三綱에 대해서는 별도로 발휘할 뜻이 없으며, 삼강의 도는 팔조의 誠意에 관련된 것이므로 성의전 뒷부분에 '曾子曰……'·'詩云 瞻彼淇澳……'·'詩云 於戲……'의 3절을 인용하면서 삼강령의 뜻에 대해 언급했기 때문에 그 뒤에 삼강전·지본전을 붙여 놓았다고 하였다.[84] 이런 주장은 『대학』의 요지가 치국·평천하에 있기 때문에 팔조목의 전 가운데 성의전·치국전·평천하전을 특별히 중시했다[85]는 그의 기본적인 관점에서 나온 것이다. 이러한 설은 후대 정약용에게 상당한 영향을 준 것으로 판단된다.

(5) 丁若鏞의 『고본대학』을 저본으로 한 해석

丁若鏞(1762-1836)의 자는 美庸, 호는 俟菴·茶山·與猶堂, 본관은 羅州이다. 부친은 대사간을 지낸 丁載遠이고, 모친은 海南 尹氏다. 그는 경기도 廣州에서 출생하여, 22세 때 생원시에 합격하고, 1789년 문과 시험에 급제하였다. 그는 홍문관 수찬 등을 거쳐 1795년 동부승지에 올랐으나, 1800년 정조 사후 노론의 탄핵을 받고 체포되어 長鬐로 유배되었다가, 다시 추국을 받고 康津으로 이배되었다. 1818년 解配되어 고향으로 돌아갔다.

정약용은 젊어서 李瀷의 유고를 보고 사숙하면서 실학적 사유를 접하였다. 그는 232권의 방대한 경전 해석서를 저술했는데, 그의 전체 저술

---

84) 李秉休, 『大學心解』, 傳. "三綱知本傳 居誠意傳之下者 雖似倒置 然旣爲八條之傳 則 三綱別無大段發揮之義 而要之三綱之道 實繫於八條之誠意 故誠意傳下所引曾子·淇 澳·烈文三節 已及明明德·新民·止至善之意矣 於此 各引經傳 略釋各義 而附其後 不沒三綱知本之傳 不亦可乎"

85) 李秉休, 『大學心解』, 傳. "至八條傳 其文頗詳 而尤致詳於誠意·治國·平天下三傳 則 傳之所重 在於八條 而八條之中 又以三傳爲重 可知也"

가운데 절반이나 된다. 정약용의 경학에 대한 연구는, 그 동안 많이 축적되었다. 초기에는 정약용이 원시유학인 孔孟儒學을 주장한 것에 주목하여 그의 경학을 洙泗學으로 명명하였다. 그러나 실학에 대한 연구가 진전되면서 그의 경학은 수사학으로의 회귀가 아니라는 관점에서, "공맹의 권위를 빌려 자신의 창의적인 경전 세계, 즉 경학의 실학적 세계관을 형성하여 그의 실학의 토대를 삼았을 뿐만 아니라, 이러한 경학관은 그의 실학과 함께 우리나라 근대화의 내재적 발전에 일익을 담당한 것이 사실이다."[86]라고 성격을 그 규정하여, 실학적 경학이라는 점에 비중을 두는 것이 대체적인 경향이다. 이런 관점에서 정약용 경학의 실학적 세계를 반성리학적인 면, 사고의 합리적인 면, 주석의 실학적인 면으로 세분화해 고찰하기도 하였다.[87]

정약용의 경학 세계에 실학적인 사유가 개입되어 있는 점은, 대체로 부인하는 사람이 없다. 그러나 그의 경학이 반주자학적인 것인가, 아니면 반성리학적인 것인가에 대해서는, 여전히 논란이 이어지고 있다. 반주자학 또는 반성리학적인 것이라면, 주자학에 반하거나 성리학에 반하는 사유 체계가 있어야 하는데, 정약용의 경학 사상이 과연 성리학 또는 주자학에 반하는 것이라고 단정할 수 있느냐는 질문은, 논의를 확장시키기에 충분한 면이 있다. 근래 대만 학자 蔡振豊은 정약용의 사서학은 반주자적 학문이 아니라 後朱子學의 대표로서 간주될 수 있을 것이라고 하여[88], 정약용의 경학을 주자학의 연장선상에 있는 것으로 보았다.

정약용의 四書 해석에 대해서도 여러 권의 연구 성과물이 생산되어 구체적인 특징이 대부분 밝혀졌다고 본다.[89] 여기서는 기왕의 연구 성과

---

86) 李篪衡, 「茶山經學序說」, 『茶山經學硏究』, 태학사, 1996, 32면.

87) 上同. 19면.

88) 蔡振豊, 「丁若鏞 四書詮釋의 체계와 그 의의」, 『한국실학연구』 제18호, 한국실학학회, 2009, 257면.

를 통해 그의 『대학』 해석의 특징을 몇 가지로 간추린 뒤, 『고본대학』을 저본으로 分章한 그의 설의 특징적인 면모를 간추려 살펴보기로 하겠다.

정약용의 『대학』 해석에 관한 저술은 크게 2종으로 볼 수 있다. 하나는 『大學公議』이고, 하나는 『大學講義』이다. 『대학강의』는 1권으로 되어 있는데, 1789년 4월 정조가 熙政堂에 초계문신들을 불러놓고 『대학』을 강론한 것을 기록해 놓은 『熙政堂大學講錄』을, 1814년 강진 유배 시 『대학공의』를 저술하면서 함께 수정한 것이다. 『대학강의』는 주희의 『대학장구』를 저본으로 강론한 것인데, 「大學章句序」 및 전 제7장에서 제10까지를 해석한 것으로, 『대학』 전체의 分章, 編次改定 등에 관한 설은 보이지 않는다. 『대학공의』는 1814년 강진에서 저술한 『대학』 해석서이다.

『대학공의』는 '大學公議一', '大學公議二', '大學公議三'으로 나누어져 있어, 흔히 3권의 저술로 본다. 정약용이 위와 같이 3권으로 나누어 해석한 데에는 분명 『대학』을 해석하는 근본적인 의도가 있다고 보아야 한다. 따라서 그가 分章한 것에 대해 언급한 것이 없기 때문에 不分章이라고 보는 설은 再考할 필요가 있다.[90] 기왕의 연구에서는 대부분의 연구자들은 정약용이 『대학공의』에서 27개 항목으로 나누어 해석한 것에 근거하여 27개 節로 나누었다고 보았다. 즉 정약용은 『고본대학』의 편차를 그대로 따르면서도 본문을 27개 절로 나누어 해석한 것이라고 하는 것이다.

그런데 맨 처음에 나오는 "大學之道 在明明德 在親民 在止於至善"은 한 문장인데, 이를 4조로 나누어 해석하고 있어, 애초 分節을 염두에 두지 않았다고 볼 수 있다. 그러나 이는 『대학』의 핵심 명제에 대해 정밀한 논의를 하기 위해 구별해 놓은 것으로 보는 것이 타당할 듯하다. 그

---

89) 주요 저술만 제시하면 다음과 같다. 李乙浩 외, 『丁茶山의 經學』, 민음사 1989. 정병련, 『茶山 四書學 硏究』, 경인문화사, 1994. 李篪衡, 『茶山經學硏究』, 태학사, 1996. 鄭一均, 『茶山 四書經學 硏究』, 일지사, 2000.

90) 鄭炳連, 「대학의 해석 체계와 고정의 요지」 『다산사서학 연구』, 경인문화사, 1994, 54면.

래서 기왕의 연구자들은 27개 절로 나누었지만 편의상 24分節을 했다고 보는 주장도 있다.[91]

정약용은 분명 分章을 하지는 않았지만, 分節을 하여 해석을 하고 있다. 그런데 그 分節이 전체 요지를 파악하기 위한 단락나누기가 아니라, 해석의 편의상 나누어 놓은 것에 불과하다. 그는『대학』을 해석하면서 주희의 삼강령·팔조목의 체계를 수용하지 않고, 明明德·親民·止於至善의 三綱領과 孝·弟·慈의 三條目으로 구분해 보았다. 정약용은 格物·致知·誠意·正心 등 팔조목을 주희처럼 知–行–推行의 과정으로 설명하지 않고, 독자적인 해석을 하였다. 즉 그는 誠意 이하 6조목을 事(誠·正·修·齊·治·平)와 物(意·心·身·家·國·天下)로 나누고, 格物은 物에 本末이 있음을 아는 것으로, 致知는 事에 所先·所後를 아는 것으로 정의했다.[92]

이러한 해석의 관점은 분장과도 밀접한 관련성이 있다. 여기서는『대학공의』에 근거해 分卷·分句節을 도표로 제시하면 아래와 같다. 기왕의 연구에서는 ‘27分節’ 또는 ‘24分節’이라는 용어를 사용하였으나, 엄밀히 말해 分節이 아니기 때문에 ‘分句節’이라는 말을 사용하였다.

분단·분구절		『고본대학』의 편차	추정 분장	요지
1	제1구절	01-01 大學之道	제1장	三綱領
	제2구절	01-01 在明明德		
	제3구절	01-01 在親民		
	제4구절	01-01 在止於至善		
2	제5구절	01-02 知止而后有定 …… 慮而后能得	제2장	格物致知

---

91) 上同, 52~56면.

92) 鄭一均,「제3장 정약용의 四書 관계 저술」,『茶山四書經學研究』, 일지사, 2000. 192~201면.

2	제6구절	01-03 物有本末 …… 則近道矣	제2장	格物致知
	제7구절	01-04 古之欲明明德於天下者 …… 致知在格物		
	제8구절	01-05 物格而后知至 …… 國治而后 天下平		
	제9구절	01-06 自天子以至於庶人 壹是皆以修身爲本 01-07 其本亂而末治者 …… 未之有也 01-08 此謂知本 此謂知之至也		
	제10구절	01-09 所謂誠其意者 …… 故君子必愼其獨也 01-10 小人閒居 …… 故君子必愼其獨也 01-11 曾子曰 …… 其嚴乎 01-12 富潤屋 …… 故君子必誠其意	제3장	誠意
	제11구절	01-13 詩云 瞻彼淇澳 …… 民之不能忘也		
	제12구절	01-14 詩云 於戲 …… 此以沒世不忘也		
	제13구절	01-15 康誥曰 克明德 …… 皆自明也		
	제14구절	01-16 湯之盤銘曰 …… 君子無所不用其極		
	제15구절	01-17 詩云 邦畿千里 …… 止於信		
	제16구절	02-01 子曰 聽訟 …… 大畏民志 此謂知本		
3	제17구절	02-02 所謂修身 …… 則不得其正 02-03 心不在焉 …… 食而不知其味 02-04 此謂修身 在正其心	제4장	正心修身
	제18구절	02-05 所謂齊其家 …… 天下鮮矣 02-06 故 諺有之 …… 莫知其苗之碩 02-07 此謂身不修 不可以齊其家	제5장	修身齊家
	제19구절	02-08 所謂治國 …… 慈者 所以使衆也 02-09 康誥曰 如保赤子 …… 嫁者也	제6장	齊家治國
	제20구절	02-10~12 一家仁 …… 故治國 在齊其家		
	제21구절	02-13 詩云 桃之夭夭 …… 可以敎國人 02-14 詩云 宜兄宜弟 …… 可以敎國人 02-15 詩云 其儀不忒 …… 民法之也 02-16 此謂治國 在齊其家		
	제22구절	02-17 所謂平天下 …… 上恤孤而民不倍	제7장	治國平天下
	제23구절	02-17 是以 君子有絜矩之道也 02-18 所惡於上 …… 此之謂絜矩之道也		

3	제24구절	02-19 詩云 樂只君子 …… 此之謂民之父母 02-20 詩云 節彼南山 …… 辟則爲天下僇矣 02-21 詩云 殷之未喪師 …… 失衆則失國	제7장	治國平天下
	제25구절	02-22 是故 君子先愼乎德 …… 有財此有用 02-23～26 德者本也 …… 亦悖而出 02-27 康誥曰 惟命不于常 …… 不善則失之矣		
	제26구절	02-28 楚書曰 楚國 無以爲寶 惟善 以爲寶 02-29 舅犯曰 亡人 無以爲寶 仁親 以爲寶 02-30 秦誓曰 若有一个臣 …… 亦曰殆哉 02-31 唯仁人 放流之 …… 爲能愛人 能惡人 02-32 見賢而不能擧 …… 過也 02-33 好人之所惡 …… 菑必逮夫身 02-34 是故 君子有大道 …… 驕泰以失之		
	제27구절	02-35～37 生財有大道 …… 非其財者也 02-38 孟獻子曰 畜馬乘 …… 以義爲利也 02-39 長國家而務財用者 …… 以義爲利也		

　이 도표를 통해 볼 때, 정약용이 27개 句節로 나누어 해석한 것은 해석의 편의를 위한 것일 뿐, 특별한 점이 있는 것을 발견하기 어렵다. 다만 그가 '大學公議一', '大學公議二', '大學公議三'으로 이름을 붙인 것이 卷으로 나눈 것인지는 단정할 수 없다. 그러나 어찌되었건 卷이든 단락이든 셋으로 나눈 것은 그 나름의 특별한 의미를 붙인 것이다. 곧 '대학공의1'에서는 삼강령을 말하고, '대학공의2'에서는 격물치지와 성의를 말하고, '대학공의3'에서는 정심수신·수신제가·제가치국·치국평천하에 관해 해석하고 있다. 이렇게 세 단락으로 나눈 것에 특별한 의미가 있기 때문에 이 점을 주목해 살피면 정약용의『대학』해석의 핵심을 읽어낼 수 있다고 본다.

　그가 '대학공의2'에서 격물치지와 성의를 함께 거론한 이유는 무엇일까? 앞에서 언급했듯이, 정약용은 格物을 物에 本末이 있음을 아는 것으로, 致知를 事에 所先·所後를 아는 것으로 정의했다. 이는 주희의 격물치지 해석과 매우 다른 해석이다. 그는 誠意에 대해서도 주희와 달리 해석했다. 주희는 意를 心之所發로 誠을 實의 의미로 보아, 마음속에서 싹튼 생각을 선으로 가득 채우는 것을 誠意라 하였다. 그러나 정약용은 誠을 『중용』의 "誠者 物之終始 不誠無物"과 연관하여 物(意·心·身·家·國·天下)의 始終이 되는 것으로 파악함으로써, 『중용』에서 말한 자신을 완성하고[成己] 다른 사람까지도 완성시켜주는[成物] 것을 誠意로 보았다.

그러면 성의는 『중용』의 誠身에 해당하고, 격물치지는 『중용』의 明善에 해당한다. 이 『중용』의 명선·성신의 공부로 보면, 격물치지와 성의를 한 단락에서 함께 논하는 것이 마땅하다. 정약용은 성의를 해석하면서 『中庸』의 '誠'을 인용하고 있기 때문에 명선·성신의 관점에서 보면, 명선에 해당하는 격물치지와 성신에 해당하는 성의를 함께 '대학공의2'에 두어, 공부의 핵심이 여기에 있음을 제시한 것으로 보인다. 그는 성의장을 해석하면서 다음과 같이 말하고 있다.

> 격물치지장이 없어지지 않은 줄 아는 것은, 성의장 첫 구절을 시작하면서 특이하게도 위로 致知와 연결시키지 않고 아래로 正心과 연관시키지 않았기 때문이다. 誠하지 않으면 생명체의 존재는 없는 것이나 마찬가지이기 때문에 먼저 誠意를 말해 意·心·身·家·國·天下를 포괄해서 한결같이 성의에 귀결되게 하였다.[93]

정약용은 성의장을 독립시킨 데에서 격물치지장이 일실된 것이 아니라는 반증을 찾았다. 곧 '所謂誠意在致知者'라고 시작하지 않고 '所謂誠其意者'라고 시작하고 있기 때문이라는 것이다. 그런데 그는 여기서 그

---

93) 丁若鏞, 『大學公議二』. "知格物致知章不亡者 此章起句 突兀上不連致知 下不銜正心也 不誠無物 故先言誠意 包括意心身家國天下 一歸之於誠意"

치지 않고 아래 정심과 연관시키지 않은 점에 대해서도 생각했다. 그리하여 그는 誠意를 『중용』의 '不誠無物'로 파악해, 意는 意・心・身・家・國・天下의 物을 모두 포괄하고 있는 것으로, 誠은 物之終始로 보아 『중용』의 誠身을 뜻하는 것으로 해석했다. 이런 관점이 바로 '대학공의2'에 격물치지와 성의를 함께 둔 이유이고, 이 점이 그의 『대학』 해석에서 매우 독특한 특징에 해당한다.

또는 그는 성의장 뒤에 『시경』・『서경』의 문구를 인용한 것을 모두 붙여놓았는데, 이에 대해 다음과 같이 그 의미를 풀이하였다.

> 이어 「淇澳」・「烈文」을 인용하여 성의의 공은 自修할 수 있고 化民할 수도 있어서 모두 止於至善할 수 있음을 밝힌 것이다. 또 이어 「康誥」 등 9개 문장을 인용한 것은 성의의 공이 스스로 명덕을 밝히고 백성을 새롭게 해서 至善에 이른 것을 밝힌 것이고, 또 이어 聽訟에 관한 공자의 말씀을 인용한 것은 수신으로 근본을 삼아 아래 正心修身節을 일으킴을 밝힌 것이다.[94]

이런 관점에서 보면, 성의는 주희의 해석처럼 팔조목의 하나가 아니라, 성의・정심・수신・제가・치국・평천하 6조를 모두 통섭하는 것이 된다. 그리고 격물과 치지는 6物의 본말을 알고, 6事의 선후를 아는 것이 된다. 곧 정약용이 파악한 성의는 『중용』의 誠身이고, 격물치지는 明善에 해당한다. 그렇다면 격물치지와 성의는 정심・수신・제가・치국・평천하와는 구별되는 속성을 발견할 수 있다.[95] 정약용은 이런 관점에서 위 도표와 같이 세 단락으로 나누어 해석한 것이다.

---

94) 上同. "繼引淇澳烈文之詩 以明誠意之功 可以自修 可以化民 皆可以止於至善 繼引康誥等九文 又明誠意之功 自明而新民 以止於至善 繼引聽訟語 又以明修身爲本 以起下正心修身之節"

95) 정약용은 "但中庸以知止能得格物致知 合而名之 曰明善"이라 하여, 명선의 뜻은 『대학』의 知止能得과 格物致知의 의미를 모두 합해 말한 것으로 보았다.

정약용의『대학』해석의 특징 중 핵심을 몇 가지로 간추려 정리하면 다음과 같다.

첫째, 주희의『대학장구』를 따르지 않고『고본대학』을 저본으로 하여 크게 삼강령, 격물치지·성의, 정심수신·수신제가·제가치국·치국평천하로 나누어 해석하였다.

둘째, 격물치지와 誠意를『중용』의 明善과 誠身의 논리로 해석하였다.

셋째, 주희는『고본대학』에 錯簡과 闕誤가 있다는 관점에서 편차를 개정하고 補亡章을 손수 지어 첨입하였지만, 정약용은 착간과 궐오가 없다는 관점에서 그대로 수용하였다.

넷째, 주희는 經文은 공자의 말씀을 증자가 기록한 것으로, 傳文은 증자의 말씀을 그의 문인이 기록한 것으로 추정하여 經一章·傳十章의 체제로 개편하였지만, 정약용은 經·傳으로 나누지 않고 '經文'이라 하였다.96) 정약용의 해석을 위 도표에 따라 굳이 말한다면, 3권 7장으로 나누어 해석했다고 하겠다.97)

여기서 정약용이 손수 그린 三綱三目圖를 제시하면 다음과 같다.

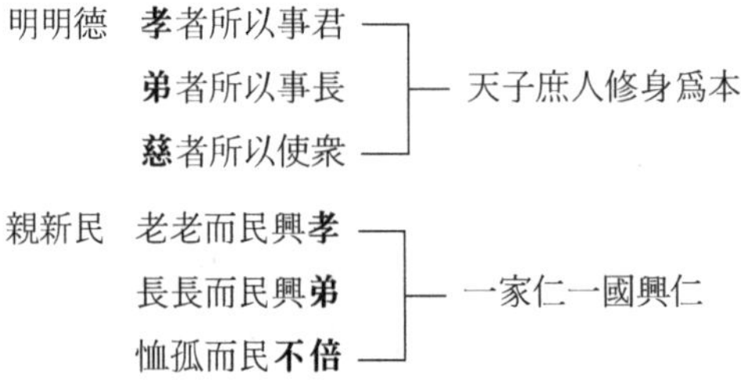

---

96) 정약용은『大學公議』성의장 해석에서 "經文特以誠意一段揷之於最高之地者 誠意爲物之終始"라 하였고, 치국장 해석에서 "經文上下角弓反張 何以通矣"라 하여, 주희가 傳文으로 본 성의장·치국장을 모두 '經文'이라 하고 있다.

97) 기왕의 연구에서는 7장으로 나눈 정도만 언급하고, 권1, 권2, 권3으로 분류한 것에 대해서는 큰 의미를 부여하지 않았다. 그러나 필자는 3권으로 分卷한 데에는 정약용의 의도가 담겨 있는 것으로 보아, 위와 같이 해석한 것이다.

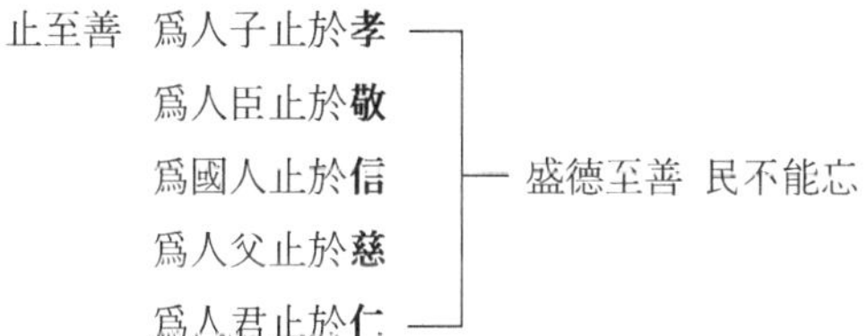

정약용이 그린 格致圖는 右圖(格物)·左圖(致知) 둘로 되어 있는데, 아래와 같다. 좌도인 致知圖의 하단 우측 '致治'의 '治'는 '知'의 오자이다.

정약용의 『대학』 해석 중 세부적인 특징을 몇 가지로 간추려 정리하면 다음과 같다. 첫째, 주희는 『대학』의 經文은 공자의 말로 傳文은 증자의 말로 보았으나, 정약용은 이는 주희가 근거 없이 자신의 견해로 말한 것일 뿐이라고 하여 인정하지 않고, 『대학』의 작자에 대해 불분명하다고 하였다.[98]

둘째, 정약용은 주희가 '親民'을 '新民'으로, 정심장 '身有所'의 '身'을 '心'으로, 평천하장의 '命'을 '慢' 또는 '怠'로 고치는 것을 따르지 않고, 『고본대학』 대로 해석하였다.

셋째, 주희는 『小學』을 小人之學, 『大學』을 大人之學을 말한 것으로 보았는데, 정약용은 '大人'을 成人이 아닌 왕공·귀족으로 보았다.

넷째, 주희는 '明德'을 '虛靈不昧 具衆理而應萬事'로 해석하였는데, 정약용은 '孝·弟·慈'로 보았다. 이 설은 元儒 玉溪 盧孝孫로부터 나타나는 설로 이후 劉元卿·來矣鮮 등이 주장하였으며, 우리나라에서는 尹鑴가 최초로 그런 주장을 하였다. 정약용은 그 전거를 徐奮鵬의 『道脈敦流』와 『性理大全會通』에서 찾고 있다.

다섯째, 정약용은 '親民'의 해석에서 '親' 자 속에 '新'의 의미가 들어있다고 보았다.

여섯째, 정약용은 格物의 格을 量度으로 보아, 物에 本末이 있는 것을 헤아리는 것을 格物로, 事에 선후가 있는 것을 잘 아는 것을 致知로 해석했다.

---

98) 丁若鏞, 『大學公議一』. "大學前人不言誰人所作 鄭端簡所引賈逵之言 明係僞造 不可從也 朱子謂曾子作經一章 曾子之門人作傳十章 亦絶無所據 朱子以意而言之也 朱子以爲孔子之統 傳于曾子 以傳思孟 而思孟有著書 曾子無書 故第取此以連道脈耳"

（6） 沈大允의 『고본대학』 개정과 해석의 특징

沈大允(1806-1872)의 자는 晉卿, 본관은 靑松이다. 고조부는 영조 때 영의정을 지낸 沈壽賢이다. 증조대까지 서인계의 명문거족이었는데, 종증조가 庭試 試券의 변조 사건에 연루되어 가문이 쇠퇴하였다. 심대윤은 부친 沈完倫과 모친 宜寧 南氏 사이에서 맏아들로 태어났다. 심대윤의 종조부 樗村 沈錥(1685-1753)은 霞谷 鄭齊斗의 문인으로 江華學派의 중심인물이다. 그는 영의정에까지 오르고 少論의 중심 인물이었던 부친 沈壽賢(1663-1736)의 맏아들로 태어났다. 심육은 부친을 따라 義州·關東·嶺南은 물론 중국 燕京에까지 두루 다니며 견문을 넓혔다. 그러나 심육의 대에 이르면 老少의 당쟁에서 소론이 失勢함으로써 정치에서 소외되었고, 그 후로는 거의 몰락한 사족으로 전락하게 된다.

심대윤은 그런 가문에서 태어나 憂患과 困窮 속에서 나날을 보냈으나, 불우를 딛고 경학에 전념하여 큰 성취를 한 학자가 되었다. 그는 30대 중반부터 저술을 시작하여 세상을 뜰 때까지 108책의 저서를 남겼는데, 그 가운데 경전해석서가 43책이고, 역사서가 104책, 기타 1책이다. 경전해석서로는 四書에 관한 『大學考正』·『中庸訓義』·『論語』, 易學에 관한 『象義占法』, 五經에 관한 『書經蔡傳辨正』·『詩經集傳辨正』·『禮記正解』·『儀禮正論』·『周禮刪正』·『春秋四傳註疏抄選』·『春秋四傳續傳』 및 『孝經』 등이 있다.[99]

최근의 연구에 의하면, 심대윤의 경학 세계는 절대적인 관념적 진리 체계를 부정하고, 인간의 자율적 의지와 실천성을 중시하며, 반성리학적인 것이고, 점진적 발전을 통한 완전성을 지향하며, 名利와 欲을 인간의 본성으로 규정하고, 사람과 현실로부터 유리된 관념적인 도를 부정하는 것 등이 특징적인 것이라 하였다.[100] 그러나 이 가운데 반성리학적인 것

---

99) 張炳漢, 「심대윤 경학에 대한 연구」, 성균관대 박사학위 논문, 1995.

이라든가, 名利와 欲을 인간의 본성으로 규정하였다고 하는 주장은 재고할 필요가 있다. 그의 사유는 양명학적 사유를 바탕으로 하고 있기 때문에 성리학적 사유의 틀 속에서 보편성과 특수성을 함께 찾아야 할 것이다. 따라서 이에 대해서는 앞으로 정밀한 연구가 더 필요하다.

심대윤은 38세 때인 1843년『大學考正』과『中庸訓義』를 저술하였는데, 그는『중용훈의』에서 "『대학』·『중용』은 성인의 책이니,『주역』과 참고해 보아야 한다.……이 글은 한 자 한 획도 더하거나 뺄 수 없으니, 嚴精한『주역』·『춘추』와 다르지 않기 때문이다."[101]고 하여,『대학』과『중용』을 曾子·子思가 지은 책이 아니라『주역』·『춘추』처럼 聖人의 저술로 보았다. 여기서 그가 말하는 '聖人'을 딱히 孔子라고 지칭할 수는 없지만, 아래와 같은 그의 언급을 보면, 그는『대학』·『중용』의 저자를 공자로 보고 있음이 분명하다.

> 『중용』·『대학』·『논어』는 공자 문하 제자의 문인들이 만든 듯하니, 공자의 뜻을 기술한 것일 뿐이다. 공자가 돌아가신 뒤 70 제자도 작고하자, 세상의 道術이 혼란스럽고 순정하지 못하게 되었다. 그래서 공자 제자의 문인들이 공자의 微言이 없어져 전해지지 않을까 두려워했기 때문에 글로 기술하여 책으로 만든 것이다.[102]

심대윤이『대학』·『중용』·『논어』를 모두 공자 제자의 문인들의 손에 의해 만들어진 것으로 보며, 그 내용은 모두 공자의 말씀으로 보고 있다. 이는 주희가『대학』傳文을 증자의 말씀으로 보고,『중용』을 子思가 지

---

100) 張炳漢, 앞의 논문 127쪽.

101) 沈大允,『中庸訓義』. "庸學 聖人之書也 當與周易參看……此書加減一字一畫 且不可得 無異於周易春秋之嚴精也"

102) 上同. "庸學論語 蓋作於孔門弟子之門人 而述孔子之意而已也 孔子旣沒 而七十子又盡 而世之道術 散亂不純 懼其孔子微言 湮沒而不傳 故著述以成書也"

은 것으로 보는 시각과 확연히 다르다. 심대윤은 이와 같은 관점으로『대
학』을 해석하면서 經文·傳文으로 나누지 않고 모두 경문으로 보았다.

 또 그는『대학』과『중용』이 만들어진 경위에 대해 다음과 같이 논하
고 있다.

> 『대학』과『중용』은 서로 표리가 된다.『중용』에서는 도의 終始와 體用을 논
> 하고서 유독 그 次序는 드러내지 않았다. 그러므로 다시『대학』을 저술하여 충
> 족시킨 것이다. 그런 뒤에 성인의 도를 환히 상고할 수 있어 다시는 남은 미련
> 이 없게 되었다. 또한 이 두 책은 한 마디도 중복되는 것이 없다. 그러므로 한
> 사람의 손에서 나온 것이 아니라면, 반드시 한 자리에 있던 사람에 의해 지어
> 진 것을 알 수 있다. 또『대학』은 모두『중용』에서 언급하지 않은 내용이다.
> 그러므로『중용』이 먼저 만들어지고『대학』이 뒤에 나온 것임을 알 수 있다.
> 그 말이 모두 정연하고 합당하므로 근거하여 표준으로 삼을 만하다. 그러니 이
> 는 내실 없이 억지로 말하거나 허황되고 의심스런 말과는 같지 않다. 아! 성인
> 은 다른 특별한 것이 있다고 생각하는가? 다른 것이 없다.[103]

 심대윤은『대학』과『중용』을 공자 제자의 문인들에 의해 만들어진 것
으로 보면서도, 이 두 책은 한 사람 또는 같은 그룹에 있던 사람이 만든
것으로 추정하고 있다. 또 그는『대학』의 내용이『중용』에서 언급하지
않은 것이므로『중용』이 먼저 만들어지고,『대학』이 나중에 만들어졌다
고 하였다. 심대윤이『중용』이 먼저 만들어졌다고 하는 이유는, 도의 始
終과 體用을 말하고 있으므로 그 차서를 말한『대학』보다는 근본이라고
보기 때문이다.

 그러나 그는『고본대학』의 편차를 그대로 따르지 않고 대폭 개정하였

---

103) 上同, "大學與中庸 相爲表裏 中庸已論道之終始體用 而獨不著其次序 故復著大學以
    足之 然後聖人之道 燦然可考 更無餘蘊矣 且二書 無一言相襲 以是知不出於一人之手
    則必作於同席之人矣 又大學皆中庸之未及者 以是知中庸先作 而大學出後矣 其言皆着
    着中窾 可據而的也 非如無實而强言 浮浪枝疑者也 嗚呼以爲聖人有他乎哉 無他也"

는데, 이는 逸失이나 闕誤는 없지만, 錯簡은 있다고 보는 관점이다. 대체로『고본대학』을 저본으로 하여『대학』을 해석한 학자들 중 尹鑴·鄭齊斗·李秉休·丁若鏞 등 대부분의 경학가들은『고본대학』의 편차를 그대로 따르면서 分章을 달리하는 정도로 해석을 하였다.

물론 崔有海의 경우처럼『고본대학』의 편차를 대폭 개정하여 새로운 체계를 세우면서 해석을 한 경우도 있다. 그러나 일반적으로는 주희가『대학장구』에서 편차를 개정한 것에 찬성하지 않는 시각을 전제로 하기 때문에『고본대학』의 편차를 준수하는 경우가 더 많다. 그런데 심대윤의 경우는『고본대학』의 편차를 개정하고 새롭게 分節을 하여 해석하고 있다. 그가 개정한 편차와 분절을 도표로 제시하면 다음과 같다.

분절	『고본대학』의 편차	비고
제1절	01-01 大學之道 …… 在止於至善	親當作新, 明明德-克己爲仁, 新民-新民化俗
제2절	01-02 知止而后有定 …… 慮而后能得	靜專一而不擾
제3절	01-15 康誥曰 克明德 …… 皆自明也	顧 常目在之
제4절	01-16 湯之盤銘曰 …… 君子無所不用其極	無所不用其極 言自新新民 皆止於至善
제5절	01-17 詩云 邦畿千里 …… 可以人而不如鳥乎	
제6절	01-17 詩云 穆穆文王 …… 止於信	
제7절	01-03 物有本末 …… 則近道矣	身爲本 物爲末 知止爲始 能得爲終
제8절	01-04 古之欲明明德於天下者 …… 致知在格物	格 以精神會之
제9절	01-05 物格而后知至 …… 國治而后 天下平	
제10절	01-06 自天子以至於庶人 壹是皆以修身爲本 01-07 其本亂而末治者 …… 未之有也	2절을 합함.

제11절	02-01 子日 聽訟 …… 大畏民志 此謂知本 01-08 此謂知本	01-08의 '此謂知本'을 衍文으로 봄. 身正而不令以從 以身敎者從 以言敎者訟
제12절	〈所謂致知在格物者〉 02-05 人之其所親愛而辟焉 …… 天下鮮矣 02-06 故諺有之 …… 莫知其苗之碩 02-17 是以 君子有絜矩之道也 02-18 所惡於上 …… 此之謂絜矩之道也 〈詩云 伐柯伐柯 ……〉	첫머리에 '所謂致知在格物者' 8자 보충. 수신장과 평천하장의 일부를 합함. 此卽恕也 此下當有忠恕之詩伐柯之引 而今亡之 絜矩 以一隅反三隅也 矩方而四隅也
제13절	01-08 〈此謂格物〉 此謂知之至也	'此謂格物' 4자 보충. 格致者 以我之情 通物之情也 忠恕者 以我之好惡 推施于人也 絜矩者 比物而格理也 주희의 격물치지전의 설 반박.
제14절	01-09 所謂誠其意者 …… 故君子必愼其獨也	不日誠意在致知云者 雖致知 亦以誠意行之　誠非因致知而生者 而致知而力行 則誠自生也
제15절	01-10 小人閒居 …… 故君子必愼其獨也 01-11 曾子曰 …… 其嚴乎 01-12 富潤屋 …… 故君子必誠其意	不日正心在誠意云者 不可便以誠爲正也
제16절	02-02 所謂修身在正其心 …… 則不得其正 02-03 心不在焉 …… 食而不知其味 〈顏淵問仁 子曰 非禮勿視 非禮勿聽 非禮勿言 非禮勿動〉 02-04 此謂修身 在正其心	身當作心. '顏淵問仁 子曰 非禮勿視 非禮勿聽 非禮勿言 非禮勿動' 22자 보충. 正心은 『중용』의 中. 致知誠意正心三者 通貫始終者也 自修身以下 施行之序也
제17절	02-05 所謂齊其家在修其身者 〈易曰 惟君子爲能通天下之志 善畜牧者 知牛馬之性 而無所逆拂 善製器者 因材木之宜 而各適其用 君子明通人情而順導之 不彊以其所不能 故人說而信之 服而化之 事親孝事兄悌 使下慈父母順之 兄弟妻子從之 九族親睦 子曰 君子無不敬也 敬身爲大 自見者明 自勝者强 自修者治 后羿善射 造父善御 求諸己而不責於人〉	'易曰'이하 130자 보충
제18절	02-11 是故 君子有諸己 …… 無諸己而後非諸人	

第19절	02-11 所藏乎身 不恕 …… 未之有也 02-07 此謂身不修 不可以齊其家	2절 합함
第20절	02-08 所謂治國 …… 慈者 所以使衆也	
第21절	02-09 康誥曰 如保赤子 …… 嫁者也 02-10~12 一家仁 …… 故治國 在齊其家	2절 합함
第22절	02-13 詩云 桃之夭夭 …… 可以敎國人 02-14 詩云 宜兄宜弟 …… 可以敎國人 02-15 詩云 其儀不忒 …… 民法之也 02-16 此謂治國 在齊其家	4절 합함
第23절	02-17 所謂平天下 …… 上恤孤而民不倍 02-11 堯舜帥天下以仁而民從之 …… 而民不從 02-19 詩云 樂只君子 …… 此之謂民之父母 02-33 好人之所惡 …… 菑必逮夫身	
第24절	02-20 詩云 節彼南山 …… 辟則爲天下僇矣 02-21 詩云 殷之未喪師 …… 失衆則失國 02-27 康誥曰 惟命不于常 …… 不善則失之矣 02-34 是故 君子有大道 …… 驕泰以失之	
第25절	02-28 楚書曰 楚國 無以爲寶 惟善 以爲寶 02-29 舅犯曰 亡人 無以爲寶 仁親 以爲寶 02-30 秦誓曰 若有一个臣 …… 亦曰殆哉 02-31 唯仁人 放流之 …… 爲能愛人 能惡人 02-32 見賢而不能擧 …… 過也	命當作慢
第26절	02-22 是故 君子先愼乎德 …… 有財此有用 02-23~26 德者本也 …… 亦悖而出 02-35~37 生財有大道 …… 非其財者也	
第27절	02-38 孟獻子曰 畜馬乘 …… 以義爲利也 02-39 長國家而務財用者 …… 以義爲利也	彼爲善之一句衍文
第28절	01-13 詩云 瞻彼淇澳 …… 民之不能忘也	
第29절	01-14 詩云 於戲 …… 此以沒世不忘也	

이 도표를 보면, 그가 『고본대학』의 편차를 대폭 개편하여 독자적인 체계를 수립해 새롭게 해석하고 있음을 한 눈에 알 수 있다. 심대윤은 『대학』을 經·傳으로 나누지 않았으며, 단지 29절로 분절을 하여 해석하였다.

이상에서 살펴본 심대윤의 『대학』 해석의 특징을 간추려 정리하면서 그 의미를 되새겨 보면 다음과 같다.

첫째, 주희의 『대학장구』를 따르지 않고 『고본대학』을 저본으로 하여 해석한 학자들은 상당수가 『고본대학』의 편차를 개정하지 않고 그대로 해석하는데, 심대윤은 편차를 대폭 개정하여 새로운 논리 구조를 드러내고자 했다. 그러나 그는 주희처럼 경일장·전십장으로 나누어 정연한 논리적 틀을 만들지는 못하였으며, 그에 대한 설명도 충분히 곁들이지 않아 미완성으로 끝난 해석이라 하겠다.

둘째, 심대윤은 『대학』을 해석하면서 『중용』과 밀접하게 연관시켜 해석하고 있다. 이 점에 대해서는 앞에서 살펴본 해석을 통해서도 충분히 알 수 있다. 한 가지만 더 거론하면, 심대윤은 正心의 正을 '直値'의 의미로 보면서, 이는 곧 『중용』의 '喜怒哀樂之未發謂之中'을 말하는 것이라고 해석한 것을 들 수 있다.[104]

셋째, 주희가 격물치지전이 闕失되었다는 관점에서 補亡章을 지어 첨입했듯이, 심대윤도 상당부분 궐실이 있다는 관점에서 『논어』·『주역』·『시경』의 문구를 인용해 첨입하거나, 위 도표 제12절에 보이는 '所謂致知在格物者'의 경우처럼 스스로 문구를 만들어 넣기도 하였다. 위 도표에서 진하게 표기한 부분이 이에 해당한다.

주희가 『대학장구』에 보충해 넣은 보망장에 대해, 후대 학자들은 1천 여 년 뒤의 사람이 글을 지어 고인의 경전에 삽입하는 것은 어떤 이유로

---

104) 沈大允, 『大學考正』 제16절 해석. "正之爲言 正也直也 直値也 此卽中庸喜怒哀樂之未發謂之中也"

든 타당하지 않다는 비판을 하였다. 이런 관점에서 보면, 심대윤이 위진하게 표기한 부분을 임의로 삽입한 것은 경전을 變改 하였다는 비판을 면키 어렵다.

넷째, 위 도표 제12절의 경우처럼, 수신장의 일부와 평천하장의 일부 구절을 떼어다 다시 조합하여 격물치지를 해석한 절을 새로 만들었다.

넷째, 심대윤은 三綱領·八條目으로 명확히 나누지 않았고, 經文과 傳文으로 나누지도 않았다. 다만 편차를 바꾸고 句를 합하여 節로 나누어 놓았을 뿐이다. 또 그 節의 요지를 명확히 드러내지도 않았다. 그러나 위 도표 비고란과 전체적인 해석 성향을 참고해 볼 때, 제1절부터 제11절까지는 삼강령·팔조목 및 本末·始終·知本 등을 말한 것으로 보이며, 제12과 제13절은 격물·치지를 해석한 것, 제14절과 제15절은 성의를 해석한 것, 제16절은 정심·수신을 해석한 것, 제17절부터 제19절까지는 수신·제가를 해석한 것, 제20절부터 제22절까지는 제가·치국을 해석한 것, 제23절부터 제29절까지는 치국·평천하를 해석한 것으로 보인다.105)

다섯째, 程子·朱子가 誤字라고 여겨 '親民'을 '新民'으로, '身有'를 '心有'로, '命'을 '慢'으로 보아야 한다고 한 설을 그대로 수용하고 있다. 이런 점에서 程朱의 설을 일정 부분 수용하고 있다.

여섯째, 심대윤은 明德을 道心으로 보아, 克己爲仁을 明明德으로 新民化俗을 新民으로 보았다. 명덕을 도심으로 보는 설은『중용』과 연관시켜 해석한 결과로 보인다. 그리고 명명덕을 극기위인으로 신민을 신민화속으로 본 것은 실천적인 면을 강조한 해석인데, 그의 양명학적 세계관을 드러낸 것으로 보인다.

일곱째, 심대윤은 주희의『대학장구』전 제5장 격물치지전의 격물치

---

105) 張炳漢은 위의 논문에서 28절로 분류하였는데, 심대윤의『대학고정』에는 실제로 29절로 되어 있다.

지설에 대해 심하게 비판하였는데, 주희의 관념적인 설로는 그 요령을 얻을 수 없다고 보기 때문이다. 그리하여 그는 격물치지는 학문을 하는 요령이고 人道의 요령이라 하였다. 또한 忠恕도 학문을 하는 요령이고 인도의 요령이라 하였다. 그는 格物을 '以我之情 通物之情'으로, 忠恕를 '以我之好惡 推施于人'으로 보아, 유사한 개념으로 파악하였다.[106]

여덟째, 심대윤은 致知·誠意·正心은 始終을 관통하는 것으로 보고, 修身 이하는 施行의 순서로 보았다. 그래서 전자는 안에서 밝히는 것으로, 후자는 밖에서 시행하는 것으로 보았으며, 忠恕로써 치우친 생각을 제거하고 마음을 다스려 치우친 기상을 제거하는 것을 모두 克己의 일로 보았다.[107]

（7） 金澤榮의 『고본대학』 개정과 해석의 특징

金澤榮(1850-1927)의 자는 于霖, 호는 滄江·韶濩堂, 본관은 花開이다. 부친은 開城府 分監役을 지낸 金益福이고, 모친은 坡平 尹氏로 첨

---

106) 沈大允, 『大學考正』 제13절 해석. "辨曰 凡天下之事 皆有要領 得其要領 然後條目 可尋也 不知要領 而逐於條目 勞而無功 格致者 爲學之要領也 人道之要領也 今日 卽凡天下之物 而窮其理 何無要領耶 天下萬物 人間萬事 物物而格之 事事而致之 凡得幾何而老死耶 旣昧要領 則其所得者 又復不眞也 竟何益耶 且微朱子言之 天下之人 孰不欲卽物而窮理哉 顧患不知其要領 是以無所着力焉 今不告之以要領 而乃曰 卽天下之物 而汎入天下之門也 果成何說耶 忠恕者 爲學之要領也 人道之要領也 中庸言道之全體 則決不遺其要領 而獨詳其條目也 其曰道不遠人 又曰 忠恕 違道不遠 由是以觀聖人之道 卽人道也 忠恕 爲道之要領也 昭然可知矣 其引詩伐柯以明 以己推人 卽格物絜矩之謂也 何朱氏之棄經之明文 而妄意穿鑿耶 夫天下之事 必以漸致之 未有一擧而了之者也 其有暴成者 乃變異也 寧有一旦豁然貫通 而衆物畢明耶 卽物而窮理 一爾夫一 積少而致多而已矣 何以一擧盡之耶 夫子生知 宜其豁然貫通於初學之年也 旣已豁然貫通 則無事於夫學也 而十五至七十 進序有漸 老將至而發憤忘食者 又何歟 朱氏之妄 固無足辨者也 朱氏有恒言曰 性與誠敬 萬里俱存 去其弊而自足 今日 卽凡天下之物 而窮其理 又何乖戾耶 無乎中而妄言者 固未有一定者也"

107) 沈大允, 『大學考正』 제16절 해석. "致知誠意正心三者 貫通始終者也 自修身以下 施行之序也 昭之於內 而施之於外-忠恕以去其辟 治心而去其偏氣 皆克己之事也-"

지중추부사를 지낸 尹禧樂의 딸이다. 김택영은 개성부에서 출생하여 1891년 진사시에 합격하였다. 1894년 編史局 主事에 임명되었고, 1895년 중추원 서기관을 지냈으며, 1903년 홍문관 纂集所에 복직되어『文獻備考』의 편찬위원이 되었다. 1905년 을사늑약이 체결되자 국가의 장래를 통탄하다가, 1908년 중국 상해 근처 南通으로 망명하여 그곳에서 생을 마감하였다.

김택영은 20대에 이미 李建昌 등과 교유하기 시작하여 영남의 曺兢燮, 호남의 黃玹 등 전국의 명사들과 학문·문학을 토론하였다. 중국으로 망명한 뒤에도 진보적 지식인 張謇·梁啓初·章炳麟 등과 교유하였다. 그는 중국에 망명한 뒤 나라가 비록 망했지만, 그 정신문화를 보존하는 것을 사명으로 인식하여『燕巖集』등을 간행하는 사업을 활발히 전개하였다. 또한 우리나라 역대 문장가 중 古文의 전통과 맥락을 나름의 시각으로 정리하여 9대가를 선정하고, 그들의 명문장을 선별하여『麗韓九家文抄』를 편찬하기도 하였다.

김택영의 저술로는『韶濩堂集』·『韓史綮』·『校正三國史記』·『歷史輯略』등이 있다. 경학 관련 저술로는『소호당집』의 解에 수록된「大學本末厚薄節解」·「格物解」·「吾與點解」·「洪範稽疑解」과 辨에 실린「孔子刪詩辨」·「鄭衛淫風辨」·「孟子勸王道辨」과 論에 실린「孟子勸行經界論」등이 있으며, 근래 발굴된 별책의『古本大學章句』가 있다. 이『고본대학장구』는 1913년 8월 벗 周晉琦의 권유에 의해 중국 남통에서 간행한 것으로, 대구시 달성군 화원읍 文氏의 仁壽文庫에 소장되어 있다.

김택영은 朴趾源과 개성 지방의 학자 金憲基로부터 사상적 영향을 받은 바[108], 경학 방면에서는 김헌기의 영향이 지대했던 것으로 보인다. 김택영은 구한말의 대문장가로 李建昌·黃玹과 그 이름을 나란히 하였

---

108) 崔惠珠,『滄江 金澤榮의 韓國史論』, 한울아카데미, 1996, 32-33면.

다. 또한 그는 역사에 남다른 인식을 보여 여러 종의 저술을 남겼는데, 그의 역사인식의 특징은 단군−기자−마한으로 이어지는 정통의 체계를 세운 점, 박지원·정약용·안정복·유득공 등의 영향으로 彊域·地理·風物·制度 등의 분야로 서술의 폭을 확대한 점, 고려의 유민이라는 의식으로 高麗史를 새롭게 서술하며 조선 왕조 오백 년의 역사를 비판적으로 인식한 점 등으로 나타난다.[109]

김택영은 문장가이면서 역사가·경학가였지만, 경학적 저술은 그리 많지 않다. 위에서 열거한 자료가 전부이다. 그러나 그의 단편적인 論·辨·解 등을 통해 볼 때, 조선시대 주자학자들과는 다른 인식을 발견할 수 있다. 예컨대 『논어』 「先進」 제24장에 보이는 "夫子喟然歎日 吾與點也"에 대해, 주희가 '與'를 '許與'의 뜻으로 보아 子路·冉有·公西華는 말단적인 세상사에 연연하는 데 비해 曾點은 기상이 그들과 같지 않기 때문에 탄식하며 깊이 허여한 것이라고 해석한 것을 비판하면서, 이는 세상에 도가 행해지지 않는 것을 상심하여 탄식한 말로, 그 시대에는 오직 증점의 志趣를 행할 수 있을 뿐임을 말한 것이라고 하였다.[110] 이런 그의 해석을 보면, 종전의 설과는 사뭇 다른 독창적인 면이 발견되며, 특히 시대인식에 투철했던 그의 정신이 경서 해석에 투영된 것으로 이해할 수 있다.

김택영의 『대학』 해석에 관한 저술은 『古本大學章句』·『古本大學私箋』과 문집에 실린 「格物解」·「大學本末厚薄節解」이 있다. 이 자료에는 주희의 『대학장구』와 다른 해석이 다수 들어 있으며, 또 주희의 『대학장구』를 저본으로 하지 않고 『고본대학』을 저본으로 하여 편차를 나누어

---

109) 崔惠珠, 『滄江 金澤榮의 韓國史論』, 한울아카데미, 1996, 67-70면.

110) 金澤榮, 『韶濩堂集』 권7, 「吾與點辨」. "聞曾點之說 輒感動于中 以爲彼三子所期待者之未必行 亦恐如吾 而所可行者 其惟點之狂狷曠遠之志趣乎 其喟然歎者 傷歎道之不行也 若曰歎美 則歎美之聲氣 何至於喟然也 其曰吾與者 欲同歸于浴風之樂也"

해석한 점에서 조선시대『대학』해석사에서 몇 안 되는 보기 드문 해석
이라 하겠다.

　김택영은『고본대학』을 저본으로 해서 새롭게 해석한『古本大學解略』
이라는 책을 만들어 가지고 망명한 듯하다. 그는 중국 南通으로 망명한
뒤 이 책을 중국학자 周晉琦에게 보여주었고, 그의 권유로 1913년 중국
에서『古本大學章句』라고 이름을 바꾸어 간행하였다.111) 그리고서 김택
영은『古本大學章句』라는 책명의 '章句'에 대해 혐의를 두었고, 또 주희
가『고본대학』을 개본해『대학장구』를 만든 것과 대적하는 듯한 혐의가
있다고 판단해, 중국학자 達李와 상의해서『古本大學私箋』이라고 이름
을 바꾸고, 그의 서문을 받아 1918년 다시 간행하였다.112) 이『고본대학
사전』이 그의『대학』해석의 완결판에 해당하는 셈이다.

　『고본대학장구』와『고본대학사전』을 비교해 보면, 전체적으로 큰 차
이점은 발견되지 않는다. 즉『고본대학』을 저본으로 하되 分章을 하여
해석한 기본 틀은 그대로 유지하고 있다. 수정하여 조금 달리한 내용을
정리하면 다음과 같다. 첫째,『고본대학장구』에서는 경문과 전문으로
나누어 經1章·傳5章으로 분장하였는데,『고본대학사전』에서는 經·傳
으로 나누는 것이 맞지 않다고 생각해 나누지 않고『중용』처럼 분장만
했다. 둘째, 曹兢燮과 편지를 왕복하면서 강론한 뒤 자신의 견해를 유연

---

111) 金澤榮,『古本大學章句』跋. "吾少友周君晉琦 有璞才深思 爲詩詞淸重 出俗輩 然不
　　沾沾自喜 示人求譽 獨喜究玩經旨 嘗見余所爲古本大學解略 謂余曰 何 子之獲我 甚也
　　可加用力 爲其章句 吾當刊之 以贈學者 噫 大學之說之聚訟 久矣 向余一時之所爲 亦
　　所以置於定不定之間者耳 今若進而爲章句 是定之也 此豈　予少子之所敢哉 此豈　予
　　少子之所敢哉 爲之減食思之者 數日 念周君好學之意 有不可以終虛者 姑以勉副如右
　　云 中華民國二年 舊曆癸丑八月晦 中華新民 故韓花開金澤榮跋"

112) 金澤榮,『古本大學私箋』自跋. "余嫌其章句之稱 與朱夫子大學改本爲敵 與經儒達
　　君繼聃 相商改名爲私箋 近以示故邦經儒曹君仲謹 與之講論 則格物說以外 皆不能相
　　入 然往復之際 所以感動磨礱者 爲不少 遂乃改明德一句及知止一節之注 其外亦有小
　　小修潤及增刪者"

하게 하여 '明德' 및 '知止' 이하 1절에 대한 해석을 바꾸었다. 셋째, 그 외에도 소소한 점에 대해 윤색을 하고 증감이나 산삭을 하여 정밀하게 다듬었다.

여기서는 주희의 『대학장구』 개정설을 중심으로 논하기 때문에 김택영의 『대학』 해석의 특징과 의미에 대해서는 구체적인 논의를 하지는 않을 것이며, 『고본대학』을 저본으로 分章한 설 등, 주요 특징 몇 가지를 거론하는 정도에서 그치고자 한다.

우선 그는 왜 『고본대학』을 저본으로 分章을 하고 새롭게 『대학』 해석을 시도한 것일까? 그의 문제 의식은 어디에 있었던가? 그는 이에 대해 다음과 같이 말하고 있다.

> 나는 일찍이 망령되게 다음과 같이 생각했다. "상고시대 先聖의 글은 志趣가 심원하여 후세 정제한 글이 천박하게 속뜻을 노출시킨 것과는 다르다. 또한 〈古本의 편차를 개정하는 것은〉 후세에 태어나 고인의 精神과 心術이 깃들어 있는 글을 뒤바꾸고 훼손하여 의리를 온전치 않게 하는 것이니, 어찌 이 둘 다 온당한 일이겠는가?" 이에 감히 原本에 나아가 해석을 한 것이다.[113]

이를 보면, 그가 『고본대학』을 저본으로 새로운 해석을 시도한 것은, 첫째 先聖의 글은 志趣가 심원하기 때문에 후세의 정제된 글과 다르고, 둘째 편차를 함부로 개정하는 것은 고인의 정신과 심술을 훼손하여 의리를 상하게 하는 일이기 때문이라는 것이다. 그는 이런 이유 때문에 주희의 『대학장구』를 따르지 않고 『고본대학』을 저본으로 해석하는 것이 바람직하다는 생각을 한 것이다. 이는 그의 경학관을 대변하는 인식으로 보아도 좋을 것이다.

---

113) 金澤榮, 『古本大學章句』. "竊嘗妄謂古先之文 志趣深遠 不如後世之整齊淺露 且生於後世 使古人精神心術之所寓者 顚倒破缺 而不能全於義 豈盡所安哉 玆敢就原本解之"

그러나 그는 주희의『대학장구』의 설을 전면적으로 부정하지 않았다. 그의 해석을 면밀히 검토해 보면, 주희의 설을 상당수 수용하고 있음을 발견할 수 있다. 이런 관점에서 그는 "朱子의 설 가운데 장점이 있는 것은 감히 하나도 버리지 않았다."[114]고 자신의 해석의 입장을 천명하고 있다. 이 점은 그가『고본대학』을 저본으로 하면서도 分章을 하지 않은 『고본대학』과는 다르게 분장을 하여 전체를 처음에는 經과 傳으로 나누어 經1章·傳5章 체제로 분장했다가,『고본대학사전』에서는 경·전으로 나누는 것이 맞지 않다고 생각해『중용』의 경우처럼 분장만 하였다.

그는『고본대학』을 저본으로 하면서 편차를 전혀 바꾸지 않고 다만 분장을 통해 논리 구조를 설명하고 있다. 우선 그의 분장에 따른 요지 파악을 정리해 도표로 제시하면 다음과 같다.

분장	『고본대학』의 편차	요지	비고
제1장	01-01 大學之道 …… 在止於至善 01-02 知止而后有定 …… 慮而后能得 01-03 物有本末 …… 則近道矣 01-04 古之欲明明德於天下者 …… 致知在格物 01-05 物格而后知至 …… 國治而后 天下平 01-06 自天子以至於庶人 壹是皆以修身爲本 01-07 其本亂而末治者 …… 未之有也 01-08 此謂知本 此謂知之至也	三綱領 八條目	*明德에 대한 독자적 해석 *格物致知에 대한 독자적 해석 *物·事에 대한 독자적 해석 *所厚所薄에 대한 독자적 해석
제2장	01-09 所謂誠其意者 …… 故君子必愼其獨也 01-10 小人閒居 …… 故君子必愼其獨也 01-11 曾子曰 …… 其嚴乎 01-12 富潤屋 …… 故君子必誠其意 01-13 詩云 瞻彼淇澳 …… 民之不能忘也 01-14 詩云 於戱 …… 此以沒世不忘也 01-15 康誥曰 克明德 …… 皆自明也 01-16 湯之盤銘曰 …… 君子無所不用其極 01-17 詩云 邦畿千里 …… 止於信 02-01 子曰 聽訟 …… 大畏民志 此謂知本	釋誠意	*誠意를『대학』의 주제로 파악하여 止於至善의 도로 봄 *誠意를 『중용』의 誠之와 연관시켜 해석함

---

114) 上同. "至朱說之長者 不敢遺一"

제3장	02-02 所謂修身 …… 則不得其正 02-03 心不在焉 …… 食而不知其味 02-04 此謂修身 在正其心	釋正心 修身	*或但知誠意 而不能黙察此 　心之存否 則無以檢其身 故 　君子必察乎此 而敬以直之 　使此心常存 而身無不修也
제4장	02-05 所謂齊其家 …… 天下鮮矣 02-06 故諺有之 …… 莫知其苗之碩 02-07 此謂身不修 不可以齊其家	釋修身 齊家	*正心·修身은 修己에 齊 　家·治國·平天下는 化人에 　해당
제5장	02-08 所謂治國 …… 慈者 所以使衆也 02-09 康誥曰 如保赤子 …… 嫁者也 02-10~12 一家仁 …… 故治國 在齊其家 02-13 詩云 桃之夭夭 …… 可以敎國人 02-14 詩云 宜兄宜弟 …… 可以敎國人 02-15 詩云 其儀不忒 …… 民法之也 02-16 此謂治國 在齊其家	釋齊家 治國	*家齊於上 而國治於下 *不出家而知治國之理 *治國宜用誠實之政
제6장	02-17 所謂平天下 …… 君子有絜矩之道也 02-18 所惡於上 …… 此之謂絜矩之道也 02-19 詩云 樂只君子 …… 此之謂民之父母 02-20 詩云 節彼南山 …… 辟則爲天下僇矣 02-21 詩云 殷之未喪師 …… 失衆則失國 02-22 是故 君子先愼乎德 …… 有財此有用 02-23~26 德者本也 …… 亦悖而出 02-27 康誥曰 惟命不于常 …… 不善則失之矣 02-28 楚書曰 楚國 無以爲寶 惟善 以爲寶 02-29 舅犯曰 亡人 無以爲寶 仁親 以爲寶 02-30 秦誓曰 若有一个臣 …… 亦曰殆哉 02-31 唯仁人 放流之 …… 爲能愛人 能惡人 02-32 見賢而不能擧 …… 過也 02-33 好人之所惡 …… 菑必逮夫身 02-34 是故 君子有大道 …… 驕泰以失之 02-35~37 生財有大道 …… 非其財者也 02-38 孟獻子曰 畜馬乘 …… 以義爲利也 02-39 長國家而務財用者 …… 以義爲利也	釋治國 平天下	*天下之治 　在於同民好惡

　이러한 김택영의 해석은 『고본대학』의 편차를 전혀 변개하지 않고 그대로 따르면서 단지 分章을 통해 체계를 세웠다는 점에서, 『고본대학』을 저본으로 편차를 개편해 해석한 것과 변별된다.

　위 도표의 비고란을 통해 대강 드러나듯이, 김택영의 해석의 첫 번째 특징은 『대학』의 요지를 誠意로 파악한 데 있다. 16세기 李滉·曹植 등의 도학자들에 이르면, 『대학』의 요지를 대체로 敬으로 파악한다. 이는 『중용』의 요지를 誠으로 파악한 것과 표리 관계로 보기 때문이며, 주희가 『대학』을 해석하면서 正心章에서 敬以直內를 극구 강조했기 때문이다.

그런데 김택영은 그런 종래의 설을 따르지 않고, 『중용』에서 말한 '誠之者'의 입장을 말한 것이 『대학』이라는 관점에서 해석의 틀을 마련하고 있다. 그는 전 제1장의 해석에서 "誠意는 『대학』 한 편의 주제로서 至善에 이르는 도이다."115)라고 하면서, 위로는 格物致知와 아래로는 正心과 연관시키지 않고 독립시켜 놓은 의도라고 설명하고 있다.116) 또 그는 전 제3장을 해석하면서 다음과 같이 말하고 있다.

> 정심·수신은 나에게 있는 것이고, 제가·치국·평천하는 남에게 있는 것이다. 나에게 있는 것은 참으로 성의로써 구제해야 하지만, 남에게 있는 것은 더욱 그렇다. 성의가 아니면 어떻게 家人을 교화시켜 천하에 미칠 수 있겠는가. 이것이 『대학』 한 책이 誠意를 주로 하는 이유이다.117)

『고본대학장구』 뒤에 붙어 있는 「大學說二則」을 보면, 그의 『대학』 해석의 문제 의식이 어디에 있는지를 알 수 있다. 그는 "『대학』을 읽는 사람들이 비근한 것을 버리고 고원한 것을 취하는데, 거기에는 두 가지가 있다. 하나는 明德에 대해 가까이 있는 성의·정심·수신의 三德을 버리고 멀리 있는 心·性 사이에서 구하는 것이고, 하나는 格物에 대해 가까이 있는 성의 이하 六物을 버리고 멀리 있는 천하의 만물에서 구하는 것이다."118)라고 하였는데, 조선시대 학자들의 경서 해석이 성리학

---

115) 上同. "誠意者 大學一篇之主 而止至善之道也"

116) 上同. "故不曰所謂正心在誠其意 而孤特表出如右 上以見格物致知之學 非有誠則其所知 或非己有也 下以見正心修身齊家治國平天下之道 非誠不得爲也"

117) 上同. "正心修身 己也 齊家治國平天下 人也 在己者 固當以誠意濟之 至於在人 則尤然 非誠則安得化家人 以及天下乎 此大學一書 所以以誠意爲主者也"

적 사유의 틀 속에서만 해석하여, 고원한 형이상적 辨釋으로 흘러갔음을 지적하는 말이다.

그런데 그가 지적한 말을 살펴보면, 하나는 明德에 관한 해석이고, 하나는 格物致知에 관한 해석으로 『대학』 해석의 가장 핵심 명제들이다. 그는 이 핵심 명제에 대한 해석을 성리학적 사유 속에서 해석하기를 거부하고, 원시유학의 정신에 입각하여 일상의 실제적이고 실용적인 측면으로 접근하였다. 그리하여 主心論 또는 主性論의 관점에서 明德을 해석하는 종래의 틀에서 벗어나 성의·정심·수신의 三德으로 보았다.

그는 明德의 뜻은 『주역』의 '自昭明德', 『서경』의 '明德惟馨', 『국어』의 '茂昭明德'과 같은 것이라고 인증하면서 '사람이 마땅히 해야 할 善道의 光明'이라고 정의했다.[119] 이러한 설은 종전에 찾아볼 수 없는 前人未發의 설이다. 이것이 그의 『대학』 해석의 두 번째 특징이다.

또 그는 별도로 「格物說」을 지어 자신의 주장을 드러냈는데, 주자학과 양명학이 갈리어 3백 년 동안 싸운 근원이 격물치지에 대한 해석의 차이에서 비롯되었음을 상기하면서, 격물치지에 대해 다음과 같이 새로운 해석을 하였다.

> 物은 성의·정심·수신·제가·치국·평천하이고, 格은 그것을 궁구해 이르는 것이다. 어째서 그런 줄 아는가? 『대학』에 "物有本末 事有終始 知所先後 則近道矣 古之欲明明德於天下者 先治其國 欲治其國者 先齊其家 欲齊其家者 先修其身 欲修其身者 先正其心 欲正其心者 先誠其意 欲誠其意者 先致其知 致知在格物"이라고 하였으니, 성의·정심·수신은 物의 本이며 事의 始이고, 제가·치국·평천하는 物의 末이며 事의 終이다. 그 本末·始終에 대해 내가 나

---

118) 上同. "讀大學者 舍近而取遠 有二 一於明德 舍近之誠意正心修身三德 而遠求之于 心與性之間 (一)於格物 舍近之誠意以下六物 而遠求之于天下萬物"

119) 上同. "明德者 與易所云 自昭明德 書所云 明德惟馨 國語所云 茂昭明德 同 卽人所 當爲之善道之赫然光明者也"

아가 궁구해 이르러 '이것은 어째서 本이 되는가?', '이것은 어째서 末이 되는가?', '이것은 어째서 始가 되는가?', '이것은 어째서 終이 되는가?'를 사색하는 것이니, 이것이 바로 『중용』의 博學·審問·愼思·明辨하는 공부이다. 이런 사색을 오래도록 하여 本이 되는 까닭, 末이 되는 까닭, 始가 되는 까닭, 終이 되는 까닭의 이치를 능히 보게 되면, 나의 앎이 극진해진다.[120]

주희는 格物을 해석하면서 物은 事로 格은 至로 보아 "窮至事物之理 欲其極處 無不到也"라고 하였다.[121] 그런데 김택영은 物을 '物有本末'의 物로 보아 팔조목 가운데 誠意 이하를 六物이라고 해석했다. 그리고 格物의 의미를 경문의 "物有本末 事有終始"에서 찾아 성의·정심·수신을 物의 本과 事의 始로, 제가·치국·평천하를 物의 末과 事의 終으로 보고서, 어떤 일의 본말·시종에 대해 사색하여 앎을 이룩하는 것을 격물이라고 하였다. 이런 해석은 주희가 明德을 本으로 新民을 末로 知止를 始로 能得을 終으로 본 것[122]과는 매우 다른 시각이다.

그는 격물치지를 『중용』의 "博學之 審問之 愼思之 明辨之 篤行之"의 知·行의 논리와 연관시켜 知에 해당하는 것으로 파악하고, 誠意는 行의 先務로 파악했다. 그 때문에 曾子가 傳文을 지을 적에 知에 해당하는 격물치지에 대해서는 立傳을 하지 않고, 行에 해당하는 誠意를 전문의 맨 처음으로 삼았다고 하였다.[123] 이러한 그의 격물치지설도 종전에 볼

---

120) 上同. "物者 誠意正心修身齊家治國平天下也 格則格此而已 何以知其然也 大學曰 物有本末 事有終始 知所先後 則近道矣 古之欲明明德於天下者 先治其國 欲治其國者 先齊其家 欲齊其家者 先修其身 欲修其身者 先正其心 欲正其心者 先誠其意 欲誠其意者 先致其知 致知在格物 誠意正心修身 物之本也 事之始也 齊家治國平天下 物之末也 事之終也 於其本末始終也 吾就而窮格之 曰此何以爲本乎 此何以爲末乎 此何以爲始乎 此何以爲終乎 此卽博學審問愼思明辨之工也 格之之久 果能眞見所以爲本所以爲末 所以爲始所以爲終之理 則吾之知也 致矣"

121) 朱熹, 『大學章句』 經一章.

122) 朱熹, 『大學章句』 經一章 註. "明德爲本 新民爲末 知止爲始 能得爲終"

123) 金澤榮, 『韶濩堂集』 권7, 「格物解」. "知旣致 則於其所當爲本始者 吾從而先行之 於

수 없는 그만의 독자적인 발명에 해당한다. 이것이 그의 『대학』 해석의
세 번째 특징이다.

그의 『대학』 해석의 네 번째 특징은 物·事와 所厚·所薄에 대한 새로
운 해석이다. 그는 格物의 物을 '物有本末'의 物과 연관시켜 봄으로써
物은 事의 本·始도 되고 事의 末·終도 되는데, 전자는 성의·정심·수
신이, 후자는 제가·치국·평천하가 그에 해당된다고 하였다. 그리고 전
자의 경우는 意·心·身이 物이 되고 誠·正·修가 事가 되며, 후자는
家·國·天下가 物이 되고 齊·治·平이 事가 된다고 하였다. 이러한 해
석은 정약용의 설과 유사한 점이 발견된다.

또한 그는 경문의 '其本亂而末治者 否矣 其所厚者薄 而所薄者厚 未
之有也'에 대해, 별도로 「大學本末厚薄節解」을 지어 자신의 주장을 드
러냈는데, 이 역시 주희가 '本'을 身으로 '所厚'를 家로 해석한 것에 대한
독자적인 설을 제기한 것이다. 그는 경문 말미에 修身에 대해 大書·特
書한 이유를 다음과 같이 말하고 있다.

> 경문에 "천자로부터 서인에 이르기까지 일체 모두 수신으로 근본을 삼는다."
> 고 하였으니, 참으로 사람들이 걱정하는 것은 능히 수신하지 못하는 데 있는
> 것이다. 자신을 능히 닦으면 집안 사람들을 균평히 하고, 나랏 사람들을 잘 다
> 스리고, 온 천하 사람들을 平治하는 일은 저절로 뒤따를 것이다. 그러므로 '其
> 本亂而末治者' 1구로써 결론을 지은 것이다. 그렇게 결론을 맺고 나서 다시 그
> 의미에 여전히 부족한 점이 있을까 염려하여 '厚薄' 1구를 거듭 거론해 그 志趣
> 를 극도로 한 것이니, 이른바 咏歎으로 부족해서 嗟歎하고 차탄으로 부족해서
> 넘쳐 흐른다는 것이다.[124]

其所當爲爲末終者 吾從而後行之 而誠意爲行之先也 夫格物致知之意 已備明于此 故
曾子立傳 舍格物致知 而只以誠意爲首矣"

124) 金澤榮, 『韶濩堂集』 권7, 「大學本末厚薄節解」. "曰自天子以至於庶人 壹是皆以修身
爲本 誠以人之所患 在於不能修身 身苟能修 則家國天下之齊治平 自然隨之也 故以本
亂而末治一句結之 既結之矣 而又恐其意尚有不足 申舉厚薄一句 以極其趣 所謂咏歌

김택영은 修身爲本을 말한 1절을 大書·特書한 이유를 위와 같이 말하면서, 이는 마치 하늘을 떠받치는 큰 기둥과 같은 것으로 비유했다. 그리고 다음 절에 나오는 本末·厚薄을 말한 것에 대해, 주희처럼 本을 身으로 末을 남으로, 所厚를 家로 所薄을 國·天下로 보면, 대서·특서한 修身爲本을 말한 1절이 虛設이 되어 精神·氣力과 條理·脉絡을 말할 만한 것이 없게 된다고 하였다.

그러면 김택영은 本末·厚薄을 어떻게 해석한 것일까? 위 인용문을 보면, '其本亂而末治者 否矣'는 修身爲本을 말한 앞 절의 결론이라고 하였다. 그렇다면 그는 本을 修身으로 末을 齊家 이하로 본 것이다. 그리고 위 인용문을 보면, 그 다음의 '厚薄'을 말한 것은 그 지취를 극도로 표현한 것이라고 하고 있다. 이를 통해 볼 때, 所厚는 주희의 설처럼 家가 아니라 修身이 되며, 所薄은 國·天下가 아니라 齊家 이하가 된다.

이상에서 김택영이『고본대학』을 저본으로 분장을 한 개정설과『대학』을 독자적인 시각으로 새롭게 해석한 설의 몇 가지 주요한 특징을 살펴보았다. 그의 해석의 관점은 주희처럼 闕文과 錯簡이 있다는 시각을 배제하고, 古經을 그대로 존중하자는 관점을 基底로 하고 있다. 이러한 尊信古經主義는 의리의 발명을 대전제로 하여 고경의 편차를 개정하고, 문리가 접속되지 않는 문구는 衍文으로 처리하고 缺落된 부분에 대해서는 補亡하며, 의미가 통하지 않는 글자를 誤字로 보아 바꾸는 등의 송대 의리학적 해석과는 시각을 달리하는 관점이다.

그러나 청대 고증학은 명말 僞石經이 학계를 혼탁하게 하는 것과 의리 발명을 내세워 지나치게 주관적·관념적으로 해석하는 풍토를 반성하는 차원에서 제기된 방법론인 만큼, 문헌고증적 입장에서 보면 존신고경주의는 일정한 한계를 가질 수밖에 없다.

之不足而嗟歎之 嗟歎之不足而淫泆之者也"

다만 조선 후기 학계가 지나치게 주자학으로 획일화되어 교조적 이데올로기로 작용하였기 때문에, 이런 풍토에 대한 반성적 차원에서 고경으로 돌아가 새롭게 경전의 본지를 찾아보자는 의견이 대두되었다. 이런 존신고경주의는 17세기 윤휴·허목 등 근기남인계로부터 싹트기 시작해, 정제두·이병휴·정약용·심대윤 및 김택영 등으로 이어지면서 계속 제기된 것으로 보아야 할 것이다.

김택영은 고경을 중시하는 관점을 가지면서도 주희의 설을 상당 부분 수용하고 있다. 특히 鄭玄·程頤 이래로 誤字나 衍文으로 본 字句에 대해 거의 수용하고 있는 것을 확인할 수 있는데, 이런 점에서 보면 고경을 저본으로 해석하면서도 합리성을 바탕으로 하고 있음을 발견할 수 있다. 김택영의『고본대학장구』는 그 이름에서도 알 수 있듯이,『고본대학』을 저본으로 하면서도 주희의『대학장구』처럼 章句로 나누어 해석하고 있다는 점에서, 또『고본대학』의 편차를 그대로 따르면서도『대학장구』의 설을 상당 부분 수용하고 있다는 점에서, 고경의 정신을 존중하면서 주희의 해석을 아우르고 있음을 알 수 있다.

『고본대학』을 저본으로 해석한 우리나라 학자들의 설을 보면, 편차를 바꾸어 나름의 논리 체계를 세워서 해석하는 성향과『고본대학』의 편차를 그대로 따라 해석하는 성향으로 나누어진다. 김택영은『고본대학』의 편차를 그대로 따르면서 단지 分章을 통해 논리 구조를 세워 해석했다는 점에서 편차를 개편해 해석한 경우와 변별된다.

또한 조선 시대 학계의 최대 쟁점이었던 明德·格物致知에 대한 종래의 성리학적 해석을 舍近取遠의 방법이라고 비판하면서, 관념적으로 고원한 이치를 탐구하는 해석이 아니라, 가까운 일상의 현실세계에서 실제적으로 할 수 있는 가치를 찾으려 했다는 점에서, 그 의미가 있다고 하겠다. 이런 인식은 실학적 사고와 일정하게 맥이 닿아 있다고 보인다.

김택영과 교유했던 영남의 학자 曺兢燮(1873-1933)은 「讀滄江金氏古

本大學章句」라는 글을 지어 김택영의『고본대학장구』에 대해 비판적 입
장을 개진하였다. 그의 비판은 經一章에 한정된 것인데, 종래의 주자학
적 관점에 바탕을 둔 시각에서 반론을 편 것이다. 특히 김택영의 明德說
에 대해 다섯 가지 반론을 펴고 있는데, 대체로 주희의 설에 근거한 내
용이다.

　그러나 조긍섭이 전적으로 김택영의 설을 비판만 한 것은 아니다. 그
는 때론 "이 논의는 매우 정밀하다."는 식으로, 그의 설을 일정 부분 인
정하기도 하였다. 특히 김택영의 격물치지설에 대해서는 "이 설은 매우
좋다. 능히 주자가 발명하지 못한 의미를 발명한 것이다."125)라고 하기
도 하였다. 그렇지만 그것은 새로운 견해를 제기한 것에 대한 긍정일
뿐, 그의 입장은 주희의 해석에 준거하여 김택영의 설을 수용하지는 않
았다.126)

2)『大學章句』를 저본으로 한 해석

(1)『대학장구』를 敷衍하고 深化시킨 해석

　조선시대『대학』해석은 거의 주희의『대학장구』를 저본으로 하였다.
위에서 살펴보았듯이, 극히 일부 학자들이『고본대학』을 저본으로 하여
해석한 경우가 있었지만, 당대 학자들은 거의 모두 주희의『대학장구』
를 저본으로『대학』을 이해하고 연구하였다. 사문난적의 한 사람으로
알려진 少論系의 朴世堂의 경우도『대학장구』를 저본으로 일부를 개정
하는 정도에서 그치고 있다. 또한 조선 후기 실학을 본격적으로 제창한

---

125) 曺兢燮,『巖棲集』권17,「讀滄江金氏古本大學章句」. "此說甚善 能發朱子所未發之
　　　意"

126) 上同. "然必以此一節爲起下文而不結上文 亦恐未當 蓋上二節 如此建設 不應無結
　　　而遂及他語也 若以爲結上起下之辭 則其義始備"

李漢의 경우도『대학장구』와 약간 다른 견해로 심화 해석한 정도이지, 『대학장구』를 벗어나서 해석을 시도하지 않았다.

　그런데 이처럼『대학장구』를 저본으로 한 해석이라고 해서, 주희의 설을 맹목적으로 추종한 것만은 아니다. 16∼17세기 주자학이 발달하면서 경서 해석에 있어서도 정밀한 인식으로 심도 있는 연구가 이루어져 주희의 해석을 보다 상세하게 부연하고 심화하는 해석을 하는 경우가 많았다. 마치 漢代의 경전 해석이 간단한 箋註를 다는 데 머문 반면, 唐代의 경서 해석은 그 내용을 상세하게 풀이하고 부연 설명하는 義疏學으로 나아간 것처럼, 조선시대 대부분의 학자들은 주희의 설을 보다 세밀하고 상세하게 풀이하여 부연하고 심화하는 해석을 하였다. 여기서 조선시대『대학』해석의 경향을 몇 가지로 간추려 그 특성을 살펴보고, 시대별로 주희의『대학장구』의 설을 부연하고 심화시킨 해석의 흐름을 살펴보기로 한다.

　기왕의 연구에 의하면, 조선경학사의 흐름 속에서『대학』해석의 전개 양상을 살펴보면 다음과 같은 주요 성향을 발견할 수 있다.

　　1)『대학』의 요지를 일목요연하게 도표화함.
　　2) 口訣·釋義·諺解 등 우리말로『대학』을 해석함.
　　3) 주희의『대학장구』를 일부 개정하여 보완하려 함.
　　4) 주희의『대학장구』를 저본으로 하지 않고『고본대학』을 취해 새롭게 해석함.
　　5) '明德' 등 주요 용어에 천착해 성리학적으로 개념을 명료하게 정의하려 함.
　　6) 주희의 章句(註)에 대한 심층적 해석이 이루어지고, 주희의 여러 저술에서 해석이 相異한 점을 발견하고 이를 分辨하여 定說을 확정하려 함. 大全本 小註에 실린 설 가운데 주희의 설과 다른 설을 분변하여 주희설의 정통성을 확립하려 함.
　　7) 주자학에서 탈피하여 양명학적 관점으로『대학』을 해석하려 함.
　　8) 실학의 영향에 의해 실학적으로 사유로『대학』을 해석하려 함.

9) 청대 고증학의 영향에 의해 고증학적 해석 성향이 나타남.

10) 正祖의 御製條問 또는 成均館 등에서 반포한 條問에 답한 해석.

11)『대학장구』 전 제10장(平天下章)의 分節問題가 대두됨.

이상에서 열거한 11가지는 조선시대『대학』해석의 주요 성향이다. 1) 은 조선 초기부터 나타나기 시작하여 20세기 초까지 100여 종의 大學圖 를 생산하였으며, 2)는 15세기부터 17세기까지 집중적으로 나타났고, 3) 은 李彦迪이『대학장구』를 개정한 뒤로 끊임없이 새로운 견해가 제기되 었고, 아울러 이에 대한 찬반론도 끊이질 않았다. 4)는 17세기 전반 崔 有海로부터 비롯되어 조선후기 尹鑴·李秉休·丁若鏞·沈大允·金澤榮 등이 독자적인 설을 개진하였다. 5)는 16세기 李滉·李珥 이후로 활발히 전개되었고, 6)은 李珥로부터 문제 의식이 싹터 그의 문인 金長生에 이 르러 본격적으로 나타났으며, 李惟泰를 거쳐 韓元震에 이르러 완비되었 다. 7)은 17세기 후반 鄭齊斗로부터 본격적으로 나타났으며, 8)은 18세 기 전반 李瀷으로부터 비롯되어 丁若鏞 등 주로 근기남인계의 경전 해 석에 나타났다. 9)는 18세기 후반 丁若鏞·成海應·申綽 등에게서 본격 적으로 나타나며, 10)은 正祖 이후로 나타나는 특징적인 성향이다. 11) 은 18세기 이후『대학장구』에 대한 해석이 정밀해진 뒤에 나타났다.

이 가운데 1)·2)·8)·10)은 우리나라에서만 나타나는 독특한 성향으 로, 동아시아『대학』해석사에 있어서 우리의 독자성을 보여줄 수 있는 중요한 내용이다. 또한 5)·6)은 우리만의 고유성은 아니지만, 주희의 衆說을 분변하여 定說을 확정하고 소주 비판을 통해 주희설의 정통성을 확립하려 한 점은, 주희의『대학』해석이 조선시대에 더 심화 발전된 것 을 보여주는 것이다. 3)은 주희의 재전 문인대부터 나타나 명나라 전반 까지 지속적으로 나타난『대학』해석의 주요 성향인데, 우리나라에서도 자생적으로 이런 연구가 일어났다는 것은, 지식을 재생산할 만큼 지적

수준이 높아졌음을 의미한다.

4)는 중국에서도 있었던 현상이지만, 우리나라에서도 이런 연구와 논의가 있었다는 것은 조선시대 학문이 주자학 위주로 전개되는 가운데서도 자유로운 사상적 탐구가 그 안에서 자생하고 있었음을 보여준다. 7)·8)·9)는 주희의 해석을 墨守하지 않고 새로운 사유나 방법으로 접근한 경우로, 주희의 설만을 전적으로 존신하지 않고 독자적인 해석을 하거나 탈주자학적 성향을 보인다. 11)은 대체로 대전본 소주를 비판하거나 더 정밀히 논의하면서 나타난 성향이다.[127]

위에서 거론한 것 가운데 1)·2)·5)·6)·10)·11)은 주희의 해석을 부연하고 심화한 해석에 해당한다. 2)의 경우 口訣과 諺解는 부연이나 심화라고 보기 어렵겠지만, 釋義에는 주희의 설을 부연하거나 심화한 해석이 종종 나타난다. 여기서는 이를 간추려 살펴보기로 한다.

주희에 의해 새롭게 정립된 四書五經 체제는 元代에 정착되었고, 우리나라에는 여말선초에 유입되어 鄭夢周(1337-1392)·權近(1352-1409)에 의해 토를 다는 작업이 이루어지기 시작하였다.[128] 그리고 권근은 懸吐에서 더 나아가 사서오경의 大旨 파악을 통한 圖表化를 시도하고 독자적인 설도 제기하였다. 권근의『入學圖說』목차를 보면,「大學指掌之圖」·「中庸首章分釋之圖」·「五經體用合一之圖」·「五經各分體用之圖」·「春王正月橫看分釋之圖」·「河圖五行相生之圖」·「無逸之圖」 등 19개의 사서오경에 관한 도표가 있다. 그리고「中庸分節辨議」·「語孟大旨」 등 사서오경의 핵심적인 문제에 대해 자신의 견해를 제시하고 있다.

「語孟大旨」은 '『논어』의 대지는 敦於仁, 『맹자』의 대지는 嚴於義'라

---

127) 이상은 崔錫起,「『韓國經學資料集成』所載『大學』해석의 특징과 그 연구방향」,『대동문화연구』제49집, 성균관대 대동문화연구원, 2005.

128) 朴世采,『南溪集』권54,「隨筆錄」. "我國經書口訣釋義 中朝所未有 始發於薛聰 成於鄭圃隱權陽村"『세조실록』세조 11년 11월 12일(병진)조. "令禮曹 廣求本國先儒所定四書五經口訣 與鄭夢周口訣"

는 요지로 간략히 언급한 글이지만, 「大學指掌之圖」·「中庸首章分釋之圖」·「中庸分節辨議」은 주희가 심혈을 기울여 주석한『대학장구』·『중용장구』를 저본으로 도표화하고 자신의 견해를 제기한 글이라는 점에서 조선시대 경학의 先河를 이룬 연구 성과이다.

그의『중용』해석은 大旨三節·細分五節이라는 독특한 分節을 통해 요지를 파악하고 있는데, 이는 주희의 四分大節說과 雙峯饒氏의 六分大節說의 장점을 兼取하면서 자신의 새로운 견해를 표명한 것이다. 그의 『중용』해석은 주희의 설을 근간으로 하되 이를 계승 발전시켜 독자적인 설을 폈다는 점에서 그 의의가 매우 크다고 하겠다.[129]

또한 그의『대학』해석은 우리나라 경학사에서 매우 의미가 크다. 왜냐하면『대학』의 요지를 간추려 한 장의 그림으로 일목요연하게 보여주는 「大學圖」을 만들었는데, 이 「대학도」이 1백여 년 뒤 李滉에 의해 거의 그대로 수용되고 있으며, 17세기까지 우리나라에서『대학』을 이해하는 척도가 되었기 때문이다. 또한 권근의 「대학도」이 나오기 이전 그 어느 나라에서도 全篇의 요지를 이와 같이 한 장의 도표로 만든 것을 찾아볼 수 없기 때문에 그 의미가 더욱 크다.

권근은 주희의『대학장구』를 저본으로 하여『대학』을 해석하였다. 그는 후대 董槐 등에 의해 제기된『대학장구』개정설에 대해 익히 알고 있었지만, 그들의 설을 따르지 않고 주희의 설을 지지하며 개정설에 반론을 제기하였다. 그러나 그는 주희의 설을 묵수하지 않고 나름대로 독자적인 견해도 제기하였는데, 이를 간추려 보면 다음과 같다.

첫째, 經文의 작자 문제에 대해 '言古嘆今'의 논리를 내세우며 孔子 이전에는 성인으로서 천자의 지위에 오르지 못한 사람이 없기 때문에 공자의 말씀으로 확신하였다. 둘째, 傳文은 모두 증자가 경문을 해석한

---

129) 崔錫起, 「양촌 권근의『중용』해석과 그 의미」, 『남명학연구』제17집, 경상대학교 남명학연구소, 2004.

것으로 보았다. 셋째, '知止而后有定'이하 42자를 뒤로 옮겨 격물치지 전으로 보려는 후대 개정론자들의 설에 대해, 이 구절은 物格知至 이후 의 공효이기 때문에 공부를 앞에 말하고 공효를 뒤에 말하는 전문의 구 조상 맞지 않다고 하였다. 넷째, 전문 가운데 일반적 논리 구조를 갖지 않고 變文한 구절에 주목하여 성의장·수신제가장·제가치국장의 논리 구조를 해명하였다.[130]

이처럼 권근이 『대학』·『중용』을 해석한 것만 보더라도, 그는 주희의 설을 근간으로 하되 맹목적으로 수용하지 않고 문제 의식에 따라 독자 적인 견해로 해석하고 있음을 알 수 있다. 이런 그의 경전 해석은 조선 시대 경학이 싹트는 계기를 마련하였고, 중화 문명을 받아들여 지식을 재생산하는 초석을 마련하기에 충분하였다.

그러나 이러한 그의 학문정신은 후인들에 의해 활발하게 전개되지 못 하였다. 그것은 조선 왕조가 안정을 찾는 시기에 지식인들이 학문에 전 념할 여유가 없었기 때문일 것이다. 1426년(세종 8) 명나라 成祖의 칙령 으로 만든 四書五經大全本이 조선에 유입되어 1429년부터 금속활자로 인쇄 반포됨으로써 우리나라 유교경전의 텍스트가 되었다. 게다가 세종 때부터 국가적인 사업으로 懸吐와 諺解 사업이 기획되었고, 세조 말년 인 1468년 마침내 이 책에 口訣이 모두 완성됨으로써 조선에서 경전으 로서의 확고한 권위를 갖게 되었다.

그러나 언해 사업은 곧바로 이루어지지 못하였다. 그 이유는 士禍로 인해 정치적 혼란이 지속되어 정신적 여유가 없었고, 또 이 책에 대한 이해가 부족하여 언해를 할 만큼 학문적 역량이 무르익지 않았기 때문 이다. 그리하여 사화가 끝나고 사림정치 시대가 열리는 선조 연간에 이 르러서야 비로소 언해 사업이 시작되었다. 훈민정음이 창제되고 나서

---

130) 崔錫起, 「양촌 권근의 『대학』 해석과 그 의미」, 『한문학보』 제8집, 우리한문학회, 2003.

佛經의 언해가 곧장 이루어진 것과 비교해 보면, 위와 같은 저간의 사정을 이해할 수 있다.

15세기 중반부터 16세기 중반에 이르는 이 시기에 유교경전의 언해가 이루어지지는 못했지만, 언해의 전단계에 해당하는 釋義가 개인적인 차원에서 다양하게 이루어지고 있었다. 석의란 경서 전체를 모두 언해하는 것은 아니지만, 부분적으로 언해를 하며 난해한 문구에 대해 한문으로 해석을 한 것이다. 이는 口訣에서 諺解로 넘어가는 중간 과정이라고 하겠다. 이러한 시기를 경학사에서는 편의상 釋義時代로 이름 붙일 수 있다.

이 시기에는 국가적 차원에서 만들어진 완성된 언해가 없다 보니, 私的으로 석의를 만들어 참고함으로써 여러 종류의 석의가 세상에 유행하게 되었다. 그리하여 견해가 분분해 경서 해석에 혼란을 초래할 위험을 내포하고 있었다. 李滉은 한양에서 벼슬하던 16세기 중반에 몇 종의 석의를 구해 보았는데 그때마다 문제 의식을 갖고 생각나는 대로 자신의 견해를 적어 두었다.[131] 이는 견강부회한 해석이나 천착한 해석 등 오류가 있어 언젠가 정리를 하기 위함이었다. 그의 문인 李德弘과 鄭惟一은 이황이 四書釋義와 三經釋義를 저술하게 된 동기를 다음과 같이 말하고 있다.

> 선생께서 말씀하시기를 "여러 경서의 釋義는 속유들이 천착하고 견강부회하여 經의 뜻을 불통하게 하고, 傳의 글을 불명하게 해서 잘못을 답습해 후학을 속이는 데에서 만들어진 것이다."라고 하셨다. 이에 여러 사람들의 설을 수집하여 버릴 것은 버리고, 취할 것은 취해서 하나로 귀결되게 하셨다.[132]

---

131) 李滉,『退溪集』권24,「答鄭子中 丁巳」. "滉在都日 求得經書釋義各數件 互相參酌 而傳寫 其有可疑處 頗以臆見附說 以備遺忘"

132) 李德弘,『退溪學文獻全集』(계명한문학회 영인본, 이하 같은 책) 제18책,「記善總錄」 (481면). "夫謂諸經釋義 出於俗儒穿鑿傅會 使經義不通 傳文不明 承誤踵訛 以欺後學 於是 蒐集諸人之說 間有去取 以一其歸"

　　선생께서 말씀하시기를 "경서의 문구를 풀이한 것에 천착하거나 잘못된 곳이 많아서, 經의 本旨를 잃어 후학을 그르치는 것이 매우 많다."고 하셨다. 이에 그 천착한 것을 바로잡고, 잘못된 것을 바로 정해 경전의 본지를 돌이키고, 성현의 本意를 회복하였다. 그래서 학자들도 속유들의 잘못된 설에 의혹하지 않게 되었다.[133)]

　　이황은 이처럼 당시의 문제점을 깊이 인식하고, 衆說을 모아 정리하고 바로잡아 定說을 확정하겠다는 의도로 만년에 四書釋義·三經釋義를 만들었다. 즉 이황의 경서 석의는 이런 시대적 요구에 의해 만들어진 것이다. 이황의 석의는 기본적으로 구결·언해에 대한 여러 사람들의 설을 모아 단점을 버리고 장점을 취하여 하나로 귀결되게 하는 데 그 목적이 있었다. 그는 고향으로 돌아간 55세 이후 경서 석의의 초고를 제자들에게 보여주어 잘못된 점을 지적하게 하였고[134)], 문인들과 의견을 교환하며 하나하나 완성해 나갔다. 그리고 문인들의 질문을 받고 연구한 내용들을 첨가하였다.[135)]

　　이러한 그의 경서 석의에 대해 기왕의 연구에서는, 朱子性理學이 연구되는 16세기 중반 학자들마다 다르게 해석하는 經文들을 철저한 주자 성리학의 입장에서 해석과 번역의 기준을 제시한 것[136)]으로 평가하기도 하고, 난해처·문제처를 집중적으로 해명했고 직역이 채택된 점에서 校正廳 경서언해의 산파역을 한 것[137)]으로 평하기도 한다.

---

133) 鄭惟一, 『退溪學文獻全集』 제18책, 「言行通述」(342쪽). "謂經書辭釋 多穿鑿訛謬 失經旨而誤後學 甚多 於是 正其穿鑿 定其訛謬 有以還經傳之舊旨 復聖賢之本意 而學者亦不爲俗儒曲說所惑矣"

134) 을묘년(1555년)에 쓴 「答趙士敬」에 "諸經釋義 鄙見左僻 不欲示人 於公則欲資評駁 改定之益 故易釋先送去"라 하였고, 정사년(1557년)에 쓴 「答鄭子中」에는 "欲資朋友 看過 得以指搜其差謬而改之 故於趙士敬等數人 許其借看"이라 하였다.

135) 琴應壎이 쓴 跋文에 "又因門人所嘗問辨者 而研究之"라 하였다.

136) 金恒洙, 「16세기 經書諺解의 思想史的 考察」, 『규장각』 제10집, 1987.

그 후 李珥도 四書釋義를 저술하였다. 이황의 사서삼경 석의가 나온 뒤에, 이이가 다시 사서석의를 찬술한 것에 대해, 후대 宋秉璿(1836-1905)은 다음과 같이 말하고 있다.

> 우리나라에는 언해가 있어서 방언으로 성인의 가르침을 해석했는데, 諸家에 서로 다른 해석이 있게 되었다. 退溪先生에 이르러 衆說을 모아 단점을 버리고 장점만 취하였는데, 한결같이 주자의 해석을 따라 句讀를 떼고 旨意를 해석했다. 이 책이 학자들에게 편리한 점이 손바닥 위에서 指示하는 것처럼 분명할 뿐만이 아니었다. 그러나 크게 구비되지 못하였고, 小註에 대해서는 언급할 겨를이 없었다. 이것이 바로 栗谷先生의 사서석의가 만들어지게 된 이유이다.[138]

이를 통해, 이이가 사서석의를 다시 만든 이유를 두 가지로 정리할 수 있다. 하나는 이황의 사서석의에 미비한 점이 있다는 것이고, 하나는 이황의 사서석의에는 소주에 대한 언급이 없다는 것이다. 전자를 보완한 것이 四書釋義인데, 이 가운데『맹자석의』는 지금 전하지 않는다. 그리고 후자의 관점에서 해석한 것이 四書小註圈評인데, 이 가운데『論語小註圈評』·『孟子小註圈評』은 병화에 일실되었다.[139]

四書小註圈評은 사서대전본 소주에 대해 이이가 최초로 문제 의식을 갖고 논평했다는 점에서 그 의미가 있으며, 조선시대 경학이 小註分辨이라는 독자적인 영역을 확보하며 심화 발전하는 기틀을 마련했다는 점에서 그 의의가 매우 크다.

---

137) 李忠九, 「經書諺解 研究」, 성균관대 박사학위논문, 1990.

138) 李珥, 『四書釋義』, 宋秉璿 撰 「四書釋義序」. "我東有諺解 以方言釋聖訓 諸家互有異同 至退溪先生 聚衆說而折短取長 一從朱子之解 而析其句讀 解其旨意 其爲學者之便捷 不翅指掌 然猶未克大備 而至於小註 有未暇及矣 此栗谷先生釋義之所以作也"

139) 李珥, 『四書釋義』, 「四書釋義凡例」. "一 四書小註圈評 論孟則失於兵火 今無可得之路 今獨有庸學"

이이의 문제 의식은 대전본 소주의 설 가운데 주희의 설과 맞지 않는 것이 있어 이에 대한 정밀한 분변이 필요하다는 것이다. 즉 이이는 자신이 할 성학 연구의 방향을 소주분변에서 찾은 것이다. 그래서 그는 우선 사서대전본에 실린 소주에 대해 圈評이라는 방식으로 논평을 가하였는데, 宋秉璿이 지은「學庸小註圈評凡例」에 의하면 다음과 같다.

1) 말의 뜻이 긴요하고 절실한 것은 동그라미에 붉은 색을 칠함. : 紅全圈 ●

2) 전 단락이 매우 볼 만한 것은 아니지만 그 중의 어구가 긴요하고 절실한 것은 동그라미 주변에 붉은 점을 찍음. : 紅旁點 ､○

3) 살펴볼 만한 내용이 있지만 매우 긴요하고 절실하지 않는 것은 동그라미에 붉은 띠를 그림. : 紅間圈 ◎

4) 매우 절실하지 않을지라도 의리가 통하여 흠이 없는 것은 기왕의 검은 동그라미를 그대로 둠. : 仍舊黑圈 ○

5) 의리를 해치는 것은 아니지만 유무에 관련되지 않는 것은 검은 동그라미를 겹쳐 그림. : 黑重圈 ◎

6) 전 단락이 뜻을 해치는 것은 없지만 그 중의 어구가 흠이 있는 것은 검은 동그라미에다 가운데 선을 그음. 黑長抹 Φ

7) 어의가 명확치 않거나 온당치 않거나 꼭 볼 필요가 없는 것은 검은 동그라미 안에다 작게 검은 점을 찍음. : 黑圈中小黑圈 ⊙

8) 어의가 朱子의 해석에 부합되지 않거나 이치에 맞지 않는 것은 동그라미 전체를 검은 색으로 칠함. : 黑全圈 ●[140)]

이이의 이러한 해석은 사서대전본 소주의 ○에 그대로 위와 같은 아홉 가지의 각기 다른 부호를 써서 품평을 한 것인데, 이를 圈評이라고 하였다. 이러한 이이의 권평은 소주를 分辨하는 안목을 싹트게 하였다는 점에서 그 의의가 크지만, 주관적 견해로 이루어진 데다 評語가 없어 대전본 소주분변의 초보적 단계라 하겠다.

---

140) 李珥,『四書釋義-大學』「大學小註圈評」「學庸小註圈評凡例」.

이이는『大學章句大全』의 소주 중 의문이 나는 설에 대해 간단히 자신의 견해를 표명한「論大學小註疑義」을 남겼는데, 이는 소주 여섯 곳에 대해 문제점을 제기한 것으로, 정리하면 다음과 같다.

1) 經一章 '在明明德' 아래 소주 "北溪陳氏曰 …… 理與氣合 所以虛靈" : 理氣元不相離 非有合也
2) 같은 곳, "玉溪盧氏曰 明德只是本心 虛者 心之寂 靈者 心之感" : 靈者 心之知處 …… 不可曰心之感也
3) 같은 곳, "新安吳氏曰 自散在事物者而言則曰事理 …… " : 章句釋至善處 以事理言 …… 吳氏說 乃分一本萬殊 其說鑿矣
4) 經一章 '古之欲明明德於天下者' 아래 소주 "雲峯胡氏曰 中庸言誠身 是兼誠意正心修身而言 …… " : 雲峯說未瑩 …… 爲害不細也
5) 傳一章 '太甲曰 顧諟天之明命' 아래 소주 "雙峯饒氏曰 靜存動察 …… " : 聽於無聲 視於無形 非靜中氣象也
6) 傳九章 '康誥曰 如保赤子' 아래 소주 "朱子曰 此且只說動化爲本 …… " : 此通論一章 非論此一段

이처럼 이이는 소주 여섯 곳의 문제점을 지적하고 있는데, 6)은 주희의 설을 대전본 편찬자들이 잘못 삽입하였다고 지적한 것이고, 나머지 다섯 조항은 北溪陳氏(陳淳)·玉溪盧氏(盧孝孫)·新安吳氏(吳浩)·雲峯胡氏(胡炳文)·雙峯饒氏(饒魯)의 설이다. 陳淳은 남송 때 학자로 주희의 高弟이고, 饒魯는 남송 때 학자로 주희의 재전 문인이며, 盧孝孫은 남송 말의 주희의 재전 문인인 眞德秀의 문인이고, 吳浩는 남송 말의 徽州 출신이며, 胡炳文은 원대 학자로 陸九淵의 심학을 兼取한 학자이다.

『대학장구대전』에 수록된 소주의 설 가운데, 빈도수가 높은 순으로 열거하면 1)新安陳氏, 2)雲峯胡氏, 3)雙峯饒氏, 4)玉溪盧氏, 5)東陽許氏 순이다.[141] 이들의 설이 명초 대전본을 만들 때 가장 많이 수록되었다는 것은 원대를 거쳐 명초에 이르는 시기에 이들의 설이 널리 유행하고 있었음을 입증한다. 그러나 조선의 경학가들이 주희의 설과 다르다고 문제를 제기한 것도 이들의 설이 가장 많다.

6)은 편찬자가 주희의 설을 잘못 편입한 것을 지적한 것이지만, 나머지 다섯 조항은 이치상 타당하지 않다는 점을 지적한 것이다. 이러한 이이의 해석은 성리학에 대한 인식이 제고됨으로써 여러 설을 분간해 볼 수 있는 안목이 생긴 것을 말해 준다.

이이가 소주를 분변한 뒤, 그에 대한 문제 의식은 문인 金長生에게 전해졌다. 김장생은 본격적으로 소주를 비판하였는데,『대학장구』·『대학혹문』의 소주에 대해 비판한 것이 모두 73개 조항에 이른다. 이 가운데 소주에 대해 논변한 것이 27개 조항으로 3분의 1이 넘는다.[142] 이러한 소주에 대한 문제 의식은 율곡학파에 면면이 이어져 宋時烈·李惟泰 및 權尙夏를 거쳐 18세기 韓元震에 이르러 그에 대한 성과물이 나오게 된다.[143]

한원진은『經義記聞錄-大學』에서 대전본 소주의 설 총 41조를 비판하였으며,『大學或問』의 소주에 대해서도 모두 13조의 비판을 하였다. 이를 모두 합하면 총 54조나 된다. 한원진은 자기 학통의 연원인 李珥·金長生의 설에 대해서도 논변을 가한 경우가 있는데, 이는 대전본 소주의 비판을 통해 주희의 正論에 보다 정밀한 이해를 하였기 때문에 가능한 것이었다. 또한 이는 이이와 김장생이 대전본 소주에 대해 비판한 것

---

141) 金炫鎭,「沙溪 金長生의『大學辨疑』연구」, 경상대학교 석사학위 논문, 2006, 29~30면.

142) 金炫鎭, 앞의 논문, 23~24면.

143) 송시열과 그의 문인 권상하도『대학장구대전』의 소주에 대해 비판한 것이 없지 않을 것이지만, 이들의 경서주석서가 없기 때문에 자세한 것은 알 수 없다. 그러나 송시열과 동문인 이유태는『四書答問』을 남겼는데, 이유태의 해석성향을 보면 소주에 대한 비판이 상당 부분을 차지하고 있음을 발견할 수 있다. 그는『대학장구대전』에 수록된 약 500여 조의 소주 가운데 절반에 가까운 230여 조에 대해 비판을 가하였다.(李英燮,「초려 이유태의『사서답문-대학』연구」, 경상대학교 석사학위 논문, 2008.)

을 재비판한 것이므로 소주비판에 대한 인식이 보다 정밀해졌음을 의미
한다. 이런 점에서 이이로부터 문제 의식을 갖게 된 대전본 소주에 대한
비판이 한원진에 이르러 집대성되었음을 알 수 있다.144)

이후 『대학장구』를 저본으로 하여 주희의 설을 부연하고 심화시킨 해
석은 주희설의 초년설과 만년설을 분변하여 定論을 확정하려는 노력과
주희의 만년 定說을 기준으로 하여 기타의 설을 분변하는 쪽으로 진전
되었다. 그렇지만 전반적으로 볼 때, 더 이상 새로운 연구 시각을 마련
하지 못하여 정체되었다. 그럼으로써 『대학장구』를 부연하고 심화시키
는 해석은 더 이상의 발전을 하지 못하고 기왕의 설을 답습하는 수준에
머물렀다.

다만 조선 후기 영남 지방에서는 李象靖이 通看의 시각을 마련함으로
써 混淪看과 分開看에 치우친 해석을 극복하려고 노력함으로써 경서 해
석에서도 새로운 돌파구를 마련하였다. 그리하여 대전본 이후 명대 학
자들의 설까지도 널리 섭취하여 해석하는 성향이 나타나는 바, 崔象龍
의 『대학』 해석을 보면, 전체적인 구조 분석을 통해 정밀하게 논리 구조
를 파악하여 심층 해석을 하고 있다. 이러한 해석은 한원진이 주희의 설
과 다른 대전본 소주의 설이나 선유의 설을 비판하여 주자학을 더 明澄
하게 하여 정통의 지위에 올려놓으려는 해석과는 달리, 의리 파악에 중
점을 두어 객관적이고 합리적인 해석을 추구하였다고 하겠다.145) 또 그
는 한원진의 대학도와 다른 大學圖를 작성하여 독자적인 해석을 시도하
였다. 그러나 이런 그의 해석 역시 『대학장구』를 저본으로 하여 심화 발
전시킨 해석의 한 양상이라고 하겠다.

---

144) 崔錫起, 「남당 한원진의 『대학』 해석에 나타난 특징」, 『한문학보』 제14집, 우리한문
학회, 2006, 440~441면.

145) 崔錫起, 「봉촌 최상룡의 『대학』 해석의 특징과 그 의미」, 『한문학보』 제18집, 우리
한문학회, 2008, 1390면.

（2）『대학장구』를 개정 보완한 해석

（가） 李彦迪의 『대학장구』 改定

李彦迪(1491-1553)의 자는 復古, 호는 晦齋·紫溪翁, 본관은 여주이다. 부친은 생원 李蕃이고, 모친은 慶州 孫氏이다. 이언적은 24세 때 문과에 급제하여 벼슬이 좌찬성에 이르렀다. 1547년 양재역 벽서 사건에 연루되어 평안도 江界로 유배되었다가 그곳에서 졸하였다. 저술로 시문집인 『晦齋集』과 『求仁錄』·『大學章句補遺』·『中庸九經衍義』·『奉先雜儀』 등이 있다.

이언적은 중국의 董槐·王柏 등의 『대학장구』 개정설을 보지 못한 상태에서 독자적으로 『대학장구』의 논리 구조에 문제점이 있음을 발견하고 개정을 시도하였다. 그가 『대학장구』의 편차를 일부 개정하고 독자적인 해석을 제기한 것이 『大學章句補遺』이며, 『大學或問』의 형식처럼 혹자의 질의에 응답하는 방식을 빌려 자신의 개정설에 대해 보충 설명하는 방식을 취한 글이 「續大學或問」이다. 여기서는 이 두 자료를 통해 이언적의 『대학』 해석에 관한 특징과 성향을 살펴보기로 한다.

이언적이 주희의 『대학장구』에 문제가 있다고 생각한 것은 크게 두 가지로 정리된다. 하나는 本末을 해석한 것이라고 하는 전 제4장(聽訟章)을 굳이 별도로 둘 필요가 없다는 것이고, 하나는 격물치지전이 逸失된 것이 아니라 錯簡되어 다른 곳에 편입되어 있다는 것이다. 이 두 가지 문제점을 제외한 나머지 편차는 주희의 설을 그대로 따랐고, 구체적으로 내용 해석에서 몇 가지 異見을 제시하였을 뿐이다. 여기서는 주로 편차 문제를 논의할 것이기 때문에 誠意章 이하는 굳이 거론하지 않고, 『대학장구』 전 제5장까지의 편차를 이언적이 어떻게 개정하고 있는지에 대해서만 논의하기로 한다. 우선 이언적이 『대학장구』를 개정한 편차를 보기 쉽게 정리하면 다음과 같다.

이언적의 「대학장구보유」 편차		주희의 『대학장구』 편차	
經-01 大學之道 … 在止於至善 經-04 古之欲明明德 　　　… 致知在格物 經-05 物格而后知至 … 天下平 經-06 自天子 　　　… 壹是皆以修身爲本 經-07 其本亂而末治者 　　　… 未之有也 **傳4-01 子曰 聽訟 … 此謂知本**	經一章 : 三綱領 八條目	經-01 大學之道 … 在止於至善 經-02 知止而后有定 　　　… 慮而后能得 經-03 物有本末 … 則近道矣 經-04 古之欲明明德 　　　… 致知在格物 經-05 物格而后知至 … 天下平 經-06 自天子 　　　… 壹是皆以修身爲本 經-07 其本亂而末治者 　　　… 未之有也	經一章 : 三綱領 八條目
傳1-01 康誥曰 克明德 傳1-02 太甲曰 顧諟天之明命 傳1-03 帝典曰 克明峻德 傳1-04 皆自明也	傳一章 : 釋明明德	傳1-01 康誥曰 克明德 傳1-02 太甲曰 顧諟天之明命 傳1-03 帝典曰 克明峻德 傳1-04 皆自明也	傳一章 : 釋明明德
傳2-01 湯之盤銘曰 … 傳2-02 康誥曰 作新民 傳2-03 詩曰 周雖舊邦 其命維新 傳2-04 是故 君子無所不用其極	傳二章 : 釋新民	傳2-01 湯之盤銘曰 … 傳2-02 康誥曰 作新民 傳2-03 詩曰 周雖舊邦 　　　其命維新 傳2-04 是故 　　　君子無所不用其極	傳二章 : 釋新民
傳3-01 詩云 邦畿千里 惟民所止 傳3-02 詩云 緡蠻黃鳥 … 傳3-03 詩云 穆穆文王 … 傳3-04 詩云 瞻彼淇澳 … 傳3-05 詩云於戲 前王不忘 …	傳三章 : 釋止於 至善	傳3-01 詩云 　　　邦畿千里 惟民所止 傳3-02 詩云 緡蠻黃鳥 … 傳3-03 詩云 穆穆文王 … 傳3-04 詩云 瞻彼淇澳 … 傳3-05 詩云於戲 前王不忘 …	傳三章 : 釋止於 至善
		傳4-01 子曰 聽訟 … 此謂知本 　　　此謂知本(衍文)	傳四章 : 釋本末
〈所謂致知在格物者〉 經-03 物有本末 … 則近道矣 經-02 知止而后有定 　　　… 慮而后能得 **傳5-01 此謂知本(衍文)此謂** 　　　**知之至也**	傳四章 : 釋格物 致知	傳5-01 (補亡) 此謂知之至也	傳五章 : 釋格物 致知

　이언적은 주희의 經一章·傳十章 체제를 經一章·傳九章 체제로 개편

하였다. 그 가장 큰 이유는『대학장구』에서 本末을 해석한 것으로 본 전
제4장을 삭제하였기 때문이다. 그리하여 주희가 전 제4장으로 삼은 聽
訟章을 經文의 하단으로 옮겨 놓았다. 그는 또 주희가 일실되었다고 보
아 보충해 넣은 격물치지전을 수용하지 않고, '經-02 知止而后有定 …
'과 '經-03 物有本末 …'를 뒤로 옮겨 '傳5-01 此謂知本(衍文) 此謂知
之至也'와 합해 격물치지를 해석한 傳으로 삼았다.

다만 그는 팔조목 전문의 형식에 맞추기 위해 맨 앞에 '所謂致知在格
物者'라는 8자가 없어진 것으로 보아 보충해 넣고, '經-02 知止而后有
定 …'과 '經-03 物有本末 …'의 순서를 위 도표와 같이 바꾸어 놓았다.

이언적이 이와 같이 주희의『대학장구』의 편차를 개편한 이유는 무엇
일까? 우선 그의 경전 해석에 대한 기본 관점이 어디에 있었는지를 살펴
볼 필요가 있다. 이언적은 성리학이 한창 이 땅에 정착하는 시기에 활동
한 학자이다. 정치적으로는 士禍로 얼룩진 시대였지만, 학술적으로는
士의 자기 각성과 정체성이 정립되던 시기였다. 따라서 이 시기는 주자
학만을 추종하기보다는 폭넓게 성리학적 사유를 받아들이며 의리를 밝
히는 것을 사명으로 하던 때였다.

이런 시대 분위기를 반영이라도 하듯, 이언적은 자신의 개정설을 적
극 변론한「속대학혹문」첫머리에서, 程子가 정해 놓은『대학』의 편차
를 후대 주희가 그대로 따르지 않고 다시 개정한 사실에 대해 다음과 같
이 언급하면서, 자신의 개정에 대해 의미를 부여하고 있다.

> 혹자가 묻기를 "『대학』 1편은 程子가 처음으로 尊信하여 表章했고, 또 그를
> 위해 편차를 개편해 그 歸趣를 드러냈습니다. 주자가『대학장구』를 지을 적에
> 정자의 의도에 근본했지만, 錯簡을 바로잡아 개정할 적에는 정자의 견해와 달
> 리 하였습니다. 그 이유는 무엇입니까?"라고 하여, 내가 답하기를 "천하의 의
> 리는 무궁하니, 성인일지라도 다 알 수 없는 점이 있습니다. 그러므로 앞 시대

성인이 발명하지 못한 것이 있으면, 후대의 성인이 발명을 하고, 앞 시대 현인
이 말씀하지 않은 것이 있으면 후대 현인이 말씀하는 것입니다. 정자와 주자의
학문은 참으로 深淺·高下를 따질 수 없지만, 소견에는 詳略·異同이 없을 수
없습니다. 정자가 『대학』에 대해 표장하고 발휘하였지만 다 밝히지 못한 점이
있기 때문에 주자가 다시 참고를 하고 별도로 편차를 개정하여 그 의리를 극진
히 하였습니다. 이 모두 도를 밝혀 가르침을 확립하려 한 것입니다. 이 두 선생
의 소견에 간혹 같지 않은 점이 있지만 한 가지 목표를 위한 점에서는 해롭지
않습니다."라고 하였다.146)

여기서 눈여겨 볼 만한 말이, 천하의 의리는 무궁하기 때문에 후인이
계속해서 의리를 발명해 나가야 한다는 인식이다. 이 점이 바로 이언적
의 경학관의 핵심이다. 그는 성현의 설을 묵수하는 사고를 갖지 않고 前
人未發의 의리를 발명하는 것이 후학의 사명이라고 생각한 것이다. 이
러한 사유는 묵수적 관점이 아니라 진취적 관점을 드러낸 것이다.

그는 이런 관점에 의해 주희의 설과 다른 설을 제기하는 자신의 견해
에 대해 그 정당성을 미리 확보하려고 하였다. 그러면 이언적이 개정한
두 가지 핵심 사안에 대해 살펴보기로 한다. 우선 이언적이 청송장을 없
애고 '子曰 聽訟 … ' 이하를 經文의 하단으로 옮긴 이유에 대해 살펴보
기로 하겠다.

그는 청송장을 경문 맨 뒤로 옮긴 이유에 대해 두 가지 견해를 제시하
였다. 하나는 程子도 자신처럼 이 청송장을 경문 뒤로 옮겨 놓았다는 것
이고, 하나는 고인이 글을 짓는 體例에 있어 예전 성현의 말씀을 인용해

---

146) 李彦迪, 『晦齋先生全集四』(계명한문학회 영인본), 「續大學或問」. "或問 大學一篇
程子始尊信而表章之 又爲之次其簡編 發其歸趣 及朱子著章句 雖本程子之意 而至於
更定錯簡 則有異於程子之見 何也 曰 天下之理 無窮 雖聖人有不能盡者 故有前聖之所
未發 而後聖發之者 有前賢之所未言 而後賢言之者 程朱之學 固無淺深高下之可言 而
所見不能無詳略異同 程子於大學 表章發揮 而有未竟 朱子更加參考 而別爲序次 以盡
其義 皆所以明道而立教也 二子之見 雖間有不同 而不害其爲一揆也"

결론을 맺는다는 점을 들었다. 즉 『대학』의 經文은 공자의 말씀을 曾子가 기술한 것이기 때문에 증자가 경문을 지으면서 孔子의 말씀을 인용해 결론을 지었다는 것이다.

앞에서 살펴보았듯이, 程頤는 청송장을 아래와 같이 옮겨 놓았다.

其本亂而末治者 …… 未之有也

子曰 聽訟吾猶人也 必也使無訟乎 無情者 不得盡其辭 大畏民志 此謂知本

此謂知本 此謂知之至也

그리고 '此謂知本'이 겹쳐 나오므로 뒤의 '此謂知本'을 衍文으로 보았다.

이언적은 위와 같이 정이가 청송장을 '其本亂而末治者…' 뒤로 옮긴 사실을 들어 자신의 개정설에 타당성을 확보하고 있다. 그리고 거기에 아래와 같은 자신의 새로운 견해를 첨부하여 설득력을 더하고 있다.

또 살펴보건대, 聽訟 1절이 지금 전 제3장 뒤에 놓여 있는데, 文義가 연속되지 않아 의심스러운 점이 있다. 이에 程子가 개정한 것에 의거해 經文 뒤로 옮겨 놓고 그 의미를 상세히 음미하니, 『중용』 마지막 장에 '詩曰 子懷明德 不大聲以色 子曰 聲色之於以化民 末也'와 '詩曰 奏假無言 時靡有爭 是故 君子不賞而民勸 不怒而民威於鈇鉞'의 의미와 합하였다. 이는 아마도 성인이 근본을 단정히 하여 백성을 교화시킨 要道인 듯하다. 그러므로 증자가 경문의 마지막 장에 공자의 말씀을 인용해 그 점을 증명한 것이다. 정자가 이 점에 대해 어찌 소견이 없었겠는가?[147]

---

147) 李彦迪, 『晦齋集』 권11, 拾遺, 「大學章句補遺序」. "又按聽訟一節 今在傳三章之後 文義不屬 有可疑者 乃依程子所定 置於經文之下 詳味其義 與中庸卒章 <詩曰> 子懷明德 不大聲以色 子曰 聲色之於以化民 末也 <詩曰> 奏假無言 時靡有爭 <是故 君子>不賞而民勸 不怒而民威於鈇鉞之意合 此蓋聖人端本化民之要道也 故曾子於經文末章 引孔子之言以明之 程子於此 豈無所見乎"

子思가 『중용』을 지으면서 마지막 장에 『시경』의 시를 인용하고서 공자의 말씀을 인용해 그 점을 증명하는 것으로 결론을 맺었듯이, 증자가 공자의 말씀인 청송절을 인용해 경문의 결론을 지은 것으로 보는 것이 문장을 짓는 격식에 맞다는 논리이다. 그는 『논어』・『맹자』에도 이와 같은 體例가 많이 있다는 점을 들어 자신의 설을 더욱 입증하였다.148)

이언적은 또 文義의 접속 관계를 따져, 이 청송절을 명덕을 가진 통치자가 사람들 마음을 감동시킨 효과로 보았다. 그래서 그는 이 절이 治國・平天下의 要道이기 때문에 팔조목 다음에 本末의 所在149)를 말하고, 그 다음 공자의 말을 인용해 결론지은 것으로 파악하였다. 특히 그는 청송절의 '大畏民志'를 통치자가 明明德한 효과로 보아 民德이 自新함으로써 爭訟이 그친 것으로 보았으며, 『중용』에 '不賞而民勸 不怒而民威於鈇鉞'이라고 한 것과 같은 의미로 파악했다.150) 이러한 해석은

---

148) 李彦迪, 『晦齋先生全集四』, 「續大學或問」. "曰 古人述作 必取古昔聖賢之言 以結之 如孔門弟子述論語二十篇 終之以堯舜之言 以明聖學之淵源 有自來也 子思作中庸 或於章首 或於章末 多引夫子之言 以證之 至於卒章 又引詩及夫子之言 以終之 所以明一篇之旨 皆本於夫子之所傳也 孟子七篇之中 亦多此例 曾子述大學 經文章末 引孔子之言 以結之者 亦此意也 且深味傳文 未有文理不屬 而脉絡不貫者 獨此一節 置於傳三章之後 與上下文義 都不相屬 又見大學之書 首言明明德新民止至善 以爲一篇之綱領 次言八條目以明三綱領之義 又爲傳義以發揮三綱領八條目之意 不應其間 別爲一章 以釋經文結語本末之義也 今依程子所定 而置於經文之下 則此一節 爲一章之結語 文義要切 而意味深長 所謂使無訟者 盖言治國平天下之道 不在於聽理之明 而在於端本淸源而感人心也 易曰 聖人感人心 而天下和平 使無訟者 乃所以感人心之效也 如虞芮之君 感於文三之德 以所爭田爲閑田而退 明德新民之效 至於此極 所謂篤恭而天下平也 中庸言奏假無言 時靡有爭 故君子不賞而民勸 不怒而民威於鈇鉞 又曰 予懷明德 不大聲以色 子曰 聲色之於以化民 末也 其言 與使無訟大畏民志之意 如合符節 此盖古昔聖人治國平天下之要道也 故經文八條目之下 旣言本末之所在 而又引孔子之言 以結之 其旨深矣 程子於此 豈無所見乎"

149) '本末의 所在'란 이 절 앞의 "自天子以至於庶人 壹是皆以修身爲本 其本亂而末治者否矣 其所厚者薄 而其所薄者厚 未之有也"를 가리킨다.

150) 李彦迪, 『晦齋先生全集四』, 「大學章句補遺」. "盖我之明德旣明 自然有以畏服民之心志 故訟不待聽而自無也 觀於此言 可以知本末之先後矣 ○謹按天下之本在國 國之

그의 독창적인 발명에 해당한다.

다음은 격물치지전에 대한 이언적의 해석을 살펴보기로 한다. 그는 중국의 大儒가 격물치지에 관한 闕文을 篇中에서 얻어 다시 장구를 저술했다는 말을 들었으나, 그 글을 볼 수가 없어 억견으로 經文의 두 절을 취해 격물치지장을 삼았다고 술회하였다.151) 여기서 '중국의 大儒'라고 한 사람은 明初의 方孝孺·蔡淸 등을 가리킨다. 앞에서 살펴보았듯이, 그들이 『대학장구』를 개정한 설은 이언적이 개정한 설과 같지 않다.

그러면 이언적은 무슨 근거로 經文의 두 절을 격물치지를 해석한 말로 본 것일까? 그는 이에 대한 근거로 『대학혹문』에서 다음과 같이 말한 것을 증거로 들었다.

　　1) 格物者 適道之始 思欲格物 則固已近道矣
　　2) 致知之要 當知至善之所在 如父止於慈 子止於孝之類
　　3) 知止云者 物格知至 而於天下之事 皆有以知其至善之所在也

이언적은 1)·2)의 程頤의 설과 3)의 주희의 설을 종합해 볼 적에, '知止而后有定' 이하 두 절은 格物致知를 말한 것이 분명하다는 것이다.152) 그는 이처럼 이 두 절을 格物致知를 해석한 것으로 본 뒤, '此謂知本(衍文) 此謂知之至也'와 합하여 한 장으로 만들었다. 그리고 뒤의

　本在家 家之本在身 故有能脩身正家 以施于政 則民德自新 而爭訟憩矣 如虞芮質成不敢履文王之庭 感化之妙 自有不期然而然者 此乃聖人明德新民之效 而天下之所由平也 大畏民志 如中庸所謂不賞而民勸 不怒而民威於鈇鉞之意"

151) 李彦迪, 『晦齋集』 권11, 拾遺, 「大學章句補遺序」. "近歲聞中朝有大儒得其闕文於篇中 更著章句 欲得見之而不可得 乃敢以臆見 取經文中二節 以爲格物致知章之文"

152) 李彦迪, 『晦齋先生全集四』, 「續大學或問」. "曰 程子言格物者 適道之始 思欲格物 則固已近道矣 又曰 致知之要 當知至善之所在 如父止於慈 子止於孝之類 朱子又言 知止云者 物格知至 而於天下之事 皆有以知其至善之所在也 則程朱亦以此兩節爲格物致知之意 明矣"

팔조목을 해석한 형식처럼 '所謂致知在格物者' 8자가 逸失된 것으로 보아 보충해 넣었다.[153]

그런데 그가 이처럼 격물치지전을 새롭게 구성하면서 '知止而后有定 …' 1절과 '物有本末 …' 1절의 순서를 바꾼 이유는 무엇일까? 그것은 그가 '知止而后有定 …' 1절을 致知로, '物有本末 …' 1절을 格物로 해석하기 때문이다. 또한 종전처럼 그대로 두면 致知-格物의 순서로 되어 논리적으로 합당하지 않기 때문이다. 이는 위에 인용한 정이와 주희의 말에 근거를 둔 것이다. 그는 이와 같은 관점에서 주희의 補亡章의 설에 따라 다음과 같이 격물치지의 의미를 해석하였다.

太學에서 처음 가르칠 적에는 반드시 학자들로 하여금 모든 천하의 사물에 나아가 그 本末·終始의 이치를 궁구하지 않음이 없게 해서 어느 곳인들 이르지 않음이 없게 한다. 그런데 그들이 그 이치를 궁구할 적에는 반드시 重한 것을 먼저 하고 輕한 것을 나중에 하며, 급한 것을 먼저하고 천천히 해도 되는 것을 나중에 한다. 그러면 덕으로 나아가고 학업을 닦는 일에 차례차례 순서가 있어서 도에 이르는 것이 오래지 않을 것이다. 능히 物理의 本末·終始를 궁구하여 마땅히 그칠 바의 경지를 알면, 마음속의 모든 事物이 각기 정해진 이치가 있게 되어 마음이 망동하지 않을 것이며, 위태로움이 겹쳐도 사려가 더욱 밝아져 물리의 미묘함을 극진히 하여 마음에 터득함이 있을 것이다. 이것이 바로 격물치지의 요점이다. 이 두 절에 그 의미가 완비되어 있으니 굳이 보충할 필요가 없다.[154]

---

153) 李彦迪, 『晦齋先生全集四』, 「大學章句補遺」 傳之四章. "章首疑有所謂致知在格物者八字 而今亡矣"

154) 李彦迪, 『晦齋先生全集四』, 「續大學或問」. "大學始教 必使學者 卽凡天下之事物 莫不窮其本末終始之理 無所不至 而其窮之也 亦必先其重而後其輕 先其所急而後其所緩 則進德修業 循循有序 而其至於道也 不遠矣 旣能窮格物理之本末終始 而知其所當止之地 則方寸之間 事事物物 各有定理 而心無妄動 危殆之累 其思慮益明 可以盡物理之微妙 而有得於心矣 此乃格物致知之要法 只此兩節 其義已備 不必有待於補益矣"

이런 이언적의 격물치지에 대한 해석은 얼핏 보면 주희의 격물치지설과 유사한 듯하다. 그러나 그가 해석한 궁극적인 의미는 주희의 해석과 성향을 달리한다. 그는 '物有本末 事有終始'를 주희가 너무 편협하게 해석했다고 본 뒤[155], 物을 五倫으로 事를 物理가 일에 드러난 것으로, 또 오륜이 마음속에 보존된 것을 本으로, 그것이 일에 나타난 것을 末로 보았다. 그리고 어린 아이가 사랑을 아는 것과 커서 공경을 아는 것을 始로, 그 법칙을 따라 그 도를 극진히 하여 죽을 때까지 쇠미하게 하지 않는 것을 終으로 해석했다. 즉 포함하고 있는 뜻이 매우 넓다는 것이다.[156]

요컨대 이언적은 격물치지의 의미를 物理의 本末·始終을 아는 데 중점을 두어 해석하고 있다. 그래서 그는 이를 알지 못하면, 아는 것과 터득하는 바가 경중·선후의 차례를 잃어 도에 들어갈 수 없다고 하였다.[157]

이런 그의 격물치지에 대한 해석은, 주희가 明德을 物의 本으로, 新民을 物의 末로 보고, 知止를 事의 始로, 能得을 事의 終으로 본 것과 변별력을 갖는다. 또한 이는 주희가 관념적으로 해석한 것에 비해, 현실의 실제적인 일로 해석했다는 점에서 그 의미가 있다.

(나) 高應陟의 『대학장구』 改定

高應陟(1531-1605)의 자는 叔明, 호는 翠屛·斗谷, 본관은 안동이다.

---

155) 上同. "朱子獨以明德新民爲物之本末 知止能得 爲事之終始 其意偏 而不周矣"

156) 上同. "曰 以其本於天者而言之 則謂之物 以其作於人者而言之 則謂之事 對言則物是物 事是事 獨言物則兼事在其中 如君臣父子夫婦昆弟朋友 物也 君臣之義 父子之親 夫婦之別 昆弟之愛 朋友之信 物之理 而著於事者也 五者之理 存乎心者 本也 顯於事者 末也 交際之有禮 孩提而知愛 及長而知敬 始也 各循其則而盡其道 至於沒身不衰者 終也 未有不存於心而能善其事者也 未有不先其始而能善其終者也 然則物有本末 事有終始之意 所該甚廣"

157) 上同. "盖學者 有志於格物致知 而不知物理之有本末終始 則其所知所得 或失其輕重之倫 先後之序 而終無以入於道矣"

부친은 高夢聃이고, 모친은 鄭世亨의 딸이다. 그는 경상도 海平縣 文良洞에서 넷째 아들로 태어났다. 11세 때 부친이 상주 求道谷으로 이주하여 그곳에서 청소년기를 보냈는데, 특별한 스승 없이 혼자 四書를 읽었다. 그는 사서 가운데 특히『대학』을 중시하여 주희의『대학장구』와『대학혹문』을 한 책으로 만들어 독서하면서 사색하였다. 그는 28세 때인 1558년 이황이 단양군수로 재직할 적에 나아가 문인이 된 듯하다. 그리고 1564년 안동교수에 제수된 후 다시 이황을 찾아가 학문을 질정하였다.

고응척은 31세 때인 1561년 문과에 급제하였다. 그리고 1562년 咸興敎授에 제수된 뒤로 풍기군수·경주부윤 등을 역임하였다. 이황의 문인이 된 뒤로, 안동·상주 인근의 학자들과 폭넓은 교유를 가졌다. 문헌에 보이는 그의 문인으로는 崔晛(1563-1640)과 鄭悌元이 있다. 최현은 金誠一에게 수학한 인물이다. 저술로『斗谷集』이 있다.

고응척은 이황의 문인으로서 퇴계학파의 일원이었지만, 젊어서 독학을 한 탓인지 독특한 사유체계를 가지고 있다. 즉 이황의 설만을 존신하지 않고 독자적인 경학사상을 보여주고 있다는 것이다. 그런데 그의 학문은『대학』을 통해 성취되었으며, 韓愈·柳宗元의 文이나 李白·杜甫의 詩도 도외시한 채, 오로지『대학』과『중용』만을 강구하여 정밀하게 辨析하였다. 그리하여 그는 천하의 사물이나 고금의 서적에 대해 모두『대학』을 준거로 평론하였다. 그는『대학』·『중용』은 식량과 같고, 제자백가의 글은 遊山과 같다고 비교하였다. 그리고「用大學曲」·「立德門曲」을 지어『대학』의 요지를 노래로 만들기도 하였다.

고응척이 저술한 경학 관련 저술로는「大學改正九章」·「費隱發揮集」·「四端圖」 등이 있다. 또한『대학』 등을 시조로 노래한 28수의 曲을 지었다. 이 28수의 국문 시조 가운데 14수가『대학』에 관한 것임을 보더라도, 그의 학문은『대학』에 근본하고 있음을 알 수 있다. 이 時調는 유학의 핵심적인 내용을 쉽게 노래로 만들어 민중들을 깨우쳐 인간다운 삶을 지향하게 하기 위한 것이다.

이 외의 저술로 『銓人寶鑑』·『神鑑集』·『仁智篇』·『顔子書』 등이 있다. 그리고 圖說도 여러 개를 그렸는데, 「三有圖」·「中字圖」·「捉字圖」·「九天圖」·「四端圖」·「神明舍圖」·「天人合一圖」·「表裏精粗圖」·「八月圖」·「秋月寒水圖」 등이 있다. 이 도설도 그의 학문적 성취를 집약적으로 보여주는 자료이다.

조선시대 학자들은 경서와 성리서를 공부하면서 그 요체를 뽑아 도표화하는 작업을 꾸준히 진행하였다. 이황의 「聖學十圖」과 曹植의 『學記類編』에 실린 20여 개의 도표가 그 대표적인 것들이다. 고응척도 경서의 핵심적인 내용에 대해 도표를 그려 그 요지를 집약해 놓고 해설을 곁들였다.[158] 고응척이 『대학장구』를 개정한 설을 도표로 제시하면 다음과 같다.

고응척의 『대학장구』 개정 및 보충 편차		주희의 『대학장구』 편차	
經-01 〈子曰〉 大學之道 … 在止於至善 **傳4-01 子曰(衍文) 聽訟 … 此謂知本** 經-04 古之欲明明德 … 致知在格物 經-05 物格而后知至 … 天下平 經-06 自天子 … 壹是皆以修身爲本 經-07 其本亂而末治者 … 未之有也	經一章 : 三綱領 八條目	經-01 大學之道 … 在止於至善 經-02 知止而后有定 … 慮而后能得 經-03 物有本末 … 則近道矣 經-04 古之欲明明德 … 致知在格物 經-05 物格而后知至 … 天下平 經-06 自天子 … 壹是皆以修身爲本 經-07 其本亂而末治者 … 未之有也	經一章 : 三綱領 八條目
傳1-01 〈曾子曰〉 康誥曰 克明德 傳1-02 太甲曰 顧諟天之明命 傳1-03 帝典曰 克明峻德 傳1-04 皆自明也	傳一章 : 釋明明 德	傳1-01 康誥曰 克明德 傳1-02 太甲曰 顧諟天之明命 傳1-03 帝典曰 克明峻德 傳1-04 皆自明也	傳一章 : 釋明 明德
傳2-01 湯之盤銘曰 … 傳2-02 康誥曰 作新民 傳2-03 詩曰 周雖舊邦 其命維新 傳2-04 是故 君子無所不用其極	傳二章 : 釋新民	傳2-01 湯之盤銘曰 … 傳2-02 康誥曰 作新民 傳2-03 詩曰 周雖舊邦 其命維新 傳2-04 是故 君子無所不用其極	傳二章 : 釋新民

---

158) 이상 崔錫起의 「杜谷 高應陟의 『大學章句』 개정과 그 意味」, 『한문학보』 제4집, 2001, 3~16면.

傳3-01 詩云 邦畿千里 惟民所止 傳3-02 詩云 緡蠻黃鳥 … 傳3-03 詩云 穆穆文王 … 傳3-04 詩云 瞻彼淇澳 … 傳3-05 詩云 於戲 前王不忘 …	傳三章 ⋮ 釋止於 至善	傳3-01 詩云 邦畿千里 惟民所止 傳3-02 詩云 緡蠻黃鳥 … 傳3-03 詩云 穆穆文王 … 傳3-04 詩云 瞻彼淇澳 … 傳3-05 詩云 於戲 前王不忘 …	傳三章 ⋮ 釋止於 至善
		傳4-01 子曰 聽訟 … 此謂知本 此謂知本(衍文)	傳四章 ⋮ 釋本末
〈所謂致知在格物者〉 經-03 物有本末 … 則近道矣 經-02 知止而后有定 … 慮而后能得 傳5-01 此謂知本 此謂知之至也	傳四章 ⋮ 釋格物 致知	傳5-01 (補亡) 此謂知之至也	傳五章 ⋮ 釋格物 致知

고응척이 위와 같이 『대학장구』를 개정한 이유는 무엇일까?

첫째, 『대학장구』에 공자의 經과 증자의 傳에 대한 명확한 구별이 없다고 보기 때문이다. 둘째, 『대학장구』에서 聽訟章을 전 제4장으로 보아 '釋本末'로 풀이한 것은 삼강령과 팔조목을 풀이한 傳의 체계에 맞지 않다고 보기 때문이다. 셋째, 주희가 逸失된 것으로 보아 補亡章을 만들어 넣은 격물치지를 해석한 전문에 대해, 고응척은 '知止而后有定'이하 두 절을 격물치지를 해석한 전문으로 보았기 때문이다. 이에 대해 구체적으로 살펴보기로 한다.

첫째의 경우, 고응척은 經文을 공자의 말로 확신하였다. 주희는 『대학장구』 經一章 章下註에 "이상은 경일장이니, 아마도 공자의 말씀을 증자가 기술한 것인 듯하다."[159]라고 하여, 공자의 말로 보았다. 그러나 『대학혹문』에서는 "그러나 이에 대해 달리 증험할 길이 없다. 또한 생각건대 그 말이 옛날 先民의 말에서 나온 것인 듯하기도 하다."[160]라고 하여, 옛날 선민의 말로 의심하였다. 이처럼 주희는 경문의 작자를 명확히 단정하지 못했는데, 고응척은 다음과 같이 말하고 있다.

---

159) 朱熹, 『大學章句』 經一章 章下註. "右 經一章 蓋孔子之言 而曾子述之"

160) 朱熹, 『大學或問』 經一章. "然以其無他左驗 且意其或出於古昔先民之言也"

삼가 살펴보건대, 經一章은 분명히 공자의 말씀이다. 다만 첫머리에 '子曰' 두 자가 없기 때문에 주자는 이를 의심하여 "혹 옛날 先民의 말씀에서 나온 듯하다."고 하였고, 또 "아마도 공자의 말인 듯하다."고 하였다. 그러나 '古之' 2자를 살펴보면, 삼대 이후 성인으로서 옛날을 회고한 분이 누구이겠는가?[161]

'古之'는 『대학장구』 경일장의 '古之欲明明德於天下者'의 '古之'를 가리킨다. 고응척은 주희가 『대학혹문』에서 '正經 辭約而理備 言近而指遠 非聖人 不能及也'라고 하면서도 공자의 말로 단정하지 못한 것에 대해, "삼대 이후에 '古之欲明明德於天下者……'라고 하면서 성왕의 도를 회고한 사람이 공자가 아니고 누구이겠는가?"라고 반문하며, 경일장을 공자의 말로 확신하고 있다. 그리하여 그는 전 제4장(청송장)을 經文의 삼강령 뒤로 옮긴 뒤, '大學之道' 앞에 '子曰' 두 자를 첨입하고, 전 제1장 '康誥曰' 앞에 '曾子曰' 세 자를 보충해 넣었다. 그렇게 함으로써 經은 공자의 말로, 傳은 증자의 말로 명확히 변별한 것이다. 다만 이런 그의 설은 논리적 근거가 없이 독자적 자각에 바탕한 것이므로 설득력이 떨어진다.

둘째의 경우는, 程頤가 일찍이 청송장을 '其本亂而末治者……未之有也' 뒤로 옮긴 바 있거니와, 『대학장구』가 나온 이후에도 주희가 이 장을 '釋本末'로 해석한 것에 대해 여러 학자들이 異見을 제시하였다. 우리나라에서는 李彦迪이 최초로 청송장을 '其本亂而末治者……未之有也' 뒤로 옮겨 놓았다. 고응척은 이런 전대의 설을 보았지만 모두 찬성하지 않고, 청송장을 '大學之道……在止於至善' 뒤로 옮겨 놓았다. 이와 같이 개정한 것에 대해 그는 다음과 같이 말하였다.

---

161) 高應陟, 『杜谷集』 권5, 「大學改正」. "謹按 經一章 決是孔子之言 而特以標首 無'子曰'二字 故朱子疑之 以爲或出於古昔先民之言 而有'蓋孔子'之語 觀'古之'二字 則三代以後聖人而懷古者 誰"

나의 좁은 소견으로 삼가 생각건대, 여러 어진 이들이 청송장을 격물치지전에 붙이기도 하고, 經文의 '其本亂而末治者' 다음에 붙이기도 하였는데 온당한 점을 찾아볼 수 없다. 삼강령 다음으로 옮겨 놓으면, 나의 명덕이 밝아진 뒤에는 訟事를 판결하지 않더라도 소송이 저절로 없어진다는 뜻이 될 것이다. 이 말을 살펴보면, 본말의 선후를 알 수 있다. 이와 같이 하면 '物有本末'이라는 말이 없더라도 본말이 이미 명백하지 않겠는가? 그러므로 '子曰' 2자를 '大學之道' 위에 붙이면, 그 이하는 모두 공자의 말이 되는 것은 의심의 여지가 없으니, 어찌 '아마도[蓋] 공자의 말씀일 것이다'라는 의문이 있겠는가? 청송장을 삼강령 다음에 둔다면, 어찌 結語가 없는 것을 걱정하겠는가? 그렇게 하지 않고 유독 청송장에만 '子曰'이 있다고 한다면, 경일장의 다른 말은 누구의 말이 되겠는가?162)

고응척의 주장은, 첫째 청송장에 本末의 뜻이 들어 있기 때문에 '知止而后有定' 이하 42자를 뒤로 옮겨도 별 무리가 없으며, 둘째 '子曰' 2자를 '大學之道' 앞에 붙이면 주희처럼 經文을 공자의 말일 것이라고 추정할 필요가 없다는 것으로 정리할 수 있다.

이황은 '知止而后有定' 이하 42자를 뒤로 옮겨 격물치지를 해석한 것으로 보는 설에 대해, 삼강령·팔조목에는 각기 工夫·功效·結語가 있는데 그렇게 하면 공효와 결어가 없게 되고, 또 이 42자 속에 격물치지를 해석한 뜻이 없다는 관점에서 반대하였다. 이황은 '知止而后有定……慮而后能得'을 知止의 공효로, '物有本末……則近道矣'를 삼강령의 결어로 보았다.163)

---

162) 高應陟,『杜谷集』권5,「大學改正」. "應陟弋弋虫之見 竊以爲 諸賢附聽訟於或致知 或本亂 亦未見其穩也 若置之於三綱領之下 則我之明德旣明 訟不待聽而自無 觀於此言 可以知本末之先後矣 如是則雖無物有本末之語 本末 不已明白乎 故若加'子曰'二字於 '大學之道'之上 則以下皆爲孔子之語 無疑 豈有蓋孔子之疑乎 若置聽訟於三綱領之下 則豈患無結語乎 不然 獨以聽訟一章爲子曰 則以經一章餘語爲何人語乎"

163) 李滉,『退溪集』권11,「答李仲久」. "諸儒之說 有不可從者 三焉 經文三綱領有工夫 功效而有結 八條目亦有工夫功效而有結 若如諸說 則三綱獨無功效與結 止於至善之下

고응척이 위 인용문에서 '어찌 결어가 없는 것을 걱정하겠는가?'라고 한 것은, 청송장에 본말의 뜻이 들어 있기 때문에, 자신의 설처럼 청송장을 삼강령 바로 뒤에 옮겨 놓으면 이황의 지적에 대해서도 아무 결함이 없다는 것이다. 즉 고응척은 스승의 설을 익히 알고 있던 터라, 위와 같은 발언을 한 것으로 보인다.

셋째의 경우, 고응척의 설은 이언적의 설과 대체로 유사하다. 다만 이언적은 '安而后能慮'의 '慮'를 '思'로 보았는데, 그는 李珥의 설에 따라 '行으로 옮기기 직전의 정밀한 생각'으로 보았다.164)

주희의 『대학장구』에 대한 개정은 그의 재전 문인들에게서부터 제기되어 明初 方孝孺·蔡淸 등에 이르기까지 줄곧 이어진 학계의 주요한 사안이었다. 이에 대한 중국학자들의 설은 대체로 청송장과 經文의 '知止而后有定' 이하 42자를 합해 격물치지를 해석한 傳으로 보는 것인데, 이 경우 주희의 보망장이 불필요하여 傳은 모두 9장이 된다. 이런 중국학자들의 설은 우리나라에도 유입되어 일부 학자들 사이에서 깊은 탐구가 이루어졌다.

이언적은 중국학자들의 설을 보지는 못했지만 그런 소문은 들어 알고 있었다. 그가 개정한 것은 앞에서 살펴보았듯이 크게 두 가지인데, '知止而后有定' 이하 42자를 격물치지를 해석한 말로 본 것은 중국학자들의 설과 같지만, 청송장을 이 42자와 합하지 않고 經文의 끝으로 옮겨 놓은 것은 다르다.

고응척은 중국학자들의 설과 우리나라 이언적·이황 등의 설을 모두

卽係以古之欲明明德云爾 語意急促 理趣闕略 一也 傳之諸例 有言工夫而及功效者 或只言病處 以見用功之地者 未有徒言功效而不及他者 今知止一節 但爲知止之效 物有本末一節 通結上文 而未見有釋格物致知之義"

164) 高應陟, 『杜谷集』 권5, 「大學改正」. "應陟以爲慮字地位 甚高 朱子以爲非顏子以上不能之 彎弓滿彀 分外難開 此乃第一弓手 滿的地頭 更審而發者也 慮字 豈非知至之事乎 況知行一時爲用者乎"

알고 있는 상태에서 좀더 진전된 자신의 설을 개진하였다는 점에서 그 의미를 찾을 수 있다. 또한 역대 중국학자들의 설에서 찾아볼 수 없는 그만의 독특한 설이라는 점에서 그 의의가 크다.

고응척의 『대학장구』 개정은 성리학이 활짝 꽃피어 나면서 학문이 주자학 위주로 경도되기 시작할 때, 주희의 설을 맹목적으로 존신하지 않고 자신의 설을 개진하였다는 점에서 매우 의미 있는 일이다. 이는 성리학이 이 땅에 정착할 때 무비판적으로 尊信하지 않고 비판적으로 수용했다는 것을 의미한다. 이언적만이 유별나게 『대학장구』를 개정한 것이 아니고, 학계에 그런 기류가 있었다는 사실165)은 당시 우리 학문의 주체성을 확인시켜 준다.

또한 고응척의 『대학장구』 개정은 중국의 董槐·蔡淸 등의 설과 우리나라 이언적의 설을 모두 수용하여 재차 개정했다는 점에서 그 의의가 있다. 기왕의 설을 모두 참조한 뒤 자신의 독자적인 설을 드러낸 것은 어느 하나의 설만을 존신하는 것이 아니라 학문의 계승 발전적인 면을 인식한 것이라 하겠다.

(다) 張顯光의 『대학장구』 改定

張顯光(1554-1637)의 자는 德晦, 호는 旅軒, 본관은 仁同이다. 부친은 張烈이고, 모친은 京山 李氏이다. 장현광은 張峋(1532-1571)에게 배웠으며, 柳成龍의 천거에 의해 전옥서 참봉, 예빈시 참봉 등에 제수되었으나 나아가지 않았다. 1595년 보은현감에 제수되어 부임했다가 오래지

---

165) 蘇齋 盧守愼도 「改定大學章句」을 저술했다고 하지만 지금은 전하지 않는다. 金烋의 『海東文獻總錄』에 의하면, 소재가 개정한 것은 독자적인 설을 제시한 것이 아니고, 程顥·程頤의 설 및 董槐·蔡淸 등의 설을 그대로 編集하여 열람하기 편리하게 해 놓은 것이라는 견해가 있다.(李昤昊, 「17세기 조선 학자들의 『대학』해석에 관한 연구」, 성균관대학교 박사학위 논문, 1999)

않아 사직하였다.

장현광의 학통이 처숙부인 鄭逑(1543-1620)의 학문을 계승한 것인가, 아닌가 하는 문제는 寒旅是非로 불릴 만큼 예로부터 첨예한 문제였다. 최근의 연구 성과에 의하면, 장현광 장례 시의 제문을 분석한 결과 晦退繼承論이 기저를 이루고 不由師承論도 무시할 수 없는 비중을 차지하는 것으로 나타났다.166) 그의 독자적인 성향이 강한 經說과 性理說에 대해 문인들은 사승 없이 공부하여 이언적처럼 개성 있는 설을 제기한 점을 높이 산 듯하다.

아무튼 고응척 이후로 영남학파 내부에서 다시 주희의 『대학장구』를 개정하는 설이 나왔다는 것은 매우 흥미로운 일이다. 왜냐하면 이언적이 『대학장구』 개정설을 제기한 뒤, 고응척이 뒤를 이었고, 다시 장현광이 뒤를 이음으로써 다른 지역보다 영남 지역에서 이에 대한 논의가 활발하게 일어났음을 보여주기 때문이다. 또한 우리나라에서도 이언적 이후 『대학장구』 개정설이 꾸준히 제기되면서 전인의 설을 다시 수정하여 새로운 설을 제기함으로써 경학 연구가 활발하게 전개되었음을 보여주기 때문이다.

장현광의 「錄疑竢質」은 『대학』·『중용』에 관해 부분적으로 의문이 드는 점에 대해 자신의 설을 제기해 놓은 것이다. 여기서 언급한 『대학』에 관한 설은 격물치지장과 성의장에 관한 것인데, 격물치지장에 관한 설은 이언적의 『대학장구』 개정설을 재수정한 것이라는 점에서 고응척의 설처럼 그 의미가 크다.

그는 주희가 本末을 해석한 것으로 본 『대학장구』 전 제4장(聽訟章)을 없애 經一章·傳九章 체제로 보았다. 그리고 주희가 일실되었다고 생각해 補亡한 격물치지전을 따르지 않고, 경문 ‘知止而后有定’ 이하 42자와

---

166) 金鶴洙, 「17세기 영남학파 연구」, 한국학중앙연구원 박사학위 논문, 2008, 79~86면.

청송장을 합해 격물치지전으로 보았다. 이 두 가지 관점에서 보면, 그의 설은 중국 董槐·王柏 등 및 우리나라 李彦迪의 설에 영향을 받은 것이 틀림없다. 다만 그의 설은 역대 어느 개정설과도 다른 독특한 설이기 때문에 그 나름의 독자성이 발견된다.

장현광은 程顥·程頤·朱熹가『고본대학』의 편차를 개정해 새롭게 편차를 정한 것에 대해 정확히 알고 있었으며, 동괴·왕백·葉夢鼎·黃震·蔡淸·方孝孺·都穆 등의 개정설에 대해서도 盧守愼이 역대 개정설을 모아 놓은 것을 보고서 주지하고 있었다. 또한 우리나라 이언적의 개정설도 구해 보아 익히 알고 있었다.[167) 여기에 자신이 평소 의문을 품고 있던 문제 의식이 더해져 이언적이 개정한 것을 다시 수정한 설을 내놓게 된 것이다. 그의 설을 도표로 정리하면 다음과 같다.

---

167) 張顯光,『旅軒集』續集 권5,「錄疑竢質」. "知止物有兩節 在經首三綱領之下者 元本也 明道伊川皆仍之 晦菴亦仍之 子曰一節 元本在止於信下 明道改正 則上連詩云瞻彼 詩云於戲二節 在平天下章詩云節彼之下 伊川改正 則下連此謂知本 此謂知之二節 在經文之下 晦菴改正 則以爲釋本末 而置之止至善章之下 此謂知本此謂知之二節 元本在經文之下 明道則仍之 伊川則上連子曰一節 亦在經文之下 晦菴改正 則置二節於子曰節 爲本末章之下 而上此謂 則曰衍文 下此謂 則以爲結格致章之語 約格物致知傳之全文 則以爲闕焉 而取程子之意 爲著間嘗一段 以補其亡矣 其後董文靖公 葉承上夢鼎 王文憲公魯齋栢 皆謂傳未詳闕 遂以經文知止物有二節 歸之語子曰節之右 合之爲傳四章 以釋格物致知云 則晦菴所正 釋本末爲第四章者 沒之 而格致一章 於是乎無闕焉 蔡盧齋淸 又以爲諸先生所正 亦有未安 當以所謂致知在格物者 八字 加于物有節之上 而爲之章首 然後次之以知止節 又次之以子曰節 終之以此謂知之節 黃慈溪震 字東發 著日抄 蔡盧齋著蒙引 方正學孝孺題大學篆書正文 後吳郡都穆有聽雨記談 皆各有是說 而備載於盧蘇齋編集改正大學中 我東方本朝儒先晦齋李氏彦迪 其所見大略亦符於此 其改正序文 有曰 '愚嘗讀至於此 每歎本文之未得見 近歲聞中朝有大儒得其闕文 於篇中 更著章句 欲得見之而不可得 乃敢以臆見 取經文中二節 以爲格物致知章之文 既而反覆參玩 辭足義明 无欠於經文 而有補於傳義 又與上下文義 脈絡貫通 雖晦菴復起 亦或有取於斯矣云云' 於是 遂以物有一節爲章首 而曰 章首疑有所謂致知在格物者八字 而今亡矣 次之以知止節 又次之以此謂知本節 而曰程子曰衍文也 終之以此謂知之節 而曰結上文兩節之意 又以子曰一節 置之經文之末 而曰從伊川所定云"

장현광의 『대학장구』 개정 편차		주희의 『대학장구』 편차	
經-01 大學之道 … 在止於至善 經-04 古之欲明明德 … 致知在格物 經-05 物格而后知至 … 天下平 經-06 自天子 … 壹是皆以修身爲本 經-07 其本亂而末治者 … 未之有也	經一章 : 三綱領 八條目	經-01 大學之道 … 在止於至善 經-02 知止而后有定 … 慮而后能得 經-03 物有本末 … 則近道矣 經-04 古之欲明明德 … 致知在格物 經-05 物格而后知至 … 天下平 經-06 自天子 … 壹是皆以修身爲本 經-07 其本亂而末治者 … 未之有也	經一章 : 三綱領 八條目
傳1-01 康誥曰 克明德 傳1-02 太甲曰 顧諟天之明命 傳1-03 帝典曰 克明峻德 傳1-04 皆自明也	傳一章 : 釋明 明德	傳1-01 康誥曰 克明德 傳1-02 太甲曰 顧諟天之明命 傳1-03 帝典曰 克明峻德 傳1-04 皆自明也	傳一章 : 釋明 明德
傳2-01 湯之盤銘曰 … 傳2-02 康誥曰 作新民 傳2-03 詩曰 周雖舊邦 其命維新 傳2-04 是故 君子無所不用其極	傳二章 : 釋新民	傳2-01 湯之盤銘曰 … 傳2-02 康誥曰 作新民 傳2-03 詩曰 周雖舊邦 其命維新 傳2-04 是故 君子無所不用其極	傳二章 : 釋新民
傳3-01 詩云 邦畿千里 惟民所止 傳3-02 詩云 緡蠻黃鳥 … 傳3-03 詩云 穆穆文王 … 傳3-04 詩云 瞻彼淇澳 … 傳3-05 詩云 於戲 前王不忘 …	傳三章 : 釋止 於至善	傳3-01 詩云 邦畿千里 惟民所止 傳3-02 詩云 緡蠻黃鳥 … 傳3-03 詩云 穆穆文王 … 傳3-04 詩云 瞻彼淇澳 … 傳3-05 詩云 於戲 前王不忘 …	傳三章 : 釋止 於至善
		傳4-01 子曰 聽訟 … 此謂知本 此謂知本(衍文)	傳四章 : 釋本末
〈所謂致知在格物者〉 經-03 物有本末 … 則近道矣 傳4-01 子曰 聽訟 … 此謂知本 經-02 知止而后有定 　　　… 慮而后能得 傳5-01 此謂物格 此謂知之至也	傳四章 : 釋格 物致知	傳5-01 (補亡) 此謂知之至也	傳五章 : 釋格 物致知

　장현광의 문제 의식은, 1)청송절은 격물치지장과 분리될 수 없다는 것, 2)청송절을 '物有本末……' 다음에 두고, 그 뒤에 '知止而后有定……'을 배열하며, 3)주희가 격물치지전의 결어로 본 '此謂知本 此謂知之至也'를 맨 뒤에 두되 '知本'을 '物格'으로 바꾸면 더욱 그 뜻이 합당하다고 생각한 데 있다.[168)]

그는 격물치지장 맨 앞에 '所謂致知在格物者' 8자를 보충한 것은 蔡淸·李彦迪의 설을 따른 것이라 하였고, 제2절에 청송절을 배열하고 제3절에 '知止而后有定……' 1절을 배열한 것은 자신의 독자적 견해라 하였으며, 또 마지막 절의 '此謂知本'을 '此謂物格'으로 바꾼 것도 자신의 독자적인 견해라고 명확히 언급하였다.169) 이러한 설의 독특한 점은 청송절을 '物有本末……' 다음에 둔 것과 '此謂知本'을 '此謂物格'으로 바꾼 것으로 정리할 수 있다.

그렇다면 그는 이 두 가지 점에 대해 어떻게 설명하고 있을까? 우선 청송절을 '物有本末……' 다음에 둔 것에 대해, 그의 설을 들어 본다. 그는 "'子曰 聽訟……' 1절을 무슨 근거로 '則近道矣' 다음에 두는가?"라는 질문에 다음과 같이 답하였다.

경문을 해석한 전문의 배열 차서를 살펴보니, 매양 한 장의 첫머리에 먼저 그 대강을 거론하고, 그 뒤에 반드시 증험할 만한 크게 연관된 말을 인용하여 그것을 실증했다. 예컨대 명명덕장을 보면, 먼저 「康誥」의 말을 인용하여 단서로 삼고, 그 다음에 「太甲」의 말을 거론해 그 실증을 보여주었으며, 마지막으로 「帝典」을 인용한 것은 그 공효를 거론한 것이다. 신민장의 경우는, 먼저 '湯之盤銘'을 거론하여 그 근본을 삼고, 그 다음에 「강고」의 말을 거론해 그 실증을 드러냈으며, 마지막 '詩云' 1절은 그 공효를 거론한 것이다. 그 밑의 다른 장의 문세도 상세히 살펴보면 모두 그러하다. 그러므로 '子曰 聽訟' 1절이 이 장의 제1절 다음에 있다는 것을 알았다. 곧 그 類例가 그런 것이다. 제1절에서

---

168) 上同. "今以愚見 則此一節固當不離格致章之中 而似次於章首物有節之下 繼之以知止節 終之此謂物格 此謂知之二節 則尤爲洽當焉 試爲排定如左"

169) 上同. "所謂致知在格物者 物有本末 事有終始 知所先後 則近道矣 此從蔡虛齋及李晦齋所定 子曰聽訟 吾猶人也 必也使無訟乎 無情者 不得盡其辭 大畏民志 此謂知本 此當爲第二節者 卽愚見也 知止而後有定 定而後能靜 靜而後能安 安而後能慮 慮而後能得 此當爲第三節者 亦愚見也 此謂知本 愚見 知本恐當作物格 然則此節不爲衍文矣 此謂知之至也 此從晦菴格致章之結語 ○知本二字 若作物格 則兩此謂之句 當合爲一節也"

‘物有本末 事有終始’로 말을 했으니, 소송을 판결하기 전에 명덕을 밝히는 것
이 곧 本이고 始이며, 소송이 있은 뒤에 그것을 판결하는 것은 곧 末이고 終이
다. 아것이 本末·終始를 증험할 만한 것이 아니겠는가?[170)]

　장현광은 『대학』의 傳文에 대해, 문장 구조[體例]를 분석해 그 속에
내재된 원리를 찾아 그것으로 논거를 삼은 것이다. 그가 발견한 문장 구
조의 원리는 각 장마다 먼저 大綱을 말하고, 그 다음에 그것을 증험할
만한 크게 연관된 말을 인용하여 그것을 실증하는 방식이다. 그는 그 예
로 전 제1장과 전 제2장을 들어 그 體例를 입증해 보이고 있다. 그와 같
은 논거에 의해 그는 격물치지전에 대해서도 ‘物有本末……’ 1절 다음에
‘子曰 聽訟……’ 1절을 두는 것이 타당함을 논하고 있다.
　그 다음 장현광은 ‘此謂知本’을 ‘此謂物格’으로 바꾼 것에 대해, 다음
과 같이 설명하였다.

　　‘此謂知本 此謂知之至也’ 2구절은 『고본대학』에는 성의장 위에 있다. 晦菴
　　도 이 2구절을 성의장 위에다 두었는데, 위의 ‘此謂知本’ 1구는 정자의 설에
　　따라 衍文으로 보고, 아래 ‘此謂知之至也’ 1구는 致知의 결어라 하였다. 그런
　　데 그는 보망장 끝에 “此謂物格 此謂知之至也”라고 하였다. 내가 삼가 생각하
　　건대, ‘此謂知本’은 곧 ‘子曰 聽訟……’ 1절의 끝에 오는 말인데, 이 격물치지
　　장 안에 있기 때문에 그 말과 혼동해 ‘知本’을 겹쳐 쓴 것이다. 그러나 실제로
　　는 ‘物格’ 2자가 본래 썼어야 할 말이다. 회암의 보망장 결어 ‘此謂物格’은 제대
　　로 쓴 것이다. 그렇다면 ‘物有本末……’ 1절 위에 ‘所謂致知在格物者’ 8자를
　　추가하여 제1절로 삼고, ‘子曰 聽訟……’ 1절을 그 다음에 두어 제2절로 삼고,

---

170) 上同. “竊詳其傳文釋經之排序 則每於章首 先擧其大綱 又必用可證可驗大關之語 以
　　實之 如明明德章 先擧康誥之語 爲之端 則次擧太甲之語 以致其實 而帝典之引 則擧其
　　效也 新民章 先擧湯之盤銘 爲之本 則次擧康誥之語 以致其實 而詩云一節 則擧其效也
　　其下每章文勢 細詳之 則皆然 故知子曰一節 居此章首節之次 卽其類例也 首節旣以物
　　有本末事有終始言之 則明明德於聽訟之先者 卽其本也始也 能聽於有訟之後者 卽其末
　　也終也 此非本末終始之可驗者乎”

‘知止而后有定 ……’ 1절을 그 다음에 두어 제3절로 삼고, ‘此謂物格 此謂知之
至也’ 2구절을 끝에 두어 한 장의 결어로 삼아야 할 것이다. 이렇게 하면 격물
치지장의 全文이 補亡할 필요 없이 저절로 완전해진다.171)

　　장현광은 주희의 보망장 결어에 ‘此謂物格’이라고 한 점, 그리고 ‘此謂
知本’이 앞에 있기 때문에 ‘物格’으로 써야 할 것을 착오에 의해 ‘知本’으
로 誤記하게 되었을 것이라는 점을 들어 ‘此謂知本’은 ‘此謂物格’으로
보아야 한다는 설을 주장하고 있다. 이렇게 되면 정자나 주희처럼 ‘此謂
知本’을 衍文으로 처리하지 않아도 되며, 문장의 논리 구조도 완전해진
다는 것이다.

　　이와 같은 장현광의 설은, 蔡淸·李彦迪 등 전인들의 설을 충분히 숙
지한 상태에서 보다 정밀하게 논리적으로 보완하여 개정했다는 점에서,
한 단계 더 진전된 견해를 보인 설이라 하겠다. 또한 이런 그의 설은 묵
수적 관점을 지양하고 의리 발명을 중시하는 진취적 사고를 반영하고
있다는 점에서, 이언적 등의 경학관과 맥락을 같이 하고 있다.

(라) 安邦俊의『대학장구』改定

　　安邦俊(1573-1654)의 자는 士彦, 호는 隱峯·牛山, 본관은 竹山이다.
朴光前·成渾에게 수학하였다. 전라도 보성 牛山에 우거하였는데, 鄭
澈·趙憲 등의 문하에 출입하면서 서인계 인사들과 교유하였다. 인조 때
전생서 주부 등을 지냈고, 효종 때 조헌의 천거로 사헌부 지평을 거쳐

---

171) 上同. “此謂兩節 舊本在經文之下誠意章之上 而晦菴亦置誠意章之上 上此謂一節 則
　　從程子而曰衍文 下此謂一節 則曰致知之結語 其於補亡之末 則曰此謂物格 此謂知之
　　至也 愚竊思之 此謂知本者 乃子曰節之末語 而在本章之中 故誤襲其語 疊作知本 然其
　　實則物格二字 乃其本語 而晦菴補亡之結 爲得之耳 然則加八字於物有節之上 而爲首
　　節 置子曰節於其次 而爲第二節 置知止節於其次 而爲第三節 置此謂二節於其末 而爲
　　一章之結文 於是乎格致章之全文 不待補而自完也”

공조참의에 이르렀다.

안방준은 전라도 출신 성리학자로서 명성이 있던 사람이다. 그는 綱常倫紀에 관계된 大義만을 볼 뿐, 訓詁나 詞章에 대해서는 별로 관심을 기울이지 않는 학문관을 가지고 있었다.[172] 안방준이 『대학장구』를 개정한 설은 楊應秀(1700-1767)의 『白水集』 권7, 「補亡章諸儒說辨」에 보인다. 양응수는 이 자료에 안방준의 말을 직접 인용해 놓았는데, 안방준의 문집 『隱峯全書』에는 이에 관한 내용이 수록되어 있지 않다.

안방준은 이언적이 『대학장구』의 편차를 개정하여 격물치지전을 새롭게 구성한 설에 대해, 주희의 문하에서 何基・王柏 등이 이미 논의한 것이라는 점을 들어 이언적의 억견이 아니라고 하면서[173] 다음과 같이 말하고 있다.

> 아! 주자의 평생 정력이 모두 『대학』에 있었으니, 후대 『대학』을 읽는 사람은 주자가 改正한 것을 늘 따르는 것이 옳다. 그러나 魯齋(王柏)의 말도 일리가 있으니, 별도로 한 설을 만들어 참고하지 않을 수 없다. 晦齋(李彦迪)가 노재에게서 취함이 있었던 것이 어찌 우연이겠는가? 나는 젊어서부터 이에 대해 상세히 연역하여 그만두지 못하고 오늘날까지 이르렀다. 이로 인해 미루어 생각해 보니, 노재가 개정한 의도에 대해 그간 의심을 두지 않은 적이 없었다. '知止而后有定 ……' 1절과 '物有本末 ……' 1절을 옮겨 격물치지전으로 삼으면, 經文의 제1절과 제4절 사이에 상하가 연관되어 급박하지 않고 조용한 의미가 전혀 없게 된다. 마치 두 개의 이가 빠진 사람 같아서 문득 空疎함을 느끼게 된다.

---

172) 安邦俊, 『隱峯全書』 附錄下, 「遺事」. "是以我先生平生講學 只觀其大義有關於綱常倫紀者 而不爲訓詁詞章之學矣"

173) 楊應秀, 『白水集』 권7, 「補亡章諸儒說辨」. "安牛山曰 晦齋李先生 以經文中知止而后有定 物有本末二節 爲傳五章格致之文 改定其文曰 "所謂致知在格物者 物有本末 事有終始 知所先後 則近道矣 知止而后有定 定而后能靜 靜而后能安 安而后能慮 慮而后能得 此謂物格 此謂知之至也" 此非晦齋之臆見也 蓋王魯齋柏 嘗以此意稟於北山何先生基 往復論難 多至十餘卷 夫黃勉齋得朱門嫡統 而傳於北山 北山傳於魯齋 則其所以改朱子之所正者 必是百世以俟朱文公而不惑矣"

마땅히 '知止而后有定 ……' 1절로 삼강령의 결어를 삼고, '物有本末 ……' 1절을 '國治而天下平' 다음으로 옮겨 팔조목의 결어로 삼아야 한다. 또 전 제4장인 청송장 1절을 '物有本末 ……' 1절 뒤로 옮겨 삼강령·팔조목의 總結로 삼은 뒤에야 차례와 조리가 명백하게 될 듯하다.174)

　또한 안방준은 經文 제6절 '自天子……壹是皆以修身爲本'과 제7절 '其本亂而末治者…未之有也' 2절을 전 제8장 '故諺有之……莫知其苗之碩' 다음으로 옮겨, 위로는 修身을 끝맺고 아래로는 齊家를 일으키는 역할을 하는 것으로 삼았다.175) 이러한 설에 따라 그의 개정설을 주희의 『대학장구』와 비교해 보면 다음과 같다.

안방준의『대학장구』 개정 편차		주희의『대학장구』 편차	
經-01 大學之道 … 在止於至善 經-02 知止而后有定 … 慮而后能得 經-04 古之欲明明德 … 致知在格物 經-05 物格而后知至 … 天下平 **經-03 物有本末 … 則近道矣** **傳4-01 子曰 聽訟 … 此謂知本**	經一章 ： 三綱領 八條目	經-01 大學之道 … 在止於至善 經-02 知止而后有定 　　… 慮而后能得 經-03 物有本末 … 則近道矣 經-04 古之欲明明德… 致知在格物 經-05 物格而后知至 … 天下平 經-06 自天子… 壹是皆以修身爲本 經-07 其本亂而末治者…未之有也	經一章 ： 三綱領 八條目
傳1-01 康誥曰 克明德 傳1-02 太甲曰 顧諟天之明命 傳1-03 帝典曰 克明峻德 傳1-04 皆自明也	傳一章 ：釋明 明德	傳1-01 康誥曰 克明德 傳1-02 太甲曰 顧諟天之明命 傳1-03 帝典曰 克明峻德 傳1-04 皆自明也	傳一章 ：釋明 明德

---

174) 上同. "噫 朱子平生精力 盡在大學 後之讀大學者 常一循朱子所正 可也 然魯齋之言亦自有理 則不可不別爲一說 以備參考 晦齋之有取於魯齋者 豈偶然哉 愚自少時 細繹此意 欲罷不能 至于今日 因此推思 則於魯齋改正之意 未嘗不致疑於其間也 若以知止而后有定 物有本末二節 移爲格致之傳 則經文第一大文 第四大文之間 了無關鎖上下 從容不迫之意味 如人之斷落兩齒者 頓覺虛疎 當以知止而后有定一節 爲三綱領之結語 物有本末一節 置之於國治而天下平之下 爲八條目之結語 又以傳四章聽訟章一節 置之於物有本末之下 以爲三綱領八條目之總結 然後次第條理 似爲明白矣"

175) 上同. "追聞牛山移經文 自天子以至於庶人 其本亂而末治者否二節 揷入於傳八章莫知其苗碩之下 而以爲上結修身 下起齊家云"

傳2-01 湯之盤銘曰 … 傳2-02 康誥曰 作新民 傳2-03 詩曰 周雖舊邦 其命維新 傳2-04 是故 君子無所不用其極	傳二章 ： 釋新民	傳2-01 湯之盤銘曰 … 傳2-02 康誥曰 作新民 傳2-03 詩曰 周雖舊邦 其命維新 傳2-04 是故 君子無所不用其極	傳二章 ： 釋新民
傳3-01 詩云 邦畿千里 惟民所止 傳3-02 詩云 緡蠻黃鳥 … 傳3-03 詩云 穆穆文王 … 傳3-04 詩云 瞻彼淇澳 … 傳3-05 詩云 於戱 前王不忘 …	傳三章 ： 釋止於 至善	傳3-01 詩云 邦畿千里 惟民所止 傳3-02 詩云 緡蠻黃鳥 … 傳3-03 詩云 穆穆文王 … 傳3-04 詩云 瞻彼淇澳 … 傳3-05 詩云 於戱 前王不忘 …	傳三章 ： 釋止於 至善
		傳4-01 子曰 聽訟 … 此謂知本 此謂知本(衍文)	傳四章 ： 釋本末
〈補亡〉 傳5-01 此謂知之至也	傳四章 ： 釋格物 致知	傳5-01 (補亡) 此謂知之至也	傳五章 ： 釋格物 致知
傳6-01～04 所謂誠其意者 … 必誠其意	傳五章 ： 釋誠意	傳6-01～04 所謂誠其意者 … 必誠其意	傳六章 ： 釋誠意
傳7-01～03 所謂修身 … 在正其心	傳六七 章 ： 釋正心 修身	傳7-01～03 所謂修身 … 在正其心	傳七章 ： 釋正心 修身
傳8-01 所謂齊其家 … 天下鮮矣 傳8-02 故諺有之 … 莫知其苗之碩 **經-06** 自天子 … 　　壹是皆以修身爲本 **經-07** 其本亂而末治者 … 　　未之有也	傳七章 ： 釋修身 齊家	傳8-01 所謂齊其家 … 天下鮮矣 傳8-02 故諺有之 … 莫知其苗之碩 傳8-03 此謂身不修 不可以齊其家	傳八章 ： 釋修身 齊家

　안방준의 개정설은 다음과 같이 정리할 수 있다. 첫째, 청송장을 없애 전체를 經一章·傳九章 체제로 개편하였다. 둘째, 經文 제3절 '物有本末……' 1절을 제5절 '物格而后知至……' 1절 뒤로 옮겨 팔조목의 결어로 보았다. 셋째, 청송장을 경문 '物有本末……' 1절 뒤로 옮겨 삼강령·팔조목의 總結로 보았다. 넷째, 경문 제6절과 제7절을 전 제8장 '故諺有

之……莫知其苗之碩’ 뒤로 옮겨 ‘結修身起齊家’의 의미로 보았다.

안방준은 청송장을 경문에 옮겨 붙인 것에 대해, 李珥도 그렇게 생각했다는 점과 경문은 공자의 말씀을 증자가 기술한 것이므로 증자가 ‘子曰 聽訟……’ 1절을 인용해 경문이 참으로 공자의 말씀임을 증명했다는 점 등 2가지 이유를 들었다.[176)]

楊應秀는 안방준의 이러한 개정설에 대해, 李滉이 王柏·李彦迪 등의 개정설을 비판한 사실을 모르고서 왕백 등의 누습을 따른 것이라고 혹평하였는데, 이 점에 대해서는 뒤에서 다시 논의하기로 한다.

(마) 崔攸之의『대학장구』改定

崔攸之(1603-1673)의 자는 子有, 호는 艮湖, 본관은 朔寧이다. 그는 세종 때의 명신 崔恒(1409-1474)의 8세손이다. 삭녕 최씨 通禮公派는 최항의 증손 崔秀雄(1464- ?)이 1491년 처가가 있는 남원으로 이주하여 사매면에 자리잡고 세거함으로써 형성된 가문이다. 최수웅의 손자 崔尙重(1551-1604)은 자가 汝厚, 호는 未能齋로 1589년 문과에 급제하여 도원수 權慄의 종사관으로 활동했으며, 뒤에는 조정에 들어가 홍문관 교리, 사간원 사간 등을 지냈다. 최상중은 眉巖 柳希春(1513-1577)의 문인이다. 최상중이 곧 최유지의 조부이다.

최유지의 부친은 崔蒣(1576-1651)이고, 모친은 南原 梁氏이다. 최연의 자는 孺長, 호는 星灣이며, 1603년 문과에 급제하여 예조 좌랑을 지내다가, 대북 정권이 득세할 때 파직되어 귀향하였다. 인조반정 이후 다시 출사하여 사간원 사간 등을 지냈으며, 병자호란 때에는 좌승지로서

---

176) 上同. “栗谷先生以爲 聽訟一節 置之於經文之末 恐爲得宜 但經一章 朱子則以爲孔子之言 晦齋則以爲曾子之言 未知何據 若是曾子之言 則以子曰結之 宜矣 若是孔子之言 則不應更稱子曰 此不可知也 栗谷所言 誠爲有理 愚意 經文雖是孔子之言 而述之者曾子也 曾子之述也 引此一節 以證經文眞爲孔子之言 亦爲無妨”

왕을 호종하였다. 한성부 좌윤을 지낸 뒤 관직에서 물러나 낙향하였다. 그의 숙부 崔蘊(1583-1659)은 자가 輝叔, 호는 砥齋로, 1609년 사마시에 합격한 뒤 대북 정권이 전횡하는 상황에서 출사를 포기하고 학문에 전념하였다. 인조반정 이후 遺逸로 천거되어 동부승지에 이르렀다.

최유지의 저술은 『艮湖集』이 전하는데, 17권 5책의 『帶方世稿』(국립중앙도서관 한-43-가160)에 수록되어 있다. 『대방세고』는 본래 『山南世稿』였는데, 1939년 간행하면서 이름을 바꾸었다고 한다.[177) 『대방세고』에는 최유지의 조부 최상중의 문집인 『未能齋先生集』, 부친 최연의 문집인 『星灣先生集』, 숙부 최온의 문집인 『砥齋先生集』, 형 崔徽之의 문집인 『鰲洲先生集』 및 최유지의 문집 『艮湖先生集』이 수록되어 있다.

최유지는 최연의 둘째 아들로 태어나 숙부 최온의 양자로 들어갔다. 그는 특별한 스승 없이 가정에서 수학하여, 1630년 생원시에 합격하였다. 1637년 昭顯世子가 청나라로 잡혀 갈 때 세자익위사 세마에 제수되었으나 부모 봉양을 핑계로 부임하지 않았는데, 사간원의 탄핵을 받았다. 그는 1645년 문과에 급제하여 구례현감·영천군수 등을 지냈으며, 뒤에 조정에 들어가 사헌부 집의, 홍문관 교리 등을 역임하였다.

그가 교유한 인물을 보면, 吳翿·李景奭·尹舜擧·宋時烈·金壽恒·尹拯 등으로, 모두 서인계 인사들이다. 그런데 그의 백씨 崔徽之가 이경석의 누이에게 장가를 들어 혼척 관계에 있었던 점, 그리고 尹宣擧 집안의 인물들과 교유한 것을 보면, 그는 후대 소론계로 분리된 가문의 인사들과 정치적 성향을 함께 한 것으로 보인다.[178)

그의 경학 관련 자료로는 『간호집』 잡저에 실린 「論大學格致章」·「書

---

177) 『帶方世稿』 권17, 「山南世稿跋」. "山南世稿者 集山南崔氏之文也 崔氏籍於朔寧 而曰山南者 何 自朔寧入于京 自京遷于南 而盛於帶方之山南 三世仍居 故庸以名之也"

178) 이상은 崔錫起의 「艮湖 崔攸之의 『大學章句』 改訂과 그 意味」(『남명학연구』 제12집, 경상대 남명학연구소, 2002, 121~124면) 참조.

權陽村大學圖說後」 등이 있다. 이 가운데 「書權陽村大學圖說後」은 權近의 「大學指掌之圖」에 대해 異見을 피력한 것이다. 여기서는 이 두 자료를 중심으로 그의『대학』해석에 대해 살펴보기로 하겠다. 그의『대학장구』개정설에 대해 고찰하기 전에, 먼저 그의 경학관을 알아보기로 한다.

주희의 재전 문인 董槐가『대학장구』를 일부 개정한 사실에 대해, 최유지는 선현의 설에 대해 후학이 의혹 되는 점을 辨釋하거나 의문스러운 점을 질문하는 것은 해롭지 않다는 인식을 하고 있었다.[179] 그래서 그는 선현의 설을 묵수적으로 받아들이기보다는 계승 발전시켜야 한다는 인식을 하고 있었다.

> 선생(주희)이『대학』刪定하기를 임종할 때까지 그치지 않았으니, 이를 두고 볼 때, 의리는 무궁하다는 것을 알 수 있다. 따라서 털끝만큼이라도 미진한 뜻이 있어 뒷날 손질을 하지 않았으리라 어찌 장담할 수 있겠는가?……〈세상의 이치는〉 어리석은 일반인도 참여하여 알 수 있는 것이 있고, 성인도 알지 못하는 바가 있으니, 지금 나의 망령된 설이 무지한 농부가 하나를 터득한 것과 같지 않은 줄 어찌 알겠으며, 그것을 聖人이 채택하지 않으리라 어찌 장담하겠는가? 그렇지 않고 후학들이 견해를 펴는 것을 통렬히 금해 궁리하여 자득하는 단서를 끊어 버리고, 단지 그대로 본떠 그리라고 책한다면 공자께서 '나를 일으켜주는 자는 卜商이로구나', '顔回는 나를 도와주는 자이다'[180]라는 말씀에 어긋나는 것이 아니겠는가? 옛날 雙峰 饒魯는『중용장구』를 變改하여 六節로 만들었는데도 선유들은 朱子의 忠臣이라 칭했다. 그렇다면 나는 董公의 충신이 되기를 원하니, 훗날 군자들이 판단하기를 기다린다.[181]

---

179) 崔攸之,『艮湖集』권3,「論大學格致章」. "余於數君子 用心於經義者 深有所敬歎 而又知後學之辨惑質疑者 固不妨於祖述先賢之道 然後敢一吐愚意"

180) 앞의 문구는『논어』「八佾」에 보이고, 뒤의 문구는『논어』「先進」에 보인다. 전자는 공자가 제자 卜商에 대해 칭찬한 말이고, 후자는 제자 顔回에 대해 칭찬한 말이다.

181) 崔攸之,『艮湖集』권3,「論大學致知章」. "先生大學刪改之筆 至於終年而未絶 則可見義理之無窮 而安知一毫未盡之意 不爲後日之加損乎……或有夫婦之所與知者 或有聖人之所不知者 則今愚之妄說 安知非蒭蕘之一得 而不爲聖人之所擇乎 不然 痛禁後

여기서 우리가 주목할 점은, 천하의 의리는 무궁하기 때문에 후학은 前人이 발명하지 못한 것을 부단히 밝혀 나가야 한다는 관점이다. 이런 시각은 16세기 李彦迪(1491-1553)에게서 싹트기 시작하여, 그의 제자 盧守愼(1515-1590)에게로 이어졌고, 17세기에는 근기 남인계의 趙絅(1586-1669)·許穆(1595-1682)·尹鑴(1617-1680)·南夏正(1678-1751)·李瀷(1681-1763)·丁若鏞(1762-1836)으로 계승되었다.[182]

이런 인식은 17세기 서인계 중 후대 소론계로 분리된 계열의 학자들에게서도 나타난다. 西溪 朴世堂(1629-1703)의 경우는, 明齋 尹拯과 함께 소론계의 영수였던 인물이다. 우리가 익히 알고 있듯이, 그는 경서에 대해 주희와 다른 해석을 하여 주자학에서 逸脫된 모습을 보이고 있다. 그런데 이런 인식이 박세당보다 조금 앞선 시대 최유지에게서 발견된다. 17세기 학문은 후대 노론으로 분열된 서인계 학자들에 의해 주자학만을 절대 존신하는 방향으로 나아가고 있었는데, 그 무렵 근기 남인계 및 후대 소론계로 분열된 서인계 학자들을 중심으로 사유의 변화가 일어나고 있었다는 사실을, 우리는 최유지를 통해 확인할 수 있다.

이처럼 최유지는 천하의 의리는 무궁하기 때문에 후학이 그것을 부단히 계승 발전시켜 나가야 한다는 경학관을 가지고 있었기에, 주희의『대학장구』에 대해서도 감히 異說을 펼 수 있었던 것이다. 그러면 그가『대학장구』를 어떻게 개정하고 있는지를 살펴보기로 한다.

權近의「大學之圖」과 李滉의「大學圖」을 보면 明明德을 體와 本으로, 新民을 用과 末로, 止於至善을 體用의 標的으로 보았다. 이에 대해서는 최유지의 견해도 동일하다.[183] 다만 그는 至善은 삼강령의 하나지만,

---

學 以絶其窮理自得之端 而只責以依樣模畵而已　則無乃有違於吾夫子起予·助我之訓乎　昔者 雙峰饒魯 變改中庸 爲六節 而先儒稱爲朱子之忠臣 則愚亦願爲董公之忠臣 而以俟後之君子之致罪與否也"

182) 崔錫起,「近畿 實學者들의 經世的 經學과 그 意味」,『대동문화연구』제37집, 성균관대학교 대동문화연구원, 2000, 177~205면.

五行의 土처럼 綱領·條目에 모두 갖추어진 것으로 보았다. 즉 격물·치지는 至善의 경지를 알고자 하는 것이고, 성의·정심은 지선의 도를 행하고자 하는 것으로 지선은 격물·치지 및 성의·정심에서 벗어나지 않고, 격물·치지 및 성의·정심도 지어지선에서 벗어나지 않는 것으로 보았다.184)

　이런 관점에서 그는 권근의 「대학지도」에 팔조목을 명명덕·신민에 분배한 것은 타당하지만, 知止·定·靜·安·慮·得을 팔조목과 나란히 배열한 것은 온당하지 못하다고 보았다. 즉 팔조목이 삼강령의 명명덕·신민에만 해당할 뿐 지선과는 아무 관련이 없는 것처럼 여기는 것은 잘못이라는 것이다.185)

　최유지는 권근의 「대학지도」과 이황의 「대학도」이 위와 같은 문제점을 내포하게 된 근본 이유를,『대학장구』經文 제2절 '知止而后有定……' 1절에 대해 아무런 문제 의식을 갖지 못했기 때문으로 보았다. 그리하여 그는 이 1절을 至善을 해석한 것으로 보는 것은 意義가 분명치 못하며, 이 1절이 경문에 있는 것도 贅言에 가깝다고 하는 관점으로, 董槐가 이 1절과 뒤의 '物有本末……' 1절을 격물치지전으로 삼은 뜻을 취하여186),『대학장구』를 개정하기에 이르렀다.

---

183) 崔攸之,『艮湖集』권3,「書權陽村大學圖說後」. "大學一篇之體 只明明德而已也 其曰新民者 卽明明德之用也 其曰止至善者 卽明明德臣民之標的也"

184) 上同. "至善之義 如五行之土 包於綱領 該於條目 格致所以要知至善之地也 誠正所以要行至善之道也 至善固不出於格致誠正 而格致誠正 亦不外於止至善也"

185) 上同. "今見權陽村大學圖 中列書三綱領 而以格致誠正修屬之明明德 以齊治平屬之臣民 以知止定靜安慮得屬之止至善 八條之分屬於明德新民 則固當矣 知止等六條 又與八條並列一行 而分屬於止至善 則是大學條目 不止於八 而將作十四 何其無分別 至此哉 八條之盡其極者 便是止至善 至善統八目 而八目隷至善 猶子母之不可離也 豈可以八條斷爲明德新民之目 有若無與於至善者 而別以知止能得等六條 獨爲止至善之目耶"

186) 上同. "以此謂之釋至善者 意義未明 而在經文者 文脉近贅 董氏以爲知止物有兩節 乃格致之傳 而誤在經文者也 愚於是說 有取焉"

　그는 동괴가 경문의 '知止而后有定……' 이하 42자를 격물치지를 해석한 말로 보는 설에는 동의하였지만, 동괴의 개정설에 대해서는 미안한 점이 있다고 하여 수용하지 않았다. 그는 권근이 지적한 동괴 등의 개정설이 갖고 있는 문제점을 알고 있었으므로, 그 점을 보완하기 위해 동괴의 설을 일부 수정하여 『대학장구』의 편차를 개정하였다. 그의 개정 내용을 주희의 『대학장구』의 편차와 비교해 보면 다음과 같다.

최유지의 『대학장구』 개정 편차		주희의 『대학장구』 편차	
經-01 大學之道 … 在止於至善 經-04 古之欲明明德 　　… 致知在格物 經-05 物格而后知至 … 天下平 經-06 自天子 　　… 壹是皆以修身爲本	經一章 ： 三綱領 八條目	經-01 大學之道 … 在止於至善 經-02 知止而后有定 　　… 慮而后能得 經-03 物有本末 … 則近道矣 經-04 古之欲明明德 … 致知在格物 經-05 物格而后知至 … 天下平 經-06 自天子 … 壹是皆以修身爲本 經-07 其本亂而末治者 … 未之有也	經一章 ： 三綱領 八條目
傳1-01 康誥曰 克明德 傳1-02 太甲曰 顧諟天之明命 傳1-03 帝典曰 克明峻德 傳1-04 皆自明也	傳一章 ： 釋明明 德	傳1-01 康誥曰 克明德 傳1-02 太甲曰 顧諟天之明命 傳1-03 帝典曰 克明峻德 傳1-04 皆自明也	傳一章 ： 釋明明 德
傳2-01 湯之盤銘曰 … 傳2-02 康誥曰 作新民 傳2-03 詩曰 周雖舊邦 　　其命維新 傳2-04 是故 君子無所不用其極	傳二章 ： 釋新民	傳2-01 湯之盤銘曰 … 傳2-02 康誥曰 作新民 傳2-03 詩曰 周雖舊邦 其命維新 傳2-04 是故 君子無所不用其極	傳二章 ： 釋新民
傳3-01 詩云 邦畿千里 　　惟民所止 傳3-02 詩云 緝蠻黃鳥 … 傳3-03 詩云 穆穆文王 … 傳3-04 詩云 瞻彼淇澳 … 傳3-05 詩云 於戲 前王不忘…	傳三章 ： 釋止於 至善	傳3-01 詩云 邦畿千里 惟民所止 傳3-02 詩云 緝蠻黃鳥 … 傳3-03 詩云 穆穆文王 … 傳3-04 詩云 瞻彼淇澳 … 傳3-05 詩云 於戲 前王不忘 …	傳三章 ： 釋止於 至善

經-03 物有本末 … 則近道矣 經-07 其本亂而末治者 　　　… 未之有也 傳4-01 子曰 聽訟 　　　… 此謂知本	傳四章 : 釋格物	傳4-01 子曰 聽訟 … 此謂知本 　　　此謂知本(衍文)	傳四章 : 釋本末
經-02 知止而后有定 　　　… 慮而后能得 傳5-01 此謂知本(衍文) 此謂 　　　知之至也	傳五章 : 釋致知	傳5-01 (補亡) 此謂知之至也	傳五章 : 釋格物 致知

최유지는 위와 같이 개정하면, 권근이 지적했던 문제점이 모두 보완될 수 있다고 하였다. 즉 格物章에 공부와 공효가 겸비되어 갑자기 먼저 공효를 언급하는 폐단이 없게 되고, 청송장도 붙을 곳이 없는 점을 근심할 필요가 없다는 것이다. 그래서 자신의 설은 동괴의 미진한 점까지 보완할 수 있다고 하였다.[187]

최유지의 개정설이 동괴의 설과 다른 점은 네 가지로 요약된다. 첫째, 동괴 등의 설은 청송장을 없애 격물치지장에 붙임으로써 經一章·傳九章 체제로 개편한 반면, 최유지의 설은 청송장을 없애고도 格物章과 致知章을 나누어 별도의 장으로 만듦으로써 經一章·傳十章 체제로 하였다. 둘째, 격물장과 치지장을 분리했기 때문에 동괴의 설처럼 첫머리에 '所謂致知在格物者' 8자를 붙이지 않았다. 셋째, 경문의 '其本亂而末治者……未之有也'를 격물장으로 옮겨 놓았다. 넷째, '此謂知本'을 정이·주희의 설처럼 衍文으로 보았다.

최유지는『대학장구』의 편차를 개정한 뒤, 혹자의 물음에 답하는 형식을 빌려 그 의미를 상세히 논변해 놓았는데, 이를 간추려 보면 다음

---

187) 崔攸之,『艮湖集』권3,「論大學格致章」. "試以物有本末及其本亂而及聽訟猶人三節　合爲一章 而爲釋格物 以知止而後及此謂知之至也兩節 合爲一章 而爲釋致知 如此則格物章 功效兼備 無遽先及效之之欠 聽訟一節 亦無着落難便之患 董氏未盡之意 庶或少補 而陽村二段之惑 從可破也"

과 같다.

첫째, 止於至善의 공효를 해석한 것으로 본 經文 제2절(知止而后有定……)·제3절(物有本末……)을 없애고, 釋本末로 본 전 제4장(聽訟章)을 폐지하게 된 것에 대한 그의 논변을 정리하면 다음과 같다. 1)經文은 規模의 큰 점만 말하고, 傳文은 節目의 상세한 점을 분석한 것이『대학』의 범례이다. 2)‘知止而后有定……’ 1절을 至善의 공효를 말한 것으로 보면 조리가 불분명하고, 文義가 췌언에 가깝다. 3)‘定靜安慮得’은 매우 상세한 말인데, 경문 첫머리에 이처럼 상세한 이치를 논하는 것은 마땅치 않다. 4)‘本末’·‘終始’ 등은 功程의 차례로 해석하거나 변별하는 말이니, 주제가 되는 말[主語]로 보아 별도의 장을 만들어 삼강령·팔조목과 병렬하는 것은 온당치 못하다. 5)‘止於至善’ 다음에 바로 ‘古之欲明明德……’이 이어지면 문리가 잘 접속되며, ‘其本亂而末治者……’ 1절을 빼면 결어가 端束되어 經文의 體統이 매우 좋게 된다.[188]

둘째, 格物과 致知를 두 장으로 나누는 것은 온당치 못하다는 지적에 대한 그의 논변을 정리하면 다음과 같다. 1)팔조목 가운데 格物·致知·誠意까지는 각각 1장씩 별도로 세웠고, 正心·修身 이하는 두 가지 일을 합하여 1장으로 만들었으니, 그 절차가 분명하다. 2)‘此謂知之至也’는 致知傳의 결어가 분명하다. 만약 격물·치지를 합해 1장으로 만든 것이라면 다른 장의 예와 같이 ‘致知在格物’의 뜻으로 서로 연관되는 의미를

---

188) 上同. “曰 大學之爲書 經一章則特揭規模之大 傳十章則分釋節目之詳 此乃一篇之凡例也 知止一節 在經文之中 而獨釋至善之效 則條理未明 文義近贅 而其曰定靜安慮等語 極其詳密 經文大頭腦辭意 似不當如此之細理 不如移作致知傳之爲明切也 其曰本末終始云者 正爲功程次第 而言不過解釋辨別之語 似不當自作主語 別爲一章 與三綱八條而並列 不如取爲格物章之爲著近也 且定靜安慮本末終始等厠於經文之中 則眩亂於綱條之名目 而其中本末二字 獨自爲章 則後學之惑 滋甚焉 且觀經文止於至善之下 古之欲明明德之上 去此兩節 則綱目明正 文理接續 修身爲本之下 又去其本亂一節 則結語端束 少無欠缺 恰好經文之體統也 此三節在經則繁 而於傳則切 刪贏而補乏 豈非兩得之乎”

드러내야 한다. 따라서 '此謂知本'은 격물장의 결어이고, '此謂知之至也'는 치지장의 결어가 분명하다.[189]

셋째, '此謂知本'이 어떻게 격물장의 결어가 될 수 있는가라는 지적에 대한 그의 논변을 정리하면 다음과 같다. 1)이 장 첫머리의 '物有本末'은 격물장의 머리말이기 때문에 상호 연관시켜 보면 '知本'이 결어가 되는 것이 분명하다. 2)격물은 窮理의 일인데, '궁리'라고 하지 않고 '격물'이라고 한 것은 실제의 사물에 나아가 이해하도록 배려한 것이다. 또 결어에 '격물'이라고 말하지 않고 '知本'이라고 말한 것은 하나의 근원에 나아가 깨닫도록 한 것이다. 따라서 '지본'이 '격물'에 비해 더 긴밀하다. 3)전문의 결어에 그 조목의 명칭을 거론하는 것이 범례지만, 전 제10장의 경우 '治國平天下'를 말하지 않고 "此謂不以利爲利 以義爲利也'로 결어를 삼아 무궁한 의미를 드러냈다. 이는 깊은 뜻을 드러내기 위한 變文이니, 첫 장의 결어도 이와 같다.[190]

넷째, '격물'의 뜻은 지극히 크고 넓은데 '本末'·'終始' 등으로 주를 삼고 '聽訟'·'無訟' 등으로 증거를 삼았으니 궁리 방법이 너무 간결한 것이 아니냐는 지적에 대한 그의 논변을 정리하면 다음과 같다. 1)천지간의 수많은 물과 허다한 일에는 본말·시종이 없는 것이 없다. 따라서 '本末'·'終始' 4자가 천하 사물의 이치를 다 포괄할 수 있으니, 궁리의 첫

---

189) 上同. "自格物至誠意 各立一章 自正心修身以下 始合兩事而爲一章 以至終篇 節次甚明 義意了然矣 且所謂此謂知之至也云者 恰是獨結致知一章之意也 若是合格致而爲一章 則必以致知在格物之意 合而結之 如曰修身在正其心等語 以著相因之義 似不當再加此謂 兩行分張 獨違諸傳之例 而欠要束之義也 此愚之所以不能無疑者也 此謂知本及此謂知之至也云者 各爲格致兩章之結辭 明矣 以此而知其爲二章也"

190) 上同. "物有本末云者 明是格物章頭辭 而此謂知本云者 義味正相照管 其爲結辭也明矣 而又與經文末語修身爲本之義 相爲提挈 其旨深矣 且格物者 從來窮理之事 而不說窮理 而曰格物者 便是要人就事物上理會也 不說格物 而曰知本者 便是要人就一原上透得也 知本之義 比格物 又緊切矣 傳文結句 皆擧條目之名者 雖其凡例 而至於十章之終 不言治國平天下 而乃曰此謂不以利爲利 以義爲利也 重言以結之 其味無窮 末章變文 旣有深意 則首章結辭 尤宜喫緊 此乃始終樞紐之體 豈可以尋常凡例而求之乎"

번째 뜻이 아니겠는가.[191] 2)程子와 陳淳의 격물설을 보면 '物有本末'이 격물장의 머리말이 되는 것이 분명하고, 이 구절 아래 본말을 논한 '其本亂而末治者……' 등의 말이 거듭 나온다.[192] 3)자기의 덕이 自明하고 民德이 自新하여 자연히 訟事가 없는 것이 本이고, 다투어 논변할 적에 智能으로 송사를 결단하는 것은 末이기 때문에 여기에도 本末의 뜻이 들어 있다.[193] 4)경문의 '古之欲明明德於天下者……', '格物而后知至……', '……修身爲本' 등에 모두 本末의 뜻이 들어 있으며, 邵雍도 '修身本於正心 正心本於誠意 誠意本於致知 致知在於格物'이라 하였으니, 격물은 始原을 끝까지 궁구하는 의미로 治己·治人의 本이다. 따라서 이 격물장을 '此謂格物'이라고 끝을 맺으면 흠이 있게 된다.[194]

　최유지는 개정한 편차에 따라 章節別로 주석을 붙여 놓았다. 그는 '物有本末……則近道矣'를 주희의 보망장에 보이는 '天下之物 莫不有理'와 '欲致吾之知 在卽物而窮其理也'의 뜻으로 해석하였으며, '本末'·'終始'를 주희 보망장의 '衆物之表裏精粗'로 보았다.[195]

---

191) 上同. "其他覆載之間 衆夥之物 感觸之端 許多之事 曷嘗有無本無末無始無終者哉 故惟此四字 足以包括天下事物之理 豈非窮理之第一義也"

192) 上同. "陳氏格物之說 有曰 理之體 具於吾心 而其用散在事物 精粗巨細 逐件窮究 頭緒雖多 進亦有序 先易而後難 先近而後遠 程子曰 格物者 適道之始 思欲格物 則固已近道矣 此非物有本末 事有終始 知所先後 卽近道矣之意歟 觀此兩先生論格物之義者 其與此一節 不謀而合 有若左契 則物有本末一語 爲格物章頭辭 不亦著明乎 其下復以其本亂而末治者 否矣 反覆以申之"

193) 上同. "然則己德自明 民德自新 而自然無訟者 本也 區區於爭辨之間 而專以智能決訟者 抑末矣"

194) 上同. "其曰古之欲明明德於天下者 先治其國云云者 以明治人者必先乎治己 此言有末者必有本也 其曰格物而後知至云云者 以明治己然後 可以治人 此言有本者必有末也 卒乃結之曰修身爲本 此特申言其本之不可不先也 孟子曰 天下之本在國 國之本在家 家之本在身 本之中 又有本焉 邵氏曰 修身本於正心 正心本於誠意 誠意本於致知 致知在於格物 則格物乃極始窮原之義 而治己治人之本也 不可不喫緊着意於斯章也 於其結辭 若止曰此謂格物云爾 則有欠於究極徹頭之意 不若此謂知本之爲着明矣"

195) 上同. "卽補亡章所謂天下之物 莫不有理 欲致吾之知 在卽物而窮其理也之意 本末終

이런 관점에서 그는 '격물'의 뜻을, '모든 천하의 이치에 대해 본말의 선후를 알아서 모든 사물의 表裏精粗가 이르지 않음이 없는 것'으로 정의하였다.[196] 즉 본말을 궁구하여 그 선후를 아는 것을 격물의 요점으로 파악한 것이다.[197] 이런 정의는 주희가 "사물이 이치에 끝까지 이르러 그 지극한 곳에 이르지 않음이 없고자 하는 것"[198]이라고 정의한 것에 비해, 보다 그 의미를 구체화시켰다고 하겠다.

또한 그는 '知止而后有定……' 1절을 보망장의 '因其已知之理而益窮之 以求至乎其極 至於用力之久 而一朝豁然貫通'의 뜻으로 해석하고, '知止'의 知를 앞 장 '知本'의 知와 상응하는 것으로 보았으며, '知止'를 知之始로, '能得'을 知之至로 보아 '此謂知之至也'가 '能得'을 이어 말한 것으로 파악하였다.[199]

이상에서 살펴본 최유지의 개정설의 특징을 정리하면 다음과 같다. 첫째, 經文의 '物有本末……' 1절과 '其本亂而末治者……' 1절을 聽訟章과 합쳐 전 제4장으로 삼아 格物을 해석한 말로 보았다. 둘째, 경문의 '知止而后有定……' 1절과 전 제5장의 '此謂知之至也'를 합쳐 전 제5장으로 삼아 致知를 해석한 말로 보았다.

최유지의 이러한 개정설은 董槐 등의 설과 문제 의식의 측면에서는 유사하지만, 위와 같은 내용면에서 보면 독자성과 변별성이 발견된다. 특히 격물장과 치지장을 나누어 본 것은 이전의 설에서 찾아볼 수 없는

始 卽表裏精粗之意也"

196) 上同. "卽凡天下之理 皆可知本末之先後 而衆物之表裏精粗 無不到矣 此之謂格物也"

197) 上同. "聽訟者 末也 無訟者 本也 窮其本末 知所先後者 格物之要義"

198) 朱熹, 『大學章句』 經一章, 格物의 註. "窮至事物之理 欲其極處無不到也"

199) 上同. "卽補亡章所謂因其已知之理而益窮之 以求至乎其極 至於用力之久 而一朝豁然貫通之意……知止之知字 應上知本之知字 旣知其本 則便知所止矣 格致之首尾相因者 可見矣……此謂知之至也 自知止而推之 極於能得 則其致知也 至矣 知止 知之始也 能得 知之至也"

매우 독특한 설로, 후대 『대학장구』 개정설에 있어서 특별한 의의를 부여할 수 있을 것이다.[200]

(바) 朴世堂의 『대학장구』 개정

朴世堂(1629-1703)의 자는 季肯, 호는 西溪·潛叟, 본관은 潘南이다. 부친은 錦洲君에 봉해진 朴炡이고, 모친은 楊朱 尹氏이다. 고모부 鄭思武에게 수학하였다. 주로 한양에서 생활하였다. 1660년 생원시와 문과 시험에 나란히 합격하였다. 성균관 전적을 시작으로 벼슬길에 나아가 함경도 병마평사 등을 지냈다. 1668년에는 서장관으로 청나라에 다녀오기도 하였다.

그는 당쟁의 소용돌이 속에서 아들 朴泰維와 朴泰輔를 잃자, 관직을 사양하고 수락산 아래 石泉洞에 은거하였다. 그는 소론의 영수였던 李景奭의 신도비명을 지으면서 宋時烈이 이경석을 비난한 일을 좋지 않게 기록하여 노론의 공격을 받게 되었고, 노론은 결국 그의 『사변록』을 문제삼아 그를 斯文亂賊으로 지목하였다. 그리하여 관직을 삭탈당하고 전라도 玉果로 유배되었다.

박세당은 주자학에만 전념하지 않고 폭넓은 사상을 추구하였는데, 특히 노장사상에 깊이 심취하였다. 저술로 『西溪集』과 『思辨錄』 및 『新註道德經』·『南華經註解刪補』·『穡經』 등이 있다. 경학 관련 저술로는 『사변록』이 있는데, 이 안에는 四書 및 『시경』·『서경』에 대한 해석이 들어 있다.

박세당의 경학에 대한 연구는 처음에 反朱子學的인 것으로 보았다.[201]

---

200) 이상은 崔錫起의 「艮湖 崔攸之의 『大學章句』 改訂과 그 意味」(『남명학연구』 제12집, 경상대 남명학연구소, 2002, 131~144면) 참조.

201) 이에 관한 주요 연구로는, 李丙燾의 「朴西溪와 反朱子學的 思想」(『대동문화연구』 제3집, 성균관대 대동문화연구원, 1966), 李乙浩의 「反朱子學的 思想의 擡頭」(『한국철

그러나 뒤에는 그의 사상이 주자학에서 이탈하는 경향이 있기는 하지만 주자학적 영향이 사상체계 내에 존재하기 때문에 반주자학이 아니라 탈주자학으로 보아야 한다는 설이 제기되었고[202], 다른 한편으로는 주자학과 양명학을 종합 지향했다는 설[203]과 독자적인 성격의 사상이라는 설[204]까지 등장하였다.

여기서는 그의 사상 전반에 대한 평가를 유보하고, 우선 그의 경학이 지향했던 근본적인 관점과 문제 의식이 무엇이었는지를 살펴본 뒤, 그의 『대학장구』 개정설을 통해 그 구체적 성향을 고찰해 보기로 한다.

그는 "송나라 때 이르러 程子·朱子 두 선생이 태어나셔서……六經의 본지가 이에 찬란히 세상에 다시 밝혀지게 되었다."[205]고 하여, 정자·주희가 경전을 주석한 공을 높이 평하였다. 그는 "紫陽(朱熹)의 傳註는 고금에 없는 것이네.[紫陽傳註古今無]"라고 극찬하였지만, 그것은 어디까지나 經을 해석한 傳註일 뿐이므로 후학들은 선현의 전주에 매몰되지 말아야 한다는 관점을 견지하였다. 그는 尹拯(1629-1711)에게 보낸 편지에서 다음과 같이 말하고 있다.

格致와 存養 등은 참으로 학문을 하는 큰 절목이니, 末學으로서 감히 가볍게

학연구 中』, 동명사, 1978), 尹絲淳의 「朴世堂의 실학사상에 대한 연구」(『아세아연구』 제46집, 고려대 아세아연구소, 1972) 등이 있다.

202) 이에 관한 대표적 연구로는 김학목의 「『新註道德經』에 나타난 西溪의 사상」(『민족문화』 제21집, 민족문화추진회, 1998), 지두환의 『한국사상사』(역사문화, 1999), 이영호의 『조선중기 경학사상연구』(경인문화사, 2004) 등이 있다.

203) 송석준, 「주자학 비판론자들의 경전해석」, 『유교문화와 한국사회』, 성균관대 대동문화연구원, 1999.

204) 안병걸, 「서계 박세당의 독자적 경전해석과 그의 현실인식」, 『조선후기 경학의 전개와 그 성격』, 성균관대 대동문화연구원, 1998.

205) 朴世堂, 『西溪集』 권7, 「序通說」. "及宋之時 程朱兩先生興……六經之旨 於是而燦然復明於世"

의논할 바가 아닙니다. 그러나 이는 애초 경전의 의리를 해설한 것과는 관계가 없이 선현이 스스로 내세운 학설을 곧장 말한 것입니다. 그러니 구구한 저로서는 실로 감히 이의를 제기할 것이 전혀 없습니다. 그런데 지금 이 경서를 해석하는 문제는 도리어 그렇지 않습니다. 經文이 구비되어 있으니, 그에 대해 실로 조금도 의심이 없을 수 없는 점이 있습니다. 노형께서는 과연 경문에 대해 그 뜻을 통달하지 못할지라도 학문을 하는 데는 해롭지 않으니 애써 노력하며 깊이 궁구할 것 없이 傳註만 보아도 충분히 세상에 자기의 설을 세울 수 있다고 생각하십니까?[206]

이는 주희의 傳註가 아무리 훌륭해도 후학들은 그것만을 맹목적으로 추종하지 말고 스스로 경전의 의리를 밝혀야 한다는 말이다. 경문에 대해 懷疑하고 그것을 통해 自得을 하면 후학도 얼마든지 전주를 낼 수 있기 때문에, 그는 전주는 얼마든지 다를 수 있다는 관점을 강조하였다. 그래서 그는 "경문에서 말한 것은 그 근본[統]은 하나지만 그 실마리[緖]는 천만 가지로 다르다. 이것이 이른바 이르는 곳은 하나지만 생각은 백 가지이고, 귀추는 같지만 길은 각기 다르다는 것이다."[207]라고 하여, 경문의 본지에 도달하는 각자의 자유로운 길을 허용해야 한다는 점을 강조하였다. 곧 주희의 전주를 통해야만 경전의 본지에 도달할 수 있다고 강요하지 말고, 자유롭게 궁극처에 도달할 수 있도록 사상의 자유가 보장되어야 한다는 것이다. 이런 경학에 대한 그의 기본적인 관점이 주희의 설에서 때론 벗어나게 하였던 것이다.

그러면 그의『대학』해석에 대한 요지를 먼저 살펴보고 나서,『대학장

---

206) 朴世堂,『西溪集』권7,「答尹子仁書」. "格致存養等 誠爲爲學之大節 固非末學所敢輕議 但此初不係解說經義 而直出先賢所自立說 則在於區區 實萬萬不敢輒容一喙 今顧未然 經文具在 實有不能無疑於一毫者 老兄果謂經雖未達其指 而不妨於爲學 不須刻意深求 只看傳註 爲足以自立於世耶"

207) 朴世堂,『西溪集』권7,「序通說」. "經之所言 其統雖一 而其緖千萬 是所謂一致而百慮 同歸而殊塗"

구』개정설의 편차를 비교 검토해 보기로 하겠다. 박세당은 주희의『대학
장구』를 저본으로 편차를 개정하였을 뿐만 아니라, 주희의『대학장구』
해석에 대해서도 문제를 제기하여 독자적인 설을 제시하였다. 그의 설
가운데 대표적인 특징을 간추려 보면, 첫째 삼강령 중 止於至善을 제외
한 明明德·新民만을 강령으로 보는 二綱領을 주장하였으며, 둘째 팔조
목의 格·致·誠·正·修·齊·治·平을 事로, 物·知·意·心·身·家·
國·天下를 物로 보는 새로운 事物說을 제기하였으며, 셋째 주희의 격물
치지설에 반대하고 독자적인 격물치지설을 주장하였다.

이에 대해 좀더 구체적으로 살펴보기로 한다. 박세당은 주희가 명명
덕·신민·지어지선을 三綱領으로 본 설에 찬성하지 않고, 명명덕과 신
민만을 강령으로 보는 二綱領說을 주장하였다. 그의 설을 인용해 본다.

주자의 주에는 명명덕·신민·지어지선 이 셋으로『대학』의 강령을 삼았다.
진실로 이와 같이 해석하면 명명덕이 한 가지 일이 되고, 신민이 한 가지 일이
되고, 지어지선도 한 가지 일이 된다. 명명덕과 신민이 각기 절로 한 가지 일이
되었는데, 지어지선이 또 절로 한 가지 일이 될 수 있겠는가? 주자의 주에 "〈지
어지선은〉 명명덕과 신민이 모두 지선의 경지에 머물러 옮기지 않음을 말한
것이다."라고 하였다. 그렇다면 명명덕·신민과 독립된 이른바 지어지선이라
는 한 단락이 다시 없는 것을 알 수 있다. 또한 綱이 있으면 반드시 目이 있게
마련이다. 條目이 없는데 홀로 그 紀綱만 있는 경우는 없다. 강령은 여러 조목
을 거느리는 것이니, 조목이 없는데 강령을 어찌 두겠는가? 그러므로『대학』
에는 명명덕의 조목이 5가지이고, 신민의 조목이 3가지이며, 지어지선의 조목
을 찾으면 끝내 구할 수 없다. 이로써『대학』의 강령은 둘 뿐임을 알 수 있
다.[208]

---

208) 朴世堂,『思辨錄-大學』經一章. "註以明德新民至善 爲一書之綱領 誠如此 是明德
　　爲一事 新民爲一事 至善又自爲一事 今明德新民 旣各自爲一事矣 至善又可得以自爲
　　一事乎 註言明德新民 皆當止於至善 然則捨明德新民而更無所謂一段至善者 可見 且
　　有綱必有目 未有無其目而獨有紀綱 綱所以挈衆目 目旣不存 綱安所設 故此書爲明德

이러한 박세당의 주장은 주희의 『대학』 해석을 맹목적으로 수용하지 않고, 『대학』 자체의 논리를 독자적으로 연구하여 주희의 설에 대해 비판적 안목을 갖게 됨으로써 나온 것이다. 그의 二綱領說의 핵심은 두 가지로 요약된다. 하나는 주희가 『대학장구』에서 止於至善을 해석하면서 "止는 여기에 이르러 옮기지 않는다는 뜻이고, 至善은 사리가 당연한 바의 극치이다. 말하자면, 명명덕과 신민이 모두 지선의 경지에 머물러 옮겨가지 않는 것이다."[209]라고 한 말에 근거하여, 지어지선은 명명덕이 지선에 이르고, 신민이 지선에 이르는 것이기 때문에 별도의 강령의 아니라는 것이다. 다른 하나는 강령이 있으면 조목이 있어야 하는데, 팔조목을 명명덕·신민에 분속하면 지어지선은 조목이 없기 때문에 강령이 될 수 없다는 것이다. 이러한 박세당의 二綱領說은 주희의 삼강령설이 갖고 있는 논리적 모순에 대한 비판과 동시에 자신이 독자적으로 수립한 논리 구조를 새롭게 내세운 것이라 할 수 있다.[210]

다음은 그의 事物에 관한 설을 살펴보기로 한다. 경문 제3절 "物有本末 事有終始 知所先後 則近道矣"에 대해, 주희는 "明德은 本이고 新民은 末이다. 知至는 始가 되고 能得은 終이 된다. 本과 始는 먼저할 바이고, 末과 終은 뒤에 할 바이다."[211]라고 하여, 명명덕·신민을 物로 보고 知止·定·靜·安·慮·能得을 事로 보았다. 이에 대해 박세당은 다음과 같이 부정적인 견해를 표명하고 있다.

之目五 爲新民之目三 而及求其爲止至善之目者 則終不可以得 以此知此書之爲綱者二 而已"

209) 朱熹, 『大學章句』 經一章 註. "止者 必至於是而不遷之意 至善則事理當然之極也 言 明明德新民 皆當止於至善之地而不遷"

210) 李晭昊, 『朝鮮中期 經學思想 硏究』, 경인문화사, 2004, 211면.

211) 朱熹, 『大學章句』 經一章 제3절 註. "明德爲本 新民爲末 知止爲始 能得爲終 本始所 先 末終所後"

주자의 주에는 또 명명덕·신민으로 本·末을 삼았는데, 이와 같이 보면 명명
덕·신민이 뒤섞여 物이 됨을 면치 못하니, 이는 경문의 본지가 아닌 듯하다.
대체로 명명덕·신민에 있어서는, 德·民이 物이 되고 明·新이 事가 되니, 이
치상으로 이를 뒤섞어 하나로 하는 것을 용납할 수 없는 점이 있다.[212]

앞에서 살펴보았듯이, 박세당은 아무리 앞 시대 훌륭한 傳註가 있더
라도 학자는 그 전주에 구애되지 말고 경전의 본지를 자득하는 것을 귀
하게 여겼다. 그런 관점에서 그는 주희의 장구에 있는 설에 회의하고 독
자적으로 物과 事에 대해 궁구를 한 결과, 明德·民이 物이고, 그것을
밝히고 새롭게 하는 明과 新이 事라는 점을 명확히 하였다. 이런 관점에
서 그는 팔조목도 物·知·意·心·身·家·國·天下는 物로, 格·致·
誠·正·修·齊·治·平은 事로 보았다.[213]

다음은 박세당의 格物致知說에 대해 살펴보기로 한다. 그는 주희가
"格은 이른다는 뜻이고, 物은 事와 같은 의미로, 격물치지는 사물의 이치
를 궁구해 이르러 그 極處가 이르지 않음이 없고자 하는 것이다."[214]라
고 한 격물치지에 대한 해석에 찬성하지 않고, 다음과 같이 해석하였다.

'格' 자에 이르다[至]는 뜻이 있기는 하지만, 格物의 格을 이르다는 뜻으로 보
면, '사물에 이르다'라는 것은 말이 되지 않는다. 만약 쉽게 사물에 이르게 된
다면 이치도 드러나지 않을 것이다. 그러니 끝내 그 설이 옳다고 할 수 없다.
주자의 주는 그 때문에 '窮' 1자를 덧붙여 그 말을 끌어낸 것이다. 그러나 格에
는 '窮至'의 뜻이 있는 것을 발견할 수 없다. 또한 物과 事는 분별이 있어야

---

212) 朴世堂,『思辨錄-大學』經一章 제3절. "註又以明德新民爲本末 如是 明德新民 未免
   於混而爲物 恐非經之本旨 盖在明德新民 則德與民爲物 而明與新爲事 理有不容混而
   爲一者"

213) 上同. "物者 如下文曰天下 曰國 曰家 曰身 曰心 曰意 曰知 曰物 是也 事者 如其曰
   平 曰治 曰齊 曰修 曰正 曰誠 曰致 曰格 是也"

214) 朱熹,『大學章句』經一章 註. "格 至也 物猶事也 窮至事物之理 欲其極處無不到也"

한다. 예컨대 天下·國·家는 물이지 事가 될 수 없고, 平·治·齊는 事이지 物
이 될 수 없다.215)

이는 주희가 格을 '窮至'의 의미로 物을 '事'의 뜻으로 해석한 것에 대
해 동의하지 않는 발언이다. 그러면 박세당은 격물치지를 이렇게 해석
하였을까? 그는 格을 법칙[則] 또는 바름[正]의 뜻으로 보고, 物은 각각
의 物에 내재한 법칙으로 보아, 格物을 物에 내재한 법칙을 구하여 바름
을 얻기를 기약하는 것으로 해석했으며, 致知의 致는 구하여 얻는 것[求
以至]으로 보았다.216) 이런 관점에서 그는 '致知在格物'의 의미를 다음
과 같이 해석하였다.

> 대개 致知가 格物에 있다는 것은, 나의 앎으로 하여금 마땅히 해야 할 일에
> 나아가 극진히 조처하고자 하면, 그 요점은 오직 물의 법칙을 찾아 그 바른 것
> 을 얻는 데 달려있다는 말이다.217)

이런 해석을 통해 보면, 박세당의 격물치지설은 한 物의 법칙을 찾아
그 바른 것을 얻어 아는 것이라고 할 수 있다. 그는 주희의 격물치지설
의 단점이 萬物之理를 궁구하는 뜻으로 해석한 것에 있다고 보아, 주
희·程頤가 격물치지에 대해 언급한 여러 설을 끌어다 동이득실을 논하
였다. 그는 『大學或問』에 인용된 程子의 "致는 극진히 한다는 뜻이고,
格은 이른다는 뜻이다. 한 物에는 반드시 하나의 理가 있으니, 궁구하여

---

215) 朴世堂, 『思辨錄-大學』 經一章 제4절. "格雖有以至爲義者 但若於格物 而謂格爲至
則至物云者 便不成語 若易爲至事 理亦不顯 終未見其得 註爲是之故 而又添一窮字 以
提掇其語 然格又不見有窮至之義 且物之與事 固當有辨 不容混合 如天下國家 是爲物
不得爲事 平治齊 是爲事 不得爲物"
216) 上同. "求以至曰致 格 則也 正也 有物必有則 物之有格 所以求其則 而期得乎正也"
217) 上同. "蓋言欲使吾之知 能至乎是事之所當爲 而處之無不盡 則其要惟在乎尋索是物
之則而得其正也"

거기에 이르는 것이 이른바 格物이다.”라는 말을 보면, “격물치지는 一物一事를 가리켜 말한 것이지 만물지리를 궁구하여 一心의 知를 극진히 하는 것을 말하는 것은 아닌 듯하다.”고 하며218), 문제를 제기하였다.

이러한 박세당의 격물치지설은 주희의 만물지리를 궁구하는 형이상학적 인식론에서 탈피하여 구체적 사물의 이치를 하나하나씩 궁구해 나가는 실제적 인식론이라 하겠다. 이는 上學 지향적 인식론이 아니라, 下學 지향적 인식론이라 볼 수 있다.219)

박세당의『대학장구』개정설은『대학장구』를 저본으로 한 이전의 개정설과는 현격하게 다른 양상을 보인다. 대체로 董槐 이후의『대학장구』개정은 격물치지전이 逸失된 것이 아니라 錯簡되어 다른 장에 편입되어 있기 때문이라는 전제하에, 그 착간된 부분을 찾아 격물치지전을 새롭게 編次하는 것이 주를 이루었다. 그런데 박세당의 경우는 문제 의식이 그런 점에 있지 않고, 傳文의 편차를 옮겨 논리 구조를 그 나름대로 완성하는 데 있었다. 그가 개정한 편차를 주희의『대학장구』와 비교하면 다음과 같다.

박세당의『사변록-대학』편차		주희의『대학장구』편차	
經-01 大學之道 … 在止於至善 經-02 知止而后有定 … 慮而后能得 經-03 物有本末 … 則近道矣 經-04 古之欲明明德 … 致知在格物 經-05 物格而后知至 … 天下平 經-06 自天子 … 壹是皆以修身爲本 經-07 其本亂而末治者 … 未之有也	經一章： 三綱領 八條目	經-01 大學之道 … 在止於至善 經-02 知止而后有定 … 慮而后能得 經-03 物有本末 … 則近道矣 經-04 古之欲明明德 … 致知在格物 經-05 物格而后知至 … 天下平 經-06 自天子 … 壹是皆以修身爲本 經-07 其本亂而末治者 … 未之有也	經一章： 三綱領 八條目

---

218) 上同. “又曰 致 盡也 格 至也 一物必有一理 窮而至之 所謂格物者也 據此則其所以 爲格致之訓者 似指一物一事而言 恐非謂窮萬物之理 而盡一心之知者也”

219) 李昤昊,『조선중기 경학사상 연구』, 경인문화사, 2004, 214~221면.

傳1-01 康誥曰 克明德 傳1-02 太甲曰 顧諟天之明命 傳1-03 帝典曰 克明峻德 傳1-04 皆自明也	傳一章： 釋明 明德	傳1-01 康誥曰 克明德 傳1-02 太甲曰 顧諟天之明命 傳1-03 帝典曰 克明峻德 傳1-04 皆自明也	傳一章： 釋明 明德
傳2-01 湯之盤銘曰 … 傳2-02 康誥曰 作新民 傳2-03 詩曰 周雖舊邦 其命維新	傳二章： 釋新民	傳2-01 湯之盤銘曰 … 傳2-02 康誥曰 作新民 傳2-03 詩曰 周雖舊邦 其命維新 傳2-04 是故 君子無所不用其極	傳二章： 釋新民
傳3-01 詩云 邦畿千里 惟民所止 傳3-02 詩云 緡蠻黃鳥 … 傳3-03 詩云 穆穆文王 … **傳2-04 是故 君子無所不用其極**	傳三章： 釋止於 至善	傳3-01 詩云 邦畿千里 惟民所止 傳3-02 詩云 緡蠻黃鳥 … 傳3-03 詩云 穆穆文王 … 傳3-04 詩云 瞻彼淇澳 … 傳3-05 詩云 於戲 前王不忘 …	傳三章： 釋止於 至善
傳4-01 子曰 聽訟 … 此謂知本	傳四章： 釋本末	傳4-01 子曰 聽訟 … 此謂知本此謂 知本(衍文)	傳四章： 釋本末
傳5-01 此謂知本(衍文) 　　　 此謂知之至也	傳五章： 釋格物 致知	傳5-01 (補亡) 此謂知之至也	傳五章： 釋格物 致知
傳6-01～04 所謂誠其意者 　　　　 … 必誠其意	傳六章： 釋誠意	傳6-01～04 所謂誠其意者 　　　　 … 必誠其意	傳六章： 釋誠意
傳7-01～03 所謂修身在正其心者 　　　　 … 此謂修身在正其心	傳七章： 釋正心	傳7-01～03 所謂修身在正其心者 　　　　 … 此謂修身在正其心	傳七章： 釋正心 修身
傳8-01 所謂齊其家在修其身者 **傳9-04 堯舜帥天下以仁** **　　　 … 未之有也** 傳8-03 此謂身不修 不可以齊其家	傳八章： 釋修身	傳8-01 所謂齊其家在修其身者人 　　　 之其所親愛而辟焉 … 天下 　　　 鮮矣 傳8-02 故諺有之 … 莫知其苗之碩 傳8-03 此謂身不修不可以齊其家	傳八章： 釋修身 齊家
傳9-01 所謂治國 … 慈者所以使衆也 **傳10-01 上老老 … 民不倍** **傳8-01 人之其所親愛而辟焉** **　　　 … 天下鮮矣** **傳8-02 故諺有之 …** **　　　 莫知其苗之碩** 傳9-03 一家仁 … 一人定國 傳9-05～09 故治國在齊其家 　　　　 … 此謂治國在齊其家	傳九章： 釋齊家	傳9-01 所謂治國 　　　　 … 慈者所以使衆也 傳9-02 康誥曰 如保赤子 … 嫁者也 傳9-03 一家仁 … 一人定國 傳9-04 堯舜帥天下以仁 　　　 … 未之有也 傳9-05～09 故治國在齊其家 　　　　 … 此謂治國在齊其家	傳九章： 釋齊家 治國

傳10-01 所謂平天下在治其國者 傳10-02 所惡於上 　　…此之謂絜矩之道也 **傳9-02 康誥曰 如保赤子** 　　**…嫁者也** 傳10-03 詩云 樂只君子 　　…民之父母也 **傳3-04 詩云 瞻彼淇澳 …** **傳3-05 詩云 於戲 前王不忘 …** 傳10-04~23 詩云 節彼南山 　　…以義爲利也	傳十章： 釋治國	傳10-01 所謂平天下在治其國者 上 老老 … 民不倍 傳10-02 所惡於上 　　…此之謂絜矩之道也 傳10-03 詩云 樂只君子 　　…民之父母也 傳10-04~23 詩云 節彼南山 　　…以義爲利也	傳十章： 釋治國 平天下

위 도표를 통해서 알 수 있듯이, 박세당의 『대학장구』 개정은 기왕의 설과는 판이하게 다르다. 그가 개정한 것은 經文을 傳文으로 옮기는 것이 아니라, 경문은 그대로 두고 傳文의 편차를 바꾸어 단서가 접속되고 맥락이 관통되게 하는 데 있었다. 전 제2장 제4절을 전 제3장 뒤로 옮기고, 전 제3장 제4절·제5절을 전 제10장으로 옮기고, 전 제8장 제1절의 '人之其所親愛而辟焉 … 天下鮮矣'와 제2절을 전 제9장으로 옮기고, 전 제9장 제2절은 전 제10장으로 제4절은 전 제8장으로 옮기고, 전 제10장 제1절의 '上老老 … 民不倍'를 전 제9장으로 옮겼다.

그가 이와 같이 전문의 편차를 대폭 개정한 데는, 첫째 程頤가 전 제10장의 편차를 바꾼 사실이 있으며, 둘째 『대학혹문』 전 제10장을 해석한 주희의 말에 대해 의문을 품었기 때문이다. 『대학혹문』 전 제10장의 해석에는 주희가 『고본대학』의 편차를 바꾸지 않고 그대로 따른 것에 대해 변론하는 다음과 같은 말이 있다.

이 제10장의 뜻이 광박하기 때문에 전문의 말이 상세하다. 그러나 그 실상은 好惡·義利의 두 단서에 불과할 따름이다. 다만 그 상세함을 극진히 하려 했기 때문에 말한 바가 이미 넉넉하고, 다시 단서를 바꾸어 그 의미를 넓혔다. 그러므로 두 가지 의리가 서로 이어지며 간혹 겹쳐 나오는 것도 보여 편차를 바꾸어서 잘못 배열한 듯한 점이 있다. 그러나 서서히 고찰하면 그 단서가 접속되고 맥락이 관통하는데, 그 말이 정녕하고 반복되어 독자를 위해 깊고 절실한 의미가 언외에 별도로 드리니기 때문에 편차를 바꿀 수 없다. 굳이 두 가지 설로 보아 중간을 나누어서 유형별로 분류하고 처음부터 끝까지 선을 그어 두 절로 만들며, 그 경계나 나눠은 넉넉한 점이 있겠지만 의미는 도리어 부족하니, 이런 점을 살피지 않을 수 없다.[220]

전 제10장의 요지를 어떻게 파악할 것이냐에 따라 이 장의 해석은 매우 달라질 수 있다. 주희는 好惡와 義利 두 가지를 요지로 보았는데, 학자들에 따라서는 전 제10장의 요지를 用人과 財用으로 보기도 한다.

주희는 전 제10장의 편차를 바꾸지 않고 『고본대학』을 그대로 따른 이유에 대해, 端緖가 接續되고 脈絡이 貫通한다는 점과 정녕하고 반복된 말 속에 언외의 의미가 있다는 점을 들었다. 따라서 이 절을 둘로 나누면 이런 의미가 없어지기 때문에 그대로 두는 것이 좋다는 것이다. 이에 대해 박세당은 다음과 같이 반박하였다.

지금 이 설에 따라 상하의 文義를 세밀히 살펴보면, 이른바 간혹 겹쳐 나온다고 한 단서와 맥락이 끝내 명료하게 접속되고 분명하게 관통됨이 있지 않으니, 하물며 언외에 별도로 깊고 절실한 의미가 있다고 한 점도 찾아서 밝히기 어려울 듯하다. 말은 이치를 밝히고 뜻을 드러내는 것이다. 그러므로 그 말에 차서가 있은 뒤에 이치가 밝아지고, 이치가 밝아진 뒤에 뜻이 드러나며 뜻이 드러난 뒤에 맛이 넉넉한 것이다. 그런데 그 말이 끊어졌다 이어졌다 하며 나타났다 없어졌다 하여 순서 없이 뒤섞이게 되면, 이치가 이 때문에 밝아지기 어렵고, 뜻이 이 때문에 드러나기 어렵다. 훗날의 독자들은 반드시 방황하고

---

220) 朱熹, 『大學或問』 傳 제10장 해석. "此章之義博 故傳言之詳 然其實則不過好惡義利之兩端而已 但以欲致其詳 故所言已足 而復更端以廣其意 是以二義相循 間見層出 有似於易置而錯陳耳 然徐而考之 則其端緒接續 脈絡貫通 而丁寧反復 爲人深切之意 又自別見於言外 不可易也 必欲二說中判 以類相從 自始至終 畫爲兩節 則其界辨雖若有餘 而意味或反不足 此不可不察也"

> 돌아보며 그 이치가 나누어진 바를 살피고 그 뜻이 보존된 바를 알 길이 없을
> 것이니, 또한 어디에서 맛을 취해 스스로 만족하겠는가?[221]

박세당은 주희의『대학혹문』의 설에 근거해 반론을 펴고 있는데, 두 가지로 요약된다. 하나는 단서가 접속되고 맥락이 관통된다고 한 점을 발견할 수 없다는 것이고, 하나는 언외의 깊고 절실한 의미를 찾을 수 없다는 것이다. 박세당의 이러한 문제 의식은 기실 그만이 유일하게 가졌던 것은 아니다. 조선 후기에 나타나는『대학』해석에 관한 설 가운데, 눈에 띄게 나타나는 것이『대학장구』전 제10장의 요지를 어떻게 파악할 것인가 하는 논란이다. 전 제10장은 모두 23절로 되어 있는데, 이를 어떻게 크게 단락을 나누어 요지를 파악할 것인가 하는 문제이다. 『대학장구대전』의 소주에 실린 雲峯胡氏(胡炳文)는 전 제10장을 8分節 하였는데, 조선 후기 학자들 가운데는 4分節, 5分節, 6分節, 7分節 등 다양한 설이 등장한다.[222] 이를 보면, 박세당의 이런 문제 의식은 단서 접속과 맥락 관통에서 비롯된 것이지만,『대학』의 논리 구조를 정밀하게 분석하고 미비점을 보완하여 완벽하게 하려 한 해석이라 하겠다.

박세당의『대학장구』개정설에 따른『대학』해석의 특징을 간추려 보면 다음과 같다.

첫째, 박세당이 주희의『대학장구』를 저본으로 한 것을 보면, 주희의 『대학장구』체제를 인정하고 있음을 알 수 있다. 따라서 박세당은 주희처럼『대학』을 經一章 · 傳十章 체제로 본다. 그러나 傳十章의 요지를

---

221) 朴世堂,『思辨錄-大學』傳 제10장. "今以此說 而細玩乎上下文義 所謂間見層出之端
緖脈絡 終未有以得夫了然乎其接續 渙然乎貫通 則況於言外別有深切之意 宜難得以明
矣 夫言者 所以明理而見意 故其言之有序而後理明 理明而後意見 意見而後味足 若其
言乍斷乍續 或出或沒 雜然無序 理由是難明 意由是難見 後之讀者 必將徊徨顧瞻 無所
從以察其理之所辨而識其意之所存 又於何取味以自足哉"

222) 崔錫起,「『한국경학자료집성』소재『대학』해석의 특징과 그 연구방향」,『대동문화
연구』제49집, 성균관대 대동문화연구원, 2005, 74면.

해석한 것은 주희의 설과 다르다. 이를 도표로 정리하면 다음과 같다.

박세당의『사변록-대학』장별 요지		주희의『대학장구』장별 요지	
經一章	三綱領·八條目	經一章	三綱領·八條目
傳一章	釋明明德	傳一章	釋明明德
傳二章	釋新民	傳二章	釋新民
傳三章	釋止於至善	傳三章	釋止於至善
傳四章	釋本末	傳四章	釋本末
傳五章	釋格物致知	傳五章	釋格物致知
傳六章	釋誠意	傳六章	釋誠意
傳七章	**釋正心**	傳七章	釋正心修身
傳八章	**釋修身**	傳八章	釋修身齊家
傳九章	**釋齊家**	傳九章	釋齊家治國
傳十章	**釋治國**	傳十章	釋治國平天下

　여기서 알 수 있듯이, 주희는 전 제7장부터 제10장까지의 내용을 팔조목 중 2조목을 상호 연관시켜 해석한 것으로 본 반면, 박세당은 2조목을 연관시켜 말한 것으로 보지 않고 단독으로 말한 것으로 해석했다. 그가 이렇게 해석한 이유는 무엇일까? 우선 그의 답변을 들어본다.

　　또 살펴보건대, 주자의 주에 "이는 평천하의 요점이다. 그러므로 이 장 안의 뜻은 모두 이로부터 미루어 나간 것이다."라고 하였는데, 이 설은 대단히 의심스럽다. 지금 그 이치가 분명하여 보기 쉬운 점으로 밝혀보자. 전 제7장에 '修身在正其心'이라고 하였으니, 이 장에서 논한 것은 모두 正心의 도이다. 전 제8장에 '齊家在修其身'이라 하였으니, 이 장에서 논한 것은 대개 修身의 도이다. 전 제9장에 '治國必先齊其家'라 하였으니, 이 장에서 논한 것은 모두 齊家의 도이다. 『대학』의 뜻은 생각건대 모두 이 일이 되니, 요점은 먼저 그 근본을 확립하는 데 있다. 근본이 확립되면 말단은 무엇이든 할 수 있다. 그런 까닭에 격물치지는 성의의 근본이 되고, 제가는 치국의 근본이 된다. 그러므로 격물치지 및 성의·정심·수신·제가·치국은 매 장이 각자 한 장이 된다. 지금 전 제10장에 '所謂平天下在治其國者'라고 하였으니, 그 입론의 단서가 다른 장과 유독 다른 점이 있는 것을 발견할 수 없다. 이는 의미가 치국의 도를 말하려 하는 것이겠는가? 아니면 평천하를 말하려 하는 것이겠는가?[223]

박세당은 이와 같은 관점에서 전 제7장부터 제10장까지 팔조목의 두 조목을 연관시켜 말한 것으로 해석한 주희의 설에 찬성하지 않고, 각기 팔조목의 하나를 말한 것으로 보고 있다. 이러한 주장을 한 배경은 위 인용문에서 보듯이, 근본의 확립에 초점을 맞추기 때문이다. 또한 그런 관점에서 그는 평천하를 해석한 장이 없지만, 그것은 전 제10장 속에 저절로 들어 있다고 보았다. 그는 國와 天下는 '한 발[箔]의 누에인가 만 발의 누에인가'하는 규모가 다른 것일 뿐 통치 원리는 같다고 보았다. 그래서 치국의 도를 극진히 하면 평천하도 쉽게 할 수 있다고 보았다. 이런 관점에서 전문에 평천하장을 별도로 두지 않았다고 본 것이다. 또 그는 湯이 사방 70리의 땅을 가지고 치국하여 천하를 소유했고, 文王이 사방 100리의 땅으로 치국하여 천하를 소유한 것을 들어 이를 증명하였다.[224]

둘째, 박세당도 주희처럼 傳文에 錯簡과 逸失이 있다고 생각했다. 다만 그는『대학장구』의 편차는 단서 접속과 맥락 관통에 문제가 있다고 판단

---

223) 朴世堂,『思辨錄-大學』傳 제10장. "又按 註曰 此平天下之要道也 故章內之意 皆自此推之 此尤大段可疑 今以其理之的然易見者而明之 第七章云 修身在正其心 則所論皆正心之道 第八章云 齊家在修其身 所論則盖修身之道 第九章云 治國必先齊其家 則所論亦皆齊家之道 盖大學之意 以爲凡爲是事 要在先立乎其本 本得而末可爲也 故格致爲誠意之本 齊家爲治國之本 是以格致及誠正修治 每各自爲一章 今第十章 旣又曰 所謂平天下在治其國者 則其立言開端 未有以見其獨異於他章 是其意將欲言治國之道乎 抑其否乎"

224) 上同. "若所謂國與天下者 乃一箔蠶與萬箔蠶耳 彼亦此耳 此亦彼耳 固不待乎推而後得 能盡治國之道 則斯天下 可擧而措之 可運於掌 湯能治七十里而天下服 文王能治百里而亦天下服"

해 이에 주안점을 두고 편차를 개정하였다. 그가 전문의 편차를 일부 개정한 이유와 闕文 또는 衍文에 대해 언급한 것을 정리해 보면 다음과 같다.

전문편차	박세당이 옮긴 구절	개정 이유	궐문 또는 연문
傳 제2장			新民의 뜻을 맺는 결어 궐문
傳 제3장	傳3-03 詩云 穆穆文王 … **傳2-04 是故 君子無所不用其極**	傳2-04가 止於至善 의 결어임	
傳 제4장			상하에 궐문이 있는 듯함
傳 제5장			此謂知本 衍文, 결어 6자만 남아 있고 모두 궐문
傳 제8장	傳8-01 所謂齊其家在修其身者 **傳9-04 堯舜帥天下以仁 … 未之有也**	傳9-04가　수신을 논한 것임	
傳 제9장	傳9-01 所謂治國 … 慈者所以使衆也 **傳10-01 上老老 … 民不倍** **傳8-01 人之其所親愛 … 天下鮮矣** **傳8-02 故諺有之 … 莫知其苗之碩**	傳10-1은 孝弟慈와 語意가　관통하고, 傳8-01,02는　제가 를 논한 것임	
傳 제10장	傳10-02 所惡於上 … 絜矩之道也 **傳9-02 康誥曰 如保赤子 … 嫁者也** 傳10-03 詩云 樂只君子 　　　… 民之父母也 **傳3-04 詩云 瞻彼淇澳 …** **傳3-05 詩云 於戱 前王不忘 …**	傳9-02는 혈구의 뜻. 傳3-04,05는 '止' 자 없으므로 止於至善傳에 둘 이 유가 없음. 上之自 治其德과 下之不忘 君惠를 말함.	

　이상의 논의를 통해 볼 때, 박세당의 『대학』 해석은 주희의 『대학장구』를 저본으로 하였지만, 주희의 해석과 상당히 다른 점을 알 수 있다. 즉 그의 二綱領說, 事·物에 대한 설, 格物致知에 대한 해석, 그리고 『대학장구』 傳文의 편차 개정은 그만의 독자적인 『대학』 해석이라고 하겠다.

(사) 李萬敷의 『대학장구』 改定

李萬敷(1664-1732)의 자는 仲舒, 호는 息山, 본관은 延安이다. 이조 판서를 지낸 李觀徵의 손자로 부친은 李沃이고, 모친은 전주 이씨로 李睟光의 증손녀이다. 한양에서 출생하여 그곳에서 자랐다. 어려서 조부 이관징에게 배웠고, 뒤에는 丁時翰(1625-1707)에게 수학하였다. 부친이 禮訟으로 희생되어 북방에서 오랫동안 유배 생활을 하자, 그는 宦路에 환멸을 느끼고 학문에만 전념하였다.

李瀷의 형인 李潛·李瀄 등과 교유하였다. 그런 인연으로 이익은 이만부에게 편지를 보내 학문을 질정하기도 하였다. 그는 1697년 34세 때 경상도 尙州 魯谷으로 이주하여 연구에 전념하였다. 45세 때는 『道東編』을 완성하였다. 47세 때 聞慶 華陰山 밑으로 옮겨 살았고, 58세 때에는 金陵으로 이주하였다. 저술로 『息山集』·『도동편』 외에 『易統』·『易大象便覽』·『禮記祥節』·『四書講目』·『太學成典』 등이 있다.

이만부의 『대학』에 관한 저술을 정리해 보면 다음과 같다.

- 「答吳致重大學問目」(『식산집』 권7)
- 「大學或問」(『식산집』 권13)
- 「大學論」·「擬定大學傳三章」·「格物說」(『식산집』 권16)
- 「答趙時晦別紙」(『식산집』 속집 권4)
- 「明德圖」(『식산집』 속집 권7)
- 『四書講目－大學』(별책, 성균관대 대동문화연구원 한국경학자료집성 대학 보유2)

이 외에도 편지글에 단편적인 내용이 여러 군데 보인다. 『四書講目－大學』은 이만부의 『대학』 해석에 관한 견해를 종합해 놓은 것으로, 앞에 「四書講目序」이 붙어 있고, 그 다음에 『대학장구』의 편차에 따라 章別로 주요 사안에 대해 자신의 견해를 피력하는 형식으로 되어 있다. 주요 내용은 「대학장구서」을 陳氏가 6절로 나눈 것에 대한 설, 고대 太學의 제도에 관한 설, 明德에 관한 설, 知止와 能得을 知·行으로 나누고 중간의 定靜安慮를 存養·省察로 나누어 보는 설, 格物致知에 관한 설, 『대학장구』 전 제3장과 제4장을 합해 止於至善傳으로 본 설, 補亡章에 관한 제가의 설을 모아 놓고 자신의 견해를 피력한 것, 성의장·정심수신장·수신제가장·제가치국장·치국평천하장에 관한 해설 등으로 되어 있다. 또 이 자료는 중간에 「答吳致重問目」(4편)·「大學論」·「擬定大學傳三章」 등 『대학』 해석에 관한 별도의 저술을 첨부하여 이해를 돕도록 하고 있다.

　이 글에서는 위의 자료들을 통해 이만부의 『대학』 해석의 특징 및 『대학장구』 개정설에 대해 살펴보기로 한다. 다만 본고의 논의 초점이 『대학장구』 개정설에 있기 때문에, 그의 『대학』 해석에 관한 특징은 개략적으로 언급하고 본 주제를 중심으로 서술하고자 한다.

　『식산집』 속집에 실린 「명덕도」은 湖西 사람이 그린 명덕도를 보고 수정한 것이다. 명덕도의 내용은 주희의 『대학장구』 經一章 註에 "명덕은 사람이 하늘에서 얻은 바로 虛靈하고 不昧하여 衆理를 갖추고 萬事에 응하는 것이다. 다만 氣稟에 구애되고 人欲에 가려지면 때로 혼매함이 있다. 그러나 본체의 밝음은 없어지지 않음이 있다. 그러므로 학자들은 본체의 밝음이 발하는 바를 인해 그것을 밝혀서 그 처음을 회복해야 한다."[225]라고 한 말에 따라 그린 것이다.

---

225) 朱熹, 『大學章句』 經一章 註. "明德者 人之所得乎天而虛靈不昧 以具衆理而應萬事者也 但爲氣稟所拘 人欲所蔽 則有時而昏 然其本體之明 則有未嘗息者 故學者 當因其所發而遂明之 以復其初也"

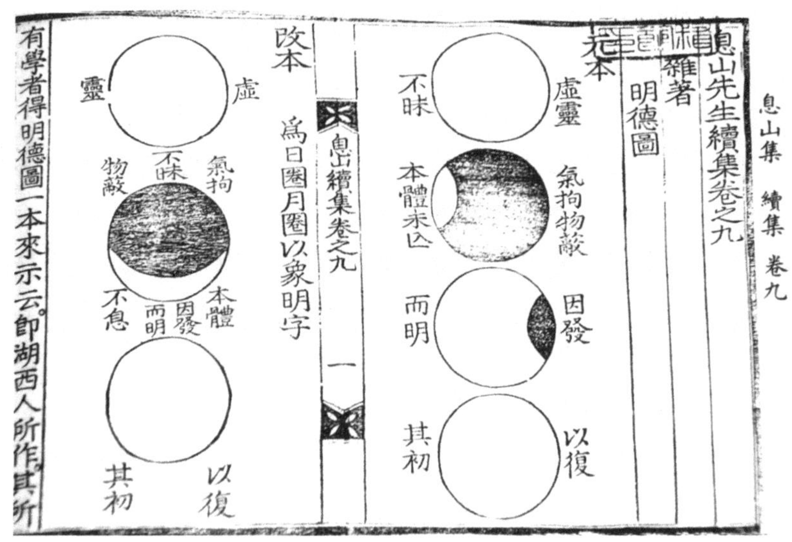

이만부는 자신이 명덕도를 개정한 이유를 다음과 같이 말하고 있다.

　이 그림은 뜻을 취한 것은 좋으나 그림 옆에 주를 안배한 것이 온당치 못한 점이 있다. 또한 본체의 밝음이 발하는 것을 인해 그것을 밝히는 것은 공부하는 것을 말한 것으로, 별도로 권역을 그릴 필요가 없다. …… 흑백을 좌우로 표시한 것을 바꾸어 상하로 바꾼 것은 어째서인가? 이 명덕도는 月行晦朔圖를 빌어다 밝힌 것인데, 本圖는 橫看한 것이다. 이 그림은 원을 바꾸어 수직으로 하였으니, 이는 竪看한 것이다. …… 흑백을 상하로 나누면 주를 달 적에도 조리가 있다.226)

　이만부는 이와 같은 세 가지 이유로 명덕도를 개정하였는데, 보다 간

---

226) 李萬敷,『息山集』續集 권9,「明德圖」. "其所取義亦好 端旁註安排 有所未穩 且因其所發而明之者 言用工處 不必別有圈 故於是取其義 而改其圖…… 變黑白左右爲上下 何也 此借月行晦朔圖明之 本圖是橫看者 此圖是竪看者…… 黑白以上下分 則懸註尤有條理"

결하고 명료하게 명덕의 의미를 드러낸 측면이 있다. 그러나 이러한 설은 어디까지나 주희의 명덕설을 정밀하게 이해한 것 외에는 별다른 의미를 부여할 수 없다.

　문목에 답한 「答吳致重大學問目」에는 이만부의 독자적인 설이 발견되지 않는다. 속집에 실린 「答趙時晦別紙」은 『대학장구』 전 제10장의 分節에 대해 논한 것으로, 23절을 크게 다섯 단락으로 나누어 보는 설을 제시하고 있다. 앞에서도 언급했지만 조선 후기 『대학』 해석의 특징 중 하나가 전 제10장의 분절 문제이다. 즉 몇 개의 큰 단락으로 나누어 요지를 파악하는 것인데, 여러 가지 설이 제기되었다. 이만부도 이에 대해 독자적인 발명을 통해 자신의 설을 개진하고 있다. 이를 요약해 雲峯胡氏의 8분절설과 비교하면 다음과 같다.

<table>
<tr><th colspan="3">이만부의 전 제10장 4분절</th><th colspan="3">운봉호씨의 전 제10장 8분절</th></tr>
<tr>
<td rowspan="2">제
1
절</td>
<td rowspan="2">傳10-01 所謂平天下 …
傳10-02 所惡於上 …</td>
<td rowspan="2">言一章之
大旨</td>
<td>제
1
절</td>
<td>傳10-01 所謂平天下 …</td>
<td>言所以有
絜矩之到</td>
</tr>
<tr>
<td>제
2
절</td>
<td>傳10-02 所惡於上 …</td>
<td>言此之謂
絜矩之到</td>
</tr>
<tr>
<td rowspan="1">제
2
절</td>
<td>傳10-03 詩云 樂只君子 …
傳10-04 詩云 節彼南山 …
傳10-05 詩云 殷之未喪師 …</td>
<td>以好惡
明絜矩與
不能者之
得失</td>
<td>제
3
절</td>
<td>傳10-03 詩云 樂只君子 …
傳10-04 詩云 節彼南山 …
傳10-05 詩云 殷之未喪師 …</td>
<td>就好惡上
言絜矩</td>
</tr>
<tr>
<td>제
3
절</td>
<td>傳10-06 是故
　　君子先愼乎德 …
傳10-07 德者本也 財者末也
傳10-08 外本內末 爭民施奪
傳10-09 是故 財聚則民散 …
傳10-10 是故 言悖而出者 …
傳10-11 康誥曰
　　惟命不于常 …</td>
<td>以財貨
明正好惡
與不能者
之得失</td>
<td>제
4
절</td>
<td>傳10-06 是故
　　君子先愼乎德 …
傳10-07 德者本也 財者末也
傳10-08 外本內末 爭民施奪
傳10-09 是故 財聚則民散 …
傳10-10 是故 言悖而出者 …
傳10-11 康誥曰
　　惟命不于常 …</td>
<td>就財用言
絜矩</td>
</tr>
</table>

제 4 절	傳10-12 楚書曰 楚國 … 傳10-13 舅犯曰 亡人 … 傳10-14 秦誓曰 　　　若有一介臣 … 傳10-15 唯仁人 放流之 … 傳10-16 見賢而不能擧 … 傳10-17 好人之所惡 … 傳10-18 是故 君子有大道 …	以用事 明正好惡 與不能者 之得失	제 5 절	傳10-12 楚書曰 楚國 … 傳10-13 舅犯曰 亡人 …	兼財用好 惡言
			제 6 절	傳10-14 秦誓曰 若有一介臣 　　　 … 傳10-15 唯仁人 放流之 … 傳10-16 見賢而不能擧 … 傳10-17 好人之所惡 …	就用人言
			제 7 절	傳10-18 是故 君子有大道 …	但言君子 有大道
제 5 절	傳10-19 生財有大道 … 傳10-20 仁者 以財發身 … 傳10-21 未有上好仁 … 傳10-22 孟獻子曰 畜馬乘 … 傳10-23 長國家而 　　　務財用者 …	合財貨 用舍 明好惡得 失之餘意	제 8 절	傳10-19 生財有大道 … 傳10-20 仁者 以財發身 … 傳10-21 未有上好仁 … 傳10-22 孟獻子曰 畜馬乘 … 傳10-23 長國家而 　　　務財用者 …	生財 大道 亦卽絜矩 之道

　이러한 이만부의 5分節說은『대학장구대전』소주에 실린 雲峯胡氏의 8分節說과 상당히 다른 것을 알 수 있다.

　『식산집』권13에 실린「大學或問」은「雜書辨上」에 들어 있는 것으로, 明儒 朱俊栅의 讀書錄에 있는 설을 비판한 것인데 모두 10조목으로 되어 있다. 내용은 대체로 心學으로 치우친 견해에 대한 논변이 주를 이룬다. 그러나 주희의 설에서 크게 벗어나지 않으므로 여기서는 논하지 않는다.

　『식산집』권16에 실린「格物說」은 그의『대학』해석에 관한 독자적인 견해를 표명하고 있어 주목된다. 이만부는「격물설」에서 '格物'을 '窮物之理'로 해석하면 '窮'자에 중점이 두어지기 때문에 '格至'의 의미가 소홀해진다고 하면서, 주희가 지은 補亡章으로 예를 들어보면, '卽凡天下之物'은 格至이고, '莫不因其已知之理而益窮之 以至其極'은 窮至라고 하여, 格物에는 格至와 窮至의 의미가 다 들어있음을 강조하고 있다.227) 이는 格物致知에 대한 그 나름의 독자적인 설이다.

　이상에서 살펴본 여러 설 가운데, 전 제10장의 五分節說과 格物致知說은 이만부의 독자적인 견해가 드러나는 설이다. 그런데 그의 『대학』 해석에서 가장 돋보이는 설은 『대학장구』의 편차를 일부 개정한 설이다. 이에 관한 내용은 『식산집』 권16에 실린 「大學論」·「擬定大學傳三章」에 들어 있다.

　먼저 그의 경학관을 살펴보기로 한다. 그는 「대학론」 첫머리에서 다음과 같이 말하고 있다.

　　나는 처음 『대학』을 읽다가 전 제5장에 이르러, 주자가 그 뜻을 보충해 넣은 것이 완비되긴 했지만 성인과 현인이 전해 주고 전해 받은 글이 온전하지 못하고 缺失된 것에 대해 책을 덮고 탄식을 하지 않은 적이 없었다. 뒤에 후대 현인들이 經文 중에서 격물치지에 관한 문구를 찾아 바로잡았다는 말을 듣고서, ‘의리가 무궁하다는 말이 참으로 옳구나. 그것이 주자의 설은 아니지만, 따르는 것을 인색하게 할 필요는 없다.’고 생각했다. 나중에 여러 현인들의 설을 구해보고 일일이 대조해 보게 되었다. 그러다 晦齋 李彦迪의 「大學章句補遺」은 의논이 해박하며 발명함이 상세하고 극진한 것을 보고서, 꿈속에서 깨어나 미로가 환히 보이는 듯하였다. 그러나 시험 삼아 경문을 취해 삼강령 아래의 2절을 제거하고 낭송해 보았더니, 문리가 급박하고 의미가 얕고 짧으며 조리가 엉성하여 개정하기 전의 것이 매우 정밀하고 절실한 것만 못하다는 것을 점점 느꼈다. 또한 그가 개정한 2절을 가지고 격물치지의 뜻을 찾아보았는데, 의심할 만한 점이 있기는 하지만 명백하고 적당하지는 않았다. 그리하여 주자가 보충한 글의 深淺·始終에 모두 근거한 바가 있는 것만 못하였다. 그런 뒤에 감히 새로운 것을 좋아하는 마음으로 평생 가슴속에 새긴 설을 바꾸지 않게 되었다. 이에 諸家의 설을 모두 기록하고 조금 터득한 내 소견을 붙여 훗날 다시 볼 적에 어떠할지를 기다린다.228)

---

227) 李萬敷, 『息山集』 권16, 「格物說」. "今諺解釋之以窮物之理之義 是蓋歸重於窮義 而反忽於至訓也……又以補亡章觀之 卽凡天下之物者 正所謂格至也者也 莫不因其已知之理而益窮之 以至其極者 正所謂窮至者也"

이 인용문 가운데 '의리가 무궁하다는 말이 참으로 옳구나. 그것이 주희의 설은 아니지만, 따르는 것을 인색하게 할 필요는 없다'고 한 말을 주목하면, 그의 경학관을 엿볼 수 있다. 대체로 경전을 해석할 적에 '의리가 무궁하다'는 말은 宋儒들이 訓詁보다는 의리 발명을 내세우며 주장한 말로, 명대 전반까지 경전 해석의 기본적인 관점으로 작용하였다. 물론 지나치게 의리주의로 나아감으로써 주관적인 설을 함부로 개진하는 폐단이 있기도 하였지만, 종래의 훈고학적 해석을 지양하고 경전의 이면에 담긴 본지를 찾아 해석함으로써 경학 연구에 새로운 진전을 가져왔다.

그러나 조선시대 경학 연구는 李滉 이후로 주자학 이외의 것은 이단시하는 풍조가 조성되고, 그 후 주자학은 더욱더 교조적 이념으로 강화되어 주자학을 절대 존신하는 풍토가 되었다. 따라서 16세기 이후 조선 경학가들에게서 '의리는 무궁하기 때문에 선현이 밝히지 못한 것을 후학은 계속해서 밝혀 나가야 한다'고 하는 언설이 보이면, 그것은 주희의 설과 다른 독자적인 설을 펴도 괜찮다는 진취적 사유를 드러낸 경우가 많다. 이만부에게서도 그런 경학관을 엿볼 수 있기 때문에, 그는 오로지 주자학만을 존신하는 사유를 한 학자가 아니라는 것이 입증된다.

이만부는 이런 관점에서 『대학장구』를 개정한 제가의 설을 두루 구해 보았고, 다시 그런 여러 학자들의 설이 과연 타당한지를 깊이 생각하였다. 그리하여 위 인용문에 보이듯이, 이언적이 經文의 '知止而后有定'

---

228) 李萬敷, 『息山集』 권16, 「大學論」. "余始受讀大學書 至傳之五章 朱子所補其義 雖備 然聖賢傳受之書 斷缺未全 未嘗不掩卷而歎也 繼聞後賢得其本文於經文中以釐正之 竊以爲義理無窮 苟是也 雖非朱子之說 不可吝於從違也 及得諸賢之說 以搜索考較焉 至於晦齋補遺之書 議論該博 發明詳盡 殆若醉夢覺而迷途明矣 然試取經文 去綱領下二節 而諷誦之 漸覺文理促迫 意味淺短 條理疎漏 未若舊文之十分精切 且以其二節 揆之於格致之義 雖若有可疑者 而亦未明白的當 不若朱子所補之深淺始終 俱有依據之地 然後不敢以好新之心 易其平生服膺之說也 於是 并錄諸家之言 附以一得之見 以俟他日更看如何爾"

이하 42자를 뒤로 옮겨 격물치지전으로 삼는 개정설에 대해, 그는 경문의 문리가 촉박하고 의미가 얕으며 조리가 엉성하기 때문에 합당하지 않다는 생각을 하게 되었다. 그러니까 그는 격물치지전이 缺失된 것이 아니라 錯簡되었다고 생각해 편차 개정을 통해 격물치지전을 복원하려고 한 董槐 이후 제가의 설에 대해 찬성하지 않고 주희의 설을 그대로 따른 것이다.

그는 이에 관한 역대의 주요 설을 수집해 주요 내용을 정리해 놓았는데, 그가 인용한 인명을 정리하면 다음과 같다.

董槐·葉夢鼎·黃震·王柏·宋濂·鄭濟·方孝孺·蔡淸 및 李彦迪

그는 이런 학자들의 설 가운데 핵심이 되는 부분을 인용해 놓았는데, 우리나라 이언적의 설에 대해 자세하게 소개하고 있다. 그리고서 그는 '知止而后有定' 이하 42자를 뒤로 옮겨 격물치지전으로 삼는 것이 불가한 이유에 대해, 소상하게 자신의 설을 개진하고 있다.

이처럼 이만부는 종래 경문의 '知止而后有定' 이하 42자를 옮겨 격물치지지전으로 삼는 설에 대해 부정적 입장을 피력한 뒤, 聽訟章을 격물치지지전의 뒤에 붙이거나 이언적의 설처럼 經文의 끝으로 옮기는 것에 대해서도 군더더기에 불과하기 때문에 타당치 않다고 보았다.[229] 그리고서 주희가 청송장을 本末을 해석한 것으로 요지를 파악하고 별도로 독립시켜 전 제4장으로 편차를 정한 것에 대해, 다음과 같은 의문점을 제기하고 있다.

---

229) 李萬敷, 『息山集』 권16, 「大學論」. "至於以聽訟一節 亦作格致章之末 則視經文二節 尤不近似 若進之於經文之下 以從伊川之舊 雖不知伊川之意如何 而以晦齋之言反覆焉 則經文最下二節 分本末厚薄於八條之中 以再結之 其義充足 無復加焉 若復及夫聽訟 之語 則似近剩衍不切 況大學經首尾 亦非他人語 乃夫子所言也 曾子親受記之 何獨於 末端 獨稱子曰 似與他傳引前訓結之之例 亦有不同矣"

생각건대, 주자는 반드시 이에 대해 적확한 의리를 보았을 것이므로 별도로 本末을 내세워 전을 삼았을 것이다. 그러나 나는 오래 반복해 읽어봐도 끝내 알 수가 없다. 대개 『대학』에는 綱도 있고 目도 있다. 그 규모는 이미 지극히 크고, 그 절목은 이미 지극히 상세하다. 經은 이런 것을 총체적으로 말한 것이고, 傳은 이런 것을 거듭 해석한 것으로 보는 것이 옳다. 이 綱·目에서 벗어난 것은 傳을 둘 필요가 없을 듯하니, 이것이 첫 번째 의문점이다. 삼강령을 말한 다음의 2절은 지선에 이르는 방법을 거듭 말해 통합해 결론지은 것에 불과하다. 명명덕·신민·지어지선에 대해 이미 전문이 있는데, 또 어찌 거듭 결론을 지은 말에 대해 전문을 두겠는가? 이것이 두 번째 의문점이다. 경문에 '物有本末 事有終始'를 말했으니, 本末에 전문을 둔다면 終始에 대해서도 전문을 두어야 한다. 그런데 지금은 본말에 대해서만 전문을 두고 종시에 대해서는 전문을 두지 않았으니, 이것이 세 번째 의문점이다. 전문의 문체를 상세히 음미해 보면, 삼강령의 전문이 한 문체가 되고, 팔조목의 전문이 한 문체가 된다. 그런데 청송장은 본말에 근거한 것이니 위로는 삼강령전과 같지 않고, 아래로는 팔조목전과 다르다. 이것이 네 번째 의문점이다.[230]

이만부는 이와 같은 네 가지 의문점을 제기한 뒤, 청송장의 편차에 대해 자신의 설을 개진하고 있다. 그는 주희의 『대학장구』가 나온 뒤의 학자들이 여러 차례 개정설을 제기한 원인이 바로 이 청송장의 배치에 문제 의식을 가진 데서 연유한 것으로 판단하고[231], 자신이 새롭게 이 장의 편차를 개정해 합리적인 논리 구조가 완결되기를 구했다.

내가 삼가 문제 의식을 갖고 헤아려 보니, 본말에 대해 전문을 굳이 둘 필요

---

230) 上同. "想朱子必見到的確之義 故別立本末爲傳 而反復之久 終未能信及 蓋大學之書 有綱焉 有目焉 其規模已極大矣 其節目已極詳矣 經以此總之 傳以此申之 可也 外此則 似不必傳之 其疑一也 綱領下二節 不過申止至善而通結者也 明新止 旣傳矣 又何傳其 申結之言 其疑二也 經言物有本末 事有終始 若傳本末 則又當傳終始 今一傳一否 其疑 三也 傳文詳味其體 三綱傳爲一體 八目傳又爲一體 聽訟之爲體於本末 則上與三傳 不 同 下與五傳 亦異 其疑四也"

231) 上同. "然則凡後賢之紛紜 未必不由於此章鋪置之不安也"

가 없이 삼강령전의 끝에 청송장을 붙여놓으면 온당할 듯하다. 대개 명명덕·신민은 모두 지선의 경지에 이르려고 하는 것이기 때문에 지어지선전은 이 청송장이 의미를 발명할 수 있다. 「淇澳」의 '切磋琢磨'와 '恂慄威儀'는 명명덕이 지선의 경지에 이른 것이고, 「烈文」의 '賢其賢而親其親'과 '沒世不忘'은 신민이 지선의 경지에 이른 것이다. 청송장의 '無訟'은 신민의 지선이고, '使無訟'은 명명덕의 지선이다. 위에서 명명덕·신민이 이르러야 할 궁극에 대해 이미 말한 뒤, 끝에 다시 이 둘을 합해 결론지어 신민은 명명덕으로부터 미루어 나가야 한다는 뜻을 보인 것이니, 지선의 準的이 되는 것이 더욱 분명하며, 경문의 '古之欲明明德於天下者'와 서로 조응이 된다. 이렇게 배치하면 어찌 문리가 접속되고 혈맥이 관통되지 않겠는가?[232]

이만부는 청송장을 지어지선전 뒤로 옮겨 놓은 뒤, 문리가 접속되고 혈맥이 관통되는 논리 구조의 적합성 측면에서 이를 증명하고 있다. 그의 설은 「기욱」이 명명덕의 지어지선이고, 「열문」이 신민의 지어지선에 해당하니, 청송장을 그 뒤에 두면, 이를 종합해 결론짓는 말이 된다는 것이다. 또 자신의 설처럼 편차를 개정하면, 청송장의 '無訟'은 신민의 지선이고, '使無訟'은 명명덕의 지선이므로 경문의 명명덕으로부터 신민으로 미루어 나가는 논리 구조와 조응이 된다는 점도 들었다.

이만부는 또 청송장 끝에 '知本'이 있기 때문에 별도의 전문을 두어야 한다는 점에 대해, 다음과 같이 자신의 견해를 제시하였다.

경문에 本末과 終始를 함께 말해 위 2절을 결론지은 것은 명명덕이 본이 되는 까닭과 신민이 말이 되는 까닭이 知止·能得으로 시종을 삼지 않음이 없기

---

232) 上同. "愚竊妄揣疑 不須以本末爲傳 而只附聽訟一節於三章之末 則似穩 蓋明明德新民 俱欲止於至善 故至善之傳 宜發明此意 淇澳詩 切磋琢磨 恂慄威儀 明明德之止於至善也 烈文詩 賢賢親親 沒世不忘 新民之止於至善也 無訟者 亦新民之至善 而使之無訟者 乃明明德之至善 上文旣各言其所止之極 而末又合而結之 以見新民自明明德推之之意 則至善之所以爲準的者 益明 而與經文明明德於天下者 相照應 豈不文理接續 血脈貫通乎"

때문이다. 그러므로 본말·종시의 뜻은 저절로 지어지선 속에 포함되어 있다. 지어지선전에서도 명명덕·신민의 지어지선을 함께 논하였으니, 知本으로 결론을 지으면 그 뜻이 더욱 절실하게 된다. 『고본대학』에는 「淇澳」·「烈文」 2편의 시를 誠意章 뒤에 잘못 편차했다. 그리하여 청송장 1절이 곧장 「文王」과 접해 있으니, 본디 한 장이었는데 중간의 2절이 뒤에 잘못 편입된 것이 아니라고 어찌 장담하겠는가? 또한 이와 같이 보면, 『대학장구』의 해석을 바꿀 필요도 없이 매우 적당하게 된다. 다만 뒤에 의미가 전환되는 말 한 마디를 연결시켜 이 청송절이 지어지선전을 총결하는 의미를 밝히면 충분할 것이다.233)

『고본대학』의 편차를 보면, 청송장은 '詩云 穆穆文王……'의 「文王」 뒤에 놓여 있고, 「기욱」과 「열문」은 성의장 뒤에 차례로 배치되어 있다. 그런데 주희는 「기욱」·「열문」을 지어지선전의 三引詩 뒤로 옮겨 「기욱」 은 명명덕의 지어지선으로, 「열문」은 신민의 지어지선으로 해석했다. 이만부는 이런 주희의 설과 『고본대학』의 편차를 모두 신중히 검토한 뒤, 위와 같이 청송장 1절을 「열문」 뒤로 옮겨 새로운 해석을 한 것이다.

이만부는 이러한 자신의 개정설에 대해 "이런 나의 설은 주자 장구의 설을 바꾼 것이 단지 조금 나누고 합하는 사이에 있을 따름이지만, 功程 에 관계된 의리의 실상은 적지 않다. 주자의 本意를 저버렸으니, 주선생 에게 나아가 질정할 수 없음이 한스럽다. 우선 내 의문점을 기록해 붕우 들과 강습하는 자료로 삼는다. 감히 망령되게 새로운 설을 펴서 경서를 훼손하는 죄에 스스로 빠지려는 것이 아니다."234)라고 하여, 매우 겸손

---

233) 上同. "經文幷言本末終始 以結上兩節者 謂明德之所以爲本 新民之所以爲末 莫不以 知止能得爲始終 故本末終始之義 自包於止至善之中 而本傳幷論明明德新民之止於至 善 則結之以知本 義益切矣 舊本淇澳烈文二詩 誤在誠意章下 而聽訟一節 直接文王之 篇 安知非本爲一章 而中間二節 錯簡於下乎 又如是 則章句所釋 不必改易 而亦甚的當 只下係一轉語 以明其總結之意而已 亦足矣"

234) 上同. "此其所變於章句 只在些少分合之間 其義理之實關於功程者 未嘗少 背朱子之 本意 恨不得以質於函丈之下也 姑記其所疑 以爲朋友講習之資焉 非敢妄爲新說 以自 陷於毀經之罪也"

한 자세를 취하였다.

　그는 「擬定大學傳三章」이라는 글을 별도로 지어 자신이 개정한 편차를 제시하고, 그것을 입증할 만한 선유들의 설과 자신의 견해를 함께 기록해 놓았는데, 개정의 근거로 제시하는 내용은 위에서 살펴본 것과 대체로 동일하다. 이를 『대학장구』의 편차와 비교해 도표로 제시하면 다음과 같다.

이만부의 개정 편차		주희의 『대학장구』 편차	
經-01　大學之道 ··· 在止於至善 經-02　知止而后有定 ··· 慮而后能得 經-03　物有本末 ··· 則近道矣 經-04　古之欲明明德 ··· 致知在格物 經-05　物格而后知至 ··· 天下平 經-06　自天子 ··· 壹是皆以修身爲本 經-07　其本亂而末治者 ··· 未之有也	經一章 : 三綱領 八條目	經-01　大學之道 ··· 在止於至善 經-02　知止而后有定 ··· 慮而后能得 經-03　物有本末 ··· 則近道矣 經-04　古之欲明明德 ··· 致知在格物 經-05　物格而后知至 ··· 天下平 經-06　自天子 ··· 壹是皆以修身爲本 經-07　其本亂而末治者 ··· 未之有也	經一章 : 三綱領 八條目
傳1-01　康誥曰　克明德 傳1-02　太甲曰　顧諟天之明命 傳1-03　帝典曰　克明峻德 傳1-04　皆自明也	傳一章 ：釋明 明德	傳1-01　康誥曰　克明德 傳1-02　太甲曰　顧諟天之明命 傳1-03　帝典曰　克明峻德 傳1-04　皆自明也	傳一章 ：釋明 明德
傳2-01　湯之盤銘曰 ··· 傳2-02　康誥曰　作新民 傳2-03　詩曰　周雖舊邦　其命維新 傳2-04　是故　君子無所不用其極	傳二章 : 釋新民	傳2-01　湯之盤銘曰 ··· 傳2-02　康誥曰　作新民 傳2-03　詩曰　周雖舊邦　其命維新 傳2-04　是故　君子無所不用其極	傳二章 : 釋新民
傳3-01　詩云　邦畿千里　惟民所止 傳3-02　詩云　緡蠻黃鳥 ··· 傳3-03　詩云　穆穆文王 ··· 傳3-04　詩云　瞻彼淇澳 ··· 傳3-05　詩云　於戲　前王不忘 ··· **傳4-01　子曰　聽訟 ··· 此謂知本**	傳三章 : 釋止於 至善	傳3-01　詩云　邦畿千里　惟民所止 傳3-02　詩云　緡蠻黃鳥 ··· 傳3-03　詩云　穆穆文王 ··· 傳3-04　詩云　瞻彼淇澳 ··· 傳3-05　詩云　於戲　前王不忘 ···	傳三章 : 釋止於 至善
		傳4-01　子曰　聽訟 ··· 此謂知本 　　　　此謂知本(衍文)	傳四章 : 釋本末
傳5-01　(補亡)　此謂知之至也	傳四章 : 釋格物 致知	傳5-01　(補亡)　此謂知之至也	傳五章 : 釋格物 致知

이 도표에서 보듯이, 이만부의 개정설은 『대학장구』의 전 제4장인 본말전을 전 제3장 지어지선전에 합해 한 장으로 만든 것이 특징인데, 그는 「기욱」·「열문」과 청송절의 연관관계를 설명하기 위한 논리 전환의 말을 다음과 같이 만들어 붙이는 치밀함을 보이고 있다.

> 위 2절(「기욱」·「열문」)은 이미 명명덕·신민의 지어지선의 실상을 나누어 말한 것이다. 그러므로 이 절에서 또 이를 총결한 것이다. 대개 이 백성들로 하여금 無訟에 이르게 하면 그것이 바로 요순 시대 형벌을 쓰지 않고 다스리는 정치이니, 어찌 신민이 지어지선한 것이 아니겠는가? 백성들로 하여금 소송이 없게 하는 것은 곧 명명덕이 지어지선한 까닭이니, 本·末의 먼저 할 바와 뒤에 할 바를 능히 안 것이라 하겠다.[235]

또 이만부는 『대학장구대전』 전 제3장 말미 소주에 실린 玉溪盧氏의 설에 이 장 5절의 논리 구조를 간명히 해석한 말을 인용하면서, 그 뒤에 "제6절은 명덕·신민이 그 體用·本末이 되어 각각 지선에 이른 효과를 말한 것이니, 경문에 이른바 '古之欲明明德於天下者'라고 한 것이 그것이다."라는 말을 써 넣으면 좋겠다고 하였다.[236]

이상에서 살펴본 이만부의 『대학장구』 개정설의 특징과 의의를 정리하면 다음과 같이 말할 수 있다. 첫째, 전 제4장을 전 제3장에 합해 經一章·傳九章의 체제로 개편하였다. 둘째, 董槐 등으로부터 제기된 경문의 '知止而后有定' 이하 42자를 뒤로 옮겨 격물치지전으로 삼는 것에 대

---

235) 上同. "上二節 既分言明明德新民止於至善之實 故此又總結之 蓋使斯民至於無訟 則乃唐虞刑措之治 豈非新民之止於至善者 而其所以使之無訟 則乃明明德之止於至善故也 可謂能知本末之先後者也"

236) 上同. "玉溪盧氏曰 第一節 言物各有所當止之處 第二節 言人當知所當止之處 第三節 言聖人之止 無非至善以得其所止之事言也 第四節 言明德之止於至善 乃至善之體 所以立 第五節 言新民之止於至善 乃至善之用 所以行 ○愚按 盧氏分節 明之又足 其下曰 第六節 言明德新民 爲之體用本末 各止於至善之效 經所謂明明德於天下 是也"

해서는 몇 가지 이유를 들어 동의하지 않았다. 셋째, 문리 접속과 혈맥 관통의 논리 구조의 정합성 측면에서 접근하여 자신의 개정설에 대해 논리 구조가 완벽함을 증명해 보이려 하였다.

이와 같은 이만부의『대학장구』개정설은 이전에 찾아볼 수 없는 그 만의 독창적인 것이어서 그 의의가 크다. 또한 주자학 일색으로 사상계가 경색되어 가고 있던 17세기 후반부터 18세기 전반기에 활동한 학자로서 묵수주의를 택하지 않고 의리를 발명하는 것에 학문적 비중을 두었다는 측면에서 시대사적 의미를 부여할 수 있다. 또한 경상도 지방에 거주하면서 퇴계학파의 존신주자주의에 물들지 않고『대학장구』개정설을 제기한 점에서, 조선 후기 영남 지방 경학 연구에 새로운 활력을 불어넣었다고 하겠다.

(아) 安泰國의『대학장구』改定

安泰國(1843-1913)의 자는 舜卿, 호는 暘谷, 본관은 順興이다. 安裕의 후손으로 부친은 安左鉉이고, 모친은 南陽 洪氏이다. 仁山 蘇輝冕(1814-1889)에게 수학하였다. 전라도 전주 근처에 살았던 것으로 추정되며, 만년에는 益山 島橋로 이주하여 은거하였다. 저술로 4권 2책의『暘谷集』이 있다. 경학 관련 저술로는「大學箚記」·「大學問答」·「中庸箚記」·「中庸問答」·「中庸圖」·「論語箚記」 등이 있다.

안태국은 알려지지 않은 19세기 전라도 지역의 학자로서, 그의 저술을 보면『대학』과『중용』에 조예가 있었던 것으로 보인다. 또한 가끔씩 渼湖 金元行(1702-1772)의 설을 인용하고 있는 것으로 보아, 기호학파 가운데 洛論系의 영향을 받은 듯하다.

그의『대학』관련 저술 중「大學箚記」은『대학장구』를 저본으로 자신의 견해를 조목별로 기록한 것이고,「大學問答」은 1897년 성균관에서 반포한 문목에 차례로 답한 것이다. 이 두 자료에는『대학』해석에 관한 그의 독자적인 견해가 발견되는데, 그 가운데 주요 특징만을 간추리면 다음과 같다. 첫째, 청송장을 경문 끝으로 옮기고, 경문을 上經·下經으로 나눈 뒤 상하의 논리적 조응 관계를 따져 해석하고 있다. 둘째, 明德을『중용』의 '鬼神'과 연관시켜 해석하고 있다. 셋째, 格物致知에 대해 독특한 해석을 제시하였다. 넷째, 전 제10장을 4分節하는 설을 제기하였다.

첫 번째 설에 대해 살펴보기로 한다. 안태국은 역대『대학장구』개정설에 대해 그 대체를 알고 있었던 듯하다. 그는 여러 개정설 가운데 주희가 전 제4장으로 독립시킨 聽訟節을 어디에 배치할 것인가에 대해 문제 의식을 가졌던 듯하다. 중국에서 이 청송절을 경문 말미로 옮긴 것은 程頤의 설이 처음이며, 우리나라에서는 李彦迪이 처음으로 그와 유사한 설을 주장하였다.

안태국이『대학장구』를 개정한 설은 청송장을 없애고 이 절을 경문 뒤로 옮겨 논리 구조의 조응 관계를 논의한 것이 전부이다. 우선 이를『대학장구』의 편차와 비교해 도표로 정리하면 다음과 같다.

안태국의 개정 편차		주희의『대학장구』편차	
經-01 大學之道 … 在止於至善 經-02 知止而后有定 … 慮而后能得 經-03 物有本末 … 則近道矣 經-04 古之欲明明德 … 致知在格物 經-05 物格而后知至 … 天下平 經-06 自天子 … 壹是皆以修身爲本 經-07 其本亂而末治者 … 未之有也 **傳4-01 子曰 聽訟 … 此謂知本** 　　此謂知本(衍文)	經一章： 三綱領 八條目	經-01 大學之道 … 在止於至善 經-02 知止而后有定 … 而后能得 經-03 物有本末 … 則近道矣 經-04 古之欲明明德 … 知在格物 經-05 物格而后知至 … 天下平 經-06 自天子 … 是皆以修身爲本 經-07 其本亂而末治者 … 之有也	經一章： 三綱領 八條目
傳1-01 康誥曰 克明德 傳1-02 太甲曰 顧諟天之明命 傳1-03 帝典曰 克明峻德 傳1-04 皆自明也	傳一章： 釋明明 德	傳1-01 康誥曰 克明德 傳1-02 太甲曰 顧諟天之明命 傳1-03 帝典曰 克明峻德 傳1-04 皆自明也	傳一章： 釋明明 德

傳2-01 湯之盤銘日 … 傳2-02 康誥日 作新民 傳2-03 詩日 周雖舊邦 其命維新 傳2-04 是故 君子無所不用其極	傳二章： 釋新民	傳2-01 湯之盤銘日 … 傳2-02 康誥日 作新民 傳2-03 詩日 周雖舊邦 其命維新 傳2-04 是故 君子無所不用其極	傳二章： 釋新民
傳3-01 詩云 邦畿千里 惟民所止 傳3-02 詩云 緡蠻黃鳥 …	傳三章： 釋止於 至善	傳3-01 詩云 邦畿千里 惟民所止 傳3-02 詩云 緡蠻黃鳥 …	傳三章： 釋止於 至善
傳3-03 詩云 穆穆文王 … 傳3-04 詩云 瞻彼淇澳 … 傳3-05 詩云 於戲 前王不忘 …	傳三章： 釋止於 至善	傳3-03 詩云 穆穆文王 … 傳3-04 詩云 瞻彼淇澳 … 傳3-05 詩云 於戲 前王不忘 …	傳三章： 釋止於 至善
		傳4-01 子日 聽訟 … 此謂知本 此謂知本(衍文)	傳四章： 釋本末
傳5-01 (補亡) 此謂知之至也	傳四章： 釋格物 致知	傳5-01 (補亡) 此謂知之至也	傳五章： 釋格物 致知

　안태국은 청송절을 경문 뒤로 옮기는 설이 근거가 있다는 점을 들었다.『고본대학』의 편차에 따르면 제1단락 '其本亂而末治者' 1절 다음에 '此謂知本 此謂知之至也' 1절이 놓여 있다. 안태국은 이 절의 '此謂知本'이 청송절 말미의 '此謂知本'과 같기 때문에 '此謂知本 此謂知之至也' 1절 앞에 청송절을 옮기고, '此謂知本'이 겹치기 때문에 한 구는 衍文으로 처리한 것이 程頤의 의도였다고 하였다.237) 즉 안태국은『고본대학』의 편차나 정이의 개정설을 보면, 청송절을 경문 말미로 옮길 수 있는 논리적 근거를 확보할 수 있다는 것이다. 그러나 이 설은『고본대학』이나 정이의 개정설에 근거하기 때문에 설득력이 떨어진다.

　안태국이 이런 점을 거론한 것은 자신이 청송절을 경문 뒤로 옮기는 것에 대한 부정적 시각을 극복하기 위함이었던 듯하다. 즉 예전에도 그렇게 편차되어 있었다거나 정이도 그와 같이 개정하였다는 점을 거론함

---

237) 安泰國,『暘谷集』권4,「大學箚記」. "唯此聽訟一章 移置于經文之下 不爲無據 此謂知本之句 舊本元在經文之下 而與聽訟節之結語同 由此 知其聽訟節爲此謂知本之闕文 故採入于經文之下 而嫌其語複本 在此謂知本之句 以爲衍文 則程子之意 不爲無據也"

으로써 자신의 설에 대한 신뢰감을 갖도록 하기 위한 것으로 보인다. 그가 청송절을 경문 뒤로 옮긴 것은 다음과 같은 그 나름의 경문에 대한 논리 구조 파악에 확신을 가졌기 때문인 듯하다.

> 또한 經文으로 논하자면, 上經·下經으로 나눌 수 있는데, 하경은 곧 상경의 傳이니 이것이 이른바 經 속의 傳이라는 것이다. 상경·하경을 상대적인 관점에서 보면 절마다 조응하여 합당함이 있다. 하경 제1절·제2절은 곧 상경 제1절·제2절의 傳文이다. 하경 제3절은 상경 제3절의 '物有本末'의 전문이고, 하경 제4절은 상경 제3절의 '事有終始'의 전문이다. 그렇다면 청송절은 상경 제3절 '知所先後 則近道矣'의 전문이다. 상경의 제1절·제2절은 공자가 예로부터 전해온 대학의 도를 말씀하신 것이고, 제3절 '物有本末 事有終始'는 그 결어로 위 2절을 차례로 말한 것이며, '知所先後 則近道矣'는 공자의 생각이다. 그러므로 증자가 하경을 기술하면서 이 마지막 구의 전문에서 그 점을 드러내 구별하였다. 그러므로 문장의 격식이 위의 절과 다르니, '此謂' 2자를 끝에 특별히 더한 것이다. 이 점이 또한 程子가 이 절을 경문 뒤로 옮긴 한 가지 근거이다. 하경에 청송절이 없다면, 증자는 공자의 생각만 유독 기술하지 않은 것일까? 증자의 문인들이 傳十章을 기술할 적에 증자의 術法을 배워 증자가 생각한 점에 대해서는 절마다 '所謂'·'此謂' 등의 말을 썼다. 그렇다면 청송절에 있는 '此謂'는 전문에 허다하게 보이는 '所謂'·'此謂'를 불러일으키는 말이다.[238]

안태국은 경문 7절 가운데 제1~3절은 上經으로, 제4~7절은 下經으

---

238) 上同. "且以經文論之 既爲分上下經 而下經乃上經之傳也 此所謂經中之傳也 以上下經 相對而看 則節節照應而有當也 下經之第一節第二節 乃上經第一節第二節之傳文也 第三節 乃物有本末句之傳文也 第四節 乃事有終始之傳文也 然則聽訟一節 乃知所先後則近道句之傳文也 而上經上兩節 孔子誦傳古之大學之道也 末節物有本末事有終始之句 爲其結語 而歷言上二節也 知所先後則近道之一句 乃孔子之意思也 故曾子述下經也 於此句之傳 表而別之 文格與上節不同 特加此謂二字於其末 此亦程子採入之一據也 下經若無聽訟之節 則曾子獨不述孔子之意思乎 曾子之門人 又傳述傳十章 亦學曾子之述法 於曾子意之處 節節下所謂此謂之言 然則聽訟節之一此謂 喚起傳文許多之所謂此謂也"

로 보았다. 그는 이와 같이 경문을 상·하로 나눈 뒤, 상호의 조응 관계를 분석해 논리 구조를 읽어내려 하였다. 그렇게 분석하다 보니, 상경의 제1절과 제2절은 예로부터 전해온 대학의 도를 공자가 다시 말한 것으로, 제3절의 '物有本末 事有終始'는 그 2절의 결어로, 그리고 '知所先後 則近道矣'는 그에 대해 공자가 자기 생각을 덧붙인 말로 보았다. 상경의 논리 구조를 이와 같이 본 것은, 하경 마지막 절로 옮긴 청송절과 논리 구조를 맞추기 위한 해석이다.

안태국은 경문을 上經과 下經으로 나누고, 상경은 孔子의 말씀으로 하경은 曾子의 말씀으로 보았다. 그리고 하경은 상경의 傳文에 해당한다고 하여 조응 관계를 파악하였다. 이를 도표로 정리하면 다음과 같다.

상경(공자의 말씀)		하경(증자의 말씀)	
제1절 大學之道 在明 明 德 在新民 在止 於至善	孔子誦傳古 之大學之道	제4절 古之欲明明德於天 下者 …	제1절의 傳文
제2절 知止而后有定 定 而后能靜 靜 而 后能安 安而后能 慮 慮而后能得		제5절 物格而后知至 …	제2절의 傳文
제3절 物有本末	결어	제6절 自天下以至於庶人 …	제3절 '物有本末'의 傳文
事有終始		제7절 其本亂而末治者 …	제3절 '事有終始'의 傳文
知所先後 則近道矣	공자의 意思	제8절 子曰 聽訟 吾猶人也 必 也使無訟乎 無情 者 不得盡己 其辭 大 畏民志 此謂知本	제3절 '知所先後 則 近道矣'의 傳文

안태국은 이에 덧붙여 경문 제7절 '其本亂而末治者 否矣'의 '亂'은 격물·치지·성의·정심의 차례가 없는 것을 말한 것으로 보고, 이 제7절

의 本末·厚薄으로 첫머리에 상세하게 말한 것을 가지고 미루어 보면, '亂' 1자가 격물·치지·성의·정심을 차례로 말한 것임을 알 수 있다고 하였다. 그리고 이것이 바로 이 절이 '事有終始'의 전문이 되는 이유라고 해석하였다.239)

다음은 두 번째 설에 대해 살펴보기로 한다. '明德'에 대한 해석은 조선 후기 학계의 주요한 논쟁거리 중 하나로, 구한말까지 이에 대한 의견이 분분히 제기되었다. 대체로 心合理氣의 관점에서 보지만, 그 안에서도 각기 다른 견해가 표출되었다. 안태국도 이 점에 대해 익히 알고 있었던 듯하다. 그리하여 그는 다음과 같이 문제 제기를 하고 있다.

경문 제1절의 '明德'에 대해 主性論도 있고 主心論도 있어 의논이 일정치 않다. 주성론이 心을 무시하는 것은 아니지만 性이 주가 되기 때문에 心은 그 다음이 된다. 주심론이 性을 무시하는 것은 아니지만 心이 주가 되기 때문에 性은 그 다음이 된다. 이 두 설은 모두 미진하다. 體·用을 가지고 心·性의 偏·全을 논하는 것은 주성론의 잘못이고, 理·氣를 가지고 心·性에 분속해 논하는 것은 주심론의 잘못이니, 이것이 이른바 서로 잘못되었다고 하는 말이다. 그러나 性을 주로 하면서 用을 경시한 경우는 그 잘못이 작지만, 心을 주로 하면서 理를 경시한 경우는 그 잘못이 크다. 주기론의 입장에서 心을 일컫는 것은 도리어 주성론자가 理를 주장하는 것만 못하다.240)

안태국은 명덕을 해석하면서 체용론 또는 이기론으로 접근하여 명덕을 心에 중점을 두어 해석하거나, 性에 치중해 해석하는 설이 모두 잘못

239) 安泰國, 『暘谷集』 권4, 「大學問答」. "第七節 其本亂而末治者否矣云者 亂是無格致誠正之次第也 以本末厚薄地頭之詳言推之 則亂之一字 亦歷擧格致誠正 可知也 此其爲事有終始之傳文也"

240) 安泰國, 『暘谷集』 권4, 「大學箚記」. "經文第一節之明德 主性主心 其論不一 而主性者 非無心也 性爲之主而心爲次也 主心者 非無性也 心爲之主而性爲次也 兩說皆未盡 以體用而偏全 則主性者 爲失 以理氣而分屬 則主心者 爲失 此所謂胥失也 然主性而遺用者 其違也小 主心而遺理者 其違也遠 若有主氣之意而稱心 則反不如主性之爲理也"

이라고 보았다. 그러나 그는 心에 초점을 맞추어 해석하는 설이 더욱 문제가 있다고 생각했다.

그래서 그는 예전 성인들이 후인들에게 전해준 문자는 모두 '復其性'으로 사람을 가르치는 교훈을 삼았다는 점을 상기시키면서 『맹자』의 '遏人欲存天理', 『논어』의 '克己復禮', 『중용』의 '戒懼愼獨'이 모두 '復其性'의 眞訣이라고 하였다. 그리고 『대학』에서도 '復其心'으로 敎人之法을 삼았을 리 없다는 논리를 편다. 그는 이런 자신의 논리를 증명하기 위해, 전제1장의 '顧諟天之明命'의 明命은 明德을 말한 것으로 곧 性이며, 『대학혹문』에서 주희가 "此德之明 日益昏昧 而此心之靈 其所知者 不過情欲利害之私而已"라고 한 말의 '此德'은 명덕을 가리키는 말로 心과 상대적으로 말했기 때문에 분명 性이라고 인증을 하고, 또 주희가 『대학장구』에서 이에 관해 언급한 말을 일일이 인용해 여러 번 말한 '性' 자가 '明德'과 조응이 되기 때문에 主心이 아니라 主性에 가깝다는 주장을 하였다.241) 이런 그의 명덕에 대한 해석은 主性論에 가깝다.

안태국은 『대학』의 '明德'을 『중용』의 '鬼神'에 비교해 설명하고 있는 것이 눈에 띈다. 그는 다음과 같이 말하고 있다.

> 『중용』의 '鬼神'은 『대학』의 '明德'과 면모가 서로 유사하다. 귀신의 하늘의 명덕이고, 명덕은 사람의 귀신이다. 귀신의 精爽과 運用은 그것을 행하는 것은

---

241) 上同. "前聖垂後之文字 皆以復其性爲敎人之雅言 而孟子之遏欲存理 論語之克己復禮 中庸之戒懼愼獨 無非復其性之眞訣也 則獨於此書 以復其心爲敎人之大法 必無是理也 本文傳首章曰 顧諟天之明命 明命卽明德之稱 而分明是性也 小學題辭說大學條曰 明命 赫然罔有內外 此明命亦明德之稱 而分明是性也 或問曰 此德之明 日益昏昧 而此心之靈 其所知者 不過情欲利害之私而已 此德卽明德之稱 而與心對擧而言 則分明是性也 序文者 序其成書之主義也 而其言初頭曰 莫不與之以仁義禮智之性云 則此非章句所謂所得乎天而虛靈不昧者乎 其下曰 氣質之稟 或不能齊 是以不能皆有以知其性之所有而全之也云 則此非章句所謂氣稟所拘 人欲所蔽 則有時而昏者乎 其下曰 一有聰明睿智 能盡其性云 則此非自明己德者乎 其下曰 使之治而敎之以復其性云 則此非使天下之人 皆有以明其明德者乎 句句性字 與明德相呼應 則明德豈可曰主心乎"

氣지만,『중용』鬼神章의 주된 뜻은 理가 드러난 것을 극찬한 것으로 氣는 그와 상관이 없다. 明德의 광채와 찬란함은 그것을 행하는 것은 心이지만,『대학』經一章의 주된 뜻은 性의 妙用을 극찬한 것으로 心은 그와 상관이 없다.[242]

『중용』에 귀신을 말했지만 실상은 理를 말한 것이고,『대학』에 명덕을 말했지만 실제는 性을 말한 것이라는 주장이다.

그는『대학』을 主心說로,『중용』을 主理說로 보는 견해 때문에 明德까지도 主心으로 보는 설이 있게 되었다고 근원을 분석하는 한편, 명덕에 대한『대학장구』의 주석에 '虛靈不昧'라고 함으로써 主心으로 보는 설이 대두되었다고 분석했다.[243]

다음은 격물치지설에 대해 살펴보기로 한다. 안태국의 격물치지설은 주희의 설과 다르며, 다른 사람들의 설과도 변별되는 독자성을 갖고 있다. 그는 격물치지에 대해 다음과 같이 해석하였다.

> 대개 格物은 그 사물이 어떠한지를 궁구하는 것이고, 致知는 그 조처가 마땅함을 얻고자 하는 것이다.[244]

그는 이를 입증하기 위해『대학장구』전 제5장 小註의 雙峯饒氏가 격물을 "사물에 이르러 그 도리가 매우 깊은 곳까지 궁구해 가서[格物窮至那道理恰好闊奧]"라고 해석한 것과『中庸章句』제20장 '誠身'을 언급한

---

242) 上同. "中庸之鬼神 與大學之明德 面貌相似 鬼神者 天之明德也 明德者 人之鬼神也 鬼神之精爽運用 爲之者 雖氣也 然鬼神章主義 則極贊其理之著顯 而氣不與焉 明德之光輝燦爛 爲之者 雖心也 然此章主義 則極贊其性之妙用 而心不與焉"

243) 上同. "大學之主心 抑有說焉 若以中庸相比而言曰 中庸主理說 大學主心說云爾 則其言適當 而中庸歸重於命性道敎 故謂之主理也 大學歸重於格致誠正 故謂之主心也 豈可以此而幷明德爲主心乎 註中虛靈不昧四字 釋明德之辭 而看性看心 俱亦可 故有此之惑"

244) 安泰國,『暘谷集』권4,「四書問答」. "盖格物者 窮其物之如何者 致知者 欲其處之得宜者"

대목 소주 주희의 설에 致知를 "앎을 극진히 하여 그 의리에 처해야 한다[致知以處其義]"라고 해석한 말을 인용해 증명하였다.245)

그는 이런 자신의 격물치지설을 입증하기 위해, 漢 太祖가 張良을 留侯로 봉할 적에 그의 공을 낱낱이 궁구하여 으뜸으로 삼은 것에 비유하면서, 태조가 장량이 한 일을 지적한 것은 격물에 해당하고, 태조가 그 사실을 안 것은 致知에 해당한다고 하였다. 그는 이런 자신의 격물치지에 대한 해석의 논거로 『대학혹문』에서 程子가 "或論古今人物而別其是非 或應接事物而處其當否 皆窮理也"라고 한 말을 인용해, '論古今人物'과 '應接事物'은 格物로, '別其是非'와 '處其當否'는 致知로 보는 것이 좋다고 하였다.246)

이처럼 그는 격물치지를 하나로 보지 않고 두 가지 관점에서 보았는데, 다음과 같은 비유를 들었다. 아는 사람이 온다는 기별이 오면 안채에 '내 아는 사람이 올 것이니 죽이든 밥이든 점심을 차리라'고 이를 것이며, 인척이 찾아온다는 기별이 오면 '인척이 오실 것이니 죽을 쑤었거든 다시 밥을 하라'고 이를 것이며, 선친의 친구가 온다는 기별이 오면 '선친의 친구 분이 오실 것이니 닭을 잡고 술을 준비해 두라'고 할 것인데, 선친이 오신다는 기별을 들은 것은 格物이 극처에 이른 것이고, 닭을 잡고 술을 준비하라 이른 것은 致知가 극진한 곳에 이른 것에 해당한다고 하였다.247)

---

245) 上同. "小註所謂道理恰好處 是也 中庸誠身下小註所謂致知以處其義者 是也"

246) 上同. "漢太祖之封徹侯也 使張良自擇三萬戶云 則於此亦有格致之可言者 兵法而說我也 鴻門之圖事也 棧道之燒絶也 勸信以入蜀也 前箸之請借也 鷄山之吹簫也 無不窮究 則雖無汗馬戮力之事 有助於得天下者 其功實倍於汗馬 故使之自擇三萬戶 則窮究事功 非無用知也 此知同入於格物之中 只以自擇爲知至 方有行境界 而此所謂至善也 若自擇一款 專然置之 只就窮究上 并看格致 指張良事 爲格物 指太祖知 而爲致知 則豈可謂至善有何行境界 而下誠之工乎 或問中 以或論古今人物 別其是非 應接事物 處其當否 爲窮理 淺見則於此二項事 上二句作格物看 下二句作致知看 爲好耳"

247) 上同. "格物致知 兩地頭看 似好耳 有一於此 一童子來言 有賓在某處 而與主丈爲相

안태국은 왜 자꾸 예를 들며 이처럼 격물치지를 해석한 것일까? 그가 강조하고 있는 것을 자세히 들여다보면, 모두 程頤가 격물치지의 방법으로 제시한 여러 조목 가운데 '論古今人物而別其是非'와 '應接事物而處其當否'에 해당되는 것들이다. 즉 구체적 인물이나 사건에 대해 是非得失을 논하거나 사물을 응접할 적에 당연한 바와 부당한 바를 가려 합당하게 조처하는 것에 격물치지의 의미를 두고 있음을 발견할 수 있다.

程頤는 격물치지를 어느 한 가지로 단정해 설명하지 않고 아홉 가지나 되도록 다양하게 해석하였다.[248] 주희도 격물치지에 대해 언급한 것이 많지만, 만년의 정설이라 할 수 있는 『대학장구』 격물치지전에는 "모든 천하의 사물에 나아가 이미 자신이 알고 있는 이치를 인해 더욱 궁구하여 그 극처에 이르지 않음이 없도록 하는 것이다. 오래도록 이렇게 노력을 하여 어느 날 환하게 모든 이치를 꿰뚫어 알면 모든 사물의 表裏와 精粗가 이르지 않음이 없고, 내 마음의 全體와 大用이 밝아지지 않음이 없다."[249]고 하였다.

이런 주희의 해석은 관념적이다. 특히 안태국이 거론한 인물을 논하여 시비를 변별하거나 사물을 응접할 때에 합당하게 조처하는 인식 작용과는 상당히 거리가 있다. 그러므로 그의 설에 대해 주희가 말한 격물치지의 본의와 다르다는 지적이 있었던 듯하다. 안태국의 다음과 같은 말을 보면, 그런 정황과 그의 설을 좀더 깊이 이해할 수 있다.

知者 而將至主丈家 食午飯云 主人告其內曰 知我之人來云 粥飯間 午食留念 又一兒來言 主丈家來賓 與主丈姻婭親切者云 主人又告于內曰 來賓與我姻親云 如或作粥 更炊午飯 又一我來言 來賓與主丈先府君爲竹馬故友云 主人又告于內曰 來賓與先親執友云 則當殺鷄具酒而待之 如是說去云云 則旣聞父之執友云者 格物之至於極處也 又曉殺鷄具酒者 致知之至於盡處也"

248) 오하마 아키라 저, 이형성 옮김, 『범주로 보는 주자학』, 예문서원, 1997, 325~330면.

249) 朱熹, 『大學章句』 格物致知傳. "卽凡天下之物 莫不因其已知之理而益窮之 以求至乎其極 至於用力之久 而一旦豁然貫通焉 則衆物之表裏精粗 無不到 而吾心之全體大用 無不明矣"

혹자가 곁에 있다가 말하기를 "격물의 본의는 혼자 스스로 마음속으로 사물의 이치를 궁구하는 것을 말하는 것인데, 어찌 손님이 온다는 기별이 있을 때처럼 남이 일러주길 기다린 뒤에 한단 말인가."라고 하여, 내가 답하기를 "격물의 쓰임이 많기는 하지만, 혼자 스스로 궁구하는 경지에서 점점 깨닫는 형태나 남이 일러주어 궁구하는 것이나 무엇이 다르단 말인가. 그러나 우리나라 여러 현인들은 이런 말을 한 사람이 아직 없으니, 의심할 만하다."250)

이 말을 자세히 음미해 보면, 안태국은 마음속으로 혼자 사물의 이치를 추상적으로 궁리하는 것을 부정하는 것은 아니지만, 그보다는 구체적 사건이나 사물에 대해 궁구하는 것을 중시하고 있음을 알 수 있다. 즉 그는 종래 주희의 관념적 격물치지설에 대해 회의하면서 구체적이고 실제적인 사건이나 사물의 이치를 궁구해 의리에 맞게 조처하는 것을 격물치지로 해석한 것이다. 그리하여 '格物은 그 사물이 어떠한지를 궁구하는 것이고, 致知는 그 조처가 마땅함을 얻고자 하는 것'이라고 그는 개념을 정의한 것이다.

이는 주희가 "格物은 窮理를 말한다."251)라고 관념적으로 해석한 것과는 차이가 나는 인식이다. 주희는 사물에 내재한 이치를 궁구하는 것을 격물로 보았는데, 안태국은 그 사물이 어떠한지를 궁구하는 것으로 보았다. 즉 사물의 근원적 理를 궁구하는 것이 아니라, 사물 자체의 본질 또는 합리성·정당성 등을 논구하는 것이다. 그래서 그가 격물치지의 예로 드는 것을 보면, 역사적 사실에 대한 인물이나 사건의 시비득실을 논하는 것, 또는 응사접물할 적의 조처를 합당하게 했는가 하는 여부 등이다. 이는 주희의 경우처럼 근원적 理에 치중한 관념적 해석을 지양하고, 구체적이고 실제적인 일이나 사건의 합리성을 찾아서 아는 것이다.

---

250) 上同. "或在傍言 格物之本義 獨自窮究於心上之謂 豈待他人之有告也 對曰 格物之用 雖多 自窮之地 漸漸覺悟之形 何異於人之有告也 然我東諸賢 未有如是言者 可疑也"

251) 朱熹, 『晦菴集』 권13, 「癸未垂拱奏箚一」. "夫格物者 窮理之謂也"

이런 해석은 조선 후기 실학이 대두되면서 종종 나타나는 인식이다. 안태국의 설도 실학적 사유에 기반한 것이라고 보기는 어렵지만, 조선 후기의 이와 같이 변화된 인식과 유사한 점을 발견할 수 있다. 그의 설은 격물치지에 대한 해석의 하나로 갖추어 놓아도 흠이 없을 것이다.

다음은 네 번째의 설에 대해 살펴보기로 한다. 조선 후기 『대학』 해석의 주요 사안으로 떠오른 것이 전 제10장의 분절 문제이다. 전 제10장은 모두 23장으로 구성되어 있는데, 어떻게 단락을 나누어 요지를 파악할 것인가 하는 점이 역대로 해석가들의 고민거리였다. 이 장에는 絜矩·好惡·用人·財用 등의 주제어가 나오는데, 23장을 이런 주제어와 어떻게 연관시켜 논리 구조를 파악하느냐가 관건이다.

전 제10장의 분절 문제를 가장 먼저 거론한 사람은 주희의 재전 문인 雲峯胡氏(胡炳文)로 전 제10장을 8分節하였다. 그런데 조선 후기 학자들 가운데는 이 설에 찬성하지 않고 독자적으로 단락을 나누어 요지를 파악하여 4분절설, 5분절설, 6분절설, 7분절설 등 다양한 설이 제기되었다. 안태국도 그와 같은 문제 의식을 갖고 독자적으로 전 제10장을 분절하였는데, 그는 4분절을 주장하고 있다. 먼저 그의 4분절설을 살펴보기로 한다.

> 이 장은 4절로 나누어 보아야 한다. 제1,2절은 絜矩의 법을 말하였으니, 한 절이 된다. 제3절부터 제10절까지는 絜矩를 잘하는 사람과 잘하지 못하는 사람의 득실을 밝힌 것으로 또 한 절이 된다. 제11절부터 제18절까지는 혈구의 득실의 의미를 거듭 밝힌 것으로 또 한 절이 된다. 제19절부터 제23절까지는 위 문장 '先愼乎德' 이하 5절을 거듭 밝힌 것으로 한 절이 된다. 그렇다면 處人과 財用을 구별하여 한 절로 만든 것을 거듭 밝힌 것이니, 위는 綱이 되고 아래는 目이 된다.[252]

---

252) 安泰國, 『暘谷集』 권4, 「大學問答」, "此章當分四節看 上二節說出絜矩之法也 爲一節 第三節 至第十節 以明絜矩與不能者之得失也 爲一節 第十一節 至十八節 申明絜矩

　이러한 그의 분절설을 보면, 나름대로 합리적인 논리 구조를 찾아서 논거로 삼고 있음을 알 수 있다. 즉 안태국은 제1단락과 제2단락을 綱으로 보고, 제3단락과 제4단락을 目으로 보아 크게 綱·目으로 나누어 논지를 파악한 것이다. 그 때문에 제3단락은 '혈구의 득실의 의미를 거듭 밝힌 것이다'라고 하였으며, 제4단락은 제2단락 제6절부터 제10절까지 5절의 의미를 거듭 밝힌 것이라고 하였다.

　이러한 그의 설을 운봉 호씨의 8분절설과 비교하면 다음과 같다.

안태국의 전 제10장 4분절			운봉호씨의 전 제10장 8분절		
제1절	傳10-01 所謂平天下 … 傳10-02 所惡於上 …	說出 絜矩 之法	제1절	傳10-01 所謂平天下 …	言所以 有絜矩 之到
			제2절	傳10-02 所惡於上 …	言此之 謂絜矩 之到
제2절	傳10-03 詩云 樂只君子 … 傳10-04 詩云 節彼南山 … 傳10-05 詩云 殷之未喪師 … 傳10-06 是故 君子先愼乎德 … 傳10-07 德者本也 財者末也 傳10-08 外本內末 爭民施奪 傳10-09 是故 財聚則民散 … 傳10-10 是故 言悖而出者 …	明絜 矩與 不能 者之 得失	제3절	傳10-03 詩云 樂只君子 … 傳10-04 詩云 節彼南山 … 傳10-05 詩云 殷之未喪師 …	就好惡 上言絜 矩
			제4절	傳10-06 是故 君子先愼乎德 … 傳10-07 德者本也 財者末也 傳10-08 外本內末 爭民施奪 傳10-09 是故 財聚則民散 … 傳10-10 是故 言悖而出者 … 傳10-11 康誥曰 惟命不于常 …	就財 用言 絜矩
제3절	傳10-11 康誥曰 惟命不于常 … 傳10-12 楚書曰 楚國 … 傳10-13 舅犯曰 亡人 … 傳10-14 秦誓曰 若有一介臣 … 傳10-15 唯仁人 放流之 …	申明 絜矩 得失 之意	제5절	傳10-12 楚書曰 楚國 … 傳10-13 舅犯曰 亡人 …	兼財用 好惡言
			제6절	傳10-14 秦誓曰 若有一介臣 … 傳10-15 唯仁人 放流之 … 傳10-16 見賢而不能擧 … 傳10-17 好人之所惡 …	就用 人言

得失之意也 爲一節 第十九節 至終篇 申明上文先愼乎德以下五節也 爲一節 然則申明處以財別爲一節者 上爲綱而下爲目也"

제3절	傳10-16 見賢而不能擧 … 傳10-17 好人之所惡 … 傳10-18 是故 君子有大道 …	申明絜 矩得失 之意	제7절	傳10-18 是故 君子有大道 …	但言君 子有 大道
제4절	傳10-19 生財有大道 … 傳10-20 仁者 以財發身 … 傳10-21 未有上好仁 … 傳10-22 孟獻子曰 畜馬乘 … 傳10-23 長國家而務財用者 …	申明上 文先愼 乎德以 下五節	제8절	傳10-19 生財有大道 … 傳10-20 仁者 以財發身 … 傳10-21 未有上好仁 … 傳10-22 孟獻子曰 畜馬乘 … 傳10-23 長國家而務財用者 …	生財 大道 亦卽絜 矩之道

　이상에서 살펴본 안태국의 『대학』 해석의 특징을 간추려 보면 다음과 같다. 첫째, 청송장을 없애고 청송절을 경문 맨 뒤로 옮겨 經一章·傳九章 체제로 파악하였다. 둘째, 경문을 上經·下經으로 나눈 뒤 상하의 논리적 조응 관계를 따져 해석하였는데, 상경은 공자의 말씀으로 하경은 증자의 말씀으로 보았으며, 하경은 상경의 전문으로 인식했다. 셋째, 明德을 『중용』의 '鬼神'과 연관시켜 해석하는 한편, 『대학장구』·『대학혹문』 등에서 주희가 명덕에 대해 말한 것을 일일이 인용해 명덕은 主心이 아니라 主性에 가깝다는 주장을 하였다. 넷째, 格物致知에 대해 주희의 관념적 해석을 지양하고 구체적이고 실제적인 일이나 사건에서 합리성을 찾아 아는 것으로 정의하였다. 다섯째, 전 제10장을 운봉 호씨의 8분절설과는 달리 4단락으로 크게 나누어 요지를 파악하였다.

　안태국은 기호학맥에 속하는 전라도에 살던 재야 학자지만, 주희의 학설에 안주하지 않고 의리를 발명해 독자적인 설을 개진하고 있다. 특히 『대학장구』의 편차를 일부 개정하는 설을 제기하였다는 것은 19세기 학계의 풍토로 볼 때 용납되기 어려운 것이었음에도 불구하고, 그와 같은 자신의 설을 제기하였다는 점에서 일단 경학사적으로 주목해 볼 만한 인물임에 틀림없다.

2. 조선시대『대학장구』改定說의 주요 특징

앞에서 조선시대『대학』해석을 크게『고본대학』을 저본으로 한 해석과『대학장구』를 저본으로 한 해석으로 나누어 살펴보았다. 이 책의 논점은 조선시대『대학장구』개정설을 총 정리하여 그 특징과 의미를 살펴보고, 아울러 개정설에 대한 찬반의 논변을 통해 조선시대 학술사의 일면을 구명하는 데 목적이 있다. 그런데 이 문제를 거론하기 위해서는 조선시대『대학장구』를 저본으로 하지 않고『고본대학』을 저본으로 한 해석에 대해 언급하지 않을 수 없기 때문에『고본대학』을 저본으로 한 해석에 대해서도 아울러 살펴보았다.

그 이유는『대학』해석사라는 큰 틀에서 논의를 하지 않으면, 본주제가 선명히 드러나지 않기 때문이다. 또한 그런 이유에서 12세기 이후 동아시아 학술사의 가장 핵심에 해당하는 주자학의 정신이 담긴『대학장구』의 성립과 개정에 대해 먼저 살펴보지 않을 수 없었다. 이 역시 조선시대『대학』해석을 올바로 이해하기 위해서는 주자학이 성립된 뒤의『대학』해석의 변천사 속에서 그 특징과 의미를 파악해야 하기 때문이다. 이런 까닭에 제4장·제5장이 본론임에도 불구하고 제2장·제3장의 전제가 더 장황한 감이 없지 않게 서술되었다. 즉 특수성을 드러내기 위해 보편성의 배경을 전제로 하지 않을 수 없었다는 점을 먼저 언급하지 않을 수 없다.

제4장 제1절에서『고본대학』을 저본으로 한 해석과『대학장구』를 저본으로 한 해석으로 크게 나누어 기술했으나, 후자에 초점이 맞추어져 있기 때문에 전자는 개괄적으로 그 특징만을 논하였다. 또한 이 글은 후자에 중점이 있기 때문에 전자에 대해서는 이 자리에서 논의하지 않고, 후자에 대해서만 그 주요 특징을 거론하기로 하겠다.

조선시대『대학』해석은 거의『대학장구』를 저본으로 한 것이었다. 그것은 세종 연간에 명나라 永樂帝의 칙령으로 만든『대학장구대전』이 우리나라에 유입되어 금속활자로 간행 보급된 이후, 조선시대 학자들은 모두 이 판본의 책을 교과서로 삼아 공부하였다. 앞에서 살펴보았듯이, 崔有海 등 일부 학자들이 『고본대학』을 취해 새로운 해석을 시도했지만, 그런 해석을 한 사람은 10명도 되지 않는다.

그런데 『대학장구』를 저본으로 하여 해석을 했다 하더라도, 주희의 설을 부연하거나 심화시킨 해석을 한 경우가 많고, 또 口訣·釋義·諺解 등 우리말로 번역하는 해석이 더해졌기 때문에 그 가치를 소홀히 보아 넘길 것이 아니다. 특히 16세기 이후 성리학에 대한 이해가 깊어지면서 중국에서는 별로 거론되지 않은 대전본 소주에 대한 비판, 大學圖 작성, 明德 등 주요 명제에 대한 심층 해석, 주희의 주에 대한 부연과 심화, 전 제10장에 대한 다양한 분절과 요지 파악 등 조선성리학의 발달과 맞물려 조선 경학에 있어서의 『대학』 해석도 주희의 설에서 진일보한 면을 다수 확인할 수 있다. 이 점 역시 우리 학술사에서 중요하게 눈여겨 보아야 할 부분이나, 이 자리에서 논의할 성질이 아니기 때문에 거론하지 않기로 한다.

주희의 『대학장구』를 저본으로 한 해석에는, 주희의 설을 부연하거나 심화시킨 해석과 『대학장구』의 편차를 일부 개정하고 논리를 보완하는 해석으로 크게 나누어 볼 수 있다. 이 가운데 전자의 경우가 거의 대부분이다. 그러나 후자의 경우도 이언적 이후 지속적으로 나타나기 때문에 우리 학술사에서 매우 주목할 만한 부분이라고 생각한다.

주자학 일색으로 점철된 풍조 속에서 주희의 『대학장구』를 개정한다는 것은 이념을 어지럽히는 斯文亂賊에 해당하기 때문에 감히 제기할 수 있는 주장이 아니었다. 물론 『고본대학』을 저본으로 한 경우는 주희의 『대학장구』를 근본적으로 신뢰하지 않는 것이기 때문에 이와 비할 수 없는 사문난적에 해당한다. 그러나 주희가 평생의 정력을 기울여 만든 『대학장구』를 개정한다는 것은, 그 자체만으로도 불경한 것이라고 인식하기에 충분했다.

그런 상황 속에서도 16세기 李彦迪(1491-1553)으로부터 시작하여 高應陟(1531-1605)·張顯光(1554-1637)·安邦俊(1573-1654)·崔攸之(1603-1673)·朴世堂(1629-1703)·李萬敷(1664-1732)·安泰國(1843-1913)에 이르기까지 꾸준히 이에 관한 설이 제기되었다는 것은, 조선의 사상계가 주자학만을 묵수하는 쪽으로 흐른 것이 아님을 반증한다.

필자가 조사한 바에 의하면, 조선시대 『대학장구』 개정설을 제기한 사람은 위에 열거한 8인이다. 그러나 이외에도 이와 유사한 설을 펴거나 이들의 설에 동조한 학자들이 다수 있을 것이므로 조선시대 학계가 주자학에 매몰되어 있었다고 하는 시각은 교정할 필요가 있다. 오히려 그 시대에 맞는 논리를 찾아 학자들의 사상이 역동적으로 작용했다고 보인다.

『대학장구』를 저본으로 하지 않고 『고본대학』을 저본으로 새로운 해석을 시도한 崔有海(1588-1641)·尹鑴(1617-1680)·鄭齊斗(1649-1736)·李秉休(1710-1776)·丁若鏞(1762-1836)·沈大允(1806-1872)·金澤榮(1850-1927) 등까지 논의의 장으로 끌어들이면, 묵수주의에서 벗어나 새로운 진리를 탐색한 진취주의 학자들의 역동적인 탐구 정신이 돋보인다. 이런 학문 정신이 조선 경학을 발전시킨 원동력일 것이다.

『대학장구』 개정설을 제기한 학자들을 시대별로 분류해 보면, 16-17세기에 활동한 학자가 7인이고, 18-19세기에 활동한 학자는 안태국 1인뿐이다. 이 가운데 가장 먼저 개정설을 제기한 16세기 이언적·고응척·장현광은 영남학파임을 알 수 있다. 이를 보면 16세기 학술의 주도권이 영남학파에 있었음을 알 수 있다.

그런데 이들 이후로 영남학파에서는 개정설을 제기한 사람이 나타나지 않고 있다. 물론 그 후로도 이언적의 개정설을 지지한 학자들이 있기는 하지만, 독자적으로 새로운 설을 제기한 사람이 없다는 것을 어떻게 이해해야 할까? 그것은 영남의 학술이 이황 이후로 주자학 또는 퇴계학에서 벗어나지 않으려 함으로써 발전을 저해한 점이 가장 크게 작용했을 것으로 생각된다. 또한 인조반정으로 남명학파가 몰락함으로써 경상우도 지역의 학술이 한동안 침체된 것도 하나의 이유가 될 것이다. 17세기 퇴계학파는 퇴계의 학설에 안주하면서 더 이상의 진전을 추구하지 않았기 때문에 이런 현상이 나타난 것으로 이해된다.

　17세기 개정설을 제기한 사람들을 보면, 모두 기호학파 학자들로서 호남 출신이 많다. 그런데 이들은 李珥-金長生-宋時烈로 이어지는 정통 주자학만을 고수하던 율곡학맥과 사승 관계를 갖고 있지 않은 사람들이다. 안방준은 鄭澈·趙憲의 문인이고, 최유지는 특별한 사승이 없으며, 박세당은 家學으로 학문을 성취한 인물이다. 또한 최유지·박세당은 정치적으로 보면 소론계에 속한 가문의 학자이다. 이런 관점에서 보면, 이들은 주자학을 절대적으로 존신하는 율곡학맥과는 학문 성향을 달리했다고 여겨진다.

　18세기에『대학장구』개정설이 나타나지 않는 것은 17세기 말 당쟁의 와중에서 윤휴·박세당 등을 노론계에서 사문난적으로 지목함으로써 자유로운 학술 풍토를 경색시켰기 때문일 것이다. 또한 18세기에『대학장구』개정설은 나타나지 않고, 오히려『고본대학』을 저본으로 한 새로운 해석이 등장하는 것은 鄭齊斗의 경우처럼 양명학을 본격적으로 추존한 경우와 이병휴·정약용처럼 당쟁에서 失勢한 근기 남인계 학자들에게서 古經을 위주로 하는 새로운 경학 연구와 새로운 사조로 대두된 실학적 사유 때문일 것이다.

　18세기 초까지 활동한 이만부가『대학장구』개정설을 제기한 것은, 앞 시대 윤휴·허목 등 근기남인계 학자들의 영향에 의한 것으로 추정할 수 있다. 이만부는 윤휴·허목처럼 古經主義로 나아가지 않고 주희의『대학장구』를 저본으로 하였지만, 조금 뒷시대 李瀷의 경우처럼 주자학만을 존신하지 않고 합리적 사고와 객관적 고증을 통해 새로운 변화를 모색한 경우라 하겠다.

구한말의 안태국이『대학장구』개정설을 제기한 것은 이와 또 다른 차원에서 이해할 수 있다. 그는 기호학파에 속하며, 전라도 전주에 거주한 재야 학자이다. 그는 주자학만을 절대 존신한 송시열의 학맥과 큰 관련이 없으며, 그가 살던 시대는 집권층이 주자학만을 절대적으로 존숭하던 18세기와는 사뭇 다른 분위기였다. 따라서 그는 비교적 자유롭게 자기의 학설을 펼 수 있었던 것으로 보인다.

『대학장구』를 개정한 8인의 설을 간추려 보면 다음과 같다.

李彦迪의 개정설은 두 가지로 요약된다. 첫째, 전 제4장 釋本末의 청송장을 경문 뒤로 옮김으로써 經一章·傳九章 체제로 개편하였다. 둘째, 경문 제2절 '知止而后有定……' 1절과 제3절 '物有本末……' 1절을 '此謂知之至也' 앞으로 옮겨 차서를 바꾼 뒤 맨 앞에 '所謂致知在格物者' 8자를 첨가하여 釋格物致知의 전 제4장으로 삼았다.

高應陟의 개정설은 세 가지로 요약된다. 첫째, 經文은 공자의 말씀, 傳文은 曾子의 말씀으로 확신하고 이를 분명히 하기 위해 경일장 제1절 '大學之道' 앞에 '子曰' 2자를, 전 제1장 제1절 '康誥曰' 앞에 '曾子曰' 3자를 첨입하였다. 둘째, 전 제4장 釋本末의 청송장을 경문 제1절 뒤로 옮기고 '子曰' 2자를 衍文으로 처리하여 經一章·傳九章 체제로 개편하였다. 셋째, 경문 제2절 '知止而后有定……' 1절과 제3절 '物有本末……' 1절을 '此謂知本 此謂知之至也' 앞으로 옮긴 뒤 차서를 바꾸고 맨 앞에 '所謂致知在格物者' 8자를 첨입하여 釋格物致知의 전 제4장으로 삼았다. 주희가 衍文으로 본 '此謂知本'을 연문으로 보지 않고 그대로 두었다.

張顯光의 개정설은 두 가지로 요약된다. 첫째, 전 제4장 釋本末의 청송장을 격물치지전으로 옮겨 經一章·傳九章 체제로 개편하였다. 둘째, 경문 제2절 '知止而后有定……' 1절과 제3절 '物有本末……' 1절을 '此謂

知本 此謂知之至也' 앞으로 옮긴 뒤 차서를 바꾸고 그 사이에 청송절을 끼워넣은 뒤, 맨 앞에 '所謂致知在格物者' 8자를 첨입하고 '此謂知本'을 '此謂物格'으로 바꿔 釋格物致知의 전 제4장으로 삼았다.

安邦俊의 개정설은 네 가지로 요약된다. 첫째, 전 제4장 釋本末의 청송장을 경문 맨 뒤로 옮겨 經一章·傳九章 체제로 개편하였다. 둘째, 경문 제3절 '物有本末……' 1절을 경문 '物格而後知至……' 1절 뒤로 옮겨 팔조목의 결어로 보았다. 셋째, 청송절을 '物有本末……' 1절 뒤로 옮겨 삼강령·팔조목의 總結로 보았다. 넷째, 경문 제6절 '自天子以至於庶人……' 1절과 제7절 '其本亂而末治者……' 1절을 전 제8장 '故諺有之……' 1절 뒤로 옮겨 '結修身起齊家'의 의미로 보았다.

崔攸之의 개정설은 두 가지로 요약된다. 첫째, 전 제4장 釋本末의 청송장 앞에 경문 제3절 '物有本末……' 1절 및 경문 제7절 '其本亂而末治者……' 1절을 옮겨 釋格物로 보면서 전 제4장으로 삼았다. 둘째, 경문 제2절 '知止而后有定……' 1절을 '此謂知之至也' 앞으로 옮겨 釋致知로 보면서 전 제5장으로 삼았다.

朴世堂의 개정설은 두 가지로 요약된다. 첫째, 『대학장구』의 經一章·傳十章 체제를 그대로 수용하였다. 다만 요지 파악에 있어 주희와는 달리 전 제7장은 釋正心, 제8장은 釋修身, 제9장은 釋齊家, 제10장은 釋治國으로 보았다. 그리고 平天下의 뜻은 제10장에 속에 들어 있다고 하였다. 둘째, 경문은 그대로 두고 전문의 편차만 개정하였다. 전 제2장 제4절 '是故 君子無所不用其極' 1절을 전 제3장 제3절 '詩云 穆穆文王……' 1절 뒤로 옮겨 止於至善의 결어로 보았다. 다음 전 제3장 제4절 '詩云 瞻彼淇澳……' 1절과 제5절 '詩云 於戲 前王不忘……' 1절을 전 제10장 제3절 '詩云 樂只君子……' 뒤로 옮겼는데, 이 절이 止於至善傳에 있을 이유가 없다는 생각에서였다. 다음 전 제8장 제1절의 '人之其所親愛…… 天下鮮矣' 및 제2절 '故諺有之……' 1절을 떼어내고, 전 제10장

제1절의 '上老老……民不倍'를 떼어다 그 앞에 둔 뒤, 이 3절을 전 제9장 제1절 '所謂治國……慈者所以使衆也' 1절 뒤로 옮겼다. 다음 전 제9장 제2절 '康誥曰 如保赤子……' 1절을 絜矩의 뜻으로 보아 전 제10장 제2절 '所惡於上……' 1절 뒤로 옮겼고, 전 제9장 제4절 '堯舜帥天下以仁……' 1절을 修身을 논한 것으로 보아 전 제8장 제1절 '所謂齊其家在修其身者' 다음으로 옮겼다.

李萬敷의 개정설은 한 가지로 요약된다. 전 제4장 釋本末의 청송장을 전 제3장 제5절 '詩云 於戱 前王不忘……' 1절 뒤로 옮겨 經一章·傳九章 체제로 개편하였다.

安泰國의 개정설은 두 가지로 요약된다. 첫째, 전 제4장 釋本末의 청송장을 경문 맨 뒤로 옮겨 經一章·傳九章 체제로 개편하였다. 둘째, 경문을 上經·下經으로 나누어 상경은 공자의 말씀, 하경은 증자의 말씀으로 보았으며, 하경은 상경의 傳文으로 보아 그 연관성을 정밀히 논의하였다.

이상은 『대학장구』의 편차를 개정한 측면에 초점을 맞추어 그 특징을 간추린 것이다. 이를 통해 보면, 『대학장구』 개정설의 문제 의식은 錯簡만 있고 闕失은 없다는 문헌학적 인식에 기초하고 있음을 알 수 있다. 이는 주희의 문제 의식과 다른 점이다. 주희는 착간이 있는 것은 물론, 궐실이 있다고 판단했기 때문에 자신이 補亡章을 지은 것이다.

이러한 문제 의식은 대체로 중국 남송의 董槐 이후 명나라 전기까지 지속되면서 주로 착간된 격물치지전을 찾아 『대학장구』를 보완해 완성도를 높이려고 하는 데 관심이 있었던 학풍과 그 맥락을 같이 한다. 이런 점에서 조선시대 개정설도 대체로 그와 같은 관점을 유지하고 있다. 다만 안방준·이만부·안태국의 경우는 주희의 보망장을 그대로 수용하면서 釋本末로 본 청송장만 경문 혹은 전 제3장의 말미로 옮겼다. 또한 박세당도 주희의 보망장에 대해 그대로 수용하면서, 다른 사람들의 문제 의식과는 달리 각 절의 요지 파악을 위주로 전문의 편차를 여러 군데 바꾸어 논리 구조를 보완하려 한 점이 눈에 띈다.

이를 보면, 조선시대『대학장구』개정설은 크게 세 가지 문제 의식으로 정리할 수 있다. 첫째, 착간된 格物致知傳을 찾아 완성하려 한 것이다. 둘째, 釋本末의 뜻으로 본 전 제4장 청송장이 삼강령·팔조목의 전문과 비교해 격이 맞지 않는다고 생각해 옮긴 것이다. 셋째, 傳文에 착간이 있다고 보아 각 절의 요지를 파악해 편차를 개편하여 논리적 정합성을 완비하려 한 것이다. 그런데 이 가운데서도 첫째의 문제 의식이 주를 이루고 있음을 발견할 수 있다.

안방준·이만부·안태국·박세당을 제외한 나머지 4인의 개정설은 모두 격물치지전을 완비하려는 데 일차적인 목적이 있다. 그 가운데 최유지만 格物과 致知를 별도의 전문으로 나누어 經一章·傳十章 체제로 해석하고, 나머지 3인은 모두 釋本末의 청송장을 없애 經一章·傳九章 체제로 개편하였다. 그런데 개편한 내용은 각기 다르다. 격물치지전에 대한 별다른 언급을 하지 않은 박세당의 설을 제외하고, 그 나머지 4인이 개편한 격물치지전을 도표로 제시하면 다음과 같다.

성명	전문장차	개정한 격물치지전	요지
李彦迪	전4장	**所謂致知在格物者** 物有本末 事有終始 知所先後 則近道矣 知止而后有定 定而后能靜 靜而后能安 安而后能慮 慮而后能得 此謂知之至也	釋格物致知
高應陟	전4장	**所謂致知在格物者** 物有本末 事有終始 知所先後 則近道矣 知止而后有定 定而后能靜 靜而后能安 安而后能慮 慮而后能得 **此謂知本** 此謂知之至也	釋格物致知

張顯光	전4장	**所謂致知在格物者** 物有本末 事有終始 知所先後 則近道矣 子曰 聽訟 吾猶人也 必也 使無訟乎 無情者 不得盡其辭 大畏民志 此謂知本 知止而后有定 定而后能靜 靜而后能安 安而后能慮 慮而后能得 **此謂物格** 此謂知之至也	釋格物致知
崔攸之	전4장	物有本末 事有終始 知所先後 則近道矣 其本亂而末治者 否矣 其所厚者薄 而其所薄者厚 未之有也 子曰 聽訟 吾猶人也 必也 使無訟乎 無情者 不得盡其辭 大畏民志 此謂知本	釋格物
	전5장	知止而后有定 定而后能靜 靜而后能安 安而后能慮 慮而后能得 此謂知之至也	釋致知

이 도표를 보면, 이언적·고응척의 설과 장현광·최유지의 설로 크게 나눌 수 있다. 그것은 전자는 청송장을 격물치지전에 포함시키지 않고 경문으로 옮긴 반면, 후자는 청송장을 격물치지전에 포함시켜 논의하고 있기 때문이다.

중국학자들의 『대학장구』를 개정설을 보면, 대부분 청송장을 격물치지전에 포함시키고 있는 것이 특징이다. 그런데 초기 개정자들인 董槐·王柏·車若水 등의 설을 보면, 경문 제2절 '知止而后有定……'1절과 제3절 '物有本末……'1절을 그대로 편차하고 그 뒤에 청송장을 배치하고 그 다음에 '此謂知之至也'를 배열하는 식이다. 그런데 이런 종래의 설을 새롭게 바꾼 인물이 명나라 초기의 蔡淸이다. 채청은 경문 제3절 '物有本末……'1절과 제2절 '知止而后有定……'1절의 차서를 바꾸고 맨 앞에 '所謂致知在格物者' 8자를 첨입하였다. 이 설은 후대 학자들에게 크게 지지를 받아 널리 유행하였다.

위 4인의 설을 보면, 이언적과 고응척의 설은 청송장을 격물치지전에 포함시키지 않고 있으며, 장현광과 최유지의 설은 청송장을 격물치지전에 포함시키고 있다. 이 점에서 전자는 동괴·채청 등 중국 학자들의 개정설과 변별된다.

또 위 4인의 설을 보면, '物有本末……' 1절과 '知止而后有定……' 1절의 차서를 바꾼 측면에서 모두 같다. 또한 격물치지전 맨 앞에 '所謂致知在格物者' 8자를 첨입한 점에서는 최유지의 설을 제외하고 모두 같다. 이 점에서 보면 채청 등의 설과 유사한 면이 있다.

그리고 장현광의 설은 '此謂知本'의 '知本'을 '物格'의 오자로 보아 개정한 것이 매우 독특하다. 이러한 설은 중국학자들의 설에서도 찾아볼 수 없다. 또한 최유지가 格物·致知를 별도의 전문으로 나눈 것도 역시 중국학자들의 설에서 발견되지 않는다.

이 4인이 개정한 격물치지전은 어느 하나의 설도 중국학자들의 설과 똑같지 않다. 당시 동아시아 학계의 가장 첨예한 문제였던 『대학장구』 개정설이 우리나라에서도 제기되었고, 또 그 설이 중국학자들의 설에 비해 전혀 못하지 않은 精緻한 설이라는 점에서, 당시 조선 학계의 수준이 최첨단에 있었음을 말해준다.

제5장

조선시대 『대학장구』 개정설의 등장과 그에 대한 논변

　앞 장에서 살펴보았듯이, 조선시대 『대학장구』를 개정한 설은 모두 8
종이 발견되었는데1), 이를 분석한 결과, 첫째 착간된 格物致知傳을 찾
아 완성하려 한 것, 둘째 釋本末로 본 聽訟章이 삼강령·팔조목의 전문
과 비교해 격이 맞지 않는다고 생각해 옮긴 것, 셋째 전문에 착간이 있
다고 보아 각 절의 요지를 파악해 편차를 개정하여 논리적 정합성을 완
비하려 한 것, 이렇게 세 가지로 크게 분류할 수 있었다. 이 세 가지 가
운데 셋째는 박세당의 개정설이 그에 해당하는데, 중국 남송대 이후 등
장한 각양의 『대학장구』 개정설과는 근본적으로 문제 의식이 다르다.

　중국 송·원·명대의 개정설은 첫째와 둘째의 문제 의식에 의한 것으
로, 대체로 경문 제2절 '知止而后有定……' 1절과 제3절 '物有本末……'
1절을 '此謂知之至也'와 합하고 聽訟節을 그 사이에 배치하여 격물치지
전으로 보는 것이 주를 이루는데, 간혹 청송절을 경문 맨 뒤로 옮기는

---

1) 본고에서 거론한 것 외에도 이와 관련된 자료가 더 있을 것이지만, 필자가 다 조사하
　 지 못했을 것이다.

경우도 있다. 이런 점에서는 조선시대 개정설도 같은 맥락에 있다.

조선시대『대학장구』개정설은 의외로 이른 시기에 등장하였다. 대체로 조선성리학은 李滉·曹植·李珥 등의 시대에 이르러 크게 발전하는데, 이들보다 조금 앞선 이언적이『대학장구』개정설을 개진하였다는 것은 우리나라 학술사로 볼 때 큰 의미가 있다. 이언적은 중국 역대의 개정설을 전혀 보지 않은 상태에서, 스스로의 문제 의식에 의해 독자적인 개정설을 제기한 것이다. 조선경학사에서 볼 때, 이는 權近 이후 1백여 년만에 처음으로 경학 연구 성과물이 나온 것이라, 그 의의가 더욱 크다.

이언적이 활동하던 16세기 중반은『朱子全書』가 유입되긴 하였으나 널리 유통되지 않은 상황에서『근사록』·『심경』·『성리대전』등을 통해 송대 성리학을 폭넓게 수용하는 분위기였다. 즉 학문이 주자학을 위주로 하면서도 획일화되지 않아 다양한 개성을 갖고 학풍을 수립하던 시기였다. 그것은 이황과 조식의 학문적 차이, 또는 이황과 이이의 학문적 차이에서 확인할 수 있다.

그런데 이언적의『대학장구』개정설이 알려지자, 학계의 반응은 찬성과 비판으로 극명하게 갈렸다. 그렇게 된 근본 원인은 경학관의 차이에서 비롯되었다. 이언적의 경우처럼 천하의 의리는 무궁하기 때문에 후학은 先聖·先賢이 발명한 의리를 바탕으로 더욱 발전시켜 나가야 한다는 進取的 경학관을 가진 학자, 그리고 주희 같은 大賢이 평생의 정력을 기울여 완성한『대학장구』를 후학이 어찌 감히 함부로 개정을 할 수 있겠느냐는 인식에서 先聖·先賢의 설을 尊信하며 추종하는 것이 옳다는 墨守的 경학관을 가진 학자의 경전 해석의 관점이 판이하게 달랐기 때문이다.

이언적이 최초로 개정설을 제기하자, 이처럼 서로 다른 관점의 차이로 인해 지지하거나 비판하는 의견이 여기저기서 개진되었다. 그뿐만 아니라 후대로 이어지면서도 계속해서 지지와 비판의 견해가 대두되었다.

그러나 이언적 이외의 개정설에 대해서는 이언적의 개정설처럼 뜨거운 논쟁이 일어나지 않았다. 그것은 그들의 설이 널리 알려지지 않고, 또 이언적의 설과 대동소이한 관점이므로 동일한 차원에서 논변할 필요성을 느끼지 못했기 때문일 것으로 보인다.

따라서 이 장에서는 이언적의『대학장구』개정설에 대해 반대한 역대의 변론과 찬성한 역대의 변론을 차례로 살펴본 뒤, 찬성과 반대의 의사 표시를 하지 않고 격물치지전을 개정한 여러 설을 제시하기만 경우에 대해 살펴보도록 하겠다.

1. 李彦迪의『대학장구』개정설에 대한 논변

이언적이 제기한『대학장구』개정설은 우리나라 학자로서는 최초의 설인데다, 시기적으로 성리학이 한창 꽃피어나던 시기에 대두된 설이어서 그에 대한 찬반 논변은 예상 외로 많이 나타난다. 여기서는 이에 관한 여러 사람들의 설을 수집하여 그들이 주장하는 논리와 요지를 집중적으로 논의할 것이다.

1) 李彦迪의 개정설에 반대한 논변

(1) 李滉의 反論

李滉(1501-1570)은 조선 시대를 대표하는 학자로서 조선성리학의 초석을 놓은 인물이다. 그는 경학 방면에서도 四書三經에 대한 釋義를 찬술함으로써 口訣에서 諺解로 넘어가는 과정의 경서 해석을 정리하여 혼란을 방지하였다. 이런 점에서 이황은 조선경학사상 석의시대를 대표하는 중요한 위치에 있다.

이황은 40대 초반 한양에서 벼슬살이할 적에『朱子全書』를 구해보고 주자학에 심취했다고 한다.『朱子大全』은 세종 때 유입되었지만 널리 유통되지 못하였고, 선조 연간에 이르러 비로소 간행 유통되었다. 그러니까 16세기 중반까지의 학술은 대체로 四書三經의 대전본과『근사록』·『심경』·『성리대전』등을 통해 폭넓게 성리사상을 섭취하면서 심성수양의 실천을 통한 도덕성의 제고가 지대한 관심사였다. 그런데 이황의 경우는 40대에『주자전서』를 보고서 자신의 학문적 준거를 주자학에 두었다.

그래서인지 이황은 朱子學을 宗主로 하면서 사상의 순정성을 강조하여 주희의 설에 어긋나면 異端으로 비판하였다. 그는 佛敎와 老莊은 물론, 성리학자 중에도 象山 陸九淵, 白沙 陳獻章, 整庵 羅欽順, 陽明 王守仁 등 心學을 주장하는 학자들을 모두 이단시하였다. 이것은 자신이 종주로 하는 주자학만을 정통으로 인정하고, 나머지는 학문과 풍속을 해치는 악으로 본 것이다. 그래서 그는 崔致遠을 불교에 물들었다고 비판하였고, 南冥 曺植도 노장에 물들었다고 비판하였다. 또한 진헌장과 왕수인을 비판하여「白沙詩敎說」·「傳習錄論辯」·「白沙詩敎傳習錄抄傳因書其後」·「抄醫閭先生集附白沙陽明抄後復書其末」등을 지었다. 이외에도「戊辰六條疏」등에서 이단의 해로움을 극언하였다.

이와 같은 학문관을 가지고 있던 이황에게 주희의『대학장구』를 개정한 설은 선뜻 용납하기 어려운 것이었다. 이황에게는 주자학의 핵심인 사서의 집주와 장구에 대해 이의를 제기하는 것 자체가 인정할 수 없는 것이었기에, 중국학자들의 개정설에 대해 곱지 않은 시각을 이미 갖고 있었다.

이황은 1564년(갑자년)경 문인 禹性傳을 통해 '중국 학자 중에 격물치지전은 闕文이 아니라고 판단해 經文의 '知止而后有定' 이하 42자를 격물치지전의 錯簡으로 보고 편차를 개정하였다'는 말을 전해 듣고서, 문인 李湛에게 편지를 보내 그 설을 베껴 보내달라고 하였다.[2] 그런데 이

황은 이미 중국의 王柏 등과 우리나라 權近 및 李彦迪도 그와 유사한
설을 주장한 사실을 알고 있었다.[3)]

다만 이황은 중국의 동괴 등과 우리나라 이언적 등이 경문의 일부를
옮겨 격물치지전으로 삼았다는 소문을 들었을 뿐, 직접 그들의 설은 보
지 못한 것으로 보인다. 이황은 권근도 그런 설을 주장했다고 하였는데,
이는 사실과 다르다. 권근은 중국의 董槐·왕백 등이 경문의 일부를 옮
겨 격물치지전으로 삼은 설을 직접 보고 오랫동안 궁구한 뒤 그들의 설
을 추종하지 않았을 뿐만 아니라, 그들의 설에 대해 불가함을 조목조목
논하였다.[4)]

이황은 이언적의 설에 대해서도 직접 보지 못하고 그런 소문만 들었을
뿐이다. 앞에서 살펴보았듯이, 명나라 전반기 王禕(1322-1373)·方孝孺
(1357-1402)·蔡淸(1453-1508) 등이 董槐·王柏 등의 설을 계승하여 경
문을 옮겨 격물치지전을 삼았는데, 특히 채청의 설은 조선에도 익히 알
려진 듯하다. 아마도 이런 설을 한양에 살고 있던 이담이 보았던 듯하다.

이담은 이황의 청에 따라, 중국 명대 高鳴鳳이 편집한『今獻彙言』이
라는 책에 실린 선유들의 설을 뽑아 이황에게 보내주었다. 이황은 이담
이 보내준 선유들의 설을 보았고, 또 근래 이언적이 이와 유사한 설을
강력하게 주장하였다는 말을 듣고서, 마음속으로 매우 의아해 하였다고
진술하였다. 그리고 이담이 '중국학자들의 식견이 이처럼 빼어나다'고
하며 은근히 지지 의사를 보이자, 단호하게 주희의 설을 따라야 한다고

---

2) 李滉,『退溪集』권11,「答李仲久 甲子」. "近見禹性傳云 公自言近世中國有儒者 覺得
  大學格致章非闕也 經文知止物有兩節 卽格致之簡 誤脫在此 此說 公意以爲如何……
  今公所見 不知何人 乞須具首尾謄示"

3) 上同. "滉所見則王魯齋及權陽村 皆有此說 李復古公 亦有此說 但陽村所稱數家 不著
  其說 每恨無以見其得失"

4) 崔錫起,「陽村 權近의『大學』해석과 그 意味」,『한문학보』제8집, 우리한문학회,
  2003, 97~99면.

하면서5) 다음과 같이 말하였다.

　　나는 이 점에 대해 그대가 취사선택한 것이 분명하면서도 바름을 잃지 않은 점에 대해 깊이 탄복합니다. 그러나 취사선택한 바의 의도를 분명히 말하지 않으면 오히려 그 설이 사람들을 의혹시킬 수 있기 때문에 대략 그 점을 말하려 합니다. 제유들의 설에는 따를 수 없는 점이 세 가지 있습니다. 經文 삼강령에는 工夫·功效가 있고서 結語가 있으며, 팔조목에도 공부·공효가 있고서 결어가 있습니다. 그런데 제유의 설처럼 하면 삼강령에만 유독 공효와 결어가 없게 됩니다. 그래서 '止於至善' 다음에 곧바로 '古之欲明明德於天下者'라고 한 것이 이어지게 됩니다. 그러면 語意가 급박하고 理趣가 闕略하니, 이것이 첫 번째 이유입니다. 傳文의 여러 사례에는 공부를 말하고 공효를 언급한 것도 있고, 단지 병통이 되는 점만 말하여 공부를 해야 할 지점을 드러내 보이기만 한 것도 있고, 단지 공효만 말하고 다른 것에 대해서는 언급하지 않은 것도 있습니다. 그런데 지금 '知止而后有定' 1절은 단지 知止의 공효가 될 뿐이고, '物有本末' 1절은 윗 문장을 통합해 결론지은 것으로, 격물치지를 해석한 뜻이 있는 것을 발견할 수 없습니다. 聽訟章의 경우도 修己治人에 本末이 있음을 말한 것이니 더욱 격물치지와 관련이 없습니다. 지금 억지로 이 2절을 끌어다 격물치지전을 삼았는데, 애초 격물의 공부도 없고 치지의 의미도 없으니, 이것이 두 번째 이유입니다. 강령·조목 가운데 本末을 말한 것이 없지만, 이 '本末' 2자는 강령의 결어에 한 차례 보이는 것으로는 오히려 부족하여 조목의 결어에 다시 보인 것입니다. 참으로 학자들이 이 점에 대해 本이 있고 末이 있음을 알지 못하면 수기치인의 도에 있어서 모두 先後의 차서와 輕重의 등급을 잃어 잘못 행동하고 거꾸로 시행할 것입니다. 그러므로 정녕하게 의미를 극진히 말한 것이 이와 같은 것입니다. 전문을 지은 사람이 여기에 이르러 특별히 '本末' 2자를 거론해 해석하였으니, 이른바 終始·厚薄의 의미가 모두 그 속에 들어

---

5) 李滉, 『退溪集』 권11, 「答李仲久」. "所論今獻彙言 以大學知止等數節 爲格物致知章之錯簡 欲掇此而補彼 所引先儒諸說 備矣 滉曩見陽村入學圖說 有此說 續見宋史王魯齋本傳 亦云曾有此說 近又見李玉山先生論此甚力 心每疑之 適見禹上舍性傳聞左右得先儒論此諸說 故前書求見以袪惑 玆蒙示及 何幸如之 來諭謂中朝儒士讀書識見之出人 萬萬也如此 然今當決從朱子之說"

있습니다. 지금 강령·조목 중에 '本末' 2자가 없다는 것을 가지고 본말에 전문을 두어 해석하는 것은 부당하다고 하니, 이는 깊이 생각하지 않음이 심하다고 할 수 있습니다. 이것이 세 번째 이유입니다.[6]

이황은 이 인용문처럼 董槐 등의 개정설을 따를 수 없는 이유를 세 가지로 정리해 이담에게 보냈다. 그 요지는 다음과 같다. 첫째, 삼강령·팔조목에는 工夫·功效·結語의 순으로 논리 구조가 되어 있는데, '知止而后有定' 이하 2절을 뒤로 옮기면 삼강령에 功效·結語가 없게 되며, 팔조목의 공부와 바로 연결되어 말이 촉박하게 된다. 둘째, '知止而后有定' 1절과 '物有本末' 1절 및 청송장에 격물치지의 뜻이 있는 것을 볼 수 없다. 셋째, 팔조목에 '本末'이 없기 때문에 본말을 해석한 傳文을 별도로 두는 것은 마땅치 않다는 견해는 옳지 않다.

이황은 이와 같이 조목조목 개정설의 부당함을 지적하고 나서, 개정설을 편 학자들이 이 몇 절에 '知止'·'知所先後'·'知本' 등의 말이 있는 것만 보고서 이를 옮겨 격물치지전으로 삼았으나, 이 몇 절에는 격물치지의 뜻이 없을 뿐만 아니라, 경문을 파괴하는 죄를 짓게 되기 때문에 불가하다고 판단하였다.[7] 그리고 나서 그는 다음과 같은 비유를 들었다.

---

6) 上同. "滉於此 深服高明取舍之能審而不失其正也 然若不明言其所以取舍之意 則猶恐其說之能惑人也 故略言之 諸儒之說 有不可從者 三焉 經文三綱領 有工夫功效而有結 八條目亦有工夫功效而有結 若如諸說 則三綱獨無功效與結 止於至善之下 卽係以古之欲明明德云爾 語意急促 理趣闕略 一也 傳之諸例 有言工夫而及功效者 或只言病處 以見用功之地者 未有徒言功效而不及他者 今知止一節 但爲知止之效 物有本末一節 通結上文 而未見有釋格物致知之義 至如聽訟章 亦言修己治人之有本末耳 尤不關於格致 今强引以爲格物致知之傳 初無格物之功 又無致知之義 二也 綱領條目之中 雖無本末之云 然此二字 一見於綱領之結 猶未足 再見於條目之結者 誠以學者於此 不知有本有末 則其於修己治人之道 皆失其先後之序 輕重之倫 倒行而逆施之 故丁寧致意如此 傳者至此 亦特擧二字而釋之 則所謂終始厚薄 皆在其中矣 今以綱目中無二字 而謂不當傳以釋之 可謂不思之甚 三也"

7) 上同. "諸儒徒見此數節中有知止·知先後·知本等語 意謂可移之以爲格致之傳 更不思數節之文 頓無格致之義 未見補傳之益 適得破經之罪 其可乎哉"

지금 이곳에 큰 집이 있다고 합시다. 正寢은 규모가 크게 화려하여 흠이 없고, 廊廡(부속건물) 가운데 한 곳에 缺處가 있어 大匠이 그것을 발견하고 보수를 하여 재목도 좋고 제도도 아름다워 조금도 의논할 점이 없게 되었습니다. 그런데 후에 세상 사람들이 良工이라고 하는 어떤 자가 그곳을 지나다 살펴보고서 자신이 그 집에 한 번도 손을 쓰지 못함을 부끄럽게 여겨, 이에 억지로 생각과 지혜를 짜내 팔을 걷어 붙이고 일을 해서 대장이 보충한 곳을 헐어내고 정침의 몇 칸 재목을 빼다가 그가 헐어낸 곳을 보완하려 하였습니다. 그런데 그는 정침의 재목은 애초 낭무의 재목이 아니라는 점을 생각지도 못하고 완전함을 도모하려 하였습니다. 그러나 그 완전한 점은 볼 수 없고, 정침은 허물어진 집이 되고 말았습니다. 이것이 이른바 무익할 뿐만 아니라 또 해치기도 한다는 것입니다. 그러나 인정은 대체로 기이한 주장을 하고 새로운 것을 추향하는 것을 좋아합니다. 그래서 후세 목수들은 모두 大匠의 신묘한 계책을 궁구하지 않고 한결같이 신이한 것을 칭찬하여 이른바 良工이 한 일에 부화뇌동하니, 슬픈 일입니다.[8]

이 인용문에서 大匠은 朱熹를 가리키고 良工은 董槐·王柏 및 李彦迪을 지칭한다. 결국 이황은 후세 유학자들의 개정설은 무익할 뿐만 아니라, 도리어 학문을 하는 데 해를 끼쳤다고 판단한 것이다. 그래서 그는 그들의 진정성을 이해하려 하지 않고, 신이한 주장을 좋아하는 것으로 치부해 버렸다.

이황은 이처럼 동괴 이후의 개정설에 대해 부정적인 입장을 분명하게 피력하였는데, 우리나라 학술사에서 그 영향은 실로 지대했다고 하겠다. 물론 이황 이전에 권근이 동괴·왕백 등의 개정설을 따르지 않고 불가한 점을 몇 가지로 피력한 바 있는데, 당시는 학술이 주자학으로 경도

---

8) 上同. "今有巨室於此 正寢輪奐無闕 而廊廡有一缺處 大匠見之 作而補修 材良制美 少無可議 其後有世所謂良工者 過而相之 恥己之一無措手於此室也 於是 强生意智 攘臂其間 折壞其所補處 撤取正寢數架材來 圖欲補完其所壞處 更不計正寢之材初非廊廡之材也 圖完處 不見其完 而寢屋則已成敗屋矣 此所謂非徒無益 而又害之者也 然人情大率好立異趨新 後至之工 皆不究大匠之神筭 而一向贊歎 和附於世所謂良工之所爲 悲夫"

되지 않았고, 조선이 개국한 지 얼마 되지 않아 정치적으로 안정이 되지 않은 시기였기 때문에 그에 대한 반향이 별로 없었다.

그런데 이황이 이 편지를 쓴 16세기 중반기는 성리학·주자학이 한창 이 땅에 피어나던 시기였기 때문에, 그의 발언이 학계에 미치는 영향은 실로 대단했다. 그래서 이황의 견해가 알려지고 난 뒤 여러 영향력 있는 학자들이 그의 말에 동조하면서 개정설을 비판하였다. 이에 대해서도 뒤에서 계속 언급할 것이기 때문에 여기서는 생략하기로 한다.

그런데 이황이 이처럼 작심한 듯『대학장구』개정설을 비판한 것은 바로 앞 시대 이언적이 우리나라에서도 개정설을 제기하여 학계에 혼란을 초래할 것을 염려했기 때문일 것이다. 그는 주자학을 정통으로 생각하여 주희의 설과 다른 설에 대해서는 동의하지 않았다. 그는 이담에게 보낸 편지 뒤에 중국의 王柏과 우리나라 권근·이언적이『대학장구』를 개정한 것에 대해 간략히 언급해 놓았는데, 왕백에 대해서는 기이한 것을 좋아하고 특이한 설을 세우는 병폐를 가진 학자로 대단치 않게 보았다. 권근·이언적의 설에 대해서는 소개만 하고 비평을 가하지는 않았다.9)

그러나 이황은 이담에게 보낸 편지의 첫머리에서 "내가 일찍이 陽村의『入學圖說』을 보니, 이런 개정설이 있었고, 이어『宋史』를 보니「王柏列傳」에도 이런 설이 있었다. 또 근래 玉山 李先生(李彦迪)이 이런 주장을 매우 강력하게 논하여 나는 마음속으로 매양 의심했었다."10)고 한 것을 보면, 이황은 중국의 동괴·왕백 등이 개정한 것은 물론, 우리나라에서 이언적 등이 개정설을 제기한 것에 대해 한꺼번에 모두 비판한 것

---

9) 上同. "魯齋說 見於本傳者 甚略 其言之得失 未可詳 然此老本有好奇立異之病 其爲此 說 不足怪也 權陽村入學圖說 可考也 復古李公自云 '略聞先儒有此說 而未得見 惟以己 意取經之物有本末一節爲首 次之以知止 終之以聽訟 以爲格致之傳 且爲此更定之故 手寫大學章句一通 以見序次之改 且附以己說云云'"
10) 上同. "滉曩見陽村入學圖說 有此說 續見宋史王魯齋傳 亦云曾有此說 近又見李玉山 先生論此甚力 心每疑之"

을 알 수 있다.

그런데 이황은 1566년에 지은 이언적의「行狀」에서『大學章句補遺』·
『續大學或問』을『求仁錄』·『中庸九經衍義』와 함께 이언적의 3대 저술
로 보았다. 즉 그의 설에 대해 찬성하지는 않았지만, 이언적의 학문을
대표하는 저술로는 평가한 것이다.[11]

이황은 이언적의 역작인『대학장구보유』·『속대학혹문』에 대해 최초
로 비판을 함으로써 조선 학계에 매우 큰 영향을 미쳤다. 이에 대해 이
언적의 손자 李浚과 李淳은 이언적의 문인 蘇齋 盧守愼(1515-1590)에게
편지를 보내, 다음과 같이 변론했다.

> 퇴계 선생이 초년에는 우리 선조의 개정설을 보지 못한 상태에서 우연히 다
> 른 사람이 잘못 전한 말만 듣고서 이런 논의를 하게 된 것입니다. 그러나 만년
> 에 우리 선조께서 개정하신 설을 직접 보신 뒤에는 침잠하여 깊이 생각한 뒤
> 태도를 바꾸어 마음 씀이 깊고 소견이 탁월한 점에 대해 감복하셨습니다. 그래
> 서 한 통의 편지를 써서 전날 전해들은 것이 잘못된 것임을 해명하려고 했는
> 데, 선조께서 갑자기 별세하셨으니, 이는 사문의 불행입니다.[12]

이준·이순은 李全仁의 아들인데, 자기 조부인 이언적의『대학장구』
개정설에 대해 비판이 잇따르자, 억울함을 호소하면서 적극적인 대응을
한 것으로 보인다. 이언적은 1549년 江界로 유배되어 1553년 11월 유배
지에서 별세하였다. 그는 이 유배기간에『대학장구보유』·『속대학혹문』
등을 저술했기 때문에 이황이 그의 최종설을 보지 못했을 수도 있다.

---

11) 李滉,『退溪集』권49,「晦齋李先生行狀」. "先生在謫所 作大學章句補遺 續或問 求仁
　　錄 又修中庸九經衍義 衍義未及成書 而用力尤深 此三書者 可以見先生之學"

12) 李端相,『靜觀齋先生集』권14,「關西問答錄跋」. "退溪先生初年 未得見先祖更定之書
　　偶聞人之誤傳 便有此論 晚得先祖更定之書 然後沈潛玩繹 翻然悔悟 服其用意之深 所
　　見之卓 欲作一書 以明前日傳聞之誤 而奄遭梁木之壞 此乃斯文之不幸云"

그러나 이준·이순이 변론한 위 인용문은 사실과 맞지 않는 점이 있다. 이황이 李湛에게 보낸 편지에 의하면, 문인 禹性傳이 이담에게서 전해들은 중국학자들의 개정설을 이황에게 알려주자 이황은 이담에게 그 설을 베껴 보내달라고 요청하고 있다. 또한 이황은 이언적도 중국학자들과 유사한 개정설을 제기한 것에 대해 알고 있었다.[13] 얼마 뒤 이담으로부터 중국 王柏 등의 설을 전해 받고서 經文 42자를 옮겨 聽訟章과 합해 격물치지전으로 삼는 설을 조목조목 비판하는 편지를 1564년 이담에게 보낸 것이다.

그렇다면 위 인용문의 이황이 만년에 이언적의 설을 얻어 보고서 이언적에게 편지를 보내려고 했다는 말은 성립되지 않는다. 이언적이 별세한 해는 1553년이고, 이황의 비판이 것은 1564년이기 때문이다. 이들의 말이 사실이기 위해서는 이황이 1553년 이언적이 별세하기 이전에 이언적의 설을 직접 보았어야 하고, 또 그 이전에 이황이 개정설에 대해 비판을 했어야 한다. 그런데 이황이 처음으로 왕백 등의 설을 보고 비판한 것은 이언적이 별세한 지 10여 년 뒤 1564년이기 때문에 사실과 맞지 않는다. 따라서 이는 이언적의 개정설에 대한 이황 등의 비판이 잇따르자, 위기감을 느낀 손자들이 적극 변론한 것으로 보인다.

(2) 李珥의 反論

이언적의『대학장구』 개정설이 알려지면서 이황이 즉각 비판하고 나서자, 연이어 그의 문인 柳成龍(1542-1607) 및 기호학파 李珥(1536-1584)도 비판에 동참하였다. 이는 당대 매우 비중 있는 학자들이 이황의 뒤를

---

13) 李滉,『退溪集』권11,「答李仲久 甲子」, "近見禹性傳 云公自言近世中國有儒者 覺得 大學格致章非闕也 經文知止物有兩節 卽格致之簡 誤脫在此 此說 公以爲如何 滉所見 則王魯齋及權陽村 皆有此說 李復古公 亦有此說 但陽村所稱數家 不著其說 每恨無以 見其得失 今公所見 不知何人 乞須具首尾騰示"

이어 비판한 것으로, 학계에 미치는 영향도 매우 컸을 것으로 보인다. 이를 보면, 16세기 후반 학계의 분위기는 주자학을 존신하는 쪽으로 상당히 경도되어 있었음을 알 수 있다.

　이이는「晦齋大學補遺後議」을 지어 이언적의 설을 구체적으로 비판하였다. 이이는 첫 번째로 이언적이 청송장을 經文 말미로 옮긴 것에 대해 불가함을 다음과 같이 논하였다.

> 『대학장구』의 聽訟章 1절은 특별히 本末을 해석한 장이다. 평범하게 보면 그 설이 온당한 줄 모른다. 그래서 경문의 끝으로 옮기는 것이 타당할 듯하다. 그러나 經一章에 대해, 주자는 孔子의 말씀이라 하였는데, 晦齋는 曾子의 말씀이라 하였으니, 무슨 근거로 그렇게 말했는지 모르겠다. 만약 경일장이 증자의 말씀이라면 ‘子曰’로 결론을 짓는 것이 마땅하다. 그러나 공자의 말씀이라면 응당 다시 ‘子曰’을 일컫지 않았을 것이다. 이 점이 알 수 없는 점이다.[14]

　이언적은 청송장 1절을 경문의 말미로 옮긴 근거로, 첫째 정이가 청송절을 경문 뒤로 옮겼다는 점, 둘째 子思가『중용』을 지으면서『시경』의 문구 및 공자의 말씀을 인용하여 결론을 맺었듯이 曾子가『대학』을 기술하면서 공자의 말을 인용해 결론을 맺었다는 점을 들었다.[15] 그런데 이이는 이언적이 경일장을 증자의 말로 본 것은 근거가 없으며, 경문이 공자의 말씀이니 청송절을 경문 말미로 옮기면 청송절 처음의 ‘子曰’이

---

14) 李珥,『栗谷全書』권14, 雜著,「晦齋大學補遺後議」. “聽訟一節 別爲釋本末章 尋常未知其穩當 置之經文之末 恐爲得宜 但經一章 朱子則以爲孔子之言 晦齋則以爲曾子之言 未知何據 若是曾子之言 則以子曰結之 宜矣 若是孔子之言 則不應更稱子曰 此不可知也”

15) 李彦迪,『晦齋集』권11, 拾遺,「大學章句補遺序」. “又按聽訟一節 今在傳三章之後 文義不屬 有可疑者 乃依程子所定 置於經文之下 詳味其義 與中庸卒章 <詩曰> 予懷明德 不大聲以色 子曰 聲色之於以化民 末也 <詩曰> 奏假無言 時靡有爭 <是故 君子> 不賞而民勸 不怒而民威於鈇鉞之意合 此蓋聖人端本化民之要道也 故曾子於經文末章 引孔子之言以明之 程子於此 豈無所見乎”

있기 때문에 불가하다는 점을 들어, 이언적의 설이 타당치 않다고 주장하고 있다.

『대학』의 작자 문제에 대해, 주희는『대학장구』경일장 주석에서 "이 經一章은 아마도 공자의 말씀을 증자가 기술한 듯하고, 傳十章은 증자의 생각을 그의 문인들이 기록한 것인 듯하다."[16]고 하여, 經文은 공자의 말로, 傳文은 증자의 말로 보았다. 그러나『대학혹문』에서는 한발 물러나 경문에 대해 다음과 같이 말하였다.

> 正經(經文)은 문장은 간략하면서도 이치가 갖추어지고, 말은 가까우면서도 가리키는 바는 원대하니, 성인(공자)이 아니면 이렇게 할 수 없다. 그러나 다른 증거가 없기 때문에 또한 옛날 先民의 말씀에서 나온 것일 수 있다고도 생각한다. 그러므로 의심을 하면서 감히 질정하지 않는 것이다.[17]

주희는 경일장이 공자의 말씀이라는 이유로 '辭約而理備 言近而指遠'을 들었다. 그러나 이는 어디까지나 추측일 뿐이다. 그래서 그는 경일장이 옛날 선민의 말일지 모르겠다고 유예를 두었다. 공자의 말씀이라고 강하게 주장을 하지 못하고 고인의 말로 볼 수 있다는 것이다. 사실 경일장이 공자의 말씀이라는 주장은 아무런 근거도 없다.

그러나 조선의 학자들은 주희의『대학장구』를 기본으로 했기 때문에 대부분 경일장을 공자의 말씀으로 믿었다. 위에서 이이가 이언적의 설을 비판한 것도 그와 같은 관점에서 나온 것이다.

이이는 두 번째로 이언적이 격물치지전으로 삼은 '知止而后有定 定而后能靜 靜而后能安 安而后能慮 慮而后能得'의 '安'·'慮' 자에 대한 해

---

16) 朱熹,『大學章句』經一章 章下註. "右經一章 蓋孔子之言 而曾子述之 其傳十章 曾子之意 而門人記之也"

17) 朱熹,『大學或問』經一章. "正經辭約而理備 言近而指遠 非聖人不能及也 然以其無他左驗 且意其或出於古昔先民之言也 故疑之而不敢質"

석이 옳지 못하다고 비판하였다. 이언적은『大學章句補遺』에서 "삼가 살펴보건대 '安'은 '安於所止'를 말한 것이니, 이른바 '居之安'의 의미이고, '慮'는 思의 뜻이니 程子가 이른바 능히 그 앎을 극진히 하면 思慮가 날로 더욱 밝아진다고 한 것이 그것이다."라고 하였다.[18]

이에 대해 이이는 다음과 같이 비판하였다.

> 安은 '처한 바에서 편안히 하는 것'을 말하니 몸을 가리키는 듯하지만 실제로는 아는 바가 편안한 것으로 실행에는 아직 미치지 않은 것이다. 맹자가 말한 '居之安'(「離婁下」 '自得之 則居之安')은 도에 깊이 나아가 자득한 공효로서 知·行을 합해 말한 것으로 知 한쪽에만 그치지 않는다. 그렇다면『대학』의 定·靜·安의 安은『맹자』의 '居之安'의 安과 근사한 듯하지만 輕重은 같지 않다. 그런데 晦齋는 이를 합해 하나로 보았으니, 온당치 못한 듯하다. 또 그가 '慮'를 思의 뜻으로 해석한 것이 크게 어긋난 것은 아니지만, 思는 格物의 길이니 당초 그 길을 생각하지 않으면 그칠 바를 알아 정해짐이 있을 수 없다. 物格知至한 뒤에 다시 생각을 하는 공부가 있는 것은 아니다. 선현이 慮를 知·行 사이에 처한 것으로 보아 '일에 임해서 다시 정밀하고 상세히 하는 것'이라고 해석한 것은 바꿀 수 없는 의논이다.[19]

이이는 이언적이 '安'을『맹자』의 '居之安'의 安으로 본 것에 대해 경중이 같지 않으며, '慮'를 思의 뜻으로 본 것에 대해 知·行의 사이에 해당한다는 점을 들어 반대하고 있다. 그는 주희가『대학장구』에서 '安'을

---

18) 李彦迪,『大學章句補遺』傳四章. "謹按 安謂安於所止 卽所謂居之安也 慮 思也 程子所謂能致其知 思日益明者 是也"

19) 李珥,『栗谷全書』권14, 雜著,「晦齋大學補遺後議」. "安謂所處而安 雖似指身 而實是所知之安耳 未及於行也 若孟子所謂居之安 則乃深造自得之效 合知行而言 不止於知一邊也 然則大學定靜安之安 與孟子居之安之安 雖似相近 而輕重不同 晦齋合而一之 恐是未安 以慮爲思 雖不大悖 但思是格物之路 當初不思 則無以知止而有定矣 不應於物格知至之後 乃更有思底功夫也 先賢以慮處於知行之間 而謂之臨事更精詳云云 恐是不易之論也"

'所處而安'으로, '慮'를 '處事精詳'으로 해석한 것을 不易之論이라고 하면서, 그와 다른 이언적의 설을 비판하고 있다.

이이의 세 번째 비판은 '知止而后有定' 이하 42자를 뒤로 옮겨 격물치지전으로 삼는 것에 대한 타당성 여부이다. 이이는 경문 42자를 격물치지의 의미로 보는 개정설에 대해 아래와 같이 회의적인 반응을 보이고 있다.

> 경문 2절을 격물치지장으로 하면 文義가 순조로울 듯하지만 반드시 그런지를 모르겠다. 窮理는 그 所當然과 所以然을 궁구하는 것이다. 그래서 表裏·精粗가 극진하면 本末·先後가 그 속에 들어있게 된다. 그런데 격물치지가 그 본말·시종을 궁구하는 것일 뿐이라면, 궁리 공부에 부족함이 있는 것이 아니겠는가? '知止而后有定' 1절은 그 功效를 말한 것일 뿐이다. 이를 통해 볼 때, 經文을 말미암아 격물치지의 공부를 하려 해도 실로 손을 쓸 곳이 없게 되니, 회재의 설은 程子·朱子의 설이 상세하고 극진하여 나아갈 수 있는 功程이 있는 것만 못하다.[20]

이이는 所當然과 所以然을 아는 것을 격물치지의 의미로 보았다. 그래서 격물치지의 궁리는 어떤 사물의 表裏精粗와 本末先後를 아는 것인데, 본말·시종을 궁구하는 것으로 보면 그 의미가 부족하다는 것이다. 그런 관점에서 이이는 '知止而后有定' 1절을 격물치지의 공효로 본다. 그러므로 격물치지를 말한 전문으로 볼 수 없다는 것이다.

네 번째로 이이가 이언적의 설에 대해 문제 제기를 한 것은 '至善'의 뜻에 관한 해석이다. 이언적은 '至善'에 대해 程頤·주희가 해석한 것들을 인용한 뒤 다음과 같이 정리하였다.

---

20) 上同. "經文二節 置之格物之章 文義似順 第未知必然否也 但窮理者 窮其所當然與其所以然 而表裏精粗 無所不盡 則本末先後 在其中矣 若只窮其本末始終而已 則無乃窮理功夫有所遺漏乎 知止云云一節 只言其效而已 由是觀之 雖欲由經文而下格物致知功夫 實不得其下手處矣 不如程朱二先生之說 爲詳盡而有功程可進也"

그렇다면 程子·朱子가 執中이 止於至善이라고 분명히 말하지는 않았지만, 그들이 이른바 '極'이라고 한 것은 中의 이치이다. 천하의 至善 중 그 어느 것이 中을 지나침이 있겠는가? 張南軒(張栻)이 이른바 사사물물에는 모두 天理에 맞는 이치가 보존된 것이 있다고 한 것이 그것이다. 또한『중용』에 이른바 '擇乎中庸'이라고 한 것은 衆理를 변별하여 至善이 있는 바를 구하는 것을 말한 것이다. 그러므로 그 다음 장에 연이어 "중용을 택하여 한 가지 선을 얻으면 가슴속에 담아두고 잃지 말아야 한다."고 말한 것이다.『중용』에서 말한 '擇善'·'明善'이 모두 그런 뜻이다. 그러니 中이 至善의 뜻이 되는 것이 더욱 분명하다. 대개 中과 至善은 명칭이 다르기는 하지만 이치는 한 가지이니, 학자들은 알지 않아서는 안 된다.[21]

이를 보면, 이언적은『대학』의 '止於至善'의 '至善'을『중용』의 無過不及의 의미인 '中'으로 본 것이다. 그런데 이언적이 이처럼 力說한 것에 대해 이이는 다음과 같이 말하고 있다.

至善과 中은 명칭이 다르기는 하지만 실제로는 같다. 회재의 설은 타당하다. 그러나 이는 늘 담론한 것으로, 그가 새롭게 수립한 설이 아니다. 주자의『대학혹문』중 理를 논한 곳은 성현의 설을 합해 하나가 되니, 至善과 中이 다르지 않음을 이를 통해 알 수 있다.[22]

이언적이 至善을 中庸의 中의 뜻으로 해석한 것은 새로운 발명이다. 그래서 그는『중용』의 '擇善'·'明善'의 善을 至善의 善으로 보았다. 이

---

21) 李彦迪,『續大學或問』. "然則程朱雖不明言執中之爲止至善 而所謂極者 中之理也 天下之至善 孰有過於中者乎 張南軒所謂事事物物 皆有中天理之所存 是也 且中庸所謂擇乎中庸者 言辨別衆理而求其至善之所在也 故下章繼之曰 擇乎中庸 得一善 則服膺勿失 其言擇善明善 皆此意也 中之爲至善 益明矣 盖中與至善 名雖異 而理則一 學者不可不知也"

22) 李珥,『栗谷全書』권14, 雜著,「晦齋大學補遺後議」. "至善與中 名雖異 而實則同 晦齋之說 當矣 但此是常談 非創立之說也 朱子或問中論理處 合聖賢之說 而爲一 則至善與中之不異者 因此可見矣"

러한 그의 설은 주희가 '事理當然之極'으로 至善을 해석한 설에 비해 관념적이지 않고 실제적이다. 그런데 이이는 이언적의 설에 대해 별로 새로울 것이 없는 설이라고 평가 절하했다.

이언적은 『求仁錄』을 저술할 정도로 仁에 대해 특별히 관심을 두었다. 그런 그가 『대학』 치국평천하장에 '仁'자가 자주 등장하는 것을 보고서 새로운 의미를 읽어낸 것이다. 그는 치국평천하장에 대해 다음과 같이 말하였다.

> 지금 삼가 두 장의 뜻을 깊이 궁구해 보건대, 첫머리에 孝·悌·慈로 立敎의 근본을 삼았으니, 이는 곧 仁을 베푸는 일이다. 또 恕를 말하고 絜矩를 말한 것은 仁을 베푸는 요점이 여기에 있음을 밝힌 것이다. 絜矩는 곧 恕다.[23]

이언적은 치국장의 孝·悌·慈를 仁을 베푸는 일로, 치국장의 恕와 평천하장의 絜矩를 仁을 베푸는 요점으로 파악한 것이다. 그는 治道의 근본을 仁에 있다고 보았는데, 仁의 실현을 孝·悌·慈에 두고, 그 요점을 絜矩에서 찾은 것이다. 仁을 핵심으로 보아 이를 구하는 것을 최선으로 생각한 것이 그의 학문 정신이라 할 수 있다.

이언적은 孔子·二程·주희 등의 말을 인용하여 公을 仁之體로, 愛를 仁之用으로, 恕를 仁之施로 보았다. 그리고 이 치국평천하장에서 반복해 말한 뜻이 모두 이 세 가지에서 벗어나지 않는다고 하였다. 그리하여 그는 仁을 치국평천하의 근본으로 삼은 것으로 해석했다.[24] 이언적은

---

23) 李彦迪, 『續大學或問』. "今竊深究兩章之義 首以孝弟慈爲立敎之本 此乃施仁之事也 又言恕言絜矩者 所以明施仁之要 在於此也 絜矩卽恕也"

24) 上同. "孔子曰 夫仁者 已欲立而立人 已欲達而達人 能近取譬 可謂仁之方也 程子曰 公而以人體之 故爲仁只爲公 則物我兼照 故仁所以能 恕所以能愛 恕則仁之施 愛則仁之用也 朱子曰 仁是人心所固有之理 公在仁之前 恕與愛 在仁之後 公則能仁 仁則能愛 能恕也 然則仁之體用 只是公與愛 而其施則恕也 章內丁寧反覆之意 不出乎三者之間 可見仁爲治國平天下之本 而施仁之要又在於絜矩也 必以孝弟慈爲先者 盖孝弟慈者 所

格物致知의 인식론에 천착한 다른 학자들의 관념적 탐구와는 달리, 사회적 실현을 염두에 두고 仁을 表章하여 絜矩를 통한 孝·悌·慈의 실천을『대학』의 奧旨로 보았다.[25] 이러한 그의 仁說은 사화의 소용돌이 속에서 보다 떳떳한 도덕성의 확립을 필요로 한 시대적 요청이기도 한 것이었다. 그의 仁說은『求仁錄』에서 보다 체계적으로 정리되는데, 그의 道學的 經世觀을 잘 드러내 주고 있다.[26]

이상에서 이이가 이언적의『대학장구』개정설에 대해 다섯 가지로 비판한 내용을 살펴보았다. 이런 이이의 비판은 주자학만을 정통으로 삼은 이황의 주장을 더욱 강화하는 역할을 하였다. 이이는 사서대전본의 소주에 대해 최초로 문제 의식을 가졌던 인물인데, 한국경학사에서 매우 주목해 볼 부분이다. 즉 그는 대전본 소주의 설이 주희의 集註·章句의 설과 다른 것이 있다는 것을 발견하고, 각각의 설에 대해 圈評을 하여 소주에 대한 分辨을 시도하였는데, 四書小註圈評이 그것이다. 이이의 이런 문제 의식은 그의 문인 金長生에 의해 더 확장되었고, 그 후 율곡학파 경학 연구의 주요한 과제로 등장하였다.

이이가 사서대전본의 소주에 대해 평을 한 준거는 바로 주희의 만년 정설로 일컬어지는 집주와 장구의 설이다. 즉 주희의 만년 정설과 다른 설에 대해서는 시비득실을 가려 분변을 한 것이니, 그 목적이 어디에 있었겠는가? 이는 이황이 주희의 설과 다른『대학장구』개정설을 비판한 것과 같은 맥락에서 이해할 수 있다.

이런 점에서 보면, 이이 역시 조선성리학을 주자학으로 경도시키는

以行仁之本也"

25) 崔錫起, 「晦齋의『대학장구』改訂과 後代의 論辨」, 『정신문화연구』통권 71호, 한국정신문화연구원, 1998, 89면.

26) 尹絲淳, 「晦齋의 '仁' 思想」, 『李晦齋의 思想과 그 世界』, 성균관대 대동문화연구원, 1992.

데 기여한 인물이라 하겠다. 비록 그의 闢異端이 이황에 비해 유연한 측면은 있지만, 주자학을 종주로 하고 있는 점에서는 크게 다르지 않다고 하겠다. 정주학을 추종하는 것이 시대적 대세였지만, 조선경학사에서 보면 그의 대전본 소주 비판은 후대 큰 영향을 미친 것을 부인할 수 없다. 이런 관점으로 보면, 이이가 이언적의 설을 비판한 정신사적 배경을 좀 더 쉽게 이해할 수 있다.

（3）柳成龍의 反論

柳成龍(1542-1607)의 자는 而見, 호는 西厓, 본관은 豊山이다. 부친은 황해도 관찰사를 지낸 柳仲郢이고, 모친은 안동 김씨로 金光粹의 딸이다. 유성룡은 경상도 義城 沙村里에서 출생하였다. 21세 때 이황의 문하에 나아가 수학하였고, 동문 金誠一과 교분이 두터웠다. 23세 때인 1564년 생원·진사 양시에 모두 합격하여 성균관에 유학하였고, 1566년 문과에 급제하여 벼슬길에 나아갔다.

그는 청현직을 두루 거친 뒤 홍문관 대제학을 역임하였고, 1590년 우의정에 승진하여 豊原府院君에 봉해졌다. 임진왜란 때에는 都體察使로서 軍務를 총괄하였고, 영의정으로서 국난을 극복하는 데 진력하였다. 저술로 27권의『西厓集』과『懲毖錄』·『亂後雜錄』·『喪禮備要』·『戊午黨籍』등이 있다. 경학 관련 자료로는 문집 잡저에 실린「大學」·「大學章句補遺」·「中庸言孝」·「鳶飛魚躍」·「萬物皆備於我」·「詩敎說」·「河圖洛書眞有是耶聖人以神道說敎」·「乾元亨利貞說」·「見群龍无首說」·「易占」·「焦氏易林」등이 있다.

유성룡은 스승 이황으로부터 주자학을 宗主로 하는 학문 정신을 계승한 탓에 이황처럼 주자학과 다른 설에 대해 이단시하는 관점을 그대로 견지하고 있다. 그는「象山學與佛一樣」에서 주희가 육구연을 공격한 것이 너무 심해 의심을 했었는데, 佛經과 『大慧語錄』·「證道謌」 등 불가의 서적을 보니 육구연의 학문과 유사하여 그 뒤로 한결같이 주자학을 篤信하게 되었다고 고백하고 있다.[27] 즉 육구연의 심학을 불교에서 나온 것으로 본 것이다. 유성룡은 이런 관점을 견지함으로써 육구연 이후의 심학과 명대 陽明學을 이단으로 지목하여 비판하였다.

유성룡은 28세 때인 1569년 聖節使 李後白의 書狀官으로 燕京에 갔을 때, 太學生들에게 "근래 중국의 도학은 누구를 종주로 합니까?"라고 물었는데, 어떤 사람이 "王陽明과 陳白沙를 종주로 합니다."고 하자, 유성룡이 말하기를 "백사는 도를 본 것이 정밀하지 않고, 양명의 학문은 오로지 禪에서 나온 것입니다. 저는 薛文淸을 종주로 삼아야 한다고 생각합니다."라고 하였다. 그러자 新安 출신 吳京(字 仲周)이란 자가 웃으며 앞으로 나와 말하기를 "근래 학술이 오염되고 어긋나 士人들이 趣向을 잃었기 때문에 諸生의 말이 그와 같았던 것인데, 그대가 正論을 내어 배척하니 闢異端에 깊은 생각이 있음을 알 수 있습니다."라고 하고서 한동안 칭찬하였다.[28] 이를 통해 보면, 그의 사상적 基底를 짐작할 수 있다.

유성룡은 경서를 읽을 적에 註解를 먼저 보아서는 안 된다고 역설하면서, 주해를 먼저 보면 자신의 新意가 없게 된다고 하였다.[29] 즉 주석에 얽매이지 말고 經文을 自得하라는 것이다. 이는 자득을 중시하는 학문 성향이다. 그래서 그는 학문을 할 적에는 이 자득을 위해 思를 특별

---

27) 柳成龍, 『西厓集』 권15, 雜著, 「象山學與佛一樣」.

28) 柳成龍, 『西厓集』, 年譜 권1, 28세 기사년조. "旣至皇都 方詣闕 少駐宣治門內 太學生 數百人來聚觀 先生問 近日中朝道學之宗爲誰 諸生相顧良久曰 王陽明陳白沙也 先生 曰 白沙見道未精 陽明專出於禪 愚意當以薛文淸爲宗耳 有新安人吳京者 字仲周 喜而 前曰 近日學術汙舛 士失趣向 故諸生之言如此 而君乃發正論以斥之 可見深有意於闢 異端矣 嗟歎久之"

29) 柳成龍, 『西厓集』 권15, 雜著, 「讀書法」. "凡讀書 不可先看註解 且將經文反覆而詳味 之 待自家有新意 卻以註解參校 庶乎經意昭然 而不爲他說所蔽 若先看註解 則被其橫 說吾胸中 自家竟無新意矣"

히 강조하였다. 그는 농부가 가라지를 제거하고 良穀을 기르듯이, 학자의 마음이 정도를 말미암고 학자의 생각이 성의를 말미암으면 惡念이 물러나고 天理가 저절로 밝아질 것이라 하였다.[30] 이는 學問과 思辨에서 사변의 자득을 중시하는 학문관이다.

이런 점으로 보면, 그의 학문 성향은 주자학만을 절대적으로 존신하지 않을 듯하다. 그러나 그는 스승의 영향과 조선성리학이 주자학으로 경도되는 시기를 살면서 그 시대적 한계를 뛰어넘지는 못하였다.

유성룡은 경전을 전체적으로 해석한 연구 성과물을 남기지는 못했지만, 위에서 열거한 단편적인 자료를 보면 그의 경전 해석 성향을 알 수 있다.『중용』에 '孝'자를 자주 언급한 데 주목한「中庸言孝」의 설과『대학』의 요지를 格物致知로 보고 그 요점이 '止'자에 있다고 한 해석은 그가 자득한 독자적 발명이라 하겠다.

유성룡은 "의리는 무궁하고 이 세상은 크기 때문에 사람들은 선현의 설에 대해 오히려 유감으로 여기는 점이 있다."고 하여, 후학들의 의리 발명을 간접적으로 인정하고 있다. 그러나 그는 "마음에 의문이 있다고 해서 감히 억지로 해석해서는 안 된다. 나는 늦게 태어나 先哲께 질정을 받을 수 없음이 한스럽다."고 하였고, 또 "선유들이 이미 정해 놓은 설이 있으니, 만에 하나도 엿볼 수 없는 후학으로서 어찌 감히 그 사이에서 가볍게 의논을 하겠는가?"라고 하여, 주희 등의 설에 대해 함부로 개정하는 것을 극도로 경계하고 있다.[31]

이처럼 유성룡은 주희의『대학장구』를 존신하지만, 그에게 독자적인 견해가 없었던 것은 아니다. 그는 주희의 설을 가볍게 의논하는 것에 대

---

30) 柳成龍,『西厓集』권15, 雜著,「學以思爲主」. "人能耕治心田 如農夫之去稂莠而養嘉
　　穀 則心由是正 意由是誠 惡念退廳 而天理自明矣"

31) 柳成龍,『西厓集』권15, 雜著,「大學章句補遺」. "然此乃先儒已定之說 後學未能窺闖
　　其萬一 豈敢輕議於其間哉 義理無窮 天地之大 人猶有憾 而心有所疑 不敢强焉 恨生也
　　晩 未得求正於先哲 聊記之而自省 以冀後日之或有進焉"

해 경계를 했지만, 『대학』에는 격물치지장을 별도로 둘 필요가 없다는 독자적인 견해를 표명하기도 하였다.

> 또한 나는 늘 격물치지장은 굳이 별도로 둘 필요가 없다고 생각했다. 내 생각으로는 '大學之道 在明明德'으로부터 곧장 '平天下'에 이르기까지 격물치지설 아닌 것이 없는 듯하다. 대개 '大學之道 在明明德 在新民 在止於至善'은 대학의 도가 다른 데 있는 것이 아니라 오직 이 세 가지에 있음을 말한 것이고, 그 아래 성의·정심·수신·제가·치국·평천하는 곧 명명덕·신민의 조목이며, 지어지선은 그 속에 들어있다. 이른바 격물치지란 그 성의·정심·수신이 일이 되는 바를 구하는 데 불과할 따름이다. 이와 같이 하여 성의가 되고, 이와 같이 정심이 되고, 이와 같이 하여 수신이 되고, 이와 같이 하여 제가·치국·평천하가 되니, 그 격물치지학이 되는 것이 어찌 분명하면서도 갖추어지지 않겠는가? 오직 학자들이 잠심하여 체험을 하며 고인이 완성해 놓은 길을 따라 노력해 실지공부를 더하는 데 달려 있을 뿐이다.[32]

이러한 유성룡의 격물치지설은 실제로 주희가 補亡章에서 말한 격물치지의 의미와 다르다. 주희는 사사물물에 내재한 이치를 알아내는 것을 격물치지로 본 반면, 유성룡은 성의 이하 6조목이 어떤 일인지 구하는 것을 격물치지로 보고 있다. 그러므로 그는 격물치지장을 별도로 둘 필요가 없다고 한 것이다. 위 인용문에서 그가 성의 이하 6조목이 명명덕·신민의 조목이라고 한 말도, 그의 격물치지에 대한 견해와 맞물려 있다. 즉 격물치지가 별도의 조목이 아니고, 6조목이 어떤 일인지를 구하는 것이라는 말이다. 그렇다면 그는 8조목으로 본 것이 아니라, 6조목

---

32) 上同. "且愚意常以爲格致章 不必別立 恐自大學之道 在明明德 直至平天下 無非格致之說 盖所謂大學之道 在明明德 在新民 在止於至善 是言大學之道 不在於他 而惟在於是三者 其下誠正修齊治平 乃明德新民之條目 而止至善 在其中 所謂格致者 不過求其誠意正心修身之所爲事而已 如此而爲誠意 如此而爲正心 如此而爲修身 如此而爲齊治平 其爲格物致知之學 豈不明且備乎 惟在學者潛心體驗 循古人已成之塗轍 着力加實地工夫而已"

으로 본 것이다. 마치 삼강령에서 지어지선이 명명덕·신민 속에 들어 있는 것처럼, 격물치지도 6조목 속에 들어 있는 것으로 판단한 것이다.

유성룡은 이와 같은 새로운 설을 가슴속에 간직하고 있었지만, 그것을 노골적으로 드러내지 않은 것이다. 그렇다면 그는 왜 이언적의 설에 대해 동의하지 않고 비판을 한 것일까? 그는 주희가 격물치지장이 궐실된 것으로 보아 補亡한 것, 王柏·方孝孺 등은 착간되었다고 보아 경문의 '知止而后有定' 이하 42자를 격물치지를 해석한 전문으로 본 것, 그리고 우리나라 이언적이 방효유의 설과 약간 달리한 것 등을 익히 알고 있었다.

그런데 이언적의 문인 盧守愼이 스승의 설을 卓見이라고 하자, 유성룡은 이에 대해 반복해서 그 맥락을 고찰한 뒤 마침내 그 설을 지지하지 않고 부정적으로 보는 견해를 확립하였다.[33) 그래서 그는 다음과 같이 그 설이 불가함을 말하였다.

이른바 '物有本末 事有終始 知所先後 則近道矣'라는 것은 윗 문장을 결론지은 것일 뿐만 아니라, 바로 아래 문장을 일으키는 장본이 되기도 한다. 이른바 '先'이란 아래의 '先治其國' 이하 6개의 '先' 자를 가리킨다. 이른바 '後'란 아래 '物格而后知至' 이하 7개의 '后' 자를 가리킨다. 이른바 '本末'이란 아래 문장 '自天子以至於庶人 壹是皆以修身爲本 其本亂而末治者 否也'이다. 이 경문은 語意가 관통하고 首尾가 서로 접속해 한 글자도 더하거나 뺄 수 없다. 大意가 聖學의 心身을 참되고 절실하게 하는 공부를 발명한 것이니, 다른 데서 일삼지 말고 여기에서 그 뜻을 구해 완미하고 익숙하게 하면 무궁한 맛이 있을 것이다. 만약 이 2절을 떼어내 격물치지장을 삼으면, '古之欲明明德於天下者'가 곧바로 '止於至善' 뒤에 이어지게 되니, 아래 문장의 '先後'·'本末' 등의 語意가 빠져 사람들의 마음을 경계하고 감발하기 부족함을 느끼게 된다. 이렇게 개정을 하는 것은 전문에 빠진 부분을 보충하려고만 하고, 경문이 저절로 이루어진 하나의 글인

---

33) 上同. "大學無格物致知章 朱子以程子之意補之 其後王魯齋方正學諸人 以爲格致章未嘗亡 以經文中知止物有本末二節 當之 我國李晦齋之見 亦與王方同 但以物有本末 置於知止之先 而近世盧穌齋以爲卓見 然余嘗反覆經文語勢脈絡 而知其未然也"

줄 모르는 것이니, 경문을 손상시키면서 옮기는 것은 끝내 불가하다.[34]

유성룡이 개정설을 반대하는 논리는 크게 두 가지로 정리할 수 있다. 하나는 경문 제3절 '知所先後'의 '先'과 '後' 자가 경문 제4절·제5절에 나오는 6개의 '先' 자 및 7개의 '后' 자와 조응이 된다는 것이며, 하나는 '知止而后有定' 이하 42자를 뒤로 옮기면 '止於至善'과 '古之欲明明德於天下者'가 곧바로 이어져 문맥의 연결이 자연스럽지 못하다는 것이다.

이러한 그의 설은 스승 이황의 반박 논리에 더 추가한 것으로 볼 수 있다. 왜냐하면 이언적이 청송절을 경문으로 옮긴 것에 대해서는 스승이 불가함을 지적했기 때문에 별도로 언급을 하고 있지 않고 있기 때문이다.

유성룡은 이언적의『대학장구』개정설에 대해 불가하다고 비판하였다. 그러나 그의 격물치지설을 보면, 선현의 설은 무조건 따라야 한다는 주자학을 절대 존신하는 학자들과는 일정하게 구별되는 성향을 갖고 있다고 하겠다.

(4) 朴知誡의 反論

朴知誡(1573-1635)의 자는 仁之, 호는 潛冶, 본관은 咸陽이다. 朴世茂의 손자로 부친은 군수를 지낸 朴應立이고, 모친은 전주 이씨이다. 1606년 이조 판서 許筬의 천거로 왕자사부에 임명되었으나 나아가지 않았다. 湖西 지방에 살면서 동향의 趙翼 등과 학문을 토론하였다. 인조반

---

34) 上同. "夫所謂物有本末 事有終始 知所先後 則近道矣者 非但結上文 正以起下文爲張本 所謂先者 指下先治其國以下六箇先字 後者 亦指下物格而后知至七箇后字 而所謂本末 亦下文自天子以至於庶人 壹是皆以修身爲本 其本亂而末治者 否也 此其語意通貫 首尾相接 增減一字不得 而大意發明聖學心身眞切之工 而欲其毋事於他 求玩而熟之 有無窮之味 今若摘去此二節 爲格致之章 而直以古之欲明明德 繼之於至善之後 則便覺下文先後本末字語意歇後 不足以警發人意 此徒欲補傳文缺 而不知經文之渾然天成者 終不可敗壞而移易之也"

정 이후 출사하여 사헌부 지평 등을 지냈고, 李适의 난이 일어났을 때는 왕을 호종하여 公州까지 내려가기도 하였다. 문하에서 權諰·趙光善 등이 수학하였다.

저술로는 10권 5책의『潛冶集』이 있다. 경학 관련 자료로는 문집 箚錄에 수록된「論語」·「周易」·「孟子告子」·「中庸」등과 잡저에 실린「李晦齋彦迪大學格致章辨」·「孟子牛山章辨」등이 있다. 이 외에도 편지글에 경학에 관해 논한 것이 다수 있다.

편지 가운데 權諰의 부친 權得己(1570-1622)와 격물치지의 뜻에 대해 토론한 것이 있는데, 격물치지에 대한 그의 독특한 해석이 주목된다. 그는 格物을 食肉에, 物格을 肉食·草食·粒食에 비유하였으며, 또 격물을 行路·行陸에, 물격을 陸行·山行·野行에 비유하기도 하였다. 그리고 주희가 격물치지를 해석한 '物理之極處 無不到'를『맹자』의 '知其性'과 연관하여, 物理之極處는 性으로, 無不到는 知로 해석하였다.[35] 이런 논거를 통해 그는 격물을 '窮至於物'로, 물격을 '於物格之'로 해석하였다.[36] 이러한 그의 해석은 주희의 관념적 해석을 실제적으로 이해하기 위한 노력의 산물이라 할 수 있는데, 권득기가 반론을 전개하였듯이 논란의 소지는 없지 않아 보인다.

박지계는 경전을 해석하는 법으로 세 가지를 제시한다. 하나는 글의 뜻을 살피는 文義이고, 하나는 글의 의리를 파악하는 義理이고, 하나는 사실을 고증하는 事證이다. 그는 이런 관점에서 格物物格을 해석하면서, '물이 마음에 이른다[物到於心]'고 하는 점은 의리상 크게 해로운 점이 있지만, '마음의 생각이 물리에 이른다'고 하는 것은 명백하다고 하였다.[37]

---

35) 朴知誡,『潛冶集』권4,「答權重之得己」. "格物物格之文義 比諸物 則格物猶言食肉也 物格猶言肉食也草食也粒食也 格物猶言行路也行陸也 物格猶言陸行也山行也野行也 ……詳釋此言 則性卽物理之極處也 知卽無不到也 知其性云者 知其物理之極處也"

36) 朴知誡,『潛冶集』권4,「答權重之」. "敢釋鄙前書 格物謂窮至於物也 物格謂於物格之也 此則比之於行陸陸行 不亦宜乎"

박지계의 학문 성향에 대해 「諡狀」을 지은 朴彌周는 "그의 학문은 孝悌에 근본하여 힘쓰는 바가 실천에 있었으며, 한결같이 四書를 위주로 하여 程朱의 訓釋을 독신하였는데 천지신명처럼 여기는 점이 있었다."[38]고 하였다. 이를 보면, 그의 학문은 주희의 사서에 대한 집주와 장구에 근본하고 있다고 하겠다. 그래서 그는 주희의 글을 읽다가 의문이 들면, "이는 반드시 주자의 初年의 설일 것이다."라고 하였는데, 뒤에 고찰해 보면 과연 그러하였다고 한다.[39] 이는 그의 설이 주희의 사서 집주와 장구에 근거하고 있음을 단적으로 보여주는 말이다.

이런 그의 학문 성향을 전제로 하여, 그가 이언적의『대학장구보유』에 대해 어떻게 논평하고 있는지를 고찰해 보기로 한다. 그의 문집 권6에는 「李晦齋–彦迪–大學格致章辨 乙未」라는 글이 실려 있는데, 을미년은 1595년으로 그의 나이 23세 때 지은 것이다. 그는 이언적이 經一章의 제2절과 제3절을 격물치지전으로 삼은 것에 대해 찬성하지 않는다는 자신의 입장을 전제하고서 다음과 같이 논하였다.

경일장은 맨 처음 삼강령을 말하여 이 세 건의 物이 있음을 보였다. 다음으로 定·靜·安·慮·得을 말하여 이 세 건의 物을 행하는 일을 보였다. 대체로 이 2절(제1절·제2절)은 서로 필요로 하는 것이다. 제3절은 또한 이 두 가지(物·事)를 배우는 방법을 밝힌 것인데, 이 두 가지를 배우는 방법은 오직 知所先後에 달려 있다. 그러므로 여기에 선후의 설을 드러낸 것이다. 제4절은 옛날 사람들이 먼저 했던 바를 인용하여 제3절의 이른바 먼저 할 바를 안다는 것을 밝히고, 제5절은 옛날 사람들이 뒤에 했던 바를 말하여 제3절의 이른바 뒤에

---

37) 朴知誡,『潛冶集』권4,「答權重之得己」. "釋經之法 文義義理事證三者而已 審其文義 則旣兩通而無所妨 以義言之 則物到於心云者 大有所害 以事證考之 則心思之到於物理云者 若是其明白"

38) 朴知誡,『潛冶集』권10,「諡狀」. "其學本於孝悌 務在踐履 一以四子爲主 而篤信程朱訓 有若天地神明"

39) 上同. "講朱書 或有所疑 則曰 此必爲朱子初年說 後考之果然"

할 바를 안다는 것을 밝힌 것이다. 그러니 이 2절(제4절·제5절)은 제3절의 선후의 설을 상세히 말한 것 아닌 것이 없다. 또 제6절의 이른바 '自天子至於庶人 一是皆以修身爲本也'와 제7절의 이른바 '本亂而末治者'는 제3절에 이른바 '知所先後'이니, 제3절이 뒤의 4절(제4절~제7절)의 주된 뜻이 아니겠는가?[40]

박지계의『대학장구』경일장 해석은 독특하다. 물론 그의 설이 주희의 설에서 벗어난 것이라고는 말할 수 없다. 그렇지만 그의 설은 주희의 설에 보이지 않는 것으로, 그 자신이 새롭게 발명한 설이라 할 수 있다.

박지계는 경일장의 제1절 삼강령을 物로, 제2절의 定·靜·安·慮·得을 事로, 제3절(物有本末 事有終始 知所先後 則近道矣)은 이 物과 事를 배우는 방법으로 보았다. 주희는『대학장구』에서 제3절을 해석하면서 '物有本末'을 명덕과 신민으로 보았고, '事有終始'를 知止·定·靜·安·慮·得으로 보았다. 박지계의 설은 이런 주희의 설과 미묘한 차이는 있지만, 명명덕·신민을 物로, 知止 이하를 事로 본 것은 같다. 주희는 제3절을 제1절·제2절을 결론짓는 의미로 보았는데, 박지계는 제3절을 物과 事를 배우는 방법으로 보고 있어 관점의 차이를 보인다. 그런데 박지계의 설의 핵심은 제3절의 '知所先後'를 物·事를 배우는 방법의 요점으로 파악하고 있는 점이다. 그래서 그는 제4절 이하 4절이 모두 '知所先後'를 부연한 것으로 보고 있다. 이러한 그의 설은 기실 독자적인 발명에 해당한다. 그러나 여기서 이 문제를 다루는 것은 적절치 않으므로 더 이상의 논의는 생략한다.

그렇다면 박지계가 이와 같이 주장하는 이유는 무엇일까? 그것은 경

---

40) 朴知誠,『潛冶集』권6,「李晦齋彦迪大學格致章辨」. "夫經一章 首言三綱領 以示有此三件物 次言定安靜慮得 以示行此三件物之事 蓋此二節 其相須者乎 第三節 亦所以明夫學此二者之方 而學此二者之方 惟在知所先後 故於此發其先後之說 而第四節 引古之所當先者 以明三節之所謂知所先也 第五節 言其所當後者 以明三節之所謂知所後者也 則此二節 無非所以詳言第三節先後之說 而第六節所謂自天子至於庶人 一是皆以修身爲本也 第七節所謂本亂而末治者 三節之所謂知所先後者 其非下四節之主意乎"

일장의 논리 구조를 분석하여, 제2절과 제3절을 이언적의 설처럼 뒤로 옮길 경우 논리 구조에 심각한 문제가 생기기 때문에 그의 설은 맞지 않는다는 점을 강조하기 위해서이다. 그는 이런 논리 구조를 정리하여 다음과 같이 말하고 있다.

> 대저 제1절·제2절은 경일장의 머리[頭]이고, 제3절은 경일장의 목[喉舌]이며, 제4절·제5절은 경일장의 배[腹]이고, 제6절·제7절은 경일장의 꼬리[尾]이다. 만약 제2절·제3절이 없다면 言意가 돌발적이고, 文理가 접속되지 않으며, 혈맥이 서로 관통되지 않고, 머리와 꼬리가 서로 응하지 않게 된다. 이것이 어찌 고인의 본문이겠는가?[41]

박지계의 논리대로 보면, 제2절·제3절을 뒤로 옮길 경우 머리의 일부와 목이 없는 생물이 되기 때문에 존재할 수가 없게 된다. 그는 이와 같이 논리 구조를 파악해 제2절·제3절을 뒤로 옮겨 격물치지장으로 삼는 것의 불가함을 논한 뒤, 다음과 같은 점을 또 거론하여 불가함을 재차 강조하였다.

> 만약 이 2절로 격물치지장을 삼는다면 더욱 옳지 않은 점이 있다. 제2절에 이른바 '知止而后有定'과 제3절의 '知所先後 則近道矣'는 致知의 功效이다. 어찌 格物의 工程을 말하지 않고서 치지의 공효를 갑자기 말하는 경우가 있던가?[42]

이 말은 제2절의 '知止而后有定'과 제3절의 '知所先後 則近道矣'는 공효에 해당하는 致知이지, 工夫에 해당하는 格物이 아니라는 점을 지적

---

41) 上同. "大抵 首二節 一章之頭也 第三節 一章之喉舌也 四節五節 一章之腹也 六節七節 一章之尾也 如無二三節 則言意突然 文理不續 血脈不相貫 頭尾不相應 此豈古人之本文乎"

42) 上同. "若以此二節 爲格物致知之章 則尤有所不然者 所謂知止而後有定 知所先後則近道矣云者 致知之功效也 豈有不言格物工程 而遽言致知功效也"

한 것이다. 즉 제2절·제3절에는 致知의 의미는 있지만, 格物의 의미는 없기 때문에 격물치지를 해석한 傳文이 될 수 없다는 것이다.

그는 이 점을 강조하기 위해 아래와 같은 논조로 그 설의 불가함을 더 역설하였다.

> 팔조목을 해석한 『대학』의 전문에는 모두 工程을 말하였는데, 어찌 유독 격물치지전에는 치지의 공효만 말했단 말인가? 치지의 공정은 格物에 달려 있다. 그러므로 주자는 보망장에서 격물의 공정으로 그 설을 삼아 "因其已知之理而窮之 以求至於其極"이라고 하였으니, 치지의 공정이 이 설에 극진하다. 만약 이런 설 없이 단지 '知止而后有定'·'知所先後 則近道矣'라고만 하면, 학자들이 어디에서 窮理格物 공정의 착수처를 고찰하겠는가? 이 도가 행해지는 것은 이 도가 밝음을 말미암고, 이 도가 밝음은 내 마음의 앎을 말미암는다. 그러니 치지의 공부가 이 도보다 중한 것이 아니겠는가? 그러므로 순임금 이래로 모두 知를 칭했는데, 후대로 내려올수록 더욱 상세하였다. 『대학』에 '格物'을 말한 것은 학자들로 하여금 공부를 하는 착수처를 알게 한 것이다. 궁리 공정의 착수처를 말하지 않으면 순임금이 '惟精'이라고 한 것과 무엇이 다르겠는가? 후대에 상세함을 더하여 '格物'을 말한 뜻이 과연 어디에 있겠는가?[43]

박지계는 제2절·제3절에는 格物의 공정에 관한 의미가 없기 때문에 격물치지장이 될 수 없다는 견해를 밝힌 뒤, 주희의 보망장에서 격물의 공정을 언급한 부분이 학자들이 격물치지하는 착수처라는 점을 강조하여 格物의 의미를 환기시키고 있다. 요컨대 그의 설은, 제2절·제3절은 치지의 공효를 말한 것으로 격물의 공정이 없기 때문에 격물치지를 해

---

43) 上同. "大學傳八條目 皆言其工程 何獨於此 只言致知功效乎 致知工程 惟在格物 故朱子於補亡章 以格物工程爲之說曰 因其已知之理而窮之 以求至於其極 致知工程 盡於斯說矣 如無此說 而但曰知止而有定 知所先後則近道矣 則學者於何 考其窮格工程下手處乎 斯道之行也 由斯道之明也 斯道之明也 由吾心之知也 致知之功 其非重於斯道者乎 故自大舜以來 擧皆稱知 而後來益詳 加之以格物者 蓋欲學者 知所用工下手處也 苟不言窮理工程下手處 則是與所謂惟精 無以異也 加詳之意 果安在哉"

석한 전문이 될 수 없다는 것이다.

이러한 그의 설은 17세기 격물치지에 대한 이해가 깊어지면서 나타난 정밀한 사유에 해당한다. 박지계는 權得己와 격물치지에 대해 토론하면서 이에 대한 인식이 깊어졌고, 그것을 바탕으로 주희가 언급하지 않은 점을 심도 있게 드러내는 동시에, 이언적이 제2절·제3절을 뒤로 옮겨 격물치지전으로 본 설의 합당하지 않은 점을 예리하게 지적한 것이다.

(5) 權榘의 反論

權榘(1672-1749)의 자는 方叔, 호는 屛谷, 본관은 안동이다. 부친은 權憕이며, 모친은 풍산 유씨로 유성룡의 증손인 柳元之의 딸이다. 권구는 안동 枝谷里에서 태어나 李玄逸에게 수학하였으며, 李栽·金命基·權斗經·金聖鐸·李光庭 등과 교유하였다. 그가 활동하던 시기는 영남 남인계가 정치적으로 失勢한 시기여서 출사를 단념하고 학문에 전념하였다.

권구는 理氣論에 대해 이이의 理通氣局說을 반박하고 이황의 理氣互發說을 지지하였다. 경학 방면으로는 『대학』·『중용』·『주역』 등에 조예가 깊었다. 저술로는 10권 5책의 『屛谷集』과 『內政篇』이 있다. 경학 관련 저술로는 문집 잡저에 실린 「大學就正錄幷圖」·「傳十章脈絡」·「中庸就正錄」·「讀易瑣義」·「易卦取象」·「易中記疑」·「朞三百註解」·「璿衡註解」, 및 書에 실린 「答金通明大學問目」과 謾錄에 실린 「絜矩辨」·「戒懼愼獨」 등이 있다.

권구의 학문관은 다음과 같은 글을 통해 확인할 수 있다.

> 경서를 읽는 자는 輯註 외에 곁으로 다른 구멍을 파서는 안 된다. 그러나 먼저 註脚을 따라 보고 다시 생각을 극진히 하는 바가 없으면 자기의 정신을 개발할 길이 없다. 그러니 먼저 經文을 완미하여 이해한 뒤에 註說을 참조하면 깨달음이 바야흐로 精彩해질 것이고, 소득도 實得이 될 것이다.44)

이 말은 주희의 주석에 따라 본문을 읽지 말고, 본문을 읽어 뜻을 이해하고서 주석을 참조하라는 것이다. 주희의 주석에 너무 매몰된 사고를 경계하는 말이다. 그것은 주희의 주석만을 따라 읽으면 정답을 외우는 것과 같다고 생각하기 때문이다. 그래서 그가 주장하는 것은 바로 自得이다. 위 인용문의 '자기의 정신을 개발하라'는 것이 그것이다.

또 그는 『대학』을 학문의 계단[階梯]으로, 『중용』을 학문의 두뇌[總腦]로, 『주역』을 학문의 本源으로 보는 학문관을 피력하였는데[45], 그의 학문 성향이 농축되어 있다고 보인다.

권구의 『대학』 해석에는 독자적으로 발명한 설이 다수 눈에 띈다. 우선 그는 기왕의 權近·李滉이 삼강령을 상단에 나란히 배열한 大學圖를 따르지 않고, 明明德과 新民을 맨 위에 둔 뒤 止於至善을 그 아래 중앙에 두어 명명덕·신민과 선으로 연결하고 있는 것이 이채롭다.

또한 경일장의 제1절과 제4절을 古經으로 보고, 나머지 제2절·제3절 및 제5절~제7절을 공자가 고경을 해석한 말로 보았다. 이는 주희의 설과 다르다. 또한 傳十章의 요지를 세 단락으로 나누어 파악하는 三分節說을 주장하고, 그 요지를 心으로 파악하였으며, '絜矩'에 대해서도 '己所不欲 勿施於人'의 개인적 실천의 恕가 아니라 推行에 해당하는 공적인 恕라고 구별하여 해석하였다.[46]

이처럼 권구는 안동권에서 살면서 퇴계학파 이현일의 문인이지만, 이황의 대학도와 다른 대학도를 그렸고, 주희의 설과 다른 주장을 하기도 했다. 그러나 그는 『대학장구』를 개정한 중국 역대 학자들과 우리나라

---

44) 權榘, 『屛谷集』 권9, 附錄, 權紳 撰, 「詳記謹書」. "又曰 讀經者 於輯註外 不可傍穿孔穴 然若先從註脚看 更無致思之地 無以開發自家精神 不如先玩經文 使有所領會 然後 參互註說 其所省悟 方有精采 所得爲實得矣"

45) 權榘, 『屛谷集』 권3, 「與金振伯 壬戌」. "大學其階梯也 中庸其總腦也 周易其本源也"

46) 姜志沃, 「屛谷 權榘의 『大學』 해석 연구」, 경상대학교 석사학위 논문, 2007.

이언적의 설에 대해서는 찬성하지 않고 비판하였다.

그는 이언적의 개정설에 대해 다음과 같이 말하였다.

> 晦齋의『대학장구보유』의 말은 순수하여 至論 아닌 것이 없다. …… 회재에
> 게 이미 定論이 있었는데, 宋濂·董槐·方孝孺·蔡淸 등의 견해와 암암리 합하
> 였으니, 末學淺見인 내가 감히 망령되게 의논할 바가 아니다. 그러나 이미 내
> 가 의심하는 바를 강제로 억지하기도 어려웠다. 그리고 退溪·西厓 두 선생의
> 설에 이미 그들의 설을 비판한 것이 있기 때문에 이런 의견을 미루어 근원하
> 고, 경문을 참고하여 손 가는 대로 의문점을 기록한 것이 위와 같다.[47]

이언적의 개정설에 대해 의문이 있기 때문에 이황·유성룡 등이 비판
한 설에 근거하고 경문을 참고하여 자신의 설을 제기하였다는 것이다.
이 말을 자세히 음미하면, 하나는 이황과 유성룡이 비판한 것과 같은 점
이 있기 때문에 찬성할 수 없다는 것이고, 다른 하나는 경문을 참고하여
자신이 또 한 가지 부정적인 견해를 더한다는 것이다. 전자는 앞에서 거
론했기 때문에 여기서는 후자에 대해서만 살펴보기로 한다.

권구는 이언적이 청송절을 경문 맨 뒤로 옮긴 것에 대해 부정적으로
보는 이유를 다음과 같이 말하고 있다.

> 회재가 또 "고인의 저술은 반드시 옛날 성현의 말을 취하여 결론을 맺는다."
> 고 한 것은 옳다. 그러나『중용』제1장과『대학』經文은 體例와 文勢가 대체로
> 근사하다. 그런데『중용』에는 그런 사례가 없으니, 이로써 증거를 삼기는 어려
> 울 듯하다. 栗谷이 "『대학』경문은 공자의 말씀인데, 개정설은 공자의 말씀을
> 인용하여 결어로 삼았으니 의심할 만하다."고 한 것도 이와 같은 듯하다. 대개
> 傳文은 曾子의 생각인데 기술한 자는 그의 문인이니, 제6장에 증자의 말을 인

---

47) 權榘,『屛谷集』권4,「大學就正錄幷圖」. "晦齋補遺之言粹然 無非至論……晦齋既有
　　定論 而宋濂董槐王柏方孝孺蔡淸諸公之見 又與之暗合 則非末學淺見所敢妄議 既難强
　　其所疑 而退溪西厓兩先生之說 有在 故推原此意 參以經文 隨筆記疑如右"

용하여 증명한 것은 옳다. 경문은 공자의 말씀을 증자가 기술한 것이니, 개정설처럼 '子曰'로 구별하여 공자의 말씀을 인용해 결론을 짓는 것은 이해할 수 없다. 대개 이 청송절은 鄭玄의 판본(『고본대학』)에는 '止於信' 밑에 있었다. 程子가 경문 맨 뒤로 옮겼는데 朱子가 이 절을 끌어다 本末傳으로 삼은 것은 반드시 그 사이에 정밀한 뜻이 있었을 것이다. 그러니 가벼이 의논하기 어려울 듯하다.[48]

앞에서 살펴보았듯이 이언적은 경문을 공자의 말로 보지만 증자가 기술한 점을 중시하여, 경문 말미로 옮긴 청송절에 대해, 증자가 공자의 말을 기술한 뒤 다시 공자의 말을 직접 인용하여 결론을 삼은 것으로 해석했다. 그러나 권구는 李珥가 비판한 것처럼 공자의 말을 기술하는데 또 공자의 말을 인용하여 결론을 맺는 것은 타당하지 않다고 본 것이다. 그리고 그는 程頤가 청송절을 경문 뒤로 옮겼는데 주희가 그 설을 따르지 않고 전문 제4장으로 삼은 데에는 반드시 정밀한 탐구가 있었을 것이라는 점을 들어, 부정적인 견해를 더 드러냈다.

또한 권구는 자신의 논리를 강조하기 위해 이언적의 설을 지지한 盧守愼의 설을 비판하였는데, 먼저 노수신의 설을 보면 다음과 같다.

청송절의 '使無訟'은 경문의 '修身爲本'과 서로 합치된다. 그런데 주자는 무슨 까닭으로 팔조목 수신의 근본으로 삼아 설이 간략한 결론을 만들지 않고, 명명덕과 신민을 상대적으로 보는 근본을 삼아 體例가 없는 해석을 하였는지 모르겠다. 또한 동괴·채청 등은 무엇 때문에 청송절을 경문의 '知止而后有定' 1절과 '物有本末' 1절 뒤에 붙였는지 모르겠다. 참으로 그렇게 한 意義가 있겠

---

48) 上同. "晦齋又以爲古人述作 必取古昔聖賢之言以結之者 然矣 然中庸首章 大學經文 體例文勢 大抵相近 而中庸亦無此例 恐難以此爲證也 栗谷以爲經文旣是夫子之言 則 又引夫子之言爲結語 可疑云者 亦似如此 蓋傳文是曾子之意 而記之者門人 則如六章 引曾子之言以明之 可也 經文是夫子之言 而曾子述之 則別以子曰 引夫子之言以結之 未可知也 大抵此節 鄭本在止於信下 而程子置經文之末 而朱子乃引此以爲本末傳者 必有精義於其間 恐難易議也"

지만 나는 모르겠다.[49]

이에 대해 권구는 다음과 같이 비판하였다.

> 명명덕·신민·지어지선은『대학』의 강령이 되고, 本末·終始·先後는『대학』에 대해 공부하는 강령이 되니, 강령·조목을 운용하는 하나의 큰 관건이다. 그러므로 강령과 조목의 사이에 경문의 차례에 따라 전문을 둔 것이니, 어찌 無例之釋이라고 하겠는가?[50]

권구는 팔조목을 工夫의 件目으로 보고, 本末·終始·先後를 工夫의 準程으로 보았다. 그리고 그 가운데서 本末만을 끄집어내 전문을 둔 것은, 본말을 모르면 공부를 하는 地頭가 없기 때문이라고 보았으며, 본말만 말했지만 그 속에는 종시·선후가 다 들어 있는 것으로 보았다.[51] 위 인용문에 보이듯이, 권구는 본말·종시·선후를 공부를 해 나가는 강령으로 인식하고 있다. 그래서 삼강령과 팔조목을 해석한 전문 사이에 본말전을 두었다는 것이다. 이러한 그의 설은 본말·종시·선후를 특별히 강조한 것으로, 실제의 공부를 염두에 둔 해석이라는 데 의미가 있다.

권구는『대학장구』의 편차를 그대로 따르면서 이언적의 개정설을 비판하였지만, 그의 해석이 전적으로 주희의 해석과 같지 않으며, 주희가 언급하지 않은 독자적인 주장을 했다는 점에서 의의가 있다.

---

49) 上同. "至如無訟 與爲本 正相合 不知朱子何故不作八條修身之本 以成說約之結 乃作兩物相對之本 以起無例之釋 又不知董蔡諸公 亦何爲以聯於二節之左 固皆有意義 而莫之曉也"

50) 上同. "明明德新民止於至善 爲大學之綱領 本末終始先後 爲大學下工夫之綱領 乃運用綱領條目之一大關棙 故綱領條目之間 依經文次第立傳 豈可以爲無例之釋乎"

51) 上同, 間註. "大學專是工夫 而八條目是工夫之件目 本末終始先後是工夫之準程 不知本末 則無下手地頭 故以此立傳 而終始先後之意 包貫在其中矣"

（6） 楊應秀의 反論

　楊應秀(1700-1767)의 자는 季達, 호는 白水, 본관은 남원이다. 부친은 楊處基이고, 모친은 江華 崔氏이다. 그는 전라도 淳昌 출신으로, 趙世維 등에게 배우고 뒤에 李縡(1680-1746)를 사사하였다. 1754년 經行으로 천거되어 世子翊衛司 副率 등을 역임하였다. 이재의 문인 宋明欽 · 金元行 · 朴聖源 등과 교유하였다. 이를 보면, 그는 기호학파의 인물임을 알 수 있다. 그의 저술로는 30권 17책의『白水集』이 있는데, 그 속에 경학 관련 자료로는「大學講說」·「中庸講說」·「論語講說」·「孟子講說」등이 다수 있다.

　양응수의 문집 권7에 수록된「補亡章諸儒說辨」은 주희의『대학장구』補亡章에 대한 여러 학자들의 설에 대해 논변한 것인데, 그 가운데는 이언적의 개정설에 대해 비판한 것도 있어 주목된다. 여기서는 이 자료를 중심으로 그가 이언적의 설을 비판한 것에 대해 살펴보고자 한다.

　그는 이 글의 첫머리에 이언적의「大學章句補遺序」을 인용하고, 李睟光이 明儒 方孝孺의 말을 인용해 중국학자들이 개정한 설 및 이언적이 개정한 설에 대해 언급한 말을 인용한 뒤, 이황이 李湛에게 보낸 편지에서 개정설에 대해 불가함을 논한 내용을 인용해 놓았다. 그리고 자신의 견해를 다음과 같이 표명하였다.

　　나는 일찍이 대사간 李伯心이 輯錄한 우리나라 유자들의 經說을 얻어 읽어
　보았는데,『대학장구』보망장에 대해 李晦齋의「大學章句補遺序」및 李芝峯
　이 말한 설을 보고서 마음속으로 괴이하게 생각해 어리석은 소견으로 의문점
　을 기록하려 하였으나 그렇게 하지 못했다. 근래 退溪 선생의 문집을 보다가
　李仲久에게 답한 편지의 別紙에 이미 이 문제를 논했는데 辨說이 명백하고 辭
　意가 엄정하여 諸儒들의 잘못을 바로잡고 후학들의 의혹을 불식시킬 수 있었
　다. 우리 朱子께서 이에 후세의 子雲(揚雄)·堯夫(邵雍)를 얻은 격이니, 斯文을

442 조선시대『大學章句』改定과 그에 관한 論辨

위해 얼마나 다행한 일인가. 나는 이에 회재의「대학장구보유서」과 지봉 이수광의 설 2편을 베끼고 퇴계의 설을 그 뒤에 특별히 써서 斷案으로 삼았다. 이제부터 우리 동방 학자들이 이 설을 보면, 저 개정설에 거의 의혹되지 않을 것이다. 이를 중국에 전해 온 세상에 전달하지 못함을 한스럽게 여긴다.[52]

양응수는 대사간 李基敬(1713- ?)이 집록해 놓은 우리나라 학자들의 설 가운데 이언적과 이수광의 설을 보고서 괴이하게 여겨 반박하려 하였는데, 뒤에 이황의 설을 보고서 그것으로 결론을 삼았다고 술회하고 있다. 이기경은 자가 伯心, 호는 大山, 본관은 全義로 李翊烈의 아들이다. 그는 전주에 살았으며, 李緯에게 수학하였다. 1739년 문과에 급제하여 1762년 대사간이 되었고 漢城右尹에 이르렀다.

이를 보면, 양응수는 이황이 불가하다고 한 세 가지 관점을 단안으로 삼아 이언적의 개정설을 비판하였을 뿐, 자신의 견해를 덧붙이지는 않았음을 알 수 있다. 그런데 양응수는 뒤에 安邦俊(1573-1654)의 설을 인용하고, 그 설에 대해 비판을 가하고 있다.

앞에서 살펴보았듯이, 안방준의 개정설은 이언적의 설에 영향을 받았지만, 이언적의 개정설과 꽤 다르다. 따라서 양응수의 의도는 전라도 출신 선배 학자 안방준의 개정설을 비판하는 데 있었다고 보인다. 이에 대해서는 뒤에서 별도로 논의하기로 한다.

---

52) 楊應秀,『白水集』권7,「補亡章諸儒說辨」. "應秀嘗得李大諫伯心所輯錄東儒經說而讀之 至大學補亡章 見李晦齋補遺序 及李芝峯云云之說 心竊怪歎 欲以愚見有所箚疑而未及矣 近見退溪先生集 其答李仲久別紙 已論此事 而辨說明白 辭意嚴正 以正諸儒之失 而破後學之惑 我朱夫子 於是乎得後世之子雲堯夫矣 其爲斯文之幸如何哉 秀乃爲之謄出晦齋序芝峯說二篇 而特書退翁說於其下 以爲斷案 繼自今我東學者之觀此 則庶幾不惑於彼說 而恨無以傳及中國達之天下也"

(7) 宋明欽의 反論

宋明欽(1705-1768)의 자는 晦可, 호는 櫟泉, 본관은 은진이다. 부친은 李縡의 문인인 宋堯佐이다. 漢城 출신으로 부친을 따라 충청도 沃川·懷德 등지로 옮겨 다니며 살았고, 부친으로부터 가학을 전수받았다. 학행으로 천거되어 사헌부 장령 등에 제수되었으나 나아가지 않다가, 1755년 玉果縣監으로 나아갔다. 송명흠은 金元行·任聖周·閔遇洙·金亮行 등과 교유하며 학문을 토론하였다. 저술로 19권 10책의『櫟泉集』이 있다. 경학 관련 자료로는 문집에 실린「中庸箚錄」·「玉溜講錄」이 있는데,『대학』에 관한 설은「옥류강록」에 들어 있다.

송명흠은 이언적의 설에 대해 직접 비판을 가하지는 않았다. 다만 문집 권12 잡저에 실린「花田記聞」에서 혹자의 질문에 답한 말을 보면, 그도 이언적의 개정설에 대해 반대하고 있음을 알 수 있다. 혹자가 그에게 "보망장의 의논은 저절로 뺄 수 없는데, 晦齋는『대학장구보유』를 지어 '知止而后有定'과 '物有本末' 2절을 끌어다 합해 격물치지가 되는 것으로 삼았습니다. 그러나 격물치지의 뜻은 마땅히 이처럼 구차하지는 않을 듯합니다. 저의 생각으로 회재의 이 설은 분명 의심할 만한데, 栗谷이 심하게 배척하지 않은 것은 어째서입니까?"라고 하자, 그는 "나도 율곡이 심하게 배척하지 않은 것을 의아하게 생각합니다."고 하였다.[53)

이 기록의 논지는 이이가 이언적을 설을 심하게 배척하지 않은 이유에 대해 의아하게 생각한다는 것이다. 그러나 그 속에 담긴 뜻은 이언적의 개정설이 격물치지의 뜻에 맞지 않기 때문에 옳지 않다는 전제가 깔려 있다.

앞에서 살펴보았듯이, 이이는 이언적의 설에 대해 다섯 가지 이상 문

---

53) 宋明欽,『櫟泉集』권12,「花田記聞」. "問 補亡章議論 自是不可闕者 而晦齋作大學補遺 以知止物有二段 捏合成格致文字 恐格致之義 不當似此草草 愚意晦齋此段 分明可疑 而栗谷不甚非之 何也 曰 余亦訝栗谷之不深斥也"

제점을 지적하며 그 설이 불가하다고 비판하였다. 그러나 그 문맥은 이황이 비판한 것보다 부드럽다. 혹자는 송명흠에게 아마도 이황처럼 강경하게 배척하지 않은 의도를 질문한 듯하고, 송명흠도 그의 말에 동조해 그 이유를 의아하게 생각하고 있다. 이를 보면, 16세기 이이에 비해 18세기 기호학파 학자들이 주희의 설만을 절대적으로 존신하고 있었음을 알 수 있다.

송명흠은 이언적의『대학장구』개정설을 직접 비판하지는 않았지만 이와 같은 사상적 기류 속에서 보면, 그 역시 이언적의 설을 매우 부정적으로 생각하고 있었음을 알 수 있다. 그리고 그것이 기호학파의 일반적인 경학관이었음을 알 수 있겠다.

(8) 魏伯珪의 反論

魏伯珪(1727-1798)의 자는 子華, 호는 存齋, 본관은 長興이다. 부친은 魏文德이고, 모친은 平海 吳氏이다. 위백규는 전라도 장흥 懷川 桂春洞에서 출생하여 그곳에서 살았다. 1751년부터 尹鳳九에게 수학하였다. 1765년 생원시에 합격한 뒤, 桂巷山 밑에 茶山草堂을 짓고 후진을 양성하며 학문에 전념하였다. 뒤에 천거되어 玉果縣監을 지냈다.

위백규는 宋時烈-權尙夏-윤봉구로 이어지는 기호 노론계 학맥을 이은 사람으로, 시골 생활을 통해 자득한 현실인식을 바탕으로 경세적인 실학을 연구하여, 黃胤錫·河百源과 함께 호남의 3대 실학자로 일컬어진다. 저술로는 24권 12책의『存齋集』과 실학 관련 저술인『寰瀛誌』·『政絃新譜』및『古琴』·『然語』등이 있다. 경학 관련 자료로는 문집『讀書箚錄』에 실린「大學箚疑」·「中庸箚疑」·「論語箚疑」·「孟子箚疑」및 雜著·書 등에 실린 단편적인 내용이 다수 있다.

위백규가 이언적의『대학장구』개정설에 대해 비판한 것은『讀書箚錄

-大學』經一章 해석에 보인다. 그는 '物有本末' 1절 뒤에 자신의 다음과 같은 견해를 기술해 놓았다.

> 晦齋의『大學章句補遺』에서는 이 2절을 격물치지전의 본문으로 삼았다. 그러나 만약 '知止而后有定' 이하 1절을 格物의 공부로 삼는다면 程子·朱子의 설에 비해 疏漏하게 된다. 또한 '則近道矣' 이하가 곧바로 '此謂知之至也'에 접속되면 가까움[近]을 말하자마자 곧장 지극함[至]을 말하게 되어 매우 어긋나고 의미가 극진하지 않게 된다. 지금 감히 극언을 하여 선현의 의논을 반박하는 것이 아니다. 그러나 정자·주자 두 선생이『대학』을 表章할 적에 격물치지전이 없어진 것을 안타깝게 여기는 마음이 어찌 후현들보다 덜하였겠는가? 반복해 연역하고 자세히 구하여 평생의 血心을 다하였는데, 의심하는 말을 하지 않고 없어진 것으로 단정하였다. 그렇다면 이 2절은 經文에 있는 것이 마땅하여 문장을 옮길 수 없고, 그 의미도 빼버릴 수 없는 점에 대해, 반드시 매우 고심한 뜻이 있었을 것이다. 또한 이 2절로 격물치지를 해석할 수 없는 점에 대해서도 반드시 절대로 불가한 점이 있었을 것이다. 본문이 없어졌지만 주자가 보충한 것은 조금도 격물치지의 공부에 흠이 없다. 그리고 이 2절이 경문에 있어야 의리도 저절로 온당해지며, 공부의 차례와 문리의 접속에 그 묘함이 무궁하다. 독서하여 자득하는 맛은 정자·주자와 같이 해야 족하다. 어찌 굳이 '어찌 그것이 그러하겠는가'라고 하는 부정적인 데서 옛 문장을 억지로 찾은 뒤에야 바야흐로 행실에 유익함이 있겠는가? 주자보다 나중에 경서를 읽는 사람들은 마땅히 '周公이 어찌 나를 속이겠는가'라고 한 것으로 마음을 삼는 것이 옳다.[54]

위백규는 이언적의 설에 대해 극언을 하면서도 비판을 하지 않겠다고

---

54) 魏伯珪,『存齋集』권5,『讀書箚義-大學』經一章. "晦齋大學補遺 以此二節 爲格致傳本文 然若以知止能得 爲格物之工 則視程朱說爲疎漏 且近道下 卽接此謂知之至也 則纔說近而便稱至 甚齟齬而意不盡 今不敢極言以駁先賢之論 然程朱兩夫子之表章是書也 慨惜遺亡之心 豈在後賢下哉 繙繹審求 用盡平生血心 而未甞有疑擬之言 斷定以爲亡失 則此二節之當在此 而文不可移 義不可闕 必有十分義也 且不可以此釋格致 亦必有斷斷不可者矣 本文雖亡 朱子所補 無少欠缺於格致之工 二節在此 義理亦自穩當 工夫次第 文理承接 其妙無窮 讀書自得之味 如程朱足矣 何必强覓舊文於豈其然之地 然後方是有益於行哉 讀經書於朱子之後者 只當以周公豈欺我爲心 可也"

작정해서인지, 이황의 설처럼 논죄하듯이 배척하지는 않았다. 그리고 주희의 설이 평생의 정력을 기울여 만든 것이므로 믿고 따라야 한다는 논조를 펴고 있다. 그는 이런 관점을 가졌기 때문에 불가한 점을 드러내 논증하는 형식이 아니라, 범범하게 불가함을 논하는 수준에서 그치고 있다.

그의 비판은 두 가지로 요약된다. 하나는 '知止而后有定' 이하 2절을 뒤로 옮겨 격물치지전으로 삼는 설은 주희의 설에 비해 소루하다는 것이고, 다른 하나는 이 2절을 뒤로 옮길 경우 '則近道矣'와 '此謂知之至也'가 바로 연결되어 가까움[近]을 말하고서 곧장 지극함[至]을 말하여 말이 어긋나고 의미가 극진하지 않다는 것이다. 전자는 범론 수준이기 때문에 더 이상 언급할 필요가 없을 것이다. 후자의 경우가 그의 견해를 드러낸 것인데, 이전 사람들이 지적하지 않은 그의 독자적인 비판이다. 그리고 그런 그의 지적은 설득력이 있다.

(9) 黃德吉의 反論

黃德吉(1750-1827)의 자는 而修, 호는 下廬·斗湖, 본관은 昌原이다. 부친은 黃以坤이고, 모친은 白川 趙氏이다. 巴陵(경기도 陽川)에서 살았다. 부친이 星湖 李瀷의 문인으로, 황덕길은 이익의 문인인 安鼎福에게 수학하였다. 그는 名利를 끊고 평생 학문에 전념하여 李瀷-安鼎福으로 이어지는 성호학통을 이어 許傳에게 그 학맥을 전해주었다. 이런 점에서 그는 근기 남인계 성호학파의 한 학맥을 계승한 중요한 위치에 있는 인물이라 하겠다.

그의 저술로는 19권 10책의 『下廬集』과 『日用輯要』·『東賢學則』·『道學源流纂言』·『四禮要儀』·『東儒禮說』·『四書輯錄』·『洙泗淵源錄』·『道東淵源錄』·『經訓四敎錄』·『撫見錄』 등이 있으며, 경학 관련 자료로는 문집에 실린 「講義-大學」·「講義-中庸」이 있다.

황덕길의「講義-大學」은『대학』해석 중 特別히 중요하다고 생각되는 부분 14조에 대해 자신의 견해를 제시한 것이다. 그 가운데『대학장구』전 제5장 보망장 앞에 주희가 '間嘗竊取程子之意 以補之'라고 말한 구절이 있는데, 황덕길은 이를 하나의 논제로 끌어내 주희가 격물치지전을 지어 보충한 것에 대해 역대의 주요 설을 인용하면서 지지하고, 중국의 董槐 등과 우리나라 李彦迪이 경문의 2절을 옮겨 격물치지전으로 삼은 것에 대해 비판하고 있다. 그는 다음과 같이 논하고 있다.

육경의 古文이 진시황의 분서갱유를 한 차례 겪고 난 뒤 漢儒들은 불에 타고 남은 데서 수습하였는데, 끊어진 죽간과 타다 남은 책이 열에 한둘도 되지 않았다.『대학』은 그 피해가 더욱 심했다. 그러므로 朱子는 程子의 의도를 인하여 그 闕略된 것을 보충하였다. 이에 학문을 하면서 공부를 하는 곳에 그 출발점을 비로소 얻게 되었으며, 실천을 하며 힘을 쓰는 방법에 그 문과 길을 잃지 않게 되었다. 그러니 후대의 학자들은 이를 개정하고 논평함이 없어야 할 것이다. 王魯齋(王柏)·董文靖(董槐)은 주자학파의 高弟들이었다. 그런데도 일찍이 致知章이 없어진 것이 아니라고 생각해 드디어 '知止而后有定' 1절과 '物有本末' 1절과 청송절 3절을 격물치지장으로 옮겼으니, 闕文이 없을 수 있겠는가? 명나라 때 方遜志(方孝孺)·蔡虛齋(蔡淸)도 그들의 학설을 조술하였고, 우리나라 權陽村(權近)·李晦齋(李彦迪)도 그들의 의논을 따랐다. 그런데 退溪에 이르러 그 설이 잘못되었음을 힘껏 논변하면서 큰집에 비유하여 말씀하기를 "正寢의 재목을 헐어다가 무너진 행랑을 보수했는데, 정침의 재목이 애초 행랑의 재목이 아니라는 점을 헤아리지 못한 것이니, 집 전체가 완전하게 됨은 볼 수 없고 정침만 무너진 격이다."라고 하였다. 후학이 존신할 바로는 주자보다 더 숭상할 인물이 없고, 주자 이후로는 퇴계만한 분이 없다. 그러니 이 두 분을 우리 유학의 指南으로 삼으면 거의 어긋나지 않을 것이다. 세상의 논자들 중 걸핏하면『古本石經』을 근거로 '격물치지는 별도로 1장을 둘 필요 없이 그 의미가 저절로 족하다'고 말하는 사람들은, 성의·정심을 말하면 성의·정심에서 격물치지를 하고, 수신·제가를 말하면 수신·제가에서 격물치지를 하며, 치국·평천하도 그러하다고 한다. 이는 양명학을 추종하는 무리들이 앞장서서 주

장하는 知行合一論이다. 독자들이 왕왕 그것을 기술하면서 출발점이 없는 학
문으로 빠지는 것을 자각하지 못하니, 참으로 논변할 것도 못 된다.55)

이익의 문하에는 李秉休의 경우처럼 『대학장구』를 저본으로 하지 않
고 아예 『고본대학』을 취하여 주희의 『대학장구』와는 근본적으로 다른
해석을 시도한 학자가 있었으니, 이런 성향을 흔히 '성호좌파'라고 한다.
그러나 安鼎福의 경우처럼 온건주의의 성향을 가진 학자들은 급진적으
로 사유를 전환하지 않고 전통을 준수하면서 실천적이고 실용적인 쪽으
로 사유를 확대해 나갔다. 이런 성향을 가진 사람들을 '성호우파'라 하는
데, 황덕길은 안정복의 문인으로서 그런 우파의 성향을 가진 대표적인
학자이다. 그러므로 그의 설은 주희와 이황을 존신하는 쪽으로 사유가
전개되고 있다.

위 인용문을 통해 볼 때, 황덕길의 견해는 다음과 같이 정리할 수 있다.

첫째, 『대학장구』 격물치지장이 궐실되었는가, 착간되었는가의 관점
차이가 주희와 개정자들의 근본적인 문제 의식이다. 주희는 궐실되었다
고 생각해 보충한 것이고, 개정자들은 궐실은 없고 착간되었다고 생각
해 그것을 찾아 바로잡아 체제를 완비하려고 한 것이다. 이런 근본적인
문제 의식의 차이는 황덕길에게서도 그대로 나타난다. 그는 주희의 경
우처럼 궐실이 있다는 관점이다. 그래서 인용문 앞에 진시황의 분서갱

---

55) 黃德吉, 『下廬集』 권7, 「講義-大學」, <間嘗竊取程子之意 以補之>. "六經古文 一經
秦火 其後 漢儒掇拾於煨燼之餘 斷簡殘編 不可一二數 而大學一書 其害尤甚 故朱子因
程子之意 補其闕略 於是乎 學問下工之地 始得其頭顱 實踐用力之方 不迷其門路 後之
學者 宜無改評矣 王魯齋董文靖 朱門之高弟也 嘗謂致知章 未嘗亡也 遂以知止物有聽
訟三章 移編於格致章 則可無闕文 在明則方遜志蔡虛齋 述其說 我東則權陽村李晦齋
守其論 曁乎退溪 力辨其非 以鉅室爲喻曰 正寢之材 掇補所壞 更不計正寢之材 初非廊
廡之材 不見其完 而寢屋則敗矣 後學之尊信者 莫尙於朱子 朱子以後 莫如退溪 則以是
爲吾儒之指南 庶或不差矣 至若世之說者 動因古本石經 以爲格致不必別置一章 而意
自足 曰誠正 則格致於誠正 曰修齊 則格致於修齊 治平亦然 是乃陽明輩倡之 爲知行合
一之論 而讀者往往述之 不覺其自歸於無頭學問 固不足辨也"

유를 거친 뒤 漢儒들이 수습한 것은 완본이 아니라 殘編에 불과하다고 보고 있다.

둘째, 漢儒들이 수습한 불완전한 경전을 후대 程頤·주희 등이 고심하여 체제를 갖추어 놓은 것이기 때문에 후학들은 함부로 개정하기 보다는 그것을 따르는 것이 마땅하다는 것이다. 성호학파는 이황을 추종하는 성향을 갖고 있는데,『대학장구』 개정설에 대해 엄정하게 비판한 이황의 견해는 이들에게 斷案으로 받아들여지고 있음을 볼 수 있다.

셋째, 황덕길은 이에 덧붙여 명나라 말 豊坊 등이 주장한『僞石經大學』을 저본으로 격물치지장은 애초 없었다고 주장하는 설을 공부하는 출발점이 없다는 이유로 비판한 것이다. 그런데 황덕길은 이를 양명학의 지행합일론으로 몰밀어 비판하였다. 王守仁은『고본대학』을 저본으로 해석하였는데,『고본대학』과『위석경대학』은 편차의 차이가 있다. 또한 격물치지에 관한 전문이 애초 없었다고 보는 설을 모두 양명학적인 것으로 볼 수만은 없는데, 황덕길은 이를 모두 양명학으로 비판하고 있어 논거가 미흡함을 면치 못하고 있다.

이상에서 황덕길의 격물치지장에 대한 견해를 살펴보았는데, 경문을 옮겨 격물치지전으로 삼는 개정설에 대해 그가 특별히 반대한 독자적인 견해는 없다. 다만 그는 이황의 설을 단안으로 삼아 개정설의 불가함을 말하고, 부차적으로 연관성이 있는 두 가지 견해를 피력하고 있을 뿐이다.

（10） 金邁淳의 反論

金邁淳(1776–1840)의 자는 德叟, 호는 臺山·石稜子, 본관은 안동이다. 金昌翕의 玄孫으로 부친은 金鑢이고, 모친은 竹山 安氏이다. 1795년 문과에 급제하여 의정부 사인 등을 역임하였으며, 정조 때 초계문신이 되었다. 뒤에 예조 참판을 거쳐 강화부 유수 등을 지냈다.

김매순은 당대의 대문장가로 洪奭周와 함께 명성이 높았다. 호락논쟁에서는 韓元震의 湖論을 지지하였다. 저술로는 20권 10책의『臺山集』과『朱子大全箚問標補』·『洌陽歲時記』등이 있다. 경학 관련 자료로는 문집에 실린「格致童子問」·「大學傳八章說」·「修身對」·「中庸未發說」등이 있다.

김매순의『대학』해석에 관한 몇 편의 글은 팔조목 중 修身을 특별히 중시하여 해석하는 견해를 드러내고 있다. 그리고「格致童子問」은 그가 동자의 질문에 자신의 견해로 답한 것이다. 그는 동자로부터 "格物致知에 대해 주자는 舊說을 다 없애고 자신의 新訓을 창립했는데, 구설은 과연 모두 따를 수 없고, 신훈은 모두 따를 수 있는 것입니까? 구설에도 따를 만한 점이 있고, 신훈에도 생각해 볼 만한 점이 있으니, 짐작하고 절충해서 논쟁을 그치고 한 가지로 귀결되게 할 수 있는 방법이 있습니까?"라는 질문을 받고, 격물치지에 대한 구설인 鄭玄의 해석과 司馬光의 해석을 상세히 소개한 뒤, 이 두 설은 모두 따를 수 없다는 점을 자세히 설명하고 있다.

이어 동자가 다시 "주자가 明德과 新民은 物로 보았으니, 팔조목의 意·心·身은 명덕의 物이고, 家·國·天下는 신민의 物이며, 誠·正·修·齊·治·平은 명덕·신민의 조목입니다. 格物의 物도 '物有本末'의 物과 같은데, 근래 天下衆物의 物로 보고 있으니, 모순된 것 아닙니까?"라는 요지로 질문을 하자, 김매순은 이에 대해 상세히 답하였는데, 첫머리에 다음과 같이 말하고 있다.

이 설에 대해서는 견해가 없지 않다. 중국의 方遜志(方孝孺)·蔡虛齋(蔡淸) 및 우리나라 李晦齋 선생이 경문을 떼어다 전문으로 삼고 보망장을 폐지하려 한 것은 모두 이 문제를 가지고 화두로 삼은 것이다. 나는 젊었을 적에 이 점에 대해 의문이 쌓여 답답함이 있었으므로 자못 그들의 설이 옳다고 여겼다. 그런데 근래 다시 생각해 보니, 끝내 주자의 훈석은 바꿀 수 없는 것이 되고, 여러 학자들의 설은 반드시 그렇지 않다는 점을 알았다. 어째서 그런가? 성인이 만든 경문의 언어는 규모가 넓고 의사가 활발하여 느슨한 듯하지만 실제로 緊切하고, 소루한 듯하지만 실제는 周密하니, 후세 문인들의 글처럼 구구하게 수식을 하고 절실하게 조응이 되도록 하지 않았다. 시험 삼아 이런 뜻으로 구해 보면, ‘物有本末 事有終始’는 애초 명덕·신민을 가리켜 말한 것이 아니다. 천하의 物에 本末이 있지 않음이 없음을 범론하고, 천하의 事에 終始가 있지 않음이 없음을 범론한 것인데, 명덕·신민이 본말이 되고 知止로부터 能得에 이르는 것이 종시가 되는 점이 저절로 그 속에 들어 있게 된다. 주자만이 이런 의미를 알아차렸기 때문에 명덕·신민을 본말로 知止에서 能得에 이르기까지를 종시로 해석하였을 따름이다. 그래서 ‘物’자와 ‘事’자가 있지만 논의가 아래 문장의 格物의 物이 致知의 知와 상대적으로 거론한 것에는 미치지 않았으니, 격물의 物은 종시의 事와 상대적으로 말한 위 문장의 본말의 物과 아마도 네모난 구멍과 둥근 자루처럼 다른 것일 것이다.[56]

이 글의 요지는 ‘物有本末’의 物과 ‘格物’의 物이 다르다는 것이다. 그런데 김매순은 ‘物有本末’의 ‘物’자가 있는 이 1절과 ‘知止而后有定’의 ‘知’자가 있는 이 앞의 1절을, 개정설을 펴는 사람들이 뒤로 옮겨 격물치지전으로 삼은 근본적인 이유가 ‘格物致知’의 物과 知의 뜻으로 이 2절을 잘못 본 데서 연유한다고 생각하고 있다. 이러한 설은 그가 ‘物’자에 대한 심도 있는 연구를 통해 증명한 설로 보인다.

김매순은 위 인용문에서 明儒 方孝孺·蔡淸과 우리나라 李彦迪 등이

---

56) 金邁淳,『臺山集』권7,「格致童子問」. “日 是說也 不爲無見 如方遜志蔡虛齋諸公 及 我東李晦齋先生 析經爲傳 欲廢補亡一章者 皆執此爲話柄 愚於少時 亦嘗積有憤悱 頗 以其說爲然矣 年來思之 終覺朱子之訓爲不可易 而諸說未必然也 何者 聖經言語 規模 開闊 意思活潑 似緩而實緊 似疎而實密 未嘗拘拘釘粘 切切照顧 如後世文人之爲也 試 以此意求之 則物有本末 事有終始云者 初非專指明德新民而言也 泛論天下之物 莫不 有本末 天下之事 莫不有終始 而明新之爲本末 知得之爲終始 自在其中矣 惟朱子看得 此意 故只釋明新爲本末 知得爲終始而已 物字事字存 而不論及至下文格物之物 對擧 致知之知 則與上文本末之物 對擧終始之事者 底盖鑿柄”

경문의 2절을 뒤로 옮겨 격물치지전으로 삼고 보망장을 없앤 근본적인 시각을 '物有本末'의 '物' 자를 '格物'의 '物' 자와 동일시한 데서 생긴 것으로 보고 있다. 그리하여 그는 '物有本末'의 物을 '意·心·身·家·國·天下'로만 한정하여 보려는 설을 비판하였다. 이는 동시대 丁若鏞 등이 '物有本末'의 物을 '意·心·身·家·國·天下'로 보는 설[57]에 반론을 편 것이다.

김매순은 이런 자신의 주장을 뒷받침하는 경전 해석의 논리를 다음과 같이 말하고 있다.

대저 경전을 해석하는 법은 宗旨를 근본으로 하고, 句語를 말단으로 한다. 이『대학』으로 말하자면, 본말을 말한 物과 격물의 物이 글자가 같은 점은 句語의 말단에 해당한다. 본말의 物은 명덕·신민 二物을 개괄적으로 끌어내 앞 2절의 맥락을 접속시킨 것이고, 격물의 物은 천하 만물을 통합해 가리켜서 한 장의 근본을 드러내 보인 것이다. 두 '物' 자의 같은 가운데 다른 점이 있고 다른 가운데 같은 점이 있는 것이 곧 宗旨이고 本義이다. 주자처럼 안목이 밝고 수단이 명쾌하여 남보다 백 배 뛰어난 인물이 아니면, 같은 글자 속에 경중이 있는 것을 보아 해석하는 데에는 詳略이 있지만 끝내 같은 의미가 되는 데에는 해롭지 않게 할 수가 없다. 그런데 후대 학자들은 주자의 수단과 안목이 없어 그 종지가 있는 바를 살피지 못하고서 語句의 말단에 나아가 어렴풋이 비슷한 점을 터득하여 일설로 갖출 수 있다고 한다. 이런 자들은 스스로 전인 미발의 의리를 발명했다고 생각한다. 그러나 주자가 다시 태어난다면, '昭陵은 이미 보았습니다'라고 唐나라 현신 魏徵이 唐太宗에게 말한 것처럼 말하지 않으리라는 것을 어찌 알겠는가? 나는 처음 그들의 개정설이 옳을 것이라고 의심하였지만, 끝내 그들의 설이 옳지 않다고 확신하게 되었으니, 결단코 주자의 설을 바꿀 수 없다고 하는 것이 이 때문이다.[58]

---

57) 제4장 '(5)丁若鏞의 『고본대학』을 저본으로 한 해석' 참조.

58) 上同. "大抵 解經之法 宗旨爲本 句語爲末 以此經言之 則本末之物 與格物之物 字樣 相同者 句語之末也 本末之物 槩提明新二物 以接兩節之脉絡 格物之物 統指天下萬物 以示一章之根蒂 二物字 同中有異 異中有同者 卽其宗旨本義也 非朱子眼明手快 超人

김매순은 '宗旨를 파악하는 것이 근본이며 語句를 파악하는 것은 말단' 이라는 경전 해석 방법을 제시하고 있다. 그는 이와 같은 관점에서 '物有本末'의 物과 '格物'의 物을 따지는 것은 어구의 말단에 해당하다고 하면서, 주희는 종지를 얻어 輕重과 詳略을 가려 해석해 놓았으니, 어구의 말단에만 매달려 해석하는 後儒들의 개정설은 종지를 얻지 못했다는 것이다.

그는 唐太宗이 부인 文德皇后를 잊지 못해 그녀의 능묘만 바라보자, 위징은 '문덕왕후가 묻힌 소릉은 이미 보았습니다'라고 하며, '신은 폐하께서 모후가 묻히신 獻陵을 바라보시는 줄 알았습니다'라고 딴청을 피움으로써, 당태종이 한 곳에 집착하고 있는 마음을 환기시킨 것처럼, 주희가 다시 태어난다면 자신의 설을 개정한 것에 대해 '나도 이미 그런 점을 생각해 보았다'고 답할 것이라는 점을 예로 들어, 주희의 설은 바꿀 수는 정설임을 강조하고 있다.

동자가 또 청나라 阮元이 '격물은 사물에 이르러 그치는 것을 말한 것으로 성현이 실천한 도이다'라고 새로운 설을 편 것에 대해 질문하자, 김매순은 완원의 학문이 방효유·채청의 학문과 다르지만, 그 의도가 講學에 있지 않고 주희를 공격하는 것으로 능사를 삼고 雅致를 삼는 데 있다고 비판하면서, 格物을 實踐으로 보면 그 뒤의 致知는 아무 의미도 없게 되며, 격물만 하면 意誠·心正·身修·家齊·國治·天下平이 다 되기 때문에 논리적으로 모순이 있다고 배척하였다.[59]

百倍 不能於一樣字中 看有輕重 解有詳畧 而卒不害其爲同也 後來諸儒 無朱子手眼 不察其宗旨所在 就句語之末 得其依俙近似 可備一說者 自以爲發前未發 而使朱子復 起 安知不曰昭陵固已見之耶 愚之始疑其然 終信其不然 而斷然以朱子說爲不可易者 以此也"

59) 上同. "童子曰 二物字之同中有異 異中有同 今蒙辨示 固曉然矣 近日中州人阮氏元有 說曰 大學 從身心說到意知 已極心思之用矣 恐學者終求之于心學 而不驗之於行事也 故終顯之曰 致知在格物 物者 事也 格者 至也 事者 家國天下之事也 格物者 至止于事 物之謂也 聖賢實踐之道也 凡家國天下 五倫之事 無不當以身親至其處而履之 以至于 至善也 此言何如 曰 阮氏之學 異於方蔡 意不在講學 專以攻朱子爲能事雅致者也 欲攻

이상에서 살펴본 김매순의 반론은 주희를 절대 존신하는 관점을 강하게 드러내며 '物有本末'의 物과 '格物'의 物의 의미에 輕重·詳略이 있다는 점을 상세히 논변하고 있는 것이 특징이다. 또한 동시대 정약용이 誠意 이하 6조목을 6事·6物로 본 해석 및 청나라 阮元이 格物을 實踐의 의미로 해석한 것을 모두 반박하여 주희의 설을 정통으로 인식하는 사유를 확고하게 드러내고 있는 것이 특징이다.

(11) 許傳의 反論

許傳(1797-1886)의 자는 而老, 호는 性齋, 본관은 陽川이다. 許筬의 후손으로 부친은 許珩이고, 모친은 延安 李氏이다. 경기도 抱川 木洞에서 출생하였다. 어려서는 가정에서 수학하였고, 성장한 뒤 黃德吉에게 나아가 수학하여 성호학통을 이었다. 1835년 문과에 급제하여 홍문관 교리 등을 역임한 뒤, 59세 때 형조 참의가 되었고, 68세 때 김해부사로 나갔으며, 71세 때 형조 참판에 제수되었다.

허전은 李瀷-安鼎福-黃德吉로 이어지는 성호학파 우파의 정맥을 계승하여 19세기 근기 남인계를 대표하는 학자로서 영남 퇴계학파의 柳致

朱子 先斥心性 欲斥心性 自許實事 乃其伎倆然也 邦域旣殊 風氣不通 未知其實事成就
果何如 而嘗見其所著 論仁說性命古訓 盖亦粗覘底蘊 而畧有評隲矣 今此實踐之說 更
不欲爾+見縷深辨 而姑卽其淺近易曉處而論之 傳曰 修身在正其心 言不正其心 無以修
其身也 曰 齊其家在修其身 言不修其身 無以齊其家也 曰 治國在齊其家 言不齊其家
無以治其國也 以此觀之 則凡言某事在某事者 下段事居先 上段事居後 必也 做下段事
然後方可做上段事 然則致知在格物者 其例亦當如此 而今以格物爲實踐 則家國天下
五倫行事之實 至於格物做得徹底 更無豪髮之未盡矣 所謂致知者 又是何等事 而乃居
其後耶 且經文明明 言物格而后知至 知至而后意誠 意誠而后心正 心正而后身修 身修
而后家齊 家齊而后國治 國治而后天下平 連用七箇而后字 可見其次第階級 層層秩秩
不可以躐而致也 今以格物爲無不身親履其處 而止於至善 則纔一格物 意已誠 心已正
身已修 家已齊 國已治 天下已平矣 彼七箇而后字 又何其支離冗蔓沒着落之甚也 從古
聖經 無如許義理 亦無如許文字 愚不能知之矣"

明과 쌍벽을 이루었다. 그의 학문은 문인 許薰 등에게로 전해졌다. 특히 그가 김해부사로 부임하여 강학을 주도하자, 경상우도의 남인계 학자들이 대거 그의 문하에 나가 수학함으로써 이 지역에 性齋學團을 형성하였다. 그의 저술로는 32권 16책의『性齋集』과 6권 3책의 續集 및『宗堯錄』·『哲命篇』·『士儀』등이 있다. 경학 관련 자료는 문집「經筵講義」과 편지글 등에서 다수 보인다.

허전이 이언적의『대학장구』개정설에 대해 반대한 것은 周世鵬의 후손 周宰成(1681-1743)의『庸學講義』에 쓴 서문에 단편적으로 보일 뿐이다. 주재성은 경상도 漆原縣에 살던 재야 학자로서, 李麟佐와 鄭希亮의 난에 의병을 일으켰던 인물이다. 저술로 4권 2책의『菊潭集』이 있는데, 그 속에『대학』·『중용』에 대해 강의한『용학강의』가 수록되어 있다.

허전은「庸學講義序」에서『대학』과『중용』이『예기』에 편입되어 있다가 송대에 表章된 것과 程顥·程頤의 개정을 거쳐 朱熹가 다시 개정하고 補亡章을 만든 것, 그리고 주희의『대학장구』가 만들어진 뒤 董槐·葉夢鼎·黃震·王柏·車若水·方孝孺·蔡淸·王守仁 등이 개정한 것을 열거한 뒤, 우리나라 이언적의 개정설도 언급하였다.[60] 이처럼『대학』해석

---

60) 周宰成,『菊潭集』권2, 雜著,「庸學講義」, 許傳 撰,「附序」. “若夫大學 則明道伊川改正 經文之第次 以各自不同 明道則自康誥曰克明德 至與國人交止於信 移在則近道矣之下 古之欲明明德之上 自古之欲明明德 至 所薄者厚 未之有也 移在與國人交止於信之下 此謂知本此謂知之至也之上 自此謂知本 至 爲天下僇矣 移在所薄者厚未之有也之下 詩云 瞻彼淇澳之上 自詩云殷之未喪師 至 失衆則失國 在此謂知本之下 是故君子先愼乎德之上 伊川則自子曰聽訟吾猶人也 至此謂知之至也 移在所薄者厚未之有也之下 康誥曰克明德之上 自所謂誠其意者毋自欺也 至爲天下僇矣 移在與國人交止於信之下 詩云瞻彼淇澳之上 詩云瞻彼淇澳 至沒世不能忘也 移在爲天下僇矣之下 康誥曰惟命不于常之上 自康誥曰惟命不于常 至驕泰以失之 移在沒世不忘之下 詩云殷之未喪師之上 自詩云殷之未喪師 至亦悖而出 移在驕泰以失之下 生財有大道之上 朱夫子改正 則 又有補亡章 宋董葉丞相夢鼎 自知止而后有定 至 則近道矣 移置於聽訟吾猶人也之上 以爲格物致知傳 黃震王柏車淸臣蔡淸車若水方孝孺王守仁 皆從之 我東晦齋李先生 亦取其說 而蔡氏則以知止而后一節 物有本末一節 上下相易 此爲不同”

의 연혁을 간략히 소개한 뒤, 그는 다음과 같이 말하였다.

> 그러나 주자의 『대학장구대전』은 지금 세상에 통용되고 있어 바꿀 수 없는 것이다. 대개 성인의 마음이 발하여 문장이 된 것은 조물주의 묘한 솜씨가 물체에 드러나는데 그 물체는 볼 수 있지만 그 마음은 볼 수 없는 것과 같다. 俗儒들의 詞章學으로 궁구할 수 있는 바가 아닌 것이 있다.[61]

이 글은 허전이 1881년(신사년) 85세 때 쓴 글이므로[62] 오자도 있고, 논의도 정밀하지 못하다. 허전은 주희의 『대학장구』가 세상에 통용되고 있어 바꿀 수 없다는 견해를 표명했다. 세상에 통용되고 있다는 말은, 그것이 공론화되어 보편적으로 받아들여지고 있다는 논조일 것이다. 그는 또 성인의 말씀을 기록한 경서의 문장은 사장학을 하는 속유들의 안목으로는 그 속에 담긴 마음을 읽어낼 수 없는 점이 있다는 견해를 피력하여, 은근히 주희의 설을 성인의 마음에 견주었고, 후대 개정설에 대해 속유의 천견으로 간주하는 시각을 드러냈다.

허전은 주희의 설을 바꿀 수 없다는 관점에서 중국 역대 개정설 및 이언적의 개정설을 불가한 것으로 보았을 뿐, 구체적으로 비판을 하지는 않았다.

(12) 權秉天의 反論

權秉天(1805-1873)의 자는 惟一, 호는 幽窩, 본관은 안동이다. 부친은 權敬夏이고, 모친은 光州 盧氏이다. 경상도 丹城縣에서 출생하여 그곳에서 살았다. 가학을 통해 학문을 성취하였고, 新安書院에 봉안된 朱熹와 宋時烈의 사당에 참배하는 것을 빠뜨리지 않았다. 이를 보면 19세기

---

61) 上同. "然朱子大學之章句大全 今通行于世 不可改易者也 盖聖人之心 發而爲文 猶化工之妙 著於物 物可見 心不可見也 有非俗儒詞章之學 所能究也"

62) 上同. "辛巳四月小滿節 戊午 孔巖 許傳謹序"

경상우도 지역의 전형적인 노론계 인물임을 알 수 있다. 저술로는 4권 2책의『幽窩遺稿』가 있다. 경학 관계 자료로는 문집에 실린「大學補遺辨」이 있다.

권병천은 단성에 세거한 안동 권씨로 노론의 당색을 갖고 있었다. 그는 평생 경학과 성리학에 침잠하였으며, 節義를 숭상해 강개한 마음으로 斥洋을 주장하기도 하였다. 이런 점으로 보면, 주자학을 절대적으로 존신한 사람으로, 송시열의 학문 정신을 계승한 인물로 보인다.

권병천의「大學補遺辨」은 제목에서도 드러나듯이 오로지 이언적의『大學章句補遺」에 대해 반론을 전개한 것이다. 그래서 다른 사람들이 중국 학자들의 개정설과 함께 이언적의 설을 불가하다고 한 것과는 취지가 다르다. 또한 권병천의 반론은『대학장구보유』의 설을 하나하나 지적하며 자신의 반론을 전개하고 있는 점에서, 가장 치밀한 논변이라 할 수 있다. 여기서는 권병천이 반박한 내용을 하나하나 검토해 보기로 한다.

첫째, 권병천은 이언적이 '경문 제2절·제3절을 삼강령·팔조목 사이에 두면 긴절한 의미가 없지만 격물치지장으로 옮기면 경문에는 흠이 없고 傳義에는 보충이 있다'고 한 점에 대해, 다음과 같이 반론을 펴고 있다.

> 살펴보건대,『대학』경일장은 학문하는 차례에 대해 상세히 말하고 지극히 말하였다. 따라서 傳文을 기다리지 않고서도 本末·終始의 차례가 분명하다. 제1절에 명명덕·신민·지어지선을 열거하여 한 편의 강령을 밝혔는데, 지어지선을 명명덕·신민의 準的으로 삼았다. 그러므로 제2절에서 知止로부터 能得에 이르기까지의 用功의 始終을 거듭 말해 지어지선이 명명덕·신민과 나란히 세 강령이 되었지만 실로 명명덕·신민의 시종이 됨을 밝힌 것이다. 그러므로 傳文 지어지선장에서는 知止·能得을 겸해 함께 해석한 것이다. 지어지선장에서「黃鳥」의 '於止 知其所止'를 인용한 것은 知止를 해석한 것이고,「文王」의 仁·敬·孝·慈·信이 각기 그칠 바를 얻은 점을 인용한 것은 能得을 해석한 것이다. 또「淇澳」·「烈文」을 인용하여 명명덕·신민이 至善의 경지에 이른 것을

해석하였으니, 이 제2절이 經文이 아니면 어찌 傳文에 그 뜻을 해석했겠는가? 단지 강령에 셋이 있는 것만 말하고 知止·能得의 始終을 말하지 않는다면, 지어지신은 명명덕·신민 밖에 별도로 한 가지 일이 될 것이니, 명명덕·신민 두 강령도 본말의 분별과 시종의 차서에 미비하게 될 것이다. 제1절·제2절에서 학문하는 大綱領을 말했으니, 工夫의 節目을 상세히 말하지 않을 수 없기 때문에 本末·始終의 먼저 할 바와 나중에 할 바를 아는 것으로 문장을 일으키고, 이어서 팔조목의 선후를 말하면서 6개의 '先' 자와 7개의 '后' 자를 반복해 미루어 밝힌 것이다. 곧 '知所先後'의 차서는 '格物'의 '物' 자에 있으니, 이는 '物有本末'의 '物' 자와 조응이 되고, '致知'의 '知' 자는 '知所先後'의 '知' 자를 이었으니, 이 1절(제3절)은 실로 팔조목의 起頭處이다. '物有本末'을 말한 것은 오히려 범범하게 말한 것이기 때문에 경일장 끝에 '修身爲本'을 말하여 그 점을 밝혔으며, 다시 本末·治亂을 말하여 그 점을 결론지은 것이다. 전문에 '使無訟'으로 본말·치란의 뜻을 해석하였으니, 강령과 조목 사이에 이 2절(제2절·제3절)은 의미가 매우 긴절하다. 그런데 晦齋는 전문으로 옮겨도 흠이 없다고 하였으니, 알 수가 없다.[63]

권병천은 경문 제2절(知止而后有定……)과 제3절(物有本末……)을 뒤로 옮기는 것이 불가한 점에 대해, 경일장의 논리 구조를 정밀히 분석해 반론을 펴고 있다. 이를 다음과 같이 정리할 수 있다.

---

63) 權秉天, 『幽窩遺稿』 권3, 雜著, 「大學補遺辨」. "按 大學之經一章 其於爲學之次第 詳說而極言之 不待傳文而了然於本末終始之序 章首列言明新止三者 以明一篇之綱領 而止於至善爲明德新民之準的 故下文申言知止能得用功之始終 以明止至善雖與明新並列爲三 而實爲明新之始終也 故傳之至善章 兼知止能得而並釋之 引黃鳥詩曰於止知其所止者 釋知止也 引文王詩曰仁敬孝慈信各得其止者 所以釋能得也 又引淇澳烈文之詩 以釋明明德新民之止於至善 此節若非經文 則豈有傳文之釋義乎 若祗言綱領之三在 而不言知止能得之始終 則止至善別爲一事於明新之外 而明新二者 其於本末之分 始終之序 爲未備矣 上兩節旣言爲學之大綱領 則工夫節目 又不可不詳言 故以本末終始之知所先後起之 而繼言八條之先後 反覆推明之六先字七後字 卽知所先後之序 在格物之物字 是應物有本末之物字 致知之知字 是承知所先後之知字 則此一節實八條目之起頭處也 其言物有本末 猶爲泛說 故章末直言修身爲本 以明之 重言本末治亂 以結之 傳文又以使無訟釋本末治亂之義 然則綱條間此兩節 意甚緊切 而晦齋以爲移去無欠 未可知也"

가) 제2절은 제1절의 '止於至善'과 연관해 말한 것이라는 해석이다. 권병천은 제1절에 삼강령을 나란히 말했지만, 실제로는 지어지선이 명명덕·신민의 시종이 된다는 것이다. 그는 이를 전문의 논리 구조로써 증명하였다. 즉 전 제3장 지어지선장에 知止를 해석한 것, 能得을 해석한 것, 그리고 명명덕·신민이 지어지선한 것을 해석한 것 등을 통해 볼 때, 제2절이 경문에 있는 것이 타당하다는 것이다. 이러한 설은 설득력이 있다.

나) 제3절은 제1절·제2절에서 학문을 하는 대강령을 말한 것을 이어, 工夫의 節目을 상세히 말한 것이라는 해석이다. 즉 권병천은 제3절을 팔조목의 起頭處로 보고 있다. 그는 제3절에서 本末·始終의 知所先後를 말하였는데, 이는 제4절·제5절에서 팔조목의 先後를 말한 것과 논리적으로 연결되어 있다는 것이다. 그는 제4절 '格物'의 '物'을 제3절 '物有本末'의 '物'과 조응되는 것으로, 제4절 '致知'의 '知'를 제3절 '知所先後'의 '知'와 조응되는 것으로 파악하고 있다.

다) 제3절에서 '物有本末'은 범범하게 말한 것이기 때문에 제6절에서 '修身爲本'을 말하고 제7절에서 '本末'·'治亂'을 말해 결론지었다는 해석이다. 즉 '本末'의 '本'이 무엇인지를 구체적으로 적시했다는 것이다. 그는 이에 대해서도 本末을 해석한 전 제4장 청송장을 증거로 제시하고 있다.

권병천은 경문 제2절·제3절을 뒤로 옮길 수 없다는 점에 대해, 경일장 7절의 논리 구조를 전문을 증거로 하여 크게 세 가지로 위와 같이 말하였다. 흔히 경일장 7절을 분석할 적에 위의 3절과 아래의 4절을 나누어 구조를 분석하는데, 권병천은 제1절·제2절은 대강령으로, 제3절·제4절·제5절은 공부의 절목으로, 제6절·제7절은 본말을 구체적으로 드러내 보인 것으로 보고 있는 것이 특징이다. 또한 권근·이황 이래 역대 해석은 대체로 제2절을 止於至善의 功效로 본다. 그런데 권병천은 이를 用功의 始終으로 파악하고 있다. 이는 공부와 공효를 통틀어 말한 것으로, 공효로만 보는 견해와는 변별된다고 하겠다.

둘째, 권병천은 이언적이『續大學或問』에서 격물치지에 대해 "知止云者 物格知至 而於天下之事 皆有以知其至善之所在也"라고 말한 것과 "盖知止而有定 則於天下之物 皆有以知其所當然之則 而心無妄動危殆之累 其思慮益明矣 思之明 則又有以研窮物理之所以然 而有得於心矣"라고 한 것을 문제 삼아 다음과 같이 반론을 펴고 있다.

> 내가 살펴보건대, 物格知至는 이치를 궁구하고 마음을 극진히 하여 天命의 地位를 아는 것이다. 그런데 晦齋는 知止를 物格知至로 보고, 또 "能慮한 뒤에 物理의 所以然을 精研하여 마음에 터득함이 있게 됨이 있다."고 하였다. 만약 그렇다면 知至 이후 物理의 所以然을 아는 공부가 별도로 있다는 것인가? 아니면 物理의 所以然을 알지 못하더라도 知至라고 할 수 있다는 것인가? 本末·始終의 뜻을 이미 궁구했다고 한다면, 본말·시종 외에 또 어찌 소이연의 理가 있겠는가? 또한 傳文에 조목의 공부를 상세히 논했으니, 격물치지는 처음 가르치는 방법으로 가장 중요하고 절실한 곳이다. 그런데 갑자기 知止를 말하면, 그칠 바를 아는 바의 공부에 도리어 분명한 말이 있지 않게 된다. 그러니 회재가 이 2절을 전문으로 옮겨 격물치지전으로 삼는 이유를 알지 못하겠다.[64]

앞에서 살펴보았듯이, 이언적은 '物有本末' 1절을 格物로, '知止而后有定' 1절을 致知로 보았다. 그래서 차서를 바꾼 것이다. 그런데 권병천은 이언적이 '知止而后有定' 1절의 知止를 物格知至로 보고, 또 그 절의 '能得'를 '物理의 소이연을 精研하여 마음에 터득함이 있게 되는 것'으로 본 것을 문제 삼아 위와 같이 논변하고 있다.

---

64) 上同. "愚按 物格知至 卽窮理盡心 知命之地位也 晦齋旣以知止爲物格知至 而又謂能慮然後乃有以精研物理之所以然而有得於心 若然則知至之後 更別有知物理所以然之工夫耶 雖未知不物理之所以然 而亦可謂知至耶 旣曰能窮其本末始終之義云 則本末始終之外 又何有所以然之理乎 且傳文細論條目工夫 格致又是始敎之方 最要切處 而徑言知止 於所以知止之工夫 卻未有明言 則晦齋之移補於傳文 未可知也"

또한 그는 전문에 誠意·正心·修身·齊家·治國·平天下 등 팔조목의 공부를 상세히 말했는데, 유독 격물치지전에서만은 '物有本末' 1절을 말하고 갑자기 知止를 말하게 되면 팔조목의 다른 전문과 격이 맞지 않다는 것이다. 이 때문에 이 2절이 격물치지전이 될 수 없다는 것이다.

이처럼 권병천은 '物有本末' 1절과 '知止而后有定' 1절이 격물치지전이 될 수 없는 이유를 두 가지로 주장하였는데, 전자는 비판을 하기 위한 꼬투리잡기식의 논조로 여겨지고, 다른 팔조목의 전문과 비교해 문장의 격식이 맞지 않다는 점을 논한 후자는 나름대로 설득력이 있다.

셋째, 권병천은 이언적이 '能慮'의 '慮' 자를 '思'의 뜻으로 해석한 것에 대해 반론을 전개하였다. 그는 思와 慮는 다르다는 점을 부각시키기 위해 『주역』「繫辭傳」의 '天下何思何慮'에 대해 臨川 吳氏가 "思는 心之用이고, 慮는 그 일을 도모하고 헤아리는 것이다."라고 구별한 것, 『주역』「계사전」의 '能研諸侯之慮'에 대해 주희가 "慮는 일에서 다시 살피는 것이다."라고 한 말에 근거하여, 『대학장구』에서 주희가 '慮' 자를 '處事精詳'으로 해석한 것이 타당하다는 점을 말하고 있다. 이는 이언적이 慮를 心 위에서 말한 것이라고 보는 설을 반박하며, 事에서 말한 것임을 강조한 것이다. 그래서 그는 慮를 '愼獨할 때 幾微를 살피는 일'이라고 단정하였다.[65] 이는 주희가 慮를 '處事精詳'이라고 事의 측면에서 해석한 것을 충실히 따르는 견해이다.

이는 결국 慮가 心의 측면인가, 事의 측면인가를 두고 견해를 달리한 것이다. 권병천은 이언적의 이런 해석이 '知止而后有定' 1절을 격물치지전으로 본 데서 '慮' 자를 주희와 반대로 해석하였다고 비판하였다.[66]

---

65) 上同. "愚按 思與慮不同而小異 易曰 何思何慮 吳臨川曰 思者 心之用也 慮者 謀度其事也 又曰 研諸慮 朱子曰 於事上更審 書所謂慮善以動不慮胡獲 皆此意也 則朱子之釋慮字 爲處事精詳 似無可疑 此卽愼獨審幾之事也"

66) 上同. "晦齋移此節爲格致傳文 故其言慮字 反於朱子也 如此"

넷째, 권병천은 이언적이 청송절을 경문의 맨 뒤로 옮긴 것에 대해 비판하였다. 이언적은 청송절을 경문 뒤로 옮긴 것에 대해,『大學章句補遺』에서 다음과 같이 언급하였다.

> 삼가 살펴보건대, 天下의 근본은 國에 있고, 國의 근본은 家에 있고, 家의 근본은 身에 있기 때문에 능히 修身하고 正家하여 정치에까지 펴나가게 되면, 民德이 저절로 새로워져서 爭訟이 그칠 것이다. 마치 虞나라와 芮나라 사람들이 서로 다투다 감히 文王의 조정에 나아가기도 전에 문왕의 덕화를 입은 백성들이 서로 양보하는 것을 보고 서로 화친하였듯이, 감화의 미묘함은 저절로 그렇기를 기약하지 않아도 그렇게 됨이 있는 것이다. 이것이 성인이 덕을 밝혀 백성을 새롭게 하는 효과이며, 천하 사람들이 말미암아 화평하게 되는 바이다. ‘大畏民志’는『중용』의 ‘상을 주지 않더라도 백성들이 권면하며, 노여워하지 않더라도 백성들이 형기구보다 더 두려워한다’는 의미와 같다.[67]

여기서 알 수 있듯이, 이언적이 청송절을 경문 뒤로 옮긴 이유는, 첫째 임금이 修身하고 正家하여 그 도를 정치에 펴나가면 民德이 절로 새로워져 虞나라와 芮나라 사람들처럼 爭訟이 그칠 것이라는 점, 둘째 임금의 덕화가 널리 퍼지면『중용』에서 말한 것처럼 임금이 상을 내리지 않더라도 백성들이 권면하며 노여워하지 않더라도 백성들이 형기구보다 더 두려워할 것이라는 점이다. 즉 청송절을 經文 맨 뒤로 옮기면 삼강령·팔조목 및 本末·治亂을 말한 것에 이어 위와 같은 내용의 덕화를 말한 것이기 때문에 문맥이 관통한다는 것이다.

이에 대해 권병천은 다음과 반론을 폈다.

---

67) 李彦迪,『大學章句補遺』, 經一章. "謹按 天下之本在國 國之本在家 家之本在身 故有能修身正家 以施于政 則民德自新 而爭訟息矣 如虞芮質成 不敢履文王之庭 感化之妙自有不期然而然者 此乃聖人明德新民之效 而天下之所由平也 大畏民志 如中庸所謂不賞而民勸 不怒而民威於鈇鉞之意"

내가 살펴보건대, 회재가 '天下의 근본은 國에 있고, 國의 근본은 家에 있고, 家의 근본은 身에 있기 때문에 능히 修身하고 正家하여 정치에까지 펴나가면 民德이 저절로 새로워져서 爭訟이 그칠 것'이라고 한 설과 '虞나라와 芮나라 사람들이 서로 다투다 文王의 덕화를 입은 백성들이 서로 양보하는 것을 보고 감화를 받아 화친을 이루었다'는 고사를 인용해 감화의 증거로 삼은 것은, 곧 주자의 주에 '나의 명덕이 이미 밝아져서 저절로 백성들의 心志를 외복케 함이 있다'고 한 것의 演義이다. 회재가 '大畏民志'를 해석하면서『중용』의 '상을 주지 않더라도 백성들이 권면하며 노여워하지 않더라도 백성들이 형기구보다 더 두려워한다'는 것을 인용한 것은, 곧 주자의 주에 '畏服시킨다'고 한 註脚이다. 그러니 회재는 어찌 주자의 章句에 있는 내용 외에 무슨 한 마디라도 새로 터득한 것이 있기에, 장구를 버리고 자기의 설을 별도로 세웠단 말인가?[68]

권병천은 이언적의 설을 주희가『대학장구』의 주에서 이미 말한 것의 演義와 註脚에 불과한 말이라고 하여, 새로울 것이 없는 주희 설의 부연으로 치부하였다.

이언적은 위와 같이 청송절의 내용이 경문의 논리 구조에 적합하다는 설 외에도, 문장의 體例에 있어 經文은 曾子가 공자의 의도를 기술한 것이기 때문에 맨 끝에 공자의 말을 인용해 결론을 맺었다는 주장을 하였고[69], 또 문리의 접속 문제를 검토해 전 제3장 뒤에 청송절을 두면 문리가 접속되지 않으며 삼강령·팔조목의 의미를 발휘한 傳文의 구조로 볼 때 삼강령과 팔조목 사이에 경문의 결어인 本末의 뜻을 전문에 별도로 기술하는 것은 타당하지 않다는 점을 거론하였다.[70]

---

68) 權秉天,『幽窩遺稿』권3, 雜著「大學補遺辨」. "愚按 其言天下國家之本修身正家民新訟息之說 及引虞芮質成以爲感化之證者 乃章句我之明德既明自然有以畏服民之心志之演義也 所引不賞不怒者 乃章句畏服之註脚也 有何一語新得於章句言外之意者 而必掃去章句 別立己說也"

69) 李彦迪,『大學章句補遺』, 經一章. "經文 蓋曾子述夫子之意而立教 故章末引夫子之言以結之"

70) 李彦迪,『續大學或問』. "傳文未有文理不屬 脈絡不貫者 獨此一節置於傳三章之後 與

이에 대해 권병천은 다음과 같이 반박하였다.

　　내가 살펴보건대, 경일장은 주자가 성인이 아니면 이와 같이 말할 수 없을
것이라고 단정적으로 말했지만, 오히려 감히 그 성인이 孔子라고 지적하지 않
고 혹 옛날 先民의 말씀에서 나온 것인지 모르겠다고 하였다. 그런데 지금 무
슨 근거로 공자의 말씀이 아니라고 말하는가? 傳文은 經傳을 이리저리 인용하
고 있지만, 經文은 한 사람의 말씀으로 말이 간략하면서도 의미는 극진하다.
만약 청송절을 끌어다 결론을 맺는다면 도리어 지리하게 되어 말을 간결하면
서도 깊이 있게 하는 문체가 아니다. 또한 청송절의 ‘此謂知本’ 4자는 분명 전
문에서 경문을 해석할 적에 결론을 맺는 투이다. 또 회재는 이 청송절이 위·아
래 문장과 모두 접속되지 않는다고 하였는데, 널리 외면을 보면 그런 점이 있
는 듯하지만, 자세히 이면을 궁구해 보면 이 장은 명명덕으로 신민의 근본을
삼아 경문 ‘物有本末’의 뜻을 해석한 것이니, 청송절의 ‘此謂知本’의 ‘本’ 자는
윗 장의 명덕·신민의 뜻을 포함하고, ‘知’ 자는 아랫 장 致知와 맥이 연결되니,
이른바 문장은 접속되지 않지만 의미는 실제로 상호 이어진다는 것이다. ‘物有
本末’ 1절은 삼강령을 결론짓고 팔조목을 일으키는 것으로, 곧 經一章의 樞要
이다. 그러므로 경일장 끝에 다시 本末을 말해 결론을 맺은 것이니, 전문의 삼
강령·팔조목 사이에도 청송장이 없을 수 없는 것이 분명하다.71)

권병천이 반박하는 내용은 다음과 같이 정리할 수 있다. 가) 이언적이

上下文義　都不相屬　又見大學之書　首言明明德新民止於至善　以爲一篇之綱領　次言八
條目　以明三綱領之意　又爲傳義以發揮三綱領八條目之意　不應其間別爲一章　以釋經文
結語本末之義也”

71) 權秉天, 『幽窩遺稿』 권3, 雜著, 「大學補遺辨」. “愚按　經一章朱子斷然以爲非聖人不能
猶不敢的指孔子　而疑或出於古昔先民之言　今何所考據　而謂非孔子之言也　傳文雜引經
傳　而經文則一口說出　辭約意盡　若引此語以結之　則反涉支蔓　而非立言簡奧之體也　且
況此謂知本四字　分明是傳文釋經結尾之例也　若其與上下文　都不相屬之云　博觀外面
則雖有似然　而細究裏面　則此章以明明德爲新民之本　而釋經文物有本末之義　則此謂知
本本字　包得上章明德新民之意　知字爲下章致知之脈線　所謂文雖不屬而意實相承者也
且物有本末一節　結三綱起八條　卽經一章之樞要　故章末再言本末以結之　則傳文綱條之
間　亦不可無此一章也　明矣”

'경문은 공자의 말씀을 증자가 기술한 것으로 공자의 말씀을 인용해 결론을 맺는 것이 타당하다'고 하였는데, 권병천은 이를 증자의 말로 받아들여 반박하고 있다. 권병천의 이 반론은 이언적의 의도를 곡해한 것으로 보인다. 나) 권병천이 '경문은 말이 간략하면서도 뜻이 극진한데 청송절을 경문으로 옮기면 말이 지리하게 된다'는 것은 문장의 體例를 가지고 논한 것인데, 다분히 주관적인 견해를 드러낸 것이다. 다) 권병천이 '청송절의 此謂知本은 傳文에서 결론을 맺는 투'라고 한 것은 설득력이 있다. 라) 권병천이 '청송장은 외면만을 보면 상하의 문맥과 접속되지 않는 듯하지만, 이면을 보면 此謂知本의 本이 앞의 명명덕·신민의 뜻을 포함하고, 知가 뒤의 格物致知와 맥이 닿아있다'고 한 것은, 전 제4장 청송장의 문리 접속을 치밀하게 연구한 성과로 보인다. 마) 권병천이 '物有本末 1절이 삼강령을 맺고 팔조목을 일으키는 경일장의 樞要이기 때문에 傳文에서도 本末을 해석한 청송장을 삼강령·팔조목의 해석 사이에 두는 것이 타당하다'고 한 설은, 경문의 논리 구조를 파악해 전문의 논리 구조를 설명한 것으로 일정하게 설득력이 있다.

권병천은 이 외에도 이언적이 청송절을 경문 뒤로 옮긴 것을 청송절의 '此謂知本' 4자를 경문 밑에 있는 것으로 오인했기 때문이라고 하며, 董槐 등 중국의 개정설을 제기한 학자들과 우리나라 이언적의 개정설이 모두 이 '此謂知本'를 잘못 이해한 데서 비롯되었다고 하였다.[72]

이상에서 살펴본 바와 같이, 청송절에 대해 권병천의 견해는 주희의 설을 바꿀 수 없다는 관점에서 매우 정밀하게 이언적의 설을 반박하고 있는 것이 특징이다.

---

72) 上同. "蓋董蔡諸人之以經文中知止物有二節與傳之聽訟章 改爲格致傳者 以程子所謂 衍文之此謂知本四字 誤連此謂知之至也之句 故起疑於此而毁經改傳也 晦齋之以經之 知止物有二節 移爲格致傳 而傳之聽訟章 移附經文者 亦以此此謂知本四字 誤在經文 之下故也"

　다섯째, 이언적이 止於至善을 '允執厥中'의 의미로 해석하면서 "'中'
과 '至善'은 명칭이 다르지만 이치는 하나이다."라고 하였는데[73], 권병
천은 이에 대해 다음과 같이 반박하였다.

　　내가 살펴보건대, '止'는 반드시 여기에 이르러 옮기지 않는다[必至於是而不
　遷]는 말이니, '必至'는 미치지 않음이 없는 것이고, '不遷'은 참으로 지나침이
　없는 것이며, 止於至善은 진실로 允執厥中의 의미이다. 그러나 『대학』에서 굳
　이 '至善'으로 말하여 명명덕·신민과 병렬해 三綱으로 삼은 것은, 대개 세상의
　군자들이 명명덕·신민 두 가지가 마땅히 힘써야 할 것임을 대략 알고서 작게
　성취하는 데 안주하고 가까이 이로운 것에 익숙해 지선이 있는 바에 이르기를
　구하지 않기 때문이다. 이 때문에 말 속에 過·不及이 없기를 바라 말한 것이
　며, 지선은 그 극처에 이르길 바라서 말한 것이다. 회재가 '이치는 하나이다'라
　고 하였는데, 至善과 中을 말한 데에는 미묘한 변별이 없을 수 없는 듯하다.[74]

　이처럼 권병천은 '允執厥中'의 中과 '止於至善'의 至善은 미시적으로
보면 변별점이 있다고 주장하고 있다. 특히 『대학』에서 굳이 '至善'이라
고 쓴 것은 그 이유가 있다는 것이다. 이 역시 이언적의 설에 찬성하지
않는 입장을 분명히 개진한 것이다.
　여섯째, 이언적이 치국장·평천하장에 '仁'자가 자주 등장하는 것에
주목하여 '정치를 하는 도는 仁에 근본하고, 仁을 베푸는 요점은 絜矩에
있다'고 한 것에 대해서도 권병천은 반론을 폈다. 권병천은 이언적의 이

---

73) 李彦迪, 『續大學或問』. "或問 子以虞書明峻德 以至黎民於變時雍爲明德新民 可矣 至
　　以允執厥中爲止至善 則先儒之所未及 而子獨言之……曰……蓋中與至善 名雖而 理
　　則一也"

74) 權秉天, 『幽窩遺稿』 권3, 雜著, 「大學補遺辨」. "愚按 止者 必至於是而不遷之謂 則必
　　至 固無不及也 不遷 固無過也 而止於至善 則誠允執厥中也 然大學必以至善言之 而與
　　明新竝列爲三綱 蓋以世之君子 略知明新二者之當務 顧乃安於小成 狃於近利 而不求
　　止於至善之所在也 以此言之中 要其無過不及而言也 至善 要其到極處而言也 理則一
　　而立言之旨 則亦恐不能無微別也"

런 논조에 대해, 일단 좋다고 찬성하는 입장을 표명한다. 그러나 전적으로 찬성하는 것이 아니라, 문제점을 지적하면서 결국 반론을 펴고 있다.

> 내가 살펴보건대, 회재의 훈석이 또한 좋다. 그러나 仁으로써 말하면 격물치지는 인을 밝히는 것이고, 성의·정심·수신은 인을 체득하는 것이고, 제가·치국·평천하는 인을 행하는 것이다. 그래서 삼강령·팔조목은 인에 근본하지 않음이 없다. 그러나 仁은 마음으로써 말한 것이고, 그 일은 孝·悌·慈 세 가지뿐이다. 제가장·치국장·평천하장은 효·제·자로써 윗사람이 행하고 아랫사람이 본받는 것이니, 인은 그 속에 들어 있다. 絜矩는 효·제·자가 교화를 이룩한 것을 인해 미루어 함께 하는 것이다. …… 주자의 장구는 본문에 의거해 효·제·자로 치국·평천하의 일로 삼고, 혈구로 치국·평천하의 도를 삼은 것이 이 때문이다. 혈구 2자는 다른 곳에는 보이지 않고 유독『대학』의 이 장에만 보이는데, '矩'는『논어』의 '不踰矩'의 '矩' 자로 나의 마음으로 남의 마음을 헤아려 자연의 법칙을 벗어나지 않는 것이 혈구이다. 그러니 어찌 능히 혈구하면서 仁하지 않을 자가 있겠는가. 회재는 본문의 효·제·자 세 자를 버리고 오로지 仁으로써만 말하여, 심지어 '한 글자의 뜻이 밝지 못하면 그 해가 백성에게 미치고, 그 화가 후세에까지 미친다'고 한 것은 지나친 듯하다.[75)]

권병천은 이언적이 치국장·평천하장을 오로지 仁으로만 해석하고 孝·悌·慈와 絜矩의 의미를 드러내지 못했다고 비판하고 있다.

일곱째, 이언적이『續大學或問』에서 本을 빠뜨리고 末을 일삼으며 始는 있지만 終이 없는 것은 本末·終始의 所在를 강구하지 않기 때문이라고 한 것[76)]에 대해서도, 권병천은 반론을 전개하였다. 권병천은 우선

---

75) 上同. "愚按 晦齋之訓 亦好矣 而苟以仁言 則格致 所以明仁也 誠正修 所以體仁也 齊治平 所以行仁也 三綱八目 莫不本於仁也 然仁以心言 其事則孝弟慈三者而已 齊治平章 以孝弟慈而上行下效 則仁在其中矣 絜矩 則因孝弟慈之成教 而推而同之……章句 依本文 以孝弟慈爲治平之事 而以絜矩爲治平之道者 以是也 絜矩二字 不見於佗 而獨發於大學之此章 矩卽不踰矩之矩字也 以己心裁度人心 不踰天則 是謂絜矩 則安有能絜矩而不仁者乎 晦齋卸卻本文孝弟慈三者 專以仁言之 而至謂一字之義 不明 害流於生民 禍及於後世 則似過矣"

이 점에 대해 공자와 증자가 전하고 기술한 것은 경일장뿐이므로 학문의 본말·종시에 대해 후대 전한 사람들이 한 글자도 더하거나 뺄 수 없다는 점을 강조하고 있다.[77] 이 문제는 경문의 '物有本末 事有終始 知所先後 則近道矣'에 대한 입장 차이를 드러낸 것이다.

앞에서 언급했듯이 이언적은 이 절과 '知止而后有定' 1절을 격물치지를 해석한 전문으로 보아 뒤로 옮겼다. 그리고 격물치지에 대해, 주희가 '사물의 이치를 캐들어 가 그 극처에 이르지 않음이 없고자 하는 것[窮至事物之理 欲其極處無不到也]'이라고 『대학장구』에서 해석한 것과는 달리 '物理에 本末·終始가 있는 것을 아는 것[知物理之有本末終始]'이라고 정의하였다. 이런 관점에서 이언적은 당시의 학문이 본말·종시의 의미를 강구하지 않아 도가 밝혀지지 않는다고 한 것이다. 그런데 이언적은 『대학』을 前聖·後賢이 계속 연역하여 規模와 節目이 상세하게 갖추어졌다는 관점에서 그 미비점을 '一言之不備 一理之不明 其有害於人心世道也如此'라고 한 것이다.[78]

여기에는 경전을 해석하는 기본적인 관점의 차이가 개입되어 있다. 이언적은 전성·후현이 연역해 갖추어 놓았더라도 미비한 점이 있으면 후학이 계속 의리를 발명해 나가야 한다는 진취적 시각을 드러낸 것이다. 그런데 권병천은 이런 시각과는 달리 성현이 정해 놓은 설을 어찌 후학이 함부로 고칠 수 있겠느냐는 관점에서 바라본 것이다. 그런 시각

---

76) 李彦迪, 『續其續或問』. "盖學者 有志於格物致知 而不知物理之有本末終始 則 其所知所得 或失其輕重之倫 先後之序 而終無以入道矣 今世學不講而道不明 爲學爲治爲忠爲孝者 或遺本而事末 或有始而無終 或專失其本末終始之所在 而卒至於敗亂者 多矣由其不講此章之義故也"

77) 權秉天, 『幽窩遺稿』 권3, 雜著, 「大學補遺辨」. "夫大學 入德之門也 孔曾之傳述 祇是經一章而已矣 其於學問之本末終始 豈其待後之傳者 而有所闕略哉 是知經一章七節 加一字不得 減一字不得也"

78) 李彦迪, 『續其續或問』. "嗚呼 大學之教 前後聖賢 更相演繹 規模節目 亦云詳盡 而一言之不備 一理之不明 其有害於人心世道也 如此 其可忽哉"

에 의해 권병천은 다음과 같이 비판하고 있다.

> 그러나 성인이 『대학』을 지을 적에 어찌 경문에 드러내 후세에 가르침을 전하지 않고, 굳이 전문을 기다린 뒤에 본말·종시의 뜻을 말했는가? 그렇다면 경문은 말이 不備한데 전문은 갖추어졌으며, 경문은 이치가 不明한데 전문은 이치가 분명하단 말인가? 또한 ‘物有本末’ 1절이 경문에 있으면 무엇이 긴절함이 없게 되고, 전문으로 옮기면 무엇이 보충함이 있게 되는가? 학자들이 이 1절에 대해 경문에 있으면 어찌하여 강구하지 않고 전문에 있은 뒤에 강구할 수 있단 말인가? 전문에 ‘知止而后有定’ 1절과 ‘物有本末’ 1절이 빠진 것을 두고서 ‘한 마디 말이 불비하고 한 가지 이치가 분명치 못하여 人心·世道에 해가 됨이 이와 같다’고 하여 경문을 옮겨 전문을 보충하였으니, 전문으로서는 참으로 다행이나 경문으로서는 도리어 빠뜨리는 것이 아닌가? 성인이 무엇 때문에 不備·不明의 말을 하여 인심·세도를 해침이 이와 같은 데 이르렀겠는가?[79]

이러한 권병천의 반론은 이언적의 설에 대한 비판을 전제로 한 것이기 때문에 트집을 잡는 느낌이 없지 않다. 따라서 경전 해석의 확연한 입장 차이를 확인할 수 있을 뿐이다. 그는 경문을 전문으로 옮기는 것 자체를 불경한 일로 보기 때문에 경문을 훼손하면서 전문을 보충한 개정설을, 이황이 행랑의 서까래 하나를 보수하려다 正寢의 기둥이나 대들보를 뽑아버린 격에 비유한 것과 동일시하였다.[80] 이는 의리의 발명

---

79) 上同. “然聖人作大學 何不著之於經 以詔後世 而必待傳者 然後乃言本末終始之義也 然則經文爲言不備 而傳文爲備也 經文爲理不明 而傳文爲明耶 且一節在經文 則何爲無緊 而移傳文 則何爲有補也 學者之於此一節 在經文 則何爲不講 而移在傳文 然後乃可講也 以傳文之闕知止物有二節 謂一言不備 一理不明 有害於人心世道 如此 而移經補傳 在傳文 誠幸矣 在經文 則反不爲闕耶 聖人何以爲此不備不明之言 以害人心世道 至於如此也”

80) 上同. “以大學言 則經文爲本 而傳文爲末也 以讀大學言 則經文所先 而傳文所後也 續或問之言 似不審本末先後之義也 大抵 傳文祗是釋經義者也 讀大學者 當先就經一章 逐句一一講明 然後乃讀傳文 以究其發揮經文之義焉 豈可以傳文之有闕 毀經文而補之哉 此何異於欲補廊舍之一椽 而遽拔正寢之棟樑者乎”

보다는 성인이 말씀인 경전을 훼손하는 것을 용납하지 않는 경학관을 그대로 드러낸 것이다.

권병천은 경문을 옮겨 전문으로 삼는 이런 불경한 개정설이 유행하게 된 것을 陸學(陸九淵의 학문)이 성행하여 朱子學을 비방하는 사람이 많아진 누습과 新異한 설을 세우길 좋아하는 학풍에 의한 것으로 보면서, 이언적도 新奇한 것을 좋아하여 중국학자들을 본받은 것으로 몰아붙였다.[81]

권병천은 마지막으로 자신도 이언적의 경우처럼 '物有本末'의 物을 '格物'의 物로, '知所先後'의 知를 '致知'의 知로 의심했지만, 반복해 탐구한 뒤에 삼강령과 팔조목 사이에 이 1절이 끼어 있는 의미가 매우 긴절하다는 것을 알게 되었다[82]고 하면서, '知止而后有定' 이하 2절을 전문으로 옮겨서는 불가한 점을 종합적으로 다음과 같이 논하였다.

대개 강령이 나누어져 셋이 되었다가 궁극으로 모이니, 이 '知止' 1절이 강령 다음에 있게 된 까닭이다. 명명덕·신민은 남과 나를 상대적으로 일컬었으니, 본말의 구분을 어지럽힐 수 없다. 知止·能得은 知·行이 둘 다 지극한 것이니, 始終의 차서를 문란하게 할 수 없다. 그러므로 그 다음에 本末·終始를 말하고 '知所先後'로써 결론지으며 아래의 팔조목의 선후 차서를 일으킨 것이니, 규모가 완비되고 맥락이 관통되어 이 절을 뒤로 옮길 수 없다. 知止는 物格知至를 말한다. 物이 格하는 이유와 知가 지극해지는 이유는 반드시 공부가 있어야 하는데 그것을 말하지 않고 곧장 知止의 공효를 말했다. 그러니 이 절을 전문으로 옮길 경우 그 뜻이 절실하고 긴요한 점을 발견할 수 없다. 또한 補亡章에

---

81) 上同. "噫 時乎中國 陸學大盛 非詆朱子者多 則董蔡王黃宋方諸儒 習於見聞 喜於立異 其爲此異說 不足爲怪 而乃若吾東 則自高皇帝賜出朱子四書之後 圃隱以下諸先生 尊信程朱之訓 性理之學 大明於東夏 而以晦齋之純儒碩德 暫居西徼 忽聞董蔡諸家之說 喜其新奇而慕效之如此 實不可曉也"

82) 上同. "愚也 少也 讀大學 而亦疑物有本末之物字 可爲格物之物 知所先後之知字 可爲致知之知 以此節爲格致傳看 而反覆參玩 則此節之在經文綱條間 其意甚緊"

‘衆物之表裏精粗 無不到 吾心之全體大用 無不明’이라고 한 것은 物格을 말한 것이고 知至를 말한 것인데, 회재의 설처럼 범범하게 ‘近道’ 2자로 결론을 짓는다면, 격물치지의 뜻에 語意가 매우 미흡하며 보충한 바는 없게 된다.[83]

권병천은 ‘知止而后有定’ 1절이 삼강령을 말한 뒤에 놓인 이유를 삼강령을 하나의 궁극으로 모으는 의미를 갖는 것으로 파악했고, ‘物有本末’ 1절이 그 다음에 있는 이유를 本末·終始를 말하고 知所先後를 말해 팔조목의 차서를 일으키는 것으로 파악했다. 그는 또 이 2절을 전문으로 옮길 경우 語意가 미흡하여 긴절하지 않다는 점을 언급하고 있다.

또한 그는 傳文은 經文을 해석한 것이기 때문에 전문에 錯簡이 있을 경우 경문을 통해 바로잡을 수 있다는 점을 상기시키며, 경문의 2절을 전문으로 옮기면 본말을 해석한 전 제4장은 경문에서 근거할 바가 없게 되며, 청송절을 경문 맨 뒤로 옮긴 것도 그와 다름없게 된다는 점을 언급하고 있다.[84] 그러나 이는 경문에 착간이 없다는 것을 전제로 한 것이기 때문에 역시 반론이 제기될 수 있는 설이다.

마지막으로 권병천은 이언적이 ‘격물치지의 요점에는 또한 緩急·先後의 차서가 있어서 가까운 데서 먼 데로 나아가고 인륜을 말미암아 모든 사물에 미쳐야 한다’고 하면서, “몸과 마음으로 일상에서 인식하는 실제를 힘쓰지 않고 범범하게 만물의 이치를 보려고 한다면, 이는 바로

---

83) 上同. “蓋綱領分之爲三 而會之於極 此知止一節 所以次於綱領也 明德新民 人已對擧 而本末之分 不可亂也 知止能得 知行兩至 而始終之序 不可紊也 故次言本末終始 而以知所先後結之 以起下文八條先後之序 規模周備 脈絡貫穿 不可移也 知止固是物格知至之謂 而物之所以格 知之所以至 是必有工夫而不言 直言知止之效 移之於傳 未見其切要也 且衆物之表裏精粗 無不到 吾心之全體大用 無不明 乃謂物格 乃謂知至 而泛以近道二字結之 則其於格致之義 語甚歇后 無所補也”

84) 上同. “傳文乃是解釋經旨者 則其所錯簡 必考經文而可正矣 故程子之所定而未盡者 朱子更考經文 以序次之 今毁經文二節 而補傳文之闕 則傳四章 所以釋本末者 於經無所考 其移之贅附於經文之末 亦無異矣”

程子가 이른바 대군의 유격대가 너무 멀리 나아가 돌아갈 바가 없어진 것이라고 한 격이니, 이 점을 살피지 않을 수 없다."고 한 말85)에 대해, 다음과 같이 비판하였다.

> 회재는 卽物窮理를 범범하게 말한 것에 대해, 대군의 유격대가 너무 멀리 나아가 돌아갈 바가 없어진 것이라 기롱하였으니, 무슨 의도인가? 이치를 궁구하려고 物에 나아가면 일마다 착실하지만, 이치를 궁구하려 하면서 物에 나아가지 않으면 단지 허튼 생각일 뿐 끝내 실득이 없게 되니, 이른바 유격대가 너무 멀리 나아가 돌아갈 바가 없어진 것이라는 것이다. 卽物窮理 4자로 격물치지의 뜻을 해석한 것은 諸家의 오류를 바로잡고 만세의 의혹을 불식시킨 것으로, 정자·주자가 성인 문하에 큰 공을 세운 것이 이 때문이다. 그런데 회재는 지금 그와 같이 말했으니, 그 또한 이상하다.86)

이언적은 격물치지의 의미를 공부하는 사람의 몸과 마음이 일상에서 실제로 행하는 가까운 인륜으로부터 시작해야 함을 역설한 것인데, 권병천은 주희가 '卽物窮理'로 해석하여 物을 말한 것을 실제로 인식해 위와 같이 반박한 것이다. 그러나 이는 이언적의 의도를 이해하려고 하지 않고 비판하려는 의도를 전제로 한 말이다.

후대 합천 삼가 출신으로 蘆沙 奇正鎭의 문인인 老柏軒 鄭載圭(1843-1911)는 권병천의 「大學補遺辨」에 後識를 썼는데, 다음과 같이 말하고 있다.

---

85) 李彦迪, 『大學章句補遺』 格物致知章. "謹按 致知之要 亦宜有緩急先後之序 由近而t 及遠 由人倫而及於庶物……若不務此 而徒欲泛然以觀萬物之理 則正如程子所謂大軍之遊騎 出太遠而無所歸也 此又不可不察"

86) 權秉天, 『幽窩遺稿』 권3, 雜著, 「大學補遺辨」. "晦齋以泛言卽物窮理 譏以大軍之遊騎 出太遠而無所歸 亦何意也 欲窮理而卽物 則事事著實 欲窮理而不卽物 則祇是懸空思想 終無實得 卽所謂遊騎出太遠而無所歸者 以卽物窮理四字 釋格致之義者 所以正諸家之謬 開萬世之惑 而程朱之有大功於聖門者 以此也 而今日云云 其亦異矣"

공이 돌아가신 뒤 공께서 저술하신「대학보유변」을 구해 읽어보니, 의리가
정밀하고 논변이 분명하며 명확하게 근거한 바가 있었다. …… 공이 경전에 대
해 궁구하지 않은 것이 없었지만 자기 학설을 세우지 않았는데, 오직 이「대학
보유변」만은 주자의 定本과 다르기 때문에 저술한 것이니, 그 의도가 깊다.
…… 그리고 생각해 보니, 회재가『대학장구보유』를 지은 것이 어찌 주자보다
훌륭하길 구한 것이겠으며, 공이 그것을 논변한 것이 또한 어찌 회재를 깔본
것이겠는가? 진리에 대한 이견은 구차하게 뇌동할 수 없는 점이 있기 때문이
다. 그러나 주자 같은 자질로 일생의 정력을 다하여『대학』의 정본을 만들었는
데, 주자보다 자질이 낮은 학자로서 다른 생각을 품고 그보다 뛰어나려고 하는
것은, 주자를 믿으면서 그에 미치지 못한다고 하는 자의 폐단이 없는 것만 못
하다. 대개 주자의 도가 존중되지 않고 후인의 의논이 쉽게 감히 개진되니, 사
문의 작은 걱정이 아니다. 그렇다면 공이 이「대학보유변」을 지은 것도 世敎에
보탬이 있을 것이다.[87]

이 글에는 정재규의 학문 성향이 잘 드러나 있다. 그는 진리·의리에
대해서는 선현의 설이라고 해서 구차하게 부화뇌동할 수 없다는 기본
원칙을 갖고 있다. 그러나 현실적으로 자질면에서는 주희보다 못하고,
또 연구의 측면에서도 주희가 평생의 정력을 바친 것만큼 정밀한 연구
를 하지 않았다면, 함부로 자신의 섣부른 주장을 펴기보다는 믿고 따르
는 편이 더 낫다는 것이다.

정재규는 또 자기 시대에 주희의 도가 존중되지 않고 사람들이 함부
로 자기의 주장을 전개하는 풍조가 만연한 분위기에서, 권병천의「대학
보유변」은 시대적 의미가 있다고 평가한 것이다. 말하자면 정통의 논리

---

87) 鄭載圭,「附書大學補遺辨後」(『幽窩遺稿』 권3, 雜著,「大學補遺辨」). "公旣沒 得其所
著大學補遺辨 讀之 義精辨明 鑿鑿有據…… 公於經 靡不究 未嘗立說 惟此辨 以其貳於
朱子定本也 其意亦淵矣…… 仍念晦齋之爲補遺 豈敢多於朱子 公之辨 亦豈少晦齋哉
仁智異見 有不可以苟同者耳 然以朱子而盡一生精力 而著爲定本 後朱子而學者 貳而
超詣 不若信而不逮之爲無弊也 蓋朱子之道 不尊 後人之議論 容易敢到 則非斯文細憂
也 然則公之爲此辨 其亦有補於世敎歟"

가 무너지고 있는 것에 대한 우려를 표명한 것이라 하겠다. 그러나 그는 의리의 발명보다는 선현의 설을 존신해야 한다는 묵수적 경학관을 가진 학자였음을 부인할 수 없다.

권병천이 이언적의 『대학장구보유』에 대해 반론을 전개한 것은, 그 어떤 사람의 비판보다 정밀하고 구체적이다. 이 점에서는 이황이 세 가지로 불가한 점을 논한 것보다 훨씬 상세한 반론이라 하겠다. 또한 그가 이런 반론을 전개한 것은 정재규의 지적처럼 19세기 후반의 격변기에 正道를 부지하려고 한 정통을 고수하는 주자학자의 고뇌를 반영하고 있다는 측면에서 그 의의를 되새겨 볼 필요가 있다.

(13) 崔惟允의 反論

崔惟允(1809-1877)의 자는 誠進, 호는 夢關, 본관은 경주이다. 부친은 崔擎泰이고, 모친은 星州 都氏이다. 전라도 珍山 출신으로, 蘆沙 奇正鎭에게 학문을 질의하였고, 宋來熙·宋達洙 등과 학문을 토론하였다. 저술로 3권 2책의 『夢關集』이 있는데, 아들 崔鏽漢이 유고를 수집해 鄭載圭의 교감을 거쳐 간행한 것이다. 경학 관련 자료는 문집 잡저에 실린 「論晦齋大學」이 있다.

최유윤은 이언적의 『대학장구』 개정설에 대해 그 불가함을 지적하여 「論晦齋大學」이라는 짤막한 글을 지었는데, 여기서는 이를 중심으로 그의 반론을 살펴보기로 한다. 최유윤은 이언적의 『대학장구보유』를 보면, 얼핏 보았을 때는 그럴 듯하지만, 오래도록 음미하면 그렇지 않다는 것을 알 수 있다고 하여, 자신이 오랫동안 숙독하며 사유한 것을 통해 비판하게 된 점을 암시하고 있다. 그는 우선 경일장에 대한 자신의 입장을 다음과 같이 펴고 있다.

經文은 주자도 舊本을 따라 한 글자도 옮기지 않았다. 이는 대체로 경문의 차례가 서로 연속되고 文義가 갖추어지고 넉넉하여 한 글자도 더할 수 없고 한 글자도 뺄 수가 없기 때문이다.[88]

이러한 논조는 경문은 공자의 말씀이므로 흠이 없다는 것을 중시하는 관점으로, 경문에는 錯簡이나 闕失이 없다는 것을 전제로 한다. 최유윤도 그런 생각을 갖고 있었기 때문에 위와 같은 말을 한 것으로 보인다. 그는 이어 경일장의 논리 구조를 다음과 같이 설명하고 있다.

제1절에서는 삼강령을 거론하고, 제2절에서는 유독 止於至善 한 강령만을 말했다. 오직 이 지어지선 한 강령만이 명명덕·신민의 뜻을 포함하니, 또한 이는『중용』제1장 性·道·敎를 말한 뒤에 홀로 '道'자만 말한 뜻과 같다. 제3절의 '物有本末' 이하 4구는 윗 문장 삼강령의 뜻을 결론짓고, 아래 팔조목의 뜻을 일으킨 것이다. 명명덕·신민 및 知止·能得에 선후의 뜻이 들어있지 않은가? 또 뒷 문장 '先治其國'·'先齊其家'의 '先'자와 '物格而后知至'의 '后'자는 그 내력이 또한 제3절의 '知所先後' 1구에 있지 않은가?[89]

최유윤은 제2절을 지어지선을 말한 것으로 보며, 그것은 명명덕·신민의 뜻을 포함하고 있기 때문인 것으로 해석하고 있다. 그래서 그는『중용』제1장 제1절에서 性·道·敎 세 가지를 말한 뒤 제2절에서 道에 중점을 두어 논한 것과 같다는 점을 들어 증명하고 있다. 이 설은 그의 독창적인 설로, 의미 있는 새로운 발명이라 하겠다. 대체로 조선시

---

88) 崔惟允,『夢關集』권3,「論晦齋大學」. "其經文 朱子因舊本不動一字 盖以其次第相屬 文義備足 加一字不得 減一字不得也"

89) 上同. "首一節 旣擧三綱 第二節 獨言止一綱者 惟此止一綱 含明新之義 而亦是中庸首章性道敎之下 單言道字之義也 其第三節 物有以下四句 結上文三綱之義 起下文八條之義也 明新知得 不有先後之義存焉耶 先治其國 先齊其家之先字 物格而后知至 而后之后字 其來歷又不在於知所先後之一句耶"

대 학자들은『대학장구』경일장 제2절을 止於至善을 이어 말한 '삼강령의 功效'로 본다. 그런데 최유윤은 이를 따르지 않고, 지어지선을 말한 것으로 본 것이다.

다음 최유윤은 제3절을 해석하면서 위의 2절을 결론짓고 아래의 팔조목을 일으킨 것으로 해석하였다. 이러한 설은 조선 후기에 종종 보이는 설로, 그의 독창적인 설이 아니다. 그는 이를 증명하기 위해, 제4절에 보이는 6개의 '先'자와 제5절에 보이는 7개의 '后'자가 제3절의 '知所先後'에서 나온 것임을 제시하고 있다. 이 설 역시 최유윤의 독창적인 설은 아니다. 그러나 조선 후기『대학』에 대한 이해가 심화되면서 나타난 설이다.

경문에 대해 이와 같은 논리 구조를 설명한 최유윤은, 傳文은 經文에 따라 해석한 것이라는 점을 강조하며,『대학장구』전 제4장 청송장에 대해 다음과 같이 해석하고 있다.

> 청송절 1절은 삼강령과 팔조목을 해석한 사이에 있다. 이 장이 본말을 해석한 장이 된 것은 또한 윗 문장 삼강령을 이어 결론짓고 아랫 문장 팔조목을 일으켜 계승한 뜻이 아니겠는가? 오직 이 1절이 중간에 끼어 그 뜻이 온축되고 상하를 관통하니 실로 이 한 편의 樞紐이다. 어찌 이 1절이 삼강령이 아니고 또 팔조목이 아니어서 저절로 불필요한 말이 된다고 말할 수 있겠는가?[90]

최유윤은 주희가 본말을 해석한 청송장을 굳이 둔 것은, 경문 제3절이 위로는 삼강령을 결론짓고 아래로는 팔조목을 일으키는 역할을 하고 있기 때문이라는 것이다. 이 설 역시 그의 새로운 발명으로 보인다. 기왕의 설은 경문 제6절·제7절에 本末·治亂을 말한 것과 연관 지어 청송장의 필요성을 역설하였는데, 최유윤은 경문 제3절과 청송장을 연결시켜

---

90) 上同. "聽訟一節 居三綱八條之間 爲本末章者 又非承上文三綱而結之 起下文八條而繼之之義耶 惟此一節 居於中間 其義蘊蓄 貫通上下 實爲一篇之樞紐也 烏可謂此一節旣非三綱 又非八條 而自爲衍語耶"

해석한 것이다.

최유윤은 이언적이 경일장 제2절과 제3절을 뒤로 옮겨 격물치지전으로 삼고, 청송절을 경문 맨 뒤로 옮긴 것에 대해, 경문의 논리 구조와 전문은 경문을 따라 해석한 논리 구조를 갖고 있다는 관점으로, 위와 같이 이언적의 설에 대해 반론을 전개하였다. 그의 설은 비록 짤막한 논설이지만, 그 말은 논리적 근거가 분명하여 매우 설득력이 있다. 또한 그 스스로 자득한 말로 보여 그 의미가 새롭다.

(14) 作者未詳人의 反論

성균관대학교 대동문화연구원에서 편찬해 낸 한국경학자료집성 제8책에는 작자 미상인의『大學集解』가 수록되어 있다. 이 자료는 성균관대학교 도서관에 소장되어 있는 필사본 1책으로, 총 40면으로 되어 있다. 이 책은 1959년 曹健承이 기증한 것으로 되어 있는데, 작자가 누구인지는 알 수 없다. 그 내용을 보면,『대학장구』를 저본으로 해석하면서 우리나라 기호학파의 주요 인물인 李珥·成渾·金長生·宋時烈·宋浚吉·金昌協·韓元震·金元行 등의 설이 인용되고 있는 것으로 볼 때, 기호학맥에 속한 학자가 저술한 것인 듯하다.

작자는 이언적이 경문의 '知止而后有定' 1절과 '物有本末' 1절을 뒤로 옮겨 격물치지전으로 삼은 것과 本末을 해석한 것으로 본 전 제4장을 없애고 聽訟節을 경문 맨 뒤로 옮긴 것에 대해, 栗谷 李珥의 반론을 인용해 놓았을 뿐이다. 그러나 이를 통해 보면, 그의 입장이 이이와 마찬가지로 이언적의 설을 부정적으로 보고 있음을 알 수 있다.

작자는 우선 이이가「晦齋大學補遺後議」에서 "經文二節 置之格物之章 文義似順 第未知必然否也 但窮理者 窮其所當然與其所以然 而表裏精粗 無所不盡 則本末先後 在其中矣 若只窮其本末始終而已 則無乃窮

理功夫有所遺漏乎 知止云云一節 只言其效而已 由是觀之 雖欲由經文而下格物致知功夫 實不得其下手處矣 不如程朱二先生之說 爲詳盡而有功程可進也”라고 한 부분을 그대로 인용하고 있다. 이는 경문 제2절과 제3절을 격물치지의 뜻으로 보기 어렵다는 내용이다.

그 다음 작자는 『栗谷全書』 권9의 「上退溪李先生別紙戊午」에 실린 “朱子曰 定靜安 雖分節次 皆容易進安 而後能慮 慮而後能得 最是難進處 安而後能慮 非顔子 不能 何歟 退溪答曰 自其粗者言之 中人以下 猶可勉進 自其精之極致 言之 非大賢以上 固有所不能”이라고 한 것과 「晦齋大學補遺後議」의 “所處而安 雖似指身 實是所知之安耳 未及於行也 若孟子所謂居之安 乃深造自得之效 合知行而言 不止於知一邊 兩處安字 雖似相近 而輕重不同 晦齋合而一之 恐未安 又以慮爲思 雖不大悖 但思是格物之路 不應於物格知至之後 乃更有思底工夫也 先賢以慮處於知行之間 而謂之臨事 更致精詳 恐是不易之論也”를 그대로 인용해 놓았다. 이는 주로 제2절의 ‘慮’ 자에 대한 해석의 문제를 제기한 것이다. 즉 이언적이 ‘慮’ 자를 思의 뜻으로 해석한 것에 대한 반론이다.

그 다음 작자는 이언적이 청송절을 경문 뒤로 옮긴 것에 대해, 이이가 “聽訟一節 別爲釋本末章 尋常未知其穩當 置之經文之末 恐爲得宜 但經一章 朱子則以爲孔子之言 晦齋則以爲曾子之言 未知何據 若是曾子之言 則以子曰結之 宜矣 若是孔子之言 則不應更稱子曰 此不可知也”라고 반론을 편 것을 그대로 인용하고 있다. 이는 경일장의 작자를 이언적이 증자로 보아 ‘子曰’이라는 문구가 있는 청송절을 경문으로 옮겨 결어로 삼은 것에 대한 반론이다.

이 자료에는 작자의 의견을 전혀 제시하지 않고 있다. 그러나 이이가 이언적의 개정설을 반박한 것을 그대로 수용하는 입장에서 이이의 설을 그대로 인용해 놓은 것이라 하겠다. 이황의 설을 인용하고 있지 않은 것은, 그의 학파적 입장을 드러낸 것으로 보인다.

2) 李彦迪의 개정설에 찬성한 辯論

(1) 盧守愼의 변론

이언적의『대학장구보유』가 발표된 후, 이황 등에 의해 곧바로 반론이 전개되었다. 그러나 盧守愼(1515-1590)은 1584년「晦齋先生大學補遺後跋」을 지어[91] 스승 이언적의 개정설을 적극 지지하였다.

노수신은 한양에서 태어나 그곳에서 자랐다. 17세 때 灘叟 李延慶(1484-1548)의 딸과 혼인하면서 장인에게 수학하였다. 20세 때 생원시와 진사시에 모두 합격하였다. 27세 때 이언적에게 나아가『心經附註』에 대해 질의하였다. 29세 때인 1543년 문과시험에 합격하여 성균관 전적에 제수되었다. 이후 홍문관·사간원 등에서 근무하다가 1545년 을사사화가 일어나자, 이조 좌랑에서 파직되어 忠州로 돌아갔다. 1547년 전라도 순천에 유배되었다가, 가을 양재역 벽서 사건에 다시 연루되어 珍島에 移配되어 19년간 귀양살이를 하였다. 1566년 宣祖가 즉위한 뒤 석방되었고, 다시 기용되어 영의정에 이르렀다.

그는 학문적으로 羅欽順의『困知記』에 영향을 받아 人心道心說에서 주희의 설과는 달리 도심은 未發로, 인심은 已發로 보는 설을 제기하여 주자학자들로부터 학문이 순정하지 못하다는 비난을 받았다.

여기서는 그의「晦齋先生大學補遺後跋」을 중심으로 이언적의 설을 지지한 내용을 살펴보기로 하겠다. 노수신은『대학』이 공자의 遺書 가운데 가장 상세하지만, 가장 錯簡이 심한 책으로 보았다. 그래서 程顥·程頤로부터 釐正 작업이 비롯되어 주희에 이르러 완성되었다고 보았다.

그런데 그 후 董槐가 '知止而后有定' 1절과 '物有本末' 1절 및 청송절을 합해 격물치지전으로 삼자, 王柏·黃震·宋濂·方孝孺·蔡淸 등이 모

---

91) 盧守愼,『蘇齋集』권7, 跋,「晦齋先生大學補遺後跋」. "萬曆 甲申 二月 旣望 芝嶺 後
　　學 盧守愼 謹跋"

두 그에 동조하였는데, 채청은 '物有本末' 1절을 '知止而后有定' 앞으로 바꾸어 편차를 정했다고 하였다. 그리고 이언적은 그들의 설을 보지 않은 상태에서 독자적으로 개정설을 제기하였는데 은연중 합치되었다. 다만 청송장을 경문 뒤로 옮겨 결어로 삼은 것이 그들의 설과 다르다고 하였다.[92]

노수신은 이와 같이 중국 역대 개정설과 이언적의 개정설을 소개한 뒤, 주희의 보망장과 맞추어 보니, 보망장의 '表裏精粗'는 제3절의 本末·終始를 해석한 것이고, 보망장의 '全體大用'은 知止·能得을 해석한 것이므로, 이언적의 설과 합치된다고 주장하였다.[93]

이언적이 경문 제2절의 '慮' 자를 思의 뜻으로 해석한 것에 대해서는 李珥가 최초로 비판을 하였다. 노수신은 이 점에 대해 다음과 같이 변론하고 있다.

> 혹자는 '慮'·'得'은 行에 속하는 것이라고 의심을 한다. 아! 어찌 궁리를 하면서 思로써 하지 않음이 있겠는가? 得을 구하지 않는 자는 知·行을 나누어 둘로 여기니, 이는 도가 아니다. 고인이 경전을 해석할 적에는 그 대략을 취한 것이 이와 같다.[94]

주희는 '慮' 자를 '處事精詳'으로 해석하여 事에 초점을 두었는데, 이언적은 이를 思로 해석함으로써 知의 영역에 포함시켰기 때문에 주희의 설과 다르다고 비판을 한 것이다. 이에 대해 노수신은 격물치지의 궁리

---

92) 上同. "孔氏遺書 莫詳大學 亦莫錯大學 肇二程子釐正未盡 及朱子則完如也 乃董文靖公 特拈知止物有聽訟三節 爲格致傳 如王黃宋方蔡公諸見皆同 惟虛齋以中節居首 至吾先生說 與之暗合若符節 但斷以其末節 上係經文 爲結語 曰從程子者 爲獨異"

93) 上同. "試就補傳而讀之 以表裏精粗 釋本末終始 全體大用 釋知止能得 不見其有不合 非耶"

94) 上同. "或疑慮得屬行 吁 豈有窮理不以思 不要得者 判而二之 非道也 古人釋經 取其大略者 如此"

는 둘이 아니라 하나임을 강조하는 논리로 대응을 하면서, 고인이 경전을 해석한 말은 대략만 취했기 때문에 그렇다는 점을 들었다. 이러한 노수신의 설은 논리적으로 미흡한 감이 없지 않다.

그 다음 노수신은 청송절을 경문 맨 뒤로 옮긴 것을 비판하는 설에 대해, 다음과 같이 변론하였다.

> 청송절의 '使無訟'은 경문의 '修身爲本'과 정히 서로 합치된다. 그런데 주자는 무슨 까닭으로 팔조목의 하나인 修身의 근본으로 삼아, 설이 간략한 결론을 만들지 않고 명명덕과 신민을 상대적으로 보는 근본을 삼아 體例가 없는 해석을 하였는지 모르겠다. 또한 동괴·채청 등은 무엇 때문에 청송절을 경문의 '知止而后有定' 1절과 '物有本末' 1절 뒤에 붙였는지 모르겠다. 참으로 그렇게 한 意義가 있겠지만 나는 모르겠다.[95]

노수신은, 주희가 청송절을 본말을 해석한 것으로 보아 별도로 傳文을 둔 것과 동괴·채청 등이 청송절을 경문 2절과 합해 격물치지전으로 삼은 것에 대해, 모두 비판하면서 이언적의 설이 타당하다는 점을 은근히 강조하고 있다. 위 인용문에서 노수신이 '體例가 없는 해석'이라고 한 말은, 후대 權榘로부터 비판을 받았다.

또한 노수신은 이언적이 經文과 傳文에 남음이 있는 것은 잘라내고, 부족한 것은 보충하여 경전의 本義를 온전하게 하였다고 하면서, 이언적이 청송절을 경문에 붙인 이유를, 『중용』에서 '子曰'을 인용해 증명하는 體例와 같고, 虞나라·芮나라 사람들이 문왕의 덕화를 입은 사람들을 보고 감화를 받아 화친했다는 고사를 인용하여 증명한 것에 대해, 程頤가 청송절을 경문 위에 붙인 의도를 충족시키는 것이기 때문에 구차

---

95) 上同. "至如無訟 與爲本 正相合 不知朱子何故不作八條修身之本 以成說約之結 乃作兩物相對之本 以起無例之釋 又不知董蔡諸公 亦何爲以聯於二節之左 固皆有意義 而莫之曉也"

하지 않다고 하였다.96) 이를 보면 노수신 당시에 이미 이 점에 대해 비판이 있었던 것으로 보인다.

노수신은 또 이언적이 경문 제2절의 '慮'자를 思로 해석한 것, '至善'을 '允執厥中'의 中으로 해석한 것, 치국·평천하장을 仁으로 해석한 것 등에 대해, 전현이 발명하지 못한 것이라고 극찬하였다.97) 그러면서 그는 자신의 경학관을 최종적으로 다음과 같이 피력하였다.

> 아! 경전의 의리를 발명하는 것은 한 사람의 일이 아니다. 뜻을 달리 해 조금 차이가 나더라도 도에 무엇이 해롭겠는가? 다만 대중들이 오랫동안 주자의 설만 존신하였기 때문에 한 가지 의리를 터득한 것을 지목하여 망령되다 하니, 이는 편벽된 생각이지 어찌 그것이 공론이겠는가? 나는『대학장구』를 읽은 뒤로 이 책을 신명처럼 받들었다. 그런데 유독 주자가 삼강령과 팔조목 외에 본말을 해석한 청송장을 둔 것이 무슨 뜻이 있는지는 이해가 되지 않았다. 그런데 격물치지전은 원래 없어진 것이 아니라는 사실을 어찌 알았겠는가? 나는 회재 선생의 설을 보고서 탄식하기를 "후세의 유학자들은 뒤에 태어난 것을 불행으로 여길 것이 없구나."라고 하였다.98)

노수신은 스승 이언적과 마찬가지로 의리는 무궁하기 때문에 앞 시대 성현이 밝혀 놓은 것을 바탕으로 후학들은 부단히 의리를 발명해 나가야 한다는 진취적 경학관을 가지고 있었던 인물이다. 그의 그런 경학관을 이 인용문에서 확인할 수 있다. 노수신은 경전의 의리는 한 사람이 다 밝힐 수 있는 것이 아니라고 하였다. 이는 바로 후학이 부단히 이어

---

96) 上同. "竊念先生 挺生東荒 夙契道妙 謫居西徼 專精玩索 截有餘 補不足 以全經傳本
義 據中庸 證虞芮 以充程子定意 夫豈苟焉而已"

97) 上同. "若夫以慮爲思 以至善爲中 因論爲治而歸之仁 蓋又前賢所未發者 其旨矣乎"

98) 上同. "嗚呼 發明經籍 非一家事 遷就少差 何損於道 顧衆信旣久 指一得爲妄 亦只是
辟 豈公論哉 守愼自受讀章句 奉之如神明 獨未解綱條外傳有何義 又焉知格致元傳有
不亡 乃歎曰 後之儒者 其無以後生爲不幸矣夫"

서 밝혀야 한다는 것이다.

또한 노수신은 후학의 설이 앞 시대 선현의 설과 조금 다르더라도 그 것이 도에는 해롭지 않다는 점을 말하고 있다. 이는 주희 같은 大賢에 초점을 두어 존신하는 것이 아니라, 道에 중점을 두는 시각이다. 그는 그런 관점에서 조선의 유학자들이 오랫동안 주희의 설만 존신했기 때문에 그와 다른 의리를 하나라도 제기하면 곧바로 망령된 짓이라고 비판하는 풍조가 형성되었다고 자기 시대의 경직된 학풍을 지적하고 있다. 그리고 그런 인식은 편벽된 것으로 공론이 아님을 천명하고 있다. 이는 학문과 사상의 경직성을 지적하면서 자유로운 사유가 학문을 발전시키는 모태임을 환기시킨 것이라 하겠다.

노수신 자신은 오래전부터『대학장구』가운데 삼강령·팔조목에 없는 것을 傳文으로 둔 청송장에 대해 의문을 가졌는데, 이언적의 설을 보고서 그 의문이 풀리게 되었음을 말하고 있다. 그리고 후학도 할 일이 있다는 것을 깨닫게 되었음을 토로하고 있다. 즉 의리는 무궁하기 때문에 후학은 계속해서 의리를 밝혀 나가야 한다는 논조이다. 이는 학문을 발전시키는 원동력이 어디에 있는지를 자각하고, 자기 시대 경직된 학풍에 대한 인식이 없이는 불가능한 언급이라는 점에서, 그의 경학에 대한 인식을 단적으로 보여준다.

(2) 孫起陽의 변론

孫起陽(1559-1617)의 자는 景徵, 호는 松磵·聱漢, 본관은 밀양이다. 부친은 孫兼濟이고, 모친은 辛氏이다. 밀양 출신으로 1585년 사마시에 합격한 뒤, 1588년 문과시험에 급제하여 慶州提督·昌原府使 등을 지냈다. 임진왜란 때 의병을 일으켰다. 그는 鄭逑와 매우 친밀하였다. 그의 문집에「上寒岡先生書」라는 편지가 있는 것으로 보면, 정구를 스승으로 모신 듯하다. 또한 그는 鄭經世·曹好益·李埈 등 영남의 학자들과도 폭넓게 교유하였다. 광해군 때 정치가 어지러워지자, 벼슬을 버리고 낙향하여 학문에 전념하였다. 만년에는 易學에 잠심하였다. 저술로 4권 3책의『聱漢集』이 있다.

손기양의『聱漢集』권3에는「伸辨晦齋先生請從祀疏」이 수록되어 있는데, 이는 이언적의 문묘종사를 거듭 청한 상소이다. 글의 내용으로 보아, 아마도 1610년 성균관 유생들이 五賢(金宏弼·鄭汝昌·趙光祖·李彦迪·李滉)을 문묘에 종사해 달라는 상소를 올린 뒤, 호남의 유생들이 이언적은 제외해야 한다고 상소를 한 듯하다. 이에 대해 손기양이 반론을 펴면서 이언적을 문묘에 종사해야 한다는 점을 거듭 논한 상소이다. 손기양은, 호남의 유생들이 올린 상소는 공론을 가탁해 私黨에 부화뇌동한 것으로 오현 가운데 이언적을 빼야 한다고 하였으니, 호남 유생들로 하여금 이런 지경에 이르게 한 사람이 과연 어떤 사람이겠느냐고 반문하고 있다.[99]

손기양은 우리나라 道學이 鄭夢周에게서 발원하였는데, 金宏弼·鄭汝昌·趙光祖·李彦迪이 그 정맥을 이은 분들이며, 이황에 이르러 집대성하고 절충하였다고 언급하면서, 이언적은 소견이 높고 조예가 깊어 지리멸렬하고 부화경박한 자들이 함부로 의논할 분이 아니라고 하였다.[100] 그리고 이언적의 학문은 바르고 공부는 컸다는 점을 거듭 임금에게 아뢰면서 다음과 같이 말하고 있다.

신 등이 삼가 보건대,『대학』은 이미 程子·朱子의 表章을 거쳤으니, 책의

---

99) 孫起陽,『聱漢集』권3,「伸辨晦齋先生請從祀疏」. "乃有湖儒之疏 詔附私黨 假託公論 至欲於五賢之中 斥去李彦迪 嗚呼 湖儒不足責 而使湖儒至於此極者 果何人哉"

100) 上同. "惟我先正李彦迪 挺生南服 夙契道奧 所見之高 所造之深 決非減裂浮薄者之 所可容議也 臣等竊聞之 我東方道學宗派 發源於鄭夢周 而金宏弼鄭汝昌趙光祖李彦迪 實承其正脈 至于李滉 則集群賢之大成 而折衷之"

편차와 歸趣의 드러남이 극진하지 않음이 없을 듯합니다. 그러나 성현의 소견에 詳略·異同이 없을 수 없기 때문에 그 사이 次序와 意義에도 전현이 아직 징하지 않아 후현이 정하는 것도 있고, 전현이 발하지 않이 후현이 발히는 바도 있습니다. 예컨대 董槐·王柏·蔡淸·方孝孺 등의 설에서 그런 점을 알 수 있습니다. 지금 이언적은 백 대 뒤에 태어나 백 대 전의 성현의 마음을 묵묵히 깨달았습니다. 그는 중국학자들의 설을 보지 않고서 능히 구절을 따라 사색하다 환하게 터득함이 있어 글을 지어 책을 만들고『大學章句補遺』라고 이름을 붙여 후세 학자들에게 보여주었습니다. 살펴보건대 그는 남음이 있는 것을 잘라내고 부족한 것을 보충해서 경전의 本義를 온전하게 하였습니다.『중용』에 근거해 취하고 버릴 바를 증명하여 程子의 의도를 따랐습니다. '慮' 자를 思의 뜻으로 풀이하여 窮理·正心의 학문에 근본이 있게 하였고, '至善'을 '允執厥中'의 中으로 해석하여 擇善固執의 공부를 더욱 주밀하게 하였습니다. 仁으로써 치국·평천하의 근본을 삼아 好惡와 公私에 모두 그 마땅함을 얻게 하였습니다. 세상의 치국·평천하하는 자들이 능히 이 책을 講明하여 궁리하고 정심해서 학문의 근원이 思에 있음을 알고, 선을 택해 굳게 잡아서 至善이 中에 있음을 알며, 우리 집안의 노인을 노인으로 공경하고 어른을 어른으로 대접하여 仁으로써 絜矩의 근본을 삼는다면, '아! 인심이 변하여 이에 화목하게 되었다'고 하는 교화를 당장 이룩할 수 있을 것입니다.[101]

이 인용문은 손기양의 학문 성향을 드러내 보여주고 있음은 물론, 이언적의『대학장구보유』의 요지가 갖는 의미를 간명하게 언급하고 있다. 손기양이 "성현의 소견에 詳略·異同이 없을 수 없기 때문에 그 사이 次序와 意義에도 전현이 아직 정하지 않아 후현이 정하는 것도 있고, 전현이

---

101) 上同. "臣等竊觀 大學一書 旣經程朱之表章 則編簡之次 歸趣之發 宜無所不盡者 而聖賢所見 不能無詳略異同 故其間次序意義 亦有前賢之所未定而後賢定之者 前賢之所未發而後賢發之者 如董槐王柏蔡淸方孝孺諸人之說 可見也 今彦迪生於百代之下 而默契於百代之上 不見中朝諸人之說 而能逐節思索 渙然有得 著爲成書 名曰補遺 以詔後之學者 觀其截有餘補不足 以全經傳本義 據中庸證取舍 以遵程子之意 以慮爲思 而窮理正心之學有本 以至善爲中 而擇善固執之功益密 以仁爲治平之本 而好惡公私 皆得其當 世之治國平天下者 苟能講明此書 窮理正心 而知學之原於思 擇善固執 而知至善之在於中 老老長長 而以仁爲絜矩之本 則於變時雍之化 可致於今日矣"

발하지 않아 후현이 발하는 바도 있습니다."라고 아뢴 말에 주목할 필요가 있다. 무슨 말인가? 경전 해석에는 한 사람이 모든 것을 다 밝힐 수 없기 때문에 부족한 점이나 드러내지 않은 의리가 있으면 후현이 계속해서 밝혀 나가야 한다는 논리이다. 이러한 발언은 의리의 발명을 중시하는 경학관을 말해준다. 따라서 손기양은 주희가 대현이지만 그가 다 밝히지 못한 것을 이언적이 밝혔다면 그것은 참으로 의미 있는 일이라는 것이다. 그는 그 증거로 주희의 『대학장구』가 만들어진 뒤 동괴·채청 등 수많은 중국의 학자들이 미비점을 보완하는 설을 제기한 점을 들고 있다.

손기양은 이와 같은 관점에서 이언적의 『대학장구보유』에 대해, '남음이 있는 것을 잘라내고 부족한 것을 보충해 경전의 본의를 온전하게 하였다'는 논평을 먼저 하고 있다. 무엇을 말한 것인가? '남은 것을 잘라내고 부족한 것을 보충하여 경전의 본의를 온전하게 하였다'는 것은 바로 경문의 제2절·제3절을 뒤로 옮겨 격물치지전으로 삼은 것을 말한 것이다. 즉 미완으로 남아 있던 것을 절장보단하여 온전하게 만들었다는 평가이다.

그리고 '이언적의 설은 『중용』에 근거하여 취하고 버릴 바를 증명하였으며, 程子의 의도를 따른 것'이라고 논평하였다. 이 말은 이언적이 聽訟章을 없애고 이 청송절을 경문의 맨 뒤로 옮겨 경문의 결어로 삼은 것을 말한다. 그것은 程頤가 청송절을 경문 맨 뒤로 옮긴 것을 따른 것이며, 또한 '子曰 聽訟'을 경문 뒤로 옮기면 『중용』을 지은 子思가 공자의 말씀을 인용해 결론을 맺은 것과 같은 형식이 된다는 것이다. 즉 손기양의 이 두 가지 언급은, 이언적이 청송절을 경문 뒤로 옮긴 것과 경문 제2절·제3절을 뒤로 옮겨 격물치지전으로 삼은 『대학장구』 개정설의 핵심을 적극 지지하는 논평임을 알 수 있다.

그리고 경문 제2절의 '慮' 자를 이언적이 思로 해석한 것에 대해, '窮理·正心의 학문에 근본이 있게 하였다'고 하였고, '至善'을 '允執厥中'

의 中으로 해석한 것에 대해, '擇善固執의 공부를 더욱 주밀하게 하였다'고 하였으며, 치국장·평천하장의 요지를 仁으로 파악한 것에 대해, '仁을 근본으로 삼아 好惡와 公私에 모두 그 마땅함을 얻게 하였다'고 하였다. 이 역시 이언적이 주희의『대학장구』해석과 견해를 달리한 핵심적인 내용인데, 모두 이언적의 설을 적극 지지하는 의사를 표명하고 있다.

손기양은 이언적의 설을 이와 같이 설명한 뒤, 마지막으로 '학문의 근원이 思에 있음을 알고', '至善이 中에 있음을 알며', '仁으로써 絜矩의 근본을 삼는다면'이라고 하여, 이언적의 설로 修己治人을 하면 성인의 교화를 현실 세계에 이룰 수 있다는 점을 역설하였다.

이런 점으로 보면, 손기양은 이언적의 개정설을 적극 지지하는 입장을 견지하고 있었음을 알 수 있다. 손기양의 학술에 대해서는 아직 연구가 전혀 없다. 그의 사상에 대한 연구가 이루어져 17세기 전반기의 정신사적 흐름을 다양하게 파악할 수 있어야 할 것이다.

（3）崔晛의 변론

崔晛(1563-1640)의 자는 季昇, 호는 訒齋, 본관은 전주이다. 부친은 崔深이며, 모친은 星山 李氏이다. 高應陟·金誠一·鄭述에게 수학하였다. 1606년 문과시험에 합격하여 예문관 검열에 제수된 뒤 대사성·강원도 관찰사 등을 지냈다.

최현은 경상도 善山府 海平縣 출신으로, 어려서 高應陟에게 배웠다. 앞에서 살펴보았듯이, 고응척은 이황의 문인임에도 불구하고,『대학장구』를 개정하여 독자적인 설을 개진한 인물이다. 최현이 고응척의 문집을 교정하고, 고응척의 言行錄을 지은 점으로 볼 때, 스승의『대학장구』개정설 및 이언적 등의 개정설에 대해 익히 알고 있던 인물임을 알 수 있다.

그가 1604년에 올린「伸辨晦齋先生疏 甲辰」을 보면, 이언적의『대학장구』 개정설에 대해 그가 변론하고 있는 것을 확인할 수 있다. 여기서 는 이 자료를 통해, 최현이 이언적의 개정설을 지지하며 변호한 것을 살 펴보기로 하겠다.

이 상소를 보면, 이전에 성균관 유생들이 五賢의 문묘종사를 청하면 서 이언적의 학문과 心迹을 대략 진술하였고, 홍문관에서 그 시말을 논 한 듯하다. 그런데 광해군이 이를 받아들이지 않자, 최현이 가납해 줄 것을 청하여 올린 상소이다. 최현은 이언적의 행사를 논한 뒤, 그의 학 술에 대해 다음과 같이 아뢰고 있다.

> 예컨대 이언적이 지은『九經衍義』·『進修八規』·『求仁錄』·『奉先雜儀』 등은 모두 유배 중에 지은 것들입니다. 그가 확고한 마음으로 자신을 지키며 평이하 고 험난함을 한결같이 여기고 도로써 자임하여 생과 사에 두 마음을 품지 않은 점은 고인에 비교해도 더할 것이 없을 것입니다. 그가『대학장구』의 편차를 일 부 바꾸어 둔 것은 중국의 동괴·왕백·방효유 등이 이미 이런 논의를 하였는 데 소견이 서로 부합된 것이니, 이런 개정이 이언적에게서 처음 일어난 것은 아닙니다. 대개 이언적이 학문을 축적하고 완색하던 중 마음에 터득함이 있어 經義에서 그것을 구했는데, 舊本을 따르기도 하고 程子가 정한 편차를 따르기 도 하면서 자신의 견해를 첨가하여 후세의 군자가 바로잡아주기를 구한 것입 니다. 이 어찌 터무니 없이 거짓으로 만들어 주자의 의논에 이견을 세운 것이 겠습니까?102)

이와 같은 내용으로 보면, 성균관 유생들의 상소와 홍문관 관원들의 論思에 대해, 당시 이견을 제시한 사람이 있었던 듯하다. 즉『대학장구』

---

102) 崔晛,『訒齋集』권3, 疏「伸辨晦齋先生疏 甲辰」. "如九經衍義 進修八規及求仁錄 奉先雜儀等書 皆其謫中所撰 則其確然自守 夷險如一 以道自任 生死不貳者 雖在古人 亦無以加矣 若其易置大學章句 則董槐王柏方孝孺 已有此論 而所見相符 則非始於彦 迪也 蓋彦迪積學玩索之餘 有得於心 而求諸經義 或因舊本 或依程子編次 參以己見 求 正於後之君子 是豈鑿空杜撰 立異於朱子之論也"

를 개정한 것은 이언적이 최초로 한 것이 아니라 중국의 학자들이 이미 그런 논의를 여러 차례 하였다는 점을 최현이 굳이 언급한 것을 보면, 이전에 이언적의 개정설에 대해 부정적인 견해를 가진 사람들이 도를 해치는 행위라고 비판하는 말이 있었던 듯하다. 이에 대해 최현은 그렇지 않다는 점을 다시 아뢴 것이다.

또 최현이 이언적의 개정설에 대해, 터무니없이 지어낸 말이 아니라 정자의 설에 근거하고『고본대학』을 따르기도 하며 자신의 견해를 일부 덧붙인 것임을 강조한 것을 보면, 이언적의 개정설에 대해 근거 없이 터무니없는 말을 지어내 주희와 다른 견해를 내세운 것이라는 비판이 당시에 있었던 듯하다. 그러나 이에 대해 최현은 주희의 설에 이견을 내세우려 한 의도가 아니었음을 역설하고 있다.

비록 단편적이기는 하지만 이를 통해 볼 때, 최현은 이언적의 개정설에 대해 적극 지지하는 입장으로 변론하고 있음을 확인할 수 있다.

(4) 李廷龜의 변론

李廷龜(1564-1635)의 자는 聖徵, 호는 月沙, 본관은 연안이다. 부친은 李啓이고, 모친은 光州 金氏이다. 한양에서 출생하였으며, 尹根壽에게 수학하였다. 22세 때 진사시에 합격하였으며, 27세 때 문과시험에 급제하였다. 漢語에 능해 임진왜란 때 중국 장수들을 접대하는 일을 많이 하였다. 뒤에 대제학을 지내고 좌의정에 이르렀다.

이정구는 조선 중기 한문사대가의 한 사람으로 대문장가이다. 그러나 그는 경학에도 조예가 있어 1593년 명나라 사신 宋應昌의 접대하면서 『대학』을 강론하여 칭찬을 받았다. 저술로 68권 22책의『月沙集』이 있다. 이 책은 그의 문인 崔有海가 편찬한 것이다. 경학 관련 자료는 문집 권19·권20에 수록된『大學講語』이다. 이는 송응창과『대학』을 강론한 것을 정리해 놓은 것이다.

여기서는 그의 『대학』 해석에 대해 전반적으로 검토하지 않고, 문집 권41에 실린 「晦齋先生五箴忘機堂書後跋」을 통해 그가 이언적의 『대학장구』 개정에 대해 어떻게 생각하고 있는지만 살펴보기로 하겠다.

이정구는 1593년 송응창과 만나 군무를 논의하던 중 송응창이 우리나라 학자들의 『대학』 해석을 보고 싶다고 하여, 자신이 전해들은 이언적의 개정설을 대강 그에게 들려주었는데, 송응창이 다음과 같이 말하였다고 기록하고 있다.

> 중국의 大儒 方正學(方孝孺)·董文靖公(董槐) 등 여러 분이 일찍이 『대학장구』의 차서를 刪定하여 책을 새로 만들어 錯簡을 바르게 하자, 유학자들의 의논이 크게 안정되었다. 그런데 어찌 동방의 나라에서 다시 그와 같은 설이 있을 줄 생각이나 했겠는가?[103)

이정구는 송응창과의 대화를 통해 이언적의 설에 대한 신뢰를 갖게 된 듯하다. 그리하여 그는 『대학장구보유』를 구해 볼 수 없음을 매우 안타깝게 생각하였다.[104) 그런데 전쟁이 끝난 뒤 이언적의 손자 李浚을 통해 이언적의 저술을 접하게 된 뒤, 다음과 같이 말하고 있다.

> 나는 일찍이 『대학』을 읽다가 격물치지전이 闕失된 데 이르러 주자가 보충해 놓기는 했지만, 聖人의 온전한 글을 볼 수 없음을 한스럽게 여겼다. 그런데 선생이 지은 『대학장구보유』를 보게 된 뒤에는 환히 꿈에서 깨어난 듯하여 격앙해 여러 번 탄식하였다. 선생이 考定하고 證正한 것은 실로 주자의 遺意를 깊

---

103) 李廷龜, 『月沙集』 권41, 「晦齋先生五箴忘機堂書後跋」. "中朝大儒方正學董文靖諸公 亦嘗刪定次序 著爲成書 錯簡歸正 儒論大定 豈料東方乃復有斯見耶"

104) 上同. "求見其書甚懇 適時搶攘不果得 噫 以先生高才邃學 上旣不得與濂洛群賢 薰炙師友 下又不得與皇朝諸儒講明發揮 而乃局促偏荒 終於厄窮 未能展布其所學 今其所傳者 特忘機堂論辨書而止耳 豈非斯文之一大痛也"

이 얻었으며, 조리가 관통되어 상호 깊은 뜻을 발명하게 된다. 대개 주자는「大
學章句序」에서 "나의 생각을 삼가 붙여 그 闕略된 부분을 보충해서 후세의 군
지를 기다린다."고 하였으니, 이는 반드시 도의 오묘함을 묵묵히 깨달아 선생
을 기다린 듯한 점이 있다. 진실되게 알고 실천하여 백세 뒤에 성인을 기다려
도 의혹되지 않을 사람이 아니라면, 어찌 능히 이와 같은 경지에 이르렀겠는
가? 아! 선생의 학문이 성대하도다.[105]

이를 보면, 이정구는 이언적의『대학장구』개정설에 대해 적극 지지
하고 있었음을 알 수 있다. 이정구는 중국 사람들을 만나 대화하는 과정
에서 그들의 학풍을 익히 엿보았을 것이다. 그런 경험을 통해 그는 주희
의 주석만을 존신하는 이황 이후 주자학자들과는 달리 매우 유연한 성
향을 보이고 있다. 비록 그가 이언적의 설에 대해 구체적으로 논의를 전
개하지는 않았지만, 그의 경학적 사유는『대학장구』개정설을 지지하는
입장에 있었음을 알 수 있다. 또한 그의 문인 崔有海가『대학장구』를 저
본으로 하지 않고『고본대학』을 취해 독자적으로 새롭게 해석한 것도
이정구의 영향이 없지 않았을 것으로 추정된다.

(5) 趙翼의 변론

趙翼(1579-1655)의 자는 飛卿, 호는 浦渚, 본관은 豊壤이다. 부친은
趙瑩中이며, 모친은 海平 尹氏로 尹根壽의 딸이다. 한양 昌善坊에서 출
생하였다. 李廷龜·윤근수에게 배웠다. 24세 때 문과시험에 급제하여 홍
문관 수찬 등을 역임하였다. 1611년 鄭仁弘이 李滉을 비난하자 상소하여
변론하였고, 1613년 廢母論이 일어나자 관직을 버리고 은거하였다. 40

---

105) 上同. "余嘗讀大學 至格物致知傳之闕 朱夫子雖嘗補之 而猶以未見聖人全書爲恨 及
    睹先生章句補遺 而後渙然如夢得覺 未嘗不激昂三嘆 其所考定證正者 實深得朱夫子之
    遺意 而條理貫通 互相發明 蓋朱夫子序大學曰竊附己意 補其闕略 以俟後之君子云 是
    必默契道妙 有待於先生者 苟非眞知實踐 百歲以俟聖人而不惑者 烏能至是 吁 其盛矣"

세 때 처가가 있는 충청도 新昌縣 道高山 아래로 거처를 옮겼다. 그곳에서 朴知誠·權得己 등과 교유하였다. 인조반정 이후 다시 기용되어 도승지·대사헌 등을 지낸 뒤 예조 판서를 역임했고 좌의정에 이르렀다.

조익은 張維·崔鳴吉·李時白과 함께 '四友'로 불리웠다. 이런 그의 교유 관계를 보면, 주자학만을 고수하는 성향이 아니라, 개방성과 박학성을 추구하는 성향을 가졌음을 짐작할 수 있다. 또한 문집 편찬 간행에 少論인 尹拯이 관여한 것을 보면, 그의 정치적 성향과 학문적 성향을 추측해 볼 수 있다.

조익은 『困知錄』·『大學註解』·『中庸註解』·『書經淺說』 등을 지어 효종에게 바쳤는데, 주희의 설과 다른 해석이 있다. 저술로 35권 18책의 『浦渚集』이 있다. 문집 잡저에는 경학 관련 자료가 상당히 많다. 그 가운데 『대학』과 관련된 것만 열거하면, 「大學誠意章」·「誠意說」·「誠意工夫」·「致知」·「誠意」·「正心」·「誠意正心章解」·「敬亦自是誠意裏面工夫」·「大學略說識」·「大學略說改困得識」·「大學困得後說上」·「大學困得後說中」·「大學困得後說下」·「大學困得序」·「大學私覽序」 등이 있다.

여기서는 문집 권6에 수록된 「卞柳櫻欺罔疏」을 중심으로 조익의 학문 성향 및 이언적의 『대학장구』 개정에 대한 변론을 살펴보기로 한다. 1650년 경상도 유생 柳櫻 등이 상소하여 李珥와 成渾의 학술이 순정하지 못하다고 비판하자, 율곡학파에서 이에 대해 반박하는 상소가 이어졌는데, 조익도 이 문제에 대해 유직이 임금을 欺罔한 것에 대해 논변하며 올린 상소가 「변유직기망소」이다. 즉 유직은 퇴계학파의 입장에서 이이가 이황에게 학문을 질정했는데, 스승의 설과 다른 설을 편 것에 대해 비판한 것이다.

조익은 이 상소에서 인간적으로 선현을 존중하는 것과 의리를 밝히는 문제를 구별해 다음과 같이 논하고 있다.

> 의리는 천하의 공론이다. 학자의 궁리공부가 침잠하며 연구하는 것은 의리의
> 실상을 구하기 위한 것일 뿐이다. 만약 의리에 대해 마음속에 의심하는 바가
> 있는데도 선현의 설과 다를까를 염려해 변석하지 않는다면, 이 의리는 끝내 어
> 두워져 밝혀지지 않을 것이니, 궁리의 공부가 어찌 이와 같겠는가? 그러므로
> 선현의 말씀일지라도 의리에 차이가 있으면 오직 그 의리를 밝혀야지, 선현의
> 설과 어긋날까 염려하여 감히 말하지 않아서는 안 된다.[106)]

조익은 선현 존중과 의리 발명 두 가지를 연관시키지 말고, 의리의 발
명에 중점을 두어야 한다는 시각을 명확히 드러내고 있다. 그는 학자가
궁리하는 이유는 의리를 밝히기 위함임을 강조하여, 본연의 임무를 환
기시키고 있다. 이런 논리는 앞에서 살펴보았듯이, 인간 위주가 아닌 의
리 발명에 중점을 두는 경학관으로 진취적 성향을 갖는다. 반면 의리 발
명에 중점을 두지 않고 聖賢에 중점을 두는 시각은 墨守的 성향을 갖는
다. 그래서 뛰어난 자질을 가진 성현이 평생 노력해서 만든 주석을, 그
보다 못한 후학이 어떻게 감히 고칠 수 있겠느냐는 사고를 고수한다. 이
런 두 가지 관점에서 이황 이후 주자학을 존신하는 학자들은 대부분 묵
수적 관점을 견지하였다. 그런데 조익은 그런 관점을 추종하지 않고 의
리 발명을 중시하는 관점을 갖고 있다.

조익은 의리 발명을 강조하는 입장에서, 程顥·程頤의 해석을 후대 朱
熹가 따르지 않고 의리에 따라 새롭게 해석한 점을 실례로 들었다. 또
그는 주희의 설에 대해서도 주희의 재전 문인 饒魯가 잘못된 점을 지적
한 것이 매우 많다는 점을 거론하였다. 그리고 陳櫟(1252-1334)이 의리
를 밝혀 '주자의 충신이 되기를 바라지, 주자에게 아첨하는 신하가 되기

---

106) 趙翼,『浦渚集』권6,「卞柳櫻欺罔疏」. "夫義理 天下之公也 學者 窮理之功 所以沈潛
    研索 只是求義理之實 若於義理 心有所疑 而恐違先賢 不爲卞析 則此理終晦而不明 窮
    理之功 豈當如是乎 故雖先賢之言 苟於理有差 則惟當明其理而已 不可以違於先賢而
    不敢言也"

를 원치 않는다'고 한 말을 인용하며, 선현의 설을 추종하기보다는 의리를 발명하는 것이 진정한 후학자의 일임을 천명하였다.[107) 그리고 우리나라 이언적이『대학장구』를 개정해『대학장구보유』을 저술한 것에 대해 다음과 같이 언급하고 있다.

> 우리나라 선정신 이언적은『대학장구보유』를 지었는데, 주자의 설과 다른 것이 매우 많았다. 대개 의리는 무궁하니, 선현의 설이라 할지라도 혹 미진한 점이 있는 것을 면할 수 없다. 주자는 평생 程子를 스승으로 삼아 본받았으니, 그가 정자를 존신하는 것이 지극했다. 饒魯·陳櫟은 모두 주자의 학문을 사숙했으니, 그들도 주자를 존신하는 것이 또한 지극했다. 그러나 성현이 의리를 궁구하는 법은 의리와 시비에 있어 새털처럼 미세한 것일지라도 반드시 辨析하여 그 의리가 세상에 밝게 드러나게 하였으니, 모호하게 그냥 지나쳐서는 안 된다. 그러므로 선현의 말씀일지라도 반드시 그 시비를 논해야 하니, 이를 혐의쩍게 생각해서는 안 된다.[108)

조익은 이언적의『대학장구』개정설에 대해서도, 인간 주희에 대한 존신과 의리에 대한 발명은 다른 차원이라는 관점에서 주희 존신에 함몰되지 않고 의리 발명에 중점을 두어야 함을 역설하고 있다. 즉 이언적이 주희의 설과 다른 설을 제기한 것에 대해 혐의를 두어서는 안 된다는 것이다.

조익은 이와 같은 관점에서 당시의 학문이 의리보다는 주희를 절대 존신하는 학풍이 성립된 뒤, 다시 영남에서 이황을 존신하는 학풍이 조성되어 학문 발전에 저해 요소로 작용하고 있는 것을 간파하고 다음과

---

107) 上同. "昔 程子作易傳 乃竭其一生之精力也 而朱子指其差誤處 甚多……至於朱子之言 後人亦有論其差失處者 如勉齋門人饒魯言其差處 甚多 至於陳櫟 謂願爲朱子忠臣 不願爲朱子佞臣"

108) 上同. "我國先正臣李彦迪撰大學補遺 異於朱子者 甚多 蓋義理無窮 雖先賢之說 其或有未盡處 亦不能免也 朱子平生師法程子 其尊信極矣 饒魯陳櫟 皆私淑於朱門 其尊信朱子亦極矣 然聖賢窮理之法 義理是非 雖毫釐之微 必須卞析之 使此理明於世 不可含糊放過也 故雖先賢之言 亦必論其是非 不以爲嫌也"

같이 말하고 있다.

> 程子·朱子의 말씀에도 혹 의논한 만한 점이 있음을 면치 못한다. 그러니 이황의 말씀이라 할지라도 어찌 모두 어긋나는 점이 없다고 할 수 있겠는가? 후현늘은 의리가 분명한 것을 보면 그것을 변석해 밝혀야 하니, 어찌 그런 일을 그만둘 수 있겠는가? 선현들이 후현들에게 바라는 점도 이와 같을 것이다. 張子는 말씀하기를 "그 중에 불선한 것은 모두가 그것을 고치는 것, 이것이 선인이 후인에게 바라는 것일 것이다."라고 하였으니, 그 마음의 광대함이 어떠한가?[109]

성현의 설을 존신하기만 해서는 학문이 정체되어 더 이상의 발전을 가져올 수 없고, 세월이 흐르면 그 사회는 학문이 뒤떨어지게 된다. 이는 학문뿐만이 아니라, 이념도 그렇다. 안동권에서 이황의 설만을 추존하다가 학문의 주도권을 기호학파에게 내주고 만 것이 이를 입증한다. 조익은 이런 점을 꿰뚫어 보고 있었던 것이다. 이황의 설에도 문제점이 있다는 그의 지적은 예사롭지 않게 들리며, 그의 의리 발명을 중시하는 관점이 당대 학풍에 대한 반성과 통찰에서 기인한 것임을 짐작케 한다.

조익의 이 상소는 당대 이런 인식을 하고 있던 학자들에게 널리 알려졌던 듯하다. 그래서 安邦俊(1573-1654)의『隱峯全書』권34에 수록된『混定編錄 續集』「孝宗朝 庚寅年增廣圓點時空館事實」에도 조익의 이 상소문이 그대로 인용되어 있다. 조익이 지은 「卞柳櫻欺罔疏」은 경상도 유생 柳櫻이 李珥 등을 비난한 것에 대한 변석의 성격을 갖지만, 그 속에 담긴 그의 사유를 들여다보면, 당대 학문의 폐단에 대한 통찰이 담겨 있다는 점에서 이념의 경직성이 정치·사회적으로 어떤 파장을 불러오

---

109) 上同. "夫以程朱之言 或未免有可議處 則雖李滉之言 何可謂盡無差處乎 後賢苟見得 義理分明 則卞而明之 豈得已乎 先賢所望於後賢 亦如此 張子曰 其不善者 共改之 是 所望於後人 其心之廣大爲如何哉"

는지를 실감하게 한다.

(6) 趙絅의 변론

趙絅(1586-1669)의 자는 日章, 호는 龍洲, 본관은 한양이다. 부친은
趙翼男이고, 모친은 柳氏이다. 尹根壽에게 수학하였다. 1612년 사마시
에 합격했으나, 광해군 대의 어지러운 정국을 보고 대과를 단념하였다.
1623년 인조반정 이후 遺逸로 천거되어 목천현감을 지냈다. 1626년 문
과시험에 합격하여 청현직을 두루 거쳤으며, 대제학과 이조 판서 등을
역임하였다. 저술로 23권 9책의『龍洲遺稿』이 있다. 경학 관련 저술은
거의 없는데, 문집 권12에 실린「書晦齋先生大學補遺後」을 통해 그의
경학관을 엿볼 수 있다.

조경은 17세기 근기 남인계의 인물이다. 그의 학문 성향에 대해서는
살필 만한 자료가 많지 않다. 그러나「書晦齋先生大學補遺後」과「策問」
등을 통해서 그 대략을 엿볼 수 있다. 조경은「策問」두 번째 글에서 다
음과 같은 질문을 던지고 있다.

주자는 주석을 내면서 의심할 만한 곳에는 반드시 "후세의 아는 사람을 기다
린다."고 하였다. 이는 후학들이 자신의 설과 다른 설을 제기하는 것에 대해
꺼리지 않은 것이다. 여러분들은 이 점에 대해 소견이 있는가? 내가 즉위한 뒤
로 경학을 講明하는 데 뜻을 두고 옛 법도에 따라 여러 차례 경연을 열었다.
吐釋과 諺解는 선왕조 때 斷案이 만들어졌는데, 進講하는 신하들이 그 音義와
句讀에 익숙하여 은미한 말과 깊은 뜻을 지적해 우매한 과인을 경책하고 유익
하게 하는 자가 없었다. 이로써 헤아려 본다면 한 세상의 강독이 어떠한지를
알 수 있다.[110]

---

110) 趙絅,『龍洲遺稿』권12,「策問」. "朱子於註釋可疑處 必曰 以俟後之知者 後學之不
惲立異 抑有見於此耶 自予忝位以來 有意講明經學 式遵舊規 屢開經筵 而吐釋諺解 肇
自先朝作一斷案 進講之臣 習其音義句讀 而莫有指摘微辭奧旨 警益寡昧者 以此度之

이 글은 임금을 대신해 출제한 시험 문제인데, 당대의 학풍에 대한 반성이 담겨 있다. 조경은 주희가 주석을 낼 적에 후인이 뒤를 이어 미진한 부분의 의리를 밝혀주길 바랐다는 점을 거론하고 있다. 부단히 의리를 발명해 나가는 것이 주희가 후학에게 바라는 진정한 마음이라는 것이다. 이 말은 주자학만을 존신하는 것이 주희가 바라는 바가 아니라는 말이다.

조경은 뒤이어 당대 학자들의 학풍을 꼬집고 있다. 경연에 나와 진강하는 학자들이 선대에 만들어진 언해본에 따라 구두를 떼고 해석을 할 뿐, 그 속에 깊은 뜻을 풀어내지 못한다는 것이다. '한 세상의 강독이 어떠한지를 알 수 있다'는 말은 의미심장하다. 그러니까 인조반정 이후 집권 서인계 학자들은 주자학을 절대시하는 쪽으로 이념을 강화시켜 異說을 용납하지 않는 闢異端의 기치를 드높였고, 그런 영향으로 17세기 후반에 이르면 정해진 토와 언해에 따라 경서를 읽고 해석하는 말하자면 주입식 교육 풍토가 조성되었던 것이다.

영남의 퇴계학파는 이황의 설을 주희의 적통으로 인식해 이를 옹호하는 데 진력하고 있을 때, 인조반정으로 정권을 잡은 서인계 학자들은 李珥-金長生으로 이어지는 학통이 주자학의 정통을 이은 것으로 자임하여 주자학에 대한 우위를 확보하려고 노력을 경주하였다. 그리하여 서인계 학자들은 경학·예학·성리학 등에 있어서 주희의 설을 정통으로 하면서 그와 다른 大全本 小註의 설이나 心學에 물든 설에 대해 단호한 입장을 취하여 이단으로 몰았다. 조경은 위 인용문에서 바로 그런 시대적 학문 풍토를 예리하게 지적하면서 그에 대한 반성을 촉구한 것이다.

집권 서인계가 이처럼 주자학에 대한 정통성을 강조하면서 자신들의 이념으로 강화시켜 나가고 있을 때, 남인계 학자들 가운데 영남의 퇴계학파는 여전히 율곡학파에 맞서 퇴계학을 옹호하는 데 여념이 없었다. 그러

則一世之講讀 可知也"

나 근기 남인계 학자들은 입장이 조금 달랐다. 이들은 학문과 이념의 획일화에 우려를 표명하면서 자유로운 思辨을 통해 自得을 강조하였다.

앞에서 살펴보았듯이, 이언적은 의리 발명을 중시하는 관점에서 주희의 설을 개정하기에 이르렀으며, 그의 문인 노수신도 의리 발명을 중시하는 관점에서 스승의 개정설을 적극 지지하면서 변호하였다. 이들에게서 한결같이 나타나는 것이 인간 주희보다 의리 발명을 더 중시하는 사고이다.

조경은 앞시대의 이런 학문 정신을 충실히 계승하고 있다. 그는 「書晦齋先生大學補遺後」에서 다음과 같이 말하였다.

> 훌륭하구나! 方正學(方孝孺)의 말씀이여. 그는 "경전은 一家의 책이 아니니, 그 설도 一人이 능히 다 밝힐 수 있는 바가 아니다. 그러니 말이 비록 주자와 다르지만, 주자와 다르더라도 도에 어긋나지 않으면 참으로 주자가 취할 바이다."라고 하였다. 이 말은 크게 합당하고 지극히 공정한 의논이다.[111]

방효유는 명대 전반기의 학자로 우리나라에 일찍 알려진 인물이다. 그는 주희의『대학장구』를 일부 개정하는 설을 펴기도 하였다. 조선 중기 이후 우리나라 학자들 가운데 경직된 묵수주의를 탈피하고 자유롭게 의리를 발명해야 한다는 학문 정신을 가지고 있던 학자들은 위 인용문에 있는 방효유의 말을 자주 인용한다. 특히 주자학만을 절대적으로 존신하며 이설을 용납하지 않는 분위기가 대두되면서 이에 대한 반성을 촉구하는 학자들이 그런 의식을 가졌다.

경전은 성인의 말씀이지만 한 사람의 손에 의해 만들어진 것이 아니다. 곧 그것은 인류의 지혜가 집적된 공공의 산물이라는 말이다. 따라서 경전에 대한 해석도 한 사람이 해 놓았다고 하여 그치는 것이 아니라, 부단히

---

111) 趙絅,『龍洲遺稿』권12,「書晦齋先生大學補遺後」. "善乎 方正學之言 曰 經傳非一家之書 則其說非一人之所能盡也 語雖異於朱子 然異於朱子 而不乖乎道 固朱子之所取也 此大中至公之論也"

자기 시대에 맞는 지혜를 경전 해석을 통해 찾아야 한다는 인식이다.

조경은 이런 관점에서 이언적의『대학장구보유』에 대해 논평하였다. 그는 이언적의 저술에 대해 다음과 같이 평가하였다.

> 아!『대학장구보유』는 회재 선생이 유배지에서 지은 것이다. 선생이 돌아가신 뒤 그 책이 세상에 나왔다. 처음 退陶 선생이 회재 선생의「행장」을 지으면서 "선생의 학문에서 정밀한 조예와 홀로 터득한 미묘함을 볼 수 있다."고 하였고, 다음 蘇齋 盧先生도 "나는『대학장구보유』를 받아 읽은 뒤로부터 그 설을 신명처럼 받들었다."고 하였다. 또 그는 송대·명대 儒賢들의 견해와 선생의 설이 우연히 합치되었다는 점을 거론하였다. 회재 선생이 개정해 놓은 설이 지금 벌써 1백 여 년이나 되었으니, 經生·學士 누군들 그 설을 보며 따르려 하지 않겠는가? 그런데 마음이 편협한 사람들은 주자가 발명하지 못한 뜻을 발명한 것에 의혹을 품기 때문에 갈림길에서 방황하며 한 곳으로 나아가지 못하는 자도 있고, 혹 눈에 다래끼가 나서 보배를 제대로 보지 못하는 자도 있으며, 혹 식견이 전혀 없이 앞장서 일을 부추기는 자도 있다. 아! 세도가 번갈아 없어져 선비들이 대부분 愼思와 明辨을 제대로 하지 못함이 이와 같구나.[112]

조경은 이황과 노수신이 이언적의『대학장구보유』에 대해 칭찬한 말을 인용하면서, 그 설이 宋儒·明儒들의 설과 은연중 부합하여 많은 학자들이 인정하고 있는데, 마음이 편협한 사람들이 의혹을 품고 있다고 지적하면서 세 부류의 사람들을 열거하고 있다. 그리고 이는 선현의 설을 따라 배우기만 하고 思辨을 통해 자득의 단계로 나아가지 못하는 당대의 학풍에서 그 병폐를 찾고 있다.

---

112) 上同. "於乎 大學補遺 卽晦齋先生澤畔所著也 先生旣歿 其書乃出 始則退陶先生佔畢於行狀中曰 可以見先生之學 精詣獨得之妙 蘇齋盧先生亦曰 自受讀補遺章句 奉之如神明 且擧宋明儒賢之見 與先生不謀同者 備訂之 至今百有餘年 經生學士 疇不欲操縵而安弦哉 顧褊心者 不能無惑於發朱夫子未發之旨 故或彷徨乎岐路 不能趣于一者有之 或葰籬眯眼 惝怳玄珠者 有之 或全沒見識 唱哤爲事者 有之 噫 世道交喪 爲士者類不能愼思明辨 如是哉"

조경이 지적한 세 부류의 사람들은 눈여겨 볼 만하다. 한 부류는 주희가 발명하지 못한 의리를 그보다 못한 후학이 어떻게 발명할 수 있겠느냐는 의혹을 가진 사람이다. 이들은 선현을 절대적으로 추종하기 때문에 이설에 대해 용납하기 힘들다. 또 한 부류는 눈이 흐려져 진리를 보지 못하는 자들이다. 조경은 이런 사람들을 눈에 다래끼가 난 사람에 비유하고 있다. 이들은 고정적 관념에 세뇌되어 있어 진리를 제대로 분변하지 못하는 사람들이다. 또 한 부류는 식견이 전혀 없는데도 나서서 여론을 부추기는 사람들이다.

조경은 다시 이언적의 개정설에 대해 다음과 같이 높게 평가하고 있다.

시간적 거리로는 거의 그들과 5백 년이나 되고, 지리적 거리로는 그들이 살던 곳과 거의 1만 리나 된다. 그런데 소견이 합치되어 부절을 합하듯이 들어맞으니, 선생은 호걸스런 선비라 할 만한 인물이 아닌가? 우리나라가 殷나라 箕子의 교화를 입은 뒤로 고려를 거쳐 조선에 이르기까지 훌륭한 인물이 배출되었다. 그러나 글을 짓고 주장을 편 것은 선생과 퇴도 선생에 이르러 앞뒤로 나타났다. 아! 성대하구나. 列聖朝가 이 때문에 안녕하게 되었다.113)

중국의 학자들이 주희의『대학장구』의 결함을 보완했는데, 이언적의 설이 그들의 설과 우연히 합치되었으니, 이언적은 호걸지사라고 할 만하다는 것이다. 또한 조경은 우리나라 학술이 이언적·이황에 이르러 비로소 자기의 설을 생산할 수 있는 정도로 학문적 성숙을 가져왔다고 논평하고 있다. 이 역시 눈여겨 볼 만한 말인데, 특히 독자적으로 자기의 설을 개진한 이언적의『대학장구』개정설에 대한 학문적 자부심을 읽을 수 있다.

---

113) 上同. "歲之相後 幾乎半千 地之相去 幾乎萬里 所見之同 若合左契然 先生可謂豪傑之士者 非耶 吾東自被殷父師八條敎來 歷麗至鮮 不無輩出之彬彬 而著書立言之任 惟先生與退陶先生 先後之 嗚呼 盛哉 列聖之以寧也"

조경의 이러한 논평은 노수신·조익 등의 인식과 그 궤를 같이 한다. 이런 점에서 16세기 이후 주자학을 절대적으로 존신하여 학문이 획일화되는 것에 반대하고 자유로운 사변을 통해 자신의 설을 주장하는 학문 풍토가 이루어지길 갈망하는 일부 학자들이 있었다는 것을 확인할 수 있다. 이런 정신은 17세기 근기 남인계 학자들에게서 면면히 이어지고 있음을 확인할 수 있다.

조경과 동시대 許穆(1595-1682)은 宋儒들의 설을 註釋家의 文體로 보아 주희의 주석에 연연하지 않고 직접 육경의 고문을 통해 經旨를 파악하려고 하여, 六經古文學을 주장하였다. 이는 四書 중심의 학문, 그것도 주희의 集註와 章句만을 따라 해석하는 사서학 위주의 학문에 대한 반성을 통해, 학문의 연원과 정통을 다시 인식한 것이다.

이런 인식은 다음 시대 尹鑴(1617-1680)에게서도 나타난다. 윤휴는 인간에 대한 맹목적 존신이 아니라, 도를 밝히는 것이 중요하다는 점을 다음과 같이 말하였다.

> 대체로 천하의 義理는 무궁하고, 성현의 말씀은 旨意가 매우 깊다. 앞사람이 大義를 밝혀 놓으면 뒷사람이 또 그것을 연역하여, 이미 말한 것을 통해 말하지 않은 것을 더욱 드러내었다. 이 점이 문왕·무왕의 도가 땅에 떨어지지 않고 사람에게 있게 된 이유이고, 도가 더욱 밝아지게 된 까닭이다.114)

윤휴는 '천하의 의리는 무궁하기 때문에 후학이 계속 그 도를 밝혀 나가야 한다'는 관점을 강조하고 있는데, 그의 저술에는 이런 논조가 자주 보인다.

이러한 인식은 息山 李萬敷(1664-1732)에게서도 나타난다. 앞에서 살

---

114) 尹鑴,『白湖全書』(경북대 영인본)「中庸章句補錄」, "蓋天下之義理無窮 而聖賢之言 旨意淵深 前人旣創通大義 後之人又演繹之 因其所已言 而益發其所未言 此文武之道 不隆在人 而道之所以益明也"

펴보았듯이, 이만부는 『대학장구』를 일부 개정한 학자이다. 그는 다음
과 같이 말하고 있다.

주자의 『대학장구』는 온 세상에 두루 통용되어 집집마다 책을 가지고 있고
사람마다 그 글을 암송하고 있는데, 점을 치는 시초나 거북처럼 존신하지 않음
이 없다. 그러나 천하의 의리는 무궁하여 모든 사람의 견해가 같지는 않다. 그
러므로 董槐·葉夢鼎 등 여러 유학자들이 격물치지장은 없어진 것이 아니라는
설을 주장하게 되었고, 우리나라 晦齋 선생도 『대학장구보유』라는 글을 지었
는데, 동괴·섭몽정의 설을 위주로 하였다. 그러나 당시 사람들이나 후인들은
이 때문에 여러 현인들을 죄주었다는 말은 들어보지 못하였다. 또한 이 때문에
『대학장구』에 대해 의심을 갖게 된 자를 아직 보지 못하였다.115)

이만부의 관점도 조경·윤휴 등과 유사함을 발견할 수 있다. 또한 星
湖 李瀷과 동시대 인물인 桐巢 南夏正(1678-1751)도 그런 인식을 보이
고 있다.

경전의 의리는 무궁하니, 학자들이 그것을 궁구하려 하면 의심이 없을 수 없
다. 의심을 하면 사유를 하고, 사유를 하면 明辨을 해야 한다. 사유와 명변의
得失과 深淺은 그 사람의 식견이 어떠한가에 관계된 것이니, 경전에 대해 무슨
해가 있겠는가? 또한 주자에 대해 무슨 상관이 있겠는가? 그런데도 굳이 이를
불사르고 금지하거나 끊어버리려 하는 것은 무슨 마음인가?116)

---

115) 李萬敷, 『息山集』 권12, 雜著, 「露陰山房續錄」. “朱子章句 遍於天下 家藏人誦 莫不
信如蓍龜 而天下之義理無窮 凡人之解見不同 故如董槐葉夢鼎諸先儒 有格致章不亡之
說 而至晦齋先生著爲補遺之書 專主董葉之說 然未聞當時與後人 以此罪諸賢者 亦未
見以此有致疑於章句者”

116) 南夏正, 『桐巢漫錄』(『朝鮮黨爭關係資料集』 1981, 旿晟社) 제15책, 198면. “蓋經傳
之義理無窮 學者苟欲窮之 則不能無疑 疑則思 思則辨 思辨之得失淺深 惟繫其人之識
解如何爾 於經傳何害 於朱子何與 而必欲焚而禁絶之者 亦何心哉”

남하정의 언급을 보면, 당시 노론계 학자들이 주희의 설을 절대시하는 이념을 강화하면서 사상의 자유를 탄압하고 있던 상황을 추정해 볼 수 있다. 이런 노론계의 이념 강화에 맞서, 근기 남인계 학자들은 주희의 설과 다른 설을 편다고 그것이 경전이나 주희에게 아무런 해가 되지 않는다는 점을 들어 반박하고 있다.

(7) 崔有海의 변론

崔有海(1588-1641)는 趙絅과 동시대 인물이지만, 일찍 별세하여 17세기 전반기에만 활동한 인물이다. 앞에서 살펴보았듯이, 그는 우리나라에서 최초로 주희의『대학장구』를 따르지 않고『고본대학』을 취해 독자적으로『대학』을 새롭게 편차하고 해석한 인물이다.

그는 기호학파에 속하면서도 북인 정권에 출사한 인물로서, 이이의 문인인 崔澱(1568-1589)의 아들이다. 그는 金長生·鄭逑·李廷龜 등에게 배웠는데, 사상적으로 매우 개방성을 추구한 인물이다.

최유해는 앞에서 살펴보았듯이,『고본대학』을 저본으로 새로운 해석을 하였는데, 자신의 설에 대해 다음과 같이 말하고 있다.

> 증자 문하에서 전해진『대학』의 초본은 반드시 이와 같았을 것입니다. 저는 이를 가지고 愼齋(鄭彦訥)께 질문을 했는데, 선생은 배척을 하였습니다. 다시 疎菴(任叔英)에게 물었더니, 그는 칭찬을 하였습니다. 저는 실로 어떤 분의 말씀이 옳은지 모르겠습니다. 형께서 이 점을 명확히 분변해 주십시오. 주자께서는 의문이 드는 경우 '후세의 군자를 기다린다'고 말씀하셨으니, 자신의 설만 믿지 않고 남을 기다리는 것이 이와 같았습니다. 그러므로 주자 문하의 후학 및 李晦齋가 모두『대학』을 의논하여 '知止而后有定' 2절과 청송절을 격물치지장으로 삼은 것입니다. 저도 그런 소문을 듣고 흥기한 것이지, 선유들이 정해 놓은 견해를 가벼이 의논한 것은 아닙니다.[117)]

최유해는 자신이 지은『大學舊本考異』를 스승 및 벗들에게 보이며 질정을 구했는데, 스승 鄭彦訥로부터는 배척을 받았고, 선배 疎菴 任叔英(1576-1623)으로부터는 칭찬을 받았던 모양이다. 그래서 그는 다시 柳濟伯에게 편지를 보내 위와 같이 질정을 구하고 있다. 유제백이 누구인지는 자세치 않다. 濟伯은 字인데, 최유해의 문집에는 그에게 보낸 2통의 편지가 실려 있다.

위 인용문을 보면 최유해 역시 주희의 설을 존신하기만 하지 말고 의리를 계속 발명해 나가는 것이 주희가 진정으로 바라는 학문 자세라는 관점을 가지고 있었음을 알 수 있다. 주희가 후세의 군자를 기다린다고 한 말은, 바로 후학들이 부단히 의리를 밝혀주길 기대한다는 뜻으로 본 것이다.

최유해는 자신의『大學舊本考異』에서 아래와 같이 편차를 개정한 뒤 格物致知를 해석한 것을 전문 제2장으로 삼았다.

① 物有本末 …… 則近道矣
② 知止而后有定 …… 慮而后能得
③ 自天子 …… 壹是皆以修身爲本
④ 其本亂而末治者 …… 未之有也
⑤ 子曰 聽訟 …… 此謂知本
⑥ 此謂知本 此謂知之至也

최유해는 이런 근거로 이언적의『대학장구보유』에 있는 말을 그대로 인용118)한 뒤, "주자의 補亡章은 의리가 명백하고 공부가 정밀하다. 그

---

117) 崔有海,『默守堂集』권15,「與柳濟伯書」. "恐曾門初本 則必如此也 生以此問於憖齋 則排斥之 詢於疎菴 則稱之 生實未料何言之是也 兄其明辨之 朱子曰 '以俟後之君子'云 其不自信待人如此 故朱子門人及李晦齋 皆論大學 而以知止聽訟 以爲格致章 生亦聞 風而興起 非輕議先儒之定見也"

118) 崔有海,『嘿守堂集』,「大學舊本考異」. "晦齋李氏曰 致知之要 亦有緩急先後之序 由

러나 회재도 그런 뜻을 발명하여 각기 지극히 타당한 의리를 극도로 하였다. 참으로 이 장에 종사하면서 주자의 설을 참고한다면 격물치지의 도가 이로부터 밝아질 것이다.”[119]라고 하여, 이언적의 설을 지지하고 있다.

물론 최유해는 이언적이 청송절을 경문 뒤로 옮긴 것을 따르지 않고 격물치지장에 붙였다. 그러나 이를 제외하면 이언적의 격물치지장과 유사한 점을 발견할 수 있다. 이런 점에서 보면, 주희의 보망장은 그에게 참고할 만한 주석일 뿐이었음을 알 수 있다.

최유해는 이정구의 문인으로 그의 영향을 일정하게 받은 것으로 보인다. 앞에서 이정구가 중국학자들 및 우리나라 이언적의『대학장구』개정설을 지지한 것을 살펴보았는데, 최유해는 그런 영향을 받아 개정설을 수용하면서 자신의 견해를 보태 새로운 해석을 시도한 것으로 여겨진다.

(8) 吳䎘의 辯論

吳䎘(1592-1634)의 자는 肅羽, 호는 天坡, 본관은 해주이다. 부친은 吳士謙이고, 모친은 전주 이씨이다. 19세에 진사시에 합격하였고, 21세 문과시험에 급제하였다. 청현직을 두루 거친 뒤 경상도 관찰사 등을 지냈다. 문장이 간결하고 명료했으며, 유람시에 뛰어나다는 평을 들었다. 저술로 4권 4책의『天坡集』이 있다.

오숙의 문집에는 대부분 시만 남아 있어 그의 학문 성향을 살필 수 있는 자료가 매우 적다. 그런데 권3에 실린「不知巖學舍 陪張旅軒 講說晦齋大學補遺 欣然有會 賦此」은 그의 정신적 지향을 살필 수 있는 중요한

近而及於遠 由人倫而及於庶物 必有以見其至善之所在 而知其所止 然後其所知所得 皆切於身心日用之實而非外物也 若不務此 而徒欲泛然以觀萬物之理 則正如程子所謂 大軍之進 騎出太遠 而無所歸 此又不可不察”

119) 上同. “朱子補亡章 義理明白 功夫精密 而晦齋又發明之 各極至當之義 誠能從事於 本章 而參考朱子之說 則格致之道 由此明矣”

단서를 제공해 준다. 不知巖學舍는 旅軒 張顯光(1554-1637)이 강학하던 곳이다. 시의 제목으로 보면, 오숙은 부지암에서 장현광에게 이언적의 『대학장구보유』에 대해 배우다가 기쁘게 마음에 합치되는 것이 있어 시를 지은 것을 알 수 있다.

이 때가 언제인지는 알 수 없지만, 오숙은 29세 때인 1620년 三南을 순시한 적이 있고, 40세 때인 1631년 여주목사가 되었고, 그 해 9월 경상도 관찰사가 되었다. 아마도 오숙이 관리로서 경상도에 내려왔을 적에 장현광을 찾아뵈었던 듯한데, 그때 이언적의『대학장구보유』를 장현광이 강론한 듯하다.

또 하나, 앞에서 살펴보았듯이 장현광은 이언적의 설에 청송절을 '物有本末' 1절 뒤로 옮겨 격물치지전으로 삼는 개정설을 제기한 인물이다. 오숙은 아마도 이런 장현광의 설을 당시에 듣고 마음속으로 감복한 듯하다. 다음은 오숙이 그 때의 감흥을 읊은 시이다.

천년 동안 착간된 것 이제서야 의문 풀린,	千年錯簡始無疑
能靜·能安 구절이 바로 致知의 뜻이었네.	能靜能安卽致知
문하의 대중들 神秀의 시구를 읊지 말게,	門衆莫吟神秀句
慧能선사는 야심한 밤에 진결을 얻었다네.	曹溪篩米夜深時[120]

오숙은 장현광의 강의를 듣고 마음으로 깨달은 바가 있어 위와 같이 시를 읊었다. 그런데 그는 제3구에서 중국 선불교 五祖 弘忍의 법통을 이어 北宗禪을 개창한 인물인 神秀에 대중들을 비유하고, 南宗禪을 크게 일으킨 六祖 慧能에 자신을 비유하여, 자신이 장현광의 眞訣을 얻었음을 은근히 드러내고 있다. 이는 대단한 자부심인 동시에, 자신이 장현광의 설을 전적으로 지지한다는 의미를 내포하고 있다. 이를 통해 보면, 오숙도

---

120) 吳翻, 『天坡集』 권3, 「不知巖學舍 陪張旅軒 講說晦齋大學補遺 欣然有會 賦此」.

이언적의 개정설을 지지하는 관점을 가지고 있었다고 추정해 볼 수 있다.

(9) 李端相의 변론

李端相(1628-1669)의 자는 幼能, 호는 靜觀齋, 본관은 연안이다. 李廷龜의 손자로 부친은 李明漢이며, 모친은 羅州 朴氏이다. 21세에 진사시에 합격하였고, 22세 때 문과시험에 급제하였다. 家學을 이었으며, 宋浚吉 등에게 학문을 질정하였다. 벼슬길에 나아가 이조 정랑 등을 지낸 뒤, 효종 사후 정국이 변하자 두문불출하고 학문에 전념하였다. 그의 문하에서 아들 李喜朝를 비롯해 金昌協·金昌翕·林泳 등의 학자가 배출되었다. 저술로 총 13책의『靜觀齋集』과『大學集覽』·『四禮備要』·『聖賢通紀』 등이 있다.

이단상은 조부 이정구의 영향으로 상당히 유연한 사고를 한 학자이다. 그는『대학』해석에 관한 역대의 제설을 모아『大學集覽』을 만들었는데, 그 속에는 중국의『대학장구』를 개정한 역대 학자들의 설 및 우리나라 權近·李彦迪·盧守愼·張顯光·李廷龜 등의 설을 모두 수록하였다.[121] 그는 자신이 만든『대학집람』을 同春堂 宋浚吉에게 올려 질정을 구하기도 하였다.[122] 이를 보면, 그의 학문은 주희의 설만을 존신하지 않고 개방적으로 역대 제설을 두루 참조하는 성향을 가졌던 것을 알 수 있다.

---

121) 李端相,『靜觀齋集』권14,「關西問答錄跋」. "不佞又嘗妄以晦齋先生大學章句補遺一篇 仍加袞集 遂以古今大學改正諸本及格致諸說 倣蘇齋盧相國之所已編錄者 而分爲兩篇 以禮記元本 及明道伊川考亭三先生所改正者 與董丞相黃慈溪蔡虛齋諸先正之所移易經傳者 爲上篇 而以晦齋先生補遺終焉 以王魯齋宋潛溪方正學都南濠羅整菴王陽明 以至我朝權陽村退溪先生盧蘇齋栗谷先生 與不佞先祖考月沙先生 諸先正之論格致傳之說 爲下篇 以張旅軒之晦齋先生補遺圖終焉 名之曰大學集覽"

122) 李端相,『靜觀齋集』권8,「上宋同春」. "侍生曾以禮記元本大學 及兩程所改定大學與宋元明 以至我朝諸先正所論格致傳之圖與說 合爲上下卷冊子 以觀其同異是非之如何 非敢有好奇之意 此不過擧子類抄之類 固不可掛人眼孔 然欲呈覽於大鑑座下 而病中未及改正其誤字 故姑不敢仰呈耳"

　　그는 이언적의 개정설 가운데 경문의 제2절·제3절을 뒤로 옮겨 격물치지전으로 삼은 것에 대해서는 중국학자들의 견해와 암암리에 합치된다고 한 뒤, 이황·이이 등이 이미 그 설을 비판했기 때문에 자신의 견해를 표명할 수는 없지만, 이언적이 청송절을 경문 뒤로 옮긴 것에 대해서는 의문을 제기하며 송준길에게 질의하고 있다. 그의 견해를 직접 인용해 본다.

　　다만 회재 선생의『대학장구보유』·『續大學或問』에서는 청송절은 程伊川이 개정한 것에 따라 경문 뒤에 붙였다고 상세히 말하였으며,『중용』·『논어』·『맹자』등의 기술 방식을 인용해 증명한 것은 명백할 뿐만이 아닙니다. 栗谷 선생이 이른바 '경일장에 대해 주자는 공자의 말씀이라 하였고, 회재는 증자의 말씀이라 하였다. 이것이 증자의 말씀이라면 子曰로 결론을 맺는 것이 타당하지만, 공자의 말씀이라면 응당 子曰로 칭할 수 없다'고 하신 말씀은 옳습니다. 그런데 退溪 선생의「答李仲久書」에는, "李復古 공이 중국 선유들이 이런 설을 주장했다는 말을 대략 들었지만 보지 못한 상태에서 자기의 견해로 경문 '物有本末' 1절을 취해 첫머리로 삼고, '知止而后有定' 1절을 그 다음으로 하고, 청송절을 맨 마지막에 두어 격물치지전으로 삼았다. 또 이렇게 개정한 이유를 위해 손수『대학장구』1편을 써서 자신이 개정한 차서를 제시하고 자기의 설을 붙였다."고 하였습니다. 이를 통해 보면, 퇴계 선생이 이중구에게 보낸 편지에서 논한 것은 회재 선생이『대학장구보유』에서 개정한 차서가 아닙니다. 이 점이 무슨 까닭인지 모르겠습니다. 퇴계·율곡 두 선생 모두 회재 선생의『대학장구보유』에 대해 비판을 하여 이미 定論이 있습니다. 그러나 청송절에 대해서는 두 선생이 논한 것이, 한편으로는『대학장구보유』와 합치되고, 한편으로는 서로 어긋납니다. 저의 생각으로는 퇴계 선생이 이에 대해 직접 살펴보지 않은 상태에서 그렇게 말씀한 듯합니다. 반복해서 참고해도 끝내 의문을 풀 수 없어 삼가 이에 여쭙습니다.[123]

---

123) 上同. "第晦齋先生章句補遺及續或問中　詳言以聽訟一節　依伊川所定　上係經文之末　以子曰結之之意　至援中庸論孟諸書爲證者　不啻明白　栗谷先生所謂大學經一章　朱子則以爲孔子之言　晦齋則以爲曾子之言　若是曾子之言　則以子曰結之　宜矣　若是孔子之言

이단상의 이런 언급만으로는 그가 이언적이 청송절을 경문 뒤로 옮긴 것을 지지한 것이라 할 수 없다. 그러나 이이의 견해에서 '경문을 누가 지은 것으로 보느냐에 따라 다르기 때문에 증자가 지은 것이라면 이언적의 설이 타당할 수 있다'는 단초를 그는 발견하고 있음을 알 수 있다. 또한 이황이 청송절을 경문 뒤로 옮긴 이언적의 설을 제대로 보지 못하고서 비판한 사실에 주목하고 있다.

그는 조부 이정구의 설을 익히 알고 있었을 것이기 때문에 적어도 청송절을 경문 뒤로 옮기는 개정설에 대해서만은 이언적의 설에 찬성하는 의견을 품고 있었던 듯하다. 다만 이는 당시로 보면 사상계에서 매우 중요한 문제였기 때문에 적극적으로 자신의 견해를 드러내지 않고 의문을 질정하는 데서 그치고 있다.

(10) 韓汝愈의 변론

韓汝愈(1642-1709)의 자는 尙甫, 호는 遁翁, 본관은 谷山이다. 谷山 韓氏는 고려 시대 侍中平章事를 지낸 韓銳를 시조로 한다. 조선 세종 때 이조 판서를 지낸 韓雍(1352-1425)이 경상도 金山郡으로 이주하였고, 그 뒤 일파가 慶州로 옮겨 살았다. 부친은 韓俊亨이고 모친은 慶州 李氏이다. 저술로는 5권 2책의 『遁翁集』과 4책의 『遁翁別集』이 있는데, 별집은 『經義解釋』 및 「年譜」 등 부록으로 되어 있다.

한여유는 경상도 慶州府 杜陵村에서 태어났다. 3세 때 부친을 여의

則不應更稱子曰者 是也 而退溪先生之答李仲久書曰 復古李公略聞先儒有此說而未得見 惟以己意取經之物有本末一節爲首 次之以知止 終之以聽訟 以爲格致之傳 且爲此更定之故 手寫大學章句一通 以見序次之改 且附以己說云云 以此見之 則退溪先生所論聽訟一節於答李仲久書中者 非晦齋先生本書更定之次序也 伏未知此何故也 退栗兩先生於晦齋先生此書 旣有此定論 而然於此一節 兩先生所論 一則與本書相合 一則未免相戾 伏想退溪先生於此 必不失於照管而然 反復參攷 終未能解 謹此仰稟"

고, 편모슬하에서 자랐다. 寒族 출신으로 평생 학문에 전념하였다. 1749년 경상 감사 南泰良이 조정에 아뢰어, 사헌부 지평에 추증되었다. 한여유는 귀양 가는 宋時烈을 찾아가 배알하였고, 또 그의 문집에 成大中·洪直弼 등이 서문을 쓴 것을 보면, 노론계의 당색을 가진 인물인 듯하다. 그러나 경주에 뿌리를 내리고 살면서 경상좌도 지역 남인계 인사인 鄭葵陽·柳宜健·李栽 등과도 교유한 것을 보면, 당색이나 학맥에 크게 구애되지 않고 살아간 듯하다.

李栽는 한여유의 문장에 대해 '明理載道'라 하였고, 한여유에게 贈職을 청한 경상감사는 '好學多聞'이라 하였으며, 정규양은 그를 '宏博之士'라 하였다. 또 홍직필은 서문에서 '師心自得'이라 하였고, 이재는 그의 학문을 '以其心思所及 推明古人遺意'라 하였다. 이를 종합해 보면, 그의 학문은 博學과 自得을 추구하였음을 알 수 있다.

후대 경상감사 金魯應(1757-1854)은 "그가 저술한 「大學絜矩章辨」·「中庸或問辨」을 보면 自得의 깊이를 알 수 있다. 또한 「晦齋改正大學後說」이 있는데, 전현들이 발명하지 못한 것을 발명하고 후진이 알기 어려운 점을 열어주지 않은 것이 없다.…… 참으로 한 시대의 通儒이고, 성스러운 세상의 逸民이라 할 만하다."[124]라고 하였다. 이런 평을 보아도 그의 학문 성향이 묵수주의가 아닌 자득을 통한 의리 발명에 주안점이 두어져 있었음을 알 수 있다.

한여유의 『대학』에 관한 설은 문집 잡저에 실린 「題大學補遺後」·「題晦齋先生改正大學補後」·「題盧蘇齋大學補遺跋後」 및 별집에 실린 『經義釋解-大學』이 있다. 여기서는 이런 자료를 중심으로 그가 이언적의 『대학장구』 개정설에 대해 어떻게 변론하고 있는지를 살펴보기로 한다.

---

124) 韓汝愈, 『遁翁集』 권8, 附錄, 金魯應 撰, 「贈司憲府持平遁翁韓公行狀」. "觀其所著大學絜矩章辨 中庸或問辨 可知自得之淺深 而又有晦齋改正大學後說 無非發前賢之所未發 牖後進之所暝摘……眞可謂一代通儒 聖世逸民"

한여유는 이언적의『대학장구보유』에 跋文을 지었는데, 이 글에서 주희가『대학혹문』에서 "知는 心의 神明으로 衆理를 妙用하고 萬物을 主宰하는 것이다.[若夫知 則心之神明 妙衆理而宰萬物者也]"라고 한 말에 근거하여 이 '知'를 '明德'과 상응하는 것으로 풀이하면서, 心이 具衆理하여 묘용하는 것도 知에 달렸고, 應萬事하여 주재하는 것도 知에 달렸다고 보아 知의 능력을 강조하였다. 그리고 明德의 全體·大用은 仁으로, 知가 妙衆理·宰萬物하는 것은 명덕의 전체·대용이 밝아진 것으로 보았다.[125]

그는 이언적의『대학장구보유』에 대해서는 전혀 언급하지 않고 이 문제를 끌어내 팔조목의 의미를 자신의 관점에서 설명하고 있다. 그것은「題晦齋先生改正大學補後」라는 글에서 이언적의 개정설에 대해 자세히 언급하고 있기 때문에 이 글에서는 이언적이『대학』을 해석한 핵심인 仁을 팔조목과 연관하여 설명한 것인 듯하다.

그가 지은「題晦齋先生改正大學補後」은 1685년 8월 23일 어떤 사람이 찾아와 이언적의『대학장구』개정설에 대해 질의응답한 것을 기록해 놓은 것으로, 한여유가 이언적의 개정설에 대해 어떤 입장을 가지고 있었는지를 여실히 보여준다. 한여유는 혹자로부터 이언적의 개정설을 어떻게 생각하느냐는 질문을 받고, '천년 뒤의 성인을 기다려도 의혹하지 않을 것'이라고 분명한 지지를 표명하였다. 혹자가 그 이유를 묻자, 그는 다음과 같이 답하였다.

> 『대학』은 삼강령·팔조목뿐이니, 어찌 강령과 조목 사이에 다시 知止·能得·本末·終始를 논하겠습니까? 청송장에 대해서는 經一章의 결어가 되는 것이 매우 분명합니다. 전 제3장 뒤에 청송장을 두면 상하의 文義와 모두 서로

---

125) 韓汝愈,『遯翁集』권2, 雜著,「題大學補遺後」. "大學釋智曰 知者 心之神明 所以妙衆理而宰萬物 其釋知字 與釋明德相應 盖此心本具衆理而妙之 則在知 此心能應萬事而宰之 亦在知 具者 其體之立 有以妙之 則其用行 應者 用之行 有以宰之 則其體立 盖明德之全體大用者 仁也 知之妙衆理宰萬物者 此德全體大用之明也"

접속이 되지 않습니다.[126)]

이언적의 개정설은 청송절을 경문 맨 뒤로 옮긴 것과 경문 제2절·제3절을 뒤로 옮겨 격물치지전으로 삼은 것인데, 한여유는 그것이 삼강령·팔조목을 중심으로 한『대학』의 논리 구조에 있어서 매우 적합하다는 것이다. 즉 삼강령·팔조목에 없는 本末을 해석한 것으로 본 주희의『대학장구』전 제4장(청송장)은 논리 구조로 볼 때 맞지 않다는 것이다.

한여유는 좀 더 상세하게 들려달라는 혹자의 질문을 받고, 이언적이 개정한 경일장의 논리 구조를 설명해 주었는데, 제1절은 삼강령을 말하고, 제2절은 팔조목을 말하고, 제3절은 팔조목의 공효를 말하고, 제4절(청송절)에 공자의 말씀을 인용해 한 편의 大旨를 밝혔는데 모두 공자가 전한 것에 근본한 것이라고 하였다.[127)]

다시 혹자는 주희의 해석에 근거해 '知止而后有定' 1절은 팔조목을 말한 뒤에 팔조목이 止於至善하는 것을 말했듯이, 삼강령을 말한 뒤에 삼강령이 지어지선하는 것을 말한 것이라는 점, '物有本末' 1절은 제1절·제2절을 결론짓는 말이라는 점 등을 들고, 또 대전본 소주에 실린 玉溪盧氏의 설 중 '物有本末은 제1절을 결론짓고 事有終始는 제2절을 결론짓고 知所先後 則近道矣는 제1절과 제2절을 다시 總結한 것'이라고 한

---

126) 韓汝愈, 『遁翁集』 권2, 雜著, 「題晦齋先生改正大學補後」. "曰 大學只是三綱領八條目而已 安有綱領條目之間 更論知止能得本末終始者哉 至於聽訟章 則爲經一章之結語明甚 若置之於傳三章之後 則與上下文義 都不相續矣"

127) 上同. "大抵第一節言三綱領 而明明德新民有先後之次序 止至善爲明明德新民之標的 則統言之中 粲然者存焉 第二節言八條目 而格物致知 明明德之端也 誠意正心修身 明明德之實也 齊家者 明明德於一家也 治國者 明明德於一國也 平天下者 明明德於天下也 自天子而約之以至於身 無不統於一心 自意而推之 以至於萬事萬物 無不管於一心 曰格曰致曰誠 皆正心上功夫 曰修曰齊曰治曰平 皆自正心中流出 收來放去 只是一心 明德之體用 則分言之中 渾然者存焉 旣言功夫 則不可不示其功效 故第三節言八條目之功效矣 然則明明德之爲新民之全體 新民之爲明明德之大用 不亦明著矣乎 故章末引夫子之言 以明一篇之旨 皆本於夫子之所傳也"

것에 근거해, 이언적의 설이 맞지 않는다고 반박을 하자, 한여유는 다음
과 같이 경일장의 논리 구조를 설명하였다.

> 명명덕은 아랫 문장의 격물·치지·성의·정심·수신의 강령이고, 신민은 아
> 랫 문장의 제가·치국·평천하의 강령입니다. 지어지선은 명명덕·신민을 총괄
> 해 말한 것인데, 또한 여덟 글자가 조목을 따르는 강령이기도 합니다. 삼강령
> 외에 별도로 팔조목의 공부가 있는 것이 아니니, 어찌 삼강령이 지어지선하고
> 팔조목이 지어지선함이 있겠습니까? 또한 知止·有定·靜·安·慮·得은 명명
> 덕의 일일 뿐이니, 어찌 신민이 지어지선하는 뜻이 있겠습니까? 혹 慮·得을
> 行에 속한 것이라고 하는데, 려·득은 궁리하여 致知하는 일입니다. 이를 쪼개
> 듯이 둘로 나누는 것은 옳지 않습니다. 또한 '知所先後'의 '後'자가 아랫 문장
> 2절의 6개 '先'자와 7개 '后'자를 일으킨다고 하는 점에 대해서는, 語脈이 같
> 기는 하지만 文意는 합하지 않습니다. 만약 그렇다면 팔조목의 선후는 곧 事有
> 終始의 뜻일 것입니다. 사유종시는 '知止而后有定' 1절의 뜻입니다. 무엇 때문
> 에 '知止而后有定' 1절이 명명덕의 內外 交養만 말하고, 팔조목은 명명덕·신
> 민을 겸하여 말했단 말입니까? 만약 제3절의 '先'·'後'와 제4절·제5절의 '
> 先'·'后'자를 조응되게 한 문장이라면 그 文義가 반드시 이처럼 모순되지는
> 않을 것입니다.[128]

한여유는 주희와 옥계 노씨 및 후대 학자들이 경일장의 제2절과 제3
절의 논리 구조를 논한 것에 대해, 일일이 반론을 전개하고 있다. 우선
그는 팔조목을 말하고 그 공효를 그 다음 절에 말했듯이, 삼강령을 말하

---

128) 上同. "日 明明德是下文格物致知誠意正心修身之綱領也 新民是下文齊家治國平天
   下之綱領也 止至善總明明德新民而言 又八字逐條之綱領也 非三綱領之外 別有八條目
   工夫也 安有三綱領之止於至善與夫八條目之止於至善哉 且知止有定靜安慮得者 只是
   明明德之事也 安有新民之止於至善之義哉 或以慮得屬行 慮得正是窮理致知之事也 判
   而二之非也 且如知所先後之先後字 起下文兩節六七先后字者 語脉似矣 而文意不合
   若然則八條目之先後 即事有終始之義也 事有終始 即知止一節之義也 何故知止一節
   只言明明德之內外交養 而八條目兼言明明德新民歟 若照應爲文 則其文義必不若是之
   矛盾也"

고 그 뒤에 공효를 말한 제2절이 있어야 한다는 점에 대해, 지어지선은
명명덕·신민을 총괄해 말한 것으로 팔조목이 지어지선하는 것만 말하
면 되지 삼강령이 지어지선하는 것을 말하는 것은 논리가 맞지 않는다
는 점을 지적하고 있다. 즉 제2절을 삼강령의 공효로 보는 설에 대해 반
론을 편 것이다.

이러한 그의 설은 지어지선이 삼강령의 하나지만, 실은 명명덕의 지어
지선, 신민의 지어지선의 논리를 갖고 있으므로, 삼강령의 하나인 지어지
선의 공효를 말한 것이라고 하는 설은 語弊가 있다는 관점에 의한 것이다.

한여유는 다시 제2절의 知止·有定·靜·安·慮·得에 대해, 이는 명
명덕의 일일 뿐, 신민의 일이 아님을 지적하고 있다. 이 논조는 매우 예
리한 분석으로 여겨진다. 흔히 제2절을 명명덕·신민의 지어지선으로
보는데, 한여유는 명명덕에 해당하는 팔조목으로만 한정해 본 것이다.

또한 한여유는 '慮'를 주희가 '處事精詳'으로 해석하여 應事接物하는
行에 속한 것으로 본 것에 대해서도, 知·行을 자르듯이 나눌 수 없다고
하여, 동의하지 않고 있다. 그리고 마지막으로 그는 경문 제3절의 '知所
先後'의 '先'·'後' 자를 제4절·제5절의 '先'·'后'와 조응되는 것으로 보
는 설에 대해서도, 語脈은 그럴 듯하지만 文意는 맞지 않는다고 반대하
고 있다.

다시 혹자가 대전본 소주에 실린 雲峯胡氏의 설에 의거해 제1절은 공
부를 말하고, 제2절은 공효를 말하고, 제4절은 逆推工夫를 말하고, 제5
절은 順推功效를 말하고, 제6절은 공부 중 修身을 끌어내고, 제7절은
공효 중 身·家를 끌어낸 것이라고 경일장의 논리 구조를 거론하였다.
이에 대해 한여유는 다음과 같이 답변하였다.

마지막 2절은 삼강령·팔조목을 말한 뒤에 하나의 大本 및 풍화가 비롯되는
점을 게시한 것입니다. 윗 문장에서 이미 공부·공효를 반복해 미루어 밝혔으

니, 또 어찌 굳이 공부·공효에 대해 번거롭게 거듭 말하겠습니까?[129]

한여유는 경문 제6절과 제7절을 공부와 공효로 보지 않고, 大本 및 風化가 비롯되는 곳으로 보고 있다. 그런 점에서 운봉 호씨의 논리 구조 해석에 찬성하지 않고 자신의 견해를 표명한 것이다.

혹자는 또 대전본 소주에 실린 新安 陳氏의 설에 의거, 전 제3장 지어지선장은 경문 제2절 '知止而后有定'을 해석한 뜻이 있다는 점[130]과 청송장은 경문 제3절 '本有本末'의 뜻을 미루어 밝힌 것이므로 전문의 차서에 문제가 없다고 반론을 펴자, 한여유는 이에 대해 다음과 같이 변론하였다.

> 지어지선은 명명덕·신민이 지어지선하는 것입니다. 「淇澳」을 인용한 1절은 명명덕이 지어지선하는 것을 말한 것이고, 「烈文」을 인용한 1절은 신민이 지어지선하는 것을 말한 것입니다. 명명덕이 지어지선하는 것을 해석했기 때문에 '於止 知其所止'라고 말하고, 또 '學'과 '自修'를 말하고, 또 '恂慄'·'威儀'·'盛德至善'을 말한 것입니다. '知其所止'라고 말한 것은 천하의 일에 대해 마땅히 그쳐야 할 곳을 아는 것입니다. 學은 격물치지를 말한 것이고, 自修는 성의·정심·수신을 말한 것이며, 恂慄은 엄정하고 공경한 마음이 가슴속에 보존된 것이고, 威儀는 光輝가 밖으로 드러난 것이며, 盛德은 몸이 얻은 것으로써 말한 것이고, 至善은 理가 지극한 점으로 말한 것입니다. 이는 명명덕이 지어지선한 것을 발명한 것입니다. 어찌 단지 '知止' 1절을 해석한 것일 뿐이겠습니까? '知止' 1절은 바로 致知를 해석한 것으로 치지는 실로 명명덕의 일이니, 이 장에 知止·能得의 뜻이 있는 것은 이상할 것이 없습니다. 聽訟 1절은 경문의 修身이 근본이 된다는 것과 근본이 어지러우면서 말단이 다스려지는 경우는 없다는 뜻을 결론 지은 것이니, 어찌 굳이 '物有本末'의 '本末'을 해석한 것이 되겠습니까.[131]

---

129) 上同. "日 末兩節 則既言三綱領八條目 然後揭示其一箇大本及風化造端處也 上文既反覆推明工夫功效 又何必層層於工夫功效乎"

130)『大學章句大全』 전 제3장 제4절 소주 新安陳氏의 설에 "此章釋止至善 亦有釋知止能得之意 於止知其所止 知止也"라 하였다.

한여유의 논조는 전 제3장이 경문의 '知止而后有定' 1절을 해석한 것이 아니라, 명명덕이 지어지선한 점을 말한 것이라는 점을 강조하고, 청송절은 경문의 本末을 해석한 것이 아니라 경문 마지막 2절을 결론지은 것이라는 점을 재차 드러내는 데 있다. 후자는 이언적이 청송절을 경문 맨 뒤로 옮겼기 때문에 한여유가 다시 거론한 것이고, 전자는 신안 진씨의 설처럼 지어지선장을 경문 제2절 '知止……能得'으로 보는 것에 대해 반대한 것이다.

다시 혹자는 이언적이 개정한 전 제4장 격물치지장에 '此謂知本'을 衍文으로 본 것에 대해, 주희의 보망장에 '此謂物格'이라는 말을 보충한 것만 못하다고 반론을 전개하였다.[132] 이에 대해 한여유는 이언적의 개정설에 나아가 답하였는데, 먼저 『대학』은 本心을 말한 것이라는 점을 강조하였다. 그리고 주희가 明德을 虛靈不昧·具衆理·應萬事로 풀이한 것에 근거하여 격물치지를 한 뒤에 心의 知覺에 묘용이 있게 되고, 격물치지와 성의정심을 한 뒤에 心의 料量에 주재함이 있게 된다고 하면서 다음과 같이 답변하였다.

> 知止·定·靜·安은 이 마음이 만물을 주재하는 본체이고, 慮·得은 이 마음이 衆理를 묘용하는 작용입니다. 성의·정심은 이 마음이 중리를 갖춘 본체이고, 수신·제가·치국·평천하는 이 마음이 만사에 응하는 작용입니다. 우리 회

---

131) 韓汝愈, 『遯翁集』권2, 雜著, 「題晦齋先生改正大學補後」. "止於至善者 乃明明德新民之止於至善也 引淇澳詩一節 言明明德之止於至善也 引烈文詩一節 言新民之止於至善也 釋明明德之止於至善也 故言於止知其所止 又言學與自修 又言恂慄威儀盛德至善 知其所止云者 於天下之事 知其所當止之處也 學言格物致知也 自修言誠意正心修身也 恂慄者 嚴敬之存乎中也 威儀者 光輝之著乎外也 盛德以身之所得而言也 至善 以理之所極而言也 此所以發明明明德之止於至善者也 豈必特釋知止一節哉 知止一節 正所以釋致知 而致知實是明明德之事也 則此章之有知止能得之義者 不異矣 聽訟一節 所以結經文修身爲本及其本亂而末治者否矣之義也 何必以爲釋物有本末之本末哉"

132) 上同. "然而此謂知之至也之上無此謂格物四字 何歟 無乃此謂知本之衍文 乃此謂物格之誤乎 此則莫如朱子補亡章末結以此謂物格 此謂知之至也云者也"

재 선생은 慮를 思로 보고, 至善을 中으로 보고, 仁을 治平의 근본으로 보았습
니다. 思는 본심이 그 직분을 얻은 것이고, 具衆理는 이 마음이 寂然不動한 것
이니 곧 未發의 中이며, 應萬事는 이 마음이 천하의 일에 感而遂通하는 것이
니 곧 已發하여 過不及이 없는 中입니다. 仁은 본심의 덕이니, 천지가 만물을
낳는 마음으로 가장 먼저 얻어 인의예지를 兼統하는 것입니다. 이것이 구중
리·응만사가 아니겠습니까?[133]

이언적이 '知止而后有定' 1절 다음에 '此謂知之至也'를 두어 격물치지
전을 삼은 것에 의거해, 한여유는 위와 같이 말한 것이다. 그러니까 한
여유의 격물치지에 대한 견해는 주희가 보망장에서 卽物窮理로 풀이한
것과는 시각을 달리한다. 그는 주희가 '知者 心之神明 所以妙衆理而宰
萬物者也'라고 한 말에 근거하여, 격물치지를 마음이 妙衆理·宰萬物하
는 것으로 보고 있다. 이런 관점에서 知止·定·靜·安은 만물을 주재하
는 마음의 본체로, 慮·得은 衆理를 묘용하는 마음의 작용으로 보아, 이
언적이 慮를 思로 해석한 것을 보다 적극적으로 풀이한 것이다.

혹자는 다시 주희의 설에 의거해 '知止而后有定' 1절이 제1절의 '止於
至善'을 이어 말한 것이라는 주장을 굽히지 않자, 한여유는 다음과 같이
논변하였다.

'古之欲明明德於天下 ……'라고 한 1절이 윗문장을 이어 말한 것이 아닙니
까? 명명덕은 하나의 大綱領이 되고, 팔조목은 모두 이 명명덕의 일입니다. 그
러므로 윗 문장에서 이미 명명덕·신민이 체·용이 되는 것을 분석해 말하였
고, 그 다음 일개 명덕이 신민 속에 유행하는 것을 보인 것입니다.[134]

---

133) 上同. "知止而定靜安 則此心宰萬物之體也 安而慮得 則此心妙衆理之用也 誠意而正
　　心 則此心具衆理之體也 修身而齊家治國平天下 則此心應萬事之用也 惟我晦齋先生
　　以慮爲思 以至善爲中 以仁爲治平之本 思者 本心之得其職也 具衆理者 此心之寂然不
　　動 卽未發之中也 應萬事者 此心之感而遂通天下之故 卽已發而無過不及之中也 仁者
　　本心之德也 天地生物之心 得之最先而兼統四者 此非具衆理應萬事者乎"

한여유는 이언적의 개정설에 의거해 논변하고 있기 때문에 '古之欲明明德於天下' 1절이 '大學之道 在明明德' 1절을 이어 말한 것으로 설명하고 있다. 그는 명명덕을 삼강령의 대강령으로 보고 명명덕과 신민을 체·용 관계로 파악하고 있다. 그래서 팔조목을 모두 명명덕의 일로 말한 것이다.

혹자는 전 제9장에 '所謂治國 必先齊其家者'라고 하여, 다른 전문의 형식과 다르게 말한 것에 대해 묻자, 한여유는 家와 國은 遠近의 경계에 해당하는데, 문장의 형식을 바꾸어 쓴 것은 제가와 치국에 다른 도가 없음을 밝힌 것이라 하였다.[135] 대체로 이에 대해 후대의 설도 '必先'이라고 쓴 것이 특별히 강조하는 의미를 드러내기 위한 것으로 보고 있다.

다시 혹자는 한여유에게 "그렇다면 晦齋의 학문이 朱子보다 나은 것입니까?"라고 당돌한 질문을 하자, 한여유는 다음과 같이 답변하였다.

程子는 『대학』을 표장하고 발휘하였지만 완성하지 못한 점이 있었습니다. 주자가 다시 참고하여 별도로 차서를 정해 그 뜻을 극진히 하였습니다. 이 모두 도를 밝혀 가르침을 확립한 것입니다. 이를 가지고 주자가 정자보다 낫다고 하지 않습니다. …… 회재 선생이 착간을 다시 개정한 것도 주자를 존신하여 그의 학문을 발휘한 것입니다. 또한 주자의 말에 "'知止'란 격물치지하여 천하의 일에 모두 至善이 있는 바를 알게 함이 있는 것이다."라고 하였습니다. 능히 그칠 바를 알면 마음속에 모든 사물에 대해 다 定理가 있게 될 것입니다. 理에 정해짐이 있게 되면 그 마음을 움직임이 없어 능히 고요해질 것입니다. 마음이 능히 고요해지면 어느 곳인들 가리지 않고 능히 편안해질 것입니다. 마음이 능히 편안해지면 일상생활 속에서 조용히 한가롭다가 사물이 다가오면 그것을 헤아림이 있어 능히 思慮하게 될 것입니다. 능히 사려하면 일에 따라 이치를 살펴 깊

---

134) 上同. "古之欲明明德於天下云者 非承上文而言者乎 明德爲一箇大綱領 而八條目皆明明德之事也 故上文旣析言明明德新民之爲體用 次示其一箇明德之流行於新民之中也"

135) 上同. "家與國 此遠近之界也 格致乃夢覺關 誠意是人鬼關 齊家乃人己界 治國是遠近界 自修身交齊家 雖有一箇過接關 只是在近底事 至於治平 則地步闊遠 故第九章獨言治國必先齊其家者 所以明齊治之無異道也 其他言在與經文異者 文雖殊而意則一也"

은 이치를 극도로 하고 기미를 연구해 각각 그칠 바의 경지를 얻어 그곳에 그치지 않음이 없을 것입니다. 주자는 일찍이 '知止而后有定' 1절을 격물치지의 뜻으로 삼지 않은 적이 없었습니다. 그러니 회재와 주자가 어찌 다른 점이 있습니까? 다만 주자는 이 절이 격물치지를 해석한 전문인 줄 모른 것입니다. 회재의 의도는 대개 '物有本末' 1절을 '知止而后有定' 1절보다 앞에 두고 마지막에 '此謂知至在格物'로 결론을 맺은 것입니다. 〈회재의 격물치지설은 다음과 같은 뜻입니다.〉 "천하의 만물에는 모두 본말이 있고, 천하의 일에는 모두 선후가 있으니, 그 본을 먼저하고 말을 나중에 할 줄 알면 도에 가까울 것이다. 그러므로 그칠 바를 안 뒤에 정해짐이 있고, 정해짐이 있은 뒤에 능히 고요하고, 능히 고요한 뒤에 능히 편안하고, 편안한 뒤에 능히 사려하고, 사려한 뒤에 능히 얻는다. 이를 앎이 지극한 것이라고 하니, 그것은 사물에 나아가는 데 달려있다." 〈이렇게 보면〉 『대학』의 뜻이 어찌 명백하고 통쾌하지 않겠습니까?[136]

한여유는 주희가 二程을 존경했지만 다시 차서를 고치고 그 뜻을 발휘한 것처럼, 이언적도 주희를 존신하여 주자학을 발휘한 것이라는 관점으로 보고 있다. 즉 주희의 설과 다른 설을 제기했다고 해서 그것이 주희와 다른 학문을 추구한 것이 아니고, 주희의 학문을 더욱 발휘한 것이라는 것이다. 이런 관점은 학문의 계승 발전을 중시하는 사고로, 의리의 발명을 통해 학문을 계속 진보시켜 나가야 한다는 학문 정신에 의한 것이다.

그러나 아쉽게도 조선 후기에는 주자학을 절대적으로 존신하여 조금

---

136) 上同. "程子於大學表章發揮而有未竟 朱子更加參考而別爲序次 以盡其義 皆所以明道而立敎也 不可以此而指朱子爲勝於程子……先生之更定錯簡 亦所以尊信朱子 而發揮其學也 且朱子有言曰 知止云者 格物致知而於天下之事 皆有以知其至善之所在 能知所止 則方寸之間 事事物物 皆有定理矣 理旣有定 則無以動其心而能靜矣 心旣能靜 則無所擇於地而能安矣 能安 則日用之間 從容閑暇 事至物來 有以揆之而能慮矣 能慮 則隨事觀理 極深研幾 無不各得所止之地而止之矣 朱子未嘗不以此節爲格物致知之義也 晦齋朱子 何嘗有異也 但朱子不知其釋格物致知之傳耳 晦齋之意 盖以爲物有本末 先於知止一節 而末以此謂知至在格物 結之 天下之物 皆有本末 天下之事 皆有先後 知所以先其本後其末 則近於道矣 故知止而后有定 定而后能靜 靜而后能安 安而后能慮 慮而后能得矣 此謂知之至也 在格其物 大學之意 豈不明白痛快乎哉"

의 異說도 용납하지 않는 획일화된 이념이 지배함으로써 주희의 설과 다른 주장은 모두 이단시하는 풍조가 생겼다. 이런 점에서 보면 한여유는 주자학의 본질적인 정신에 충실한 학자라 하겠다.

혹자는 마지막으로 "孤陋하고 寡聞한 학문으로 성현의 大學之道를 妄論하는 것은 참람하고 망령된 짓이 아니겠는가?"라고 힐문을 하자, 한여유는 자신의 설은 私見일 뿐이라고 겸손하게 말하며, 도가 있는 군자에게 나아가 질정을 받고자 한다고 했다.[137]

이렇게 혹자와의 격론은 끝이 났지만, 어느 하나도 합의점을 도출하지는 못했다. 역시 당시 주자학만을 존신하던 대다수 학자들의 학문관과 宋學의 의리주의 정신에 충실하고자 했던 한여유의 학문관을 대비적으로 잘 보여주고 있다.

한여유는 이언적의 개정설을 적극적으로 변론했던 노수신의 설에 대해서도 문제점을 지적하고 있어 주목된다. 그는 노수신의 「晦齋先生大學補遺後跋」에 "시험 삼아 주자의 補傳에 나아가 논해본다면, 보전의 '表裏精粗'로써 '本末'과 '終始'를 해석했고, '全體大用'으로써 '知止'와 '能得'을 해석하였으니, 거기에 합치되지 않는 점이 있는 것을 발견할 수 없다."[138]고 한 것에 대해, 다음과 같이 비판하였다.

> 이 말은 語脈이 분명치 못하다. 精粗가 本末·終始가 되는 것은 그렇다. 그러나 表裏가 本末·終始가 되는 것은 합당하지 않다. 어째서 그런가? …… 그 所以然의 理는 本末·精粗·大小를 꿰뚫어 틈이 없으니, 먼저 近者·粗者로써 전하고 뒤에 大者·精者로써 가르치니, 精粗를 본말·종시로 삼는 것이 마땅하지 않은가? …… 모름지기 表裏·精粗가 어느 곳인들 이르지 않음이 없어야 바

---

137) 上同. "或曰 子言則似矣 而以孤陋寡聞之學 妄論聖賢大學之道 不亦僭妄乎 曰 然 此余之私見也 安敢自以爲是而質言也 愚欲就正於有道者也 或者 唯唯而退"

138) 盧守愼, 『蘇齋集』 권7, 「晦齋先生大學補遺後跋」. "試就補傳而讀(論)之 以表裏精粗 釋本末終始 以全體大用 釋知止能得 不見其有不合"

야흐로 格物이니, 그렇다면 표리로 內外·大小를 삼는 것은 괜찮지만, 표리로 본말·종시를 나누는 것은 불가하다. …… 蘇齋가 "'無訟'과 같은 데 이르면 '爲本'과 정히 서로 합한다."고 한 것은, 주자가 청송장을 釋本末의 뜻으로 해석한 것이 經文 마지막 2절의 '本末'을 해석한 말이 아니고, '物有本末'의 본말을 해석한 말인 줄을 전혀 모른 것이다. 대개 경문의 '物有本末' 1절은 삼강령·팔조목의 사이에 있다. 그러므로 주자는 전문의 청송장을 지어지선을 해석한 아래와 보장망의 위에다 둔 것이다.[139]

한여유는 노수신의 설에 대해, 精粗로써 본말·종시를 삼는 것은 가하지만, 表裏가 본말·종시가 되는 것은 불가하다는 점, 청송장의 '使無訟'을 경문의 '修身爲本'의 '爲本'과 합치되는 것으로 본 것은 잘못이라는 점을 예리하게 지적하고 있다.

(11) 李獻慶의 변론

李獻慶(1719-1791)의 자는 夢瑞, 호는 艮翁, 본관은 전주이다. 부친은 李齊華이며, 모친은 羅州 丁氏이다. 이헌경은 한양에서 출생하여 그곳에서 자랐다. 20세 때인 1738년 진사시에 합격하였고, 25세 때인 1743년 문과시험에 급제하였다. 홍문관 수찬 등을 거쳐 대사간을 지냈으며 한성부 판윤에 이르렀다. 저술로 24권 12책의 『艮翁集』이 있다.

이헌경은 어려서 蔡彭胤·吳光運 등의 기대를 받은 점, 그의 문집 서문을 丁範祖가 쓴 점 등으로 미루어 보아, 근기 남인계 인물임을 알 수

---

139) 韓汝愈, 『遁翁集』 권2, 「題盧蘇齋大學補遺跋後」. "語脈未瑩 精粗之爲本末終始 則然矣 表裏之爲本末終始 則不合 何則……須是表裏精粗 無所不到 方是物格 然則以表裏爲大小內外 則可也 以表裏分本末終始 則不可也……其曰至如無訟 與爲本 正相合云者 殊不知朱子之以聽訟章爲釋本末之義者 非以爲釋經文末兩節之本末也 乃以爲釋物有本末之本末也 蓋經文物有本末一節 在三綱領八條目之間 故以傳之聽訟章 置之於釋止於至善章之下 補闕章之上也"

있다. 그러나 누구에게 수학하였는지는 상세치 않다. 기왕의 연구 성과
에 의하면, 이헌경은 安鼎福·蔡濟恭·李家煥 등과 교유했으며, 천주교
를 배척한 인물로 알려져 있다.140)

　그의 문집 『艮翁集』 권23에는 「論大學次序」이 실려 있는데, 아래 인
용문을 보면 그가 이언적의 개정설에 대해 일정하게 지지하고 있음을
알 수 있다.

　　우리나라 李晦齋 선생이 일찍이 『대학』의 차서를 개정하여 경문의 ‘知止’ 이
　하부터 ‘則近道矣’까지 42자를 격물치지전으로 삼았다. 나는 일찍이 그의 고견
　에 탄복하였는데, 遜志齋(明儒 方孝孺)의 문집을 읽다가 「題大學全書正文後」
　을 보게 된 뒤에야 비로소 이회재 전에 明儒 및 董槐·葉夢鼎·王柏 등이 이미
　그런 설을 폈다는 사실을 알게 되었다.141)

　이헌경은 중국학자들이 『대학장구』에 대해 개정한 설을 미처 보거나
듣지 못하였던 듯하다. 그런 상태에서 이언적의 개정설을 보고 탄복했
다고 하고 있다. 탄복했다는 말은 그의 설에 감복했다는 의미이다. 그가
이렇게 이언적의 개정설에 감복한 이유는, 약관의 나이 때 『대학장구』
를 읽다가 격물치지전이 없는 것에 대해 의문을 가졌기 때문이다.142)

　그가 의문을 가진 것은, 경문에 있는 말 가운데는 한 마디도 傳文이
없지 않은데 ‘知止’로부터 ‘能得’에 이르기까지는 전문이 없으며, 주희의
『대학장구』에는 그 다음의 ‘本末’에 대해서만 청송절을 해당시켜 전문으
로 삼았기 때문이다.143) 또 하나의 이유는 ‘知止’로부터 ‘知所先後’까지

---

140) 이향배, 「간옹 이헌경의 고문론 연구」, 『한문교육연구』 제19집, 한문교육연구회,
　　2002, 429면.

141) 李獻慶, 『艮翁集』 권23, 「論大學次序」. “吾東方晦齋李先生嘗更定大學次序 以經文
　　知止以下 至則近道矣四十二字 爲格物致知之傳 余嘗服其高見 及讀遜志齋集 觀其題
　　大學篆書正文後者 然後始知前晦齋 而明儒董槐葉夢鼎王柏輩 已發之矣”

142) 上同. “余弱冠始讀大學 其時未知有晦齋之說 而亦嘗到此而疑之 患其語脈之難究”

는 모두 致知의 일인데 격물치지를 말하기 전에는 응당 먼저 이런 말이 있을 수 없으며, '古之欲明明德於天下'를 삼강령 바로 뒤에 붙여야 문리가 곧장 순조롭게 통하기 때문에 '知止' 이하 42사를 착산으로 볼 수밖에 없다는 관점에서였다.[144]

그래서 그는 중국학자들의 설을 살펴보았는데, '知止' 이하 42자 뒤에 청송절을 붙여 격물치지전으로 삼는 것이 일반적인 견해인데, 明儒 方孝孺의 설이 그 가운데서 더욱 분명하여 매우 탄복하게 되었다고 술회하고 있다. 그리하여 그는 방효유의 설을 전적으로 따르게 된다.[145]

이상에서 살펴보았듯이, 이헌경은 처음 이언적의 설을 보고 자신의 평소 의문이 풀려 탄복하였으며, 중국학자들의 설을 면밀히 검토한 뒤에는 방효유의 설로 자기의 설을 삼았다. 이언적은 청송절을 경문 맨 뒤로 옮겨 놓았는데, 방효유의 설은 청송절을 격물치지전으로 삼은 것이 다르다. 즉 이헌경은 청송절을 격물치지전에 포함시킨 것이다. 여기서 이헌경이 자신의 설로 삼은 방효유의 개정설을 다시 제시하면 다음과 같다.

經-01 : 經-01 大學之道 在明明德 在新民 在止於至善
經-02 : 經-04 古之欲明明德於天下者 …… 致知在格物
經-03 : 經-05 物格而后知至 …… 國治而后天下平
經-04 : 經-06 自天子以至於庶人 壹是皆以修身爲本
經-05 : 經-07 其本亂而末治者 否矣 …… 未之有也
〈右 經一章〉

---

143) 上同. "朱子舊說 以聽訟章謂釋本末 經文無一語無傳 而知止至能得 皆無傳 獨本末有傳 故亦嘗疑之"

144) 上同. "蓋嘗論之 知止以下 至知所先後 皆致知之事 未言格致之前 不應先有此言 且古之欲明明德於天下者 上接三綱領之下 然後文理方直截通順 若以知止以下兩大文間之 不幾於錯亂乎"

145) 上同. "今明儒 以聽訟章接之於則近道矣之下 通爲格致一傳 而方氏之說 又極明透余甚歎服焉"

傳4-01 : 經-02 知止而后有定 …… 慮而后能得
傳4-02 : 經-03 物有本末 事有終始 知所先後 則近道矣
傳4-03 : 傳4-01 子曰 聽訟 …… 大畏民志 此謂知本
　　　　　　　　此謂知本 (4자 衍文)
傳4-04 : 傳5-01 此謂知之至也
　　　　　　〈右 釋格物致知傳〉

이헌경은 전적으로 이언적을 설을 추종하지는 않았지만, 주희의『대학장구』중 격물치지전을 결실된 것으로 보아 보망장으로 만들어 넣은 것에 대해 의문을 갖고 탐색하여, 격물치지전은 결실된 것이 아니라 착간되었다는 관점에서 경문의 '知止' 이하 42자와 청송절 등을 합해 격물치지전으로 삼은 것이다. 그러나 이 설은 후대 蔡淸 등의 설에 비해 미진한 점이 있으며, 그런 점까지 궁구하지 못한 한계점이 있다.

이헌경의 견해가 이언적의 개정설과 전적으로 같지는 않지만, 적어도 주희의 보망장에 대해 문제 의식을 가졌던 점, 그리고 이언적의 개정설에 탄복한 점 등으로 미루어 볼 때, 그는 이언적의 개정설에 대해 지지하고 있었음을 확인할 수 있다.

(12) 正祖의 변론

호학 군주 正祖(1752-1800)는 유학의 진흥을 위한 정책을 꾸준히 추진하고 당대의 학인에게 경학에 대한 관심을 새롭게 환기시킨 군주였다. 그는 西學·俗學과 같은 邪學을 물리치기 위해서는 正學을 밝혀야 하며 정학의 핵심으로는 朱子學을 지목하였다. 그러나 정조가 주자학을 정학으로 규정하고 이를 중시한다고 해서 그 성과를 무조건 수용하려는 것은 결코 아니었다.[146]

---

146) 金文植,『조선후기 경학사상 연구』, 일조각, 1996, 39면.

　정조의 문집 권55에는「題先正晦齋續大學或問卷首 甲寅」이라는 글
이 실려 있는데, 이 역시 위와 같은 관점에서 이언적의『대학장구』개정
설에 대해 지지하는 의견을 피력한 글이다. 정조는 이 글에서 '程朱 이
후에 경학이 밝아졌으니 후학들은 이들의 설을 존숭해야 한다'는 일반적
인 견해에 대해, 경학을 밝히는 功用에 대해 모르는 소견이라고 비판하
였다. 그리고 정주 이후에 蔡淸 같은 학자들이 정주의 訓釋에 의심을 갖
고『대학장구』의 편차를 개정하면서 서로 다른 견해를 드러낸 것이 6~
7명쯤 되는데, 우리나라 이언적의『大學章句補遺』와『續大學或問』도
그런 유형의 저술 중 하나라고 하여 그 의미를 부여하였다.147)

　그리고 그는 자신의 경학관에 대해 다음과 같이 소견을 피력하였다.

　　성인이 사람들을 가르칠 적에는 반드시 분발하기를 기다려 계발시킨다. 어째
　서 그런가? 이는 대개 口耳之學은 實心에서 터득함이 없는 것을 혐오하기 때
　문이다. 그러니 의심이 없는 데에서 의심을 갖게 되고, 의심을 갖고 있다가 의
　심이 없게 되는 것은, 학문의 차서가 그러한 것이다. 비록 정자·주자처럼 덕
　이 같은 大儒들일지라도 그들이 개정한 세 종류 개정본은 모두 처음부터 구차
　하게 부화뇌동하지 않았는데, 하물며 그들보다 못한 사람들에게 있어서랴. 그
　런 뒤에 선현을 존숭하고 계승하는 자들이라고 해서 똑같이 주자의 식견을 가
　질 필요는 없다는 점을 알게 되었다. 先正臣(李彦迪)이『대학』에 대해 해석한
　것은 바야흐로 주자를 잘 배웠다고 말할 수 있을 것이다.148)

---

147) 正祖,『弘齋全書』권55, 雜著,「題先正晦齋續大學或問卷首 甲寅」. "人有恒言 必曰
　　程朱出而經學明 後之學者 但尊其所聞而已 不知所以明之之功用 甚矣 其樂弛置而厭
　　近思也 有宋程朱氏闡揮經學 夷攷其本領 卽在於大學古本之更定 程朱之後 如蔡淸諸
　　儒往往起疑於程朱之訓 所次簡編 各異其見者 復六七家 而先正晦齋之大學補遺續或問
　　亦其一也"

148) 上同. "夫聖人教人 必待憤悱而啓發 何者 蓋惡其口耳之無得於實心 則無疑而有疑
　　有疑而無疑 問學之序然也 雖以程朱之同德大儒 三本皆未始苟同 況其下者乎 然後知
　　瓚享譜承者 未必均有朱子之識解 而先正之於大學 方可謂善學朱子也歟"

정조는 朱熹가 程顥·程頤를 존숭하고 그 학맥을 이었지만,『대학』 해석에서는 세 사람의 설이 모두 달랐던 점을 상기시키면서, 후학으로서 程朱를 존숭한다고 해서 굳이 그들의 설과 똑같은 견해를 고수할 필요는 없다고 하고 있다. 그러면서 정조는 이언적이 주희의 근본정신을 잘 배운 학자라고 할 수 있다고 하였다. 곧 주희가 자신의 설을 후학들이 그대로 따르기를 바라지는 않았다는 점을 거론한 것이다. 여기서 그의 학문 정신을 읽을 수 있다.

정조는 당시의 학풍을 입으로만 말하고 귀로만 듣는, 즉 선인의 설을 앵무새처럼 외우기나 하는 학풍이 번성하여 경학이 쇠퇴하게 되었고, 경학이 쇠퇴해짐으로써 邪道가 熾盛하게 되었다고 진단했다. 그런 관점에서 이언적이『대학장구』를 면밀히 연구해 자신의 독자적인 개정설을 제시하게 되었다고 평가하였다. 그리고 후학들은 이언적의 학문 정신을 본받기를 바라고 있다.[149]

정조는 이언적의『대학장구』개정설에 대해 구체적으로 언급하지는 않았다. 그러나 경학에 대한 자신의 기본적인 관점을 드러내고, 이언적의 설에 대해 의미를 부여한 것을 보면, 정조가 이언적의 개정설을 지지하고 있음을 알 수 있다.

(13) 崔象龍의 변론

崔象龍(1786-1849)의 자는 德容, 호는 鳳村, 본관은 경주이다. 부친은 崔興漢이고, 모친은 靈山 辛氏이며, 경상도 대구 鳳舞村에 살았다. 최상룡은 19세기 전반 대구에서 활동한 경학가로, 한국경학사에 있어서

---

149) 上同. “予嘗慨然於口耳煩而經學熄 經學熄而邪道熾 敎鄒魯之士以賓興之 就漸染之輩以激勵之于斯時也 …… 今之學者 用心皆如先正之眞積力久 雖虛寂之彌近理者 何難乎辭而闢之廓如 況西洋邪學之實不足 愚人又何有焉 寄語嶠南諸生 欲學先正之心法 伊其觀法之方 顧不在於鞭辟近裏之工乎哉”

특별히 주목해 볼 만한 인물이다. 그는 팔공산 자락의 옻골 최씨로, 학
행으로 명성이 높았던 百弗菴 崔興遠(1705-1786)의 族姪이다. 그는 族
兄 漆室 崔華鎭에게 배운 뒤, 立齋 鄭宗魯(1738-1816)의 문하에 들어가
경학과 성리학을 익혔다. 그리고 37세 때인 1822년 생원시에 합격해 성
균관에 유학할 적에 梅山 洪直弼을 찾아가 학문을 질정하기도 하였다.

최상룡은 정종로를 통해 大山 李象靖의 학문을 전수받음으로써 객관적
이고 폭넓은 시야를 가진 경학가로 성장하였다. 이상정은 퇴계학파를 중
흥시킨 인물로, 퇴계학파의 성리설이 分開看에 치우치고 기호학파 성리
설이 渾淪看에 치우친 것을 심각한 문제로 인식하고서, 會通의 관점으로
通看의 방법을 제시한 인물이다. 봉촌의 스승 정종로는 이런 통간의 방법
을 성리학은 물론이고 경학으로까지 확대하여 그의 문하에 다수의 경학
가를 배출하였는데, 그 가운데서 가장 뛰어난 사람이 바로 최상룡이다.

최상룡의『봉촌집』에 수록되어 있는 경학 관련 저술로는『小學贅疑』·
『四書辨疑-大學』·『四書辨疑-論語』·『四書辨疑-孟子』·『四書辨疑-
中庸』·「經書八圖」 등이 있는데, 모두 학술적 가치가 높다.

최상룡은 이언적의『대학장구보유』에 대해 "또한 晦齋의『대학장구보
유』는 전인이 발명하지 못한 것을 발명한 것이라 할 수 있다. 그러므로
참람한 짓임을 무릅쓰고 감히『대학변의』끝에 조목조목 논변해 놓았
다."150)고 하여, 이언적이 의리를 발명한 점에 주목하였다. 이런 관점에
서 그는 다음과 같이 논변하였다.

> 살펴보건대, 회재의『대학장구보유』는 經文과 傳文을 상호 바꾸어 변통해서
> 經·傳을 완전하게 한 것이 주자의 설과 다르지만, 의리를 해치지 않으며, 삼강
> 령·팔조목의 旨趣工夫에 크게 발명함이 있다. 그러므로 蘇齋 盧守愼은 "이를

---

150) 崔象龍,『鳳村集』권11,「大學辨疑」. "且晦齋大學章句補遺 可謂發前人所未發者矣
   所以不揆僭易 並敢條辨于篇末云爾"

신명처럼 받든다.”고 말하였다. 退溪도 회재의 「행장」에서 “선생의 정밀하게
도달한 獨得의 妙를 볼 수 있다.”고 하였으며, 고명한 학문을 지닌 正祖大王도
“先正臣(李彦迪)이 『대학』에 대해서는 주자를 잘 배웠다고 하겠다.”고 하였다.
이것이 바로 方正學(明儒 方孝孺)이 이른바 ‘주자의 설과 다르더라도 도에 어긋
나지 않으면 참으로 주자가 취할 것이다’라고 하는 말이다. 다만 퇴계는 훗날
세 가지 따를 수 없다는 말씀을 하셨고, 또 正寢과 廊廡에 비유하여 완전함을
도모하다 도리어 전체를 무너뜨린 격에 비유하였다. 그러므로 후학들은 회재의
立論이 주자와 다르다는 점만 알 뿐, 그 설의 의리가 주자와 합치되는 줄은 모
르고 있다. 그러기에 감히 내 견해로 아래와 같이 조목조목 논변한다.151)

최상룡은 주희의 설에 합하느냐 그렇지 않느냐에 초점을 맞추는 시각
이 아니라, 그의 설이 도에 합하느냐 그렇지 않느냐에 중점을 두고 있다.
즉 그는 선현으로서의 주희보다 도의 발명을 더 중시하고 있다. 따라서
그가 의리 발명을 중시한 것은 바로 도를 밝히기 위한 것임을 알 수 있다.
이와 같은 관점에서 최상룡은 이언적의 『대학장구보유』에 대해 전인
미발의 의리를 발명한 것으로 보았다. 그리고 그의 설에 대한 후인들의
비판을 조목조목 재비판하였다. 최상룡의 「附大學補遺辨疑」은 혹자의
질문에 자신이 답하는 형식으로 되어 있는데, 총 9조목으로 되어 있다.
여기서는 이 자료를 중심으로 이언적의 설에 대한 그의 해명을 간추려
살펴보기로 한다.152)
이언적의 『대학장구보유』는 주희의 『대학장구』를 일부 개정한 것이

---

151) 崔象龍, 『鳳村集』 권12, 「大學辨疑-附大學補遺辨疑」. “按 晦齋大學補遺 其互易變
通 以完經傳者 雖異於朱子 而不害於義理 大有發明於綱條之旨趣工夫 故盧蘇齋曰 奉
之如神明 退溪於先生行狀中曰 可以見先生精詣獨得之妙 以正宗大王高明之學 亦曰
先正之於大學 可謂善學朱子 此正方正學所謂異於朱子 而不乖乎道 固朱子之所取也
但退溪異日 有三不可從之訓 又有正寢廊廡圖完反敗之喩 故後之人徒知其立論之有異
於朱子 而不知其義理之有合於朱子也 敢以管見條辨如左”

152) 최상룡의 『대학』 해석에 대한 연구로는 崔錫起의 「봉촌 최상룡의 『대학』 해석의 특
정과 그 의미」이 있는데, 이 아래 부분은 이 논문의 일부를 수정 보완한 것이다.

다. 이황은 중국의 王柏·董槐 등이 격물치지전은 결실된 것이 아니라 착간되었다는 관점에서 주희의 『대학장구』를 개정한 것에 대해, 세 가지 불가한 점을 지적하였는데, 이를 요약하면 다음과 같다. 첫째, 삼강령·팔조목에는 工夫·功效가 있고 結語가 있는데 개정설은 삼강령에 공효와 결어가 없으며, ‘止於至善’이 ‘古之欲明明德’과 바로 연결되어 語意가 急促하고 理趣가 闕略하다. 둘째, ‘知止 … ’ 1절은 知止의 공효이고 ‘物有本末 … ’ 1절은 위 문장을 끝맺은 것으로 내용상 格物致知에 대한 해석이 보이지 않으며, 聽訟章도 修己治人에 본말이 있음을 말한 것으로 격물치지와는 상관이 없다. 셋째, 팔조목에 ‘本末’이 들어 있지 않기 때문에 本末을 해석한 전문을 누는 것은 마땅치 않다는 견해는 思慮하지 않음이 심하다.

중국에서 『대학장구』를 개정한 여러 설을 살펴보면, 董槐·王柏·蔡淸 등의 설이 모두 조금씩 다르다. 그런데 이황은 이를 구분하지 않고 몰밀어 비판한 것이다. 그리고 이런 비판 속에는 이언적의 개정설에 대해서도 비판하는 의도가 다분히 들어 있다. 여기서 문제되는 것이, 이황이 과연 이언적의 개정설을 보았느냐 하는 점이다. 이황이 李湛(李仲久)에게 답한 편지에는 “근래 晦齋가 이에 대해 힘써 논의하는 것을 보았다.”라고만 하였지, 그 설을 보았다는 언급은 없다.[153] 다만 이언적의 설이 왕백·동괴 등의 설과 유사하다는 점을 전해들은 것으로 보인다.

최상룡은 이황이 비판한 것과 이언적의 설에 차이가 많음을 발견하고 의문을 품고 있던 차[154]에, 이언적의 손자가 蘇齋 盧守愼에게 보낸 편지를 보고서 다음과 같이 논하였다.

---

153) 李滉, 『退溪集』 권11, 「答李仲久 別紙」. “滉曩見陽村入學圖說 有此說 續見宋史王魯齋本傳 亦云曾有此說 近又見李玉山先生論此甚力 心每疑之 適見禹上舍性傳 聞左右得先儒諸說 故前書求見以祛惑 玆蒙示及 何幸如之”

154) 崔象龍, 『鳳村集』 권12, 「大學辨疑-附大學補遺辨疑」. “詳補遺之意見 退溪之辨 則退溪辨與補遺相左者 多 此愚所以尋常致疑 而不能解惑也”

후에 회재의 손자가 盧蘇齋에게 보낸 편지에 "퇴계 선생이 초년에는 선조가 개정한 글을 보지 못한 상태에서 남이 잘못 전한 것을 우연히 보고서 이와 같이 논변하신 것입니다. …… 만년에 선조께서 개정한 글을 보신 뒤에는 그 마음 씀이 깊고 소견이 탁월한 점에 감복하여 한 통의 편지를 써서 전날 전해들은 잘못을 발명하려 하였는데, 바로 돌아가시고 말았습니다."라고 한 말을 보았다. 삼가 생각건대, 회재의『대학장구보유』에 "物有本末 …' 1절을 맨 앞에 두고, 다음에 '知止 …' 1절을 두어 격물치지전으로 삼은 것과 청송장을 경문의 끝에 둔 것은 王魯齋가 '知止 …' 1절과 청송장으로 격물치지전을 삼고 '物有本末 …' 1절을 빼버린 뜻과는 다르며, 董槐가 '知止 …' 1절 다음에 '物有本末 …' 1절을 두고, 이어 청송장을 합해 격물치지전으로 삼은 것과도 다르다. 그런데 퇴계는 이들의 설과 합해 논하며 함께 배척하였으니, 이는『대학장구보유』의 뜻과 서로 어긋나는 것이다. 또한『대학장구보유』의 뜻은 '知所先後'와 '知止 …' 1절을 격물치지의 공부로 보고, '慮'와 '得'을 격물치지의 공효로 본 것인데, '공효만 말하고 다른 것을 언급하지 않았다'고 하였으니, 이 또한『대학장구보유』와 다른 점이다.[155]

최상룡은 이언적의 손자가 盧守愼에게 보낸 편지의 "퇴계가 처음에는 전해들은 말만 듣고서 회재의 설을 비판했다가 나중에 이를 해명하려 하였다."는 설에 신뢰감을 보내고 있다.[156] 이런 입장에서 그는 이황이 이언적의 설을 보지 못하고 비판한 점을 위와 같이 입증하고 있으며, 이황의 비판에 대해 조목조목 변론하였다. 그 내용을 간추려 보면 다음

---

155) 上同. "後見晦齋之孫上盧蘇齋書曰 '退溪初年 未見先祖更定之書 而偶聞人之誤傳 便有此論也 ᆡᆫ 晩得先祖更定之書 然後服其用意之深 所見之卓 欲作一書 以發明前日 傳聞之誤 而奄遭梁木之壞云云' 竊惟補遺之首物有本末 次知止能得 而爲格致傳 置聽 訟於經文之末者 旣異於王魯齋之只以知止聽訟爲傳 而特闕物有本末一節之意 又異於 董氏之先知止次物有次聽訟以爲傳之意 而退溪乃合論而同斥之 是與補遺相左者也 且 補遺之意 以知所先後與知止爲格致之工 以慮得爲格致之效 而乃謂之徒言功效而不及 他 是又與補遺相左者也"

156) 上同. "由是觀之 晦齋孫所謂退溪晩見先祖更定之書而悔悟欲作書發明之說 未知其若 是丁寧 而其所謂退溪初年未得見先祖更定之書而聞誤傳 有此論之說 不可謂無所據也"

過 같다.

첫째, 이황이 삼강령·팔조목에는 工夫·功效가 있고 結語가 있는데 개정설은 삼강령에 공효와 결어가 없으며, '止於至善'이 '古之欲明明德'과 바로 연결되어 語意가 急促하고 理趣가 闕略하다고 비판한 것에 대해, 최상룡은 다음과 같이 변론하였다.

> 『대학장구보유』에서는 '古之欲明明德 … ' 이하를 '止於至善'에 곧바로 연결시켰는데, 퇴계는 팔조목에는 공효도 있고 결어도 있는데 삼강령에는 공효도 없고 결어도 없게 되었다는 것으로 '語意가 촉급하고 理趣가 闕略하다'고 하였다. 이 말은 참으로 옳지만 팔조목은 삼강령을 해석한 것이고, 팔조목의 결어는 곧 삼강령을 맺은 것이니, 팔조목으로 삼강령을 연계시키는 것은 도리어 연속된 어의가 된다. 단 팔조목에서 결론을 짓더라도 완비된 理趣가 되는 데는 해롭지 않다. 이것이 바로 이른바 촉급하게 보면 촉급하게 되고 촉급하지 않게 보면 촉급하지 않다는 말이다.[157)

최상룡은 이황이 지적한 세 가지 불가함 중에서 첫째 비판에 대해 오히려 같은 논리로 재비판을 하고 있다. 그의 주장은 이언적의 개정설이 語意나 理趣의 측면에서 전혀 문제가 될 것이 없다는 것이다.

둘째, 이황이 '知止 … ' 1절은 知止의 공효이고 '物有本末 … ' 1절은 위 문장을 끝맺은 것으로 내용상 格物致知에 대한 해석이 보이지 않으며, 聽訟章도 修己治人에 본말이 있음을 말한 것으로 격물치지와는 상관이 없다고 한 것에 대해, 최상룡은 이언적이 개정한 격물치지전은 공부와 공효가 상세히 갖추어져 있으니 이황이 이언적의 개정설을 보지 못한 상태에서 비판한 것이라고 하였다.[158)

---

157) 上同. "且補遺以古之欲明明德 卽繼於止於至善之下 而退溪以八條有功效有結語而三綱無功效無結語 謂語意急促理趣(趣의 오자)闕略 言之固是 然八條目所以釋三綱領而八條之結 卽所以結三綱 則以八條繼三綱 而反爲連續之語意也 但結於八條目 而不害爲完備之理趣(趣의 오자)也 此正所謂以急促看則急促 以不急促看則不急促也"

셋째, 이황이 팔조목에 '本末'이 들어 있지 않기 때문에 本末을 해석한 전문을 두는 것은 마땅치 않다는 이언적의 견해는 思慮하지 않음이 심하다고 지적한 것에 대해, 최상룡은 다음과 같이 변론하였다.

> 또한 '本末' 2자는 경문 끝에 이미 상세하고, 또 청송장에서도 '此謂知本'으로 결론을 지었으니, 거듭 거듭 말한 것이다. 따라서 본말전이 있어야 한다고 말하는 것도 가능하고, 본말전이 없어야 한다고 하는 것도 가능하다. 『대학장구보유』에 '그 사이에 별도로 한 장을 만들어 경문의 결어인 본말의 뜻을 해석할 필요는 없다'고 한 말이 의리에 해로운가, 문리를 저버렸는가?159)

최상룡은 경문의 '本末'에 대해 전문이 있어도 되고 없어도 된다는 비교적 유연한 태도를 취한다. 그리고서 그는 이언적이 군이 삼강령과 팔조목의 전문 사이에 본말전을 둘 필요가 없다고 주장한 것에 대해, 의리의 측면이나 문리의 측면에서 전혀 문제될 것이 없다는 변론을 하고 있다.

최상룡은 이처럼 이황이 세 가지 불가하다고 한 점에 대해 일일이 변론하였다. 그리고 다시 이황이 正寢의 재목을 빼어 廊廡를 보수하려다 도리어 정침만 허물어지게 하였다고 비유한 것에 대해서도, 자신의 의견을 다음과 같이 제시하였다.

> 또한 정침과 낭무로 비유해 말씀하신 것에 대해서도 나는 한 가지 설이 있다. 대개 『고본대학』은 착간이 많으니, 마치 옛날의 법제를 잃은 집과 같다. '知止' 이하 2절이 경문에 있는 것은 본디 낭무의 재목을 우연히 옮겨 정침의 재목을 삼은 것과 같다. 그러니 이 2절이 경문에 있으면 참으로 보충한 것이 되고, 경

---

158) 上同. "且詳補遺之意 則工夫功效 若是詳備 而退溪以無格物之功致知之意斥之 是退溪未及見先生更定之書也"

159) 上同. "且本末二字 旣詳盡於經文之末 而又以聽訟章此謂知本結之 則旣申申言之矣 謂之當有傳 可也 謂之當無傳 亦可也 補遺所謂不應其間別爲一章 以釋經文結語本末之意云者 是害於義理耶 背於文理耶"

문에 없더라도 빠진 것이 되지 않는다. 주자는 이 2절을 경문에 둔 것을 그대로 수용하고서 다시 보망장을 만들었으니, 마치 大匠이 정침에는 옛날의 제도를 그대로 따르면서도 낭무에는 새로운 재목을 보충한 것과 같다. 회재가 이 2절을 옮겨 격물치지전으로 삼은 것은, 대장이 낭무의 본래 재목을 찾아 낭무의 빠진 곳을 보충한 것과 같다. 그래서 정침은 저절로 흠이 있는 곳이 없게 되었으니, 오히려 어찌 완전하지 못해 집을 무너뜨린 점이 있다고 하겠는가?[160]

최상룡은 이황이 비유를 든 것을 그대로 거론하면서 반론을 펴고 있다. 이황은 '知止' 이하 42자를 정침의 재목으로 비유했는데, 최상룡은 이는 원래 낭무의 재목이었다고 하면서, 이언적의 개정설은 낭무의 본래 재목을 찾아 낭무의 빠진 부분을 보충한 것이라고 반박하고 있다.

최상룡은 이와 같이 반론을 전개한 뒤, 마지막으로 자신의 소견을 다음과 같이 말하고 있다.

나의 이런 논의는 퇴계의 논의와 다른 듯하다. 그러나 퇴계의 논의는 회재의 『대학장구보유』를 완전히 개정하기 전에 나온 것이니, 나의 견해가 퇴계와 다른 것은 퇴계의 설을 발명하는 것이다. 회재의『대학장구보유』의 뜻이 이미 의리에 합하니, 도리어 주자가 취할 바이다. 그러므로 주자의 설과 다르다는 점을 혐의하지 않는다. 그러니 내 어찌 퇴계의 처음 논의와 다른 것에 대해 혐의를 두어 감히 의리에 합하는 설을 말하지 않겠는가?[161]

---

160) 上同. "且以正寢廊廡之諭言之 愚亦有一說焉 蓋大學之舊本多舛 猶失舊制之屋子也 此兩節之在經文中者 猶本以廊廡之材 偶移爲正寢之材 而有而固爲補 無而不爲缺者也 朱子之因置經文而更爲補亡 猶大匠之因舊貫於正寢 而補新材於廊廡也 晦齋之移此兩節以傳格致 猶大匠之索廊廡之本材 補廊廡之缺處 而正寢則自無欠缺處也 尙何不完而成敗屋之有哉"

161) 上同. "愚之此論 似貳於退溪之論 然退溪之論 旣出於補遺未更定之日 則異於退溪 乃所以發明退溪也 晦齋補遺之意 旣出於合於義理 反爲朱子所取 故不嫌於異於朱子 則愚亦豈嫌於異於退溪始見之論 而不敢說合義理之說乎"

이러한 최상룡의 언급을 보면, 의리 발명을 그 무엇보다 중시한 그의 경학관이 여실히 드러난다. 결국 최상룡이 이언적의 개정설을 적극적으로 옹호하고 나선 것은 이언적의 설을 전적으로 지지하기 때문이 아니라, 그의 설이 의리를 발명한 차원에서 볼 때 의미가 있기 때문이다. 위 인용문의 요지는 의리에 합하면 주희의 설과 다르더라도 혐의할 필요가 없다는 것이다.

최상룡은 權榘(1672-1749)가 이언적의 개정설을 비판한 것에 대해서도 재비판을 가하였다. 권구가 이언적이 경문 '知止' 이하 2절을 뒤로 옮기면 청송절은 귀속될 곳이 없기 때문에 끌어다 경문의 결어로 삼은 것이라고 지적한 것에 대해, 최상룡은 다음과 같이 반론을 전개하고 있다.

> 회재가 청송절을 경문의 결어로 삼은 것은 그 의미가 많다. 공자의 말씀으로 공자의 경문을 결론짓는 것은 합당하다. 또 聽訟과 使無訟은 신민의 극치이니 삼강령·팔조목의 결어가 되는 것이 옳다. '本末' 자에 대해 거듭 말하고서 청송절의 '此謂知本'으로 결론을 맺는 것은 매우 옳다. 그러니 어찌 〈청송절을 결문의 결어로 삼는 것은〉 의미가 없고 理趣가 없으며 단지 귀속시킬 곳이 없기 때문에 억지로 끌어다 경문의 결어로 삼은 것이라고 할 수 있겠는가?162)

최상룡은 권구의 반론에 대해, 청송절을 경문의 결어로 삼는 타당성을 이처럼 세 가지로 반박하고 있다. 이어서 그는, '知止' 이하 2절은 공부·공효로써 말한다면 격물치지전이 될 수 없다고 한 권구의 비판에 대해, 이황의 설과 같다고 하여 다시 반론을 전개하지는 않았다.163) 그리고 권구가 이언적의 개정설은 중국의 동괴·왕백 등의 설과 암암리 합한

---

162) 上同. "聽訟之置經文結語 其義意多矣 以孔子之語而結孔子之經 合矣 聽訟使無訟 是新民之極 則爲綱條之結語 得矣 申申於本末字 而結之以此謂知本 亦甚然矣 何可曰 無意味無理趣(趣) 而徒以無所歸屬 故强引爲經文結語乎"

163) 上同. "其論以工夫功效言之 不當爲格致傳者 亦同於退溪"

다고 비판한 점에 대해, 최상룡은 이언적의 설과 동괴·왕백 등의 소견
이 다른 점을 모르고 하는 말이라고 흘려버렸다.[164]

그런 뒤 최상룡은 권구가 '회재의 『대학장구보유』의 설은 순수하여 지
극한 의논 아닌 것이 없으니, 程子의 易傳이 朱子의 周易本義에 비해
혹 같지 않지만 의리가 지극하지 않음이 없는 것과 같다.'고 한 설에 대
해서는, 지극히 합당하고 좋다고 칭찬하였다. 그러면서 이와 같은 소견
을 가진 사람이 끝내 이언적의 개정설에 대해 信服하지 않은 것은 주
희·퇴계의 설과 다른 것을 중하게 여기고 그 설이 다른 곳에 저절로 같
은 점이 있다는 것을 궁구하지 않았기 때문이라고 비평하였다.[165]

이상에서 살펴본 것처럼, 최상룡은 이황과 권구가 이언적의 개정설에
대해 불가하다고 한 점에 대해 하나하나 반론을 전개하였다. 그런 뒤 그
는 이언적의 개정설 중 격물치지전과 치국평천하장의 해석에 대해 다시
변론을 하였다.

혹자가 이언적이 격물치지전으로 삼은 '知所先後 … ' 1절과 '知止 …
' 1절은 모두 致知의 일로 格物의 공부가 없다는 점과 결어에 '此謂知之
至也'라고만 하고 '此謂物格'을 말하지 않은 점을 지적하자[166], 최상룡
은 다음과 같이 반론을 폈다.

> 格物·致知 둘은 두 가지 공부로 나눌 수 없다. 그러므로 주자의 보망장에
> 格物을 말하면 단지 '卽物窮理'라 하였고, 그 아래 '因其已知之理 而益窮之 以
> 求至乎其極'이라고 한 말은 모두 致知 위에서 한 말이다. '物有本末'과 '知所先

---

164) 上同. "又曰 晦齋定論 與董王黃宋方蔡諸公之見 暗合 此又不知補遺之意有別於王董
　　 等之見也"

165) 上同. "又曰 晦齋補遺之言 粹然無非至論 如程傳於本義 或不無逕庭 而亦莫非義理
　　 之極 屛谷此一說 極當極好 以若是之見 而終有不信服之意者 無乃以異於朱李二先生
　　 之論爲重 而不究其異處自有同者耶"

166) 上同. "問 補遺之意詳盡 無可疑 然知所先後 與知止能得 皆致知之事 而無格物之工
　　 且結語只言此謂知之至也 而不言此謂物格者 何也"

後'만 말하더라도 격물의 공부가 그 속에 있게 된다. 그러니 어찌 격물을 빠뜨렸다고 할 수 있겠는가? 또한 결어에 '此謂物格' 4자가 없는 것은 知至를 말하면 物格이 그 속에 들어있기 때문이다. 주자의 보망장은 자기의 견해로 보충해 넣은 것이기 때문에 '此謂物格' 4자를 보충해 넣었지만, 회재 선생은 본문에 따라 전문을 삼았기 때문에 '此謂物格' 4자를 첨입하지 않은 것이다. 나는 그러므로 "'此謂知本' 4자에 대해 程子는 衍文으로 보았으나, '知本' 2자는 '物格' 2자의 오자이다."라고 생각한다. 더구나『대학』에는 연문은 없고 오자가 많은데 있어서랴.[167]

최상룡은, 격물치지는 팔조목으로 보면 둘로 나누어지지만 실제로는 하나의 일이기 때문에 致知만 말하더라도 그 속에 格物의 뜻이 들어있는 것이며, '此謂知本'은 '此謂物格'의 오자라고 판정하였다. 그는 후자의 이유로『대학』에는 오자가 많고 연문은 없다는 점을 증거로 들었다. 이러한 그의 설은 매우 논리 정연하며 설득력이 있다.

혹자는 다시 이언적이 치국평천하장의 '仁'으로 치국평천하장의 근본을 삼은 것에 대해 선유들이 恕로써 絜矩의 근본을 삼고 혈구로써 치국평천하의 근본을 삼은 것과 다르다는 점을 들어 반박하자, 최상룡은 '矩는 仁이고 絜은 恕'이지만 仁은 體用을 겸하고 있고『대학』은 用의 측면에서만 말하였으니 치국평천하장의 仁은 곧 恕라고 변론하였다.[168] 이는 이언적의『대학장구』개정설에 대한 지적이 아니라, 이언적의 해석

---

167) 上同. "曰 格致二者 不可截作兩箇工夫 故朱夫子於補亡章 言格物 則只言卽物窮理而其下所謂因其已知益窮至極等語 皆從致知上說 只言物有本末知所先後 而格物之工在其中矣 烏可曰闕格物乎 且結語之無此謂物格四字者 恐亦以言知至 則物格在其中故耶 朱子補亡章 是己意補入 故補入四字 而先生旣因本文爲傳 則不敢添入四字 愚故曰此謂知本四字 程子謂之衍文 然知本二字 是物格二字之誤 況大學一部 無衍文而多誤字-如新之爲親 心之爲身 慢之爲命 彼爲善之之類-者乎"

168) 上同. "問 先生以治平二章之仁爲治平之本 仁果是治平之本 則先儒只以恕爲絜矩之本 以絜矩爲治平之本 何也 曰 先儒以絜矩之矩爲仁 愚亦以爲然 故於辨疑中 敢曰矩者仁也 絜之是恕也 先生之訓 豈不甚當乎 然仁兼體用 而大學只就用上說 則其仁卽是恕也"

에 독창적인 면이 있는 것을 지적하고 변론한 것이다.

　이상에서 살펴보았듯이, 최상룡은 이언적의 개정설에 대한 이황·권구 등의 비판에 대해 조목조목 반론을 전개하며 이언적의 설을 지지하고 있다.

(14) 李九夏의 변론

　李九夏(?-?)의 자는 疇卿, 호는 休休居士·知非翁이다. 그의 생애에 관한 자료가 전하지 않아 인적 사항을 상세히 알 수 없다. 이구하는 申光顯·鄭芝潤(1808-1858)·玄錡(1809-1860) 등 閭巷人들과 교유하였다. 1859년 砥峽으로 이주하여 은둔 생활을 하였다. 저술로 불분권 1책의 『知非稿抄』(서울대 규장각 소장, 奎48566)가 전한다. 경학 관련 저술로는 『지비고초』 잡저에 실린「李晦齋先生續大學或問補遺」및『춘추』에 관해 논한 몇 편의 글이 있다.

　여기서는「李晦齋先生續大學或問補遺」을 통해 이구하가 이언적의『대학장구』개정설을 어떻게 변론하고 있는지 살펴보기로 한다.「李晦齋先生續大學或問補遺」은『대학장구』經一章의 '致知在格物'·'知止而后有定 …'·'物有本末 …'에 대해 자신의 견해를 피력한 글로, 格物致知에 대한 저자의 설로 보인다. 이구하는 이 글에서 경일장의 7절 가운데 위의 3절에 대해서만 해석을 하고 있다. 그런데 그 차서가 주희의『대학장구』와는 다르며, 나머지 4절에 대해서는 언급이 없다. 또한 그의 설을 보면, 이언적의 개정설을 지지하고 있음을 알 수 있다. 따라서 그가 이 3절만을 뽑아 해석한 것은 경문의 '知止' 이하 2절을 옮기고 순서를 바꾼 뒤 앞에 '致知在格物' 5자를 첨가해 격물치지전으로 삼은 것이라 추정해 볼 수 있다.

　이구하는 격물치지전의 결어에 해당하는 '此謂知本 此謂知之至也'10

자에 대해 언급한 것이 없다. 그러므로 그의 설을 단정할 수는 없다. 그러나 그가 이언적이 개정한 격물치지전을 지지하고 있기 때문에 이언적의 격물치지전과 동일한 주장을 한 것으로 추정된다. 참고로 이언적의 격물치지전을 제시하면 다음과 같다.

傳4-01 所謂致知在格物者
傳4-02 物有本末 … 則近道矣
傳4-03 知止而后有定 … 慮而后能得
傳4-05 此謂知本(衍文) 此謂知之至也

이와 같은 이언적의 개정설과 이구하가 해석하고 있는 차서를 비교해 보면, 동일한 것을 알 수 있다. 그러면 각 절에 대한 이구하의 해석을 중심으로 그의 견해를 살펴보기로 한다.

이구하는 致知를 다음과 같이 해석하였다.

내가 살펴보건대 致는 推極이니, 맹자가 이른바 '擴而充之'라고 한 것이 그것이다. 知는 明德의 體用이니, 맹자가 이른바 '良知'라고 한 그것이다.[169]

이구하는 致知의 致와 知를 맹자의 말을 인용해 '良知를 擴充하는' 것으로 해석하고 있다. 그가 致를 擴充의 뜻으로 본 것도 주목되거니와, 知를 明德의 體用과 良知로 본 것은 더욱 주목된다. 왜냐하면 양명학적 사유가 드러나기 때문이다. 그러나 그는 王守仁의 설을 근거로 하지 않고 맹자의 설에 의거하고 있다.

그는 明德에 대해 『朱子語類』에 있는 주희의 말[170]을 인용해 다음과

---

169) 李九夏, 『知非稿抄』, 雜著, 「李晦齋先生續大學或問補遺」. "致知在格物 愚按 致 推極也 孟子所謂擴而充之 是也 知者 明德之體用也 孟子所謂良知 是也"

170) 黎靖德 編, 『朱子語類』 권14, 「大學一」.

같이 해석하고 있다.

　　주자는 말하기를 "明德은 본디 이 명덕을 갖고 있음을 발한다. 어린아이는 자기 어버이를 친애할 줄 모르는 자가 없으며, 성장한 뒤에는 자기 형을 공경할 줄 모르는 지기 없다. 그 良知·良能은 본디 스스로 가지고 있는 것이다. 다만 사욕에 가려져서 밝지 못한 것이다. 明明德이란 그것을 밝히는 방법을 구하는 것이다. 비유하자면 거울과 같다. 거울은 본래 밝은 물건인데 티끌에 가려 어두워지기 때문에 제대로 비출 수 없는 것이다. 그래서 그 티끌을 닦아낸 뒤에야 다시 밝아지는 것이다."라고 하였다.[171]

　위에서 살펴보았듯이, 이구하는 知를『맹자』의 良知로 보고 다시 明德으로 보고 있는데, 그 立論의 근거를 주희의 말에 두고 있다. 주희의 격물치지설은 그의 補亡章에 잘 나타나 있듯이 卽物窮理하는 것인데, 이구하는 致知의 知를 明德의 體用으로 봄으로써 위와 같이 전혀 다른 해석을 하고 있다.

　그는 格物에 대해서도 다음과 같이 해석하여 주희의 격물설과는 다른 견해를 보이고 있다.

　　格은 바르게 한다는 뜻이다. 徐度는 말하기를 "格은 物이 바름을 취하는 것이다."라고 하였고, 『서경』에는 "그 잘못된 마음을 바로잡는다."라고 하였으며, 『시경』에는 "하늘이 백성을 낳음에 사물이 있으면 법칙이 있게 되었다."라고 하였다. 集註(『詩傳大全』)에는 말하기를 "대개 百骸·九竅·五臟으로부터 君臣·父子·夫婦·長幼·朋友에 이르기까지 物 아닌 것이 없으며 거기에는 법칙이 있지 않음이 없다. 보는 것은 밝고, 듣는 것은 총명하며, 모습은 공손하

---

171) 李九夏,『知非稿抄』, 雜著,「李晦齋先生續大學或問補遺」. "朱子曰 明德謂本有此明德也 孩提之童 無不知愛其親 及其長也 無不知敬其兄 其良知良能 本自有之 只爲私欲所蔽而不明 所謂明明德者 求所以明之也 譬如鏡焉 本是箇明底物 緣爲塵昏 故不能照 須是磨去其塵垢 然後復明也"

고, 말은 온순하며, 군신 사이에는 의리가 있고, 부자 사이에는 친함이 있는 것과 같은 것들이 모두 그것이다."[172]라고 하였다. 그러니 格物은 事事物物에 그 당연한 법칙을 각기 따르는 것이다.[173]

이와 같은 이구하의 格物에 대한 해석은 양명학의 설과 유사하다. 그는 格物의 '格' 자의 뜻에 대해,『서경』「冏命」의 '格其非心'과『맹자』「離婁上」의 '格君心之非'에 근거해 해석하면 매우 명백하다는 점을 들어 '正'의 뜻으로 해석했다. 그리고『시경』「蒸民」의 '有物有則'에 대한 주희의 해석에서 '物이 있으면 法則이 있지 않음이 없다'고 한 것은, 주희가『대학』을 해석하면서 혹자의 질문에 답한 것[174]과 합치되는 것으로 보았다. 즉 物을 '事事物物의 법칙'으로 본 것이다. 그래서 그는 격물의 의미를 '사사물물에 대해 각기 그 당연한 법칙을 따르는 것'으로 정의하고 있다.[175] 이러한 그의 해석은 주희가 格을 至로, 物을 事로 보아 '窮至事物之理 欲其極處無不到也'라고 한 격물의 해석과는 다른 것이다.

이구하는 '物有本末 事有終始 知所先後 則近道矣'에 대해서도 위와 같은 격물치지의 뜻에 따라 해석하였다. 그는 理가 있는 것을 物이라 하고, 物에 대처하는 것을 事로 정의하고서, 이 절을 "나의 본래 밝은 마음으로 저 반드시 있는 사물의 법칙을 따를 줄 아는 것이 곧『대학』에서 덕으로

---

172) 이는『詩傳大全』「蒸民」의 주희의 주에 보인다.

173) 李九夏,『知非稿抄』, 雜著,「李晦齋先生續大學或問補遺」. "格 正也 徐氏度曰 格者 物之所取正也 書曰 格其非心 物 猶事也 詩曰 天生蒸民 有物有則 集註曰 蓋自百骸九竅五臟 而達之君臣父子夫婦長幼朋友 無非物也 而莫不有法焉 如視之明 聽之聰 貌之恭 言之順 君臣有義 父子有親之類 是也 格物者 事事物物 各循其當然之則也"

174) 이는『대학장구대전』經一章 小註 주희의 설에 "朱子曰 致知格物 只是一事 非是今日格物 明日又致知 格物 以理言也 致知 以心言也"라고 한 것을 가리키는 듯하다.

175) 李九夏,『知非稿抄』, 雜著,「李晦齋先生續大學或問補遺」. "謹按 格字訓 正見於書冏命 而詳於孟子格君心之非註 引以解格物之格 直截明白 與程朱所示格致本意合 蒸民詩 所訓物則之義 尤與此章朱子答或問意 親切符合 考之語孟諸書 論初學入德之要 莫切於此 故姑以臆見會而通之曰 事事物物 各循其當然之則"

들어가는 선무이며 도에서 멀어지지 않는 길이다.”라고 해석하였다.[176)]

또 그는 자신에게 돌이켜 誠하게 하는 것을 知至·意誠·心正·身修로 보고, 억지로 노력하여 仁을 구하길 행하는 것을 격물치지의 일로 보았다. 그리고 이것이 곧 이 절의 ‘知所先後 則近道矣’의 의미라고 하였다.[177)] 또한 그는 ‘本末’에 대해, 사물에는 其然과 所以然이 있는데, 其然은 物·末이고 所以然은 則·本이라고 하여[178)], 本을 所以然·법칙으로 보고, 末을 其然·사물로 보았다.

다음 ‘知止而后有定 定而后能靜 靜而后能安 安而后能慮 慮而后能得’에 대해, 이구하는 이언적의 설을 인용하면서 그 뜻을 부연해 놓았다. 우선 그는 이 구절에 대해 “능히 그칠 바를 알면 마음속의 사사물물에 모두 定理가 있게 되어 그 마음을 움직임이 없게 되어서 능히 고요해지고, 마음이 고요해지면 처하는 바에 따라 편안하여 일상생활 속에서 조용히 한가롭게 지내다가 사물이 이르면 그것을 헤아림이 있어서 능히 사려를 하게 된다. 능히 사려하면 일에 따라 이치를 보고 마음을 극진히 하고서 기미를 살펴 각각 그 그칠 바를 얻어서 그 곳에 그치지 않음이 없게 된다.”[179)]고 하였다.

그리고 이언적이 ‘安’을 ‘安於所止’, ‘慮’를 ‘思’로 해석한 것에 대해서도, “대개 격물하여 그칠 바를 알면 사사물물의 당연한 법칙에 대해 모두 定見이 있게 되어 마음에 망동하거나 위태한 累가 없게 되며, 그 사

---

176) 上同. “愚按 在理爲物 處物爲事 以吾本明之心 知循彼必有之物則 乃大學入德之先務 而道不遠矣”

177) 上同. “愚謂反身而誠 樂莫大焉 此知至而意誠心正身修之謂也 强恕而行求仁 莫近焉 此格物致知之事 卽知所先後則近道矣之謂也”

178) 上同. “是其然者 物也 末也 所以然者 則也 本也”

179) 上同. “能知所止 則方寸之間 事事物物 皆有定理 無以動其心而能靜矣 心旣能靜 則所處而安 日用之間 從容閑暇 事至物來 有以揆之而能慮矣 能慮則隨事觀理 極心研幾 無不各得其所止之地而止之矣”

려는 더욱 밝아진다. 사려가 밝아지면 또 物理의 所以然을 정밀히 연구함이 있어서 마음에 터득함이 있게 된다."180)고 하였다. 이러한 해석 역시 이언적의 견해를 그대로 추종한 것이다.181)

이상에서 살펴보았듯이, 이구하는 이언적의 개정설을 그대로 추종하면서 부연 설명하고 있는 것을 알 수 있다. 다만 그의 격물치지에 대한 해석은 이언적이 物理의 本末·終始를 아는 것으로 해석한 것과는 차이가 있다. 이구하의 격물치지설은 양명학의 격물치지설과 유사한 점을 발견할 수 있다.

이구하는 마지막으로 자신의『대학』에 대한 관점을 다음과 같이 피력해 놓았다.

> 내 생각으로는, 대학의 도는 明明德 3자에 있을 뿐이다. 그리고 명명덕의 공은 단지 致知 2자에 달려 있고, 치지의 공은 단지 格物에 달려 있다. 치지하고자 하면 바로 격물을 해야 하고, 격물을 하자마자 바로 치지하게 된다. 치지를 말하자마자 바로 명덕을 밝히게 되니, 어째서 그런가? 知는 곧 명덕이 본래 갖추고 있는 체용이고, 致는 곧 그것을 밝히는 것이다. 팔조목의 첫머리에 굳이 '明明德於天下'를 말하여 절마다 逆推하다가 끝에 굳이 '先致其知'를 말하였으니, 대학의 도가 어찌 明明德 3자에 있는 것이 아니며, 명명덕의 공이 어찌 致知 2자에 있는 것이 아니겠는가? 명명덕 외에 다시는 남은 知가 없으니, 致知가 곧 명명덕이 착수하는 첫머리의 공부이다.182)

---

180) 上同. "盖格物而知止 則於事事物物當然之則 皆有定見 而心無妄動危殆之累 其思慮益明矣 思之明 則又有以精研物理之所以然 而有得於心矣"

181) 이언적은『續大學或問』에서 "盖知止而有定 則於天下之物 皆有以知其所當然之則 而心無妄動危殆之累 其思慮益明矣 思之明 則又有以研窮物理之所以然 而有得於心矣"라고 하였다.

182) 李九夏,『知非稿抄』, 雜著,「李晦齋先生續大學或問補遺」. "愚謂 大學之道 只在明明德三字 明明德之功 只在致知二字 致知之功 只在格物 才欲致知 便當格物 才能格物 便是致知 才說致知 便是明明德 何者 知卽明德本具之體用也 致卽明之也 八條目之首 必曰明明德於天下 而節節逆推 必曰先致其知 則大學之道 豈不在明明德三字 而明明

이구하는 대학의 도를 明明德에 치중해 해석하고 있다. 또한 명명덕의 공도 致知에 달려 있을 뿐이라고 하고, 知를 명덕이 본래 갖추고 있는 체용으로, 致를 그것을 밝히는 것으로 보아 나에게 본래 있는 良知를 밝히는 것으로 해석하고 있다. 이런 점에서 그의 설은 양명학의 성향을 다분히 갖고 있다.

3)『대학장구』格物致知傳의 개정설을 提示만 한 경우

(1) 李衡祥이 이언적의 개정설을 소개한 내용

李衡祥(1653-1733)의 자는 仲玉, 호는 瓶窩·順翁, 본관은 전주이다. 효령대군의 10세손이다. 1680년 문과시험에 합격하여 성주목사·경주부윤 등을 지냈다. 경상도 永川에 은거하다가, 고향인 仁川으로 돌아갔다. 저술로는 한국학중앙연구원에서 수집 간행한『瓶窩全書』가 있다. 이 가운데 제4,5책은『瓶窩講義』로 사서오경에 대한 자신의 견해를 피력한 經說이다. 이 외에도 경학 관련 자료로 문집 잡저에 실린「格物物格辨」등이 있다.

『병와전서』제4책에 수록된『講義-大學』은「讀法」등 수십 개 항목의 소제목 밑에 저자의 견해를 피력하거나 종전의 설을 모아 놓은 것이다. 이형상의 이러한 해석은 아직 전혀 연구되지 않고 있으나, 1700년대 초의 가장 상세한 해석으로 보인다. 또한 그는 청초의 중국학자 李霈霖이 만든『四書同異條辨』을 볼 정도로 중국 학계의 동향에 대해 훤히 알고 있었다.

이형상은 역대『대학장구』개정설 및 우리나라 이언적의 개정설에 대해서도 잘 알고 있었으며, 각각의 설에 대해 요점을 논평 없이 정리해

德之功 豈不在致知二字乎 明德之外 更無餘知 則致知卽明明德下手入頭之功"

놓았다. 그는 經文 제2절 '知止而后有定' 1절을 해석하면서 「宋明諸儒 及我朝晦齋 皆以此節及下一節 爲格致章」이라는 제목 하에 이언적의 설을 그대로 인용해 놓고 있으며, 경문 제3장 '物有本末' 1절을 해석하면서도 「補遺中此段註釋」이라는 제목 하에 이언적의 설을 그대로 인용해 놓고 있다.

그리고 그 아래에 「董文靖何如人 而所改正 亦何如」·「宋朝葉黃車王何如人 而所論何如」·「元明儒宋鄭方蔡都羅王所論何如」·「我朝陽村說及退溪前後所論」 등의 제목 하에 송나라 때 董槐·葉夢鼎·黃震·車若水·王柏의 인물 簡介와 개정 요지, 원나라·명나라의 宋濂·鄭濟·蔡淸·方孝孺·都穆·羅整菴·王陽明의 인물 간개 및 개정설 또는 異說의 요지, 그리고 우리나라 權近의 설 및 이황이 비판한 요지를 인용하고 있다.

이를 보면, 그는 중국 송대 이후 역대 주요 개정론자들의 개정 요지 및 명대 羅欽順·王守仁 등 주희와 다른 해석을 한 설에 대해 두루 알고 있었음을 알 수 있다. 그런데 「我朝陽村說及退溪前後所論」에서 이형상은 다음과 같이 말하고 있다.

> 陽村이『入學圖說』에서 논한 것은 이와 같지 않다. 退溪가 李仲久에게 답한 편지에 "보내준『今獻彙言』의 설은『대학』의 '知止 ……' 등 몇 절을 격물치지장의 착간으로 보아 이 몇 절의 편차를 바꾸어 격물치지전으로 삼은 것입니다."라고 하고서, 세 가지 점을 말해 그 설이 불가한 점을 변설하였다. 그런데 晦齋 선생이 별세한 뒤에 퇴계는 그의 「행장」을 지으면서 회재의『대학장구보유』에 대해 깊이 감복하였으니, 그의 학문을 알 수 있다. 또 회재의 아들 李全仁에게 여러 차례 편지를 보내, 그 책을 조정에 올리라고 하였으니, 그가 이 책에 대해 심복한 것을 알 수 있다.[183)]

---

183) 李衡祥,『瓶窩全書』제4책,『講義-大學』,「我朝陽村說及退溪前後所論」. "陽村入學 圖說所論 與此不同 退溪答李仲久曰 彙言 以大學知止等數節爲格物致知章之錯簡 欲 掇此而補彼 仍說三條 以辨其不然 及先生易簀後 著其行狀 深以補遺焉 可見其學 且屢 書於全仁 使進於朝家 尤可見其心服也"

이러한 이형상의 설을 보면, 이황도 나중에는 이언적의 개정설에 대해 동의한 것처럼 여겨진다. 이에 대해 혹자는 이형상의 논조가 주희의 『대학장구』를 비난하는 듯한 점이 있어 미안하다며, 이언적의『대학장구보유』의 설을 발휘한 듯한 점이 있기 때문에 강학하는 도리가 아니라고 힐문하였다.[184] 그러자 이형상은 다음과 같이 답변하였다.

> 지금 大梁의 학자 李霈霖은 명나라가 망한 혼란한 세상에 태어나 동생 李禛, 아들 李學과 함께 제자 3천여 명을 거느리고『四書同異條辨』35책을 저술하였는데, 그 가운데 제3책이『大學同異條辨』이다. 그의 설은 주자의『대학장구』를 오로지 위주로 하고, 董槐·王柏·葉夢鼎 등 제유의 견해를 옳게 여기지 않았다. 아! 주자의『대학장구』가 이와 같고, 퇴계의 前論도 있으니, 나와 같은 末學이 어찌 감히 異議가 있겠는가. 그러나 魯齋 王柏의 학문은 勉齋 黃榦에게서 나왔고, 文靖公 董槐의 학문은 漢卿 輔廣에게서 나왔으며, 玉峯 車若水의 학문은 南湖 杜斿[185]에게서 나왔으니, 모두 주자 문하의 正嫡이다. 그러니 이들은 감히 방자하게 異說을 창도하지는 않았을 것이다. 그리고『宋史』에 그 설이 실려 있고-王魯齋의 설-, 日抄·沿革說·篆書·序文·蒙引·記談 등의 설이 또 이와 같으며, 우리나라 陽村·晦齋·蘇齋·龍洲도 모두 완곡하게 그 설을 말하였으며, 퇴계의 後論도 있으니, 참으로 方正學(方孝孺)이 이른바 '주자의 설과 다르더라도 도에 어긋나지 않으면 참으로 주자가 취할 바이다'라고 한 말이다. 그러므로 經義에 대해 시비를 공정히 하고, 지극히 바른 데로 歸正하길 힘쓰는 것은 또한 우리 주자의 도를 더욱 높이는 것이니 죄가 적을 듯하다. 또한 집주의 여러 설을 보면, 비록 經文으로 訓釋을 했지만, 모두 이치를

---

184) 上同. "問 今觀講義上條引退溪說 下條推衍晦齋說 竊觀其意 直以章句爲非 有所未安 姑借退說以答學者 而意實主於補遺 至於發揮 其言恐有所相逕庭 似非講學之道也 補遺議論該博 有非後學所敢與議"

185) 杜斿(또는 杜斈)은『四庫全書』에 수록된『儒學宗派』에는 黃巖 출신인 주희의 문인으로 되어 있다. 車若水도 절강성 황암 출신으로, 杜範(1182-1245)·王柏에게 배운 인물이다. 두범은 杜煜의 문인이자 從孫이며, 두욱은 주희의 문인이다. 杜斿과 두욱이 어떤 사이인지는 알 수 없으나, 모두 주희의 문인인 점은 틀림없다. 그러니까 차약수는 주희의 삼전, 또는 사전 문인에 해당한다.

궁구한 설이다. 그 意義를 논하면 구차한 점이 많지만, 격물치지전으로 옮긴 점은 매우 합당하다. 나는 반평생 이 점에 대해 생각해 보았는데, 그들의 설에 불가한 점을 아직 발견하지 못했다. 그러므로 마음속으로는 그들의 개정설을 좋아하지만, 大賢(朱熹)이 개정해 놓은 것을 지금 따르지 않으면 실로 경서를 존중하는 도리가 아니다. 바로 퇴계의 前說을 진술하였을 뿐, 송·원·명대 제유들의 견해에 부화뇌동하지 않은 것이 오로지 이 때문이다.[186)]

이를 보면, 이형상은 내심 개정설에 대해 지지하지만, 공식적으로 그것이 옳다고 주장을 하지 않은 것을 알 수 있다. 그것은 그가 살던 시대에 개정설을 지지하는 것은 학문적으로나 정치적으로 큰 부담을 짊어지는 일이었기 때문에 섣불리 그런 주장을 하지 않은 것으로 보인다. 게다가 그는 효령대군의 후손이었으므로 그런 점에 더욱 민감하였을 것이다.

이형상은 「晦齋改正所論」에서 이언적의 설을 소개한 뒤, 「附客對」에서 어떤 사람의 질문에 답하는 형식을 빌려 중국의 역대 『대학』의 편차에 대한 개정설을 간추려 살펴보고, 이어 이언적의 『대학장구』 개정설에 대해 문답하고 있다.

나그네는 먼저 '『예기』에 실린 『고본대학』의 차서와 程子·朱子의 개정설'에 대해 묻고, 이형상은 그 요지를 간추려 답한다. 그 다음 나그네는 다시 '程明道와 程伊川의 각기 다른 개정설 및 주자가 어느 점을 따르

---

186) 李衡祥, 『瓶窩全書』 제4책, 『講義-大學』, 「附客對」. "洒今大梁學者李霈霖 生於腥羶之時 與其弟禎其子學 曾率弟子三千餘人 論著四書同異辨三十五冊 其三冊 卽大學也 專主章句而不以董王葉諸見爲是 噫 朱子章句旣如是 退溪又有前論 如愚末學 何敢有異議 而王魯齋之學出於黃勉齋 董文靖之學出於輔漢卿 車玉峯之學出於杜南湖曄 皆朱門正嫡也 必不敢肆然倡說 而宋史載之-王魯齋說- 日抄-慈溪所著- 沿革說-玉峯所著- 篆書-浦陽鄭濟- 序文-正學方公- 蒙引-虛齋所著- 記談-都程所著- 又如此 我朝之陽村晦齋蘇齋龍洲 亦皆絺絺言之 退溪又有後論 眞方正學所謂異於朱子而不乖乎道 固朱子之所取者也 是故 公是非於經義 務歸正於至正者 亦所以益尊我朱子之道者 似或少罪 且觀其集註諸說 雖以經文爲訓 箇箇窮理說也 論其意義則多苟 移於格致則甚合 半生玩索 未見其不可 故心雖好之 大賢所定 今或違貳 則實非所以尊經之道 此所以只陳退溪前說 不敢和附於宋元明諸儒之見者 專以此也"

고 어느 점을 고쳤는가'를 묻고, 이형상은 그에 따라 요점을 답한다.[187)
그 다음 나그네는 宋儒 동괴·섭몽정·왕백·차약수의 개정설이 어떠한
지를 묻고, 이형상은 이에 요점을 답하였으며, 다시 나그네는 明儒들이
개정한 설을 묻고, 이형상은 이에 대해 蔡淸의『四書蒙引』의『대학장구』
개정설과 吳郡 都穆의『聽雨紀談』의 설을 간추려 답하였다.[188)

그 다음 나그네가 우리나라 선유의 개정설에 대해 묻자, 이형상은 조
선 초 權近은 '知止而后有定' 이하 2절을 격물치지전으로 삼을 수는 없
다고 한 점을 거론하였다.[189) 다시 나그네가 "이언적의『대학장구보유』
에서 논한 경일장에 대해 기록한 것 외에 다른 말은 없는가?"라고 묻자,
이형상은 이언적의 개정설의 요지를 말한 뒤 주희의『대학장구』와 다른
점을 언급하면서 결국 이언적의 개정설은 전문을 9장으로 만든 것이라
하였다.[190) 다시 나그네는 '퇴계가 논한 내용은 무엇인가?'라고 물었고,
이형상은 이황이 비판한 내용을 간추려 답하였다.[191)

이에 나그네는 '大儒가 논한 것이 이와 같으니, 후학으로서 어떻게 해
야 하겠는가?'라고 질문하였고, 이형상은 이에 대해 이황이 이언적의
「행장」에서 언급한 것, 李全仁에게 보낸 편지의 말, 이언적의 손자가 盧
守愼에게 보내 변론한 말 등을 차례로 열거하면서, 이황이 처음 비판한

---

187) 上同. '客曰 禮記原本次序 何如 而程朱改正歟', '客曰 明道所改正 何如', '客曰 伊川所
改者 何如', '客曰 朱子章句何改何從' 등의 질문 밑에 이형상의 대답이 기록되어 있다.

188) 上同. '客曰 董文靖葉丞相王魯齋車五峯 所論何如', '客曰 明儒所論何如' 참조.

189) 上同. '客曰 我朝先儒所論 何如': "余曰 國初 權陽村名近 嘗著入學圖說 其言曰 格
物爲窮理之事 於此兩節 文勢可尋 而不應爲格致之傳"

190) 上同. '客曰 補遺所論經一章所錄外 更無他語歟': "余曰 晦齋所訓 前旣言之矣 其改
次序 則曰 大學之道 次古之欲明明德 次物格而后知至 次自天子 次其本亂 子曰聽訟
右 經一章 次物有本末 次知止而後有定 此謂知本 次此謂知之至也 右 傳四章 盖朱子
章句 以聽訟一節爲傳四章 此謂知本及此謂知之至也 爲傳五章 釋格物致知 故終於十
章 晦齋旣以聽訟屬於經文 以致知格物爲傳四章 則五章以下 次次變章 終於九章"

191) 上同. '客曰 退溪所論 何如' 참조.

설은 초년의 설이고, 만년에는 이언적의 설을 깊이 허여하였다고 보았
다.[192] 다시 나그네가 '이 외에 다른 선배가 논한 것이 있는가?'라고 묻
자, 이형상은 盧守愼과 趙絅이 지은 『대학장구보유』의 跋文을 거론한
뒤, 李珥·李廷龜의 설이 있고, 張顯光의 도설이 있다고만 하였다.[193]

나그네는 마지막으로 당시의 학풍을 거론하면서 학자들이 吹毛覓疵하
면서 聖經을 훼손했다거니, 성인의 말씀을 모욕했다거니 하면서 시끄럽
게 편당을 짓기만 하고 의리가 합당한지의 여부를 돌아보지 않는다는 점
을 지적하자[194], 이형상은 매우 신중한 태도로 다음과 같이 말하였다.

> 『대학』에는 착간이 있기 때문에 편차를 개정한 것이 많다. 그러나 큰 역량과
> 안목을 가진 사람이 아니라면, 어찌 감히 사람마다 가벼이 의론할 수 있겠는
> 가? 설령 편차가 잘못되어 차서를 잃었을지라도 소경의 손으로 더듬거리듯이
> 찾아 차서를 바로잡는 것은 우연일 뿐이다. 반드시 눈이 밝은 사람을 기다려
> 편차를 개정하면 결코 의심을 불러일으키는 사람이 없을 것이다. 學·問·思·
> 辨 가운데 하나도 폐할 수 없다. 의리에 따라 결정하는 것은 초학자들의 일이
> 아니다. 그러니 분명한 설은 지키고 의심스러운 부분은 우선 빼놓는 것만 못하
> 다. 그리고 익숙히 완미하다 자득하거나 스승에게 나아가 가르침을 받는 것이
> 옳을 것이다. 어찌 함부로 의논할 수 있으랴.[195]

---

192) 上同. '客曰 大儒所論 如此 其將奈何' 참조.

193) 上同. '客曰 此外亦有先輩所論耶' 참조.

194) 上同. "客曰 質疑就正 自是鍊磨切磋之工……發明經籍 非一人之所盡 則中國之十大
儒 我朝之四先生 皆以格致入於經文 似若有異於朱子者 而朱子亦何嘗必是而不容後人
之議乎 世皆毛吹而疵覓 不曰毁聖經 則曰侮聖言 譊譊然黨所聞 而不顧理之當否 誠如
方正學所欲將何適從"

195) 上同. "余曰 此書旣有錯簡 故所改雖多 若非大力量大眼目 何敢人人輕議乎 設令編
貝散落失序 則彼盲者之手撫而得次者 特偶耳 必待明視者而更編 則決無致疑之人 學
問思辨 雖不可廢一 據理決擇 終非初學之事 莫如明者守之 疑者闕之 或熟玩而自得 或
就師而受敎 可也 何可妄議"

이를 보면, 이형상은 마음속으로는 이언적의 개정설을 지지하면서도 공식적으로는 개정설에 대해 분명한 입장을 드러내지 않고 유보하는 모습을 보이고 있다. 그러나 적극적으로 반대한 것도 아니고, 또 역대 개정설을 상세히 소개하며 타당성을 인정한 점, 그리고 이황의 설을 前論·後論으로 나누어 후론을 만년의 정설로 본 점 등으로 미루어 보면, 개정설에 찬성하고 있음을 알 수 있다. 그런데도 본고에서 이형상의 견해를 이언적의 개정설을 변론한 데에 두지 않은 것은 그가 적극적으로 변론한 내용이 없기 때문이다.

(2) 申益愰이 이언적의 개정설을 소개한 내용

申益愰(1672-1722)의 자는 明仲, 호는 克齋, 본관은 平山이다. 5대조 때 경상도 仁洞으로 이주하여 세거하였다. 신익황은 어려서 朴蕃에게 배웠고, 뒤에는 葛庵 李玄逸에게 수학하였다. 21세 때 향시에 합격한 뒤로 과거를 단념하고 학문에 전념하였다. 천거에 의해 慶基殿 參奉 및 義盈庫 主簿에 제수되었으나 나아가지 않았다. 權斗寅·權斗經·李栽 등 당대 영남의 巨儒들과 교유하였다. 저술로『克齋集』·『敬齋集解』·『理氣性情通看圖』 등이 있다.

신익황은 성리설에 대해 많은 저술을 남긴 학자인데, 張萬紀(1639-1720)에게 보낸 편지에서 장현광의「錄疑竢質」에 대해 질의한 내용 가운데 이언적의『대학장구보유』에 관한 언급이 있다. 장만기는 張顯光의 증손으로 자는 仁微, 호는 南崗이며, 1666년 사마시에 합격하였고, 翊衛司 副率을 지냈다.

장현광의『易學圖說』 가운데는 권근의「大學圖」과 장현광의「大學改正之圖」이 실려 있다. 신익황은 이 편지에서『대학』과 관련해 두 가지를 질문하였는데, 하나는 두 도표를 나란히 둔 이유가 무엇인지를 묻는 것

이며, 하나는 장현광은 이언적의 개정설과 약간 다른 개정설을 제시하
였으면서도 도표는 왜 이언적의 개정설에 따라 그렸느냐 하는 것이
다.196) 아쉽게도 이에 대한 장만기의 답서는 남아 있지 않다.

장현광이 이언적의 개정설과 약간 다른 독자적인 개정설을 제기한 것
은 앞에서 언급하였으므로 다시 거론하지 않겠거니와, 그가 大學圖를
그리면서 이언적의 설에 근거하였다는 점은 주목할 만하다.

신익황은 이현일의 문인으로서 퇴계학맥을 계승한 인물이기 때문에
그의 학설은 기본적으로 이황의 설에 근거하고 있다. 그런데 그는 경상
좌도와 경상우도의 중간 지역에 살고 있었기 때문에 경상우도의 남인계
인사들과도 폭넓게 교유하였다. 그리고 학문 성향이 독특한 장현광의
학설에 대해 질의를 한 점으로 보아, 이황의 설을 근거로 하되 다른 설
에 대해서도 폭넓은 관심을 가진 인물로 보인다.

(3) 裵相說이 이언적의 개정설을 소개한 내용

裵相說(1759-1789)의 자는 君弼, 호는 槐潭, 본관은 興海이다. 안동
출신으로 大山 李象靖의 문하에 나아가 수학하였다. 일찍 별세했지만,
경학에 밝아 상당한 양의 저술을 남겼다. 저술로『槐潭遺稿』·『性理纂
要』·『四書纂要』·『啓蒙圖解』등이 있다. 문집 잡저에도 경학 관련 자
료가 다수 있다.

배상열의『사서찬요』는 조선 후기 영남 지방 경서 해석에 있어 새로
운 성향을 보여주고 있다는 점에서 그 의미가 크다. 즉 앞 시대 柳長源

---

196) 申益愰,『克齋集』권3,「與張南岡萬紀 別紙」. "錄疑竢質 第一段云云 : 益愰按 易學
圖說類究篇 載大學二圖 其一卽權陽村依朱子章句之說而作 其一蓋先生依晦齋補遺之
說而作-大學補遺 卽晦齋所著書名- 嘗疑其所以兩存之意云何 及見竢質此段而後 知先
生於格物致知章 未嘗亡之見 與晦齋略同 但以晦齋所定爲猶有未盡 復加更正 然而至
作圖 則不欲直從己意 只用晦齋之說 又並載陽村原圖 以存傳疑之義也"

(1724-1796)의『四書纂註增補』는 大全本에 수록되지 않은 주희의 여러 설을 더 취해 보충하고, 또 대전본 소주에 수록되지 않은 후대 학자들의 설을 폭넓게 취하여 주자학적 사서 해석의 시야를 확대하려 한 것이다. 그런데 배상열은 章句와 集註 이외의 주희의 설은 물론, 중국학자들의 설 및 우리나라 학자들의 설 등 43종을 광범위하게 채집하여 해석하고 있는 것이 특징이다. 그 가운데는 명·청대 학자들의 설까지도 수록되어 있다.197) 이를 보면, 그는 주희 이외의 경학가들의 설에 대해서도 관심을 가졌던 것을 알 수 있다.

여기서는『사서찬요』중 하나인『大學纂要』의 기록을 중심으로, 배상열이 이언적의 개정설을 어떻게 기술하고 있는지 살펴보기로 한다. 배상열은, 격물치지전은 결실된 것이 아니라 착간되었다는 관점에서『대학장구』의 편차를 일부 개정해 격물치지전으로 삼은 역대의 주요 개정설을 다음과 같이 간결하게 정리하여 제시하였다.

가) ①'知止 …'1절 ②'物有本末 …'1절 ③聽訟章 ④'此謂知之至也'
나) ①'知止 …'1절 ②聽訟章 / 王柏의 설
다) ①'知止 …'1절 ②'物有本末 …'1절 / 董槐의 설
라) ①'物有本末 …'1절 ②'知止 …'1절 ③聽訟章 ④'此謂知之至也'
　　　　　　　　　　　　　　　　　　　　　　　/ 蔡淸의 설
마) ①'物有本末 …'1절 ②'知止 …'1절 ③'此謂知之至也'
　　　　　　　　　　　　　　　　　　　　　　　/ 李彦迪의 설198)

---

197) 崔錫起,「조선후기 영남의 경학연구와 소통의 모색」,『한국한문학연구』제41집, 한국한문학회, 2008, 174~176면.

198) 裵相說,『大學纂要』,「前輩更定大學爲格致傳 今列如左」. "以知止一節爲首 以物有本末一節爲次 以聽訟章又爲次 而以此謂知之至也終之 右 以知止一節爲首 以聽訟章爲次 而物有本末一節則不取 右王魯齋柏 以知止一節爲首 以物有本末一節爲次 而聽訟章則不移 右董文正槐 以物有本末一節爲首 以知止一節爲次 以聽訟章爲次而以此謂知之至也終之 右蔡虛齋淸 以物有本末一節爲首 以知止一節爲次 以此謂知之至也終之 而聽訟章則置於經文之下 右晦齋李先生"

이와 같이 배상열이 정리한 설은 원본을 제대로 보지 못한 탓인지 오류가 있다. 그는 가)의 설을 주장한 사람을 밝히지 못했으며 각 설의 차이점을 명확히 모르고 있다. 다)의 동괴의 설은 청송장을 옮기지 않았다고 하였는데, 동괴는 청송장을 '物有本末' 뒤로 옮겼다. 또 나)의 왕백의 개정설도 '物有本末…' 1절을 취하지 않았다고 하였는데, 왕백의 설을 보면 '知止…' 1절 뒤에 '物有本末…' 1절을 두고 있다.[199]

배상열은 이런 주요한 설의 요지를 정리한 뒤, 이 외에도 葉夢鼎·方孝孺· 黃氏(黃震)·宋氏(宋濂) 등도 개정설이 있다고 하였다. 아마도 이들의 설에 대해서는 그 대체를 듣지 못한 듯하다. 그리고 명대 채청의 문인 林希元이『四書存疑』에서 채청의 설이 더욱 이치가 있다고 해석한 말을 인용해 놓고 있다.[200] 채청의 설이 가장 이치에 가깝다는 임희원의 말을 인용한 것은, 개정설 가운데 채청의 설이 가장 의리를 발명한 것에 가깝다는 뜻일 것이다.

그러나 배상열은 기본적으로 개정설을 찬성하지 않는 입장이기 때문에 바로 그 아래 다음과 같이 변론을 전개하고 있다.

> 『대학』은 예로부터 착란되어 제가의 설이 다르며, 經傳의 본지를 잃었다. 程明道·程伊川의 설도 오히려 다른 점이 많으니, 그 나머지 설은 미루어 알 수 있다. 주자는 정이천의 改本을 따르면서도 개정하였다. 성인의 경에 대해 마음과 정신이 합하지 않았다면 감히 자신하여 후학에게 전하지 못하였을 것이다. 明儒들 가운데는 격물치지전이 결실된 것이 아니라고 여기는 사람이 많았다. 그러므로 虛齋(蔡淸)도 습속에 구애되어 그 비루한 설을 추종하였으니, 어찌

---

199) 앞의 제3장 제3절 董槐 및 王柏의 개정설 참조.

200) 裵相說,『大學纂要』,「前輩更定大學爲格致傳 今列如左」. "葉承相夢鼎 正學孝孺 及 黃氏宋氏 亦皆有論著 存疑曰 按 諸儒所定 虛齋尤似有理 '物有本末 事有終始'二句 解 物字 '知所先後 則近道'言能格物則可以致知也 '知止'一條只是申上兩句意 聽訟一條則 是擧本末之大者 以示人 使人因是而求之 以類而推之 則物可格而知可致也 故曰'此謂 知本 此謂知之至也' 意思多小明白"

그의 설을 근거하겠는가. 다만 그가 止於至善傳을 해석하면서 이들의 설을 참고한 것이 분명하다. '知止而后有定' 1절이 은연중 지어지선전 속에 포함되어 있으니, '知止而后有定' 1절로 지어지선의 일을 삼는 것을 어찌 의심하랴. 또 명유들은 格物을 '物에 나아가 본말을 얻는다'는 것으로 해석해 단편적으로 보았다. 성인의 경문에 있는 팔조목이 어찌 이와 같이 말한 것이겠는가.『논어』에 나아가 보면 博文하자마자 約禮하며, 학식이 많으면 바야흐로 하나로 관통하였다. 또『중용』에 나아가 보면 博學·審問·愼思·明辨하고서 바야흐로 篤行하였으니, 어찌 일찍이 이와 같이 말하였던가. 주자를 어찌 믿지 못하겠으며, 성인의 경전인『논어』·『중용』을 모두 믿을 수 없단 말인가? 또한 명유들의 설은 이와 매우 다르구나.201)

배상열은 명대 채청 등의 개정설이 유행하게 된 것은 격물치지전이 결실된 것이 아니라 착간되었다는 습속에 의한 것이라고 치부하면서 개정설에 대해 의미를 부여하려 하지 않고 있다. 이어 그는 권근이『입학도설』에서 개정설을 따를 수 없는 이유로 여타 傳文처럼 공부를 말한 것이 없다고 지적한 점을 집중 부각시켰고, 또 이황이 개정설에 대해 세 가지 불가하다고 논한 것을 인용해 개정설을 따를 수 없는 선유들의 정론을 제시하고 있다.

이상에서 살펴본 것처럼, 배상열은 이언적의 설에 대해 소개만 하고 직접적으로 비판을 하지는 않았다. 그러나 그는 중국의 역대 개정설에 대해 부정적인 견해를 피력하고 있는 점으로 보아, 이언적의 설에 대해서도 찬성한 것은 아님을 알 수 있다. 다만 그가 직접 비판하지 않았기

---

201) 上同. "○ 辨曰 大學一書 古今錯亂 諸家各自不同 而經傳之旨失 明道伊川尙多殊異 則其他可知 朱子蓋從伊川之本 而稍更定之 自非與聖經心契神合 斷不敢自信而傳來學也 明儒多以格致傳文未缺 故虛齋亦囿習俗而從其陋耳 何足據哉 但以釋止至善傳 燊之分明 將知止有定節 暗包在此傳之中 則知止有定節 爲言止至善之事 又何疑乎 ○ 又曰 明儒 以格物 只是格得本末 便子看 聖經八條目 何嘗如此說來 卽論語上 博文 纔約禮 多學識 方一貫 中庸上 博學審問愼思明辨 方篤行 亦何嘗如此說來 豈朱子不足信 聖經論庸 俱不足信乎 亦異甚矣"

때문에 개정설에 대한 반론에 넣지 않고 개정설이 있다는 것을 소개한 것으로 분류하였다.

(4) 丁若鏞이 이언적의 개정설을 소개한 내용

丁若鏞(1762-1836)은 앞에서 살펴본 바와 같이 주희의『대학장구』를 따르지 않고 아예『고본대학』을 취해 새롭게 해석한 사람이다. 그는 애초 주희의『대학장구』를 저본으로 하지 않았기 때문에『대학장구』개정설에 대해서도 큰 의미를 두지 않은 듯하다.

정약용은 그의 저술『大學公義』에서『대학장구』를 개정한 설에 대해 李滉·柳成龍이 비판한 요지를 간략히 소개하고 있을 뿐, 그에 대해 논평을 하지는 않았다. 다만 王柏의 개정설에 대해 퇴계가 正寢을 훼손하여 廊廡를 보완했다고 한 말에 대해서는 確論이라 하였고, 명말의 近溪 羅汝芳이『대학』은 한 章의 글일 뿐이라고 한 견해를 通儒의 快論으로 칭찬하고 있다.202)

또한 정약용은 이언적의 개정설에 대해, 유성룡이 비판한 것은 이언적의 설을 비판한 것이라고 언급하였을 뿐, 더 이상 이언적의 개정설에 대해 논평을 하지는 않았다.203) 이는『고본대학』의 편차를 존중하여 결실이나 착간이 없다는 관점에서 있는 그대로 해석하고자 한 그의 기본 관점과 일치하기 때문이다.

---

202) 丁若鏞,『與猶堂全書』제2책,『大學公義 二』. "〔考訂〕 ○鏞案 此書之後 靜存齋李公 具以中國近儒諸說 錄示之 先生非之 至喩以毀正寢而補廊廡 蓋李公之說 欲以經文移補傳闕 故先生非之 若云經傳之文 都無脫誤 則先生之答 未必如是也 王魯齋之大學本 亦毀上數節 移之爲傳之五章 退溪之云 毀正寢而補廊廡 誠確論也 近日 羅近溪 謂大學只是一章書 亦通儒之快論也"

203) 上同. "○鏞案 此本李晦齋之說 故西厓之詩曰 晦齋於道亦功 深能發前人未發言 其下注之如此"

(5) 柳健休가 이언적의 개정설을 소개한 내용

柳健休(1768-1834)의 자는 子强, 호는 大埜, 본관은 전주이다. 안동 출신으로 어려서는 족부 柳長源에게 배웠고, 뒤에는 損齋 南漢朝에게 수학하였다. 저술로는 『大埜文集』·『東儒四書解集評』 등이 있다.

그의 저술 가운데 단연 돋보이는 것은 『동유사서해집평』이다. 이 책은 권근으로부터 柳致明에 이르기까지 73종의 저술을 인용하고 있는데, 학파를 구분하지 않고 시대 순으로 배열하고 있다. 전체적으로 보면 영남 퇴계학파의 설이 다수를 차지하고 있지만, 자료를 구할 수 있는 지역적 한계를 감안하면 기호학파의 설도 다수 채집한 것을 알 수 있다. 유건휴의 이 책은 동시대 裵相說이 우리나라 선유의 설 10여 종만 인용한 것에 비해 매우 폭넓게 전대의 설을 망라하였다고 하겠다.[204]

유건휴가 이언적의 개정설에 대해 언급한 것도 일부분에 지나지 않는다. 그는 경문의 '物有本末 事有終始'에 대해, 이언적의 해석을 인용하고서, "내가 살펴보건대, 晦齋 선생은 이 1절로 격물치지전을 삼았기 때문에 그의 설이 경문의 本義와 합치되지 않는다. 읽는 사람들은 이 점을 詳考하시라."[205]라고 간결하게 기록해 놓았을 뿐, 논평을 하지는 않았다.

그리고 그는 격물치지전을 착간된 것으로 보아 중국의 여러 학자들이 개정한 설에 대해, 권근이 공부가 없고 공효만 있기 때문에 따르기 어렵다고 말한 설을 인용한 뒤, 이황이 개정설을 따를 수 없는 세 가지 불가함에 대해 말한 설, 유성룡이 비판한 설, 李玄逸이 이황의 설에 비판을 더한 설 등을 인용해 놓고 있다.

이러한 점으로 미루어 보면, 유건휴의 견해도 개정설을 지지하지 않

---

204) 최석기, 「조선후기 영남의 경학연구와 소통의 모색」, 『한국한문학연구』 제41집, 2008, 한국한문학회, 177~178면.

205) 柳健休, 『東儒四書集評』 권1, 『대학』, 「經」. "健休按 晦齋先生 以此一節爲格致傳 故其說與經文本義不合 覽者詳之"

았음을 알 수 있다. 다만 앞의 배상열의 개정설 소개와 마찬가지로, 유건휴도 제설을 모아 놓는 차원에서 소개만 하고, 이언적의 개정설에 대해 직접적인 비판을 하지 않았기 때문에 이곳에 둔 것이다.

(6) 李圭景이 이언적의 개정설을 소개한 내용

李圭景(1788- ?)의 자는 佰揆, 호는 五洲, 본관은 전주이다. 李德懋의 손자로 청나라로부터 유입된 새로운 학풍을 통해 조선 후기 실학의 博物學을 꽃피운 인물이다. 그는 60권 분량의『五洲衍文長箋散稿』를 저술하였는데, 그 가운데는『대학』에 관한「大學辨證說」·「格物辨證說」·「經傳類-大學」 등이 있다. 이 외에도 사서오경에 관한 다양한 설이 수록되어 있다.

이규경은「經傳類-大學」에서 우리나라에도『대학장구』에 대해 補遺 또는 改定의 학문이 있었는데, 특히『대학』에 관해 발명하거나 衍義한 설이 있다고 하면서, 이 가운데 주요한 설에 대해 변증해 놓았다.206)

그는 이언적의『대학장구보유』에 대해 李珥가 의논한 것, 유성룡이 의논한 것, 이황이 의논한 것, 노수신의 발문 등을 추출해 놓았다.207) 그리고 노수신이 중국학자들의 개정설을 편집해『改定大學』을 찬술한 것과 그 책의 편집 내용에 대해서도 간략히 소개하고 있다.208) 또한 그

---

206) 李圭景,『五洲衍文長箋散稿』經史篇,「經傳類-大學」. "我東先儒 亦於大學 有補遺 改定之擧 又於大學多著力 有發明演義諸書 故並收錄 以證辨焉"

207) 上同. "謹按 栗谷李先生年譜曰 先生著大學補遺議 晦齋著大學補遺 以聽訟一節 還置經文之末 以經文第二節第三節 移置格物之章 又以能安之安 與孟子居之安之義同 以能慮之慮爲思 以仁爲治國平天下之本 而以朱子爲未盡 至是 先生著議辨之 蓋以深明程朱之旨 凡五條 柳成龍序晦齋大學章句補遺曰……退溪答李仲久別紙曰……晦齋續大學或問 盧守愼跋曰 晦齋旣成補遺大學 記其論辨之意 名曰 續大學或問 凡六條"

208) 上同. "盧蘇齋守愼 改定大學 近世中國諸大儒 以爲格物致知傳未嘗闕 錯簡之未盡釐正者耳 遂歸經文知止以下 至則近道矣以上四十二字於聽訟之後 爲傳四章 以釋格物致

는 曹好益의『大學童子問』등 우리나라에서 저술된『대학』해석에 관한 주요 서적을 거론해 놓았다.209)

그리고 맨 뒤에 자신의 견해를 아래와 같이 간략히 기록해 놓았다.

> 『대학』은 송나라 때부터 지금까지 이런저런 설이 제기되어 시비가 확정되지 않고 있다. 그러나 이미 程朱의 宗旨가 있으니, 어찌 분분한 異說을 일삼으랴. 또한 注疏로 참고하는 것이 옳을 것이다. 우리나라 유학자 가운데 '靑山大學'이라는 말이 있다. 그러나 후생은 고루하여 그 뜻을 알지 못하겠다. 다시 질정할 곳이 없으니 답답함을 금치 못하겠다. 이도 아울러 언급해 둔다.210)

인용문의 '靑山大學'은 조선전기 朴英(1471-1540)이『대학』에 통달한 것을 두고 전해지는 일화이다. 이규경은『대학』의 개정설에 대해 시비가 정해지지 않았다고 하였다. 그러면서 그는 程朱의 宗旨가 있으니, 분분한 이설을 따를 필요가 없다고 하였다.

이를 보면, 개정설에 대해 찬성하지 않았음을 알 수 있다. 다만 그는 박물학자이기 때문에 여러 설을 채집해 정리하는 것을 학자의 일로 삼았고, 개정설에 대해 논평하는 것은 자제했다. 특히 이언적의 설에 대해서는 비판을 하지 않았으므로 여기에 그의 설을 소개한 것이다.

知 盧守愼編其說 名之曰改定大學 先之兩程改正 次之以黃慈禮記元本序 又次之以朱子聽訟以上章句 又次之以董文淸章句 蔡虛齋蒙引 都穆紀談 以便考覽"

209) 上同. "復有參考者 曹好益大學童子問 一卷 金河西大學經筵講義 李綷大學講說 一卷 柳崇祖大學箴 一卷 李石亨大學衍義輯略 二十卷 正廟命閣臣校讎大學類義 十卷 我王考炯庵公著大學補圖而未卒業 自大學傳統之圖 至傳六章圖 餘皆未竟焉"

210) 上同. "大學一書 自宋至今 左牽右掣 是非莫定 旣有程朱宗旨 則何事乎異說之紛紜也 亦參注疏 可也 我東儒家 有靑山大學之說 然後生固陋 未曉其義也 更無就質處 可勝泄泄 竝及之也"

(7) 郭鍾錫이 이언적의 개정설을 소개한 내용

郭鍾錫(1846-1919)의 자는 鳴遠, 호는 俛宇, 본관은 현풍이다. 경상도 丹城 출신으로 25세 때 李震相의 문하에 나아가 수학하였다. 1883년 안동 春陽으로 이주하였고, 1896년에는 거창 茶田으로 이주하였다. 1895년 比安縣監에 제수되었으나 나아가지 않았다. 1903년 통정대부에 오르고 秘書院丞에 제수되어 10여 일 동안 御前에서 獨對하였다. 1913년 137명의 연명을 받아 巴里長書를 보낼 때 대표로 추대되었다. 그로 말미암아 2년형을 받고 수감되었다가 풀려났다.

곽종석은 성리설에 있어서 스승 李震相의 心卽理說을 추존하였으며, 일제침략기를 살아가면서 의병을 일으켜 항거하거나 망명하여 독립투쟁을 하는 쪽에 가담하지 않고 죄인으로 자처하며 自靖하는 길을 택하였다. 문하에 河謙鎭·李炳憲 등 쟁쟁한 학자들이 배출되었다. 저술로는 183권의 『俛宇集』과 후인들이 편찬한 『茶田經義問答』이 있다.

곽종석은 격물치지전이 궐실된 것이 아니라 착간된 것으로 보아 편차를 개정하는 설을 주희의 嫡傳인 王柏 등이 일찍부터 제기한 점을 말하면서, 선현의 설을 묵수하기보다는 의리를 발명하는 것이 중요하다는 점을 다음과 같이 말하였다.

　　참으로 義理는 천하의 공론이어서 한 차례 前賢의 교감을 거쳤다고 하여 곧장 믿을 수는 없는 것입니다. 그러나 만약 성인이 말씀하신 宗旨를 적확하게 보지 않고 단지 한 때의 의견으로 추이하고 전환하여 이러쿵저러쿵하면서 합당함을 얻지 못하면 본지에서 멀어질 것이니, 대현의 定本을 지키며 연역하고 체득하면서 入德의 공부를 하는 것이 해롭지 않은 것만 못합니다. 그러므로 퇴계 선생은 正寢을 훼손하고 廊廡를 보완하려 했다고 晦齋를 비판한 것이니, 이는 대개 삼가고 두려워함이 지극한 것입니다. 우리 후생들은 어찌 다시 辭說을 하는 것을 용납하겠습니까?[211]

　곽종석은 의리의 공정성을 먼저 내세우며 선현을 존신하기보다는 의리를 발명하는 것이 학자의 근본임을 말한다. 그러나 그는 신중한 태도로 성인의 종지를 얻지 못하고서 한 때의 생각으로 마구 주장을 하는 것은 삼가야 할 것이라는 점을 강조하고 있다. 곽종석은 현실대처 방식에 있어서 抗日도 親日도 아닌 自靖을 취하였듯이, 학문 성향에 있어서도 신중한 면모를 보인다. 위 인용문을 보면, 그는 이언적의 개정설에 대해 의미를 두기보다는 이황의 해석 태도에 더 가까운 느낌을 준다.

　곽종석은『대학』은 착간이 있는 책이기 때문에 兩程의 개정설이 서로 다르고, 주희가 그 설을 따르면서도 독자적으로 개정하였고, 또 주자학파의 王柏이『대학장구』를 개정하였는데, 이는 의리의 공정함을 강론해 밝히기 위해서였다고 말한다. 즉 의리의 발명이 학자의 본연의 임무라는 것이다. 그리고 이언적의 개정설도 주희가 二程의 설을 개정한 것이나 왕백이 주희의 설을 개정한 것과 마찬가지라고 인정한다.[212] 곽종석이 이러한 입장만을 주장했다면, 그의 경학관은 의리 발명에 초점을 둔 것이라 할 수 있다.

　그런데 그는 '이황이 주자를 독신한 것은 존경하고 경외하는 지극한 정성에서 나온 것이다'라고 하여, 대현이 개정해 놓은 것을 따르는 것도 옳다는 애매한 입장을 드러내고 있다. 그러면서 또 후학의 입장에서는 연구에 진력하여 한 가지 설만을 잡지 말고 따를 것은 따르고, 따르지

---

211) 郭鍾錫,『茶田經義問答』권4,「大學四」, 格物致知章, 答權聖吉. "誠以義理者 天下之公 而不可以其一經前賢之勘而便自徑信也 然而苟不的見乎聖言之旨 而徒以一時之意見 推移轉換 可東可西 而不得其亭當安帖則遠 不如只守大賢之定本而尋繹體會 不害爲入德之工也 是以 退陶老先生 以破正寢補廊廡 譏晦爺 盖謹畏之至也 吾輩後生 豈容更有辭說耶"

212) 上同, 答李大圭. "格致傳文之闕 晦爺採補 退老評駁 盖皆各有意義 良以大學一書 旣不能無簡編之錯 而兩程大賢 各有訂定而不相同 朱先生又從以更易之 而不害爲尊信兩程 繼而有魯齋王公 實承朱門之緒 而乃謂格致之未嘗闕傳也 抽經補傳 著爲成說 是亦豈故異於朱子哉 誠以義理之公 而講明之不可不勤也 晦齋之爲此 卽亦朱子及魯齋之志也"

않을 것은 따르지 말아야 한다고 하고 있다. 그리고 온 세상 사람들의 견해를 압도해서 후세 사람들이 이견을 펼 수 없게 하는 것은 愼思·明辨의 공이라 하고 있다.[213] 이를 보면, 그의 경학관은 신중한 태도를 취하되 후세 사람들이 바꿀 수 없는 의리를 발명하는 데 궁극적 목표가 있었음을 알 수 있다.

이런 점을 보면, 곽종석은 이언적의 개정설에 대해 적극적으로 지지하거나 반대하지 않았다고 하겠다. 이는 그가 의리 발명을 중시하면서도 초학자들이 섣불리 개정설을 제기해 학풍을 혼란스럽게 하는 것을 걱정했기 때문인 듯하다. 그래서 그는 성현이나 父師의 말씀일지라도 반드시 반복해서 연역해 의심이 없도록 분명히 보고 난 뒤에 篤信하고 固執해야 實得이 있게 되지, '예, 예'하며 겉으로는 존신하는 듯하지만 속으로는 깜깜한 것은 마땅치 않다고 보았다.[214] 그런 관점에서 그는 격물치지전의 해석에 대해 다음과 같이 말하였다.

> 지금 이 장에 대해서는 주자가 굳이 보망장을 만든 것과 퇴계가 주자의 설을 굳이 따른 것의 眞的이 어떠한지를 알아야, 바야흐로 王魯齋(王柏)와 晦齋 두 선생의 설이 굳이 그와 같지 않은 것을 보게 될 것이다. 또한 이 두 선생이 주자의 설과 다른 설을 제기했다는 것으로 王陽明·羅整菴의 유파가 나오게 해서는 불가하다.[215]

곽종석은 의리 발명을 중시함으로써 제멋대로 설익은 주장을 하게 되어 王守仁·羅欽順 같은 이단이 나타날까를 우려하고 있다. 그러나 王柏

---

213) 上同. 答李大圭 "而退陶之篤信朱子 亦出於尊畏之至誠也 今日后學 亦當竭其究索 而爲之從違 不必執一 而壓倒天下之口 以阻千世來者 愼思明辨之功也 盛意更以爲何"

214) 上同. "大抵講學玩究 雖於聖賢父師之訓 必尋繹反覆 的見其無疑 然後始乃篤信而固執之 方爲實得 不宜一例唯唯外若尊信 而中實黯黯也"

215) 上同. "今於此章 亦須見得朱子之必爲補亡 退陶之必從朱子者 眞的是如何 方見得魯晦二先生之說 爲不必然也 亦不可以二先生爲立異於朱子 而以啓陽明整庵之流也"

과 이언적의 설에 대해서는 의리를 발명한 차원에서 문제가 될 것이 없다고 보고 있다. 이런 점에서 그는 이언적의 개정설에 대해 적극적 지지 의사를 표명한 것은 아니지만, 일정 부분 수용하는 면이 있다고 하겠다.

(8) 朴文鎬가 이언적의 개정설을 소개한 내용

朴文鎬(1846-1918)의 자는 景模, 호는 壺山, 본관은 寧海이다. 충청도 懷仁에서 출생하였다. 李象秀에게 수학하였으며, 田愚와 학문을 토론하였다. 果川의 白園精舍와 청주의 牧隱書堂에서 강학하였다. 저술로 78권 42책의『壺山集』과『大學章句詳說』·『中庸章句詳說』·『論語集註詳說』·『孟子集註詳說』·『詩集傳詳說』·『書集傳詳說』·『周易本義詳說』·『楓山記聞錄』등이 있다.

박문호는『大學章句詳說』경일장 '知止而后有定' 1절의 해석에서, 李珥가 이언적의 개정설에 대해 文義가 순탄한 듯하지만 궁리공부를 빠뜨린 점이 있다고 지적한 말을 그대로 인용해 놓았다.[216] 그리고 다음과 같이 자신의 견해를 곁들여 놓았다.

> 살펴보건대, 이 '知止而后有定' 이하 2절로 격물치지전을 삼으면 보망장을 기다리지 않아도 되기 때문에 栗谷이 '순탄한 듯하다'고 한 것이다. 그러나 단지 致知만 말하고 格物에 대해 언급하지 않았기 때문에 율곡이 '공부에 遺漏함이 있다'고 한 것이다. 전자에 대해서는 그렇다하더라도, 후자에 대해서는 팔조목의 끝에 또한 결어가 있는데, 삼강령의 밑에만 유독 결어가 없는 것은 타당치 않다.[217]

---

216) 朴文鎬,『大學章句詳說』, 經一章. "栗谷曰 晦齋以知止物有兩節 移置於格物章 文義 似順 而無乃窮理工夫有所遺漏乎"

217) 朴文鎬,『大學章句詳說』, 經一章. "按以此二節 作格致傳 則有不待補亡 故云似順 只及致知 而不及格物 故云工夫有所遺漏 夫於彼已如此 而若於此 則八條目之末 亦有 結語 不應於三綱領之下而獨無耳"

박문호는 이이의 설을 전제로 개정설에 대해 매우 부정적인 시각을 드러내지는 않지만, 개정설의 문제점으로 삼강령 다음에 결어가 없이 곧바로 팔조목으로 이어지게 되는 것이 타당치 않다는 점을 거론한 것이다.

또 박문호는 청송절의 해석에서, 이이가 청송절을 경문의 끝으로 옮긴 이언적의 설을 일면 긍정하면서도 증자의 말로 본 점에 대해서는 의문을 제기한 설을 그대로 인용해 놓았다. 그리고 그 아래 다음과 같이 자신의 견해를 피력해 놓았다.

> 청송절을 경문의 끝으로 옮긴 것은 정이천의 개본이 그와 같다. 다만 정이천은 청송절 다음에 있던 '此謂知之至也' 6자도 함께 경문 뒤로 옮겨 놓은 것이 다를 뿐이다. 대개 전문에 '曾子曰'이 있는 것으로 미루어보면, 경문에 '子曰'이 있는 것은 동일한 예이다. 혹『논어』를 인용하여 그것을 구별할 따름이다. 그렇지만 삼강령·팔조목 사이에 또 本末傳을 두었는데, 경문에 해로움은 없고 학자들에게 유익함이 있으니, 굳이 청송절을 경문으로 옮길 필요가 없을 듯하다.[218]

박문호는 청송절을 경문 뒤로 옮기더라도 청송절의 '子曰'이 별 문제가 없다고 보고 있다. 다만 그는 청송절을 굳이 경문 뒤로 옮길 필요가 없는 이유를 '경문에 해가 없고 학자들에게 유익함이 있다'는 데서 찾고 있다. '知止而后有定' 이하 2절과 청송절을 옮겨『대학장구』를 개정한 이언적의 설에 대해, 박문호는 드러내놓고 비판을 하지는 않았기 때문에 이곳에서 그의 설을 소개하였다. 그러나 위에서 살펴본 바에 의하면, 그는 이언적의 개정설에 대해 찬성하지 않았음을 알 수 있다.

---

218) 朴文鎬,『大學章句詳說』, 經一章. "彼移置經文之末 伊川本已如是 但并有下文此謂知之至也六字者 爲異耳 蓋以傳文之有曾子曰者 推之 經文之有子曰 亦其例也 或是引用論語而別之耳 雖然三八之間 又置本末一傳 旣無悖於經文 而有益於學者 恐不必移置耳"

2. 기타 인물의 『대학장구』 개정설에 대한 논변

이언적의 설을 비판한 것 이외에, 다른 학자들의 개정설에 대해 비판한 것은 거의 찾아볼 수 없다. 다만 전라도 淳昌에 살던 楊應秀(1700-1767)가 전라도 보성 출신 安邦俊(1573-1654)의 개정설을 비판한 것이 있어 주목된다. 여기서는 이를 살펴보기로 하겠다.

안방준은 이언적의 개정설이 중국학자들의 개정설과 같은 맥락에서 제기된 점을 지적하면서 개정의 타당성을 언급하였다. 다만 그는 이언적 및 중국학자들의 개정설을 그대로 따르지 않고, 독자적인 개정설을 제기하였는데, 이 점에 대해서는 앞 장에서 살펴보았다. 이러한 그의『대학장구』개정설에 대해, 동시대 동향의 양응수는 매우 부정적으로 보아 비판을 가하였다. 여기서는 이 점에 대해 살펴보기로 한다.

양응수는 이황이 王柏·李彦迪 등의 개정설에 대해 배척한 설을 안방준이 보지 못했기 때문에 누습에 젖어 무익한 일에 심력을 허비하였다고 비판하면서, 그가 경문을 파손한 잘못은 왕백·이언적보다 심하다고 배척하였다.[219] 또 그는 격물치지전이 없어졌기 때문에 주희의 보망장이 전문을 지은 사람의 의도가 아니라고 의심하는 것은 당연하지만, 안방준은 주희의 보망장에 대해서는 그대로 수용하면서 엉뚱하게 의심할 만한 점이 없는 經文을 개정하였기 때문에 문제가 심각하다고 보았다.[220]

앞의 제4장 안방준의 개정설에서 살펴보았듯이, 안방준은 경문 제3절 '物有本末' 1절을 경문 팔조목 뒤로 옮기고, 청송절을 그 뒤로 옮겼으며,

---

219) 楊應秀,『白水集』권7,「補亡章諸儒說辨」. "應秀竊謂牛山未見退溪先生非斥王魯齋李晦齋諸儒之說 故踵魯齋輩之謬習 枉費心力於無益之事 而其破移經文之失 又有甚於王李諸儒"

220) 上同. "蓋大學傳之第五章 舊本亡 而朱子補之者 則後賢之以朱子所補 疑其或非作傳者之意者 不爲異事 若牛山 則捨補亡章 而別生意見 欲更改無可疑之經文 其爲惑 不亦甚乎"

경문의 제6절 '自天子' 이하 2절을 전 제8장 '故諺有之' 1절 뒤로 옮겼다.

안방준의 이러한 설은 최종적으로 확정한 설인 듯하다. 양응수가 지적한 첫부분을 보면, "'自天子' 이하 2절을 어디다 붙인단 말인가?"[221]라고 의문을 제기하고 있으며, 뒤에 "나중에 牛山(安邦俊의 호)이 이 2절을 전 제8장 '莫知其苗之碩' 뒤에 삽입시켜 修身을 결론 짓고 齊家를 일으킨 것으로 삼았다는 설을 들었다."[222]라고 한 것을 보면, 안방준은 자신의 설을 뒤에 다시 수정한 것을 알 수 있다.

그러면 양응수가 안방준의 개정설에 대해 비판한 것을 조목조목 살펴보기로 한다.

첫째, 양응수는 청송절을 삼강령·팔조목의 결어로 삼으면, 청송절의 '此謂知本'이 傳文의 體例이기 때문에 經文의 체례에 맞지 않는다는 점을 지적하였다.[223] 이 지적은 문장의 체례로 볼 때, 일면 타당성이 있는 말이다.

둘째, 안방준은 주희가 『대학혹문』에서 "경문은 혹 옛날 先民의 말씀에서 나온 듯하다."고 한 말에 근거하여 경문을 옛날 선민의 말일 수 있다고 하였는데, 양응수는 주희가 『대학장구』에서 경문은 공자의 말씀이라고 한 것에 근거하고 또 程子가 "『대학』은 孔氏의 遺書이다."라고 한 말에 근거하여 잘못된 견해라고 비판하였다.[224]

셋째, 양응수는 안방준이 '自天子' 이하 2절을 전 제8장 '莫知其苗之

---

221) 上同. "經文末端'自天子 以至於庶人 其本亂而末治者 否矣'二節 當歸屬何處乎 此爲不可知也"

222) 上同. "追聞牛山移經文'自天子以至於庶人 其本亂而末治者 否'二節 揷入於傳八章 '莫知其苗碩'之下 而以爲上結修身下起齊家云"

223) 上同. "凡章末 必以此謂云云結之者 乃傳文之通例也 今若以聽訟一節 爲三綱八條之總結 則所謂此謂知本者 亦爲傳文之體 其可謂之經文乎 此又不可知也"

224) 上同. "其以經文謂安知其非出於古昔先民之言者 亦恐誤矣 經文 若非孔子之言 則程子何異云大學孔氏之遺書也"

碩’ 뒤로 옮긴 것에 대해 그 불가함을 다음과 같이 비판하였다.

　　대개 경문의 ‘自天子 以至於庶人 一切皆以修身爲本’은 명명덕이 신민의 근
본이 되는 이유이며, ‘其本亂而末治者 否矣’는 명덕을 잘하지 않으면 신민할
방법이 없음을 거듭 말한 것이며, ‘其所厚者薄而其所薄者厚 未之有也’는 또 齊
家가 治國平天下의 근본이 됨을 밝힌 것이다. 따라서 이 2절은 팔조목의 결어
가 되는 것이 매우 명백하다. 지금 이 2절을 옮겨 전 제8장 ‘莫知其苗之碩’의
뒤로 옮기면 ‘自天子’ 이하 2절이 ‘莫知其苗之碩’의 문장과 접속되는 데 합당하
겠는가? 오직 其本亂而末治者 否矣’ 1구는 윗 문장의 뜻을 결론 지은 것이 된
다고 할 수 있겠지만, ‘所厚者薄所薄者厚 未之有也’는 語意가 윗 문장의 五僻
과 크게 같지 않으니, 어찌 그 결어가 되겠는가? 또 윗 문장을 결론 짓고 아래
문장을 일으켰다고 하는 점은, 다른 책에서는 이런 말이 있지만, 『대학』의 전
문에 대한 해석에는 이런 예가 없다. 어찌 유독 이 장에서만 다른 장에 없는
예를 별도로 세웠겠는가?225)

　양응수는 ‘自天子’ 이하 2절의 各句가 의미하는 바를 열거하고, 이 2
절을 전 제8장으로 옮길 경우 문맥상 서로 통하지 않는 점을 차례로 지
적하면서 그 불가함을 논하고 있다. 이러한 그의 지적은 설득력이 있다.
안방준이 ‘自天子’ 이하 2절을 전 제8장으로 옮긴 것은 여타의 설에서
찾아볼 수 없는 설인데다, 설득력이 매우 떨어지는 설이다. 따라서 오늘
날의 관점에서 보아도, 그의 설은 수긍하기가 어렵다.
　넷째, 안방준은『대학장구』개정설을 제기한 왕백이 주희의 적전인
黃榦-何基로 이어진 학맥을 이었다는 점을 들어 그 설의 정통성을 드러

---

225) 上同. “蓋經文‘自天子 以至於庶人 一切皆以修身爲本’ 所以明明明德爲新民之本也
　　‘其本亂而末治者否’ 申言不善明德則無以新民也 ‘其所厚者薄而其所薄者厚 未之有也’
　　又以明齊家爲治平之本也 此其爲八條之結語 十分明白也 今若移此以補傳之八章苗碩
　　之下 則自天子云云 豈合爲承接莫知苗碩之文乎 惟本亂末治一句 則可爲結上文之意
　　而所厚者薄所薄者厚云云 其語意與上文五僻大相不同 何以爲其結語乎 且結上起下 他
　　書則或有是語 而至於大學傳義 未嘗有此例 何獨於此章 而別立他章所無之例乎”

내었는데, 양응수는 안방준이 견문이 고루하여 왕백의 학문에 대해 모르기 때문이라고 비판하면서[226] 다음과 같이 말하였다.

> 퇴계 선생이 말씀하기를 "이 늙은이는 본디 기이함을 좋아하여 기이한 설을 세우는 병통이 있으니, 〈그가『대학장구』를 개정한 것에 대해〉 괴이할 것이 없다."고 하였다. 나는 일찍이 何北山(何基)이 주자의 感興詩 제3수 詠心章을 주해한 설을 본 적이 있는데, 주자의 本意를 전혀 모른 것이었다. 이로 말미암아 보건대, 우리 주자의 도통은 한두 번 전해지길 기다리지 않고서 이미 그 眞訣을 잃은 것이다. 그런데 牛山은 何基·王柏 두 사람을 주자 문하의 嫡傳이라 하고, 그들이 스승의 설을 저버린 의논에 대해 의심하지 않았으니, 참으로 애석할 만하다.[227]

양응수는 이황이 왕백을 비판한 설에 자신이 하기의 주해를 본 소감을 곁들여 하기·왕백이 주희의 적전이 아님을 증명하면서, 안방준이 이런 점을 살피지 못하고 주희의 적전으로 본 것을 심히 안타깝게 여기고 있다.

양응수는 마지막으로 안방준의 개정설에 대해 이황이 '보망장의 유익함은 보지 못하고, 경문을 파괴하는 죄만 얻었다'고 한 말을 인용해 애석해 하였다. 그리고 지향이 호걸스럽지만 식견이 고루한 학자들에게 이런 병폐가 있다는 점을 들어 안방준처럼 개정하는 것을 경계하였다.[228]

---

226) 上同. "牛山又謂'黃勉齋得朱門嫡統 而傳於北山 北山傳於魯齋 則其所以改朱子之所正者 必是百世以俟朱文公而不惑矣' 是則牛山坐於自家聞見之固陋 不知北山魯齋學問淺深之如何 而信非所當信也"

227) 上同. "退溪先生謂魯齋曰 此老本有好奇立異之病 其爲此說 不足怪也-此說指改正補亡章之言也- 應秀嘗得見何北山所註解朱子感興詩第三詠心章說 蓋亦全不識朱子之本意者也 由是觀之 則我朱子之統 不待一再傳 而已火其眞矣 牛山乃以何王二子謂朱門嫡傳 而不疑其畔背師說之論 良可歎惜"

228) 上同. "此正退翁所謂未見補傳之益 適得破經之罪者也 亦可惜也 大抵 學者志豪而識陋者 多有是病 可懼可戒"

3. 『대학장구』 개정과 그에 따른 논변의 경학사적 의미

위에서 살펴보았듯이, 조선시대 『대학』 해석은 크게 두 가지 경향으로 나눌 수 있다. 하나는 주희의 『대학장구』를 저본으로 한 해석이고, 하나는 『고본대학』을 저본으로 한 해석이다. 조선시대는 성주학을 위주로 하는 분위기가 지배적이었기 때문에 전자의 경우가 99% 이상을 차지한다고 해도 과언이 아니다. 그러나 주자학만을 절대적으로 존신하는 학풍에 대해 문제 의식을 갖고, 古經에 가까운 『고본대학』을 저본으로 하여 독자적인 시각으로 새롭게 해석하려는 경향이 극히 일부 학자들에게서 나타난 것도 주목할 만한 점이다.

조선시대 『고본대학』을 저본으로 한 해석을 정리해 도표로 제시하면 다음과 같다.

시기	성명	편차 개정여부	해석의 특징(『대학장구』와 비교)
17 세 기	崔有海(1588-1641)	대폭 개정	*經1章 · 傳9章 체제로 개편 *팔조목 전문을 모두 釋明明德에 포함 *전문을 釋明明德 · 釋新民 · 釋止於至善으로 나눔 *주희의 해석을 상당 부분 수용
	尹 鑴(1617-1680)	개정 안함	*經1章 · 傳6章으로 나눔 *주희의 해석 수용 *格物致知傳은 본래 없는 것으로 봄
18 세 기	鄭齊斗(1649-1736)	개정 안함	*크게 上節 · 下節, 세분해서 7章으로 나눔 *經文 · 傳文으로 나눔 *양명학의 격물치지설 수용
	李秉休(1710-1776)	개정 안함	*經1章 · 傳5章으로 나눔 *윤휴의 설에 영향을 받음
19 세 기	丁若鏞(1762-1836)	개정 안함	*3단락, 7章, 27句節로 나눔 *經文 · 傳文으로 나누지 않음 *三綱領, 格物致知 · 誠意, 正心修身~治國平天下로 파악 *『중용』의 明善 · 誠身과 연관해 해석

19세기	沈大允(1806~1872)	대폭 개정	* 經文·傳文으로 나누지 않음 * 전체를 29절로 나눔 * 『중용』과 연관해 해석
20세기	金澤榮(1850~1927)	개정 안함	* 經文·傳文으로 나누지 않고 전체를 6章으로 나눔 * 요지를 誠意로 파악

이를 통해 알 수 있듯이, 『고본대학』을 저본으로 하여 해석한 경우도, 편차를 그대로 따르면서 分段·分章 등만을 통해 논리체계를 수립한 경우와 편차를 대폭 개편하여 새로운 논리체계를 세운 경우로 크게 나누어 볼 수 있다. 그리고 經文과 傳文으로 나눈 경우와 나누지 않은 경우로 대별할 수 있다. 또한 주희의 『대학장구』 등의 설을 상당 부분 수용한 경우와 그렇지 않고 전혀 수용하지 않은 경우로 나누어 볼 수도 있다.

예컨대 최유해의 경우는 『고본대학』을 저본으로 하면서 편차를 대폭 개편하여 매우 독특한 논리 체계를 수립해 해석하고 있다. 그러나 그 해석 성향을 자세히 살펴보면, 주희의 설을 대부분 따르고 있음을 알 수 있다. 이 경우는 주희의 해석을 근본으로 하면서, 주희가 내세운 삼강령·팔조목 및 經一章·傳十章의 논리 체계를 자신의 관점에 의해 새롭게 수립한 것에 해당한다. 반면 정제두의 경우는 경문과 전문으로 나누는 것을 지지하는 듯한 모습을 보이면서도 격물치지 등 주요 명제에 대한 해석은 王守仁의 설을 추종하고 있다.

조선시대 대부분의 학자들이 저본으로 한 『대학장구』를 통한 해석은 크게 『대학장구』를 부연하고 심화시킨 해석과 『대학장구』를 개정 보완한 해석으로 나눌 수 있다. 전자는 주희의 설을 전적으로 존신하는 태도에 기반한 해석으로, 대체로 주희의 설에서 거의 벗어나지 않는 해석 성향을 보인다. 다만 이런 해석에는 주희의 해석에서 더 나아가 심화시키거나 부연한 해석이 매우 많다. 이 점은 조선시대 주자학이 주희의 설만을 답습한 것이 아니라, 심화 발전시켰다는 측면에서 재고해 보아야 할 중요한 사안이다.

　후자의 경우는 주희의『대학장구』해석 체계에 문제점이 있음을 발견하고 이를 보완하여 완벽하게 하고자 한 주자학자들에 의해 제기되었다. 이들은 대체로 주희를 존숭하지만, 인간 주희보다는 의리 발명을 더 중시하는 관점에 의해 前人이 발명하지 못한 것을 후인들이 계속해서 발명해 나가야 문명이 발전한다는 경학관을 가지고 있다.

　이들은 주로 주희의『대학장구』에 나타난 가장 큰 문제점으로 격물치지전을 缺失된 것으로 보아 補亡한 것과 팔조목에 들어 있지 않은 本末을 해석한 것으로 본 전 제4장(聽訟章)을 굳이 傳文으로 둘 필요가 있느냐 하는 점이다. 그래서 이들은 대체로 격물치지전은 결실된 것이 아니라 錯簡되었다는 관점에서 격물치지전에 해당하는 내용의 簡編을 찾아 개정하여 격물치지전으로 삼는 것이 기본적인 생각이었다.

　이런 움직임은 남송 때 주희의 재전 문인 董槐로부터 나타나기 시작하여 명나라 중반기까지 부단히 이어졌다. 그리고 개정설을 제기한 사람도 십여 명에 달할 정도로 많이 나타난다. 또한 명대에 이르면 학문적 영향력이 매우 높은 方孝孺·蔡淸 등이 개정설을 제기함으로써 이들의 개정설을 지지하는 것이 대체적인 학문 풍토였다.

　우리나라에서도『대학장구』를 개정하는 설이 16세기 중반에 李彦迪에 의해 제기되었다. 그리고 이에 대한 찬반 논쟁이 치열하게 일어나면서 학계의 주요한 이슈로 등장하였다. 그러나 주자학을 존신한 이황·이이 등 학계에 지대한 영향력을 미친 학자들이 이언적의 개정설에 반대하고, 또 후대 주자학에 대한 이념이 강화됨으로써 개정설은 不敬한 것으로까지 여겨졌다. 그럼에도 불구하고 조선말까지 줄곧 개정설이 등장하고 있는 점은 매우 눈여겨 볼 부분이다.

　조선시대 학자들이 주희의『대학장구』를 개정한 설을 간추려 도표로 제시하면 다음과 같다.

시기	성명	개정의 특징(『대학장구』와 비교)
16세기	李彦迪(1491-1553)	1)經1章·傳9章으로 개정, 2)청송절을 경문 뒤로 옮김, 3)경문 제2절·제3절과 '此謂知之至也'를 합해 격물치지전으로 삼음, 4)격물치지전 앞에 '所謂致知在格物者' 8자를 첨입.
	高應陟(1531-1605)	1)經1章·傳9章으로 개정, 2)경문 맨 앞에 '子曰'을 첨입하고 전문 맨 앞에 '曾子曰'을 첨입, 3)청송절을 경문 제1절 뒤로 옮김, 4)경문 제2절·제3절과 '此謂知本 此謂知之至也'를 합해 격물치지전으로 삼되 경문 제2절과 제3절의 순서를 바꿈, 5)격물치지전 앞에 '所謂致知在格物者' 8자를 첨입.
17세기	張顯光(1554-1637)	1)經1章·傳9章으로 개정, 2)경문 제3절-청송절-경문 제2절-'此謂知本 此謂知之至也'를 합해 격물치지전으로 삼되 '知本'을 '物格'으로 바꿈, 3)격물치지전 앞에 '所謂致知在格物者' 8자를 첨입.
	安邦俊(1573-1654)	1)經1章·傳9章으로 개정, 2)경문 제3절을 경문 제5절 뒤로 옮김, 3) 경문 제6절·제7절을 전 제8장 '莫知其苗之碩' 뒤로 옮김, 4)청송장을 경문 맨 뒤로 옮김.
	崔攸之(1603-1673)	1)경문 제3절·제7절과 청송절을 합해 전 제4장으로 삼고 '釋格物'로 해석, 2)경문 제2절과 '此謂知之至也'를 합해 전 제5장으로 삼고 '釋致知'로 해석.
	朴世堂(1629-1703)	1)經1章·傳10章 체제 그대로 유지, 2)전 제2장 제4절을 전 제3장 제3절 뒤로 옮김, 3)전 제3장 제4절·제5절을 전 제10장 제3절 뒤로 옮김, 4)전 제8장 제1절·제2절을 전 제9장 제3절 앞으로 옮김, 5) 전 제9장 제2절을 전 제10장 제2절 뒤로 옮김, 6)전 제9장 제4절을 전 제8장 제1절 뒤로 옮김, 7)전 제10장 제1절을 제1절을 전 제9장 제1절 뒤로 옮김.
18세기	李萬敷(1664-1732)	1)經1章·傳9章으로 개정, 2)청송절을 전 제3장 뒤로 옮김, 4)주희의 보망장을 그대로 수용.
19세기	安泰國(1843-1913)	1)經1章·傳9章으로 개정, 2)청송절을 경문 맨 뒤로 옮김, 3)주희의 보망장을 그대로 수용.

우리는 이 도표를 통해 우선『대학장구』개정설이 16~17세기에 집중해 나타나고 있음을 알 수 있다. 이것이 의미하는 바는 두 가지로 추정해 볼 수 있다. 하나는 조선에서 주자학이 발달하면서 주자학의 논리 구조에 대해 정밀한 이해를 하게 되었고, 그로 인해 문제 의식이 자체적으로 발생했다는 점이다. 이는 이언적의 경우를 통해서 확인할 수 있다. 다른 하나는 중국학자들의 개정설이 조선 학계에 유입되면서 개정의 타당성을 인정하고 독자적인 의리 발명을 추구했다는 점이다. 이 두 가지 요인에 의해 조선 중기에 개정설이 활발하게 대두되었다고 하겠다.

반면 18~19세기에 개정설이 적게 나타나는 것은 주자학을 절대적으로 존신하는 경직된 분위기가 조성되어 학자들이 자유롭게 의리 발명을 탐구할 수 없는 시대적 상황이 전개되었고, 또 청나라의 고증학이 유입되거나 실학과 같은 새로운 학풍이 일어남으로써 주자학 자체에 천착하기보다는 새로운 방향으로 시선을 돌리게 되었다는 점을 들 수 있다. 예컨대 앞에서 살펴본 것처럼, 이 시기에는 주희의『대학장구』를 개정하기 보다는 아예『고본대학』을 저본으로 새로운 해석을 하는 경향이 더 많이 나타나고 있는 것이 이를 단적으로 보여준다.

위 도표에 열거한 8인의『대학장구』개정설은 각기 다를 뿐만 아니라, 중국학자들의 개정설과 비교해 보아도 같은 것이 하나도 없다. 이를 통해 비록 8종의 개정설이 등장하였지만, 그것은『대학장구』를 개정할 수 있는 최대한의 새로운 설을 다양하게 제기한 것이라고 의미부여를 할 수 있다.

이 8인의 설을 또 개괄해 보면, 대개 격물치지전이 결실된 것이 아니라 착간되었다는 관점에서 일부의 구절을 옮겨다 격물치지전으로 삼는 것과 청송절을 없애 전체를 경1장·전9장의 체제로 개편하는 것이 골자이다. 다만 박세당의 경우는 주희의 격물치지전을 그대로 따르면서 전문의 편차를 여러 군데 개정하는 독특한 설을 제기하고 있다.

박세당을 제외한 7인의 개정설은 주희의 보망장을 따르지 않고 격물치지전을 새롭게 구성하는 것과 주희가 釋本末로 해석한 청송장을 없애는 것으로 요약되는데, 이는 중국 남송 이후 학자들의 개정설과 대동소이하다. 이런 점에서 이들의 개정설은 동아시아『대학』해석의 흐름 속에서 그 보편성을 획득하는 동시에, 각기 다른 설이 갖는 특수성을 아울러 확보하고 있다 하겠다.

이처럼 조선시대에 8인의 개정설이 등장하고 중국학자들의 설이 속속 전해지면서 학계는 상당히 혼란스런 분위기였다. 그러나 이황·이이 등 영향력 있는 학자들이 개정설에 반대를 하였고, 또 17세기 후반 이후 집권 서인세력들이 주자학만을 정통으로 인정하는 이념을 강화함으로써 개정설을 지지하는 분위기는 급속하게 위축되었다.

조선시대『대학장구』개정설은 8인의 각기 다른 설이 제기되었음에도 불구하고, 기실 이언적의 개정설만이 이황 이후로 끝없이 비판의 대상이 되었다. 그리고 그런 비판에 맞서 일부 학자들이 개정설을 지지하는 의논을 전개하기도 하였다. 그리고 나머지 7인의 개정설에 대해서는 거의 논평의 대상이 되지 못하였다. 그것은 그들의 설이 전국적으로 알려지지 않았을 뿐더러, 이언적의 개정설의 아류쯤으로 인식하였기 때문일 것이다. 실제로 이언적의 개정설에 대해서는 이황으로부터 반론이 일어나 조선 말기까지 끊임없이 이어졌다. 반면 이언적의 개정설을 지지하는 설은 주로 16~17세기에 집중적으로 나타난다.

이언적의 개정설에 대해 비판한 사람들과 지지한 사람들을 출신지·黨色·師承(또는 학문적 영향)으로 나누어 정리하면 다음과 같다.

시대	비판한 사람				지지한 사람			
	성명	출신지역	당색	사승 (영향)	성명	출신지역	당색	사승 (영향)
16 세 기	李滉 1501-1570	안동			盧守愼 1515-1590	한양	남인	李彦迪 문인

세기								
16세기	李 珥 1536-1584	파주	서인		高應陟 1531-1605	海平	남인	李滉 문인
	柳成龍 1542-1607	안동	동인	李滉 문인	張顯光 1554-1637	상주	남인	
	朴知誡 1573-1635	춘천	서인		孫起陽 1559-1617	밀양	남인	鄭逑 영향
					崔晛 1563-1640	선산	남인	高應陟 문인
					李廷龜 1564-1635	한양	서인	尹根壽 문인
					趙翼 1579-1655	한양	서인	尹根壽, 李廷龜 문인
					趙絅 1586-1669	근기	남인	尹根壽 문인
					崔有海 1588-1641	근기	북인	李廷龜, 鄭逑 문인
					吳翻 1592-1634	근기	서인	張顯光 영향
17세기	權榘 1672-1749	안동	남인	李玄逸 문인	李端相 1628-1669	한양	서인	李廷龜 손자
					韓汝愈 1642-1709	경주	서인	
					李萬敷 1664-1732	근기	남인	丁時翰 문인
18세기	楊應秀 1700-1767	순창	노론	李縡 문인	李獻慶 1719-1791	한양	남인	
	宋明欽 1705-1768	한양	노론		正祖 1752-1800	한양		
	魏伯珪 1727-1798	장흥	노론	尹鳳九 문인	崔象龍 1786-1849	대구	남인	鄭宗魯 문인
	黃德吉 1750-1827	巴陵	남인	安鼎福 문인				

18 세 기	金邁淳 1776-1840	한양	노론					
	許 傳 1797-1886	포천	남인	黃德吉 문인				
19 세 기	權秉天 1805-1873	丹城	노론		李九夏 19세기			
	崔惟允 1809-1877	珍山	노론	奇正鎮 문인				
미 상	未詳人 ? - ?		노론					

이 도표를 통해 드러나는 양상을 몇 가지로 나누어 논의해 보기로 하겠다. 우선 이언적의 개정설에 대해 비판한 사람들을 분류해 보면, 다음과 같은 특징을 발견할 수 있다.

첫째, 당색으로 보면 남인계 인사가 몇 명 있지만, 대부분 노론계 인물들이다. 따라서 조선후기 주자학만을 절대 존신한 노론계 학자들이 개정설을 강하게 비판하고 있음을 확인할 수 있다.

둘째, 학파별로 분류해 보면, 퇴계학파와 율곡학파가 비슷하게 나타난다. 그런데 퇴계학파는 주자학에 주도권을 가지고 있던 16세기에 집중되어 나타나고, 17세기 이후는 주자학의 주도권을 가지고 있던 율곡학파에서 많이 나타나고 있다.

셋째, 출신지역별로 분류해 보면, 서울·경기 지방의 황덕길·허전·김매순, 충청권의 박지계·송명흠, 호남권의 양응수·위백규·최유윤, 영남권의 이황·유성룡·권구·권병천 등으로 고르게 나타난다.

다음은 이언적의 개정설에 대해 지지한 학자들을 분류해 보면 다음과 같은 특징을 발견할 수 있다.

첫째, 당색으로 보면 서인계보다 남인계가 대다수를 차지하고 있다. 그것은 16세기 후반 동인과 서인으로 나누어지고 다시 동인이 남인과 북인으로 분파를 한 뒤, 남인계에서 이언적의 개정설에 대해 비판을 주도했지만, 개정설을 지지한 것도 남인계 학자들에게서 활발하게 일어나고 있음을 확인할 수 있다. 그것은 이언적이 남인계의 학문연원상에 있는 비중있는 학자였기 때문일 것이다. 즉 남인계 내에서 이황 이후 주자학만을 존숭하는 학문성향을 가진 학자들은 주희의 설을 개정하는 것 자체를 부정적으로 보았기 때문에 이언적의 개정설을 비판했지만, 주자학만을 존숭하더라도 의리 발명을 중시하거나 주자학을 존신하지만 그것만을 전적으로 따르지 않고 개방적으로 폭넓은 사상을 취하려 했던 학자들은 이언적의 개정설을 지지하고 있다.

둘째, 학파별로 분류해 보면, 남인계의 퇴계학파와 서인계의 윤근수 학맥에 있는 학자들이 대부분이다. 그런데 이들은 대체로 개방적이며 박학을 추구하는 성향을 갖고 있던 학자들이다.

셋째, 지역적으로 살펴보면, 서울·경기 지방과 경상도 낙동강 연안 지역에 거주하던 학자들이 대부분이다. 서울·경기 지방의 학자들은 17세기의 국제적 학술동향에 밝았던 사람들이다. 한편 낙동강 연안 지역 출신 학자들은 퇴계학을 존숭하더라도 안동권 학자들이 오로지 퇴계학만을 존신하던 풍조와는 좀 다른, 경상우도의 남명학도 兼取하는 성향을 가졌다. 그런 영향으로 이 지역 출신 학자들은 비교적 유연한 학문자세를 견지하는 경우가 많았다.

이러한 분류를 통해 볼 때, 이언적의 개정설을 비판한 사람들의 면모와 성향이 대체로 드러난다. 학파로 보면, 주자학을 종주로 하며 闢異端의 정신을 고취했던 퇴계학파와 율곡학파의 학자들이 대부분이라는 점이다. 황덕길·허전은 성호학통에 있는 사람들이지만, 이들도 퇴계학파의 한 맥을 계승한 부분이 있기 때문에 그 정신적 동질감을 느낄 수 있다. 또한 황덕길·허전은 근기 남인계 인물들로 성호학의 실학적 전통을 계승하고 있지만, 성호학파 내에서 온건한 성향을 지녔던 인물로 진보적 성향을 가졌던 계열과는 그 성향이 다르다. 즉 윤휴·이병휴·정약용 등 근기 남인계 학자로서 『고본대학』을 저본으로 새롭게 해석한 학자들과는 상당히 다른 경학관을 가지고 있음을 확인할 수 있다.

이를 다시 시기적으로 보면, 다음과 같은 특징이 발견된다. 이언적의 개정설을 비판한 경우는, 16~17세기에는 이황·이이 등 주자학을 종주로 하는 학자들이 주도한 반면, 18세기 이후에는 주자학의 이념을 정치적으로 강화한 노론계 학자들에게서 많이 나타난다. 반면 사상적으로 개방적 성향을 가졌던 조선후기 소론계 및 근기 남인계 인사들에게서는 비판이 거의 나타나지 않고 있다. 또한 영남 퇴계학파에서도 이언적의 개정설에 대해 비판이 나타나지 않고 있다. 그것은 18세기 李象靖이 分開看으로 치우친 퇴계학파의 성리설과 渾淪看으로 치우친 율곡학파의 성리설에 모두 문제가 있다고 생각해 通看을 제시함으로써 학문적 시각이 변화했기 때문인 것으로 추측된다.

한편 이언적의 개정설을 지지한 경우는, 16세기 후반부터 17세기에 걸쳐 집중적으로 나타나고 있다. 이를 보면 임진왜란을 거치면서부터 광해군대에 이르는 격변기에 개방적 사상이 많이 대두된 것을 알 수 있다. 영남에서는 金誠一·柳成龍 등 퇴계학맥의 정통을 자처하는 쪽이 아닌, 高應陟 및 鄭逑·張顯光 등의 영향을 받은 사람들에게서 주로 나타나며, 기호에서는 尹根壽·李廷龜 등 중국 사정에 밝았던 사람들에게서 나타난다.

요컨대 퇴계학파와 율곡학파의 정맥에서 벗어난 계열의 학자들이 이언적의 설을 지지하고 있음을 알 수 있다. 또한 영남에서는 퇴계학의 본고장인 안동권을 벗어난 경주-대구-칠곡-선산-상주로 이어지는 경계의 바깥 쪽에서 지지자들이 나타나고 있다. 반면 호남·충청 및 경상우도 지역에서는 전혀 지지자가 나타나지 않고 있다.

광해군대의 북인 중 일부는 인조반정 이후 근기 남인계로 재편된다.

이들은 17세기 후반 남인과 서인이 예송논쟁을 하면서 당쟁이 격화될 때 서인과 맞서 政爭을 한 집단이지만, 영남 남인계의 李玄逸 등이 이황의 학설에 근거하여 서인과 논쟁한 것과는 달리, 주자학적 이념을 강화하려는 서인계에 맞서 六經에 근거한 古學을 내세웠고, 사상적으로도 서인계가 주희를 존신하는 데 초점을 맞춘 것에 비해, 이들은 의리의 발명을 중시하는 道에 중점을 두었다.

근기 남인계는 학문적으로 이황의 학문을 계승한다고 표방하고 있지만, 그 성향은 영남 남인계와는 달리 현실문제에 관심을 갖고 학문의 실용성을 주장하면서 사상의 유연성과 개방성을 추구하였다. 그러나 19세기 황덕길·허전 등에 이르면 정약용 등이 보여주었던 탈주자학적 사유는 쇠퇴하고, 士人의 현실적 생활과 직결된 실천·실용의 문제로 학문이 축소된다. 이러한 단초는 安鼎福에게서부터 나타나고 있다. 그리하여 성호학파의 안정복 계열에 있던 황덕길·허전 등이 이언적의 개정설을 비판한 것인데, 앞 시대 근기 남인계에서 나타나는 의리 발명을 중시하는 경학적 사유는 매우 쇠퇴해진 것을 알 수 있다.

19세기 丹城에 살던 權秉天이 이언적의 개정설에 대해 조목조목 비판을 한 것은, 주희와 송시열을 추종하는 노론계 주자학의 의도적인 비판이라는 점에서 트집잡기식의 비난에 가깝다.

주희의『대학장구』를 개정한 설이 주희의 재전 문인대부터 일어나기 시작해 명대까지 줄곧 이어졌고, 우리나라에서도 이언적이 개정설을 제기한 뒤로 이에 대한 논의가 활발하게 일어났다. 그러므로 16세기 이후 학자들은 그 개정설에 대해 대체로 알고 있었다. 즉 주희가 보망한 격물치지전을 수용하지 않고『대학장구』를 일부 개정해 격물치지전을 새로 구성한 것을 익히 알고 있었지만, 그 설을 적극적으로 지지하거나 또는 비판하지 않고 객관적으로 그런 설을 소개만 하고 있는 조선시대 학자들의 성향을 간추려 정리하면 다음과 같다.

시대	성명	출신 지역	당색	사승 (영향)	『대학장구』 개정설 내용 소개
17세기전반	李衡祥 1653-1733	仁川			*중국학자 및 이언적의 개정설을 알고 있음 *개정설을 비판한 요지도 알고 있음 *이언적의 개정설에 대한 판단 유보, 그러나 지지에 가까움
	申益愰 1672-1722	仁洞	남인	李玄逸 문인	*이언적·장현광의 개정설을 알고 있음 *장현광이 이언적과 다른 개정설을 제기한 점 *이언적의 개정설에 관심을 표명
18세기후반	裵相說 1759-1789	安東	남인	李象靖 문인	*중국 및 우리나라 역대 주요 개정설 소개 *이언적의 개정설을 지지하지 않는 입장 피력
19세기전반	丁若鏞 1762-1836	楊坪	남인	李瀷 사숙	*개정설을 비판한 이황의 설을 지지 *『고본대학』편차 개정 자체를 인정하지 않음 *이언적의 개정설에 대해 큰 의미를 두지 않음
	柳健休 1768-1834	安東	남인	柳長源·南漢朝 문인	*이언적의 개정설 소개 *이언적의 개정설을 지지하지 않는 입장 피력
	李圭景 1788- ?	漢陽	노론	李德懋 손자	*이언적의 개정설 및 지지·비판의 설을 소개 *이언적의 개정설에 대한 판단 유보
19세기후반	郭鍾錫 1846-1919	丹城	남인	李震相 문인	*이언적의 개정설 소개 *이언적의 개정설에 대한 판단 유보, 그러나 그가 의리를 발명한 점은 지지
	朴文鎬 1846-1918	懷仁	노론	李象秀 문인	*이언적이 청송절을 경문으로 옮긴 점 비판 *이언적의 개정설에 대한 판단 유보, 그러나 반대에 가까움

　『대학』을 해석하면서 중국 董槐 등의 개정설과 우리나라 이언적의 개정설을 소개하는 자체만으로도 주희의『대학장구』만을 그대로 존신해야 한다고 생각한 대다수 주자학자들과는 다른 개방적 학문성향을 보여준다. 다만 안동권 퇴계학맥을 계승한 裵相說·柳健休 등의 견해를 보면, 이언적의 개정설을 소개하는 이유가 비판을 염두에 둔 것이었으므로 실제로 비판을 하지는 않았지만, 비판적 입장에 선 것을 알 수 있다.

반면 李衡祥·李圭景은 그야말로 객관적 입장에서 자신의 판단을 유보한 채 여러 설을 소개하는 데서 그치고 있다. 그리고 申益愰은 이언적과 장현광의 개정설에 관심을 표명한 것으로 보아 개정설을 비판하는 성향이 아님을 알 수 있다. 또한 郭鍾錫의 경우는 함부로 자신의 견해에 따라 개정설을 제기하는 학풍을 경계하면서도 의리를 발명하는 것이 학자의 본연의 임무임을 드러내고 있어 의리에 합당한 개정설이라면 지지하는 입장을 은근히 드러냈다고 하겠다. 그렇지만 노론의 朴文鎬는 개정설 자체에 대해 비판적이었음을 알 수 있다.

丁若鏞은 주희의『대학장구』를 저본으로 하던 해석 방식에서 벗어나『고본대학』을 통해 전면적으로 새로운 해석을 시도한 학자였기 때문에,『대학장구』를 저본으로 한 부분적인 개정설에 대해 기본적으로 찬성할 수 없는 시각을 갖고 있다. 즉 그가 개정설을 찬성하지 않은 것은 그런 변화된 경학관을 논거로 하기 때문이다.

이언적의『대학장구』개정설에 대해 비판한 것은 위에서 살펴본 바와 같이 조선 말기까지 줄곧 찬반논쟁이 이어졌다. 그러나 그 외 인물들의 개정설에 대해서는 거의 논쟁이 일어나지 않았다. 다만 安邦俊의 개정설에 대해 동향의 후학인 楊應秀가 조목조목 비판한 것이 있는데, 이 역시 18세기 기호학파 노론계의 주희를 절대적으로 존신하는 사유를 잘 보여주고 있다.

이상에서 살펴보았듯이, 이언적의『대학장구』개정설과 그에 대한 논변은 조선시대 학술사의 흐름과 학자들의 정신적 지향을 잘 보여주고 있어 매우 주목된다. 조선시대 지식인들이 성리학을 사상적 기반으로 한 것은 주지의 사실이다. 그런데 성리학이 이 땅에 정착하여 개화하는 16세기까지는『근사록』·『심경』·『성리대전』등을 통해 송대의 성리학을 폭넓게 수용하는 분위기였다. 특히 사화기에는 도덕적 실천을 중시하여 심성수양론이 강조되었고, 그런 분위기 속에서 지적 탐구는 비교적 자유로웠다. 그러나 16세기 후반으로 접어들어 이황이 주자학으로 경도되면서 崇正學·闢異端의 기치를 세움으로써 주자학과 다른 설을 펴는 것은 불경한 것으로 인식되었다.

그렇지만 학문의 계승 발전을 중시하여 의리를 발명하는 것이 학자의 본분이고, 주희의 학문정신에 부합되는 것이라는 점을 주장하는 학자들은 여전히 주희의『대학장구』중 역대로 계속해서 문제가 제기된 격물치지전의 착간 문제에 대해 외면하지 않고 적극적으로 자기의 설을 주장하였다. 예컨대 퇴계학파 내부에서 高應陟·張顯光 등이『대학장구』개정설을 제기한 것이 이를 보여준다.

이런 분위기 속에서 이언적의『대학장구』개정설은 논쟁의 핵심으로 부각되었다. 그런데 그 논쟁의 핵심을 들여다보면, 인간 주희를 존중하는 것이 중요한가, 아니면 도를 밝히는 것이 중요한가 하는 근원적 문제에 봉착한다. 주자학을 절대적으로 믿고 따르는 것이 학문의 발전은 물론, 당대 사회를 문명화시키는 것이라고 철석 같이 믿는 사람들은 보다 더 주자학을 존신하는 쪽으로 정치적 이념을 강화해 나갔다. 이러한 사유는 성현의 가르침을 후학들이 함부로 변개하기보다는 믿고 따르는 것이 합당하다는 관점으로 墨守主義에 해당한다.

반면 성현이 도를 발명해 놓았더라도 후학은 그것을 계승하여 계속해서 의리를 발명해 나가야 문화가 발전한다는 관점에서 前人 未發의 도를 발명하는 데 학문적 의의를 두는 사유를 가진 사람들은 前聖이나 前賢보다 道 즉 義理에 중점을 둔다. 그래서 이들은 의리의 발명을 무엇보다 중시하면서 학문이 경직되고 교조화되는 것을 경계한다. 이런 사람들이 대체로『대학장구』개정설을 제기하거나『대학장구』개정설을 지지하였다. 이런 사유는 묵수주의가 아니라 進取主義라 하겠다.

조선시대 경학사는 이 두 사조에 의해 끊임없이 논쟁하면서 발전해 왔다. 때로는 진취적 사고가 활발하게 전개되기도 하였지만, 대부분 주자학만을 절대 존신하는 교조적 이데올로기 속에서 묵수적 사고가 전반적인 대세를 형성하였다. 그렇지만 그런 속에서도 비록 소수이기는 하지만 진취적 사고를 한 학자들이 끊어지지 않고 계속해서 나왔다는 것은 역사발전의 원동력이 어디에 있었는지를 짐작케 한다. 이런 점에서 조선경학사에 있어서『대학장구』개정설에 대한 논변은 그 의의가 자못 크다고 하겠으며, 조선학술사의 내재적 발전에 크게 기여했다고 하겠다.

제6장
결론

이 글은 조선시대 학문의 핵심이었던『대학』에 관한 해석 중, 특히 주희의『대학장구』를 일부 개정해 그 미비점을 보완하려 한 개정설과 그런 개정설에 대해 반대하여『대학장구』를 그대로 고수하며 반론을 전개한 개정불가론자들의 논변을 정리하여, 조선시대 학술사의 일면을 밝히는 것을 목적으로 하였다.

이러한 작업은 단순히『대학』해석에 관한 문제에 국한되지 않는다. 왜냐하면 조선시대는『대학』이 모든 학문의 근간으로 인식되었기 때문이다. 그러므로 이는 조선학술사의 핵심을 이해하기 위한 것이며, 또 우리 학술사의 내재적 발전론을 이해하기 위한 것이며, 주자학으로 경직된 풍토 속에서도 학문과 사상의 자유를 추구하는 인식론을 이해하기 위한 것이며, 아울러 조선학술사상 주자학의 심화 발전에 주목하기 위한 것이기도 하다.

조선시대『대학장구』개정에 관한 문제는 단순히 조선시대 학술사 내지 우리나라 학술사에서 그 의미를 찾는 것일 뿐만 아니라, 동아시아 학술사 내에서 그 의미를 살펴야 하기 때문에 이 글에서는 먼저 중국에서의『대학』의 경학사적 위상과『대학』해석에 관한 여러 설을 살펴보았다. 그리고 주희 이전의『대학』改本에 관한 여러 설을 살펴본 뒤, 주희가 개본한『대학장구』의 논리 구조와 문제점을 살펴보았다. 또 중국에서 주희의『대학장구』를 개정한 여러 설을 정리하여 살펴보았다. 이러한 일은 조선시대『대학장구』개정설과 그에 대한 논변을 보편적이고 객관적인 경학사의 흐름 속에서 이해하기 위해서이다.

또한 조선시대『대학』해석에 관한 경향을 비록 소수이긴 하지만『고본대학』을 저본으로 한 해석과『대학장구』를 저본으로 한 해석으로 대별해 살펴봄으로써『대학장구』만을 저본으로 하여 해석하지 않았다는 점을 드러내면서, 그런 속에서『대학장구』를 저본으로 한 해석 가운데『대학장구』를 개정한 설이 등장하게 되었음을 드러내었다. 그리고 나서 조선시대『대학장구』개정설의 주요 특징을 차례로 제시하면서 그 의미를 살펴보았다. 그 다음 이언적의『대학장구』개정설에 대한 논변과 기타 인물의 개정설에 대한 논변을 살펴보았으며, 마지막으로『대학장구』개정설과 그에 대한 논변의 경학사적 의미를 고찰해 보았다.

이상에서 논의한 것을 간추리면 다음과 같은 결론에 도달한다.

『대학』은 송대 이전까지는『예기』49편의 한 편으로 간주되어 특별히 주목을 받지 못하였다. 그러다 송대로 들어와 비로소 주목을 받기 시작하여 다양한 해석이 나타난다. 청대 초기의 학자 朱彝尊의『經義考』에는『대학』관련 저술목록이 총 264종이나 보이는데, 그 가운데 현존하는 것은 75종에 불과하다. 이를 크게 분류해 보면, 1)『고본대학』을 저본으로 독자적인 분장을 하거나 해석을 한 경우, 2)주희의『대학장구』를 저본으로 부분적인 개정을 하거나 해석을 한 경우, 3)명대 중반 출현한『僞石經大學』의 영향에 의한 해석, 4)衍義類의 해석 등으로 대별할 수 있다.

『대학』은 한 편의 논리 구조를 가진 글이기 때문에 分節과 分章을 통한 논리 구조 파악이 매우 중요하다.『고본대학』및 주희 이전의『고본대학』을 개본한 程顥·程頤·林之奇 등은 분장을 하지 않았다. 이는 아직 논리 구조 파악에 대한 인식이 발달하지 않았음을 보여준다. 주희는 최초로 분장을 하여 경1장·전10장의 논리 구조를 마련하여 해석하였다. 이후 이에 대한 인식이 발달하면서 6분장설·7분장설·8분장설·13분장설 등이 다양하게 제기되었다.

그런데 분장은 어디까지나 단락을 나누어 논리 구조를 파악하기 위한 것이다. 주희는『고본대학』에 闕失도 있고 錯簡도 있다는 관점에서 개본을 하는 동시에 補亡도 하여 격물치지전을 보충해 넣었다. 그런데 이와는 달리『고본대학』에는 궐실이 없고 착간만 있다는 관점이 주희보다 먼저 제기되었다. 즉 정호·정이·임지기 등은 착간만 있다는 관점에서 개본을 하였는데, 주희는 착간은 물론 궐실까지 있다는 관점에서 해석하여 보망장을 넣은 것이다. 이러한 주희의 관점은 종래의 시각보다 더 진전된 것으로, 논리 구조를 정밀히 파악한 데서 연유한 것이다.

그러나 주희 이후의 학자들은 주희가 궐실로 여겨 보망한 격물치지전에 대해 끝내 의심을 버리지 못하고 회의하여 결국『대학장구』를 개정하는 설이 등장하게 되었다. 그것도 주자학파 내부에서 개진되었으며, 주희의 재전 문인대부터 개정설이 등장하기 시작하여 청대까지 이어졌다. 이상이 역대『대학』해석의 주요한 관건인 궐실도 있고 착간도 있는가, 아니면 궐실은 없고 착간만 있는가 하는 두 가지 관점이다.

그 다음『대학』해석의 중요한 문제 중 하나가 經文과 傳文으로 나눌 것인가, 말 것인가 하는 점이다. 이는『대학』의 작자를 누구로 볼 것인가 하는 문제와 직결되어 있다. 대체로 주희 이전에는 이 문제가 불분명하였지만, 주희가 경문은 공자의 말씀을 증자가 지은 것으로, 전문은 증자의 말씀을 그의 문인들이 기록한 것으로 정의하면서 경문과 전문을 분리한 뒤로, 이에 대한 논변도 끊이질 않았다.

또 한 가지 중요한 점이 편차를 개정할 것인가, 말 것인가 하는 문제이다. 이는『고본대학』을 저본으로 하든『대학장구』또는『위석경대학』을 저본으로 하든 동일하게 나타나는 문제였다. 주희의『대학장구』에 반대하여 아예『고본대학』을 저본으로 독자적인 해석을 시도한 학자들도 편차를 개정하지 말아야 한다는 시각과 개정하여 바로잡아야 한다는 시각이 팽팽하게 맞선다.

이 글에서는 주희의『대학장구』를 저본으로 한 개정설을 집중적으로 고찰하는 것이 목적이기 때문에 중국 역대로『고본대학』을 저본으로 한 해석이나『위석경대학』을 저본으로 한 해석에 대해서는 논의를 하지 않았다. 다만 주희의『대학장구』가 나오기 이전의 전초 단계에 해당하는 정호·정이·임지기 등이『고본대학』을 저본으로 개본을 한 것에 대해서는『대학장구』가 등장하게 된 배경을 이해하는 데 도움이 되기 때문에 이 글에서 언급하지 않을 수 없었다.

일반적으로『고본대학』은 6분장설이 가장 많이 등장하는데, 주희는 이 가운데 제1절과 제2절에 대해서만 대폭적인 편차를 개정하고 분장을 새롭게 하였다. 그리고 제3절 이하는『고본대학』의 편차를 그대로 따르면서 분장도 하지 않고 각각 1장으로 처리하였다. 이렇게 하여 그는 경1장·전10장의 체제를 만들었다. 그가 이렇게 체제를 개편해 만든『대학장구』의 특징을 정리하면 다음과 같다. 첫째, 경1장·전10장 체제로 나누어 해석했다. 둘째, 명명덕·신민·지어지선을 삼강령으로 격물·치지·성의·정심·수신·제가·치국·평천하를 팔조목으로 보아 삼강령·팔조목의 구도를 만들었다. 셋째, 전문을 명명덕전-신민전-지어지선전-본말전-격물치지전-성의전-정심수신전-수신제가전-제가치국전-치국평천하전의 순으로 배치하였다. 넷째, 격물치지전을 보충해 넣었다. 다섯째, 청송절을 본말을 해석한 전문으로 독립시켰다.

이러한 주희의『대학장구』는, 후학들에 의해 1)격물치지전이 궐실되었다고 판단해 보망해 넣은 것, 2)삼강령·팔조목에 없는 본말전을 둔 것 등 크게 두 가지 문제점에 대해 懷疑를 싹트게 하였다. 주자학이 남송 말기부터 중국 전체에 널리 퍼져 융성하게 전개되었지만, 이 두 가지 문제점에 대해서 학자들은 끝내 의심을 버리지 못하였다. 그리하여 주희의 재전 문인인 董槐에 이르러 격물치지전은 궐실된 것이 아니라 착간되었을 뿐이라는 시각이 대두되어 마침내 경문의 42자를 뒤로 옮겨 격물치지전의 결어인 '此謂知本 此謂知之至也'와 합해 격물치지전으로 삼아야 한다는 다양한 설이 제기되었다.

이러한 학술적 분위기는 남송 말기부터 명나라 중반까지 지속되었다. 다시 말해 당시에는 이 점이 동아시아 학술사의 가장 첨예한 문제였고, 이에 대해 가장 합리적인 설을 제기하여 객관적 설득력을 확보하는 것이 학문적으로 크게 인정받는 분위기였다.

이는 주희의 『대학장구』가 등장한 이후 학술의 초점이었다고 해도 과언이 아니다. 주희의 『대학장구』에 대한 개정설은 두 가지로 나타났다. 하나는 격물치지전에 대한 개정설의 대두이고, 하나는 전 제10장의 편차를 개정하여 새롭게 제10장의 논리 구조를 파악하려고 하는 움직임이었다. 전자는 앞서 제기된 문제에 의한 것이고, 후자는 程頤 등이 전 10장을 개정하였기 때문에 전 제10장의 편차를 전혀 개정하지 않은 주희의 설에 회의함으로써 나타난 것이다. 그러나 후자보다는 문제의 핵심은 늘 전자에 있었다.

주희 이후 중국에서 『대학장구』 격물치지전에 대해 개정한 주요 학자로는 남송의 董槐(?-1262)·王柏(1197-1274) 및 왕백의 문인 車若水(1210-1275)가 있다. 그리고 원말명초의 景星·王巽卿 등도 『대학장구』를 개정하는 설을 제기하였다. 명대에는 宋濂(1310-1381)·王禕(1322- 1373)·方孝孺(1357-1402)·蔡淸(1453-1508)·林希元·劉績·黃光昇·顧憲成(1550-1612)·郁文初·邱嘉穗·范爾梅·李錫書 등이 있다.

이러한 개정설은 대체로 두 가지로 요약된다. 하나는 격물치지전이 궐실된 것이 아니라 착간된 것이라는 관점에서 경문의 일부를 옮겨 격물치지전으로 삼음으로써 경1장·전9장 체제로 개편하는 것이 주안점이다. 또한 이와 관련하여 주희가 본말을 해석한 것으로 본 청송장을 인정하지 않고 경문으로 옮기거나 격물치지전에 합하는 것이 대체적인 견해이다.

또 남송 말부터 제기된 개정설은 명대 중반 채청에 이르러 보다 정밀한 개정설이 제기됨으로써 폭넓은 지지를 이끌어냈다. 그러나 그 이후에도 여전히 그에 동조하지 않고 새롭게 개정하는 설이 부단히 제기되었다. 이는 이 문제가 당시 학술사의 중요한 이슈였음을 보여주는 것이다. 다만 왕수인의 양명학이 대두되면서 이런 분위기는 위축되어 주자학이 전보다 세력이 약화됨으로써 『대학장구』 개정설도 학술의 이슈로 지속되지 못하고 밀려나게 되었다. 그리고 그 자리에 대신 『고본대학』을 저본으로 아예 새로운 해석을 하는 설이 등장하였다.

다른 하나는 『대학장구』 전 제10장인 치국평천하장의 편차를 개정하는 설이다. 이는 격물치지전을 개정하는 설보다 활발하게 개진되지 못하였다. 원대 王巽卿·陳天祥 등이 이 장의 편차를 개정하는 설을 처음으로 제기하였고, 명대 楊守陳과 청대 張履祥·張伯行 등도 개정설을 개진하였다. 그러나 이 전 제10장의 편차를 개정하는 설은 학계의 호응을 받지 못하여 저절로 자취를 감추게 되었고, 이에 대한 논변이 일어나지 않았다.

이러한 중국 학계의 흐름은 우리나라에도 그대로 영향을 미쳤다. 여말선초의 權近은 중국의 동괴·왕백 등이 『대학장구』의 편차를 일부 개정한 것에 대해 이미 알고 있었다. 이는 주자학이 원나라를 통해 고려 말에 유입되면서 자연스럽게 전해진 듯하다. 그러나 조선의 학계는 이를 받아들여 논의할 만큼 성숙하지 못했다. 그래서 16세기 중반 성리학이 개화할 때까지 1백여 년 이상을 기다려야 했다.

조선시대 『대학』 해석은 크게 두 가지 경향으로 나타난다. 하나는 『고본대학』을 저본으로 해석하는 것이고, 하나는 『대학장구』를 저본으로 해석하는 것이다. 물론 전자는 극소수에 불과하고 후자가 99% 이상을 차지했다. 그러나 1% 미만이라 할지라도 전자가 17세기 전반부터 구한말까지 줄곧 대두된 것은 우리나라 경학사에서 값하는 바가 매우 크며, 사상사적으로 중요하지 않을 수 없다.

이 책에서 논의한 『고본대학』을 저본으로 해석한 인물은 崔有海(1588-1641)・尹鑴(1617-1680)・鄭齊斗(1649-1736)・李秉休(1710-1776)・丁若鏞(1762-1836)・沈大允(1806-1872)・金澤榮(1850-1927) 등이다. 이 외에도 아마 『고본대학』을 저본으로 해석한 학자가 몇 명 더 있을 듯하지만, 필자가 미처 확인하지 못해 이 책에서는 다루지 못하였다. 이들의 설은 각기 다른데, 『고본대학』을 저본으로 하지만, 주희의 해석을 상당 부분 수용하여 經文과 傳文으로 나눈 것도 있고, 經・傳으로 나누지는 않지만 分章을 한 경우도 있다. 이에 대해서는 앞에서 상세히 언급했으므로 여기서 재론하지 않기로 한다.

그 다음 『대학장구』를 저본으로 한 해석은, 첫째 『대학장구』를 부연하고 심화시킨 해석, 둘째 『대학장구』를 개정 보완한 해석으로 크게 나눌 수 있다. 전자는 그 동안 학계의 관심 밖이었는데, 필자는 조선에서 정주학적 경학이 더 발전한 면모를 여기에서 찾을 수 있다고 생각해 특별히 주목하는 인식을 갖고 있다. 그러나 이 글의 목적과 부합하지 않기 때문에 이 책에서는 소략하게 그 특징만 거론하고 말았다.

우리나라에서 『대학장구』를 개정한 설은 16세기 李彦迪(1491-1553)과 高應陟(1531-1605), 17세기 張顯光(1554-1637)・安邦俊(1573-1654)・崔攸之(1603-1673)・朴世堂(1629-1703), 18세기 李萬敷(1664-1732), 19세기 安泰國(1843-1913) 등에게서 보인다. 그런데 이들의 개정설은 각기 다르다. 이처럼 개정설이 줄곧 등장하게 된 것은 이언적의 개정설과 중국학자들이 개정설에 영향을 받은 측면이 크다. 그러나 각 시대마다 묵수주의보다는 진취적 사고를 하여 의리 발명을 중시하는 경학관을 새롭게 인식하고 있었던 측면을 이 글에서는 중요하게 보았다.

조선시대『대학장구』개정설은 이언적이 가장 먼저 개진하였다. 그가 살던 시대는 士禍로 인해 지식인들이 출사보다는 재야에서 학문에 전념하여 성리학이 활짝 꽃피던 시기였다. 그러므로 이언적의 개정설에 대해 찬반의 논쟁이 뜨겁게 일어나 학계의 중요한 이슈로 등장하였다.

가장 먼저 이언적의 개정설에 대한 반대를 한 사람은 동향의 후배 李滉(1501-1570)이다. 이황은 이언적을 선배로서 그리고 을사명현으로서 존경하였다. 그러나 주자학으로 경도된 이황은 陸九淵 이래 心學으로 경도된 학문에 대해 매우 비판적 인식을 보이며 나중에는 불교의 禪과 같은 맥락이라고 몰아 이단시하였다. 이처럼 주자학을 정통으로 인식한 이황은 주희의 만년 정설인『대학장구』를 개정하는 것 자체가 불경한 것이라 생각하였다. 그리하여 그는 개정설의 불가함을 세 가지로 논하고, 또 비유를 들어 廊廡를 고치려다 正寢까지 훼손하였다고 비난하였다.

그러나 16세기부터 17세기 전반기까지는 아직 사상계가 비교적 자유로운 분위기여서 이언적의 개정설에 대해 찬반논쟁이 뜨겁게 전개되었다. 이언적의 설에 반대한 사람과 지지한 사람들의 견해에 대해서는 앞에서 상세히 논했으므로 여기서 재론하지는 않겠다. 다만 이런 논쟁이 구한말까지 끊임없이 이어졌다는 것은, 이 점이 우리 학술사의 중요한 문제였음을 말해준다. 그리고 양자의 경학관도 이를 통해 선명히 드러난다. 즉 반대론자들은 대부분 묵수적 경학관을 견지하고 있으며, 지지론자들은 대부분 의리 발명을 중시하는 진취적 경학관을 가지고 있는 것으로 판명되었다. 이 점은 우리나라 사상사에서 중요하게 다루어야 할 점이다.

이런 점을 통해 보면, 조선시대 경학은 비록 소수이기는 하지만 의리 발명을 중시하며 진취적 사고를 가진 일부 경학가들에 의해 끊임없이 새로운 설이 제기되면서, 주희의 설만을 존신하는 대다수 묵수적 사고를 한 학자들과 부단히 논쟁하면서 발전해 왔다고 하겠다. 이 점은 우리나라 학술의 내재적 발전론을 검토하는 데 중요한 의미가 있다고 본다.

또한 이를 통해 우리는 조선시대 학술사를 개관할 수 있다. 이는 비단 주희의『대학장구』에 대한 개정과 그에 대한 논변의 차원이 아니라, 조선시대 학자들의 전반적인 사유를 대변해주고 있기 때문이다. 다시 말해 조선시대는『대학』이 모든 학문의 근간으로 인식되는 상황에서『대학』해석의 절대적 권위를 가진 주희의『대학장구』를 그대로 존신하느냐, 아니면 문제 의식을 갖고 검토하여 새로운 발상을 하느냐 하는 두 가지 성향의 인식이 늘 공존해 왔다는 점이다. 거꾸로 말하면, 우리가 흔히 알고 있듯이, 조선시대는 주자학 일색으로 모두 경도되어 있었던 것은 아니라는 것이다. 주자학이 조선후기로 갈수록 교조적 이데올로기로 강화되었지만, 그런 속에서도 학문의 사상과 자유를 갈구하는 목소리가 늘 있었다는 것이다.

또한『대학장구』개정설에 대한 끝없는 논변을 통해 일면 주자학만을 절대적으로 존신하지 않고 사상의 자유를 갈구한 학자가 일부 있었던 반면, 그를 통해 주자학을 존신하는 학자들은 오히려 주자학을 더 정밀히 연구하여 대응함으로써 주자학에 대한 인식을 상대적으로 발전시켰다는 점이다. 조선후기로 접어들어 절대 다수의 학자가 묵수적 관점에서 주자학에 경도되었지만, 무조건 주희의 설을 맹종하지는 않았다. 그리하여 이들은 주희설의 초년설과 만년설을 분변하여 定說을 확정하려 하였고, 또 주희가 명확히 해석하지 않은 부분에 대해 진전된 성리학적 사유를 발판으로 심도 있게 분석하여 심화시켰으며, 주희의 설과 다른 대전본 소주의 설을 분변하여 주자학의 정통성을 더 확고히 정착시키려 하였다.

이런 점을 그 동안 우리는 별로 눈여겨보지 않았지만, 주자학이 조선에서 더 발전한 측면이 있다는 점을 이제 새롭게 주목할 필요가 있다. 그것은 주자학이 조선에서 송·원·명시대보다 더 진전된 측면이 분명히 있기 때문이다. 특히『대학』해석에서도 大學圖를 통한 해석을 보면 훨

씬 정밀하게 대학의 논리 구조를 분석한 점이 있으며, 해석 내용을 보더라도 성리학적 식견을 적용해 매우 깊이 있는 해석이 이루어진 것을 확인할 수 있다. 이는 적어도 조선중기 이후 주자학에 한해서는 우리나라가 중국보다 더 깊이 천착하여 심화 발전시켰다는 점을 보여주기 때문에, 당시 우리 학술이 세계 최고의 수준에 올라 있었다는 점을 말해준다.

이언적 이후 주희의 『대학장구』 개정설에 대해 구한말까지 끊임없이 찬반논쟁이 지속되었다는 것은 경직된 이데올로기 속에서 학문과 사상의 자유를 추구하는 학문정신이 늘 살아 있었음을 확인시켜 줄 뿐만 아니라, 이런 찬반논쟁을 통해 주자학의 심화 발전을 가져왔다는 점에서도 그 의의가 매우 크다고 하겠다. 또한 『대학장구』 개정설의 대두와 그에 대한 찬반 논쟁은 경학사의 중요한 이슈였을 뿐만 아니라, 조선 학계의 지성사로 보아도 그 의의가 자못 크다고 하겠다. 그리고 오늘날 우리들에게도 시사하는 바가 적지 않다고 생각된다.

참고문헌

1. 中國 原典資料

乾隆勅 撰, 『欽定禮記義疏』, 欽定四庫全書 제126책.

景　星, 『大學中庸集說』, 欽定四庫全書 제204책.

孔穎達, 『禮記注疏』, 欽定四庫全書 제116책.

紀　昀, 『四庫全書總目提要』, 臺灣 商務印書館.

毛奇齡, 『大學證文』, 欽定四庫全書 제210책.

方孝孺, 『遜志齋集』, 欽定四庫全書 제1235책.

史伯璿, 『四書管窺』, 欽定四庫全書 제204책.

宋　濂, 『龍門子凝道記』, 百部叢書集成 初編 제95책, 台北 藝文印書館 影印.

黎立武, 『大學發微』, 欽定四庫全書 제200책.

黎靖德 編, 『朱子語類』, 中華書局.

吳　澄, 『吳文正公集』, 欽定四庫全書 제1197책.

王　柏, 『魯齋集』, 欽定四庫全書 제1186책.

王　褘, 『靑巖叢錄』, 百部叢書集成 初編 제95책, 台北 藝文印書館 影印.

劉斯原, 『大學古今本通考』, 中國子學名著集成 제15책.

李光地, 『榕村四書說』, 欽定四庫全書 제210책.

林之奇, 『拙齋文集』, 欽定四庫全書 제1140책.

林希元, 『蓮理堂重訂四書存疑』, 국립중앙도서관 소장 日本木版本, 조선총독부고서분
　　　　류표 古1-30.

翟　灝, 『四書考異』, 皇淸經解 제17책.

程顥·程頤, 『二程全書』, 臺灣中和書局.

朱公遷,『四書通旨』, 欽定四庫全書 제204책.

朱彝尊,『經義考』, 欽定四庫全書 제679책.

朱　熹,『大學章句』, 欽定四庫全書 제197책.

蔡　淸,『四書蒙引』, 欽定四庫全書 제206책.

惠士奇,「大學說」, 續修四庫全書 제159책.

胡　廣 等,『四書大全』, 欽定四庫全書 제205책.

胡　渭,『大學翼眞』, 欽定四庫全書 제208책.

黃宗羲,『明儒學案』, 廣文書局.

黃　震,『黃氏日抄』, 欽定四庫全書 제701책.

2. 中國 研究論著

皮錫瑞 著, 李鴻鎭 譯,『中國經學史』, 同和出版公社, 1984.

李紀祥,『兩宋以來大學改本之研究』, 臺灣 學生書局, 民國77年.

程元敏,『王柏之生平與學術』, 臺灣 學海出版社, 民國64年.

＿＿＿,「大學改本述評」,『孔孟學報』23期, 民國61年.

唐君毅,「大學章句辨證及格物致知思想之發展」,『中國哲學原論』(導論篇), 대만 학생서
　　　국, 1966.

蔡仁厚,「大學分章之研究」,『宋明理學』南宋篇, 대만 학생서국 1980.

3. 韓國 原典資料

李彦迪,『大學章句補遺』·『續大學或問』..

權　榘,『屛谷集』,「大學就正錄并圖」附「傳十章脈絡」.

權秉天,『幽窩遺稿』,「大學補遺辨」.

朴知誠,『潛冶集』,「李晦齋彦迪大學格致章辨」.

安邦俊,『牛山集』.

楊應秀,『白水集』「補亡章諸儒說辨」.

柳成龍,『西厓集』,「大學章句補遺」.

李九夏,『知非稿抄』,「李晦齋先生續大學或問補遺」.

李　珥,『栗谷全書』,「晦齋大學補遺後議」.

李恒老, 『華西集』, 「大學補亡章句解」.

李獻慶, 『艮翁文集』, 「論大學次序」.

李　滉, 『退溪集』, 「答李仲久別紙」.

崔象龍, 『鳳村文集』, 「大學辨疑」.

崔惟允, 『夢關集』, 「論晦齋人學」.

崔有海, 『嘿守堂集』, 「大學舊本考異」·「賓主問答」(論大學考義).

韓汝愈, 『遁翁集』, 「題晦齋先生改正大學後」·「題大學補遺後」·「題盧蘇齋大學補遺跋
　　　　後」.

鄭載圭, 『老栢軒集』, 「書大學保有辨後」.

4. 韓國 研究論著

琴章泰, 「'大學圖'와 退溪의 『大學』體系認識」, 『東亞研究』 제37집, 서울대, 1999.

金敎斌, 「大學說을 통해 본 霞谷 鄭齊斗의 經學思想」, 『제5회 동양학 국제학술회의
　　　　논문집』, 성균관대 대동문화연구원, 1995.

＿＿＿, 「晦齋哲學思想研究」, 성균관대 석사논문, 1983.

金基鉉, 「晦齋 李彦迪의 哲學思想」, 『民族文化研究』 제15호, 고대 민족문화연구소,
　　　　1980.

金吉煥, 「李彦迪의 心學觀과 太極觀」, 『朝鮮朝儒學思想研究』, 일지사, 1980.

金丁鎭, 「道德政治의 哲學的意義와 中庸九經衍義考察」, 『韓國의 哲學』 제9집, 경북대
　　　　퇴계학연구소, 1981.

金鍾國, 「李晦齋의 無極太極論에 對한 考察」, 『東洋哲學』, 성균관대, 1963.

金鍾文, 「晦齋의 哲學思想에 關한 研究」, 경북대 석사논문, 1965.

金忠烈, 「李彦迪의 哲學思想」 論評, 『韓國哲學思想』 中, 한국철학회, 1977.

김태영, 「회재의 정치 사상」, 『李晦齋의 사상과 그 세계』, 성균관대 대동문화연구원,
　　　　1992.

박홍식, 「회재와 퇴계를 통한 성리학 형성에 관한 고찰」, 『유교사상연구』 제3집,
　　　　1988.

裵宗鎬, 「朴世堂의 格物致知說」, 『李乙浩停年紀念論叢-실학논총』, 전남대, 1975.

徐遠和, 「南冥과 大學」, 『남명학연구논총』 제4집, 남명학연구원, 1996.

성교진, 「회재의 태극변과 망기당의 무극론」, 『한국 사상사』, 원광대, 1991.

대동문화연구원,『李晦齋의 사상과 그 세계』, 성균관대 대동문화연구원, 1992.

安秉杰,「白湖 尹鑴의 經學과 社會政治觀」,『제5회 동양학 국제학술회의 논문집』, 성균관대 대동문화연구원, 1995.

安秉杰,「大學古本을 통해 본 白湖의 經學思想 硏究」,『민족문화』제11집, 민족문화추진회, 1985.

安在淳,「李星湖의 '大學疾書'에 대한 考察」,『동양철학연구』제2집, 동양철학연구회, 1981.

劉明鍾,「李彦迪의 哲學思想」,『韓國哲學思想』中, 한국철학회, 1977.

______,「晦齋 李彦迪의 哲學思想」,『韓國儒學硏究』, 以文出版社, 1988.

柳正東,「이언적 철학 사상의 위치」,『한국철학연구』中, 동명사, 1977.

______,「李彦迪과 曺漢輔와의 '無極而太極'에 관한 論辨」,『韓國思想大系』Ⅳ, 성균관대 대동문화연구원, 1984.

______,「회재 이언적」,『한국 유학의 재조명』, 1985.

尹絲淳,「회재의 '仁' 사상」,『李晦齋의 사상과 그 세계』, 성균관대 대동문화연구원, 1992.

李東熙,「朱子의 大學章句에 대한 辨證硏究」,『民族文化』제9집, 민족문화추진회, 1983.

______,「朱子의 大學章句에 대한 硏究」,『東洋哲學硏究』제2집, 성균관대 동양철학연구회, 1981.

______,「晦齋 李彦迪의 經學思想」-『大學章句補遺』의 分析-,『朝鮮朝 儒學思想의 探究』, 여강출판사, 1988.

李昤昊,「讀書記-大學」을 통해 본 白湖 尹鑴의 경학사상」,『한국한문학연구』제25집, 2000.

______,「17세기 조선 학자들의『大學』解釋에 관한 연구」, 박사학위 논문, 성균관대, 1999.

______,「經書辨疑-大學을 통해 본 沙溪 金長生의 경학사상」,『인문과학』, 성균관대, 2000.

______,「南溪 朴世采의『大學』解釋을 통해 본 17세기 朱子學的 經學의 一面」,『大東漢文學』제12집, 대동한문학회, 2000.

李炳燾,「李晦齋와 그 學問」,『震檀學報』제6집, 진단학회 1936.

李相殷,「晦齋先生의 哲學思想」,『國譯 晦齋全書』.

李完栽, 「무극 태극 논변에 관하여」, 『李晦齋의 사상과 그 세계』, 성균관대 대동문화
　　　연구원, 1992.

______, 「晦齋의 曺忘機堂과의 太極論辨에 關하여」, 『大丘史學』 제12·13집, 대구사
　　　학회, 1977.

李佑成, 「李彦迪 先生의 歷史的 位置와 그 經世思想」, 『國譯 晦齋全書』.

______, 「晦齋全書解題」, 『晦齋全書』, 성균관대 대동문화연구원, 1973.

李源鈞, 「李晦齋의 中庸九經衍義에 對하여」, 『부산수산대학교 논문집』 제16집, 1976.

______, 「晦齋 李彦迪의 經世思想과 時務論」, 『又軒丁仲煥博士還曆記念論文集』 1974.

李乙浩, 「大學公義의 反朱子學的 考察」, 『한국철학연구』 제3집, 1973.

李篪衡, 「『大學』 註釋을 통해 본 丁茶山의 經學」, 『제5회 동양학 국제학술회의 논문
　　　집』, 성균관대 대동문화연구원, 1995.

______, 「회재의 경학 사상」, 『李晦齋의 사상과 그 세계』, 성균관대 대동문화연구원,
　　　1992.

______, 「『大學』 註釋을 통해 본 丁茶山의 經學」, 『제5회 동양학국제학술회의논문집
　　　』, 성균관대 대동문화연구원, 1995.

李泰鎭, 「正祖의 『大學』 탐구와 새로운 君主論」, 『李晦齋의 思想과 그 世界』, 성균관
　　　대 대동문화연구원, 1992.

張閏洙, 「朴西溪의 思辨錄 考察―大學과 中庸」, 『철학논총』 제6집, 영남철학회, 1990.

全丙哲, 「南塘 韓元震의 『大學』 解釋 研究」, 석사학위 논문, 경상대, 2002.

鄭炳連, 「『大學公義』의 考訂的 正義」, 『유교사상연구』 제1집, 유교학회, 1986.

______, 「제2편 『대학』의 해석체계와 考訂의 要旨」, 『茶山 四書學 研究』, 경인문화사,
　　　1994.

鄭一均, 「茶山 丁若鏞의 『大學』論」, 『한국학보』 제85집, 1996.

______, 「제3장 제3절 「丁若鏞의 『大學』 관계 著述」, 『茶山 四書經學 研究』, 일지사,
　　　2000.

崔大羽, 「丁茶山의 大學經說考」, 『다산학보』 제7집, 1985.

崔鳳永, 「星湖學派의 朱子 大學章句 批判論」, 『동양학』 제17집, 단국대, 1987.

崔錫起, 「艮湖 崔攸之의 『대학장구』 개정과 그 의미」, 『남명학연구』 제12집, 경상대,
　　　2002.

______, 「南塘 韓元震의 『대학』 해석에 나타난 특징」, 『한문학보』 제14집, 우리한문
　　　학회, 2006.

______,「南塘 韓元震의『대학』해석의 요지와 그 의미」,『남명학연구』제21집, 남명학연구소, 2006.

______,「杜谷 高應陟의『大學章句』改訂과 그 意味」,『한문학보』제4집, 우리한문학회, 2001.

______,「嘿守堂 崔有海의『대학』해석과 그 의미」,『남명학연구』제18집, 경상대 남명학연구소, 2004.

______,「星湖 李瀷의『大學』解釋과 그 意味」,『한국실학연구』제4호, 한국실학연구회, 2002.

______,「陽村 權近의『大學』해석과 그 意味」,『한문학보』제8집, 우리한문학회, 2003.

______,「淵泉 洪奭周의 학문성향과『대학』해석의 특징」,『한문학보』제15집 우리한문학회, 2006.

______,「貞山 李秉休의『大學』解釋과 그 意味」,『남명학연구』14집, 경상대 남명학연구소, 2002.

______,「退溪의『대학』해석과 그 의미」,『한국의철학』제36호, 경북대 퇴계연구소, 2005.

______,「韓國經學 硏究의 回顧와 展望」,『대동한문학』 제19집, 대동한문학회, 2003.12.30.

______,「한국경학자료집성 소재『대학』주석의 특징과 그 연구방향」,『대동문화연구』제49집, 성균관대 대동문화연구원, 2005.

______,「晦齋의『大學章句』改訂과 後代의 論辨」,『정신문화연구』통권 71호, 정문연, 1998.

______,「南塘 韓元震의『中庸』解釋 方法과 그 成果」,『한문학보』제16집, 우리한문학회, 2007.

皮正姬,「尹鑴와 丁若鏞의『大學章句』해석에 대한 비교 연구」,『성신한문학』2집, 성신여대, 1990.

黃義東,「李彦迪의 철학 사상」,『한국의 유학 사상』제6장「理중시의 철학 사상」, 서광사, 1995.

______,「회재 철학의 근본 문제」,『동서철학연구』제8호, 한국동서철학연구회, 1990.

찾아보기

ㄱ

賈似道　148

間架　17

『艮湖先生集』　345

葛寅亮　43, 76, 78

江華學派　285

改本　32, 38, 49, 50, 51, 52, 61, 90, 93, 94, 96, 97, 98, 100, 101, 103, 104, 110, 123

改定　32

『改定大學』　556

개정설　201, 587, 588

格物　300

「格物說」　301, 353, 370, 374

格物章　350, 354

格物致知　263, 282, 292, 301, 302, 327, 369, 384, 391, 392, 396, 431, 450

格物致知說　185, 190, 306, 358, 360, 361, 375, 390, 393, 428, 430

격물치지장　242, 280, 335, 337, 338, 350, 428, 448, 449, 505

格物致知傳　32, 87, 88, 96, 97, 103, 116, 117, 118, 122, 123, 124, 126, 128, 130, 132, 133, 134, 135, 137, 138, 141, 142, 148, 151, 160, 161, 162, 165, 167, 168, 169, 176, 194, 198, 199, 201, 202, 203, 204, 214, 222, 223, 224, 227, 228, 230, 246, 256, 292, 319, 321, 325, 326, 336, 341, 377, 382, 392, 403, 404, 405, 406, 407, 409, 417, 421, 432, 436, 447, 452, 569, 571, 585, 586, 587, 588

格致圖　283

「格致童子問」　450

結語　332, 413

경기　575

經文　67, 68, 69, 70, 100, 105, 109, 110, 111, 131, 247, 282, 568, 585

景星　52, 75, 152, 153, 154, 158, 159, 160, 161, 162, 173, 202, 203, 214, 587

經術　251

經緯說　57

『經義考』　38, 41, 55

『經義記聞錄-大學』　317

經一章　108, 109, 114, 115, 124, 144, 230, 246

耿天台　57

경학관　176, 482

季本　42, 56

古經　400, 437

古經主義　400

高麗史　295

高鳴鳳　411

高夢聃　328
고문학파　36
高攀　76
高攀龍　42, 56, 69, 76, 190
『古本大學私箋』　295, 296, 298
『古本大學章句』　294, 296, 305, 306
『古本大學解略』　296
『고본대학』개정　233, 285, 293
『고본대학』저본　567, 568, 571, 576,
　　584, 586, 588
『古本大學』　18, 25, 26, 27, 30, 42, 49,
　　52, 56, 85, 214, 235, 247, 258, 264,
　　274, 305, 397, 399, 400, 449
顧炎武　31, 128
고유성　308
高應陟　22, 327, 328, 329, 330, 331, 332,
　　333, 334, 335, 405, 487, 570, 573, 576,
　　580, 589
高應陟 개정설　401
顧祖禹　224
고증학　31, 234, 571
고증학파　122
古學　577
顧憲成　42, 43, 51, 56, 115, 130, 131,
　　132, 190, 191, 192, 223, 587
工夫　332, 413
孔氏의 遺書　66, 114
孔穎達　15, 16, 44, 83, 85, 86, 136, 152
孔子　13, 14, 35, 66, 67, 69, 105, 109,
　　246, 286, 287, 310
공자의 말　331, 332, 585
'공자의 말'에 合　344
공자의 遺書　136
功效　332, 413

郭嵩燾　45
郭鍾錫　558, 559, 560, 578, 579
『管窺大學古本』　47
管志道　43, 56, 76
校正廳 경서언해　313
邱嘉穗　195, 196, 224, 587
口訣　311, 312, 313
九經　14, 37, 83
歐陽脩　142
瞿汝稷　43, 225
丘濬　43
瞿稷　43
權敬夏　456
權榘　22, 436, 437, 439, 440, 481, 534,
　　535, 573, 574
權近　21, 309, 310, 311, 346, 347, 348,
　　349, 350, 408, 411, 414, 507, 544, 547,
　　553, 588
權得己　431, 436, 492
權秉天　22, 456, 458, 459, 461, 462, 464,
　　465, 466, 467, 468, 470, 471, 472, 473,
　　574, 577
權尙夏　317
權諰　431
權哲身　264, 268
圈評　315
闕文　32, 49, 61, 62, 63, 65, 66, 74, 87,
　　88, 96, 105, 109, 111, 114, 116, 117,
　　118, 122, 123, 124, 127, 131, 158, 179,
　　202, 223, 224, 229
闕失　291, 403, 585, 587
鬼神　389, 396
근기 남인계　305, 347, 496, 501, 503,
　　521, 576

金宏弼　484
金魯應　510
金邁淳　449, 574
今文學　35
금문학파　36
金貴亨　158
金誠一　487
金元行　383
金履祥　42, 133, 164
金益福　293
金長生　235, 317, 400, 424, 497, 503
金昌翕　449
金澤榮　26, 293, 308, 399, 568, 589
金憲基　294
『今獻彙言』　411
金玄成　235
奇正鎭　472, 474
기호학맥　477
기호학파　383, 400, 401, 441, 444, 503
金邁淳　451, 453, 454
金澤榮　294, 295, 296, 297, 299, 300,
　　302, 304, 305, 306
金華四先生　133, 164

ㄴ

나여방　115
낙동강 연안　575
洛論系　383
남명학　575
남명학파　400
남인계　574
南通　294, 296
南夏正　347, 502, 503
南漢朝　555

廊廡　414, 532, 533, 554, 590
내재적 발전　581
내재적 발전론　583, 591
노론계　574, 576
盧守愼　22, 336, 347, 416, 429, 439, 479,
　　480, 481, 482, 498, 499, 501, 507, 520,
　　521, 529, 530, 547, 556, 572
盧新　134
盧孝孫　113, 284, 316
「錄疑竢質」　335, 549
「論大學格致章」　345
「論大學小註疑義」　316
논리 구조　115, 585
『論語集註』　20
「論晦齋大學」　474

ㄷ

湛若水　42, 43, 72, 80
「答吳致重大學問目」　370, 373
당색　574
唐樞　80
『大戴禮』　37
戴德　37
『帶方世稿』　345
戴聖　37, 83
大人之學　268, 284
大匠　414
『대학』　15, 16, 17, 234
『대학』改本　584
『대학』작자　585
『대학』해석　583
'『대학』작자'에 合　66, 68, 419
『大學講語』　489
『大學講義』　276

『大學改本考』 51

「大學改正九章」 328

『大學古今本通考』 51

『大學古本問』 57

『大學公議』 276

『大學公義』 554

『大學校議』 51

「大學舊本考義」 242

『大學舊本考異』 504

'大學圖'에 合 310, 347, 348

大學圖 24, 308, 318, 437, 550, 591

『大學同異條辨』 545

「大學論」 370, 375

「大學問答」 383

「大學補遺辨」 457

「大學說二則」 300

『大學心解』 265

『大學臆古』 51

「大學沿革論」 136, 138, 150

「大學沿革後論」 136, 150

『大學翼眞』 51, 63

『大學章句』 17, 18, 19, 20, 21, 26, 27,
  30, 42, 44, 53, 55, 56, 88, 104, 108,
  200, 234, 305, 306, 307

『大學章句大全』 233

『大學章句補遺』 21, 319, 416

『대학장구』 개본 51

『대학장구』 改定 24, 27, 319, 327, 334,
  340, 344, 355, 370, 383, 569, 583

『대학장구』 개정설 397, 399, 401, 404,
  407, 408, 571, 580, 584, 590, 591, 592

『대학장구』 개정 보완 568, 589

『대학장구』 부연 심화 568, 589

『대학장구』 저본 567, 584, 586, 588

「大學全篇大旨按說」 253

『大學證文』 51

「大學之圖」 347, 348

「大學指掌之圖」 310, 346

『大學集覽』 507

『大學集解』 477

「大學箚記」 383

『大學纂要』 551

『大學通考』 51

『大學或問』 소주 317

도덕적 실천 579

都穆 118, 156, 157, 170, 171, 336, 544,
  547

圖說 329

道心 292

道統 15, 68, 114

도통론 248

도통의식 109

圖表化 309, 310

道學 484

道學的 經世觀 424

「讀大學」 262

독자성 308

「讀滄江金氏古本大學章句」 305

董槐 21, 42, 51, 56, 62, 74, 75, 87, 103,
  117, 124, 126, 127, 128, 129, 130, 131,
  132, 133, 146, 147, 148, 149, 150, 151,
  152, 153, 159, 160, 161, 162, 165, 166,
  170, 171, 175, 177, 180, 192, 197, 201,
  202, 203, 214, 227, 228, 230, 310, 319,
  334, 336, 348, 349, 350, 354, 362, 377,
  382, 403, 405, 406, 411, 413, 414, 415,
  447, 479, 490, 502, 529, 535, 544, 545,
  547, 552, 569, 578, 587588

東陽許氏　316
『東儒四書解集評』　555
董應舉　42
童子之學　268
杜範　134, 155
杜煜　134
杜暽　545
得失　216, 218

ㄹ

羅大鉉　42
羅汝芳　81, 554
羅整菴　544
羅欽順　238, 479, 544, 560
來矣鮮　284
來知德　43, 79, 80
黎立武　88
「論大學次序」　522
廖剛　41
柳健休　578
柳成龍　22
柳宜健　510
柳濟伯　504
柳櫻　492
「李晦齋-彦迪-大學格致章辨 乙未」　432

ㅁ

馬徵慶　45
만년 定說　318, 424
만년설　318, 591
孟子　14, 67, 68
『孟子集註』　20
明德　284, 292, 300, 301, 384, 388, 389,
　396

「明德圖」　370, 371, 372
明德說　306
「明道先生改正大學」　91
명명덕　245
明善　281, 282
明性之道　257
毛奇齡　46, 47, 51, 78, 88, 98, 99, 146,
　151, 179, 193
毛先舒　88
夢吉　164
墨守　237
墨守的 경학관　408, 590
묵수적 관점　493
묵수적 사고　581, 590
묵수적 사유　22
묵수적 성향　493
墨守主義　26, 142, 231, 399, 498, 580,
　589
文理接續　115
文義　324
문장의 體例　112
物格知至　144, 145
未詳人　574

ㅂ

朴光前　340
朴文鎬　561, 562, 578, 579
博物學　556
朴世堂　22, 306, 347, 355, 358, 359, 360,
　361, 362, 364, 365, 366, 367, 368, 369,
　399, 400, 404, 571, 570, 589
朴世堂 개정설　402
'朴世堂 개정설'에 合　407
朴世采　258

朴英 557

朴炡 355

朴知誡 22, 430, 431, 432, 433, 435, 436, 492, 573, 574

朴趾源 294

朴泰輔 355

朴泰維 355

반성리학 275, 285

反朱子學 26, 248, 275, 355

潘潢 152, 173

方孝孺 21, 87, 118, 148, 149, 152, 156, 166, 170, 171, 172, 173, 174, 175, 176, 180, 213, 230, 240, 241, 242, 325, 333, 336, 377, 441, 451, 453, 479, 490, 498, 523, 544, 545, 552, 569, 587

方希古 75, 162, 214

裵相說 550, 552, 553, 555, 578

范堯卿 57

范爾梅 197, 224, 587

闢異端 425, 426, 497, 580

變改 292

「卞柳櫻欺罔疏」 492

邊廷英 45, 51

輔廣 21, 124, 545

補亡 49, 61, 74, 97, 114, 117, 122, 123, 201, 202, 569, 585

補亡章 62, 63, 75, 87, 88, 96, 111, 112, 116, 151, 128, 202, 228, 230, 326, 330, 333, 403, 452, 505

「補亡章諸儒說辨」 341, 441

補傳 53

本末 256, 273

本末章 213

本末傳 110, 117, 118, 124, 126, 247, 586

本旨探究 251, 265, 266

復其性 389

不分經傳 66

不由師承論 335

分段 568

焚書坑儒 13, 37

分章 44, 49, 73, 85, 90, 96, 104, 205, 261, 263, 271, 276, 288, 296, 297, 298, 299, 305, 568, 584, 585

分節 44, 85, 104, 254, 276, 277, 288, 291, 584

分六章說 45

分七章說 46

分八章說 47

分十三章說 48

불교 590

「賓主問答-論大學考義」 242

ㅅ

사림정치 234

司馬光 38, 43, 78, 79, 80, 81, 104, 450

斯文亂賊 248, 355, 398, 400

事物說 358, 359, 369

四書 14, 15, 84, 234

四書 체제 68

四書大全本 17, 18

四書三經 18

四書釋義 312, 313, 314

四書小註圈評 314, 424

四書五經大全本 18, 25, 311

『四書章圖』 24

『四書存疑』 552

『四書纂要』 550

『四書纂註增補』 551
謝濟世 51
事天之道 253
事親之道 253
三綱領 93, 97, 98, 99, 102, 109, 110,
　　114, 115, 246, 247, 256, 277
삼강령의 결어 332
삼강령전 272
三綱三目圖 282
三綱傳 273, 274
三經釋義 312, 313
三禮 37
三分節說 437
三條目 277
上經 386, 387, 396
徐乾學 224
徐敬德 18, 234
「書權陽村大學圖說後」 345
徐奮鵬 284
徐師曾 62, 75, 146, 150, 177
徐氏 42
서울 575
서인계 574
「書晦齋先生大學補遺後」 496, 498
石經 57
『石經大學』 56, 57, 193
釋義 18, 233, 312
釋義時代 312
先民의 말 67, 68
선현 존중 493
薛應旂 190
薛泰熙 26
葉夢鼎 89, 150, 151, 152, 547
葉味道 134

聖經賢傳 66, 105, 109, 114
成瓘 47, 88
成大中 510
성리학 286
誠身 281, 282
誠意 282
誠意章 99, 112, 119, 280
誠意傳 273, 274
性齋學團 455
成海應 308
성호우파 448
성호좌파 448
성호학통 454, 575
성호학파 264, 446, 449, 575, 577
成渾 235, 340, 492
세조 311
세종 311
『小戴禮』 37, 83
소론계 347, 576
小人之學 284
소주 315, 316
小註分辨 314, 315, 317
소주 비판 308, 318
蘇輝冕 383
「續大學或問」 319, 321
孫奇逢 88
孫起陽 483, 485, 486, 573
孫奭 84
宋濂 21, 52, 87, 118, 164, 165, 166, 171,
　　172, 173, 174, 175, 180, 377, 479, 544,
　　552, 587
宋明欽 443, 573
宋秉璿 314, 315
宋時烈 247, 248, 250, 317, 355, 400,

401, 456, 510, 577
宋堯佐　443
宋應昌　489
宋浚吉　507
宋學　16, 31
洙泗學　275
수신장　292
叔孫通　68
崇正學　580
時調　328
申光顯　537
「伸辨晦齋先生疏 甲辰」　487
「伸辨晦齋先生請從祀疏」　484
新安書院　456
新安陳氏　316
新儒學　15
申益愰　549, 550, 578, 579
申綽　308
實學　26, 275, 571
실학자　444
실학적 경학　275
실학적 사고　305
沈大允　25, 285, 286, 287, 291, 292, 293,
　　305, 308, 399, 568, 589
沈曙　42
심성수양론　579
沈壽賢　285
沈完倫　285
沈朝煥　44
心卽理　261
心卽理說　259, 263
心學　30, 260, 374, 590
심화 발전　569, 592
沈鏑　285

十三經　14
十三經注疏　37, 84
十三經注疏本　14, 83
'雙峰饒氏'에 合　390
雙峯饒氏　316

ㅇ

樂經　37
顔鈞　70
安邦俊　340, 341, 342, 343, 344, 399,
　　400, 403, 404, 442, 495, 563, 564, 565,
　　566, 570, 579, 589
安邦俊 개정설　402
安鼎福　264, 446, 448, 522, 577
安左鉉　383
安泰國　383, 384, 385, 386, 387, 388,
　　389, 390, 392, 394, 396, 399, 401, 404,
　　570, 589
安泰國 개정설　403
梁啓初　294
楊亶驊　45
陽明學　30, 56, 70, 234, 258, 286, 292,
　　356, 449, 588
양명학파　122
梁文帝　68
楊士奇　153, 154
楊守陳　210, 212, 213, 588
楊應秀　341, 344, 441, 442, 563, 564,
　　565, 566, 573, 574, 579
良知說　185
諺解　18, 233, 311, 312, 313
嚴繩孫　190
呂枏　88
呂大臨　51, 206

黎立武　42, 47
閭巷人　537
衍義類　43, 44, 584
閻若璩　31, 68, 224
葉夢鼎　51, 62, 75, 131, 146, 148, 149,
　　177, 336, 377, 502, 544, 545, 552
葉師雍　124
영남 남인계　577
영남학파　399
禮經　37
『禮記注疏』　44
『禮記』　37
五經　13, 37
吳光運　521
吳萊　164
吳槃　51, 132, 134
五分節說　375
吳翻　506, 573
吳肅公　42
吳應賓　42
吳澄　21, 52, 131, 146, 148, 151, 152,
　　153, 154, 159, 162, 163, 164, 173, 209,
　　210
吳必大　137
吳炯　43
吳浩　316
玉溪盧氏　316
譌字　224
阮元　453
王道　56, 73
王文貫　127
王文祿　57
王柏　21, 42, 47, 51, 56, 62, 74, 75, 87,
　　103, 132, 133, 134, 135, 136, 138, 139,

141, 142, 144, 145, 146, 147, 148, 149,
150, 151, 152, 153, 155, 157, 158, 159,
160, 161, 162, 165, 164, 166, 167, 170,
171, 173, 174, 175, 177, 180, 192, 197,
201, 214, 230, 319, 336, 341, 344, 377,
405, 411, 414, 415, 479, 529, 535, 544,
545, 547, 552, 554, 558, 559, 560, 563,
565, 566, 588
王逢　155
王世貞　56, 73
王巽卿　52, 75, 162, 163, 164, 206, 209,
　　210, 214, 587, 588
王守仁　30, 42, 47, 69, 70, 71, 72, 79,
　　123, 131, 152, 180, 185, 204, 449, 544,
　　560, 568, 588
王安石　100
王陽明　544
王鏊　117
王褘　52, 116, 117, 150, 169, 170, 587
王定柱　48, 51
王澍　45, 86
饒魯　119, 152, 159, 238, 316, 346, 493
「用大學曲」　328
用人　120, 121, 122, 164, 209, 216, 231,
　　394
「庸學講義序」　455
禹性傳　410, 417
郁文初　42, 193, 195, 196, 587
雲峯胡氏　316, 373, 374, 514
袁棟　51
袁黃　43
魏校　42
魏伯珪　444, 445, 573
僞石經　44, 234

『僞石經大學』　27, 31, 43, 52, 56, 57, 58, 60, 69, 76, 197, 198, 214, 234, 449, 584
『위석경대학』 저본　586
劉健　128, 129
柳健休　555
柳貫　164
劉光蕢　45, 88
劉斯原　51, 125, 127, 128, 129, 130, 158, 165, 166, 167, 168, 171, 178, 179, 184, 186, 189, 190, 193, 204, 220
柳成龍　334, 417, 425, 426, 427, 429, 430, 438, 554, 555, 556, 573, 574
劉英姬　248
劉沅　45
劉元卿　284
劉因　152
柳長源　550, 555
劉績　52, 87, 182, 587
劉藻　101
劉宗周　43, 56, 76, 78, 215
劉蕺山　146
柳致明　454, 555
柳希春　344
柳櫻　495
六經　13, 14, 36, 37, 577
六經古文學　501
陸九淵　30, 152, 316, 590
陸德明　15, 16
陸王學　238, 239, 258
陸學　30
尹根壽　489, 491, 496, 576
윤근수 학맥　575
尹東奎　267

尹宣擧　345
尹鑴　25, 247, 271
尹拯　347, 356, 492
尹鑴　248, 249, 250, 252, 253, 254, 256, 257, 272, 273, 284, 288, 305, 308, 347, 399, 400, 501, 502, 567, 576, 589
율곡학맥　400
율곡학파　317, 492, 497, 574, 575, 576
『儀禮』　37
義理發明　23, 143, 176, 201, 231, 239, 322, 340, 486, 493, 494, 498, 528, 559, 560, 575, 577, 580
의리주의　143
義理學　16
義疏學　16
「擬定大學傳三章」　370, 375, 381
李家煥　522
二綱領　358
二綱領說　358, 359, 369
李建昌　294
李景奭　345, 355
以經釋傳　111
以經統傳　141, 203
李觀徵　370
李光地　45, 86, 88
李九夏　537, 538, 539, 540, 541, 542, 574
李圭景　556, 557, 578, 579
李基敬　442
李紀祥　132, 154, 195, 198
李基高　235, 239
李基讓　264
異端　410, 590
李端相　507, 509, 573

李湛 410, 413, 415, 417, 441, 529

李德懋 556

李德引 312

李萬敷 370, 372, 374, 376, 377, 378, 379, 380, 382, 399, 400, 404, 501, 570, 573, 589

李萬敷 개정설 403

李明漢 507

李燔 119

李炳憲 558

李秉休 25, 264, 265, 266, 267, 268, 269, 271, 272, 273, 288, 305, 308, 399, 400, 448, 567, 576, 589

李象秀 561

李商翼 258

李象靖 318, 527, 550, 576

李錫書 198, 199, 200, 224, 587

李晬光 441, 442

李淳 416, 417

李植 239

李彦迪 21, 241, 242, 249, 308, 319, 320, 321, 322, 323, 324, 325, 327, 331, 333, 334, 335, 336, 338, 340, 341, 344, 347, 377, 384, 398, 399, 405, 408, 411, 414, 415, 417, 418, 419, 421, 423, 424, 425, 430, 438, 440, 442, 443, 444, 445, 447, 451, 455, 456, 457, 460, 462, 463, 464, 465, 466, 467, 469, 470, 471, 472, 474, 477, 478, 479, 481, 482, 484, 485, 486, 487, 489, 490, 494, 499, 500, 504, 506, 507, 508, 509, 510, 511, 513, 516, 518, 520, 522, 524, 526, 527, 528, 529, 530, 531, 532, 534, 535, 536, 537, 541, 543, 545, 546, 547, 549, 550, 551, 553, 554, 555, 556, 557, 559, 560, 562, 563, 569, 570, 571, 572, 578, 579, 580, 584, 589, 590

李彦迪 개정설 401, 574, 575, 576, 577

‘李彦迪 개정설’에 合 408

李延慶 479

李惟泰 308, 317

李珥 18, 22, 235, 249, 308, 314, 315, 316, 317, 333, 344, 400, 408, 417, 418, 419, 421, 422, 423, 424, 425, 439, 443, 477, 478, 480, 492, 495, 497, 508, 548, 556, 562, 569, 572, 573

李瀷 264, 265, 269, 272, 274, 307, 308, 347, 370, 400, 446, 502

李潛 370

理財 209, 231

李縡 441, 442, 443

李栽 510

李材 56, 220, 221, 222, 223

以傳附經 141

以傳承經 203

李全仁 416, 547

李禎 99, 100, 104, 105, 109, 110, 114, 138, 211, 214, 219

李廷龜 235, 238, 489, 491, 503, 505, 507, 509, 545, 548, 573, 576

二程子 136

李浚 416, 417, 490

李垓 484

李震相 558

李燦漢 258

李霈霖 543, 545

李學 545

李恒 234

李恒福　235

李獻慶　521, 522, 523, 524, 573

李玄逸　436, 437, 549, 555, 577

李衡祥　543, 544, 546, 547, 549, 578, 579

李滉　18, 22, 24, 234, 249, 258, 308, 310, 312, 313, 314, 332, 333, 344, 347, 348, 376, 408, 409, 410, 411, 413, 414, 415, 416, 417, 424, 425, 430, 437, 441, 442, 444, 446, 448, 449, 469, 484, 491, 494, 497, 499, 500, 508, 509, 529, 530, 531, 532, 535, 544, 547, 549, 550, 553, 554, 555, 556, 559, 563, 566, 569, 572, 574, 575, 577, 580, 590

李㴠　370

人心道心說　479

逸失　53, 56, 61, 87, 88, 111, 116, 123, 368

任文薦　101

任叔英　504

林之奇　41, 44, 51, 61, 100, 101, 103, 585, 586

林春溥　45

林希元　42, 52, 87, 167, 179, 182, 552

「立德門曲」　328

仍舊黑圈　315

自得　426

子思　14, 67, 68, 136, 138

작자 미상　477

張騫　294

張淇　190

張烈　334

張履祥　215, 224, 588

張萬紀　549

蔣伯潛　37

張伯行　52, 215, 216, 217, 224, 588

章炳麟　294

張維　239

張履祥　216, 218

張顯光　334, 335, 336, 337, 339, 340, 399, 405, 406, 506, 548, 549, 570, 573, 576,

張顯光 개정설　401

張峋　334

財用　120, 121, 122, 164, 216, 394

翟灝　85, 215

전 제10장　365, 366, 373, 384, 394, 396

傳五章　271, 296, 298

傳九章　124, 126, 148, 194, 199, 230, 320, 335, 343, 350, 382, 396, 404

錢德洪　43

傳文　67, 68, 69, 70, 100, 105, 109, 110, 111, 112, 123, 131, 135, 247, 481, 568, 585

傳文 착간　404, 407

傳文 편차　364

錢時　45

傳十章　108, 109, 114, 115, 124, 350, 366, 404, 437

錢一本　190

傳註　357, 360

傳八章　224, 227

鄭康成　65

鄭經世　484

鄭逑　235, 335, 483, 487, 503, 576

鄭葵陽　510

程大中　88
鄭廉　214
鄭濂　75, 162
定論　104
定論 확정　318
鄭夢周　309, 484
程敏政　42, 74, 162, 213, 214
丁範祖　521
鄭辯　165, 166, 167, 173
鄭辨　172, 180
程復心　24
鄭思武　355
鄭尙徵　258
定說 확정　308, 313, 591
程紹開　152
丁時翰　370
程若鏞　152
丁若鏞　264, 267, 268, 269, 272, 273,
　　274, 275, 277, 279, 280, 281, 282, 283,
　　284, 288, 303, 305, 347, 399, 400, 452,
　　454, 554, 567, 576, 577, 578, 579, 589
鄭彦訥　235, 504
鄭汝昌　484
鄭瑗　152, 173
程元敏　132
程頤　15, 38, 41, 44, 51, 52, 61, 63, 87,
　　94, 96, 97, 98, 99, 120, 124, 163, 164,
　　205, 206, 209, 210, 215, 217, 230, 305,
　　323, 325, 336, 364, 384, 385, 392, 439,
　　486, 493, 585, 586, 587
鄭惟一　312
程子　353
鄭載圭　472, 474
‘鄭載圭’와 合　473

丁載遠　274
鄭濟　171, 173, 377, 544
鄭齊斗　25, 258, 259, 260, 261, 262, 263,
　　264, 285, 288, 305, 308, 399, 400, 567,
　　568, 589
鄭悌元　328
正祖　308, 524, 523, 573
鄭宗魯　527
정주학　239, 258
程智　42
鄭芝潤　537
鄭澈　340, 400
정치서　16
正寢　414, 469, 532, 554, 590
正學　249, 258
鄭玄　15, 16, 44, 83, 85, 136, 152, 305,
　　450
程顥　15, 38, 41, 44, 51, 52, 61, 63, 87,
　　90, 91, 93, 94, 96, 98 ,99, 135, 213,
　　336, 493, 585 ,586
鄭曉　57, 152, 153, 154, 173
「題盧蘇齋大學補遺跋後」　510
「題大學補遺後」　510
「題晦齋先生改正大學補後」　510, 511
曹健承　477
趙絅　347, 496, 497, 499, 500, 502, 503,
　　548, 573
趙光善　431
趙光祖　484
曹兢燮　294, 296, 305, 306
趙星渚　133
趙守倫　235
曹植　18, 24, 234, 408
趙翼　430, 491, 492, 493, 494, 495, 501,

573

趙憲　340, 400

曺好益　484, 557

尊信古經主義　304, 305

『拙齋文集』　101

周公　35

『周官』　37

周敦頤　155

『周禮』　37

周炳甲　48

主性論　389

朱彝尊　31, 38, 41, 55, 57, 124, 127, 136, 148, 152, 155, 156, 157, 169, 170, 182, 184, 191, 193, 194, 195, 197, 207, 210, 213, 220, 225, 584

『朱子大全』　19

『朱子語類』　19

『朱子全書』　258

朱子學　26, 30, 56, 234, 247, 249, 275, 356, 410, 415, 571

주자학파　21, 122

周宰成　455

周從龍　43

朱俊柵　374

周晉琦　294, 296

朱熹　14, 15, 16, 17, 19, 21, 30, 44, 51, 53, 55, 56, 61, 67, 79, 84, 87, 96, 97, 98, 100, 104, 108, 123, 200, 201, 325, 336, 414, 493, 546, 585, 586

『中國子學名著集成』　51

衆說 분변　308

『中庸章句』　20

曾子　14, 66, 67, 68, 69, 105, 109, 136, 246, 268, 310

증자의 말　331, 585

知本傳　272, 273, 274

지역　575

知止의 공효　332

陳耆卿　155

眞德秀　43, 113

陳道永　42

陳櫟　493

陳文蔚　155

陳淳　316, 353

秦始皇　13, 37

陳天祥　51, 122, 123, 206, 207, 209, 210, 588

進取的 경학관　408, 482, 590

진취적 사고　340, 581, 589

진취적 사유　23, 26

進取主義　142, 231, 399, 580

ㅊ

車若水　21, 51, 62, 74, 133, 134, 135, 136, 139, 143, 150, 151, 155, 157, 158, 159, 160, 161, 162, 167, 170, 171, 173, 174, 175, 190, 214, 405, 544, 547, 587

錯簡　32, 38, 49, 53, 56, 61, 62, 63, 65, 66, 75, 87, 88, 90, 93, 99, 103, 105, 109, 114, 118, 123, 124, 131, 136, 139, 158, 202, 224, 229, 319, 368, 403, 569, 571, 585, 587

蔡潤宗　183

蔡濟恭　522

蔡振豊　275

蔡淸　42, 52, 62, 75, 87, 131, 146, 152, 166, 173, 175, 176, 177, 178, 179, 180, 182, 190, 192, 195, 196, 198, 204, 213,

230, 241, 242, 325, 333, 334, 336, 338, 340, 377, 406, 451, 453, 479, 524, 525, 529, 544, 547, 552, 553, 569, 587, 588
蔡彭胤 521
蔡獻臣 179
天一閣 57
聽訟章 110, 111, 112, 117, 118, 130, 134, 135, 150, 166, 168, 176, 188, 198, 199, 200, 213, 230, 246, 319, 321, 322, 323, 330, 331, 333, 335, 343, 350, 377, 378, 379, 380, 384, 403, 404, 405, 407, 413, 417, 569, 572, 588
聽訟節 324, 337, 384, 385, 430, 438, 439, 505, 509, 571
體例 322, 324, 339, 481, 564
초년설 318, 591
崔岦 235
崔萬里 235
崔象龍 318, 526, 527, 528, 529, 530, 531, 532, 533, 534, 535, 536, 573
崔尙重 344, 345
崔錫鼎 258
崔銑 42, 56, 73, 74, 76
崔秀雄 344
崔荀 345
崔蘊 345
崔惟允 474, 475, 476, 477, 574
崔攸之 22, 344, 345, 347, 348, 350, 353, 354, 399, 400, 404, 405, 406, 570, 589
崔攸之 개정설 402
崔有海 25, 233, 235, 236, 239, 240, 242, 245, 246, 247, 288, 308, 399, 489, 491, 503, 504, 567, 568, 573, 589
崔鏴漢 474

崔澈 503
崔恒 344
崔晛 328, 487, 489, 573
崔華鎭 527
崔徽之 345
崔興遠 527
鄒德溥 43
출신지역 574
치국전 274
치국평천하장 121, 124, 205, 206, 207, 209, 210, 213, 214, 215, 224, 230, 423, 588
治國平天下傳 213
致良知說 186
致知格物傳 134, 150, 170
致知圖 283
致知誠意 119
致知章 350, 354
致知傳 145, 146
親民 126, 148

ㅌ

脫朱子學 26, 248, 356, 577
탈주자학적 성향 309
泰州學派 70
通看 318
퇴계학 575
퇴계학파 328, 400, 437, 497, 574, 575, 576

ㅍ

八條目 93, 110, 114, 115
'八條目'에 合 97, 98, 99, 102, 245, 247, 256, 368

편차개정　44, 588
편차개편　568
評語　315
평천하장　242, 292, 368
평천하전　274
馮柯　131
豊坊　31, 43, 52, 56, 57, 76, 197, 204,
　　214, 234, 449

ㅎ

河謙鎭　558
下經　386, 387, 396
何基　127, 133, 164, 341, 565, 566
河百源　444
夏雨蒼　63
학문서　16
「學庸小註圈評凡例」　315
學者事　15
학파　574, 575
漢 武帝　13
漢 文帝　13
寒旅是非　335
韓汝愈　22, 509, 510, 511, 513, 514, 516,
　　517, 518, 519, 520, 521, 573
韓元震　308, 317, 318
漢學　16
許謙　133, 164
許穆　305, 347, 400, 501
許孚遠　43, 45, 80, 81, 86
許筬　454
許傳　446, 454, 456, 574, 577
許衡　42, 152
許薰　455
玄錡　537

懸吐　18, 233, 311
絜矩　120, 121, 209, 216, 231, 394
血脉貫通　115, 144
邢昺　84
惠棟　200
惠士奇　73, 200
惠周惕　200
胡廣　25
湖論　450
胡炳文　238, 316, 366, 394
好惡　394
胡渭　31, 51, 52, 63, 64, 65, 66, 68, 70,
　　97, 115, 127, 131, 193, 224, 225, 227,
　　228, 229, 230
紅間圈　315
紅旁點　315
紅全圈　315
洪直弼　510, 527
「花田記聞」　443
黃榦　21, 119, 133, 155, 164, 545, 565
皇侃　83
黃光昇　87, 183, 184, 185, 186, 187, 188,
　　190, 200, 587
黃德吉　446, 447, 448, 454, 573, 577
黃道周　88
黃綬　183
黃胤錫　444
黃儀　224
黃宗羲　31, 220
黃震　21, 51, 74, 93, 127, 128, 152, 162,
　　173, 214, 336, 377, 479, 544, 552
黃玹　294
黃溍　164
懷疑　240, 241

懷疑精神　201, 237, 265, 266
「晦齋改正所論」　546
「晦齋大學補遺後議」　418, 477
「晦齋先生大學補遺後跋」　479
「晦齋先生五箴忘機堂書後跋」　490
晦退繼承論　335
後朱子學　275
訓詁學　16
훈민정음　311
黑圈中小黑圈　315
黑長抹　315
黑全圈　315
黑重圈　315

4分節　384
4분절설　394
5분절설　374, 394
6분장설　585, 586
6분절설　394
7분장설　585
7분절설　394
8분장설　585
8분절　394
8분절설　373, 374
13분장설　585
24분절　277
27분절　277

최석기(崔錫起)

1954년 강원도 원주 출생
성균관 대학교 한문교육과 졸업
동 대학교 문학석사 및 문학박사 학위 취득
민족문화추진회 연수부 및 상임연구원 수료
민족문화추진회 국역실 전문위원 역임
경상대학교 한문학과 교수(1989년~현재)
주요 저술 : 『한국경학가사전』·『중국경학가사전』·『송원시대 학맥과 학자들』·
　　　　　『성호 이익의 시경학』·『남명과 지리산』·『남명정신과 문자의 향기』·
　　　　　『선인들의 지리산유람록』·『우리가 꼭 알아야 할 공부』 등 20여 종.

조선시대 『大學章句』 改定과 그에 관한 論辨

2011년 6월 30일 초판 1쇄 펴냄

지은이 최석기
펴낸이 김흥국
펴낸곳 도서출판 보고사

책임편집 이유나
표지디자인 윤인희

등록 1990년 12월 13일 제6-0429호
주소 서울특별시 성북구 보문동7가 11번지 2층
전화 922-5120~1(편집), 922-2246(영업)
팩스 922-6990
메일 kanapub3@chol.com
http://www.bogosabooks.co.kr

ISBN 978-89-8433-888-3 93810
ⓒ 최석기, 2011

정가 35,000원